情与境

何人不起故园思

第三届
城市文学排行榜
作品精选

青年文学杂志社 —— 编

中国青年出版社

出版说明

城市的核心是城市中的人。顾名思义，城市文学就是记录人与城市的相遇，反映人在城市中的生活。改革开放以来，中国的城市化进程取得了举世瞩目的成就。城市的生产空间、生活空间和生态空间，必然进入城市书写之中，并将绽放璀璨之花朵，捧结累累之硕果。与之相应，中国文学也来到了一个划时代的节点。

随着八〇后以及更年轻作家的涌现和成长，城市文学俨然开始成为文学叙事的主体。这既是文学领域内的一次自我生长和更迭，也与中国的现代转型、中国人精神的现代化和日常生活的重新建构等诸多大问题息息相关。城市作为一种独特文本，也会呼唤越来越多的漫游者、记录者和观察者，加入到这场文化的盛宴中。

城市文学之蔚为壮观，已然呼之欲出。

青年文学杂志社自一九八二年创刊以来，就密切关注现实生活，关注在中国城市化进程中所发生的生活遭际和内心触动。从二〇一八年开始，《青年文学》推出“城市文学”排行榜，每年邀请国内知名文学刊物举荐作品，再由两轮评委选出榜单作品，共同打造城市文学这一顺时应势的创作高地。

这些打上新时代烙印的中短篇小说佳作，值得一读、再读。

目　录
CONTENTS

Ⅰ

春暖花开

畀愚

在边德丰眼里城市是没有诗意的，而且四季不明，有的只是滚滚红尘与风吹过山谷的那种呼呼啦啦的声音，日夜不歇，无休无止。好在城里人也知道过年，不过他们跟村里人是反着来的。村里的人过年，都会天南地北地往回赶，就赶在那么几天里面，大包小包，拖儿带女，揣着他们一年的辛酸与喜悦，欢聚一堂；然后按老规矩祭祖与走亲访友，围着桌子喝酒、打牌、吹牛，好像每一个踏上故土的人都是衣锦还乡。

城里人不一样。城里人每逢佳节喜欢往高速公路上挤，去人家的地方花自己的钱，春节就更不例外了。除夕一过，城里的大街上像被飓风刮过，转眼变得干干净净、冷冷清清，尤其是大清早，连空气闻上去也格外清新，不带半点人间的烟火味。

今年的春节边德丰没有回家。他要陪庞雪梅在城里好好地过个年，就像两口子那样，一起吃，一起睡，一起捂在热被窝里看“春晚”。第二天还要一起起来，一起逛商场、看电影，还是像两口子那样，手挽着手，恩恩爱爱、大大方方的。

为了这短短的几天，边德丰已经盼望良久。主要是庞雪梅的脾气有点古怪，每次都不肯让他在床上睡到天明，在本该还可以再缱绻一会儿的时候就催他该走了，再不走，房东就要下楼来关院门了。

他要关就让他关好了。有一次，边德丰余兴未了，话就说得直白了点，房东又不是你男人。

庞雪梅的脸色一下子变了，在明晃晃的电灯光里，那么醒目地看着他，一直看到他心里发毛，然后垂下眼帘说，那你算我什么人?

这问题就有点一言难尽了。边德丰只好乖乖地起来，一举一动像个犯错的孩子。

庞雪梅租住的地方在城乡接合部，一幢农民房里隔出了很多小房间，就像一个一个的鸽子笼，放个屁都能熏着好几家，但好处是便宜，而且热闹。出了院子就是一条坑坑洼洼的窄街，两边卖什么的都有，一天到晚，白天有白天的生意，夜晚有夜晚的买卖。

刚开始那会儿，边德丰骑着他那台二手的五羊摩托车，穿过大半个城市，一进窄街就有点做贼心虚了，把车停在老远的角落里，在让人连着扎了两回轮胎后，才横下一条心，索性光明正大地开进了院子里。半夜临走时，他常常还会脚踩着离合器，把油门拧得轰轰作响，雄赳赳，气昂昂，好像生怕人家不知道他刚从庞雪梅的热被窝里钻出来。

边德丰要的就是这个效果。他就是要让那些在夜色里心怀鬼胎的男人们知道，租住在这扇门里面的庞雪梅是有男人的，那个男人就是他边德丰。

当然，庞雪梅有时也会光临他那间位于殓房楼上的宿舍。一般都是在天气晴朗的周末，一来就忙里忙外，当着他那几个室友的面，在天台上洗洗晒晒，这让边德丰相当受用。说实话，做多做少没关系，很多时候，女人的勤快跟她们的漂亮一样，都是能给男人增光添彩的，是可以让人上楼梯都会忍不住要挺直了腰板的。

边德丰现在是医院里的陪护，日夜在病房里把屎把尿，要不就是推着病人去做理疗，但为了庞雪梅过来的这一天，他会四处找人代班，然后去医院后门那条种着两排梧桐树的街上开个钟点房。他特别喜欢事前洗个澡、临走再洗一次澡的感觉，这才是城里人的生活嘛。

黄昏时分，庞雪梅要回去了。他每次都拉着不放手，非要找家小饭馆，进去有荤有素地点上几个菜，再来一瓶低度的二锅头。两个人面对面地靠窗坐着，在落日的余晖里，就像城里那些偷情多年的老相好，那么惬意自在，那么相濡以沫。这种感觉，有时甚至比在床上更能让一个男人感到满足。

那天酒到酣处，边德丰出神地望着庞雪梅，发自肺腑地说，雪梅，你真是我前世的情人。

庞雪梅啐了一口，让他注意点，这里是公共场所。

边德丰更得意了，中年妇女要是一惊一乍起来，看上去还是挺赏心悦目的，有种别样的风情。他举着筷子，继续说，我说的都是真心话，这就是情人眼里出西施。

庞雪梅知道，酒喝到这个份上，眼前的男人又要开始胡说八道。

不过，话说回来，虽然说出来的话没一句正经的，可这些不着边际的话，听上去竟然那么入耳，不知不觉中就会渗入人的心里面，像吹在热脸上的轻风，让人心花怒放，让人忘乎所以，让人自己都不知道自己是谁了。然而，庞雪梅不是这样的女人。她每次都会像从梦中惊醒，一下子想起远在广州干装潢的父子俩。

儿子都已经是处过两个对象的小伙子了，自己却还在这里跟别的男人这样不要脸。庞雪梅脸上的那点酒意瞬间散了，拿起酒杯，一口喝干后说，差不多了，一早还得上班呢。

别离的忧伤瞬间弥漫开来。边德丰有点不死心，伸手按住她搁在桌面上的那只手，恳求道，今晚别回去了，今晚就当给我加个班嘛。

庞雪梅每次都是轻轻地抽出手。

边德丰不是没有想过，并且已经不止一次提起过，两个人二一添作五，在医院与庞雪梅上班的化工厂之间租个房子，最好是带厨卫的一居室。为此，他曾趴在枕头上，像求婚那样，信誓旦旦地说，我是真想跟你过几天夫妻的日子。

庞雪梅不假思索就回绝了，看似计较钱，其实也不光是为了钱。她劝边德丰不要光想着这点事，家里头还有老娘跟孩子等着他寄钱回去呢。

好女人都是这样子的，都知道换位思考，知道要悬崖勒马。这也是边德丰心疼她的一个原因。躁动的夜晚因此变得越发难舍难分。边德丰常常要在回去的路上送了一程又一程，在路灯下越往夜色深处走，心里头的离愁别绪就越满。

这也是边德丰与众不同的地方。别的男人提上裤子就跟换了张脸似的，庞雪梅不是没经历过，离婚后的两年里，她什么没经历过？可边德丰不一样。他总是那么黏人，跟个还没断奶的娃似的，看着你的眼睛都能让你在心里头拧出水来。

时间一长，庞雪梅就知道了，在进城之前，边德丰曾是村里小学的民办教师，有时教语文，有时教数学，到了下午还兼着体育老师与音乐老师，边德丰乐此不疲，也诲人不倦。那个时候，他的胸膛里就已涌动着一颗不老的心了，每天傍晚都会坐在村口的老槐树下，望着天边的落日，一首接一首地在日记本上写诗，那是他写给远方恋人的情诗。然而，那个远方有多远？他不知道。那个恋人是谁？他更无从得知。反正在茫茫人海之中一定会有这么一个人，在一个不知道的地方，让他思念与牵挂，让他在失眠的夜里辗转反侧。反正，那个人肯定不是他家里面的老婆。

其实，边德丰的老婆也是个好女人，勤劳，节俭，而且还孝顺，就是不知道人除了吃饭、干活和睡觉外，还得讲究一点浪漫与情趣。有时候，当丈夫的想要跟妻子一起举头望会儿明月，她却满脑子想的不是圈里那头老母猪，就是山坡上的几棵番薯秧。

边德丰曾经苦口婆心地对她说，你就不能放点心思在我身上吗？

放你身上管啥用？老婆看着丈夫说，你有本事让母猪怀上崽？

这是什么话？简直人畜不分。这样的性子，怎么拴得住一颗揣着诗歌与远方的心？拴住边德丰双脚的是村里的小学，那也是给予了他启蒙的母校。高考再次落榜那年，老校长专门在家里杀了只鸡，苦口婆心地劝他，不要在一棵树上吊死了，广阔天地，大有作为。

这话过时了。年轻的边德丰说，现在已经改革开放了。

那也不能再考了。老校长说，再考下去，你娘借的债都要压垮你们老边家的房梁了。

边德丰真是不甘心，借着酒劲，总算哭出声来。他泪眼汪汪地望着窗外的那轮明月，由衷地说，十年寒窗，我把青春跟梦想都放飞了，可它们却把我落下了。

老校长深有体会，出路都替他想好了，先来村小代课，表现好，再找上面去说，招成民办的。老校长也仰起脸，同样望着那轮明月说，民办教师也是知识分子，你想想看，等到将来桃李满天下的时候……

可是，边德丰没能等到桃李满天下的那一天，等来的却是“关、转、招、辞、退”，那是针对民办教育的五字方针。村小关门了，主要是招不到学生。孩子们都跟着父母进了城，进了有汽车接送的民工子弟学校，就连他老婆也吵着要带儿子去镇上。

老校长想不通，也气不过，苦等了半辈子，熬白了头发与胡子，等来的竟然是个“辞”字。为此，他赶了几十里山路进城去“摆事实、讲道理”，喝了酒后回来的路上，醉醺醺地失足掉进了山涧，尸体泡了三天才打捞上来，又被抬回了县里，在教育局的停车场摆了两天。

倒霉的是请他喝酒的那位教研室副主任因此被免职，那也是老校长的学生。在现场，他还愤愤不平地为自己辩白说，我请喝酒那是尊师重道嘛。

最终劝阻了乡亲们为老校长鸣不平的是边德丰。男儿有泪不轻弹，可他还是掉眼泪了。边德丰含着热泪说，大家都回去吧，你们闹得再凶，到头来伤的还不是自己？

然而，边德丰真正离开家乡却是为了找回妻子。这是他做梦都没想到过的，一个连“举头望明月”都不晓得的女人，竟然也会学着跟人跑了，只给他留下了儿子，还有在村口小卖部里赊的那几笔烂账。

寻找妻子的旅程无边无际，边德丰却并不迷茫，长江与黄河都跨了好几个来回，他深刻地体会到了“广阔天地，大有作为”的八字真谛。不光如此，他接着又发现了一个道理，一个人只要放得下心里那点念想，身体就会变得快乐与轻盈起来，在城里一脚深一脚浅地闯荡，有种踩进云里雾里的感觉。为此，在相当长的一段时间里，只要一睁开眼睛他就会告诫自己，不能再把心思用在写诗上了，诗歌就是无边的苦海，是所有忧愁与孤寂的源泉，可有时候还是会忍不住。他还是会想念那个茫茫人海中不知道是谁的她。

刚到城里的某晚，边德丰在被窝里又开始无端地惆怅起来，他发现自己的思念里竟然也有了乡愁，一下子诗情如涌，在激情中写下了——

如果家乡是远在天边的一朵云
那我甘为草尖上的一滴露珠
当太阳把露滴晒干
我就随风回到了故乡

大年初五那天，按照原定计划是要一大早起来迎财神的。这是城里人的习俗，说穿了也就是赶趟新式的庙会，买张门票进到庙里头，在人山人海中跪下去磕头许愿，然后再去边上的步行街，吃串兰花豆腐干，再来上一碗牛肉粉丝汤什么的。

临出门的时候，庞雪梅的手机响了。看她拿着手机的眼神，边德丰便知趣地说，我去把车发动起来，在院子里等你。

庞雪梅这通电话足足接了有一刻钟多，基本上都是在听，脸上没有表情，也不吱声。她只在最后说了五个字：好了，知晓了。

有些事，只要对方不主动说，就不好明着去问，更不能变着法子去探听。这都是规矩，很大程度上也是男女间快乐与和谐的根本。只是，边德丰心里痒得要命，察言观色了一整天，一直憋到入夜。

邻居们都回乡过年了，农民房内冷冷清清的，只有电视里在轻歌曼舞。两个人在小屋里就着电火锅，半瓶低度酒下去，边德丰像是忽然记起来了，说，今早上……家里的电话？

庞雪梅一愣，随口“嗯”了声，就连着夹了好几片牛肉下到锅里，在蹿腾的汤底里挑挑涮涮。

没啥事吧？边德丰看着她盖在眼睑上的那两排睫毛说，有情况你可得告诉我。

庞雪梅又是一愣，隔着腾腾的热气飞快地看了他一眼后，麻利地捞出那几片牛肉，一股脑儿地夹进自己的蘸碟里，又从中挑了一片，裹足了酱料，用筷子夹着，穿过桌子与热气，递进对面的嘴里。

有时行动是可以胜过一切言语的。边德丰的心里头踏实了，用力地嚼着牛肉片，一脸都是滋滋冒油的幸福与甜蜜。他说，嫩，又香又滑。

这又将是个像火锅一样沸腾的夜晚。

天亮时分，他被尿憋醒，发现庞雪梅没在被窝里，就闭着眼睛听了会儿。这里的黎明静悄悄，只有一股隔夜麻酱与韭菜花的味道。

边德丰打开灯，巴掌大的屋子里空空荡荡的。他赶紧叫了声雪梅，下床披了件外套一把拉开门，只见庞雪梅蹲在过道的地上，脑袋埋在两条腿之间，一动不动，像是睡着了。

咋了？边德丰说，你咋不在床上睡呢？

庞雪梅这是要跟他断。她仰起脸说，已经想明白了，一刀两断，就当什么都没发生过。

幸福去得太突然。边德丰光着两条腿站在门边，迅速把昨晚整个回忆了一遍。没出什么纰漏呀？该做的也都做周全了呀？光凭直觉他就能体会到，庞雪梅当时是心满意足的，事后两个人还在被窝里说了好一阵子知心话呢。

你说啥梦话呢？边德丰拉了拉她，说，快上床躺着去，等我尿完，我们再睡个回笼觉。

我是梦醒了。庞雪梅说着，起身进了屋里。

边德丰忙跟着进去，在明晃晃的灯光下总算看清了她的脸色，才发现还沉浸在梦乡里的是他自己。庞雪梅那张脸已经冻得没有一点血色，连眼神都结成了冰，看上去那么决绝，那么伤人。边德丰用力一拍自己那两条光溜溜的大腿，都快要哭了，说，这好端端的，你这是要闹哪一出嘛！

庞雪梅哪出都不闹，就是要跟他一刀两断。从今往后桥归桥，路归路，就算在大街上碰面，也只当作不认识。说完，她一屁股坐到床上，抓起边德丰搁在那里的衣裤，一股脑儿地往他身上扔，手指着洞开的门，让他走，穿上裤子这就走。

女人都是有神经病的。边德丰将信将疑，抱着衣裤走到门口，终于联想到昨天那个电话。他回过头来说，你有别人了，你这是逼我给人家腾位置呢。

庞雪梅说，随你怎么想。

边德丰还能怎么想？穿起裤子扭头就走，男人可不能在这种事上头拖泥带水的。一直到出了外头那条幽暗的过道，站到了院子里他才开始愤怒起来，觉得悲伤与屈辱，忍不住回头又看了眼那个黑咕隆咚的门洞，想起了一首著名的诗，就在心里对自己说，也对里面那个女人说——悄悄的我走了，正如我悄悄的来；我挥一挥衣袖，不带走一片云彩。

当晚，边德丰就去病房里陪护了，治疗情伤的良药就是工作。可是，再忙的工作也有停下来的时候，尤其到了夜深人静的时候，病房里的灯光比殓房里的还惨淡，只有插在病人身上的仪器发出嘀嘀的声音。边德丰掏出笔记本，打算写首无题诗来纪念这段无疾而终的爱情，仰着脑袋想了一会儿，发现里面还是塞满了庞雪梅那个又白又肥的大屁股。于是，他一笔一画地写了——

爱情就像一场雷阵雨

夜里才把身子浇透

清晨就结成了冰

事实上，初识庞雪梅时，边德丰还在蹬三轮，趁夜把一车货拉到火车站的中转仓，又不敢久留，那是黑车司机们的地盘，弄不好是要车毁人伤的。他沿着人行道刚拐到天桥底下就看见了庞雪梅，她一手提着行李箱，一手提着编织袋，肩上还挎了个小背包，一看就是个刚下长途火车的外来务工人员，脸上尽是不知何去何从的疲惫与茫然。

搭讪这种女人边德丰已经很有经验了。平日里闲来无事，三轮车夫们在一起交流的就是这些。于是，他把车蹬过去，再扭过头来问，大妹子这是要上哪儿呢？人当货送，顺路的话就捎你一程，大不了算你便宜点嘛。

庞雪梅是要去找家小旅馆，可坐进车斗里走上不一会儿，她就听明白了，有个地方睡觉是不用花钱的，那就是车夫的出租屋。当然，觉是不能白睡的，边德丰根本用不着把话讲透，出来闯荡的人还能不明白那点意思？他只是扭头冲着庞雪梅呵呵一笑。

停车。庞雪梅不等车停稳就跳了下去，提起她的行李箱与编织袋。

边德丰还是呵呵一笑，蹬着三轮车往前头也不回，一个大圈兜回来，见她仍站在路边，孤苦伶仃的，就刹住车，一本正经地叫了一声大妹子，说他是不放心才又回来了，这半夜三更的，真要是碰上个歹人，那可就人财两失了。

为了证明自己不是个坏人，边德丰一进出租屋就忙着烧水，泡了碗方便面，双手端到庞雪梅面前，一脸关切地说，饿了吧？

先垫个饥……慢慢来，不着急，可别烫着了。

看着庞雪梅动筷子了，边德丰心里就有底了，起身去外面的龙头下冲了个澡，回来往床上一靠，拍了拍床板说，不早了，明天还得送你上劳务市场找活儿去呢。

庞雪梅在这个时候掉下了眼泪，想起了刚刚离掉的前夫。怎么男人都是这个样子的？怎么见个女人就想往床上带？

你哭个啥？又不会掉你身上一块肉。边德丰说着就下床来，起先是要伸手给她抹眼泪的，不一会儿就拉扯起来，直到把她摁在床上，才气喘吁吁地说，你这个婆娘，力气还不小嘛。

庞雪梅不说话，只顾咬着牙齿捂紧自己。男人的那两只手伸到哪里，她就捂到哪里。

边德丰头上都已经冒汗了，哀求说，一会会儿，就一会会儿，你松一松嘛。

庞雪梅不动了，睁着一双泪眼直勾勾地看着屋顶说，你再弄，我要打 110 了。

就像警察已经站到了床跟前，边德丰那口气一下子泄了，翻身在床上躺下来，也望着那黑乎乎的屋顶，喘了好一会儿，才委屈地说，没想到，你是个骗子。

庞雪梅不出声，两个人静静地躺了一会儿后，她无声无息地下床，拉开行李箱摸索了一会儿，关了灯，去外头的自来水龙头下，先把自己洗干净，再把换下来的内衣裤也洗干净，顺带着，把边德丰换下来的内裤也洗了。这就很让人摸不着头脑了。边德丰在黑暗中睁大眼睛看着，等她重新回到床上，夹带着一股冰凉的自来水的气息。

边德丰反倒不敢动了。想来想去，自己半辈子的清誉可不能毁在这上头。

忽然动起来的人是庞雪梅，一翻上来就跟上足了发条似的，在黑暗中那么癫狂，而且还那么没羞没臊。边德丰有点受宠若惊了，连声说，不急，大妹子，不急，我们慢慢的。

庞雪梅不管不顾，直到眼睛里又掉出了泪水，才如梦初醒般地仰起脸，长长地吐出一口气。

次日，边德丰醒来时嘴里还残存着一股康师傅牛肉面的味道，而女人已经离去，昏暗的屋里只有他那条内裤晾在绳子上，纹丝不动。他伸着脖子，在枕头上又把昨晚回味了一遍，一下想起了蒲松龄的《聊斋志异》，无端地打了个冷战后，不禁有点懊恼：怎么连人家叫啥都没顾上问呢？

边德丰一骨碌爬起来，蹬上三轮车就去了劳务市场，一连在那里转悠了好几天，最后只写下了四句诗，以示留念——

你是来自远方的精灵
只在黑夜的深处绽放
黎明，你转身留下一阵风
成了我们素不相识的记忆

可是，老天爷是长眼睛的，总会让有缘的人不期而遇。边德丰再次见到庞雪梅时，他已经在医院里当陪护了。门诊大厅里人头攒动，他推着一辆轮椅刚出电梯，眼睛一下就亮了。

边德丰挤过人群，凑上去“喂”了两声，庞雪梅才回过头来，睁大眼睛看着他。边德丰有点失望，还是咧着嘴，说，你忘了？你吃过我一碗方便面的。

庞雪梅两边看了看，眼睛睁得更大了，连嘴都张成了一个圆圈。

边德丰都能听到自己心碎的声音了，指着自己的鼻子说，我，蹬三轮的……晚上，火车站。

庞雪梅的脸一下子红了，又两边看了看，像是来做贼的。

边德丰高兴了，把头凑向她手里捏着的病历，说，你看啥科？

庞雪梅一把卷起病历，脸更红了，像个被人一把揪住的贼。

"思念是一种很玄的东西，如影随形，无声又无息……"这首老歌哼了好几天后，边德丰最终没能忍住，给庞雪梅连着去了两个电话，可人家两个都没接。边德丰耐着性子，在微信里喊了一嗓子：人家想听听你的声音嘛。

一直到下午，庞雪梅才回了个表情过来，是个"尴尬"。

这就让人很没头绪了。边德丰闷着脑袋想到将近傍晚，还是找人调了班，先回宿舍洗了个澡，再刮了刮脸。临出门时，把家里寄来的那条腊肉用马夹袋裹了裹，挂在摩托车的龙头上。天上细雨飘零，他在快骑到窄街时又有点犹豫了，把车停在一家店铺门口，脱下身上的雨披把车蒙严实了，才拎着那条腊肉，大摇大摆地拐进窄街。

庞雪梅端着饭碗一拉开门眼睛就直了，可边德丰的眼睛更直，那是因为他看到了坐在屋里的男人。那男人就坐在他常坐的那个位置上，一手夹着烟，一手举着筷子，竟然还冲他扬了扬下巴，笑呵呵地打了个招呼。

边德丰就当没看见，只顾忙着跟庞雪梅说他这是上老乡家去玩，人没在，就顺路过来了，给她送条腊肉尝尝。

不等庞雪梅开口，男人已经起身上前，拉着他，非要让他坐下喝口酒，暖暖身子。说完，他扭头对着庞雪梅挤了挤眼睛，又说，你看，我说的不是？上门送肉的都来了。

什么叫上门送肉的？这分明是话里有话嘛。边德丰的脾气一上来就不觉得窘迫了，一屁股坐下后，在心里对自己说，总有个先来后到吧？总不能让烧香的赶走和尚吧？

男人这时递了支烟，见他坚决不抽，就有点埋怨庞雪梅了，仰着脸说，雪梅，还不赶紧给大哥拿个杯子去。

庞雪梅不出声，把手中的半碗剩饭往电饭煲里一倒，拿过一个玻璃杯往桌上一蹾，扭身就走，连门都没记得带上。

男人不以为然，还是笑呵呵的，一口一个大哥；一边给边德丰倒上酒，一边热情地问他，老家是哪儿的？来这城里几个年头了？跟雪梅是一个厂的吧？

边德丰只拣最关键的问题回答，说，我跟她是朋友。

男人笑得就更加热情了，举着酒杯伸过来，自我介绍说他姓庄，叫秋生，以前是雪梅的那口子，不过现在不是了，离了快有两年了。他带着儿子一直在广州做装修。

原来是这个吃喝嫖赌的家伙，边德丰听庞雪梅说起过。这个无耻的浑蛋狂得很，当着老婆和儿子的面都敢把野女人往家里带。有一回，睡到半夜还甩出几张钞票，让庞雪梅出去给他俩买夜宵去。她是忍无可忍才走出那一步的。女人不能指望男人一辈子，还得自己养活自己，这叫自尊自强。那四个大字一直写在他们出租屋的楼梯口，庞雪梅却一直到提着行李要离开的那天，才真正明白这四个字的意义。

跟妈走吧。站在楼梯口，她再次对儿子说，当官的爹，不如要饭的娘。

儿子长得也像他老子，垂着脑袋，瓮声瓮气地宽慰母亲说，以后再说吧。

什么叫以后？什么叫再说？说穿了就是有奶便是娘，谁的口袋里揣着钱，谁就可以没了道理与是非，但母亲永远不会怪儿子。她只是担心儿子，整天跟那帮干装修的工人混在一起，过不了几年就会成为另一个庄秋生。庞雪梅每次趴在边德丰胸口挂念儿子时，都能让人感受到身为母亲心头的那种疼。

一口干掉对方又敬过来的酒，边德丰心想，既然是前夫，那他就用不着客气了，趁着酒劲，他要好好地教训教训这个浑蛋。可是，不等他开口，庄秋生又叫了他一声大哥，说雪梅可是个好女人哪，他早就看出来了，他要边德丰好好地珍惜。

这话怎么说的？边德丰看着那浑蛋通红的脸上的酒气说，这话我怎么听着像是临终嘱托呢？

庄秋生咧嘴一笑，又往两个杯子里倒上酒，说，今晚难得，大哥，咱俩喝个满的。

边德丰什么时候应了这声大哥的？他已经记不起来。他只记得庄秋生一路摇摇晃晃的，把他送到院门外，还要往前送时，边德丰回过身，指着那个透着灯光的门洞说，好了，送君千里，终有一别……你听我的，快回屋歇着去。

庄秋生迟迟没有进屋，等他走出大老远了，还站在院门口冲他扬着手喊，哥，记得常来坐啊。

雨早已经停了，窄街的地面上泛着一层幽暗的光亮，在两边摊档照出来的灯光里晃晃悠悠的，怎么看，都有种不真切感。边德丰使劲地摇了摇脑袋，世界一下子安静了很多，也清晰了很多，凉飕飕的，好像身上什么都没穿。

庞雪梅的半个屁股就搭在他的摩托车坐垫上，瓜子壳已经嗑了一地。她冷眼看着边德丰走到跟前，说，喝了这些个酒，你怎么把车开回去?

边德丰哪还顾得上这破车。他看着庞雪梅那张一动一动的嘴巴说，出了这么大一桩事情，你咋不跟我说呢?

你叫我怎么说？他要来，我还能赶他走不成？庞雪梅呸地吐出一口瓜子皮后，望向街对面的灯光，像是在对自己说，还有个儿子搁在中间呢……你说，人这心里头，总不能光记着那点恨是吧?

我说的不是这个。边德丰伸出食指，凭空绕了好几个圈说，我说的是他脑袋里缠的那个毛线球。

这在医学上被称为延髓肿瘤，长在脑袋下端的中枢部位。而且，它会越长越大，会让一个人的手脚越来越不听使唤，直到变得不会走路，不会吃饭，不会喝水，直到忽然死去。不过，庄秋生还是挺乐观的，借着酒劲，轻描淡写地对边德丰说，医生给他看过片子了，不就是个小小的毛线球嘛。他原打算在广州开刀的，问题是儿子指望不上，当妈的也不忍心让一个二十来岁的小伙子在医院里端屎把尿。庄秋生说，怎么想得到呢？离都离了，还掉下这么一摊子事来。

边德丰当场就不冷不热地刺了他一句，你屁股后头不是还有一连串的女人嘛，正好派上用场。

庄秋生说，大哥，你可真是个实在人。

庞雪梅同样也是个实在人。她把手里嗑剩的半袋瓜子往衣兜里一揣，屁股挪下摩托车的坐垫，说，好了，不是你的事，你就别掺和了。

说着，她一甩手，扭头要走。

边德丰一把拉住她说，不是我的事，那也是你的事嘛。

庞雪梅横了他一眼，说，多管闲事多吃屁，你不知道吗？

这屁我吃定了。边德丰对着影影绰绰的大街，满嘴喷着酒气说，好歹我也是个医务工作者，多少我还是能派上点用场的嘛。

庄秋生的入院、检查、找医生、定方案都是边德丰在跑前跑后，真是不跑不知道，平日里那些行色匆匆的医生与护士们，原来个个都是热心肠，个个都很帮忙。他们给足了一个陪护工面子。直到手术当天，看着庞雪梅被当成家属叫去签字时，边德丰才隐隐地感到有点失落，他对躺在病床上的庄秋生说，她还算你哪门子的家属？这字得让你儿子来签。

这是我儿子的妈。望着那个消失在门口的背影，庄秋生由衷地感慨道，一日夫妻百日恩，这点情分多少还是在的嘛。

边德丰的心里更加不是滋味了，叉着双腿站在那里愣了会儿，说，你真是个浑蛋。

庄秋生这才回过神来，在枕头上眼巴巴地仰望着他说，哥，你说的是。

正常情况下，这类手术需要四个小时，上午九点半推进去的，可等到推出来都快黄昏了。医生已经累得筋疲力尽，一边走一边只说了句，手术还算顺利。

边德丰见多识广，当场就追问道，怎么叫还算顺利？

医生懒得再说话，只是看了他一眼。后来的话都是从护士那里打听来的，是病人平时太不注意营养了，身体太弱，手术中好几次血压上不来，只能停下来等着，等到指数上去了再继续往下做，这才用了那么长的时间。

看着庞雪梅稍稍松了口气，边德丰去食堂打了两盒饭上来。两个人蹲在特护病房门口吃到一半时，他试探着说，等会儿我去宾馆开个房间，你先歇会儿去。

庞雪梅想歪了，狠狠地白了他一眼，用力把一口饭扒进嘴里。

我不是那意思。边德丰忙说，我是说，守在这里也不是个法子。

庞雪梅还是没出声，飞快地把塑料盒里的饭菜吃到一点不剩，起身去了卫生间，用冷水洗了把脸。出来后，她站到边德丰跟前，忽然说，昨晚他说了，他这次要是活过来，他想跟我复婚。

边德丰仰起脸，嘴里还含着半口饭。他想了想，使劲地把那半口饭咽下去后，才贴着墙站起来，看着脸上还湿漉漉的庞雪梅。

庞雪梅低下头说，他说他想明白了。

边德丰扭头往特护病房墙上那块大玻璃看了一眼，说，他想明白啥了？

庞雪梅说，他说这次算是老天爷给他的惩罚。

边德丰说，那你咋想的？

该咋想就咋想。庞雪梅说得相当干脆，显然是经过了深思熟虑。

说完，她扭头就走，直接推门进了消防通道，一屁股坐在楼梯阶上，又把脑袋埋在了两腿上。

边德丰没有跟着进去。他重新蹲下去，一口一口地同样把饭菜吃到一点不剩，还是觉得有点饿，这才想起来，他们两个人守在手术室门外时连中饭都没怎么吃。

半夜里，庄秋生醒了。虽然只是睁了睁眼睛，值班医生就已经断言，状况看上去比预期的要好。

看在边德丰的面子上，护士破例让他俩套上无菌服进去看了一眼。护士在门口再三叮嘱说，不许说话，不许吵醒别的病人。

边德丰看着那名护士，心想，都躺在特护病房里了，能吵得醒不是件好事情吗？

可是，庄秋生的眼睛很快又合上了。在离开住院大楼的一路上，庞雪梅走得有点急，像是快赶不上末班车了。边德丰想来想去觉得想好的话还是要说，就跟在她后头，说他已经打算好了，明天就去跟领班商量，争取调到脑外科那层去，多少能帮着照料一点，等到庄秋生可以进食了，炖个汤啊，煲个粥什么的，也都由他承包了。边德丰一拍胸脯说，宿舍里正好新添了个电磁炉。

庞雪梅慢慢放缓步子，回头看了他一眼，说，你不怪我？

边德丰答不上来，想了会儿后，提醒她说儿子那边是不是该去个电话了。虽说已经是马后炮了，可怎么说也是个打开脑袋的大手术，也该让孩子尽点义务的。见庞雪梅不吭声，他把脑袋凑上去，先呵呵了两声，接着又说，我说句不中听的，说错了，你就当我放了个屁。

庞雪梅等了会儿，说，你倒说呀。

边德丰说，照他看来，这么大的一桩事情，怎么说也不该由庞雪梅一个人这么担着。他说，怎么说，你们两个还没复不是？

庞雪梅一愣，站住了，在路灯的阴影里看着他，说，那你还忙前忙后的？

边德丰说，我这不都是为了你嘛。

庞雪梅又愣了会儿，伸出手，挽起他的一条胳膊，把脸贴在上面，又把大半个身子也贴在了那里。

边德丰有点吃不准了，用另外一只手挠着头皮，旧话重提：还是找个地方去歇会儿吧。

庞雪梅不吱声。她就像头温顺的小绵羊，把脸贴得更紧了。

小宾馆房间的门一开，就有股闷热的气息迎面扑来。以前，庞雪梅每次进到里头都要扭捏一会儿，连催带哄的才肯脱了去卫生间，但这次有点不一样。她显得特别主动，好像回到自己的家里，电视机都还没打开，已经扒光衣服进了卫生间。

在一片哗哗的水声里，边德丰反倒有点不自在了，他摸着自己下巴上的胡子楂儿，站在房间里东张西望了会儿，伸手打开电视机。

等到庞雪梅湿漉漉地出来，发现他人已离去。女人一时间愣在那里，好一会儿才松开捂着浴巾的那双手。

夜晚依旧是来时的夜晚，影影绰绰的。大街上车疏人稀，同样影影绰绰的。边德丰闷着脑袋走了会儿，忍不住回头张望，就见十字路口对面那块巨大的 LED 屏幕里，画面一转，无数的鲜花在瞬间绽放。接着，是一张又一张的笑脸，男女老少，什么人都有。每个人的步伐都那么欢快，从四面八方蜂拥而来……

迎着拂面而来的凉风，边德丰是忽然想起那句诗来的——面朝大海，春暖花开。

（原载《青年文学》2020 年第 2 期）

父母

淡豹

爸爸和妈妈失去了他们的孩子。十三岁。整个事件蹊跷、意外、不可预料。从这所中学毕业的一个学生回到学校，用刀砍了六个学生，其中一个当时就死了，另外五个死在救护车上和医院里。共有两个男生和四个女生。一位老师受伤了，几乎死去又活过来，是平素不受注意的中年地理老师，事件后被提拔为教导主任，入党，不过离婚了。

对这个事件有不少解释：优等生内心不为人注意的长期压抑。精神错乱。考试制度的压力使青少年人际关系变形。畸形家庭，主要是母亲的错，也有父亲的错。难以探测的怀恨。人是多么危险的动物啊。中国越来越像日本和美国了，连环杀人犯和变态杀人狂增多，这说明中国逐渐发达。人在人群中也感到孤立，这显然是一种现代病。青少年需要精神支持。

爸爸和妈妈搬了家。仍然在这个城市，但离开了他们居住了十五年的住宅区。其他几位失去孩子的家长组成“痛失会”，爸爸和妈妈没有参加。“痛失会”认为学校对六位学生的死、对其他学生受的伤和惊吓，比学校目前承认的负有更大的责任。公安局也该负责，有一个女生曾发现有人在校门口附近跟踪她，打过110，接警员说如果对方还没有伤害她就无法受理。确实也没有受理。女生认为那个人就是如今杀人的这个人。

有评论者怀疑女生要借此成名，把自己推向媒体和社会关注的舞台，这样做太愚蠢了，她会因此受到更多的注意甚至跟踪。

不过，从110存储的电话录音判断，女生当时描述的跟踪者体貌特征与杀人者基本相符。但现在无法确定那个人就是这个人，杀人者在警察到达前就自杀了。

一位悲愤的父亲，几位记者，几位教授想借此事在全国范围内推行禁止令制度。必须要等到伤害发生后才能去追捕坏人吗？这等于是把潜在受害者当作猎物和诱饵。一定要给有意图杀伤或强奸的人松绑吗？跟踪者和骚扰者就应该被查处，由法院系统颁发禁止令，只要他们出现在其猎物周围五百米内就逮捕。警察系统应该是防范性的，不能止于事后侦查。让强奸犯都去死！物理阉割。把他们的大头照片贴到电线杆上。如果他们要搬进一个住宅区，政府的数据库会发出尖厉的声音，警报到达每个居民的家里。有孩子的家庭将在愤怒中发抖，家家户户走上街头，制止他们，监视他们，驱逐他们，他们将找不到工作，买不到房子，缺乏生活来源，饿死。让潜在的强奸犯都去死！110接警员必须系统培训，不该不耐烦，更不能情绪化。我们要建设一个女孩子夜晚出门不会感到害怕的国家。

爸爸和妈妈答应在公开信上签字，但不肯和记者谈话。有一天妈妈上班时头晕目眩，出现了幻觉，她走到写字楼二层的咖啡馆，透过玻璃望着行人。穿条纹制服的服务员身旁的墙壁上悬挂着深棕色木条镶的镜框，海报血红，KEEP CALM AND CARRY ON。保持镇静并前进，她心想这很难，不过还是打算试试，试后面那一半。

爸爸和妈妈不想再与其他家长见面。中介在两天内找到了房子，他们开始前进。

*

有三年的时间，爸爸和妈妈尝试再生一个孩子。先花一年试探自然怀孕。失败后他们怨恨自己居然天真到了会想要自然怀孕的地步。然后是试管婴儿。过程中妈妈试过几种方法，买了磁疗床，清早平躺在床上监测体温。在尝试怀孕之前，爸爸戒烟成功。他在喜悦中觉得自己什么都能做成。之后他复吸了。

做试管婴儿的两年里，妈妈的心情有很多起伏变化。她说促排卵针改变了她的荷尔蒙，让她像一条河流，湍急，狭窄，波动，不停。有一段时间她持续情绪低落。有时她说叠字，车车，狗狗，去玩玩，溜溜达达，像对孩子说话，也像自己变形为孩子。爸爸怀着惊叹观察她的试验与表演。女人真是有韧性，和男人不同。

爸爸和妈妈去了两次香港。第一次没有成功，替同事带了三台在内地脱销的新款手机回来。回答亲属为什么没有成功的问题时，爸爸比妈妈先崩溃。第二次是秘密去的，也没有成功，妈妈劝爸爸放宽心，没什么大不了，也算意料之中，我们还有彼此。

爸爸感到自己要发疯了，去机场的路上，他要求下车透气。妈妈陪他下车，走进与香港的街头相比算得上空荡荡的电子产品商店，正是香港回归二十周年纪念，商店为内地游客打九七折优惠。两人各买了一台新款手机。回家后爸爸换上了新手机，妈妈没有拆封。

还去了一次广州，一起见从泰国来的代孕母亲，很年轻，不说话，用笑回答问题，穿大领口的黄底碎花上衣和灰色宽松运动裤，头发梳起来盘在脑后，仿佛已经怀孕了一般。这一次什么都显得很顺利，求签的结果是中吉，签文内容谈到山川和万里长空的秋景。妈妈面试了保姆公司推荐的两页育儿嫂，在“专业”“资深”“金牌”“王牌”中选择了一位金牌陈姐，比妈妈大四岁。“我们应该把儿童房装修成粉色还是蓝色？”第五个月，妈妈按照广泛流传的建议，在私立诊所B超室里坐在代孕母亲、翻译和中介身旁以迂回的方式向大夫试探。大夫直截了当地说：“女孩。”就像嘲笑妈妈的委婉。在走廊里，中介告诉爸爸妈妈：“你们付了钱的。”

那么这次降生的会是一个女孩子。妈妈是这样理解的，上次的男孩子被收了回去，这次上天善意地换一个类型。她认为爸爸可能也是这样想的。不过植入胚胎后的第一百九十一天，皮查娅（中介公司在联络时称她为小P）的腹中胎停育了。

爸爸和妈妈也想过既使用其他人的子宫，又使用其他人的卵巢。后来放弃了这个念头。爸爸和妈妈有过自己的孩子了，现在他们还是想要自己的孩子。

爸爸认为问题不在精子。妈妈认为在所有这些之后，她已经有资格领取辅助生殖医学的荣誉博士学位。或者，有荣誉患者学位吗？

从前妈妈是个为自己做出的人生选择都满足了预期而得意的女人。这些选择不都最好，不都是唯一正确的选项，但在回顾中的确合适于她的人生。在她还不想有孩子的时候，她不怕会显得和别人不一样，在聚会时缺少话题。同学聚餐时她说“别只聊孩子了”，在单位她说“是吗”。等待孩子降生时，她仍旧频繁出差。有了孩子后，她也准备继续申请升职。超出她计划的是，她发现自己很爱孩子，她离不开孩子比孩子离不开她更多。这是一个小小的意外，她随即做了调整，更换到不需要出差的岗位，要求爸爸和她一样围绕着生育这件事重新构造自己，妈妈响应哭声，爸爸努力赚钱。妈妈继续为人生选择感到满意。

现在她的想法改变了。她觉得自己不应该那么晚才生育。三十一岁——才——得到孩子，四十四岁——就——丧失了孩子。这太晚了。现在她四十八岁了。什么都来不及了。她常常发愣，发呆，忘记自己走进房间是要取什么就走出去，忘记已经端起了茶杯，或者忘了向茶杯里倒水，忘记喝水。微波炉叮地响过一声，热好的排骨在托盘上待了两天，下次再打开微波炉门时排骨上的肉裂开了，棕褐的道道干纹。她以为孩子死去后自己会长期失眠，但自己反而是睡得很乱。现在夜里不睡，早上又睡得太多了，常常无法起床，午觉醒来已经日落，让她的心一阵低沉。妈妈想要与记忆力衰退作战，但又想要忘掉，想要与冷淡作战，又宁愿淡漠一点。所有这些也许是前一阶段调整雌激素和促排卵针的错，或者是衰老的后果，无论有没有发生那件事都会到来。但至少让自己能够专注总不是错的？她做凯格尔骨盆运动，屏蔽掉周遭的事，让自己关注数字。渐渐地她可以从十个节拍数到二十个节拍了，重复十次。虽然，她想，阴道肌肉派不上用场了。早上妈妈边听广播边要泡茶，又调小广播的声音，试着去凝视水壶，聆听热水烧开的咕嘟声音，再专注在手臂端起水壶的力量和动作上，只想茶。悲哀的岂不是恰恰只有通过婚姻才能获得她丧失的孩子？如果可以买来一个孩子，收养到一个孩子，如果那样的孩子也仍然百分之百是自己的孩子，生活就不会再这样淋漓发黏，她就不会再因为播音员语速太慢而烦躁到想要用开水烫自己，想要用厨刀刺穿自己的手掌。现在她不得不用婚姻获得怀孕，用怀孕挽救婚姻。一个人怎么可能同时完成两件困难的事？西西弗斯和石头打架、与石头为敌，而错误本来在于山峰，错在山峰的坡度。如今她的子宫像这只破损的，棕色的，萎靡的，滴着水的茶包。

与此同时爸爸在回忆他一生中做错的事。他始终认为自己是好人，乖，规矩，准时完成任务，努力生活。以前他隐隐担心的是自己是否勤勉到了会在旁人、在女人和年轻人眼中显得无趣的地步，他不曾显现出任何可能坏的征兆。他在军区长大，大家相互认识，走在去小学的路上经过一个又一个人家，碰到父母的一位又一位同事，他停下来，对每个能够叫出准确姓氏的叔叔阿姨，他不是那种会“不叫人”的小孩。他也是不欺负人的大人。孩子还活着时，他没有对孩子发过火，除了一次，孩子四五岁时吵着要听故事、扯着他衣角不肯睡觉、最终把床单拽下来躺在地板上裹住自己耍赖的那一次，而那次他也没有打孩子。他也并非对不睡觉发火，只是对胡搅蛮缠发火。他认为自己区分规训与惩罚，他不惩罚人，他只管束。生活应当由一系列基于给定规则的合约构成，沟通，谈判，让步，约束。

现在爸爸不那么确定了。他服从规范，讲道理，对人好。但他从不给乞丐钱。他是否对弱者缺乏同情心？不欺负人是另一种隔离和冷漠吗？他相信原则和立场，区分他人与自己人，他清晰，是否因此他才受到这样的惩罚，要把他变成弱者，让他试试看一无所有的感受，或者生活无法从头来过的滋味？他在不惑之年学会突如其来。生活是由雷阵雨构成的。有死火山，有活火山，有休眠火山，没有任何一座肯与你谈判。他以前是否太残忍？但即便如此，降临在他身上的是不是也未免残忍得过分？

年轻时爸爸相信人的自我完善必然通过一步步的自我摧毁完成，这是他大学时代抄下来贴在书桌膛内侧的格言。他督促自己改掉坏毛病，如果周六去游泳能游十八圈，周日就争取二十圈，带着酸痛的腿。他提醒自己根除惰性，少打游戏，再累也要洗脚。如今在所有这些事之后他似乎又完善了一些。但摧毁自我可以，为什么先要摧毁他的孩子呢？到现在，在对自身的考古得到发掘结果后，再开始给乞丐钱，还来得及吗？意义是什么？孩子已经死了。倘若生活能给爸爸第二次机会，那会是什么？

爸爸想抱住妈妈，又无法忍受看到妈妈。

*

在事件发生之初，妈妈想从生活中逃走。之后新的孩子的可能性拴住了她。她像从未有过孩子那样，买来育儿书，学习正确地对孩子说话。在过去十五年里，潮流变得多么剧烈啊。现在需要母乳喂养，标准是越久越好，在孩子抛弃你之前，你不能抛弃他。

诸多女人因为无法成为称职的奶牛而陷入抑郁。在以前，妈妈养育孩子的时候，吃奶粉是高级的事情，她当年从进口超市买荷兰牌子的奶粉喂给孩子，未曾因此内疚。现在，对孩子说话有那么多讲究，急事要慢慢地说，纠正生活习惯要幽默地说，不确定的事要谨慎地说。绝不能说伤害孩子的话，从不谈论别人的八卦，伤心时不能归咎于人。如果冤枉了孩子，可能会让孩子终生处在痛苦之中。你要让孩子感到你稳重，可以信赖，始终善意，爱得毫无保留也毫无条件。孩子不是出气筒也不是传承人。

她做错了多少事啊，也许她曾对孩子说的大部分话都是错误的。她觉得亏欠孩子。

最终放弃试管婴儿的念头后，妈妈不再吃促排卵药。她做了额头和法令纹部位的面部注射，切掉眼袋，完成了埋线手术。诊所的墙上挂着女人术前术后对比的照片，侧面照都没有笑容，左边的皱纹明显一些，右边的更平滑也更冷酷。正面照片中，左边的不笑，右边的笑，显得略为年轻。医生告诉她不需要担心，这里有休息室，不少女人在手术后都会在这里住一夜，第二天再回家，以免丈夫发现自己做了整形美容。妈妈想，第二天就看不出来了吗？世间的丈夫是多么粗心的一类人啊。

整形医生说埋线能够把她的面容冰冻在此刻的年纪，四十六岁。她想，如果能冰冻在四十三岁，她将作为一个快乐的女人老去。现在她是作为一个绝望的女人老去，不过法令纹是平滑的。

在对自我身体的医学处理方面，爸爸落在妈妈的后面。他只切掉了痔疮。医生让他多吃粗粮和豆类。

*

第二年的那一天，在孩子纪念日的前一周，“痛失会”打来电话，爸爸和妈妈感到拒绝无能，这一天爸爸去了学校，妈妈头痛，待在家里。后来她听说，这段时间，记者到学校门口堵截学生要求采访，寻找当年受伤的学生回忆杀人过程，访问邻近的小卖部店主。学校严禁学生接受采访。第三年的那一天到来前，爸爸和妈妈关掉了手机。

到第四年的这一天，没有记者再联系他们。爸爸和他的司机去了墓地，妈妈没有。她上午在家工作，中午去超市买菜，送了干洗的衣服。老实说，她不大相信那些关于丧仪的林林总总。反过来，她越来越相信灵魂不死。她想，这六个孩子的墓碑在不同地方。在新闻报道上总是六个孩子，就仿佛六个孩子是一个集体，来自不同年级和不同班级，生前并不相识的六个小人抱在一起。但她只在乎自己的孩子。

亲属一如既往地关心爸爸和妈妈，没有因为时间过去而过多消减，反而仿佛因为认定他们的悲痛应当多少平息了而关怀得更露骨一些。孩子的死如今不再是一个悲伤的、不宜提起的事件，而应该得到理性的看待，它是家庭中一个需要有效填充的缺憾。有亲属问妈妈如今过得怎么样，是否打算收养孩子，说间接听说一户人家可能会想卖掉孩子，不过是个四岁的小女孩，年纪偏大，怕养不熟。也有亲属关心国家大事，在二月时告诉妈妈三月将有法律改革，可能会通过新的规定。“你们的案子也许可以追究学校责任，你们看看要不要找人活动活动，或者去写封联名信。否则太不公平。” 亲属说。

一个案子？那是我的孩子。妈妈在心里长长地说。

同事不向妈妈提起这些。妈妈自上班以来一直在同一个单位工作，她的领导在这几年对她分外慷慨，给她在家工作的充分自由，实际上，领导积极建议她多在家上班，好像她是有暴力倾向的精神病患者。妈妈也发现同事给她特殊待遇，以宽容的眼神看她，也许是怕她受刺激。新入职的同事大抵很快听说妈妈身上发生过的事，她能感觉出来。她没法真正和他们交谈，虽然她认为是他们先停止真正和她交谈的。她能看到他们心里的疑虑：提起孩子还是不提起孩子？特意不提起孩子就等于提起孩子。

当我看不见你时，我是一架提供八卦草料的马车。当你坐在我旁边时呢？我是像瘟疫吗？这样的表达太俗套了，同事并没有避开我们，妈妈想。更类似于轻微的花粉过敏，使他们在某些时刻尽量会回避一些话题，又似乎无法不闻到妈妈身上的某种气味。

有一段时间妈妈常想关于动机的事。撒哈拉沙漠上一位老妇人走了很久，在绝望的干渴中寻找某种她不确定其存在也不懂其缘故的东西，无法停下，因为她的丈夫死了，孩子也死了，孩子的孩子也死了，她的姐妹也死了，她的兄弟也死了。这是妈妈在尝试宗教的过程中参加一次活动时牧师讲的故事。老妇人没有办法理解这一切，她的生活无法继续，她执迷于“为什么”，为什么这些会发生，为什么发生于我？她离开家在痛苦中寻找答案。这个老妇人走进了死胡同，牧师说，因为神的旨意有时是没有理由的，没有你所能把握的理由。你能做的是服从神的旨意，不去质疑他，不去询问他，要怀着希望去相信他的善与正义。

如果没有答案，我为什么要来这里？妈妈不再参加这个组织的活动，然而开始持续地想关于“为什么”的问题。那个凶手是没有清楚的动机的，至少没有大家能够确认的动机。凶手本人也自杀了，因此那些孩子的死没有意义，没有抹平什么以往的不公，甚至没有慰藉坏人。只能追究各个机构的责任，但那也没有意义。究竟为什么杀人？为什么杀了这个孩子？所有的孩子都穿校服。我的孩子跑得不快。也许就是这个缘故。我的孩子特别可爱，也许吸引了他的注意。但我的孩子的脸特别可爱，凶手难道不会因此停下来吗？不过他确实是从身体后面下刀的。妈妈不能再想下去了。

到第四年，在“痛失会”推动下，虽然没有更多的记者前来实地采访爸爸们和妈妈们如今的生活，以及学校的情况，但网络上到这一天仍然有追忆和评论，虚拟的烛火点起来，尤其是，在那起事件后在全国其他地方又有了几起类似的事件。妈妈不希望看到这些事，她也不看新闻，但网络上的评论冲到她的眼前。人们在讨论历史和未来——这样的凶手在世界各地都存在，未来还有可能有更多人受难。也在讨论原因——我们的社会错了，坏了，让人痛心，恐惧。前一部分人认为这件事是偶然的意外事件，凶手是世间总存在的那一小部分变态，后一部分人认为这件事是必然的事件，凶手是社会的果实。这两种看法妈妈都无法接受。

事情发生时，除了死去的孩子，还有几个孩子受了伤，或者留下了心理阴影。有一个男孩子在逃离时手臂骨折了，后来在天冷或下雨时总会颤抖。事发时他是初三学生，顽劣，曾经为了早些进去打饭冲破学校食堂大门玻璃，受到处分。事情发生后，学校补偿他，让他直升高中部。现在，“痛失会”的家长说，这个男孩子的父母正在为他向学校争取大学保送名额。

妈妈不想听到这些。“痛失会”的爸爸妈妈们就好像决计要终生都生活在一起，不和别人，就他们自己，以及其他想用这个事件——案子！——改变或推动另外一些事的人。律师和记者想要改变自己的命运。律师喜欢说，我代表你们的利益；记者喜欢说，我代表公众的利益。“痛失会”的爸爸妈妈们相信这些吗？还是他们也并不相信，但反正认定了总归其他人也不懂得他们，也没法和他们真正说话，或者说不出他们想听到的话。可爸爸和妈妈不想和他们一起在另册中生活。除了生命中都曾发生过这件事外，爸爸妈妈与他们没有共同点。犯人出狱后还要定期聚餐吗？何况还没有出狱，也许永不会出狱了。没出狱时人也想要家人和朋友的探望，不想和其他犯人待在一起。

在妈妈告诉先前定下的那位金牌育儿嫂取消服务时，她告诉妈妈，她正准备改做不住家阿姨，因为她的儿子刚刚得到通知，没有考上研究生，要来这个城市找工作，她计划租房和儿子住在一起，给儿子做做饭。妈妈请她当自己的小时工。阿姨的儿子每天在一家网络公司工作八到十小时，赚一百三十元。他的上一份工作是发传单，每小时十五元。阿姨每小时的工钱是三十五元，不过每天要骑电动车去三四个人家，跑得辛苦。儿子对阿姨说，妈妈啊，你不要那么累，我的工作是有上升空间的。

擦地时，阿姨告诉妈妈这些，妈妈坐在沙发上哭了。

阿姨另一个儿子正在上大学一年级，秋天前需要在四个专业中选择一个。水文与水资源工程、农业水利工程、热能与动力工程、农业建筑环境与能源工程。阿姨拿着手机来问，妈妈去咨询单位里的工程师应当选哪个专业，安排孩子给工程师打电话，让孩子放假来探望母亲时和工程师见面，谈谈未来的课程选择。爸爸提醒她，这样太关心是可能会有麻烦的。妈妈有些生气地说，我认了。有时爸爸全是逻辑，妈妈不堪忍受。

有时妈妈去盲人按摩店。妈妈不太敢看盲人，怕看到不清晰的眼睛，她不知道怎样应对。有一次妈妈脸朝下趴在按摩床上时，听到正在给自己做按摩的盲人女孩子和旁边的按摩师聊天，说某个牌子的手机摄像头特别清晰，比同档次的贵了一千块钱，但咱们这样眼睛不好的，拍下来再看方便。旁边的按摩师说，某个国产牌子比另一个牌子的读屏功能好。妈妈想，我从来没想过手机有——手机需要读屏功能啊。女孩子又说，附近超市的小米不好，煮出来米汤分离，不如早市的。旁边的人让她放一点淀粉进去。女孩子又说，超市里服务台没人，价签看不清楚，以为白菜是五块八一大棵，结果是五块八一公斤。拿了一棵，十多块钱，又还给收银台了。这么说，白菜贵了啊，妈妈想。女孩子说，店里扩大以后，人际关系复杂，她觉得，“在这儿最好就别说话”。妈妈想，原来在按摩店里也有办公室政治呢。她想看一看这个声音稚嫩的女孩子，但只能看到大理石地砖上镶嵌的金色花纹。她是什么样子的？半个小时以前妈妈在她身后，随着她走过灯光昏暗的走廊，恍惚的印象是她的长麻花辫尾垂着一颗紫草莓。又有另一位按摩师对女孩子说，在外面说话做事要小心，他的母亲也是这样教他的。女孩子说：“我妈妈跟我说，想学东西就得付出代价。”妈妈又哭了。

还有一次哭泣发生在地铁站。妈妈身边的座位上坐着一个男人，有点像推销员，坐下时先翻看包里的几种商品折页。之后在手机一个顶端标着“说说”的页面上，不断修改自己的发言。

“人生，福气是啥，心情快乐，乡土人情环绕。” 发表了，又修改。“乡土人情好，及时结婚生子，工作稳健，衣食住行好。”

妈妈右手边的男人在看一本《庄股盘口揭秘》。左边的男人在手机上再写下一条发言：“交朋友，娶妻子，第一看衣服，衣服相近，才属同类，有缘分。第二看食物。第三看家乡家庭。” 到站后妈妈走在地铁站的人流里，转弯，走上楼梯，转弯，走换乘另一条线的长长的走廊去她要去的出口。有人向她迎面走来，她避开，跟着一些人走下去，有走得很快的，有拎公文包的，有相互依偎的，有抱着小孩的，有停下来在长走廊边和横幅广告上代言酸奶的男明星合影自拍的，有穿高跟鞋、背帆布袋的，像早晨出门上班时太仓促了，有散散漫漫走下去，走开了，又回头寻找自己的朋友，随即聚拢的。看着这些一个个生活着的人，妈妈又哭了。

*

在迎接那个后来消失的，曾经即将到来的小姑娘（起名叫安安，英文名 Stella）时，妈妈不打算像她对大夫说的那样把房间漆成粉色或蓝色。她认为应当选择一种让谁都会快乐的颜色，未来是不分性别的。在柠檬黄色、青草绿色、太阳橙色中，她选择了绿色。她热诚地布置房间。如今这里成为她的书房，书架和挂画挡住两面绿墙。

每天夜里，爸爸睡着，妈妈在床上躺一会儿，闭着眼睛，滴两到三滴眼药水让自己放松下来。待他的呼吸声变成低低的鼾声，像运转不良的老式抽油烟机开着磕磕绊绊的一挡，她就起身，蹑手蹑脚走出卧室，倒杯热水，到有绿墙的书房去坐着，看旧杂志。有时她什么也不做，就坐在阳台上的藤椅上，盖一张薄毛毯在身上，看星星。有时她不知不觉睡着一小会儿，再在凉意中醒过来，再过一会儿，小区旁的街道就有洒水车和垃圾车开过，将要天亮。她的房间就不再属于她，又是她和爸爸共同的家了。

孩子去世后，她先是失眠，其后在药物作用下睡得太多，之后又失眠。她发现在这个年纪她终于拥有了自己的房间，像一名年近五十的被迫的女权主义者，享有不情不愿的自我，在命运中随波逐流后享受一种既像惩罚又像补偿的自由。起初睡不着的那段时间里，她并不是总在想孩子，而是总想起自己的小时候，好像获得了某种倒退式的新生。亲人们对她说这样不行，她就开始服药，让心情好起来的东西。然而她发现自己容易忘事，于是又停掉了。人们怎么不劝爸爸服药？就好像女人都是情绪，女人无法控制自己，女人的睡着与不睡着都是不情愿的，女人应该被调节。

那些药片也让妈妈不再做梦。本来在失眠之后短暂的梦里她经常梦到自己逝去多年的外公外婆，还有高考，有时在梦里她也能看见孩子。孩子很小的时候长得不太像爸爸，爸爸是长眼睛，孩子是圆眼睛；爸爸是方脸，孩子是心形的小脸，额头圆，出生后两天酒窝就清晰可辨。她常常主动说，这孩子五官不太像爸爸。大家反而因此都说，可真像！就像要为孩子辩护似的，找出孩子和爸爸越来越像的证据，头顶上的旋也在同一个位置，人中也是那么深，也是上端有点尖的耳朵，耳朵位置生得很高，说明骨相聪明。那时这些别人强调的特点让她觉得有点陌生，就仿佛她不那么了解自己的孩子，不够注意孩子身上细小的部分，比如她会注意到孩子的耳垂很大，但她没来得及发现孩子耳郭上端有点尖。

孩子去世后，她也惊讶地发现了很多关于孩子的事。有一位老师对她和爸爸提起，孩子和一位同学传递情书，被老师发现过。她想知道那位同学是谁，去找那位同学聊聊孩子。老师也许看她太热切了，也许怀疑她有追究同学或学校责任的打算，后来又改了口，说记错了人。还有一位同学告诉她，孩子生前爱喝桃汁。妈妈哭了，她从来不知道。她在家只买橙汁和苹果汁，孩子没有说起过。

在自己的房间妈妈回顾自己的生活。这一生的前二十八年她和父母住在一起。先和外婆，后和妹妹同一个房间。之后和丈夫住在一间单位宿舍。三十一岁时她生育，她的身体白天属于单位，夜晚属于婴儿。孩子上幼儿园，能按时起床睡觉后，她过起按块划分的生活，最惬意的时光是单位组织外出旅游时，或者她自己待在洗手间时，因此搬家时她坚持要在家中安装大浴缸，虽然丈夫会毫不留情地在她泡澡时走进洗手间，取东西，刷牙，当她的面排泄，走出去时不关门。她从浴缸起身，发现还有一团手纸漂浮在马桶里，膨胀得像胖大海。那时她最喜欢丈夫和孩子都不在家的日子。

现在只要吃下头痛药片便获得舒适，到夜晚她拥有整个家。妈妈找到玫瑰味的眼药水，方瓶子顶扣粉色小皇冠，像小香水瓶。买来全彩图的杂志，适合在绿色房间夜里暖黄的立式灯下看，从时尚到军事，她看一页，就忘记一页。安放一台香薰灯。有时她打扫房间，擦书柜门，四壁发亮。她不再像以前那样听着丈夫的鼾声嫉恨他大开大敞的安宁。如今她在黑暗中对丈夫怀有一种只有对无知者或陌生人才可能产生的爱意。在黑暗中，他的肉体成为家具，是这个家的一部分。而她是唯一的活人。

*

有人建议他们养一条狗，爸爸考虑了这个提议。带大量视频和图片的宠物百科让其他网页打开得很慢，但他不愿意关掉窗口。他对约克夏梗产生了几乎可以称为热切的冲动。他有些担心会不习惯家里有狗的味道，去过一次宠物店后，这个忧虑也消失了，他发现自己非常喜欢狗的味道。爸爸和妈妈约好星期六下午到朋友介绍的狗场去买小狗崽，那里除约克夏梗外，还有银狐犬、柯基、雪橇犬。朋友觉得爸爸也可能会喜欢日本柴犬，不过要看过才知道。整个星期爸爸都在期待星期六到来，星期四夜里他梦见狗走失了，又回来了，跟着一个骑自行车的人跑远，像是在郊外新科技园区那种宽阔又不通向任何有人的地方的街道上，空无一车，他挪动步子却跑不动，不可能追上，在梦里他蹲坐在地上痛哭，回家抖着手开门的一刹那，却又听到狗的吠叫，梦里他觉得这叫声可真熟悉，听惯一辈子了似的。

他不愿意再有可能失去什么了。狗能回来而孩子却不会，他无法抑制住恨意。他预料到自己在现实中，可能会在遛狗后用钥匙打开家门让狗进家时因为狗确实能够走进家而憎恨狗。

努力自然怀孕的尝试失败以来，爸爸和妈妈很少碰对方。也不是完全没有。二人相处时，房间里用了多年的挂钟走字变得很响。有时爸爸觉得自己和妈妈像尘世中的两个鬼，亲近彼此时才有了肉身具象的形态，短暂地相互依赖。但这种神秘的令他想要哭出来的感觉也并没有让亲近变多，想一想，就过去了。

爸爸发现说谎有清热镇痛的功效。说谎之外，他和妈妈不大说话。他把另一间卧室里原本摆放的跑步机和整理箱移到阳台上，住了进去。

爸爸和妈妈的关系更加文明了，用两小时争吵，用一周相互道歉。

有一段时间妈妈指责爸爸只爱他自己。反过来，爸爸不这样看待妈妈。他觉得自己的心脏很疲劳。

在妈妈尝试几种宗教的过程中，爸爸以科学实验的态度观察和记录样本的效果。佛教，她参加了放生和舍粥活动，都不喜欢。去过普陀山，还不错。试了基督教，但她不喜欢一同聚会的人，其中不少有点反动。后来她落脚于灵修课，参加过在郊区的周末冥想工作坊，居然并不都是坐着做瑜伽、想象蓝天绿草之类的事，也不是让人回忆罪孽之类的事，而是尽量让人跑起来，跳动，让人愉悦甚至欢腾，至少暂时能表现出来这些情绪。还有赤脚舞蹈环节，还与比她年轻二十岁的人以及外国人一起野餐烧烤。她回到家时带着茫然若失的表情。这些关于自然和野草、清晨和裸体的竭力令人重生的试探，让爸爸怀着伤感想起童年和家乡。非常奇异，那座江南军区大院中曾是他年轻的叔叔阿姨，现在成为他年老的叔叔阿姨的人们，如今有相当高的比例都在相信基督教的各种古怪的地下变体，有些老人每天吃牛肉，说这是来自西方的神的旨意。红色的肉块是长寿的律令，老人以警觉发亮的眼睛躲避死亡投在他们四周的阴影，想象阴间或炼狱有无数粗野狂躁的土狗在等待不愿养生的人。

*

世界改变了。早在几年前她和爸爸尝试再要一个孩子时，妈妈就发现了。那时妈妈去医院做排卵监测和输卵管疏通，她发现生殖中心的女洗手间小隔间门背后贴着代孕、提供健康卵子、处女取卵的小广告。

现在她和爸爸在夜晚散步，地面上贴着亮晶晶的彩色小广告。当然城市就是这样。一直以来电线杆上都漆着代开发票的电话。总会有人打电话来问要不要卖房，他们对你的情况清清楚楚。另一些人打电话来问你要不要信用贷款，他们不清楚你的情况，但认为你总有遇到难处的、落难的时候。单元门上和门缝里夹着美女公关的广告和电话号码，他们想你总有软弱的时候。但现在城市的地面上花花绿绿地贴着新的事物，包生男孩、交易卵子、代孕母亲。你有些厌恶地以为这个二十多岁的女孩照片是一种色情服务的迹象，它却是子宫服务的迹象，让人悲伤。

以前让人出卖阴道，现在让人连子宫和卵巢一起出卖。一个套装。

后半夜，妈妈待在自己的房间里哭了。真不重要，就好像你的女性的身体是一只塑料脸盆。小时候那一种，没有特点也不太结实的塑料脸盆，丢了就再买一只一模一样的。这些广告还告诉你可以定制，可以选择你想要的女孩子的类型，选择你想要的未来孩子的类型。

什么都这样容易吗？告别自己的孩子这样容易吗？他们以为可以摘出来，可以塞回去，可以拿走，可以卖吗？妈妈想起孩子小的时候，送去幼儿园时从来没有哭泣过，第一天就挥着手告别，自己走了进去，后来也总是高高兴兴的，周末也想去上学，那么快乐的好孩子，从来没有在公共场所号啕大哭，从来没有过非去索要什么东西，只有一次，孩子三四岁的时候，她带孩子去商场买了一只红色的新塑料大澡盆，孩子一定要坐在那个盆里回家，她端了一路。

澡盆里的孩子！她想起小P。胎停育后小P拿到了20%补偿金，是中介机构承诺承担的，另外付了钱给小P做引产手术。在那年，妈妈带着视死如归的心情去广州面试未来的代孕母亲，仿佛走上一条不归路，她已经放弃了有百分之百的自己的孩子。而那时爸爸在去之前对候选人很有些好奇。当时妈妈想，爸爸对其他的女人，可能成为自己孩子的某个形态的妈妈的女人，这样好奇。——男人看到的是一具新鲜年轻的女性身体，承载着自己的孩子；而女性看到的是自己的孩子，暂时安放在别人的身体里。男人是不是对身体总有占有欲？是不是代孕母亲像某种古代的外室，专门生孩子的那一种，弥补大房的无能，然而也是某一种房，某一种妾室。科学使得爸爸与代孕母亲不需要接近，但男人是不是还会觉得存在着某种联结，那个女人肚子里是我的孩子，因此好奇，因此对代孕母亲也有某种亲近的感觉？妈妈不觉得亲近，她只是极其，极其期待，期待怀胎一个月就可以生出孩子。选定小P，从广州回家后，她心情轻松了许多，甚至对爸爸说，但愿我们的孩子早产几周，让我们早些见到它。后来她也想过，是不是自己太着急了，才会有一个孩子又一次离开。

那时在B超室里看着小P剥开衣服露出肚子，妈妈对她有感谢的心情也有排斥的感觉。如今她不这样想了。她疑惑自己怎么会那样残忍，对另一个女人。

现在她听到年轻的、孩子三岁的女同事说，自己嫉妒家里的保姆。孩子对保姆太亲了。有什么事情，孩子先看向保姆，再看妈妈。“我家阿姨，我想撵走她。”妈妈生气地插话，这是不可能的任务！你又要她爱你的孩子，你又要她不接受你孩子对她的爱，你又想要在自己想要割断时立刻割断你所要求她给你的孩子的爱。这还不如男人。男人不要娼妓的感情投入，因为男人起身后就想要马上离开。倘若娼妓投入了感情，男人还会害怕。你自己是女人，你应当懂得保姆也懂得娼妓。你为什么这样残忍？类似的，你要你丈夫去赚钱，更多的钱，超过工资的钱，你又要他六点钟回到家。

妈妈变得难以接近。她和她周围的人不一样了。她认为这不是由于她经历了悲剧，而是因为别人拒绝承认那些显而易见的真理。她知道别人只觉得她乖戾，他们又因为认为她的身上发生了不可名状、没有语言能够真正描述和叙说的悲剧，而在以容忍补偿她。也许她变成了自己从前最讨厌的那种人：觉得自己比别人好，因而挑剔的那种人。人类不能接受这种人啊，人类只能接受比别人有钱因而挑剔的人，以及太过悲惨因而挑剔的人。妈妈不介意被当成后者。

妈妈长久地在心中发表小演说。

*

爸爸和妈妈去找了专长婚姻治疗的心理医生。

“生活中的小美好，”心理医生说，“每天都要试着发现一件。”

比如今天傍晚小区外河边蛙鸣阵阵，多么美妙，让人领会感恩的含义，要慢慢地、逐渐地学习珍惜生命中每一天的特别。妈妈耳中的蛙声则如同葬礼上的军乐队。比如若是早餐特别好吃，心理医生说，要想到这是怀有耐心和细心才能做出的早餐，其中独特的配料是爱意。当然也别急着一蹴而就。肯定不容易。此外要为自己设立能够达到的小目标。比如每周保证有两个晚上一起在家吃晚饭。但也不要因未达到目标而忧虑自责。最关键就是停止自责。

妈妈搜索医生的背景资料，得出结论，如今在中国以心理咨询为生太容易了。“那我也可以当国家生殖医学二级咨询师。”妈妈说她绝对不会再去那个工作室。除了陈词滥调什么都没有，墙上还挂着那人和名流的合影。爸爸认为她太负面、虚无、愤世嫉俗。在孩子死去之前，自己的妻子曾是个可爱又粗心的女人。

可以这样总结，“悲剧把她变成了知识分子”。但这同样是陈词滥调，类似于贫穷使人高贵。饥饿带给人耐性。希望就悄悄躺在绝望之中，只要你肯去挖掘。坏天气遴选出好水手。所有人生经历都能带来成长。战争令人失去双腿而人反倒因此更珍惜生命并爱好和平。不幸给人心灵的深度。

为什么人需要心灵的深度？

*

妈妈发现爸爸在读一本叫《非暴力沟通》的书。她不想模仿他，自己去搜索在线课程，买了《非暴力沟通实践篇·下》，又称习题册。她边做早饭边在耳机里听音频。

有时她觉得事情已经过去很久，但她不时心悸。错误之一在于自己当年不该让孩子去那所中学。年轻时爸爸说他爱她的原因之一是她又快活又马虎。爸爸讲究茶叶，她嫌麻烦，向来只用茶包。她曾和同事一起在午休时间的闲极无聊中在网络上算命，星座师要求她们给出自己的生日与大致出生时刻，她特地打电话给母亲问清自己诞生的精确时间，夜里九点半左右，接近九点四十分。但她同时不假思索地给了星座师自己的阴历生日。当然！她向来过阴历生日。半年后她意识到了这一点，不过这时她已经为测算结果在日常生活中的折射发出过几次惊叹："太准了！" 也因此她已经把这位神算的星座大师推荐给两位好赶时髦的同事，现在只好偷藏起这个秘密。第一次听到这个故事时爸爸笑得前仰后合。她怀疑自己其实没有那么马虎，更没有那么快活，阴历生日是个偶然的错误，或者她只是不太在乎。多年共度的岁月中，是他的喜爱把她塑造成了一个力图马虎也力图快活的人，对什么都放心。如果她仔细一些，用功一些，加入她所不愿意加入的妈妈群，更早去查询政策的缺口，更多去寻求别人的建议，她的孩子本可以早一年上小学，也就早一年上中学，也就未必会考进这所中学。类似的，如果她当初不那么快活，如今她就不会这样痛苦。

妈妈发现世界上到处都是谋杀案的新闻。这个世界怎么了！她在机场书店看到一架架的日本罪案小说。封面都是血。出差旧金山，酒店所在的街区里居然有好几家塔罗牌算命的小店。或者是妈妈容易注意到这样的店铺。她走进去，在穿紫色长袍、眼窝深陷、涂蓝黑眼影的女人面前坐下，写下自己的公历生日，眼泪汪汪。

*

晚饭后爸爸和妈妈去散步。也许这是在冥府日历中具有某种意义的一天，夜晚的桥头下飘荡着烧纸的味道，燃起几堆明亮的小火，围着想必是家人的人。一个钓鱼老头冲妈妈喊："小姑娘！"爸爸和妈妈愣住了，停下脚步。"小姑娘！吃饭了吗？来玩儿！"穿着随意但算体面的老头子，头发有些长，钓竿末端亮着一盏小蓝灯，坐得端端正正，恐怕是脑袋的某个小角落糊涂了。小姑娘！一种奇异的温暖让妈妈想要哭一会儿。

这时候爸爸应该说点什么，制止那人，骂他几句。至少对妈妈说"老流氓"，"这是个神经病"。或者搂住妈妈的肩膀。或者牵起她的手，换一条路，或者走得更快一些。但爸爸发现他不想评论也不想介入，这好像仅仅是一件碰巧发生在妈妈身上的事，他对她有巨大的、显著的、他在这样的时刻会尤其明确地感到的亲近感，但丧失了保护欲。

以他自己的标准来看，他不是男人了。

爸爸年轻时，在男人中间，在单位里，在饭桌上，如果谁的妻子打来电话，大家会说，不过是老婆打来催回家的，不用接，或者敷衍几句，继续喝酒。仿佛蔑视家庭让自己很有男子气概，然而实际上又都十分重视家庭。在孩子死去后，爸爸发现如今的情况不一样了。夫妻关系和父子关系似乎都更加重要，男同事第一时间接起电话，以正确的方式过周末，阖家出行。单位组织旅游，可以带家属，常常是年轻的男同事抱着孩子，妻子拿包。他们都会换尿布。有时爸爸对孩子觉得抱歉。

孩子活着时喜欢问他与妈妈相遇的故事，从孩子很小时就开始问。“爸爸，你要细细地讲给我听。”他就告诉孩子刚进单位时他在田径队，跑一百一十米栏，妈妈在排球队，单位组织的活动里两个人总能遇见对方。“再讲细一点。”孩子很感兴趣。孩子会告诉同学自己爸爸妈妈体育都好，小时候孩子为此感到光荣，后来孩子长大了一些，再来追问细节与细节的意义时，爸爸辨认出孩子的眼睛中有已经爱上了某个人的热情与犹疑不决。体育是一个因素，不过爸爸想，这只是浪漫故事细说从头的必需写法，你在哪里看见了谁，你喜欢谁的头发，谁把你带到哪个饭桌上认识了谁，你先认识谁，其后又意外认识了谁并被打动。一个人一生中会这样看见、认识、记得很多人。而人与人真正建立联系是靠一些小事，那些事让你和她之间的某种关联，某种光，某种程序，某种气味与众不同。有一次爸爸陪妈妈去集体宿舍区附属的修鞋摊取她在开缝后送去修补的运动鞋，他已经记不得为什么修鞋的老头要和她强横地争吵，他原本站在宿舍管理中心门外，抽烟等她，听到争吵声，他跑进去代替她争辩，她眼泪几乎涌出眼眶，他一时奋不顾身。从我到我们，从谢谢到不再说谢谢，就是因为这样的事。那天之后爸爸担负起保护妈妈的使命，一条单行道，虽然妈妈始终说自己不需要男人的保护。爸爸想，如果他与妈妈在其他情况下相遇，会愉快吗，会有孩子吗？

孩子活着时他没有问过孩子是否愉快。那时他觉得自己能够判断孩子是否愉快。有时孩子明明应该愉快或者平静，看起来却不是，他便要求孩子高兴一点，别哭，不应该闹，太作了，懂事一点，长大吧。现在爸爸认为自己不配活着。

爸爸和妈妈不再读报。叙利亚的小女孩在死去，朝鲜半岛面对着深不可测的危险，有时也有希望，非洲大陆许许多多的人以不同形式流亡或经受屠杀和矿难。也不再看电视。他们觉得非常难弄，人人都在用智能手机谈工作，很难躲开手机里转发来的新闻报道。不得不读新闻时，爸爸觉得讽刺。“全球招聘局级干部”，爸爸想，全球和局级干部不应该在同一个句子里出现。他奇特地发现自己是个爱发议论，爱批评的人，这与他一直以来对自己的判断不同。

“痛失会”坚持每季度聚会。地点起初在茶馆，后来在一户人家的客厅。爸爸和妈妈在宜家的餐厅遇见过他们一次，那些爸爸们和妈妈们说，大家都有宜家会员卡，在这里喝咖啡免费，正好一聚。爸爸和妈妈端着放肉酱意面的盘子，既不想坐下又不想走开，在附近一张长桌的边上和人拼了桌。那张桌子上坐的都是老年人，面前没有盘子，多数很吵嚷，在争辩什么事情，其中夹以两个很沉默的，其中一位老太太嘴角垂到下巴，在抹眼泪。爸爸和妈妈听出来，这些老年人参加了某种集资理财，董事长消失、钱也跟着消失后，他们报案了。他们商议着要到北京去下跪，已经去过一次，火车到达河北前被拦截回来，现在他们试图去第二次。妈妈右手边那个胳膊肘总撞到她的中年人说，微信群不安全，有卧底。还是宜家好。

家具什么都见证了，什么也听不见，什么都听见了。就像中学的塑胶操场跑道，什么都看见了，什么都听见了。后来那所中学把操场重新铺了一遍。

是否能拯救婚姻的只有二人中谁得了绝症？不能治愈，只能治疗，死得很慢的那些绝症。在五六年之中逐渐死去。新的紧张，新的绝望，新的团结，新的亲密。爸爸奇特地发现自己是个爱幻想的人，这与他一直以来对自己的判断都不同。

*

爸爸和妈妈出门去吃饭。饮料单上，两页中一半是果昔，健康饮料，转变成液体的蔬菜，延长寿命的、攥紧健康的尝试，毫无必要的零度可乐。孩子还活着时喜欢吃油炸食物，薯片，天妇罗，炸鸡，一盘软炸里脊会蘸净一整碟椒盐。爸爸会制止孩子，少吃这些，吃有营养的，能长高，个子高多好，你想想。孩子表示不在乎身高，煮鸡蛋不好吃，白灼虾也不好吃。鱼则刺太多了。

“爸爸不要管我！” 孩子年幼时恨恨地说。

他想，整个教育哲学都是错的。个子高？劝魏晋时代的人考虑未来移民火星者的福利。“这是为你好。” 父母根本无法知道什么对孩子好，什么是危险的，什么是致命的。全是错误。而爸爸和妈妈永不能知道自己究竟错在了哪一步。

现在爸爸和妈妈坐在餐桌的两侧。他们谈了一会儿科技与日常生活的变数，虚无缥缈的东西，银行产出票面上的财富，战争的 A 面与 B 面，5G 将让所有人都能待在家上班。国家在发生很多变化，汇率与房价的走势中有不可测的奇妙，让人们处在似乎永无休止的迁移之中，这种动能与伴随其中的那种一定要将生活变得更好的坚忍耐性是爸爸和妈妈不能够领会的。生在南方的人如今生活在北方，觉得太干燥了。反过来，生活在南方的北方人觉得太潮湿了。但这些人似乎都能令人羡慕地忍耐下去，在生活中持续看到新意，不需要做什么真正的改变。一点抱怨和一点回忆，一点陪伴和一点盼望就够了。

他们意识到晚餐是暂时的。散步是暂时的。永恒的是孩子死去了的现实。日子过不下去了，至少与对方不能，但因为同样的原因，必须要与这一个对方，把日子过下去。

（原载《花城》2020 年第 2 期）

掩面时分

弋舟

形势依然严峻，我竟和姜来见了一面。

即便被旷日持久的疫情折磨得日渐麻木，走上街头，还是会略觉不安，心中有股顶风作案般的、生动的刺激感。

看上去，这次见面没什么必要性，我和姜来之间的友谊，就算在正常时期也谈不上特别深厚——我们做同事的经历，都是三年前的往事了。是她主动联系的我，在微信里用语音邀请我出门吃顿饭。本来寻常的事情，如今都变得非同寻常。这“吃顿饭”的邀约，现在就像是拉着你一同去赴汤蹈火。可我没怎么迟疑就答应了下来。

也许的确是因为快要被关疯了。但我知道，促使我赴约的理由一定没这么简单。我只是无从将那种复杂的线头择清，于是只有将其甩给最轻易的理由。人类行为线索的乱麻，基本上你自己都是理不清的。你不知道自己究竟为何冒雨跑到了空无一人的街上，你也不知道自己究竟为何在某个夏天的黄昏打起了寒战。你不能直视自己，既无那样的勇气，也缺乏超然冷静的神禀。更何况，如今世界都陷入了空前的迷茫里。

丽都广场前的露天餐吧我并不陌生，三年前，我和姜来供职的那栋写字楼就在近旁。远远地，当我望到餐吧支起的遮阳伞时，心里居然涌动起一丝慰藉。昔日重现，那滋味，就是重逢某个久违了的东西，而这个东西，此刻对你具有连你自己都未曾擦亮过的意义。“久违”与“意义”，三个月前，无论如何我也是没法跟这家露天餐吧联系在一起的。因此我还放慢了脚步，不过是想延宕内心这种新鲜的、令人有些目眩的感受。

姜来已经坐在一张桌子前了。她要了杯水，在我看来仅是为了理直气壮地用水杯给世界一个摘掉口罩的理由。我从她身边绕过，坐到她的对面，一时间不知采用怎样的方式启动这个非常时期的谋面。还好，我也摘下了口罩。这简直是非常时期最高的礼仪。

两张一览无余的脸，竟让我们彼此都有一瞬间的尴尬。

我有些不自然地对她说：“周末好。”

她也有些不自然地笑了，问我：“今天是周末吗？”

我一下子拿不准了，好在她紧跟着也回了我一句：“周末好。”

我听出来了，其实她也是拿不准的。这有些美好。当大家对世界都拿不准的时候，世界一下子就显得没那么奇怪了。

她显然是精心打扮过，在我看来还有些过分精心，以至于都不太能和我的记忆对上号。三月末的天气谈不上温暖，可她已经穿着条紫色的纱裙了。

“不冷吗？”我问。

我控制了语气，但我仍然感到自己有可能是要冒犯到她了。

“还好。”她答道，表情反倒像是担心自己光着的小腿冒犯了我。

大家都有些心照不宣的小心翼翼。我又一次感到了有些美好，随之还找到了另外一条此行的动机，那就是，人和人交际时这种微妙的迂回与躲避，亦是我愿意重温的旧时滋味。

不曾想到，我们竟是从口罩聊起的。上帝知道，三个月来，口罩已经成了我不折不扣的噩梦。没错，我就职的公司的确在从事医疗器械的国际贸易，但这并不是我的错，那只是一份糊口的工作，和从前我们一起卖保险没什么两样。我不该承受如此蛮横的摧残——我们这个行当一夜之间成了风口浪尖上的重灾区，全世界的人都跑来跟你谈口罩，“有口罩卖吗”，或者“买口罩吗”。这买和卖的背后，是你以前完全无从想象的量级。不到一百天，从我口头周转的口罩大概有几亿只，然而事实则是，几亿只虚拟的口罩充斥在我的艰难日子里，让我焦虑不堪，但迄今却没有一只有效地兑现在了现实的交易中。

此刻，面对又一个说出口罩的人，我知道了，原来我顶风作案般地跑出来，最大的动机不过是为了暂时逃脱那令人绝望的荒谬。

“全世界都在倒霉，只有你们这行因祸得福，”她并不像是调侃，反而像是要令我开心的样子，“你卖口罩都卖到手软了吧。”

“都这么认为，我要是跟你说，我实际上却降薪了，你会信吗？”

我勉力想要给她做出点儿解释，尽量用舒缓的口气，跟她说说沉船时刻甲板上没有哪只烟囱会幸免什么的。但我说不下去了，感觉胃液已经翻涌了上来。

我的表情让姜来认识到了问题的严重性，她替我叫了杯柠檬水。

“呃，这个我的确不太了解，”她说，“嗯，你是有些消沉。”

这话我还是接不上来。我何止“有些消沉”，而且听上去好像从前我不消沉似的，那并不符合事实。

好在姜来没有等着我回应她的意思，飞快地转移了话题。她告诉我这段时间自己成了家里的全职保姆，照顾一个不足周岁的女婴足以让她无暇顾及轰轰烈烈遭难着的世界。听上去，她不是在诉苦，是在向我炫耀自己的幸运。我装作饶有兴趣，心里做着换算：如果在一个女婴和漫天的口罩之间做出抉择，此刻我会投奔怎样的生活？这很难，真的很难，不是因为两者都对我构成恐吓，而是我意识到了，世界给予你的选项原来就是没得选，要么你去面对女婴，要么你去面对口罩。这个发现令人松了口气，我想，这可能也是姜来约我见面的愿望所在，共享一下自己的困境，赋予困境某种“庆幸”的色彩，于是分摊掉实实在在的重荷。

在我们昔日的交往中，就曾经如此共享与分摊过。那时我刚刚毕业不久，拿了文学硕士的文凭，却只能跑到保险公司谋职。我天真地认为，学以致用，至少我可以用被文学史训练过的笔法去胜任一份文秘之类的工作，孰料直接被安顿到了实打实去做业务的岗位上。那是一个厮杀的疆场。我以为这很不幸，但姜来却让我相信这是幸运。她比我大七岁，当时在我眼里都算是一个长辈了。尽管和我所学的专业相同，她手里攥着的，却是博士文凭。博士都不用对硕士过多解释，在她的共享之下，我很快觉得没有被安排去做保洁已经是中了大奖。她从安徽来到北京，不用说，是上了某个男人的当，人生一下子被悬置在了古怪的区间里。她不能抽身了，只能顽强地浮动在好像是被规定好了的引力当中。她要留在北京。这里面肯定有赌气的成分，似乎要如此证明点儿什么。对此，我向她部分地分享了自己的境遇：与她的方向相反，我那时最大的目标是将自己从北京发射出去，无论是哪儿，安徽也行，火星当然最好。我有一个后父，麻烦到像所有麻烦的后父一样。两个目标南辕北辙的女人交会在了同一栋写字楼里，彼此分享了秘密，这个事实对我有效，我想，对她大概也起到了疗愈的作用。

卖保险原本也算得上是一份体面活儿，可谁都应该明白，世界上所有的体面活儿都不是那么实至名归，它们肯定会跟你想象中的不一样，跟教科书上的不一样，跟电视剧中的更不一样。当年我们被组织在同一个团队里，收入是以集体业绩来考核的。姜来的业务量比我强，尽管也只能算作是差强人意，但我总是觉得我在很长的一个阶段里，不仅分享着她的秘密，还分享到了她的劳动果实。我将自己视为一个不劳而获的受惠者，不免对她怀有隐秘的感激之情。因此，我还有种从业的不洁感，这种“不洁”之感，一直贯穿到了今天，不出意外的话，还将是贯穿我职业生涯的滋味。就像现在，谁能想到呢，我这个医疗器械的国际贸易从业者，不过是在兢兢业业地做着虚空的数字游戏。

“我可能不该跟你扯这些。”姜来终于意识到了不妥。

我好像一直在等待她的这个意识到来。不同的是，我并没有觉得她有何不妥。就是说，我并没有感到不适，我只是认为她应该会有可能意识到她所说的话题将引起我的不适。所以我就不动声色，在等着她的这个意识降临。

三年前姜来陪我堕过胎。你瞧，现在谈论一个女婴，对这段往事有可能构成影射。

医院是她替我选的，以我之意，本来是想找个小诊所了事。这里面当然有捉襟见肘的经济考量，但事后我审视过内心，承认还有某种自弃与自毁的冲动在唆使着我。从手术室出来后，姜来陪着我在空空荡荡的医院走廊里坐了很久。她坚持选择了这家费用昂贵的医院，和我一起在黄昏中感受走廊高耸的立柱投射而下的粗壮倒影。昂贵当然有昂贵的道理，我是没有见过哪家医院的空间奢侈得宛如圣殿一般深阔，连柱子都做成哥特式的风格。外面已经是盛夏的季节，我们置身的圣殿温度适宜，肯定谈不上寒冷，而我却打着剧烈的寒战。说起来这很好理解，我刚刚被掏空了。但这肯定不是唯一的原因，它只是更显而易见。

她握着我的手，劝慰性地对我说出一些令人咋舌的知识。男性的精子对女性来说是异性抗原，按照移植学说，这个外来的抗原会受到排斥，绝大多数女性怀孕后并没有流产，原因是母胎免疫耐受机制的存在发挥了作用，但是，如果这个机制不够完善，那就可能会出现流产。她当时就是这么告诉我的。可这跟我眼下的处境有什么必然的关系呢？我想，她事先一定专门补了课，否则她不可能如此专业，即便她是一个文学博士。她也的确像是在背书，脸上是知识未曾消化过的费劲表情。

“还有另外一种状况，”她认真地说，“那就是偶发性流产，发生了自然淘汰，淘汰率达到百分之五六十。”

这很神奇。不是吗？我不能确定她的科普是否准确，也不能确定自己是否真的准确理解了人类生育的规矩，我只是觉得自己被有效地说服了。既然那是一个高达“百分之五六十”的人类事实，你还有什么理由继续打着寒战呢？“自然淘汰”这个词发挥了效力，那就像是在说花开花落与春去秋来，是在说自然那庞然的意志与你那只能如此的逆来顺受。就算你刚刚经受的，是一个血淋淋的非自然掏空。

我拿不准自己是否曲解了这堂生殖课的真谛，就我当时的理解，我认为有许多流产是在连你自己都不知道的情况下发生着的。自然在悄悄地搞着神秘的平衡，这赋予了事情不由分说的色彩，它在源源不断地淘汰着胎儿，女性的身体不过恰好是一个搬运现场。这样的认知，一直保持到了今天。

那天黄昏，我在夕阳的余晖中渐渐平静。姜来始终把我的手握在她的掌心，循循善诱。我从未对她表达过谢意，就好像我们不曾想过要对大自然表达点儿什么。直到有一天我不告而别地离职。

是的，在大多数时候我都显得冷漠。但我知道，这只是当我必须向世界描述自己时，能够用来保护自己的最安全也最廉价的一个说辞。我知道自己有多么的不讨人喜欢。除了将一切推诿给那天赐的性格本身，我没有力量与胆识坦陈自己所有的深情或者绝望，当然，也有愚蠢和贪婪。

我们那时就是处在这种不温不火的友谊里。有时候一起在天台上抽支烟，有时候一起在丽都广场前的露天餐吧吃顿饭。她原本并不抽烟，是跟着我才染上了恶习；我原本也对意大利面毫无兴趣，跟着她，才开始觉得原来也还不错。现在盘点一下，我觉得我从两个人之间的友谊中获益更多：我教会了她一个恶习，她拓展了我的味蕾。何况，那时的饭钱基本上也是她出的。这个认知此刻令我惭愧，我想要对她释放出适度的善意与热情，如果有可能，我还想向她道歉，请她原谅我无可救药的冷漠，并接受我笨拙的示好。可是我真的不知从何说起。

戴着口罩的服务生端来了食物。原来她在我到来之前已经点好了。这没什么问题，本来就是简餐，薯条，鸡翅，意大利面。从前她就是这么干的。

“保险餐。”我脱口说出了自己的心里话。

“什么？”姜来显然听不懂，“噢，应该是保险的，现在能被允许营业，应该就是保险的。”

她会错意了，我并不是在担心食品安全。“保险餐”只是我从前在心里对这组食物的一个命名，除了对应着彼时我们从事的行当，还隐含着某种内心的感受，它代表着妥帖，恰当，心安理得和不事声张。由此，你该明白为何意大利面会让我觉得也还不错了，因为它介于可口与难吃之间，刚好是一个能够下咽却也能够微弱奖赏你味蕾的口感。谁都吃不下太难吃的东西，但我的舌头也消受不了过于丰盈的犒劳，那样会吓到我，让我觉得自己是在染指不切实际的幸福。所以遇到团队聚餐的时候，我基本上都会找个借口缺席。姜来却不行，她的年龄在我们当中算是大的了，于是就承担了团队成员对她“大姐”的预期，十有八九，大姐姜来都会配合着大家的兴头。无论谁做成了单子，大家都要去找地方集体庆祝一番，吃顿火锅，或者烧烤，这个不成文的规矩，发展到后来，没有单子，有了意向，也得去吃一顿。我因此承受了更多的难堪，婉拒时难堪，第二天见到大家时，也无端地难堪——仿佛每一个人的嘴上都还泛着油光，而这油光辉映着的，是对于一个孤立者的讥讽。

“我一点儿也不担心它的安全。”我抓起一根薯条塞进嘴里，脑洞大开地对姜来说，“它们就像杰西卡一样安全。”

“杰西卡？”姜来怔了一下，马上反应了过来，皱着眉阻止我说，“你最好还是别用手吧。”

杰西卡也是我们曾经的同事，是团队里最小的成员。她那时刚刚本科毕业，学的是金融。她来卖保险才是真正的学以致用，但实际上，却比我这个学中文的都更像是入错了行。她太独特了，总是让人感觉处在一种行将闯下弥天大祸的紧张之中，本来并不很白的皮肤，由于神经紧张的缘故，常年像是涂抹了不太均匀的粉霜。我用了不短的时间，才把自己心里的感受对上号——杰西卡看上去像一件树脂做的、那种所谓的前卫艺术品，不能简单地以美或者丑来理解，但是有强烈的感染力。和你说话时，你会感到她随时会哭泣起来，泪光在她的眼睛里闪烁，让你难以判断这是事实还是幻觉。要知道，你跟她谈论的可能只是早餐吃了点儿什么，这并不构成哭诉的理由，可她的确是发出了哭腔，于是你只好跟着陷入到紊乱里，开始怀疑是不是自己出了问题。她和大家的交流几近于无，谁都不想惹她哭，以至于“杰西卡”这个英文名字完全抹去了她的本名。大概每个人都琢磨过，如果你非要去向她求证一个中国名字，势必会搞出惊天动地的哀恸，她会哭泣，直至在哭泣中融化。大家的心里有着共识：紧张不安的杰西卡却是团队里最安全的那个人。只要你别去多跟她说话，她就是空气一般无害的存在。

既然说到了安全，只能说明不安才是那个小团体中最普遍的情绪。警惕让每个人的寒毛都耸立着。当大家被以团队精神的名义组织起来时，也只能说明充满敌意的竞争才是最大的事实。我也被人从手里抢走过单子，也被客户下流地侵扰过，个中曲折，肮脏到我都不愿再去回忆。但我能够记得有那么几次，因为羞辱之感，我跑到天台上去不可遏制地呕吐。这让我害怕，除了呕吐，从天台上纵身跃出的冲动也伴之而来，那可绝不是个形容和比喻，既然呕吐已经是纯然的生理性行为，那么跳楼也就极有可能不再止步于一个念头。我甚至会这么认为：公司将杰西卡安排在这个团队中绝对是一个英明的决策，也许，在每一个团队里都会有一个杰西卡，她的无害，就是用来舒缓大家情绪的，类似军队里在硝烟后给大家唱歌的文艺兵。

“安全的杰西卡。”我不由得又自言自语了一句。

杰西卡的处境构成了对我的安慰。我还能婉拒掉自己难以适应的团队聚餐，而她连拒绝的选项都没有，只能脸色苍白地尾随着集体的纵队，如同被一群野蛮人从战场上掳掠回来的人质，惊恐而无辜地看着他们狂欢，甚而还要惊恐地为他们奏乐助兴。

“事实也证明了，她也并不是那么的安全。”姜来说。

她的表情一下子变得有些让我陌生，好像戴上了无形的口罩，人应该还是那个人，但看上去，变成了另一个人。

“是，所以这才是最让人震惊的。”我说，一边用眼神质询她的状况。

姜来歪头笑了一下，表示她没什么问题。

那“让人震惊”的事，是指有一天杰西卡被一群人堵在了公司里，她被指控拐走了别人的丈夫。

团队周五下班前都会开一个例会，这时候部门经理就会露面。我们的经理姓刘，一个三十来岁的女人。迄今我也没有获悉她的名字。一方面，可能是我并无这样的需要，我压根不想知道她叫什么；另一方面，可能这也是公司想要达成的效果。我不觉得她是一个真实的人，在我眼里，她更像是一个符号，代表着组织，管理，纪律，还有分配原则什么的。她长得并不漂亮，但颇具说服力，那是一种泡沫聚苯乙烯之类的合成材料塑造出的魅力。

刘经理在那个周五的黄昏又一次出现了。大家已经分坐在会议桌两侧。我的身体仍未康复，堕胎后我压根没有休息，似乎让自己硬挺住这个行为本身，才是一个正确的自愈良方。而且我也怀疑，自己是不是真的能够康复，或者干脆就不需要康复。杰西卡恰好坐在我的对面，一贯的脸色苍白。她的双手放在桌面上，面前摆着打开的笔记本，没谁要求，但她总是在例会的时候认真地在小本子上做着记录。

刘经理进来后直接坐在了她的位置上，一言不发地大约坐了一分钟左右，她用手指扣了扣桌面。这是一个信号，会议室的门应声推开，公司保安的半个身子先露了一下头，随后，他放进了那队人马。

“那天像是排练好的一出戏。”我说。

这就是我当时的感受。一切都极具仪式感，仿佛彩排过一般，像是舞台剧，逼真地模拟着生活，但又时时强调着，不，这是精湛的表演。也有可能这只是我的主观感受，谁知道呢，那时我湿漉漉的，感觉自己的身体仍然在持续不断地“自然淘汰”着，这种状况，也难保不会被幻觉蒙蔽。至少在我看来，涌进来的追责者并不吵闹，每个人的腔调都是清晰而夸张的，却丝毫也不杂乱。因此，原本应该显得比较复杂的事件，居然被我很快理解了。喏，杰西卡的一位男性客户失踪了，而她，是有迹可循的责任人中，最后一个与此人联系的那一个。现在，她需要交代出失踪者的去向。

“我也是这种感觉。”姜来说。

她一边用叉子挑着意面，一边用另一只手撩起垂下的头发。我发现她变得迷人了。

“现在我还会偶尔想起杰西卡的那个回答。”我说。

没错，那个回答神奇极了，既是一个确凿的答案，又是一个崭新的提问，基本上，你可以说它是一个“命题”。杰西卡竟然没有哭泣，她竟然显得空前的镇定与平静。她一边说，一边在小本子上写着什么，好像是在同步记录着自己所说的话。这让她显得有些漫不经心，又让她显得有些郑重其事。

杰西卡承认自己三天前与这个男人一同吃了饭，并且，也知道他去哪儿了。

“她说，”姜来复述出了这句话，“他去一个朋友的家了。”

看来她也难以忘记。

一个两三岁大的男孩跑到了我们桌前，他把口罩戴在自己的脑门上，连带着把眼睛也遮住了。

“回来！”他的妈妈在后面大声呵斥。

他去一个朋友的家了。没错，杰西卡当时就是这么回答的，给人的感觉是，她完全掌握那男人的行踪，而这个掌握，像是一个只有她才能够拥有的特权。——嗯，他去一个朋友的家了。连我都因之产生了希望，接下去，就等着她告诉大家这个朋友的家在哪儿了。

“但是她也不知道这个朋友的家在哪儿。”我忍不住笑了，不，不是觉得滑稽，是被某种悲伤的东西猛烈地触发了笑点。“何处是那个朋友的家？这都像是一个哲学命题了。”

“你会同情她吗？”姜来看着我问。

我抓紧吃掉了一根鸡翅。

“我也说不好，可能我也被现场的气氛给搞蒙了。至少，我是不反感杰西卡的，我想，我们所有人大概都不会反感她。没错，为了签下单子，她竟然也使出这种手段去接近客户了，但这不是每个人都心照不宣的秘密吗？知道她也这么去干了，我会感到有些心痛，可这心痛又不太像是在同情她，反倒有些像是在可怜自己。我也说不清楚，总之，我经常会想到她最后的那个回答，她简直就是很认真地把一个谜语当作答案来看待了，她肯定确信自己知道那男人的下落，而这个下落就是——他去一个朋友的家了。至于这个朋友的家在哪儿，并不是她要求证的问题，她认为她已经得到了答案。”

我也不知道自己为什么竟然变得有些激动，更没指望姜来能听明白我是想表达什么。老实说，我也不知道自己想表达什么。

“我知道你在说什么，”姜来这么说实在令我意外，“你是在说软弱者的无助，当强悍的世界完全令人招架不住的时候，弱者会沉入自己的逻辑里。——这让你感同身受。”

“是，好像是……”

我真的有些发抖，向后靠在塑料椅背上，环顾一番四周，好像这样就能把疫情都给解决掉了似的。

“对了，刘经理叫什么？”我随口抛出一个问题。

“刘经理？”姜来咬住叉子，说，“刘经理，她的名字叫刘经理。”

我开怀大笑起来，连嘴里的薯条都掉在了胸前。

姜来放下了叉子，开始用餐巾纸擦嘴。我真害怕她随后会戴上口罩。

“那么，你想过那个朋友的家在哪儿吗？”还好，她又把叉子拿起来了，“对于这个答案后面的答案，你从没感到过好奇吗？”她再次埋头吃东西，一边吃，一边问我。

“好像没有过。那不该是我关心的事儿……”一瞬间，我剧烈地意识到了什么，我能感受到她身上的坚定性，那是一种天生所具有的类似禀赋一样的东西，那是一种能量。“好吧，”我竟是一种认命的心情，“他去了你家，你就是那个朋友。”

“严格说，不是家，你知道，那时候我也是跟人在三环边儿合租了一套老式房子。”她头也不抬地说。

“你不是在逗我吧？”

我知道她不是，我只是好像还不甘于失败。

她依然低头面对着食物，就像当年杰西卡低头面对着小本子。

“好吧，那么，你是知道那男人下落的喽？他去哪儿了？”我知道这并不是我关心的问题。

“是的，我知道。”她一根一根地挑着面条往嘴里送，“他在我那儿过了一夜，第二天就走了。”

“去哪儿了？”

“他去一个朋友的家了。”她停顿了一下，补充说，“分手的时候，他是这么跟我说的。”

这个答案一点儿也不让我惊讶，或者说，我是被某种更大的、我完全无从想象的惊讶罩住了。即便现在她抬手把一只口罩塞进嘴里吃下去，我也不会感到惊讶。

“他就是一个谜面的制造者，给一个又一个他经过的女人，都留下了不可追问的去向。”我不是在跟她说，我是在跟自己说。

对，就是不可追问。姑娘们都止步于他给出的那个“命题”，因为继续探究，已经超出了她们权利给定的边界。

“的确，他很吸引人，甚至可以说有股魔力。我想，杰西卡接近他，并不完全因为他是一个潜在的大客户。至少，这不是我的全部原因。没错，他太有钱了，风度和教养都很好，而且看上去很有保险意识，简直就是为我们量身定做的目标人群。但我不会跟所有这样的人都去上床。”姜来说。

“可他使用自己的魔力跟你们都上了床。”

“他应该不是故意的，是杰西卡主动撞上去的。”

“怎么说呢？”

“杰西卡偷看过我的记事本，她给我正在谈的好几个客户打过电话。”

不可避免，我的眼前浮现出杰西卡那前卫艺术品般的脆弱神情。

“我一点儿没有责怪她的意思。我知道她有多艰难。我其实还会有些替她担心。这个男人，早晨从自己的太太身边离开，道别时，告诉自己的太太他去一个朋友的家了；他在傍晚和杰西卡吃了晚餐，分手时，同样告诉她自己去一个朋友的家了；然后，他到我那里过了夜，在第二天的清晨对我说，他去一个朋友的家了。就此，他走进了一个闭环里，或者是一个俄罗斯套娃里，不知所终。但女人们的日子还得过下去，他的太太不会有什么大问题，你看，我也不会，但杰西卡就说不准了，她依然活在现实里，可意志已经被绑架到另一个维度里了。”

“没准谁都差不多，和现实脱节，属于一个世界，却在另一个世界。”

“没听懂。”

“我也不懂。”我说。

其实我大致能懂，譬如，当年姜来人在北京，却不属于北京，我在北京，却属于火星。

姜来终于不再吃了，但也并不看我，而是侧脸看着不远处那个将口罩当帽子戴的小男孩。

“你还是老样子，穿什么都像个学生。”她说。

我低头看了眼自己的腿，发现自己都不知道自己原来穿着条运动裤。其实这是条我的睡裤。

“不知道杰西卡现在怎样了。”她招手向服务生要了两杯生啤，接着说，“跟你一样，她在第二天也不辞而别了。……你为什么离职呢？我一直有些猜不透，只是没问你。”

姜来直视着我，这不对劲，她显得有些咄咄逼人。有一股暗流在我们之间升起，女人的敏感可能让我们都意识到了些什么。

我再一次忍不住大笑起来，完全莫名其妙。

“我去一个朋友的家了。”我这么回答她，笑得上气不接下气，觉得这个回答真的是绝妙极了。

“去你的！”

她也跟着笑起来，跟着也上气不接下气了。

直到两杯生啤摆在了眼前。我们碰杯，各自喝下一大口。我心里的祝词是：嗨，祝贺你，你留在北京了，而我，还没有被发射出去。

离职后，我和姜来保持着断断续续的联系，她结婚时通知了我，但我没去。她嫁给了一个大学教授，是她读博时的同门师兄。这位师兄成功地杀入了北京，就职于一所高校，于是山重水复，姜来借此实现了自己的目标，在北京也属于了北京。她依然在卖保险，不过成了也只是出现在周五例会中的姜经理，可能也在经历着淬变，正在“泡沫聚苯乙烯化”。她生孩子的时候我去医院看过她，我们一同坐在医院的走廊里，在立柱的阴影中感受神的光环以及自己的平凡，我感到自己的下身湿漉漉的，猜测自己再度经历了一次神不知鬼不觉的自然淘汰。

“你知道吗，我得感谢你。”姜来又一次举杯。

我和她碰杯，把她的话也当作一个客气的祝酒词。

“跟着你来这儿我才喜欢上了意面。”她说。

“什么？”我有些恍惚。

“这种食物蛮神奇的，嗯，像安慰剂。”

我大约能够明白她的意思。我只是想不起最先究竟是谁带谁来的这儿。

“是我带你来的？”

“你不记得了？那天下雨，我在公司楼下遇到你……”

我记得了。那天下大雨，我从写字楼冲进了雨里，街道上空无一人，当姜来从一辆出租车钻出来时，给我的感觉，就像是撞到了世界上唯一的那个幸存者。她也没打伞，不远处露天餐吧的遮阳伞就成了一块天经地义的避难所，让我们不往那儿跑都不行。

“我没跟你说过，那天我是从一家私人会所跑掉的，几个男人想欺负我，恶心极了。你可能想不到，当我看到同样湿漉漉跑过来的你时，心里有多安慰。那顿饭救了我，薯条，鸡翅，意大利面，简直就是上帝亲自下厨专门为我做出来的。它们就是这个世上属于我的食物——你可能觉得我这么说太夸张了，但我当时就是这么想的——有一种跟你匹配的东西，不多也不少，你就不再是孤立无援的了。”

“祝贺你。”我竟说出了这么一句。

但我真的是想祝贺她，至少她得到了安慰，并且还记得这一切，能够相对容易令人理解地描述出来。而我，压根无从说起那天自己究竟为何冒雨跑到了空无一人的街上。

世界何曾太平过。不戴口罩的日子里，每个人不是照样深陷在各自轰轰烈烈的平庸的困境里。

“那时候我真的挺难的，”她说，像是要对什么做出解释，“还好，房东人不错，答应我半个月付一次租金。”

我竟无言以对。她不需要对什么做出解释。她连房租都付不起的时候，却带着我去了圣殿一般的医院。这才是问题所在。

喝光啤酒，我们起身道别。略微迟疑了一下，我还是向姜来伸出了手。两个女人的手在严峻的时刻坚定地握了握。我们之间的情谊，不会因之变得更加深厚，那本来就不是我们之间的方式，我们没那么开头，就不会那么发展，我们只是撞在了雨里，一起分摊了漫天的大雨。大雨淋了两个人，就比只淋给一个人的份额少了一点儿。但这就到头了，你从来都只能相信，每个人的悲伤都是各自独立的，它们隔绝无依，并不能彼此交会。

戴上口罩的姜来显得很轻松，就像一半的不轻松被遮住了。我想，在世界停顿下来的这个当口，掩面时分，大家都该趁机清理清理某些悬而未决的往事。她认领了那个男人“朋友”的身份，有理由轻松起来。我也好了许多，如果见面那会儿我是“消沉”的，那么，现在至少看上去应该不那么消沉了。

目送着姜来离开，我并不急着回去。她回去是面对一个不足周岁的女婴，我回去，是面对漫天飞舞的口罩外加一个麻烦的后父。对面诺金酒店的玻璃楼面在三月的辉光中熠熠闪亮。我在广场的花坛前坐下，看着那个乱戴口罩的小子到处瞎跑。有几次他都冲到我面前了，我都做好了即将被他撞翻在地的心理准备。可最终他也没有撞到我。

所有发生了的事情，都是你没有防备的事情。

有一件发生过的事情，我刚刚没有告诉姜来。它在一瞬间都跑到了我的嘴边。可我终究还是没说。大概要是说出来的话，太像是一笔交易——喏，我跟你说个秘密，你也跟我说个秘密。这太小儿科，也有失严肃。况且，我们大概也都过了那种分摊大雨的人生阶段。重要的是，这件事不像是件真事。

但它的确发生了，因为我毫无防备。

导致我堕胎的那个男人出现在一个午后。我往写字楼里走，他在身后喊住我，用一种狩猎者胜券在握的口气对我说：你是姜来的同事吧？我们就这样认识了，事情由此发生。他有一种天赋，就是会让你相信，只要稍微再坚持一下，他就能帮你把自己从北京发射到火星去。

离职后，我竟然还顽固地追踪过他。我找到了他的公司，也找到了他的家。我站在街边观望与等待，如实说，好奇多过痛苦。我可能只是想搞明白这世界是如何运转的，那么多意义非凡的事该如何让我去勘透本质。这个过程并没有花费我太多的力气，他在十天后就回到了自己的家，进门时的背影就是一副刚从朋友家归来的架势。这个结果让我觉得索然极了。他永不回头就会成为一个奇迹，就可以让姑娘们永远将自己的伤口美化下去，一直假想着被人当回事，或者曾经那么接近过火箭即将发射的一刻。但是他从朋友家串门儿回来了，精疲力竭，手里拎着带给家人的礼物，不是鲜花那类的东西，看包装袋，像是提了堆热乎乎的麻辣烫。

没有神的光环，只有你的平凡。

我既没有因之搞明白世界是如何运转的，对我而言，意义非凡的那些事，也照旧还闪闪发光地意义非凡着。这并没有摧毁我。我只是想明白并且承认了下来，一切其实并没有那么叵测，当我们前赴后继成为他人的下一个“朋友”时，或多或少，都怀有“签下一单”的心情。

这当然很残酷，可理解了自己之后，我才能平静地甚而是不带羞愧地去容忍自己与理解世界。为此，现在，就是此刻，我都能穿着睡裤在三月的春光下轻盈起舞。世界当然还会重启，到那时，势必还会有人源源不断地离我而去，形成新的闭环或者套娃，也会对我说一声：我去一个朋友的家了。而我，就可以如同代表着自然的意志一般，勇敢地发出神圣的质询：

何处是你朋友的家?

二〇二〇年四月七日凌晨
庚子桃月十五初稿
二〇二〇年四月八日正午
庚子桃月十六定稿
香都东岸

（原载《小说界》2020 年第 4 期）

字字双

张怡微

一

在英国拿到博士学位之后，安栗顺利回家工作，赶上了海归博士还吃香的年头，在高校开始了安静艰苦的“tenure-track”之旅。从外表看来，她好像就没出过国，或者，只是去了外地几年，那几年还不如留在上海赚钱，或嫁人，那样的话，现在孩子都能很大了。去英国读书这件事，在安栗身上并没有留下什么实际的光环，她既没有拿到身份，没有留在海外高就，也没有发财。好处是，也没人非找她代购。家族里的男性亲戚们从不会跟她谈论脱欧、足球、梅根哈利王子的移民趣闻，或者是哭着下台的梅姨，他们只会有意无意嘲讽她：“我们听人家说只要不在牛津剑桥的中国留学生，一般就说自己在英国读书，不然他们就会说，我在牛津或者剑桥读书，哈哈哈。”舅舅们说这话的时候，仿佛跟安栗没多大关系，也不为了专门嘲讽她。他们就是要说一说，不说憋着就难受。他们既不知道安栗在做什么，也不真的想知道。她，就是一个女孩子，家里的一个女孩子，还是一个书呆子，静静地冒着傻气。平日里，安栗吃的、穿的、用的，都和四五年前没多大变化。上海房价的变化，远超过她的变化。就连母亲，在凝视她半晌之后，最多说一句："你也有点见老哦，不过不仔细看也看不出。因为你老得也不算难看，像我。"

在现实世界，没有人知道，两年前她在莱比锡大学举办的研讨会上遇到了伯乐。那位英国业界大牛看了她的研究很感兴趣，他特别喜欢中国，觉得中国人奇异，奇异又压抑。他手上刚好有一组书在编，要编很久。那个书系，后来收入了安栗的博士论文。书做得很漂亮，封面用了一张老人与天使的照片。这简直不可思议，极少有年轻学者有这样的待遇，这为安栗后来的求职营造了光环，她确实有所获得，从社交中，从研究方向里，甚至是从"亚洲"的符号里。同侪们并不那么看，他们觉得那些虽然都是她的好运，但安栗身为年轻女性的原罪也不遑多让，对猎取好运是有极大助益的。于是逐渐有传说，说安栗是研讨会花蝴蝶，人虽其貌不扬却很会跟大佬联络。也有人说，安栗英文并不好，却有人免费为她润稿，这是为什么呢？怎么会有这等好事呢？谁知道呢？还有人索性说："她啊，早就被殖民了。"圈子很小，说这些话的人，安栗都认识，有的人一起吃过饭，有的人她陪游去参观过牛津剑桥，有的还跟她请教过投稿的问题。开始时，听到这些话，安栗是会难过的。时间久了，就习惯了。她觉得别人眼中的自己，好像要比真实的自己强大得多。尽管他们的表述，是在揶揄她"其实也没那么强"。她对自己说，同行和同性的敌意都是勋章，就好像电动游戏里的自己一样强悍、自信、藐视天地。

更多的批评来自豆瓣网，来自全球不到百人的阅读量中，她并不认识的同行。那些触目惊心的差评，就好像是命运的十字架，提醒她“好运”的背后标定着连环债务，还也还不清的。她唯有更努力，才能挽回一点点颜面。例如，每一年的发表、引用，同行只言片语的评价，研讨会的邀请。但无论如何，那些价值的总和依然超不过那本书。所以，令人悲伤的是，即使安栗一直在努力摆脱那本书，她的内心又是极需要那本书的。是那本书改变了她的命运，让她被人看到，被人批评，让她有了今时今日的生活。和她枯燥的日常生活相比，那本书是她人生的高光时刻，第一次也是唯一一次，是她的理想自我。

同侪和后辈们以看似客观的态度评论道：“这本书的绝大部分内容在中国都是没有现实意义的（如果用中文写一遍，根本无法出版）”，“如果论文可以这么写，去英国读个博士也不错”，“她为什么不发在公号上？那样更适合她呀”。安栗每天早晨刷一遍豆瓣，有时也能刷出一两个好心人对空言说，“去除猎奇的问题，田野还是做得不错的”，“可惜即使不是老人与残疾人，生活问题也是很复杂的啊”，以至于他们给的“三星”打分，都能显出温存的人情味来。这让安栗后来在看待别人的著作时，多了一些慈悲和体谅。事非经过不知难。有的人明明也被难倒过，却硬装作没有，她不想成为那样的人。如今，安栗手中拿到同行评议的论文，即使再糟，她都心存善念、手下留情。原因就是她每天都在豆瓣刷新评论，是那些评论照亮了她的软弱和不自信，成了她的心病，她是在意他们的。尽管她问心无愧，她说服自己只是好运。

她负隅顽抗（其实并没有几则）舆论，也负隅顽抗“好运”连带的污名。

这些事，安栗的家人并不知情。他们仿佛生活在另一个次元。也挺热闹的，挺激烈的。女孩子有了稳定的工作，周围人便只关心她有没有结婚。这听起来是中学生必读世界名著中的第一句话，其实不尽然，周围人还会关心她每个月赚多少钱，有没有房子、车，一年出国旅行几次，家里有没有戴森。如果她嫁给了爱情，那周围人会发自内心地感到惋惜，静候着好景不长，爱是最靠不住的，图别人对你好，最贪婪。如果她嫁给了金钱，他们又会觉得她本来就不配拥有爱情，应该知足常乐地走向死亡。至于她的工作，那几乎是没什么要紧的。能有个工作就不错了。她的工作被人挑剔，那一定是她不够聪明。而且她还需要工作，这本来就低人一等了。所以相比现实世界，安栗更喜欢豆瓣上的世界。那里也很势利，观点矛盾，刻薄尖酸，但到底清明一些。家人嘛，永远属于现实世界。好在母亲不这么看，她会跟周围人说：“我的女儿用英文写了一本书。她的同学都没有这样的机会。”尽管母亲连她的书名都说不清楚，只知道说“老人天使”，仿佛是一幅世界名画的名字。

说母亲完全弄不清楚，她有时又知道一些的。她会跟安栗说：“你是研究我们老人的，你要多跟我们老人在一起说说话，不要老是一个人闷头写写写。”又或者：“你一个女孩子，为什么脑子里都是些乌七八糟不上台面的事情，像个男孩子，为什么人家谁谁谁，学的就是莎士比亚。”母亲用拼多多买了八块钱两大捆芭蕉，吃得安栗夜里胃酸倒流，她把着马桶吐了一会儿，想到母亲还说过“妈妈用手机里的拼多多买芭蕉，你可以写成英文的论文哇？”

又觉得挺心酸，她没真心嫌弃她，她也想帮她的。所以安栗说：“可以的。谢谢妈妈。”好像是完成了一个爱来爱去的动作。母亲从来没有认真问过她为什么会有这么一本用英文写的书，写的到底是什么。写的时候她去过哪里，跟哪些人在一起。是谁帮助了她，会不会有人骂她，他们骂的对不对呢。母亲就像是站在另一个世界里，跟女儿挥着手，每每看她一眼，她就跟你挥一挥手。但是心里的话，安栗永远都说不出来，母亲也听不到的。

安栗总不见得一本正经地去问母亲：“妈，你的欲望对你的人生还有推动作用吗？”好像她田野时去问别的老人一样。

二

“嫁出去的女儿，就是泼出去的水。”长大以后，安栗在认识的人嘴里听到这样远古的中国话，还是在拆迁组抵达的爷爷家现场。派出所拉开的警戒线似乎意味着事情并不简单。安栗在脑海中反复琢磨这句中国古话在英语里应该怎么说，可能是“A married daughter doesn't belong to her parents any more”。大概是这个意思，可不知为何，用英文说上一遍，就显不出那种中国脸盆里的水的凉意了。如果不是高度紧张硬生生唤起记忆，安栗都快忘记母亲的户口还在爷爷家里，爷爷反而住在养老院里，她好久没有看到他了，她一直在看别的老人，也不知道是为什么。警戒线外看热闹的邻居们，安栗都不太熟悉。喊出这话的人，可能把她们错认作来分房子的女儿了。想要息事宁人，最方便的就是搬出祖宗的训导。可惜没用好，反而把孃孃们都排挤出去了。

父亲工伤过世以后，母亲的户口就变成了一个隐患，又或者是赌注，埋藏在安栗与父亲家族的关系中，令他们日益疏远。爷爷家的亲戚，难免当她们母女是外人了，还是敌人，尤其是在拆迁这样的大事里。隐隐的张力居然淡化了母亲的悲伤，但她从没有忘记任何一个节日，祈求父亲在天之灵保佑她们能拿下这场战役。总之，这一天迟早要来，与之相关的每个人都时刻准备着，反而显得很从容。与之外围相关的每个人，也都觉得这场硬仗自己可以出上一点力，兴奋得很。匪夷所思的是，在爷爷家，安栗看到了所有的舅舅们。就是那些从不与她谈论脱欧、梅根哈利王子、梅姨的老头子们，他们居然齐刷刷躺在警戒线里的水门汀上，年纪之和超过了三百岁。安栗母亲也在地上躺着，像另一摊水，泼向这家的水。安栗从来没有见过这样的场景，这真令人吃惊。躺在地上的母亲对安栗使了个眼色，手机却一直对着片警拍视频。

片警态度很好，其实他们什么也没干，就只是站着。有位警察主动靠近过来，问安栗：“你是这家的女儿吧？”并用手指向地面。“你爸爸不在了吧。和妈妈过得还好吗？他们这样都是为了你吧，你看你开心哇，那么多人为了你躺在地上……”安栗听了心里有些酸楚。“你和他们气质倒是不太一样的哦。”他又继续叨叨。这位警察虽然年轻，倒是颇懂人情世故，先发制人。安栗要怎么开口解释呢，她有什么好开心的。就算有，那也不是一种字面意义上的“开心”。心里的酸楚也很微弱，不足以撼动被荒诞揭开的生活场景。她连说一说“你们也可以不要这样”的勇气都没有的，说了也不会有人听的。她就问了问地上的母亲：“你冷吗？”母亲说：“不冷。”她就没话说了。虽然没说话，安栗却发自内心地感到了某种兴奋，感到了爱，奇奇怪怪的爱意，产生了奇奇怪怪的画面。大地上的他们太团结了，团结到根本不需要她，携手把她推出了画框。但画里的意境是她，主旨也是她，她来自他们，来自他们的团结、无赖和诙谐。真的要在桌上坐在一起其乐融融吃饭，他们又是谈不到一起的家人。没有她说话空间的一家人，很奇妙的。

安栗想到小时候，家里房子还很小的时候，自己与母亲、父亲也是这样躺在地上的。他们一家，跷着脚看电视里抗洪救灾的晚会，团结的力量让人相信什么事情都可以战胜，但表面上，他们就只是跷着脚躺在地上，心里波涛汹涌，热泪盈眶。电视画面里的脸盆里，总会漂过被解放军救起的中国婴儿，场景很像是《西游记》里的水难，那个孩子聪慧异常，从小就要去做和尚，名叫江流儿……家里地上的脸盆呢，则装着一只有很多很多子的西瓜，像甜蜜生活的瑕疵，怎么也挑不干净。挑干净了，西瓜瓤也就千疮百孔了。电风扇在一旁呼呼旋转，人还是被热成了坍塌的雪糕。父亲走了好多年了，安栗就连他的脸都快想不起来了。但是如果父亲还在，他们就不需要做这些戏剧化的事了，他们就可以体面一点地在饭桌上做亲戚。她就还可以是父亲家的女儿，不单是母亲家的女儿。安栗心想，要是没什么事他们一家也能这么躺着就好了。父亲如果还在世的话，不知道他会选择和她一起站着，还是和他们一起躺着。而她，一个出过英文专著的青年学者，在这样的场景里，究竟是应该站着，还是进去警戒线里躺着。她的职业伦理也没有教她这些。如果受访对象采取了激烈的、突发的群体行动，她应该参与，还是永远保持远观。

这只是个开始。

母亲的微信里说得非常平淡："你下班来爷爷家，他们要开始搞了。"安栗最终决定做的，就是给这家人拍了个照，母亲也拍了拍她。安栗突然觉得自己也应该躺下来的，但不知为何，有种强大的力量将她与他们隔离了开来，她好像又回到了某个田野现场，和一群有欲望的老人们在一起工作。她的任务，只是记录他们的欲望，修改他们的欲望，并拍一张普利策奖风格的黑白照片并发表出来。这张照片会出现在国际研讨会上，出现在她上课的 PPT 里。她不知道自己是消费了他们，还是在帮助他们。她将终身被这样的问题拷问。

隔几日，按照正常流程，拆迁组给爷爷家停了水停了电。其他亲属都签了字，母亲在哥哥们的帮助下，坚决不签字，坚决要房子。舅舅们还替钉子户的房子里，主动接上了水电。为了不留下话柄，大舅舅去虬江路买了电表水表，也给好好地安上了，提醒母亲不要忘记去支付水电费。要是玻璃碎了，舅舅们能配玻璃。要是床塌了，舅舅们还当过木匠，可以做出一个床来睡。要是有人推推搡搡，小舅舅还有一张不知道哪里搞来的残疾证，作为道德施压的法器……安栗想，如果外公在天之灵能看到这一切，他一定会感到很欣慰。他们这一家人是多么团结啊，仅仅是为了泼出去的水，都能如此同心协力，互助发电，为财产而战斗。

二入派出所的时候，母亲让安栗去警察那里核对笔录，还是那位警察。安栗挑出了几个错字，播放了手机视频，提示他们虽然发生了激烈的口角，但是并没有"推搡"，谈判也在进展中。民警修改了笔录。他总是瞄她，像一个熟人般的。

“那个，我查了你的论文，”民警说，“你去过台湾哦？”

安栗说：“我去做田野。”

民警说：“我觉得你的研究很有意义，手天使我还是第一次听说。”

安栗说：“欧洲和日本也有义工组织，叫白手套。”

民警说：“台湾他们有多少人？”

安栗说：“几年前也就几十个人。在国外，这些职业是合法的。”

民警说：“其实我们社区也有很多残疾人。”

安栗手心开始冒汗了。她理应对这些问题不再感到紧张了。她甚至对着镜子训练过自己的表情管理，为自己的研究方向据理力争，显出专业性来。但她却不敢看民警的眼睛。

民警继续说道：“可惜我们还没有那么先进哦，没有考虑到那么全面。对了，我还去豆瓣看了你的书，你会出中文版吗？”

这下安栗吓出一身冷汗，借口有事，签了字就跑出了派出所。她的母亲和舅舅们还在后面聊着天。他们好像在说，等拿到了房子，要做什么，什么，和什么……他们仿佛在齐心协力地爱着她，隔着十分遥远的距离。

“你一个大学老师，以后在派出所不要瞎跑，要镇定。”七十多岁的大舅舅后来对安栗说，“你又没做什么见不得人的事……见不得人的事我们去帮你做了，你妈说了，你是读书人，我们不会要你干吗的。你跑什么呀，年纪那么大了看到警察还怕，还脸红……”

三

在《阿甘正传》里，安栗第一次看到残疾人嫖娼。在《亲密治疗》里，安栗第一次知道国际代理治病师。在宜家的咖啡吧里，安栗又看到了许许多多叔叔阿姨们在关关雎鸠、蒹葭苍苍。那好像并不是一个灾难场景，相反带着某种抵抗的生机，反抗着老龄化社会所谓“手机难民”的刻板印象。和躺在地上的舅舅们、母亲一样，他们好像和我们生活在同一个复杂的生活世界，共享着一些似有若无的价值。也许他们的世界更加井井有条一些，更加有水有电，有理有据，有股票房子，有爱戴祖父的精神，也有保护妹妹的文化。然而，人的欲望是从不被讨论到的。安栗的欲望，母亲的欲望，舅舅们的欲望，很难在一个没有框架、没有理论、没有猎奇和特殊性的前提下被普通人关注到。在中国，在英国，都是一样的。没有人真的关注大地上的他们，他们也不关注安栗这样的人的内心。他们为她争取的一切，都是保卫她的外观。她其实也在为他们争取些什么，纪念些什么的。有时安栗觉得自己的生活是极其怪异的、断裂的。她对于身边的人没有具体的交流与深刻的共情，反而对于不认识的人，带有蓬勃的热心。她毕恭毕敬地走入他们的内心深处，毕恭毕敬地将之当作安身立命的责任和义务。哪怕那些事情是那么幽微、隐私、禁忌。

有个受访者说，只有看到志愿者的那一刻，他才觉得自己是个人。有个志愿者说，看到申请人，她才意识到有些事一个人的确做不了。大自然使人成双成对，不是让人谈恋爱玩的，而是让人互相安慰面对困难的生活的。即使是父亲过世的时候，所有的舅舅们都提醒她们母女以后要开始被男家欺负了，安栗也没有感到过真正的恐惧。墓地和产房的画面，都不足以让她感到恐惧。而当安栗看到英国政府会发一笔钱给障碍者，让他们可以到性工作的场合寻找性工作者时，当安栗访问到有一位四十岁的残障女士提出申请时都不知道自己的阴道在哪里时，她却有了一刹那悚然的震撼。是那难忘的恐惧点燃了安栗内心的羞耻，使她开始走入这项研究，使她获得了一些晋升机会，彻底改变了职业生涯，仿佛一种命定。陷入越深，她越感到愧疚，总觉得自己有责任做点什么，又觉得自己承担不了那么大的责任。

那她知道爱在哪里吗？三十多岁了，谁知道爱在哪里呢？即使是健全的人，爱是不是也存在于我们尚未发现的地方。它一直生长在我们的身体上，可是通过个人，我们是看不到、体会不到的呢。有没有这样的政府，给残障人士一笔金钱，让他们去找一找爱在哪里。又或者有没有这样的人，实在是找不到爱了，他将一生只有三次机会提出公共性的爱的互助服务。排队长达两年以上，历经复杂的个人考评，才能等到这一社会福利，等到有一个专业的志愿者，愿意来和自己聊一聊爱长在哪里？而后，那个欣慰的人将写下看似很普通很普通的好句子：“今天，我终于来到了这个房间，这个房间好美。”

“今天我终于来到了这个房间，这个房间好美。”这也是母亲（和父亲、舅舅们）为她奋斗争取的一种未来，物质的未来。细想起来，这个“房间”一样又不太一样的。怎么会那么不一样呢？这是一个洋葱一样一层层的爱的世界，每剥开一层，都仿佛是新一轮的刺激，新一轮的浸染，新一轮的让人泪眼模糊，难以睁开眼。

“你有那么多英文书，总是需要有一间房子放一放的。妈妈还没有要死，我也没地方给你放啊。如果你有一个房子，就好多了。”母亲对安栗说，“你以为会有一个男人娶你，还娶你这些书回去吗？你知道上海的房子一个平方多少钱吗，你这些书放在家里，每一本都要加三百块房钱。以后就算有个人喜欢你这个人，也不会把这些东西搬走的。你要让我和这些纸在一起养老吗？你知道我们隔壁邻居顾阿姨说啥吗，她说给她两万，你这些书她也不要收在家里。她觉得你是一个书呆子。”

“她给我两个亿，我也不愿意给她一本书。”安栗没好气地说道。她居然有点生气，为了这么荒谬的事，为了顾阿姨随便说说的话。母亲这就乐了，说：“你这些英国书里都写的啥？你说给我听听呢？人家女孩子去英国读书，都带回来一些好看的照片，带回来一个外国男朋友。你一张照片也没有，就带回来一堆纸。你说说纸上写了些什么？”

安栗语塞，那些纸上的东西，她怎么好意思说得出口，书里面也没什么阳春白雪，一点也没有。无非是老人、儿童、移民、劳工、婚外恋、QQ空间、杀马特、弹幕、快手、抖音、微电影、绿茶婊、屌丝、人造人，还有母亲熟练使用的拼多多。这些研究论文，用英文写一遍，好像会比中文高级很多。而我们的日常生活，真正的日常生活，却又是写不进去的。这些生活被挑选过、布置过，用另一种语言爬梳一遍，就仿佛配上了外衣，但也损失了筋肉，变成了一种异化的纸面生活，研究里的生活，研究者眼里的他人生活，确凿却失真。这些被母亲形容为没有人会娶回去的东西，的确是没太大意义，好像是别人生活里的烟云，时代的烟云，转瞬即逝。唯有欲望，欲望是永恒的。欲望是令人燃烧，又令人泄气的。令人看到自己、他人，也令人迷惑。

她的欲望是什么呢?

被抚摸有那么重要吗?

在写论文时，安栗只能认为那是非常重要、非常重要的一种人的权利。在不写论文时，她又会觉得这是一个根本无法讨论的问题。它是那么偶然、那么随机，有时有，有时很久都没有的一种……权利。像爱一样，都是瞬间涌起的短暂的甜，以浩瀚无垠的苦衬托起来的东西。

四

春和景明。

那一天“春和景明”到好像是母亲亲自挑选的一个好日子。母亲坐在安栗的书桌边，问她要吃三种甜点（其实就是青团、松糕和栗子饼）里的哪一个。她静静地看着她喝水，又看着她吃了一口栗子饼，帮她擦掉了书桌上的饼屑。然后母亲突然问安栗：“你有男朋友了吗？”安栗望着她，一头雾水。

母亲又说：“其实如果是女朋友的话，妈妈也是可以听得进去的。妈妈一直上网的，老人上网，你懂的，是你研究的吧。虽然……最好是不要哦。”

“我没有。”安栗答。

“你上次在网上跟人说，有些事不是一个人可以做完的。是不是真的？你看我就是哥哥们帮忙，才能争取到属于自己的利益。

不过你这个观点，我是同意的。你想啊，你也没有几个观点我是听得懂的。”

“残疾人他没法自慰。我说的是这个。”安栗心想，却不敢直接回答。

“你爸爸在天上保佑你，你看你叔叔伯伯都让步了，这样的话，你以后不结婚，我也放心了。你七月半要去庙里给爸爸烧烧香。我这次就不去了。也有些事你总要一个人去做的。”

安栗想了想问：“是你有男朋友了吧？”

母亲就笑了。

“舅舅们觉得怎么样？”安栗问。

“关他们什么事啦？”

“那就是不太满意咯。”安栗说。

“是我想住到崇明去。那边空气很好的。还有鸟。”

安栗注意到母亲有些紧张，从茶杯边缘偷看她，好像她才是母亲。她冷不防想到那天躺在地上拍片警的母亲，怕是那个时候就有了一点可爱的变化，只是清晰程度还难以辨识。她想到母亲，又想到那位不知道自己的阴道在哪里的可怜的女性，心里略有一丝复杂的滋味，觉得人和人真是大不同。母亲也很苦，但还是赢过很多人。

那位男士究竟是一个怎样的人呢？

“你们会结婚吗？”安栗问。

“我们没有要结婚，就是聊得来，说说话的。他也有女儿的，也是一个读书人，跟你很像的。”

“她也见老了吗？”安栗吐槽道。母亲倒是没有听得很明白。

“我和你爸爸，工厂里介绍认识，天天上班，都没时间说话，总觉得以后还有时间还有时间，结果你也不爱说话，你爸爸又这样……不过他这一世算是一个很好的爸爸。他一直跟我说，他没有读过书，希望你多读一点书。你那本《老人天使》有没有烧给他啊？”

“最好不要啊。”安栗说，“我以后写得好一点再烧给他啦。”

“我觉得你烧给他也没有关系的，他也看不懂英文，但是他会开心的。他就想看到你这样，不想你再过苦生活。你不要觉得舅舅们也没读过书，他们对我们还是有照顾。警察都这么说，说我们一家人感情好。”

“我支持你啊，舅舅他们不支持你，我支持你去看鸟。以后拍给我看看啊，那个鸟。”安栗说。

“你真的是老人天使。”母亲看来很高兴。

“说到拍，你知不知道我拍到什么？本来用来谈判，后来也没有用上。我发给你啊。”

母亲搬到崇明之后，安栗的生活清净了许多，好像回到了博士时代，回到了英国。今日重复明日，明年重复今年。她不用再清洗舅舅们的茶杯，不用再叫一个家族的外卖。细想起来，回国以后的日子，都仿佛是那一场大战的准备。仗打完了，大家也就散了。真像一场梦。

母亲每天都会发一个视频给安栗，果然有鸟群，有滩涂，有日落。重要的是，有她心里的生活，有看着她建设心里生活的人。虽然他从来没露面。母亲居然给那边家里的水龙头水管都织了毛线套子，她显然是喜欢那里的。她做了一些原来不会做的事情。

认识母亲三十多年，安栗有时觉得对她的了解终于到了百分之三十的程度。

一年后，安栗通过了“tenure-track”，拿到了稳定的教职。那仿佛是一个生存仪式，而非普通的考试。有一天，当她再刷豆瓣，看到了一则评论，评论人的头像是一个警长猫。评论说：“见过作者，人很仔细，能感觉到作者对老人们的温柔。在法律的边界之内，是一个很好的社会话题。我家里有小儿麻痹症的亲属，一辈子没有站起来，从来就没有人关心他的生活问题。有些事不是一个人可以做完的。期待作者新书。”

这个人，安栗好像记得，又好像忘记了很久。

他是唯一一个给这本书打五星的人。

安栗突然想起，母亲说起过的那个视频。一直没有看，就忘记了。她从手机里找出来播放了一下，发现母亲用镜头的死亡视角，拍摄了一位警察。安栗一出现，他就一直在看她。被警察盯着可不是什么好事，更何况，那位警察还被母亲盯着。那一天，父亲在天之灵，在帮助他们争取权益。外公在天之灵，在观摩家庭子女团结协力。可那真是一个底层生活纪录片般的现场啊，一个田野的现场。虽然有奇奇怪怪的爱在大地上凝聚，也有奇奇怪怪的观看。早知道，她就躺进去了，好像也没什么了不起。躺进去了，母亲就拍不到她了。安栗这样想，简直不像是一个中年人。

还有舅舅后来说：“你一个大学老师，以后在派出所不要瞎跑，要镇定。……年纪那么大了看到警察还怕，还脸红……”谜一样的生活啊，真是笑死人。

（原载《小说界》2020 年第 5 期）

仙境

哲贵

一

从家开车到越剧团，大约需要二十分钟。车子一发动，余展飞身体有感觉了，兴奋了，柔软了。不是柔软无力，是柔韧，充满力量，跃跃欲试。同时，身体里好像有股水在流淌，可比水要绵柔，几乎要将身体溶化。很轻又很重。很淡又很浓。他很享受。

越剧团有两个排练厅，一大一小。他直接去小排练厅。不用事先联系，更不用打招呼，他知道，团长舒晓夏已经在小排练厅了。一打开车门，一阵音乐涌进耳朵，那是锣鼓声，是密集如万马奔腾的行板。一听那声音，身体立即又起了不同反应。这次是热烈的，是滚烫的，是奔放的，他几乎要摩拳擦掌了。他听见身体里有开水沸腾的咕噜声，那是身体被点燃的声音，他要绽放了。他知道，那是《盗仙草》选段，是越剧里难得的武戏，特别有挑战性，让他神往，令他痴迷。他都快恍恍惚惚了。

他进了排练厅，果然，舒晓夏已经化好装，正在厅里踱来踱去。她看见余展飞进来，朝他看一眼，那眼神是急不可耐的。两人直奔化装间。

这是余展飞的习惯，也是他的态度，即使是排练，即使排练厅里只有他们两个人，他也要化装，也要穿上戏服。他不允许马虎，一点也不行。

舒晓夏给他化装，他们都没有开口说话。他们不需要。几十年了，只要一个眼神，一个微小动作，便可以领会对方的意思。什么叫心意相通？这就是。什么叫心有灵犀？这就是。而且，余展飞听了进来之前的伴奏音乐，已经知道晚上排练的内容，没错，还是《盗仙草》选段。

他和舒晓夏第几次排这个戏了？起码有几千次吧，甚至更多。

装化完了，舒晓夏帮他穿上戏服。他晚上扮演守护灵芝仙草的仙童，是短打扮，头上扎着一条红头巾。在正式演出的戏文里，守护仙草的仙童是四个，两个先出场，跟白素贞对打。被白素贞打败后，去后山请两个师兄出来。白素贞最后不敌，口衔仙草，被四个仙童架住。这时，仙翁出场，放她下山救许仙。

他们晚上练双枪。这是《盗仙草》里很重要的一场武打戏。当然，双枪几乎是所有中国戏曲里的重要武戏，也是最基础的武戏。正因为基础，要练得出彩不容易，太不容易了，几乎所有武生都会的动作和技术，大家都很熟练，都想做得出彩，怎么办？办法只有一个：创新。没错，只有做出别人不会做的高难度动作，只有做出别人不会也没想过的精彩又优美的动作，只有做出惊险又与白素贞冒死精神相协调的动作。难，太难了。但可能性也正在于此，吸引力也正在于此，激发创新的动力也正在于此。一般情况，白素贞和仙童都是先拿拂尘出场，然后是剑，再是双枪，最后是空手搏斗。空手搏斗的难点在翻跟斗，每个仙童翻跟斗都是不同的，都有讲究，第一个是前空翻，第二个是侧空翻，第三个是后空翻，第四个是前空翻加后空翻。空翻都是连续性的，有连翻三个，也有连翻六个，身体是否挺直，动作是否干净，很考验人的。双枪是《盗仙草》里的重头戏，是重中之重。一般的演出，白素贞和四个仙童各拿双枪，打斗到激烈处，四个仙童围着白素贞，将手中双枪抛向中间的白素贞，白素贞要用脚板、膝盖、双肩和手中的双枪，将来自四面八方的枪，准确又利索地反挑回四个仙童手里。这里面有连续性，又有准确性，还要控制好力量和弧度，差一点点都不行。而且，八杆枪要连贯，要让观众眼花缭乱，要行云流水。既要武术性又要艺术性，要升华到美的高度。这太难了。

舒晓夏将伴奏音乐调整一下，跳过前面舞拂尘和舞剑的段落，直接到了耍枪花。那枪是老刺藤做的，一米来长，两头都有枪尖，中间涂得红白相间，枪尖绑着红缨，行话叫花枪。他们每人两根花枪，先是象征性地比画几下。戏曲的灵魂之一就是象征。

随着锣鼓声密集起来，他们站到排练厅中间，耍起枪花。看不出他们身体在动，其实他们全身在动，他们身体很快被手中的枪花覆盖。他们的枪先是在身体左右画着圈，手臂不动，手腕随着身体扭动，锣鼓声越来越密集，枪转动的速度越来越快，红白相间的花纹这时变成红白两道光芒，两道光芒最后连在一起，形成一道彩色屏障。从远处看，排练厅中间的余展飞和舒晓夏不见了，只有两个彩色球体，纹丝不动，却又风起云涌。

耍完枪花之后，他们练挑枪。余展飞投，舒晓夏挑。这是余展飞和舒晓夏的创造，他们不是一根一根来，而是八根。余展飞将八根枪一起投过去，舒晓夏用脚尖、用膝盖、用肩膀、用枪将八根枪反挑回来。考验功力的是，余展飞八根枪是同时投过去的，而舒晓夏却要将八根枪连续挑回来，八根枪要形成一排，在空中划出一个优美弧度，像一道彩虹。练了一段时间后，反过来，舒晓夏投，余展飞挑。这种挑枪，整个信河街越剧团只有他们两个会，估计全天下也只有他们两个会。

二

父亲余全权是信河街著名的皮鞋师傅，绰号皮鞋权。他在信河街铁井栏开一家店，做皮鞋，也修皮鞋。他长期与皮鞋打交道，皮肤又黑又亮，连脸型也像皮鞋，长脸，上头大，下巴尖，张开的嘴巴像鞋嘴。对于余展飞来讲，父亲最像皮鞋的地方是脾气。皮鞋有脾气吗？当然有。皮鞋最突出的脾气就是吃软不吃硬，它不会迁就穿鞋的人，不能跟它“来硬的”，必须顺着它的性子来，要尊重它，要呵护它。但它又是感恩的，懂得回报。谁对它好，怎么好，对它不好，怎么不好，它是爱憎分明的，也是锱铢必较的。擦一擦，亲一口，它会闪亮。不管不顾，风雨践踏，它就自暴自弃了。它对人的要求是严格的，甚至是严厉的。它不会主动选择人，但会主动选择对谁好。不是一般的好，而是全心全意，甚至是合二为一，它会将自己融进人的身体里，成为身体的一部分。

父亲就是这样的脾气。每一双经过他修补的皮鞋，都有新生命，是一双新皮鞋，却又看不出新在哪里。他做的每一双皮鞋，看起来是崭新的，穿在脚上却像是旧的，亲切，合脚，就像冬夜滑进了被窝。

从皮鞋店到皮鞋厂，是父亲的一个改变，也是皮鞋对父亲的回馈。那一年，余展飞已经当了三年学徒，理论上说，可以出师单干了。实际情况也是如此，余展飞觉得技术已经超过父亲。

也就是这一年，余展飞"认识"了舒晓夏。农历十月二十五，信河街举办物资交流会，越剧团接到演出任务，将临时舞台搭在铁井栏，就在皮鞋店对面。那天下午演出的剧目是《盗仙草》，舒晓夏演白素贞。

余展飞不是第一次看越剧，也不是第一次看白素贞《盗仙草》，他以前看过的。也觉得好，咿咿呀呀的，热闹又悠闲，真实又虚幻。但那种好是模糊不清的，是不具体的。说得直白一点，就是舞台上的白素贞跟他没关系，没有产生任何联想和作用。但这一次不同，他被白素贞"击中"，迷住了。她一身白色打扮，头上戴着一个银色蛇形头箍。她的脸是粉红的，眼睛是黑的，眼线画得特别长，几乎连着鬓角。美得不真实，惊心动魄。余展飞突然自卑起来，粗俗了，寒酸了。他无端地忧伤起来，无端地觉得自己完蛋了，这辈子没希望了。当他看到白素贞和四个仙童挑枪时，整个心提了起来，挑枪结束后，他发现手心和脚心都是汗，浑身都是汗。这是他第一次发现自己的手心和脚心会出汗。当看到白素贞下腰，将地上的灵芝仙草衔在口中时，他哭了。差不多泣不成声了。他觉得魂魄被白素贞摄走了。

散场了。对余展飞来讲没有散，他依然和白素贞在一起，如痴如醉，亦真亦幻。他不知不觉来到戏台边，来到后台。他看见了白素贞，不对，是正在卸装的白素贞。有那么一瞬间，他有失真感觉，却又觉得无比真实。卸装之后，舞台上的白素贞不见了，他见到一个长相普通的姑娘，身体单薄，面色蜡黄，眼睛细小，鼻梁两边还有几颗明显的雀斑。

舞台上下的反差让余展飞措手不及，让他惊慌失措。但恰恰是这种反差拯救了他，唤醒身体里另一个自己，他感到震撼，感到力量，更主要的是，他看到了可能——既然她能演白素贞，我为什么不能演？他突然萌生出一个念头：我要去越剧团，我要唱《盗仙草》，我要演白素贞。

这个念头来得凶猛，令他猝不及防。用父亲的话说是，丢了魂了。

但余展飞知道，他的魂没丢。是被舞台上的白素贞“迷住了”，也是被现实中的白素贞“唤醒了”。他回到店里，对父亲说：“我要去学戏，我要唱越剧。”

莫名其妙了。突如其来了。父亲没有放在心上，小孩子嘛，心血来潮是正常的，异想天开也是正常的，怎么可能去学越剧呢？怎么可能不做皮鞋呢？说说而已。不过，父亲觉得不正常的是，这个下午，余展飞什么也没有做，鞋没有做，也没有修。他还是那句话：“我要去学戏，我要唱越剧。”

父亲明白了，这孩子鬼迷心窍了。

问题的严重性在于，接下来，余展飞还是什么事也不做，见到他就说：“我要去学戏，我要唱越剧。”

那就是疯了。走火入魔了。父亲不可能让他去学戏，不可能让他去唱越剧。父亲的人生只有皮鞋，当然，他还做了一件事，就是生下余展飞。对于父亲来讲，两件事也是一件事，可以这么说，他也是父亲的一双皮鞋，甚至可以这么说，他从出生那天起，便注定这一生要和皮鞋捆绑在一起，逃不掉的。这一点余展飞知道不知道？他当然知道。实事求是地讲，余展飞不排斥父亲，也不排斥皮鞋。恰恰相反，他喜欢父亲，因为他喜欢皮鞋，也喜欢修皮鞋和做皮鞋。他喜欢父亲，是因为父亲对待皮鞋的态度，父亲没有将皮鞋当作商品，商品是没有感情的，而父亲对待每一双皮鞋，无论是来修补还是来定做，都像对待儿子。也就是说，在父亲眼中，余展飞和那些修补和定做的皮鞋几乎没有区别。余展飞委屈了。确实有一点。但他内心却是骄傲的，他觉得这正是父亲与人不同的地方，他没有将皮鞋当作鞋来看，而是当作人来对待。这是余展飞喜欢的。余展飞也是将皮鞋当作人来对待的，他跟父亲不同之处在于，对他来讲，皮鞋是有性别的，是分男女的。这跟男鞋女鞋无关，而是跟皮料有关，跟使用的胶有关，跟使用的线有关，跟针脚的细密有关，最主要的是，跟皮鞋的气质有关。但是，无论是哪种性别的皮鞋，余展飞都是喜欢的，无论是他做的，还是别人拿来修补的，只要到他手里，他都会让它们发出独特的光芒，他会给它们全新生命。

三

那一个月里，余展飞只说一句话，其他什么事也不干。皮鞋权先是惊讶，再是愤怒，然后是恐惧，最后是无奈。他懂儿子，就像他了解皮鞋和各道制作工序一样，不能“来硬的”。他做出了让步，但也是有条件的，他答应让余展飞学越剧，但只是业余，主业还是做皮鞋。这就是“以退为进”了。

余展飞答应了。只要能学越剧，让他不吃饭不睡觉都行。

父亲找到一个长期在店里定做皮鞋的人，也是父亲的酒友，他是信河街越剧团的鼓手。余展飞后来才知道，在剧团里，鼓手地位很高，类似于轮船上的舵手，起掌握方向作用，起控制节奏作用。父亲将那个鼓手请到家里喝酒，喝得脸色由白转红，又由红转白。最后，鼓手捏着酒杯，问他想学什么。余展飞说他想学《盗仙草》，想当白素贞。鼓手一听就笑了，说：“要学《盗仙草》，想当白素贞，在信河街只能找俞小茹老师。俞老师是第一代白素贞，她的学生舒晓夏是第二代白素贞。这事非找俞老师不可。”

余展飞是从这一刻开始，才知道那天演白素贞的演员叫舒晓夏，因为那天演出就是鼓手敲的鼓，他告诉余展飞：“舒晓夏现在是越剧团的台柱子，俞老师已经退居二线，但要学戏，还得找俞老师，姜还是老的辣。再说，舒晓夏不收学生。”

一个礼拜后的一个下午，鼓手带他去越剧团见俞小茹老师。余展飞记得是直接去排练厅的，一大堆人，有化装的，更多的是没化装的。穿什么的都有，穿短打扮的，腰间都用一条红腰带扎起来；穿戏服的，比画着动作，沉浸在各自的情境中。排练厅一片混乱，却又秩序井然。他第一眼就找到正在排练厅一角的舒晓夏，她穿着白素贞的戏服，脸上没有化装。她的装扮让余展飞有不真实的感觉，既是白素贞，又不完全是白素贞。他发现，自己特别迷恋这种感觉，似真似假，如梦如幻，虚中有实，实中有虚，脚踏实地，却又飞在半空。余展飞很羡慕这些演员，他们哪里是在排练？哪里是在演戏？他们就是生活在天宫中的一群神仙，饥食仙果，渴饮琼浆，生活在各自的想象中，悲欢离合，逍遥自在。这样的日子才是有意义的，不用考虑柴米油盐，更不用考虑生意来往，只需要考虑自己和角色的内心。他们就是神仙，是漫无边际的神仙。他多么希望成为其中一员。

俞小茹老师穿一件黑色旗袍，烫一个波浪头，在排练厅走来走去，有时停下来，对某个演员说几句，或者用手纠正某个动作，偶尔也示范一下。鼓手将俞小茹老师叫到一边，俞老师显然已经知道他，笑眯眯地问："你为什么要学《盗仙草》？"

"我要演白素贞。"

"你为什么要演白素贞？"

"我要《盗仙草》。"

"你为什么要《盗仙草》？"

"我要演白素贞。"

俞小茹老师一听就咧嘴笑了，确实是个外行哪。俞老师告诉他，《盗仙草》是《白蛇传》一个选段，以武戏为主。《游湖》《断桥》《合钵》也是《白蛇传》的选段，以文戏见长。俞小茹老师当年最拿手的是《断桥》，其次才是《盗仙草》，余展飞说："我只学《盗仙草》。"

紧接着，他又补充一句："其他戏都不学。"

俞老师没有觉得余展飞这种思维有什么问题，她觉得蛮正常，而且蛮正确。余展飞不是专业演员，他学戏只是好玩，也可能只是一种寄托。再说了，如果能把一段戏学好，学到精髓，很了不起了。俞老师问他："以前学过没？"

"没。"

"会一点吗？"

"我会下腰，就是白素贞用嘴去叼灵芝仙草的动作。"

这一个多月来，余展飞做了一件事，用脑子回忆那天看到的演出，模仿戏里白素贞的每一个动作，他比较满意的是下腰。

俞老师说："下一个看看。"

余展飞二话没说，扎个马步，一下就将腰"下"去了，而且是以口触地。他知道自己做得不错，下腰下得轻松，起腰起得利索，脸不改色，心不跳。站起来后，拿眼睛看着俞老师。俞老师咦了一声："腰蛮软的。"

越剧团是不收业余学员的，再说，余展飞已经十五岁，这个年龄才学戏，显然迟了。余展飞见俞老师面有难色，他说："俞老师，我只想学戏，只想演白素贞。"

俞老师想了一下，说："我给你化个简装看看。"

俞老师带着鼓手和余展飞进了化装室，让余展飞在一面镜子前坐下。俞老师先在他脸上打一层底粉，然后在脸蛋上涂点胭脂红，最后是描眉眼。描完眉后，俞老师往后退两步，看了看余展飞的脸，又咦了一声。这时，站在边上的鼓手拍起了巴掌："好俊的一张脸。好一个白素贞。"

俞小茹老师最后收下余展飞，当然是看在鼓手的面子上。鼓手说了，俞老师这次"破例了"，以前没有收过"这样的"徒弟。

余展飞后来才知道，俞老师当初答应收下他，一方面是出于鼓手的面子，另一方面也是可怜他，顺口允了而已。在她呢，也没有太放在心上。这些年来，她见过多少学戏的孩子最终还是选择离去。何况余展飞还有店要照看，家里还有一家皮鞋工厂刚开业。因为余展飞跟父亲有约定，皮鞋工厂开业后，父亲负责工厂，铁井栏皮鞋店由余展飞坐镇，他学戏时间只能在晚上。俞老师心想，这孩子也就是一时心热，正在兴头儿上呢，来几次，吃些苦头，自然知难而退。她也算做完人情了。

让她没想到的是，余展飞是真下了狠心学戏，什么苦都吃。学戏最难的是练基本功，单调、枯燥却费劲，譬如压腿、劈叉、踢腿、下腰、扳朝天蹬，哪一项不需要下死功？就拿最简单的压腿来说，一般人压个九十度试试？压不起来的，即使压起来，用不了五秒钟，保准抽筋，是那种不由自主的抽筋，身体就散了。再譬如劈叉，压腿也可以说是为劈叉做准备的，要将两条腿劈成一字形。对于一个十五岁的孩子来讲，要将腿劈下去，等于将他腿上已经生长出来的筋砍断，那得多疼？得下多大功夫？但余展飞一句疼没说，甚至没有发出任何声音。俞老师让他练拿大顶，让他拿三分钟，他一定拿十分钟。俞老师让他拿十五分钟，他一定拿半个钟头。他在店里练，做皮鞋时练，吃饭时练，睡觉也练。这就让俞老师刮目相看了：这孩子不是一时兴起，而是着了魔了。看得出来，他是真喜欢学戏。这个时候，俞老师的想法发生改变了，将余展飞“放在心上了”，对余展飞有了“新的希望”。当然，俞老师没有将这个想法告诉余展飞，不需要说，也不能说，这是她个人的事，是她和舒晓夏的事，跟余展飞无关。现在，跟余展飞有关了，但他还是不需要知道，俞老师不想让他知道。

练完一年基本功后，俞小茹老师才教他真正学戏。余展飞的嗓音又让俞老师咦了一声。余展飞平时说话属于偏柔和的男低音，很男性化的。他居然能变音，最主要的是，发出的声音不生硬，是很温和的女低音。太难得了。男生扮旦角，第一是扮相，第二是声音，他居然能唱出这么真实的女声。俞小茹老师心里想：是个旦角的料哇。

四

拜在俞小茹老师门下，余展飞最开心的事，是能见到舒晓夏，能向她学戏。

舒晓夏是他师姐，在内心里，余展飞却是将她当作师傅。没有拜入俞老师门下前，余展飞在家“瞎练”《盗仙草》中白素贞的动作，模仿对象就是舒晓夏。他脑子里既有舞台上的白素贞，也有卸装后的舒晓夏，两个形象既分离又合一。他记得白素贞的每一个动作、每一句唱词，甚至每一个眼神。如果要认第一个师傅，那就是白素贞，就是舒晓夏。

舒晓夏是在排练厅看到余展飞的，知道是俞老师新收的徒弟。她只用眼睛余光瞟了余展飞一眼，立即感觉到威胁：这人不简单。她感觉到余展飞身上有种“仙气”，也可以称为“妖气”，她能感受到他身上的“执拗”“一根筋”和“不可理喻”。他是个“疯子”，是个什么事都干得出来的“疯子”。艺术需要的正是“一根筋”和“不可理喻”，特别需要“疯子”的精神和行为。她就是个“疯子”，为了演戏，她可以什么也不管，可以什么也不要，包括自尊，包括身体，包括生命。她只想成为站在舞台中央的那个人，只想成为戏中的那个角色。

舒晓夏对这种威胁不陌生。她曾经给过俞老师这种威胁。当她第一次正式登上舞台，正式成为白素贞后。她从俞老师眼神看得出来，她是多么哀伤，多么无奈，那是一种被对方逼到悬崖尽头的怨恨，是走投无路的绝望。这种感觉不是长驱直入的，而是混沌的，是弥漫的，是眼睁睁看着自己枯萎的悲凉。眼睁睁看着自己消亡，却无能为力。

她现在感受到来自余展飞的威胁，她觉得，这是俞老师刻意安排的，是专门针对她的。她当然不甘心。她不是俞小茹老师，她不会束手就擒的，为了舞台，为了舞台上的角色，她会拼命的。

必须主动出击，但不能盲目。一个月之后，排练结束后，她在越剧团门口“无意中”遇到余展飞，她主动打招呼，主动自我介绍，主动约余展飞：“有空的话，咱们一起排练《盗仙草》。”

这是余展飞做梦都想的事，只是没胆子提出来：“真的？”

“当然是真的。”她停了一下，接着说，“这事不能让俞老师知道。”

她知道，俞老师是不会让她接近余展飞的，他是俞老师用来对付她的秘密武器。而她从余展飞眼神看出来，他是愿意接近她的。

那以后，舒晓夏经常去余展飞的鞋店，打烊之后，余展飞反锁了店门，一起排练《盗仙草》。

舒晓夏原来的打算，是想让余展飞放弃白素贞，那么多越剧剧本，他演什么不可以？扮演哪个角色不行？为什么偏偏要演白素贞？他可以演青蛇，可以演梁山伯，可以演祝英台，可以演贾宝玉，可以演崔莺莺，可以演杜十娘，也可以演穆桂英。想演什么，自己教什么，可是，余展飞说：“不，我只学《盗仙草》，我只演白素贞。别的都不学，都不演。”

死心眼了。舒晓夏也是个死心眼，她清楚，跟死心眼的人是没有道理可说的，讲不通的。那么好吧，就学《盗仙草》吧，就演白素贞吧。“教鞭”在她手里，“方向盘”在她手中，她指哪个方向，余展飞只能跟到哪个方向。也就是说，余展飞始终在她掌控之中，余展飞是孙悟空，她是如来佛，逃不出她手掌心的。

一接触，舒晓夏就知道，遇到劲敌了，跟自己相比，余展飞或许算不上戏痴，他不会为了演戏，生命也可以不要，但他绝对是有魔性的，他心里住着一个白素贞，身体里也住着一个白素贞，一遇到白素贞，他就“魔怔”了，不能自拔了，意乱情迷，差不多是神志不清了。他怎么演都是白素贞，白素贞就是他。作为一个演员，舒晓夏明白，这有多么可怕，那等于说，这个演员进入一个特殊空间，这个空间里只有他，只有白素贞，他想怎么演就怎么演，他想演成什么样就是什么样，没人能够阻止得了。这样的演员，不是“疯了”是什么？一个“疯了”的演员，是什么都可以做得出来的，是无法估量和比较的。有时候，这样的演员就是个“神”，演什么角色都是“神灵附体”，都是“灵魂出窍”。这一点，舒晓夏是有体会的。

既然如此，教还是不教？当然教，而且要更认真教。她要做的事情其实也很简单，就是不让余展飞“疯了”，让他清醒，让他知道，他是在演戏，他不是白素贞，白素贞也不是他。

但是，舒晓夏发现，她做不到，只要一接触到《盗仙草》，只要一接触到白素贞，余展飞什么也不管了，余展飞不见了，只剩下白素贞，而这个白素贞也不是她通常理解和演绎的白素贞，而是一个陌生的白素贞，一个带着余展飞浓烈气息和情绪的白素贞。那还怎么教?

让舒晓夏意想不到的变化是，在与余展飞接触过程中，她的心理和身体发生了微妙改变。只有舒晓夏知道，于她来说，这个变化是翻天覆地的，是史无前例的。她居然对余展飞“动了心”，居然有跟他身体发生关系的念头和欲望。在此之前，她只对戏里的人物有过这种感觉，对戏里的白素贞，包括对戏里的许仙，她可以以身相许，可以合二为一，她没想到对余展飞会有这种感觉。但她没有慌乱，出乎意料地淡定。她对余展飞最初的“敌意”来自他的威胁，当她接触余展飞之后，和他排练《盗仙草》之后，威胁升级了，变成了压迫，她发现，一旦成为白素贞，余展飞的白素贞比她更疯狂，比她更迷离，比她更决绝，也比她更柔情。这种感受很不好，是被压挤和束缚却没能力挣脱的感觉。这让她丧气。在演戏方面，她从来没有丧气过，也从来没有服过谁。她是最好的。她演的白素贞，是真正的白素贞，天下第一。可是，跟余展飞的白素贞一比较，她自卑了，无论是扮相、神态、动作、眼神、氛围还是唱腔，余展飞的白素贞似人似妖似仙，却又非人非妖非仙，那是真正的妖孽，光芒四射，摄人心魄。她达不到这个境界。

她对余展飞“动了心”，还有一个只有她才能体会的原因，这种体会或许只有她这样的演员才有，她愿意与余展飞合二为一，因为他们都是白素贞，他们本来就是一体的。

有这个心思后，她才让余展飞来她宿舍排练。舒晓夏心思不在穿衣打扮上，不讲究，但干净。宿舍却是“垃圾场”，眼睛看得见的地方，都跟越剧有关；脸谱、盔头、戏服、拂尘、刀、剑、枪、剧本等等等等，随意堆放，杂乱无章。有一面墙壁是镜子，镜子让宿舍显得双倍凌乱。不过，杂乱无章却产生出特殊氛围，即使是兵器，在这里也变得柔和，变得温暖，变得含情脉脉，变得情深意长，变得真实又梦幻。这里每一件东西都可能幻化成白素贞，至少与白素贞有关。

他们是在排练中亲吻起来的，就在那面镜子前，他们穿着戏服练下腰，练白素贞口衔灵芝仙草。他们背对背，在镜子前做成m形，两张嘴便“衔”在一起了。是舒晓夏主动的，余展飞有过短暂迟疑，很快就热烈起来。脱下戏服后，又急切地抱在一起，继续“排练”。

亲吻是什么？舒晓夏理解，亲吻是正式演出前的“头通”，是热场子，是酝酿，是发酵，是含苞待放，是必不可少的过渡。可是，“头通”打了一个月，就是喧宾夺主了，正戏还唱不唱？舒晓夏有意见了，觉得余展飞在这方面的勇气和能力完全不像白素贞，更像懵懂迟钝的许仙。只能依靠自己了，因为她是白素贞，是完整的白素贞。

那天晚上，排练结束后，他们跟平常一样，戏服还没有脱就抱成一团。在亲吻过程中，舒晓夏增加了一个动作，主动探索余展飞身体。慢慢地，余展飞反应过来了，将手伸进她身体。戏服在不知不觉中被脱掉，身上所有衣服不见了，最后时刻来了，当舒晓夏要将身体交出去时，余展飞突然停住了：“不能。”

舒晓夏心里一冷，问：“为什么？你不喜欢我？”

余展飞回答说：“不是，你知道我喜欢你，但我不能。”

“为什么不能？”

“我也不知道为什么不能。”

余展飞的回答让舒晓夏不满意，很不满意。但没再问下去，她觉得冷，嘴巴都僵住了。

五

俞小茹老师告诉余展飞，以他的天赋，如果一门心思将功夫花在学戏上，将来成就一定超过她，说不定能走出信河街，走上全国舞台，成为一代名角。但是，她没有要求余展飞这么做，她说余展飞的任务不仅仅是唱戏，他还有家族责任。最主要的是，她认为戏曲环境变恶劣，看戏人减少，社会关注点转移到赚钱，能赚到钱才是英雄，才是当家花旦，才是台柱子，才是“名角”。她感到戏曲行业在走下坡路，而且是一条看不见尽头的下坡路。这种时候，她怎么可能让余展飞来做专业演员？她甚至觉得，余展飞根本不应该来学习，他应该跟父亲做生意，帮父亲把皮鞋厂办好，赚更多钱。但她也没有要求余展飞这么做。在这个问题上，她蛮自私的，她觉得遇上一个好苗子了。唱戏是她的事业，她这辈子只做这件事，当然希望这个行业能够兴旺，希望得到更多年轻人关注，更希望有潜质的年轻人投身这个行业，只有这样，这个行业才有希望，才有未来。

她用一年时间给余展飞“打基础”，又花一年时间，将《盗仙草》教给他。是一句唱词一句唱词教，一个动作一个动作教。两年之内，俞老师一直“捂着”他，没让他“亮相”。其实也不是完全“捂着”，俞老师每周会带他去一次剧团排练，跟他配戏的演员，都是俞老师特意叫来的。他演白素贞，不能总是一个人对着空气比画，要考虑和四个仙童配合，要有默契，特别是挑枪那一段，差一分一毫都是不行的。

他第一次在剧团正式登台，是两年后的汇报演出，听说信河街文化局局长也来“观摩”。俞老师安排他演《盗仙草》。他在排练厅和四个年轻演员对戏也很正式，都有化装和穿戏服，毕竟只是排练。汇报演出不一样，虽是内部观摩，但所有观众都是内行，都带着挑毛病的眼光，还有领导坐镇。其实是考试，是大阅兵。

余展飞没有紧张，恰恰相反，他内心是迫不及待的兴奋。他不是剧团的人，没有考试压力。更主要的是，他知道自己演白素贞时，舒晓夏就在台下。他一直想让舒晓夏看看自己在舞台上演的白素贞，他想让舒晓夏知道，自己演的白素贞是从她那里来的，她演的白素贞，改变了他的人生，他原来的生活除了皮鞋之外还是皮鞋，他看到的和想到的都没有离开皮鞋。是她演的白素贞帮他打开一扇大门，让他看到，除了皮鞋，他的生活还有梦想，而且是一个只有他看得见摸得着的梦想。或者可以换一句话，她演的白素贞让他突然从现实生活中飞起来，让他看到原来没有看到的东西，那些东西是他以前没有想过的。

在他演出之前，是舒晓夏，她演的也是《盗仙草》。舒晓夏上台时，余展飞在候台。他站在舞台右侧，一直盯着舞台上的白素贞。这是完全不同的体验。他上一次是站在台下看台上的白素贞，那时的白素贞是遥远的，是虚幻的，是可望不可即的。这次不同了，他在舞台上，他能感觉到，自己就是白素贞，他和舞台上的白素贞是相通的。他能感受到白素贞每一个动作、每一句唱词，更能感受到白素贞内心的愧疚、悲伤和决绝。

确实是不同了。他离白素贞更近了，甚至就是白素贞。他也觉得离舒晓夏更近了，因为舒晓夏已经和白素贞合为一体。

轮到余展飞上台了，他依然停留在刚才的情绪里，他已经盗到仙草，飘飘荡荡回去救许仙。是锣鼓声提醒了他，让他重新回到舞台，哦，他又回到峨眉山，再盗一回仙草。余展飞不见了，舒晓夏不见了，舞台不见了，舞台下所有人，包括俞老师也不见了。他现在就是白素贞，白素贞现在只有一个目的——盗了仙草回去救许仙。白素贞更哀伤了，也更决绝了。白素贞一边担心许仙的生命安危，一边担心能否盗到仙草。但她内心是坚定的，是没有回旋余地的，必须盗回仙草，必须救活许仙。这事没得商量。

随着锣鼓声，白素贞使用了“莲步水上漂”。她确实是“漂”上去，腾云驾雾，晃晃悠悠，却又风驰电掣。在舞台上转了小半圈，又回到右侧，她一抬头，开口唱道：峨眉山……她能感觉到，这声音是一支射向峨眉山的利箭，穿破云雾，不达目的绝不回头。

一上台，余展飞就忘记了音乐，他不需要音乐，他要的是仙草。音乐似乎又是存在的，变成一种提醒，让他不断向前、不断飞翔的提醒。

回到台下，余展飞依然沉浸在那种情绪和情节之中，白素贞口衔仙草，飞向家中的许仙。他似乎听到舞台下巨大的掌声，看到俞老师跑到后台，激动地抱住他，不停地跺脚。

六

那次“汇报演出”后，俞老师对他说，文化局同意招他进越剧团，局长特批一个名额。

进越剧团演戏，是他这两年来的梦想。可是，当真正要成为专业演员时，当他即将成为真正的白素贞时，他又犹豫了。这意味着，他将抛弃皮鞋店和皮鞋厂。在没有直接面对这个问题时，余展飞一直认为自己更愿意当一名演员，那是他的梦想。可是，当机会摆在面前，他却犹豫了，但他不好意思直接回绝俞老师，只好说：“我没问题，我回去问问我爸。”

余展飞记得，听他这么说，俞老师突然很夸张地笑了两声。但是，俞小茹老师那么骄傲的人，后来还是托鼓手去做父亲的工作，鼓手和父亲喝了一顿酒，回去问了俞老师一句话：“你说做生意和唱戏哪个有前途？”

俞小茹老师再没说什么。或许，她已经想通了，或者，是绝望了。她在那一年提前办理了退休手续，与人合伙成立一家演出公司。

也是那一年，余展飞进入父亲的皮鞋厂，父亲抓生产和管理，他负责采购和销售，父亲主内，他主外。他向父亲提出要求，在工厂顶楼要了一个房间，装修成排练厅。下班后，他会去排练厅待一两个小时，有时更长。

也就是那一年，余展飞和舒晓夏开始每周一次排练，他们只排《盗仙草》。

他们两人演的白素贞是同一个白素贞，却又是不同的白素贞。舒晓夏的白素贞显得坚毅，甚至刚毅，眼神、动作和唱腔都显示出坚硬的力量，这种力量是掷地有声的。余展飞的白素贞是柔软的，甚至是哀怨和哀伤的。他的白素贞显示出另一种力量，是冰下流水的力量，看不见，但能够感受，那种感受让人忧伤，忧伤是一种无法言说的力量，特别“摧残”人。说不清两个白素贞谁更出彩，坚毅和柔软都能打动人。

皮鞋厂发展是飞跃式的，从刚开始的三十个工人，增加到三百个，然后又增加到三千个。余展飞的职务也在发生变化，从科长升到副厂长。皮鞋权不管生产管理了，只抓技术。

舒晓夏凭《盗仙草》参加省文化厅戏曲比赛，她挑枪的动作设计打动了所有评委，拿到一等奖。这是信河街越剧团几十年来第一次拿大奖，半年之后，舒晓夏被提拔为副团长，成了“有级别”的人。

两个人都到了谈婚论嫁的年龄。这几乎是顺理成章的事，一个搞经济，一个搞艺术，还有比这更般配的结合吗？不可能了嘛。

余展飞也是这么想的，他觉得这是理所当然的。他知道舒晓夏喜欢自己，而且，他也知道，舒晓夏没有别的人选。以前没提出来，是因为他没想过结婚的事，他想舒晓夏也是。结婚看起来是人生大事，但在决定婚姻上，往往是一刹那，甚至是草率的。

余展飞想结婚，是因为父亲想他结婚，父亲对他说：“我老了，这个摊子要交给你，希望你早点成家。”

余展飞没有当面答应父亲，但也没有反对。那就是可以商量的意思了。他找谁商量？当然是舒晓夏。

周一晚上，他们在皮鞋厂顶楼结束排练后。初秋的晚上，天气还没有凉下来，即使开着空调，两个小时排练下来，也内衣湿透。他们脱了戏服，坐在镜前卸装，余展飞突然对舒晓夏说：“嫁给我吧。”

舒晓夏手里拿着卸装湿巾，转头看着余展飞，一脸惊讶：“为什么？”

她这么问，轮到余展飞惊讶了：“你不爱我吗？”

舒晓夏停顿了一下，点头说：“我爱你。”

余展飞松一口气：“那就对了，你爱我，我也爱你，我们结婚。”

舒晓夏这时眼睛一动不动地看着他，然后，缓缓地摇摇头：“不，你不爱我。你爱的不是我。”

余展飞从镜子前跳了起来：“怎么可能？我还不知道自己爱的是谁？”

舒晓夏很镇定，面无表情地说：“你爱的是白素贞，是舞台上的白素贞，而不是现实中的我。”

余展飞俯视着舒晓夏的眼睛，很肯定地说：“我当然爱舞台上的白素贞，同时也爱现实中的你。”

“骗人。”舒晓夏仰视着他，“如果你爱现实中的我，为什么不能和我上床？如果你爱现实中的我，为什么要和我争演白素贞？你爱的是白素贞，一直是白素贞。白素贞就是横亘在我们之间的峨眉山，无法逾越的峨眉山。”

余展飞突然打了个哆嗦，一股冷气从头顶倾泻下来，立即覆盖全身。他想否认，可是，一屁股跌坐在椅子上，什么话也说不出来。

七

皮鞋权退居二线了。他这么做，当然是对余展飞放心，除了唱戏，他对余展飞确实放心。他是满意的。一切按照他的设计推进，唱戏只是小插曲，开次小差而已，他最后不是选择回皮鞋厂了吗？谁还没有个开小差的时候呢？同时，他又对余展飞不放心，除了皮鞋厂，只剩下唱戏，连婚姻都耽误了，这让他焦急，也让他伤心。但他能下命令让余展飞娶妻生子吗？这不是工厂赶订单，他没办法亲自“上马”，只能商量，只能提议，只能干着急。他提议多次，余展飞表面上答应“好的好的”，却没有实际行动。他知道余展飞和越剧团的舒晓夏关系密切，也委婉对余展飞说过：“我看小舒这人还行。”

余展飞点头说：“是的是的。”

表明态度了，方向也指明了，余展飞还是按兵不动。他按捺不住了：“你和越剧团的舒晓夏到底在搞什么鬼？这样不明不白拖着算什么？”

余展飞装傻：“我们关系很好啊，她是我师姐啊。”

心力交瘁了。皮鞋权决定将皮鞋厂交给余展飞，不管了，没个尽头。迟早要跨出这一步的。

父亲退休后，余展飞觉得最大好处是可以无拘无束排练。但余展飞是不会“乱来”的，所有排戏都在工作之余。他觉得很好，每天充满期待，精神和身体都是饱满的。一想到晚上可以和舒晓夏排练，他就觉得这一天是美好的。

舒晓夏当上越剧团团长后，余展飞想出资装修越剧团排练场所，舒晓夏不肯。她知道余展飞有钱，也是真心实意，但她不愿。她打报告给文化局，局里拨专款让她装修。

装修之后，多了一个小排练厅，余展飞和舒晓夏有时将排练移到小排练厅。

余展飞“主政”皮鞋厂后，做了几个“大动作”：第一是改厂名，将原来的“皮鞋佬”，改成“灵芝草”；第二是将工厂改成集团公司，工厂名字带有计划经济痕迹，而公司是市场经济产物；第三是花十年时间，在全国各地开出五千家专卖店，他让“灵芝草”开遍各地；第四是“灵芝草集团公司”上市，敲锣当天，他个人市值三十三亿。

在“上交所”敲锣当天，余展飞特别邀请俞小茹老师、鼓手和舒晓夏作为嘉宾。他亲自上门送请帖，鼓手看到请帖里注明“正装出席”，一脸诚恳地问：“中山装算不算正装？我只有一套中山装。”

余展飞一听就笑了：“你穿法海的袈裟也是正装。”

俞老师现在老年大学教越剧。余展飞约好去她家送请帖，她问余展飞都邀请了谁，余展飞说邀请了越剧团的鼓手和舒晓夏。俞老师沉默一会儿，说老年大学教学蛮忙的，每天都有课呢。余展飞说舒晓夏有演出任务，去不了。她听了之后，改口说：“我去请假试试，学校领导蛮尊重我的。”

舒晓夏确实因为演出没有参加，但余展飞认为，即使没有演出，她也不会去。这些年，除了演出，除了越剧团的事，舒晓夏很少抛头露面。她也很少提俞老师，余展飞倒是提过几次，她没有任何回应。余展飞后来就不提了。

舒晓夏没结婚。余展飞没问她原因。他动过再次向舒晓夏求婚的念头，但没提出来。

余展飞没再提，还有一个原因，他确实很享受和舒晓夏排练《盗仙草》，不但精神满足，身体也得到满足。他每天会去公司排练室坐坐。这个排练室是在原来基础上改建的，规模、设备和越剧团的小排练厅差不多，他有时会独自唱一段，或者练一阵枪花。有时只是坐坐，什么也没做。也就够了。

父亲走得突然，也不算突然。父亲身体一直很好，就像他做的皮鞋，经久耐用。可能是平时坐多的缘故，有高血压，也不是很高，低压一百，高压一百四十，按时吃“络活喜”，血压就“标准”了。他的死跟高血压没关系。余展飞觉得父亲是“闲死”的，他做一辈子皮鞋，突然不做了，空了。他原来喜欢喝点酒，喜欢喝信河街五十六度老酒汗。他喜欢老酒汗直扑脑门的冲劲，喜欢酒后不断升腾的幻觉。退休之后，喝酒的念头也没有了，他大概觉得“任务”完成了，再活下去没意思了，也没意义了。

父亲走时，虚岁才七十，很叫人惋惜。事发突然，更叫人痛惜。

按照信河街风俗，父亲葬礼之后，有场宴请酒席，余展飞想请越剧团来演一段《盗仙草》，他想用这种方式，送父亲最后一程。余展飞觉得舒晓夏可能不会同意，越剧团是艺术团体，怎么会在葬礼宴席上唱戏？太低贱了。出人意料的是，舒晓夏居然一口答应。宴请那天，她带来越剧团全班人马。

《盗仙草》安排在宴请尾声，也是酒至酣处，差不多人仰马翻了。这个时候，临时搭建的舞台上，锣鼓声响起来了。很多人知道余展飞喜欢唱戏，喜欢演白素贞，但从来没见过，大家起哄，让余展飞来演。一个人带头后，几乎所有人跟着喊余展飞的名字，一边喊，一边用手掌或者拳头拍打桌面。场面“不可收拾”了。余展飞去“后台”找舒晓夏，舒晓夏化好装，戏服也穿好了，她看着余展飞："你演不演？"

其实，听到锣鼓声后，余展飞身上肌肉已经抑制不住地兴奋，他感觉肌肉在跳动，在喊叫，在翻腾，发出吱吱声。舒晓夏这么一问，似乎身体已飞翔在半空，哪有不演之理？

他坐下来，舒晓夏给他化装。锣鼓声中，他看着镜子里的自己变幻成白素贞。镜子里还有一个白素贞，那是舒晓夏扮演的白素贞，两个白素贞时而分开，时而重合。他听见演出开始了，两个守护仙草的仙童上场，几句念白之后，手持拂尘做着练武动作。他还听见喊叫他名字和拍打桌面的声音。又是一阵锣鼓过后，两个守护仙草的仙童退场，轮到白素贞上场了。他看了一眼扮成白素贞的舒晓夏，她表情穆然，并不看自己。锣鼓声催得更急，他不由自主、恍恍惚惚地被舞台吸引过去。他一身白色打扮，手执拂尘，上身纹丝不动，脚板挪移，飘上了舞台。舞台下立即安静下来，叫喊声和拍打桌面的声音戛然而止：哪里还有余展飞的影子？分明就是千年蛇妖白素贞嘛。分明是舍身救夫的白娘娘嘛。太妖怪了。

余展飞一踏上舞台，舞台便成了峨眉山，云雾缭绕，群山巍峨。他现在是她，是白素贞，是上峨眉山盗仙草救夫的白素贞。眼里只有千难万阻，眼里只有刀山火海，眼里只有灵芝仙草，眼里只有悲伤的希望。

她先是用拂尘与两个仙童对打。两个仙童不敌，向后山退去。

第二场，手持双剑与两个手持双剑的仙童对打，仙童败。

第三场是手持双枪与四个手持双枪的仙童对打。她突然感到双腿发软，双手发酸，沉重得抬不起来。客观原因是：为了父亲的葬礼，连续三天，余展飞每天只睡四小时。主观原因是：白素贞身心俱疲，她长途奔波，又挂念家中许仙性命，筋疲力尽了，她明知打不过四个仙童，却不甘心就此罢休。她知道，困难还在后头，还没到挑枪环节呢，她第一次怀疑自己能否顺利完成那套动作。此时，四个仙童将双枪从她头顶压下来，她使双枪往上一顶，感觉八杆花枪像八座山从头顶轰然而下，胸中有一口滚烫热流奔涌而上，被她硬生生咽下去后，这股热流更加凶猛往上涌，她眼前一黑，几乎一屁股坐下去。就在此刻，意外发生了，舞台上突然多出一个白素贞，手持双枪，飞奔过来，和她并肩而立。

四个仙童这时围成一圈，轮番朝她们投枪。两个白素贞背对着背，将枪尽数反挑回去。舞台上彩虹飞舞，霞光闪烁，舞台下的观众伸长了脖子，仿佛忘记自己存在。当四个仙童第四轮将双枪投向两个白素贞时，她们做出一个令所有人意外的动作——将枪悉数“没收”了。四个仙童见丢了兵器，慌了手脚，一哄而下。

舞台上只剩两个白素贞。她们舞出的枪花将身体团团包围住，成了两个既统一又独立的球体，发射出一道道让人睁不开眼睛的金光，既真实又虚幻。

二〇一九年十月九日至二十二日，于杭州—天津—温州途中

二〇一九年十月二十九日，于杭州

二〇二〇年二月二十五日，改定于温州

（原载《十月》2020 年第 3 期）

花园单位

沈大成

他是从外地调来的。年初有场集团内部招聘会，初春公示录用名单，到春天正中间那几天，他将房子退租，在原公司办了离职手续，随身带两只行李箱坐上火车，邮政局再替他递送来另几只箱子，两城间的迁移就完成了。

原公司情况一般，算上与他不合的旧上司，就有点糟。正是旧上司劝说他调动的。那天早晨，旧上司自一年多以来第一次正眼看着他，第一次用较为平和的语气对他说话，一下使他想起电影里用冷暴力对待彼此的夫妇提离婚的情形。旧上司说："喂，看到了吗？新放出来的岗位，那家公司的业绩在集团里属于中游，意思是工作不忙、福利不错，招聘职位还比你现在高半级。怎么样，像为你准备的，去试试看？去那里待着，比在我这里有前途。"光明正大地向他指点一条滚出自己团队的道路。他想，试一试没损失。他对原公司、对原城市并无留恋，因为本来就是告别了读书所在的城市，空着一双年轻的手去工作的，什么都还没创造出来，而读书的城市也并非他的家乡，就连家乡也早已不亲近了，这城那城，换来换去，都是脚沾两小片大地而已。就去新的地方看看吧。

“来，给你敲个章。这里再要敲一个。”

新公司的人事低头弄他的入职材料，发丝遮不住头皮。

人事坐在一张黑色皮革面的办公椅中，他猜椅子不比人事年轻，两者都有五十岁。人事的四周是一系列暗色家具，文件柜老旧脱漆，装不下的文件用绳子十字形捆扎，堆放墙角，已垒得很高。墙上有不少大头针，钉住了一些纸，上面印着曾经有用如今失效的信息，纸页张张泛黄破损，也没人取下来，它们和部分裂开的墙皮一起在墙上翻卷，像墙的鳞、墙的波浪或墙的木鱼花。

在人事的头边上，倒有样好看的东西。是一面窗。窗框从外面的树上裁切出一大块绿色的矩形，呈现给室内，春天使绿色明亮，俏丽的小叶子在矩形中活泼地攒动，百看不厌。他在等待中忍不住经常望着窗，枯燥的时间仿佛可以被它吸走因此缩短，又仿佛可以被它暂停因此可以不加理会。

“弄好了。”人事把一部分材料夹入档案册，其余放回牛皮纸袋，发现他偏离的视线，也跟着扭头去看。于是他从另一个角度观察到了人事的秃顶。看了一看，人事不无自豪地介绍道：“我们这里是花园单位。”

“花园单位？”

“绿化率很高的单位，这个叫法有点复古吧？”

“现在的确不太听到了，反而觉得很新。”他点点头，笑了一下，多少决心在新地方留下好印象，又说，“比起机关单位、世界五百强企业、上市民营企业、创业公司，这叫法更有意思。”

人事部在一栋小楼的二层，他下楼来，在树下站站，接着就走到另一栋小楼去自己的办公室，一路上仿佛在逛公园。他新入职的花园单位由许多低矮的小楼组成，同事们分散开来上班，小楼之间既有巨大的树，也有修剪出几何形状的灌木，有花坛，有几块草坪，有几条爬满藤本植物的长廊。报到后的头几天，他总有一种工作场景旋转了九十度的感觉，像是把原公司所在的写字楼推倒，倒豆子一般倒出里面的组织结构，它们散布到花园中，于是就成了新公司的模样。

办公室里有一个中年男子，还有一个中年女人，往后他们就是一个部门里的同事了。第三张桌子空着，那两个人告诉他，那是他的办公桌。第四张桌子被办公物品堆满，不见桌面底色，桌椅好像在发热，残留的工作气息源源不绝地蒸发出来，由此他以为桌子的主人在外面抽香烟；一天之后，他以为是休假或出差，但那人始终没出现。过了几天，两个同事告诉他，那是他前任的办公桌。

女同事邀他午间散步，用的是十分随意的口气，使他无法郑重拒绝。

糊里糊涂地跟她出了办公室的门，等他回过神来，已经走在春天末梢的花园里，走在连绵的树荫下，不知何时，衬衫的两只袖子挽到了肘部。他从没试过和年长十多岁的非亲非故的女性特意并肩散步，女同事有张长方脸，五官各个不美，头发朴素地剪到耳朵下面，但身体健康，动作敏捷，让他联想起高中体育老师，或是精神很棒的兼职导游。

距他来上班有半个月了，女同事问他两三个和工作有关的问题，他回答一些应付的话，但其实问的人和答的人对午休时间谈工作都缺乏兴趣。意思意思的工作话题后，女同事没有过渡地说道：“饭后不应该立即坐着，应该站起来走走，走半小时左右。”

“是吗？”他有点不安。

“为了提高胰岛素敏感性啊。”

“这道理好像以前听过。”

“饭后不要剧烈运动，但应该稍微活动活动，就能管理好胰岛素，进一步对你控制血糖有好处，这样人才不容易发胖，尤其是腰和肚子那里。看到你这段时间中午总坐着，这不好。”

“中午嘛，懒得动。”他辩解道。

“我丈夫年轻时也很瘦，最近几年他肚子那么大。”她在随后的几个步子里仿佛在品味丈夫的肚子，又说，“不单是为胖瘦，主要是为健康考虑。”

“说得对，”他说，“要管好我们的胰岛素。”

她带他走了一条弧形路线，途经好几栋小楼，他们基本上行走在巨大的树冠下，有时会暴露在日光中，此时手边不是出现一小片树林，林中集合了姿态优美、色泽也多样的树，就是出现一座凉亭，顶上积攒着历年的落叶，接着他们又会回到大树的树冠下。他多次看到野猫出没，猫不怕他们，只是保持了自尊和警惕地远离他们，在舔身体、扑闹，或毫不避讳地直视人类。走着走着，总的来说是绕着公司里占地最大的一片草坪在走，草坪不是纯粹的草坪，上面栽着几棵花树，零星有硕大洁白的花朵绽开枝头，即使离得远也醒目，每次他的视线被建筑和植物遮断一会儿后，再见到它们，又会重新被它们吸引。他们走出了一个马马虎虎的圆形。

路上看到不少同事的身影，有一次，同办公室男同事的背影出现在前方，身边还有一个男人陪伴，两人靠得很近，脖子折向彼此，肯定在交谈，手部动作溢出了身体轮廓。女同事告诉他另一个是某部门的人，他听过后转眼忘了，只是想，原来男同事每天中午也来这儿，而且有一个结对子散步的朋友。过后，他又陆续看到秃顶人事，看到几个刚认识的同事，以及有待去认识的其他同事。有的人独自散步，一条小臂横放胸前，另一只手肘架在上面，以拳头抵住下颔，边走边不住地沉思；有的是两三人、三四人，在集体行动。

这些人时隐时现。他发现奇妙的地方了，花园中环行的人虽多，顺时针走也有，逆时针走也有，他们却没有与任何人擦肩而过。一次，有个同事朝他们迎面逼近，他以为双方必定得交会了，但那人忽然一拐，转到了别处，等他走上前一看，路边枝叶摇荡，遮蔽了那人的背影。因为这里分岔的小径实在很多，脚下随时会蔓延出好几条，小径与小径缠绕，组成错综复杂的网络，谁都能找到一条私属的散步路线。

“你还想继续走走吗？”他们回到了自己的办公楼面前，女同事问道。

“不了。”他说，“我最好先上去熟悉一下新到的文件。”

“时间还早，我想再走一圈。”

他看到女同事一人更为自由自在地遁入了花园中，一面挥舞手臂，做拉筋的动作。

登上楼梯，开门走进办公室，男同事也没回来，四张办公桌如故，窗口吹进的风翻弄着最乱的桌子，它属于他的前任，自他到来后一直保留原样。竖耳倾听，左右和楼下的办公室里，也是一片寂静。

工作进入正轨。他这份工作真没什么难度，接收几家合作厂商的文件，填报一些资料，备注相关数据给其他几个部门，大体上做这些。因为用到不少缩写、简称，乍看有点唬人，其实一旦弄明白了，只要谨慎地做就好。他是一个无须动用感情的阀门，任由信息流进来，把它们分流，再输送出去。在原公司他干的就是阀门，他将自己拆下来了，现在换到一个新的地方装上去，继续再当阀门。很快，他又一次认清了工作乏味的真相，而且没有办法。

一天中午，他在花园中走着，忽然有股气流从小腹上升，被胸膛压缩，由口鼻中快速地吐出来。那是他对自己的一声嘲笑。他感到很好笑，怎么不知不觉中，自己也养成了出来绕圈子的习惯了？像他这样的年轻人，本来不该青睐如此老气的事，第一次被叫出来的时候说实话他心有不屑，可好奇怪，散步会上瘾。

自嘲没有打乱脚步，他笑着，仍然走着。反正没人看到，他是一个人。女同事带他出道后，没再要求统一行动，使他舒了一口气。每天中午，同办公室的三人分别出门，各散各的步。他迅速掌握了几条喜欢的路线。说喜欢的路线，只是指一个大概，每次还要视情况、凭心情，做局部调整，一天天下来，没有两天的路线是完全重合的。

他喜欢这件事什么呢？可能是在植物之间走来走去，有一种经典的魔力，能叫人专注眼下，暂抛烦恼。或正好相反，走来走去会让人专注地想烦恼本身，想个透彻。以前有一阵子他喜欢做数独，把数字长时间地在心中反复盘算，他感觉两者有共通之处。

他看到过路边某几处撒着褐色的小颗粒，放着盛水容器，知道那里是猫食堂，有同事定点喂猫。他去超市买日用品的时候，转到角落处的货架，在地上蹲了一会儿踌躇不定，他站起来问理货员，有没有小包装的猫粮？理货员问，什么猫？他说，不知道。理货员问，几岁呀，有没有什么病？他说，不知道。理货员引导他在货架上找到猫粮试吃装，像咖啡豆，每袋一磅装。他在每天的散步路线上，另找了一个地方放自己买的猫粮，各种口味的猫粮都不是很受欢迎，从来没亲眼见到猫来吃，但放着会慢慢消失，怀疑被土地吸收了，或被路过的人踢进了草丛。不过，每隔几天喂一次猫，毕竟也是散步中可以做的事之一。

这天他散步、自嘲、喂可能是虚无之猫，照例第一个回到办公室。意外地，办公室里有一个人。那个人坐在他前任的办公桌前，双手搁在桌沿，朝堆放的办公物品上来回看，态度非常自然。

他吃惊地“啊”了一声，来人站起来，走过来，表明了身份。是某合作厂商的代表。两人通过电话、写过邮件，见面还是初次。

“幸会幸会。”厂商代表说。代表有块明亮的额头，可以反射日光灯的光芒，眼睛小而灵活，不怕热地穿着西装。

“突然看见你坐在那里，还以为是……”他抱歉地说，“忘了跟你约的是今天。”

代表拎出一个礼盒交在他手上。这是一个单独的动作，没有配上半个字。于是他也不出声地接过来。代表笑说："不好意思，每次来都这样随便地走进来，没有把自己当外人。"

"你是自己人，我才是刚从外面来的。"他说。两人哈哈一笑。

他们来到他的桌边坐下，捋顺一些工作上的事。这方面很简单，谈不久。代表和他原公司也打交道，顺嘴说了一些那边最新的八卦，他听着，不予置评。之后，忘了如何衔接转换，代表望望刚才坐过的办公桌，谈起他素未谋面的前任，两人业务往来多年，可以这么说，是半个朋友吧。一直说到男同事和女同事先后回来，代表又站起来，以亲切和活跃的语气与大家快活调侃，额头闪闪发光，这才完成全部社交动作，满意地离开了。

夜里看了半场球，两队踢得太烂了，浪费了多少好机会，裁判也仿佛半梦半醒，手球都不吹。他打开代理送的酒，喝了一个杯底，第二次倒了三分之一杯，也喝掉了。关上电视。洗完澡，走出房间，他趴在走廊栏杆上吹风。有人从走廊上经过，他们胡乱聊了几句，都批评今晚的球难看，新赛季令人失望。

他原本的打算是，在公司宿舍落个脚，花一两周时间到外面找房子，但连看几间都不好，接着盛夏来了，懒得再奔波，封好的箱子一个个打开了，东西被拖出来使用，用好后就变得很大，再也塞不回箱子，只好放进房间的抽屉和柜子里，又添置了新的生活用品，都在房间各处铺开来。肯定一时搬不走了，起码等到天气转凉再说。并且，他想，宿舍条件还可以，这样住着也住得下去。

在他面前，夜里的花园像夜里的海，一大片横卧着，阴沉地起伏，叶浪沙沙响，风将隐约的香味吹散开来。他看到几处似乎立着灯塔，那是路灯，标志出花园的形状。还有许许多多的小白灯，亮度较低，在花园中央闪烁，初看不明所以，后来他想到，是草坪上的花树啊。那花期可真长，最近几天又新开出一批花，白花胖大，密密地坐在肥厚的绿叶间，此时被月光照亮了。

他看着看着，发现除了路灯和白花，还有一点光亮也试图加入进来。分辨出来了，是厂商代表那光滑的额头，代表的整张脸随之在夜色中重现，比较大，比较近，飘浮在宿舍楼前面的空气中。于是，代表同他说过的闲话也再一次回响在耳边，是关于前任的。前任的事也被同事们提起过，都是片言只语，不如今天听到的版本全。

代表首先说，前任是个好人。代表对前任的履历一清二楚，说得出他就读的学校与专业。前任的左脚跨出校园，右脚就踏进了这家公司，他在花园单位中成长，慢慢变老，而且好像是自始至终都在同一间办公室里做着相同的工作。要说他的特点嘛，没有特点，样子也很普通，工作风格也很普通，是个好人。有一个妻子，家庭也没的说。有一个女儿，父女关系也没的说。前任一直就是如此，好相处，不用提防，是社会温良人士。这两年他开始变了，他喜欢中午长时间地散步，回来时心情好转，乐观开朗几个小时，随即又消沉下去。渐渐地，他需要一天多次去花园，领导和同事默许他，他凭多年来的诚恳老实为自己争取到了一些宽容的对待。如果人们在办公室找不到他，可以去花园里找找看，在那里解决问题。他工作以来，天天勤于散步，也许是最了解花园中毛细血管般的小路的人之一，他可以把整个花园走透，所以同事们发现，他能否被找到其实是由他本人的意志决定的。一段时间之后，他比较难被找到了，同事看到他的影子闪现在小径上、树木背后，拿着文件追着叫喊他的名字，他可能不理。得派出腿脚快、心思机灵的人去堵截，才可能成功。而当他现身办公室里的时候，仍是一个有求必应的老好人。前面说他样子普通可能是草率的，他长得唯唯诺诺，脖子比较短，喜欢点头，仿佛总在答应别人的要求，那就是他的特征。他在办公室里会点着头，对刚才的情况道歉：是自己走神了，没有听见。然而，下次一走进花园，他又变成奇怪的样子，一个越来越叛逆的老职员，躲避工作，和同事玩着可笑的追逃游戏。妻女来找他回家，同事们这才知道他常常夜不归宿，显然他对家庭的感情和人们想象的不同，他也在躲避家庭。看来日与夜，他都只为花园痴迷，但即使同事加上妻女凑成一支搜索小队，找到他的可能性也越变越小。见多识广的领导最后说，随他去吧，在人很多的单位里总有一两个怪人不是吗，因为单位就是社会的缩影不是吗？领导还说，现在拿他没办法，过不了几年他退休就好了，说着把工作分了分，匀给其他人，承诺尽快招聘新人来顶他。代表接着说，几个月前的一晚，对面小楼里有位同事极其偶然地在加班，隔空见到这里也亮着灯，只见他靠窗坐着，侧影似乎显示他在追赶工作进度，或是在整理办公桌，那位同事事后说一时觉得安心，以为他迷途知返了，但当同事从自己的工作中再次抬头，举目一望，灯火仍旧通明，人却不在窗子里了。这就是他留给别人较为清晰的最后印象。从此大家没再和他正面相遇，但相信他不管白天还是黑夜，就在花园深处打转。

今天中午，厂商代表大概说了以上内容。代表半透明的脸从空气中隐去了，他面前又只见如海的花园。

他继续想象那晚，补出另一些画面。情形大概如此吧——

前任从花园中走出来，回到办公室，暴露在窗口的侧影使人误以为其回归了工作。但前任可能是来稍事休息的，或者回来是为了做一个最终的判断。不久之后，前任站上窗台，不假思索地往空中一跳，先往上，然后呈抛物线坠落，他不年轻的身体尽可能绷直，花白的头朝下方，双臂伸过头顶用力夹住耳朵，双手并拢，像跳水一般跃入了小楼前方的叶海。前任没再从黑黢黢的树的海洋中浮起来，而是手脚连番划动，潜泳到了谁也看不见的安全地带。

到这里酒意稍稍消散。他去睡了。

不过在后半夜，他又醒来，房间里的空调关上热，打开则嫌吵，他穿着 T 恤短裤，重新走出房间，踏出宿舍楼，一直走到草叶子钻进拖鞋。他在花园边缘站了几分钟。自然风融合了各种声音，一种鸟、几种虫、树叶、草、猫、某处没关好的窗。此外还有一种声音，他认为是一个人念念有词，仔细去听，说的不是日常的话，像外语，像外星语，在黑暗中飘忽不定。

重遇旧上司是在集团大会上。

各家公司派出相关人员出席了会议。最后一项议程结束，人们离开座位，但仍停留在会场，旧上司戴一条饱和度很高的蓝领带，和周围人积极交际，人群中一眼可见。他第一个念头是回避，但他马上怪自己：心虚什么？集团开会的地点选在一个旅游业和金融业发达的城市，既不是他原公司所在地，也不是现公司所在地，这里是第三地。他想到，时间上，不再是上下级关系的那时候了，地理上，也不是谁的主场，此时此地自己和旧上司是完全平等的人。

他在会场显眼的地方晃动，用视线余光捕捉旧上司胸口的蓝色。蓝色在左边，在右边，被遮住了，离得远了，又能瞄到了。在这个过程中，他像一个久别重逢后检验出自己余情未了的人。然后就如同出车祸一样，旧上司带着那团蓝色猛然撞到了跟前。

“你很忙啊。”旧上司上下扫视他，奚落他。

“不，这些人一个都不认识。”他也把鄙夷挂上脸，打圈一指那些旧上司刚从其中周旋出来的人，“我自己管自己，还没和谁说过话。”

“那你为什么不和人家谈谈，把这当成工作内容嘛。”

“看不出来任何意义。”

他们都小幅度地转身，旁观来自同一集团的人，所有人都在捉对社交，有些人能从中捞取好处，其余人纯粹在浪费时间，而其中最不聪明的人受到迷惑反以为是在度过充实的片刻。然后两人又看向对方，虽然他们都否定对方，却也觉得对方比起周围人要亲切一点，起码可以诚实对待，七八个月没见了，外表上细微的变化很值得看看。

不幸，他没看出旧上司过得不好，年长自己几岁的旧上司脸上皮肉绷紧，过大的下颌骨刻写出一贯的力量。接下来，他们相互为对方开路，说了一些“抱歉”“让一让”的话，一起挤着挤着，从热闹的位置退到会场的边边，站在靠近门的地方。

他们谈了谈各自公司的情况。旧上司说他新招了两个年轻人，着重夸奖新人精力多、有竞争意识，给他惊喜，并且谈到未来几年的行业趋势、个人的职业打算。他评价花园单位环境不错，组织结构是扁平状的，没有多余的指手画脚的人，大家照样把活儿干好了，大家还注重健康关心胰岛素。当然，也聊了聊冲突性不太强的话题，说到收官在即的超级联赛，说到时政新闻。

这时候，大会会务组的工作人员现身，上台碰了碰话筒，大家都停下来听。工作人员通知大家，几辆巴士等候在场馆外不同的地方，将分头送各位去火车站、机场或回酒店。所有人几乎都是前一晚到达的，现在正事办完，就要各奔东西了。

旧上司突如其来地呼唤了一声他的名字，这是很罕见的，引他凝望过去。“你要去哪里？”然而旧上司只是问。

“火车站。”他说。

旧上司的笑意中稍带讥讽，并未明确说出自己的目的地，但表明和他要走的道路不同。

急着去乘巴士的人走出门口，他被捎带在人流里，既像不经意又像是拼命挣扎着转头去看，和蓝领带之间已经隔了那么多不相干的人。

在深秋，很容易判断一个人在花园中待了多久。

叶大荫浓的一种乔木在夏天的尾声中落下叶子，花园里栽有大量这种树，必须叫来工人，用鼓风机把落叶吹成堆，装袋清运。不等完成此项工作，树上就开始长白色绒毛，也掉下来，随风飘荡，成为标记物。散步回来，人人身披一层细小的发着微光的绒毛，散步越久，身披绒毛越厚，走进室内以前最好拍打全身。

他听说飘毛期会持续三到四周，但没发现任何同事中断散步。一些人竖起领子，遮住口鼻。少数气管脆弱的同事戴口罩，假如是两三人同行，一边缓步行走一边在口罩后面说话，如此倾谈保密内容再安全不过。绒毛造成了光线漫反射，在飘毛期，放眼一望哪里都泛着白蒙蒙的光，公司被神秘气氛笼罩。

就在这时他清楚地察觉到，累积的散步里程开始发挥作用，曾经走过的小径在头脑里融会贯通了。不用他刻意思考往哪里走，每天中午小径黏住鞋底，牵引脚步，一条小径把他交给另一条，仿佛不是他在走，是花园在他脚下移动。他也如愿喂上了猫。他往往带一只塑料盒子，走到新发现的有猫出没的地方，一摇盒子，里面的猫粮哗哗响，猫就闻讯赶来。猫肯来吃，主要是因为接受了这个常来常往的人，并不是说在园子里找不到吃的。但他谈不上真的爱猫，当大猫小猫正在向他飞跃着跑过来时，他往地上倒好几摊，很可能先走了，虽然也有一两次留下来坐在石凳上看它们吃，一般是不怎么照管它们的。

他拿着塑料盒子时走时停，有一个问题始终盘踞心头——

你要去哪里？

这是旧上司的问题。

他当时脱口而出，火车站。事后他懊悔没能回答得更好。旧上司莫不是在询问他的人生方向？要不然在听说火车站后怎么露出那种讥笑？那么最佳答案、高级的答案该是什么样的？

他想着，走着。有时觉得最佳答案或许是——

你呢？

以提问代替回答，这下连旧上司也会应付不过来吧。人们光会问，几个掌握了答案呢？

但要是不管最佳和高级，老老实实地回答呢？他继续向内心做了更多次的提问：我要去哪里？要去哪里呢？他承认，虽然是在不停地走，却真的回答不出来。

等他走了一通，想了一通，回到办公室，双肩落满白色绒毛，像是脑中的疑惑洒了出来。他逐渐比男女同事都要回来得晚了。当他推门走进办公室的一瞬间，好几次看到了男女同事交换眼神，紧接着他们转过肩膀，对他流连花园装作不在意。

到了晚上，他思考更具体的问题。它们是白天大问题下面的二级问题。

他仍旧住在宿舍，下班后离开办公楼，来到花园单位里紧邻围墙的一个角落，宿舍楼就在那里，五六个单身同事静悄悄地住在里面。宿舍房间的窗口统一朝着公司外面，隔墙是不甚发达却也舒适的城市街区，走廊那面朝向花园。他缺乏再找房子的动力，因为天凉后用不着开空调，宿舍也就没有缺点了。当然，他每天都在想，最好还是搬出去住吧，想办法把一份比较好的生活弄到手，一种具有更多热情和希望的，物质与感情全都充实的生活。

但能构成那种生活的材料，是什么，在哪里？说实话他一样也没有，也找不到。他是一个身无长物的年轻人，有的仅是简单的工作、贫瘠的社会关系、一间宿舍、一大片公用的花园、几只公用的猫。

所以在深秋，他习惯沉思。

一晚，他躺在床上翻了半本杂志，爬起来后先往窗外看，然后来到走廊上。

以前同他聊过球赛的宿舍邻居早就静静地在那里了，身体趴在栏杆上。邻居转过头，龇出白牙向他无声地一笑，手指外面。

他看向外面，今晚又是一颗好月亮，但没见到黑暗的大海。月色下，大树的绒毛在一个很大的范围中浮沉，熠熠闪光，花园被它充满，被它均匀照亮。原来当晚正好是飘毛高峰期，他从没见过这样的景观，花园像一颗很大的下雪的水晶球。两人不做交谈，保持同一姿势观赏着。片刻之后，邻居先回房间去了。

他再看一会儿，走下楼，向花园长驱直入。

一走进去他不禁弯腰咳嗽，咳嗽声以他为圆心扩散成一个大圈，而后湮灭了。咳掉最早吸进嗓子眼里的几簇绒毛后，他适应了这里的空气，再怎么吸都不碍事了。密雪般的绒毛，也往他视线中添加很多噪点，但什么都能看清。

他看到一只白猫快步避进了不远处的草丛。他认得这只猫，是他的食客之一。他不喜欢看猫脸，但听说天下的白猫都是美丽的猫，所以曾有一次特别端详它的脸，只看了一眼，他马上把视线调开了，还是不喜欢看。现在他走了几步，经过白猫藏身的草丛，一条长而细的路延伸在脚下，斜插进前方树林中，这时赫然看到白猫又出现在路的尽头，屁股坐着，一对前腿并拢立着，尾巴左右抽打地面，悠然望着林中。即使它知道一条捷径，而且动作快如闪电，也不可能是这种快法。

三个季节以来，他第一次怀疑其实这里有两只相似的白猫。他误以为是同一只，那是他不够了解猫。不对，是他从不认为有必要区分它们，他对第一只看第一眼时心中就已生厌了，再也懒得细看。这又使他想到，自己身外的力量，比方说命运这种东西，是否也是这样看待他们的呢？他们指的是日常在花园里打转的所有人，那种厉害的力量也许觉得所有人都一样，所以从不耐心照料，只是马虎地摆布他们。

白猫站起来，没入林中，他走过去，又失去了它的踪迹。他按照猜想的方向走，穿过树林，又经过凉亭。此后三番四次地看到白猫的背脊一晃而过。这回他谨慎地想，那可能是第三只或者第四只相似的猫，正接力把自己引向什么地方。也可能是第二只甚至是第一只猫，虽然后来看到的猫似乎比前二猫略胖，但不断沾上身的白色绒毛，或许正在把猫和他本人的体积逐渐变大。

猫以外，另一样东西也向他释放出导航信号，和上次听到过的一样，是一个人在念念有词。他朝着花园中心走去，那声音由缥缈到确实，逐渐可以听得很清楚了，说的不是流畅的话，是将字母和零星的字词强行拼贴起来，似乎蕴含了深意。

“喂？谁在那里？”他说，意识到此刻自己对着花园中心的整片草坪发话。

草坪上盛开整个夏季的白花终于衰败了，花瓣萎缩成褐色的薄片，有些依然挂在树上，那意思是绝不想掉下来。人们不容易看到这几棵花树的树干，因为密密的藤蔓攀附在上面，在树干外面织出一层牢固的包装。这儿好像真的是导航的终点，草草一数，多达六七只猫坐躺在草坪上，毛色有白也有花，白的有好几只，根本辨不出刚才谁是领路猫。这儿像猫宿舍，全体猫肢体松懈地歪着，但都用敏感的眼神留意他。

那声音没有回答他，静了一静，又支离破碎地念自己那一套。

他走上草坪，环绕最近的一棵树走了一圈，而后换一棵树又走了一圈。那声音不绝于耳，喃喃自语。但在树背后找不到人影。他又问：“谁啊？是谁！”在月光下，置身于好像变浓的漫天飞舞的白色绒毛中，连问几次。那声音每当他提问就住嘴，一等他住嘴就又继续说起来。

忽然之间，他心里一清二楚了，所以僵立在两棵树之间不再移动。那声音在说的是他的工作内容啊，没有什么深意，就是行业术语，是每天处理文件时他会用到的缩写和简称。什么人在大谈他的工作？是他的前任。

前任数十年来在花园中兜圈，随身背负自己乏味的人生，对工作也好，对家庭生活也好，感觉麻木和缺少热情，假如不能忍受也许反而有改变的动力，偏偏是能忍受下去的程度，痛苦是淡的、平的、温和的，是在那头找不到施害者的，于是就只好忍受下去，散步犹如一剂麻醉品，可以提供短暂的快乐，徘徊复徘徊，也想从中盘算出一点办法，寻找一条新的道路。但是，前任最终失败了，将自己困在了这里。而且无趣使其谈不出别的内容，每到夜晚发出的呓语，都是关于工作。

他是如何知道这些的呢？从人们一样的行动上能够反映出相似的思想，由于他是一个在散步方面的后起之秀，消化另一个擅长散步的人的情绪，应该是没有问题的，他自然而然就是知道这些。

猫对他叫了两声，他转动僵硬的脖子，众猫之中，有一只大花猫站了起来，是它在叫自己。他眯起眼睛，出手挥开眼前越飞越多的绒毛，见猫往一棵树下走，那棵树几乎长在草坪的中心位置，树干尤其粗，爬藤植物将它缠裹得更加壮硕。猫回身又看他一眼，确定他还在看自己，就面朝大树站立起来，身体拉得很长，粗尾坠地，往藤蔓上磨它两只前爪。刮擦声和前任的说话声不协调地刺破空气，他四肢的皮肤上冒出许多小颗粒。其他猫都看着这只猫，也不时地看回他。

猫把那里当成猫抓板？他奇怪地想，怎么回事，猫还叫我看？

但是一边疑惑，恐惧同时由脚下升起来了。他很怕当猫抓破藤蔓，在藤蔓和树干之间出现前任的脸，白天在园中神秘游荡、夜晚躲在里面的前任正闭眼酣睡，如厂商代表所言，架在短脖子上的头一点一点，仿佛还在答应现实世界中人们的请求，嘴巴张张合合，无意识地吐出行业术语。

不，他不想看到和听到这些。

就在这时起风了。

风由花园外吹来，盘旋接近中心。风忽而左忽而右，每绕一圈就离人和猫更近一点，风声干扰了其他声音，突然他不得不抬手捂住口鼻，因为切入草坪的风卷起漫天飞舞的绒毛朝他猛烈挥击，柔软的绒毛硬如沙砾。他顾不上再管眼前事，瞥见众猫也就地散去，磨爪子的大花猫已从树下消失了，看不清它把藤蔓弄成了什么样子。他摇摇晃晃，眼前黯淡，拨转身体就往外走去。花园的地形牢记心头，不需要怎么辨明方向，他弯腰弓背，穿树林，踏小径，走着走着，一瞬间感到周遭压力骤然减轻，原来是自己穿破绒毛结成的屏障，走出了花园，此刻又回到了宿舍楼下。

从第二天早晨起，飘荡已久的白色绒毛逐渐落地，形同积雪覆盖花园，工人用扫帚不停地清扫，将它们处理干净。

他对照文件，往电脑系统里敲进一些数据。没干多久就干好了。退出系统，文件收进文件夹，他打开网页浏览了一会儿新闻。男女同事也在安静地工作，自主把握休闲节奏。

靠近中午的时候，女同事打了一通电话。

“你儿子？”女同事挂上电话后，男同事问她。

“在家里，正在监督他写功课，不然会瞎玩一整天。”女同事说。

“几年级了？”他问，他听过的但是又忘了。

“在上四年级。”男同事替女同事回答。

男女同事交流了一阵子父母经。男同事也有一个小孩，现在是寒假，得给小孩安排好学习和生活，很操心啊。但两人的操心中也有一种事该如此的豁达和乐观。他自己无话可谈，他想，前任要是在场就能加入讨论。

午饭后，他往塑料盒子里补充了猫粮，来到园中一处，举在胸前左右摇晃，哗啦哗啦，声音很有穿透力。不一会儿，大猫小猫，白猫花猫，来了几只。也许有那晚的领路猫，有磨爪子的揭发猫，有其他做气氛的群众猫，可是又再度难以分清了。猫看久了比以前有趣，他留下看它们的时间也比以前长。猫和他的关系表面上没有变化，猫曾想对他揭示真相，没有成功，也就不再提了。有时，个别猫吃着吃着，口含猫粮扭头看他，仿佛在猜疑这个人的心意。每逢这时，他避免看猫脸，把头转向树上草上。

冬天，少了大量树叶花草，花园在灰色天空下露出它的骨架，是庞大和精密的。同事相互间更容易看到，但大家讲默契、发挥技巧，如同一颗行星的众多卫星，独立运行，不会相撞，在转圈中舔舐各自的烦恼，思考各自的问题，管理各自的胰岛素。有好几次，他带着难以言喻的心情又走到花园中心，去看那棵夏季会开出耀眼白花的大树，只见藤蔓的茎干上布满深深的抓痕，每三四道一组，共有许多组，已经结成瘢痂，把猫那晚的行动保存下来，他在附近抚摸和推敲，寻找藤蔓上一道可能的暗门，没能找到。

之后又到了春天，毛茸茸的小叶子长回来了，在秃顶人事的窗口，在他和男女同事的窗口，都再现了与去年相同的风景画。夏天，白花又开，万蝉齐鸣。秋天，气温一跌落，绒毛骤起。然后又到了冬天。

其间，宿舍邻居，他经常见面却从未深谈的年轻人先搬出去住了，随后他也搬到了公司外面一个小房子里。他由同事介绍过两回女朋友，又参加了一次集团大会，他还是做同样的工作，慢慢有了一个小型朋友圈。他喂的猫变大了，而后又变小了，因为大猫离开和死去，长相一样的小猫出生了，顶替上来。每天中午他都去花园，一天之中他最期待这一刻，当他绕圈走起来时，止不住地思考从前的老问题。但他控制自己不要过量散步，不要太投入地散步，以免引起同事的注意，以免俯瞰花园的某种力量将他和前任错认成同一个人，从而对准他降临相同的命运。

白天和黑夜，没人再见过他的前任，但人们相信前任还滞留在花园中。前任的桌子一直保留到法定退休年龄，这之后，像对待花园中的落叶和绒毛，人事和行政将它清理掉了。

（原载《上海文学》2020 年第 4 期）

浪的景观

周嘉宁

我曾不知道天高地厚地以为，二〇〇三年是我青年时代最倒霉的一年。按照计划，我本应顺利度过大专最后一学期。但是四月非典疫情变得严峻，我就读的野鸡学校封校的同时，提前解散了应届生。没有对我造成具体影响，我当时已经在一所广告公司实习了整整三年，这份工作是群青跟着彬彬去日本前留给我的，他走了，我多少有点顶替的意思。和群青相比，我缺乏野心，这个行业不适合我，而我也没有其他想去的地方，于是老老实实地学习软件。被学校解散以后，反而多出来很多时间可以每天都去办公室学习。结果到了五月中旬，业务受到疫情影响严重，将上海分部遣散了。

我稀里糊涂地接受了这个消息，只想着接下来既不用去学校，也不用去上班，不知道该做什么。为了回避父母的担忧和责难，我依旧像平常一样每天按时出门，甚至更早。网吧里空荡荡的，只有一些不怕死的衰人，我也不怕死，但受不了那种极度警惕和绝望的气氛，不愿待在那种地方，于是便沿着黄浦江畔，一片区域一片区域地寻找露天篮球场，那里有大量和我一样，不分昼夜闲逛的人，我们每日流动，与不同的陌生人打球。我还去了多年没有去过的植物园和动物园，去了旧机场的停机坪，去了崇明岛，看见不少平常想象不到的风景。搭最晚一班船渡过东海回家时，二楼甲板只坐着我一个人，外面的黑暗中也看不到别的船，我在春日温暖的海风中玩手机上的俄罗斯方块，几乎忘记了被打断的未来。

之后的就业市场极其不景气，而我无心投放的简历竟然收到一份回复，甚至不需要面试，于是酷暑来临之前我成为一间画廊的临时工。去了才知道负责人口口声声所谓的布展全部都是工地上的体力活。我和几位真正的工人一起搭脚手架、搬运、测量、砌墙和粉刷。几年前在美校没有学好的东西在这里又跟着师傅从头学了一遍。每天傍晚我爬下脚手架，心想目前的局面就是这样了，我毫无未来可言，此刻却在做着自己能够胜任的事情。

九月开学以后，社会秩序已经慢慢恢复，我一再拖延，终于还是回到学校正式办理毕业手续。学校竟然又缩小了一圈，不是心理错觉，学校原本借用了闹市区背面一栋机关建筑，一再缩水，那年一楼和二楼被收回，成为知青联谊会。我往上爬了两层，在办公室里遇见两位同样来办理手续的同学，但大家都埋头核对材料，一心只想和这里告别，谁都不愿和谁打招呼，也不关心彼此的去向。办完手续以后我与社会上的一切正式脱离了关系。本应该给家里打个电话，却第一时间打给了群青。他上个星期回国了。

“你在哪里？我去找你。”群青接起电话说。

“你说个地方吧。”我回答。

“那去外滩看灯啊。”群青说。

我这才想起来，这原本是一年里我最喜欢的日子，国庆假期前一天。夏季一事无成，然而空气干燥，气温适宜，高架一半在阴影里，一半是金色的。真正的假期甚至连第一天都还没有开始。

群青是我在美校关系班的同学，不是高中，是中专。这个班上的大部分人都和我一样，学习不行，没有特长，父母有一些人脉，但关系不过硬，没多大用处，只能把我们安排在这里作为过渡，希望我们在流落社会之前能够开窍，或者至少学会一些谋生的技能。学校在吴淞郊区，靠近海，与世隔绝，曾经是海军训练基地的营房，所以操场上仍然留有很多身体训练设备，我们在这里像法外之徒一样度过了成年前最自由的三年。群青是班里唯一有美术基础的，他能调配出差别细微的颜色，使用工具得心应手，了解各种材料的特征和形态的变化。他的父母都是贵州一所工厂技术学校的美术老师，上海过去的知青。群青原本可以考上当地最好的重点高中，但他只想往外面跑，于是坚持独自回到上海参加中考。回来以后才知道两地使用的教材不同，这样稀里糊涂准备了一个多月，自然一所像样的学校都没有考上。群青这个人在学校里没什么朋友，一来他专业成绩太好，和我们班甚至整个学校的整体氛围不符合，二来他性格内向，心事重重，不好接近。

开学第一个星期，我在宿舍打赌输了以后连做五十个俯地挺身跳，还没做到二十个，就晕头转向撞到床架，撞得满口血。在医务室里面遇见群青，他因为擅自使用工作间的车床，削掉半个手指尖，血染半边衣袖。我们两个人哼哼着一同被校车送往市区的医院，路上相互展示牙齿的缺口和指尖露出的骨头。回来的时候，群青的手指包扎完毕，我则永远失去了半颗门牙。我俩因此成为患难之交。

之后我和群青都选了标本处理课，因为无法满足于课堂上只能摆弄死鱼和飞蛾，便一起去学校后山碰运气，希望能捉到鸟或者其他小动物。大部分时候一无所获，但最终在冬天结束前撞了大运，我们捡到一只刚刚死去的黄鼠狼，遵循物尽其用的自然法则，将腐烂的肉留给后山的昆虫食用，取下头部带回学校，去腐清洁，再经过一个星期双氧水的浸泡之后，获得一枚洁白坚固的纪念物。群青去日本的前夜，我们买了两瓶红星小二，学习古惑仔那一套，以黄鼠狼的头骨为证，一饮而尽，约定了永恒的友谊。

转眼几年没见，我们约定在英雄纪念碑底下见面。横穿过中山东路以后，我不由自主朝防波堤飞奔，直到一眼在人群中看见群青。他长得普普通通，但向来都极其好认，穿着一件迷彩冲锋衣，走的时候是寸头，现在留成了长发。我一边跑一边大声喊他，他也大力朝我挥手。

“你的牙怎么还没修好？”群青见到我就大笑。

“不重要！”我也大笑，知道自己非凡的心情绝非幻觉。

我和群青上次来外滩还是五年前的国庆前夜，全市市民都涌向黄浦江看焰火，无论从哪个方向进入外滩都寸步难移。人群像层层巨浪一样往防波堤倾轧，警察手挽手站成人墙，目不斜视，并且有卡车不断运来一车又一车公安学校在校生。所幸我们逆着人流在开始焰火表演前爬上了福州大楼楼顶。很多居民带着躺椅和板凳，旁边鸽棚里的鸽子在黑暗中休息，轻轻发出咕咕声。天空中升起第一朵烟花时，美得好像夜空本身的产物，是和闪电或者雨水一样的大自然。人们内心的赞叹也成为共振。但是那天没有一丝风，江面上燃烧以后的硫黄烟雾无法消散，反而在空中凝聚，很快我们便什么都看不见了。

焰火表演结束以后，人群渐渐松动，公安学校的学生先行撤离，接着是警察，到了后半夜，整片外滩只剩下巡逻队和成群结队不肯离去的中学生。每个人手里都握着巨大的充气塑料玩具，从任意两个方向迎面遇见的队伍，瞬间汇拢开始战斗，又瞬间结束各自继续向前，直到遇见下一群对手。我们买了大号充气榔头，但不属于任何一支队伍，我们跟着胜利的队伍跑，也跟着失败的队伍跑。直到马路彻底空了，公交车都已经停运，我和群青回到防波堤，和剩下的人一起，围成一小堆一小堆坐着，在郊游的气氛中，等待清晨的到来。

那之后不久彬彬家里突然出事，临时决定举家搬到日本投靠亲戚，避避风头。学校里的人都以为群青和彬彬的恋爱就此到头了，出人意料的是，群青花了大半年时间就考出了日语三级资格证书。第二年春天，他放弃了美术类大学的专业考试，通过留学中介找到一所位于横滨的语言学校。当年出国留学在我们这样的破学校里并不常见，几位老师虽想挽留，却立场不定，于是不知怎么的便木已成舟。高考前夕我到机场和群青告别，之后独自坐大巴回到学校，去网吧打了一宿游戏。

高考失利以后我不想出去混社会，鼓起勇气回到补习学校复读，第二年春季招生勉强考上一所大专。报到第一天我就后悔了，学校里死气沉沉，没有住宿，我不得不搬回家里，和父母住在一起，这让我觉得自己是社会的蟑螂。但群青的情况比我糟一百倍。他刚到日本便发现学校的注册地在横滨，就读的学区却在偏远乡郊，不通新干线，每天从火车站发两班巴士，四周皆是荒野。而且按照规定，在校期间不允许打工，他相当于是被中介骗了。由于父母为他出国而背了债，他只能离开学校，回东京打黑工，到日本的第一个月就成为黑户。然而群青在电话里和我讲得惊心动魄，一点没有沮丧的意思。我问过好几次彬彬家里到底是不是真的有问题，我看新闻里很多人去了日本以后打一辈子黑工，和家人十年没有相见。我的意思是他别把自己整个搭进去。但群青保证说彬彬家里只是被牵连，事情会过去的，他们每一个人都会重新获得自由。在此之前，他有他的计划。他要先还清父母的钱，如果政策允许的话，也想继续在东京找个学校念书，走一步看一步。

结果几年里平平静静的，群青打工的餐厅却遭遇同行举报，几个黑户都被遣返。他告知我的时候，已经坐上了虹桥机场的巴士。这对他来说是重创还是解脱，我也说不好。

我们逆着人流离开防波堤，提着一袋零食，回到楼顶的天台。鸽子已经回到棚里，天台上没有其他人，刮着秋季罕见的大风。晚上不会再有焰火表演，现在都改成灯光秀了，激光在对面的楼群上打出虚拟的浪，还有海豚跃出浪尖。但我们在楼顶看不到，前面的楼群遮住了视线，爬到水塔上面，还是不行，只能听见时断时续的音乐里，低音的轰鸣。群青费很大劲才在大风里点上一根烟。

“你接下来有什么打算？”他问我。我没想过，我没有什么打算。

“喂，那我和你说件事情，你考虑考虑。”他语气变得严肃。

“你说啊，我听着。”我回过神来。

“我和你提过我有一个朋友吧，之前往来东京和上海做二手衣物和古董买卖的。他要移民去加拿大，所以在人民广场的服装档口着急找人接盘。我昨天去见了他，也去档口看过，和以前老谢那里肯定不能比，但是气氛不错，都是同龄人。我在日本没少帮他忙，他答应前两个月不收我们租金，相当于送给我们练手。之后的合同我们直接跟台主签。我问了老谢的意见——”

“赶紧接下来啊，这么好的条件，别拱手让人了。”我有点着急。

“你听我把话讲完行不行。我现在的情况是，彬彬一时回不来，我五年之内签证受限也别想再回日本，从前的计划都泡汤了。但我得赚钱，遣返的罚款，外加父母那里欠的钱也都还没有还清。所以现在我没有回头路，也没有自由。你也得先考虑考虑清楚，可能会很苦，也可能会失败。过两天再告诉我就行。”

“别过两天了，过了这村没这店。”我心里泛起一些热浪，是很久没有过的感觉。

“有你这句话就行了。”群青也站了起来，把烟头弹开很远。我们靠在水塔的栏杆上，能看到对岸巨大的白色光柱打向天空。

服装档口的事情不是空穴来风。念书时，我和群青在学校里几个年轻老师的影响下迷上摇滚乐。傍晚他们在学校广播室里一边喝啤酒一边用高音喇叭放平克乐队的歌，我们在操场上一边跑圈一边听得热泪盈眶。当时能够找到的资讯极其稀少，书店里的音像制品柜台翻来覆去只有两排摇滚磁带。还有一档电台节目，但每周只有一次，而且主持人疯疯癫癫的，有时候整整半个小时听众们都迷失在失真的噪声中，不知如何是好。我后来从这档节目里了解到一则歌友会的信息，便叫上群青一起怀着朝圣的心情去参加过几次活动。活动多半在五角场附近几所大学的学生活动室里，组织者放一晚上演唱会的录像带，介绍欧洲和美国的摇滚新浪潮。大家七倒八歪坐在地上看，可能因为心情过分郑重，都看得疲惫万分，结束以后全体像梦游一样涌到门口大口大口呼吸和抽烟。来的人大多是附近大学里诗社和剧团的成员，都在练吉他，都在找排练场地，都说自己的乐队在招募乐手，人也都挺好的，又忧郁，又懂礼貌。

起初我以为老谢是歌友会的组织者。他年龄最大，体格如劳动者一样强壮，因为极度热情而显得笨拙，说一口滔滔不绝的脏话，与知识分子大学生们内向拘谨的气氛格格不入，却几乎每次活动都到场。我一开始以为老谢就是那位疯狂的主持人，打听下来才知道他是华亭路服装市场的个体户。他这个人夸夸其谈，特别容易动情，有时候让人受不了。有几次他讲述他亲眼见证的伟大演出时几乎要泛起泪花。但老谢因为搞服装的关系，交际甚广，常常能带来稀缺珍贵的演出录像带，所以大部分人虽然看不上他，歌友会却没他不行。

不过老谢不知为何却对我和群青刮目相看。他说群青是年轻版的窦唯，而我是年轻版的——他想了半天说出一个我从没听说过的外国人名字，他解释说反正也是传奇级别的朋克。他这个人夸起人来没谱到了不真诚的地步，不太能信，但我心里还是挺高兴的。有一次活动上放的是平克乐队的迷墙现场录像带，结束以后大家的情绪格外激动，迟迟不甘心散去，于是我和群青又跟着他们去了大学附近的一间酒吧。这是我第一次去酒吧，没有带够钱，就只要了一杯啤酒，从头喝到尾。虽然我当时对柏林墙的事情一无所知，但其他人一路聊到布拉格之春，我昏头昏脑地听着，被感动得一塌糊涂，结果出来的时候回吴淞的末班车已经没有了。我和群青也没有太担心，和其他人一起走在路上，陆续握手告别，最后只剩下我们和老谢，老谢的热情没有消散，还在说个没完。郑重其事的气氛随着夜晚的流逝而变得更为深邃，我感觉自己被当作真正的成年人一样平等地对待着。我们又在路灯底下站了很久，最后老谢借给我们一百块钱打车回宿舍，我们问他留了联络地址。过了一个星期再去歌友会的时候却没有遇见他，于是我和群青按照地址去还钱给他。

当时的华亭路服装市场还在鼎盛时期，层层叠叠的露天档口罩着铁皮或者遮雨布。我和群青一头钻进迷宫般的通道，顿时蒙了。原本只在音乐录像带里见过的事物突然变得触手可及。美军风衣，李维斯牛仔裤，阿迪达斯复古运动衫可以随意挑选。仿佛档口的世界不遵循外面的物质流通法则，专将幻梦变为现实。

老谢的档口是从自己家的天井延伸出来的违章搭建，具有得天独厚的优势。他没想到我和群青会去找他，很高兴，提早收摊，领着我们去了他的仓库。他的仓库就是身后自己家的阁楼，也是违章搭建，楼梯又窄又陡，我的头几乎顶着前面群青的屁股。但是仓库里面整洁干燥，一股迷人的牛仔布料味道。挪开货物之后，是一块两米见方的狭窄空间，按照年代分类排列着各个国家的军队防寒大衣、战地迷彩、工作服和海军毛衣，墙上贴着海报和唱片封套。老谢说上面有的大明星都在他这里买过牛仔裤。群青指着一张窦唯的海报问："窦唯也在你这里买过裤子？"

"魔岩三杰都来过。"老谢得意地回答。

"什么时候的事情啊？"群青将信将疑。

"也就是香港红磡之后那两年吧，他们从南京一路演到上海。"老谢说。

"真的假的，都没听说过。"我说。

"你们知道什么，那时候还在听小虎队呢。"老谢说。

"窦唯在现实中是什么样？"群青问。

"特别牛逼、特别时髦，穿美军风衣和鬼冢虎球鞋。当时没人那么穿。"老谢说。

"那他在你这里买了什么？"群青问。

"你们等等。"老谢说着在身后的书架上翻找，抽出一本杂志来，指着里面的一张照片说就是这条裤子。那是一本日本杂志，通篇采访也不知道讲了什么，但照片配的确实是极其年轻的窦唯，而且有好几张，是他和朋友们在北京郊区的水库玩耍。我和群青拿在手上看了半天，没有任何一张照片里能看清他到底穿的是什么裤子。但是群青立刻对老谢说，他要买这条裤子，就要窦唯穿着的这条裤子。

群青当时是同学里最有钱的，因为他自学网页设计，轻松找到好几份兼职，赚到的钱都花在老谢那里。升旗仪式的时候，他穿着从老谢那里买来的紧身李维斯牛仔裤和牛仔衬衫，大摇大摆地横穿操场，看得其他同学目瞪口呆。

渐渐地，学校里那几个年轻老师都专门来向他打听裤子是哪里买的。于是群青找我商量，从老谢那里进一些裤子到学校里卖。起初我们小心谨慎，每周末只带两三条回学校。等现金流滚动起来以后，胆子也敞开了。在生意被学校教导处出面取缔之前，我们陆陆续续卖出四十多条裤子，都是紧身到绷着蛋的款式。于是在接下来的两年里，每周一全校升旗仪式的时候，操场上有四十多个人穿着我们卖出去的牛仔裤，不时扯着裆部调整蛋的位置——我觉得这几乎算是一场革命了。

群青要分给我卖裤子的钱，我没要，他想尽办法给我，我又想尽办法还给他。最开始用来进货的钱都是他做网页赚来的，而且他在上海寄住亲戚家里，各方面都需要钱。但是过了一个星期，群青送给我一双匡威球鞋，最正统的高帮系带，白底红边，整条华亭路都没有卖的。我吃惊地问他是从哪里弄来的，他说他横扫了整个上海，最后在第一百货商店的运动专柜找到，仅此一双，英国制造，我至今都记得价格是三百七十五元，一笔巨款。这是我得到过的最珍贵的礼物。

我和群青一起去签档口合同的那天，我穿着他送给我的匡威鞋，他穿着从老谢那里买来的窦唯同款牛仔裤，这两样东西都不可避免地磨损和褪色，但在我们心中永远代表着尊严和好运。路上我不时去摸左侧肋下，那里的衣服内兜里插着一只牛皮信封，装着我全部存款。我们签下的档口在人民广场迪美地下城，转来的租约又续签五年。我对五年没有什么概念，我生命中还不曾出现任何一件事情是以五年作为计数单位的。

我们入场的时候外贸市场已经发生过一次大震荡。华亭路市场二〇〇〇年拆迁以后，有资本和人脉的老板在淮海路区域开设独立商铺，剩下的汇入襄阳路。老谢的档口和家里的违章搭建在拆迁中被全部移除。他这个人善于一蹶不振，无法适应时代的震荡，于是没有参与襄阳路市场抢占地盘的腥风血雨，在家里炒股票，荒度时日，一年之后才重出江湖，盘下两个小仓库，退居到七浦路市场，自此只做批发买卖。市场的大生意都在一楼二楼交易，三楼是废物们的荒漠。老谢盘踞三楼一角，手机信号若有若无，用电子设备联络不上，要找到他就得转两趟公交车亲自相见。整片批发市场以天桥为起点，乌烟瘴气，小偷成群。全国各地货源汇集，因为抢货和帮派斗争，巷子里的械斗时有发生。老谢的境遇表面看起来一落千丈，实际却因为陆续接了好几笔贸易公司的大单而交了好运。但他无动于衷，大声哀叹，坚持认为自己被流放了，从上世纪的幻梦中被流放。所幸，我们的友谊从那个幻梦中被保存下来。

当时的迪美地下城与其他地方垄断货源和势力割据的状况完全不同，进驻的多半是我和群青这样刚刚入场的同龄人。地下城是九十年代中期建造的新型防空洞，面积等同于半个人民广场，分区域招商，缓慢拓展。一半已成规模，另外一半还无人管理。我们的档口位于边界，编号 A37。虽然与期待中的一切相距甚远，但这里的气氛极其地下，男孩女孩都没钱没背景，美院和服装学院的学生居多，也不着急赚钱，因此有一种不成气候的学校社团感觉。大家每天交换来自批发市场和服装厂各种无用的小道消息，使尽浑身解数打扮，只为了让自己看起来不同于外面的普通人。

我和群青虽然干劲十足，却毫无头绪。头一个月我们搭乘地铁和轻轨，纵向和横向扫荡了上海市区和近郊的纺织批发市场，却始终无法在货源上达成一致，而且过多的垃圾货源像污染物一样伤害我们的意志力。之后随着气温断崖下跌，我们渐渐乱了阵脚。到了十一月底，无论什么样的货源消息都会追踪，孤注一掷的念头变得非常强烈，有好几次追进居民小区单元房里传销组织的老窝。我心里很清楚，再进不到合适的货就等着完蛋吧。这是我记忆中最冷的冬天，日以继夜刮着北风，我和群青沿着苏州河，从一个仓库摸到下一个仓库，像冰天雪地里迁徙的动物。

十二月的第一个星期，我们得到消息说虹口那边鬼市有批冬天的货天亮进仓，得赶早去抢。我和群青第二天凌晨三点按地址找到仓库，空无一人。我们在避风处等待，太冷了，只能不停聊天分散注意力和保持清醒。熬到破晓时，薄雾里出现一辆货车，远光灯照在我们身上。不等司机师傅卸货我们就跑过去看，是从山东运来的一批贴标羽绒服，日单户外功能性品牌。我和群青交换了一个眼神，就已经确定这批货无论如何都要拿下。只是我们热情过头，失去讲价的先机，全部的钱只够支付订金。死皮赖脸与司机师傅交涉下来的结果是，先交订金，晚上九点取货并交付全款，过时不候，订金不退。

我和群青离开仓库以后，双手插兜往轻轨站的方向走，外面是一片拆迁中的棚户区，气温甚至比夜晚更低。第一班轻轨还没出站，我们站在露天站台上，刚刚失去了全部的钱，是真正意义上的一无所有。我问群青：“我们去哪里？”

“去找老谢想想办法。”

“不是说好不找老谢吗？”

“我们说好了不从他那里进货，没说不能借钱。”

“这有区别？”

“从他那里进货是不思进取，从他那里借钱是走投无路。”群青的语气不如平时确定，但我心里清楚他说得没错，我们走投无路。到批发市场的时候，老谢刚刚发完一车皮的货打算回家睡觉，见我和群青披着一身晨雾，几句话就问清楚了我们的处境。他先领着我们去楼下出租车司机面馆里吃了一大碗面，然后叫我们等着，他自己去银行跑了一趟，回来的时候手上多出一只塑料袋，大大咧咧从里面掏出来几叠现金递给我们，数目远远超过我们实际需要的。我心里狠狠一暖。

“你们搞到车了？”老谢问我们。

“什么车？”我和群青都一头雾水。

“你们拿什么去运货？”老谢说。

“助动车行吗？”群青问。

“我爸有一辆。”我说。

“我操！你们闹着玩吧。”老谢拍掌大笑。

我和群青面面相觑，不明白他是什么意思。

“几百件羽绒服你们搞辆金杯车都得跑几趟。”老谢说。

“你有金杯车吗？”群青问。

“我不会开车，我骑三轮。”老谢说。

“三轮摩托？”群青问。

“三轮板车啊。”老谢回答。

“你骑板车送货？”群青问。

“操！你不是百万富翁吗？”我问。

“你们这话说的，一副没见过世面的样子。板车比金杯车能装啊，能和公交车抢道。”

“怎么样，你会骑三轮吗？”我问群青。

“这有什么难的。”群青说。

晚上我和群青在老谢的仓库碰头，骑着他的板车回到清晨的仓库，担心过的事情一件都没有发生。货已经全部清点好了，一捆捆码得整整齐齐，司机师傅开着取暖器，一边吃盒饭，一边听相声。我被暖烘烘的空气里飘浮着的羽毛绒绒刺激得鼻涕眼泪横流。

“你哭什么？”群青问我。

“我没哭，你他妈才哭。”我一说话却呼呼流出更多眼泪。

这批货我们分两车拉完。第一车直接拉到地下城，但地下城那段时间消防检查，晚上十点以后不允许进出，所以第二车只能拉到群青家里。群青回到上海以后没再寄人篱下，自己在浦东轮渡码头附近租了便宜的屋子居住，那屋子破得惊人，没有空调，没有热水，不通煤气，住在那里像是每天都在军训。我俩轮流蹬车，轮流坐在车板上护货，碰到上坡就一起下车推，连滚带爬地赶上最后一班轮渡。那天的黄浦江上大风大浪，整艘船都往一边倾斜，我和群青费了很大功夫才把板车固定好。然后我们拆开两件羽绒服自己穿上，爬上甲板。没有云，空气冰冷干净，能看见明亮的冬季大三角。

“你闻闻，是不是有鸭子的味道？”群青突然把头埋进衣服里。

“废话，说明这是货真价实的鸭绒。”我说。

群青咔嗒咔嗒地点烟，我们被鸭子的味道围绕，暖暖和和，自由自在。

春节里我和群青高高兴兴地去给老谢拜年，正巧碰上老谢过生日，一定要留我们去乍浦路的大饭店吃饭。年初四的夜晚，整条乍浦路灯红酒绿，空气里浸着白酒的芬芳，每间酒楼门口的大水缸里都游着红彤彤圆鼓鼓的发财鱼，齐齐朝着一个方向挤，撞到玻璃再折返。酒楼里面金碧辉煌，桌面大小的枝形吊灯下面坐满人，食物被放在干冰里冒着烟端上来。蟠桃大会也不过如此。

“没想到你平时挺摇滚的一个人，这种做寿风格怎么和我爷爷一样。”我讽刺老谢。

“你们懂个屁。今晚迎财神，明年走大运。”老谢回答。

老谢大宴宾客，渠道上的合伙人、报纸和时尚杂志的编辑、电视台刚刚露面的年轻主持人……还不断有新的朋友从其他地方转场过来的，热情洋溢，都已经喝多了。老谢挨个给大家互相介绍。说到我和群青的时候，他说我们是他来自上世纪的老朋友。我挺感动的，我不知道老谢原来有那么多的朋友，而我们是里面年纪最小的。大家互相握手，拍打彼此的肩膀，坐下来喝酒。他们聊娱乐圈消息、股票、夜总会和世界局势。大部分事情我都没有经验，却听得津津有味。我觉得老谢的朋友们普遍过着既浪漫又务实的生活，在金钱的热浪里翻滚，却愿意为一些特别抽象的事物一掷千金。有位戏剧学院的老师问群青是不是本校学生，还是哪个剧场的演员，看着脸熟，肯定在台上见过。群青说他不是学生，没有念过大学。那位老师一定要留下群青的电话，说等开春招生的时候再联络他。之后服务生端上来一只裱花奶油蛋糕，于是那位老师带头唱起了生日快乐歌。我这才知道原来老谢三十五岁，而我一直以为他只有二十七八岁，他是那种和具体年龄数字没有关系的人，似乎从未年轻，也不会衰老，但是再一想，自我们认识起，确实已经过去好多年。吹灭蜡烛之后，歌却没有停下来。我们一起唱了罗大佑，伍佰，《Hey，Jude》——“Na，Nana，Nananana”——一首接着一首，越唱越激动，酒越喝越多。唱到《明天会更好》的时候，已经有人开始哭泣，大家都站起来，号啕大哭的人站到椅子上，还要往桌子上爬，被拉住。酒楼里其他桌上的人也加入进来，人群啊年龄啊身份啊，诸如此类的差异都短暂消失，但是在集体的合唱中，整体气氛却突然不可挽回地跌向伤感。

“唉！”坐在我旁边的女孩冒出一句轻轻的叹息，我不知道她是什么时候坐下的。不是我吹牛逼，美校也好，地下城也好，我是在漂亮女孩扎堆的地方长大的。我刚刚进美校的时候，高年级的学姐们烫着头，个个打扮得像香港大明星，傍晚在操场上练习迈克·杰克逊的舞步，我觉得自己暗恋过她们中间起码一半的人。所以也不能怪我整晚都没留意到她。她长手长脚，个子中等，自然卷发费了很大力气用皮筋绑住，又随时都要挣脱出来似的。穿着不协调的长裤和短风衣，有种乱七八糟的流浪儿气质。我心里琢磨着她的那句叹息是不是有点讥讽的意思。

“你也是电台的吗？”女孩转头看着我，像是留意到我的内心活动。

“什么电台？”

“那是我搞错了。你是做什么的？”

“我是个体户，和朋友一起卖衣服。”这是我第一次以这样的身份介绍自己。

“挺有意思。但你看起来一点也不时髦啊。”

“我还行吧，我可能是那种在精神上比较时髦的人。”

“哈哈哈，你是有种自暴自弃的气质。”

“那主要是因为我缺了半颗门牙。”

“你的牙怎么了？”

“你看过《古惑仔》吗？”

“哈哈哈，别闹了。你们的店在哪里？”她继续问我。

“不能算是店，没有名字，而且也没决定好到底卖什么。”

“那倒是挺酷的。”

“不是像你想的那样，我不是那种酷酷的成天无所事事的人。我勤劳勇敢。”我几乎每说一句话都在后悔，不知为什么无法自控地想要表演拙劣的幽默。

“我问个正经问题行吗？”女孩问我。

“你说。”

“我能采访你吗？你和你的朋友——”

“你是说正经的采访吗？我们有什么可采访的啊。你是记者吗？”

“是啊。”接下来她说了一个报纸的名字，我没有听说过。

“我平时不看报纸。”我非常不好意思。

“我们还在创刊的筹备阶段，而且我还是实习生，今年夏天才正式毕业。”

“为什么要采访我们，不会有人要看的吧。”

“我在做一个叫作二十一世纪新浪潮的专题。”

"什么是新浪潮啊？"

"就是写写我们大家都是怎么瞎胡闹的。"

"哈哈哈哈。你叫什么？"我问她。

"消失的象。"

"什么，这是什么破名字？"

"这是笔名，我在报纸上发表文章的时候用这个名字。"

"用这样的名字能写出正经报道吗？"

"不都说了是瞎胡闹吗？"

"这个名字到底是什么意思啊？你喜欢动物还是怎么回事？"

"没什么特别的意思，就是一本书的名字。"

"是小说吗？我书读得少，但我会去找来看看的。"

"不必不必，我也就是随便起的。"

"那我应该叫你什么？"

"小象？别人叫我什么的都有，我没所谓。"

"那我就叫你小象好了，我觉得你比较像一头小象。"毕竟我从未在真实的世界中见到一头小象啊。我们交换了电话号码，我在手机通讯录里保存了"消失的象"。

接近零点的时候酒楼里的人都开始往外涌，大家合力抬出整捆整捆的满地红，手臂粗细的高升和冲天炮，桌子大小的焰火盒子，垒成一座座碉堡。我看得目瞪口呆，直到第一支焰火呼啸着蹿上了夜晚的天空，震耳欲聋的，我缩起脖子感觉自己身处战场。如果此刻财神正在巡游，他一定也会驻足观望。

"恭喜发财。"老谢拍拍我的肩膀。

"太厉害了，钱的味道应该就是硫黄味的吧。"我说。

“你还没见过前几年更厉害的时候，放焰火放到警察都要封路待命。”

“生日快乐啊！”我也拍拍老谢的肩膀。

“别提了。三十五岁，一事无成，在这里空许愿望。”

“一事无成挺好的，这不正是时代的潮流嘛。”

“后来你还去过歌友会吗？”老谢突然问我。

“再也没去过了，歌友会还没解散？”

“早就解散了。我最后一次见到那群人还是千禧年的元旦，你能想象吗，都过去那么久了。我们去了好几所学校做放映，其实就是玩命玩了三天三夜。后来大家都开始使用互联网了，感觉是一夜之间，每个人都取了不同的网名，比自己的名字酷多了，从此再也不需要在现实中见面了。”老谢大声叹气，又动情了。

“我觉得那样挺好的，我其实没有特别喜欢那些人。”

“我知道，那种臭傻逼知识分子味儿呗。但我有时候就是会被这种东西迷住。”

“我不懂知识分子什么的，我只是不喜欢那里的一种阴郁气氛。”

“做生意不能太执着于气氛。”

“你是说我吗？我一点都没觉得自己在做生意，没那种正儿八经的感觉。”

“那你境界挺高的。”

“别笑话我了，我是说真的。我不知道做生意的感觉，你是过来人，你教教我。”

“你见过那些在海里冲浪的人吗，在明晃晃的水里长时间地等待一个完美的浪，等浪来的时候，奋力跳上板子，在浪尖上划出一道又长又美的白色弧线。”老谢这样说，好像我们正置身于虚构的海，而他奋力向前伸出手去说，“你看。”人们踩着厚厚的红色纸屑，引爆更多的引火线，站在硫黄的浓雾中许下新年愿望。我看见群青被点燃的哑炮烧着了头发，却没再见到小象的踪影。

“我们现在看到的也是浪的景观。”老谢说。操，他这句话真的太煽情了。

那批货一共三百七十五件羽绒服，开春前就几乎卖完，提前还清了欠老谢的钱。功劳主要归群青。他会说日语，模样像日本青年，每天只要坐在档口便是一种广告宣传，让人不由自主也想穿上他的衣服，成为同样的颓废派。我们为了更进一步地渲染氛围，从老谢那里要来不少九十年代的日本杂志海报贴在墙上。而且我们只卖一种衣服，特别硬核。不少人以为我们直接从日本进货，有海外关系，对此我们从来也没有否认，口碑很快便传了出去。

赚到钱的虚荣心稍稍鼓舞了我和群青，之后只要那位司机师傅从山东拉货到上海，我们便第一时间去候着。为此经常凌晨便各自出门，沿着苏州河，摸黑骑车去仓库，在冷雾中等待他的货车入库。大部分时候我们都空手而归，但其实我从心底里来说，也没有对好运的再次眷顾抱有期望，倒是师傅被我们倔强的意志力弄得挺不好意思的，建议我们说，要想找到称心货源，还是得亲自去北方沿海地带跑跑，那里遍地都是服装厂。

于是我和群青去驾校报考了 B 型货车驾照。自此以后每星期都有两三天清晨，我们在人民广场公交站见面，一起坐驾校班车去嘉定的练习场学车。第一次去广场集合的时候天都没亮，有霜冻，为了节省体力，我们坐上班车以后彼此都不讲话，打着瞌睡。但车厢里很冷，窗户漏风，很难真的睡着。驶出市区以后两侧是宽阔的土路。天始终不亮，像在大片的阴影里。这样的日子持续了整个春天。

这期间老谢提议我和群青去一趟北京，说那里搞服装的气氛很不一样。这趟旅行我和群青都期待已久，想从野狗一样的生活里喘口气。

到北京的第一晚我和群青在鼓楼的青年旅馆睡大通铺，都是背包客，晚上八点以后淋浴间就没有热水，拉屎得去外面的公共厕所。但附近的胡同里都是二手衣服店、乐器行和酒吧，卖各种意想不到的破烂；去小饭馆里吃刀削面，旁边坐着一群穿匡威球鞋的朋克。特别野，特别贫穷，特别嚣张，让人不由自主想要成为这个公社的一员。

接下来的四天里，我和群青每天都去世纪天乐和动物园批发市场报到，大铁皮棚底下都是满口京腔的男孩女孩，又疯狂又颓废，个个都像在演王朔的电影。我们在世纪天乐的一个档口狠狠心，拿下几件美国的二手皮夹克，价格高得离谱，但老板特别能聊，最后还给我们留了一个地址，叫我们离开之前一定要去那里看他们乐队的演出，他请我们喝啤酒。回去一查才知道他是那种教父级别的鼓手。

最后一天傍晚我们真的按照地址找了过去，却在什刹海背后的胡同里迷了路，天黑以后整片胡同都没有路灯，我们饥肠辘辘摸进一间酒馆，意外发现二楼的露台在办派对，炭盆里烧着火，很多吃的，很多酒，有个流浪汉在拉手风琴，跺着脚唱悲怆的俄罗斯歌曲。那里卖十块钱一杯的鸡尾酒，一股酒精和香料味，但我和群青喝了一杯又一杯，全部都喝多了。走出来的时候，不知道怎么的突然置身什刹海边，那里的冰还没有完全化开，湖面上停着白色的鸭子船。而我们什么都顾不上，蹲在树下，哇哇乱吐。后来我们运回来的那几件皮夹克，还没有来得及上架就被隔壁几个摊主一抢而空，早知道豁出去把那批货全包下来了，这件事情我至今想来都有些遗憾。

第二天我和群青带着宿醉坐夜班快车回上海，驶出北京没有多久，我便接到小象的电话，黯淡的电子屏上闪动着“消失的象”这几个字时，火车正开进山里的隧道，周围一片黑暗，这个电话像是来自另一个地方，其他的世界，以至于我接起电话傻乎乎地问：“你在哪里？”

“我在学校宿舍，站在阳台上。你呢？”小象的声音从黑暗中传来，又清晰又确凿。

“我在从北京回来的火车上。也不知道开到哪里，刚刚穿过了好几座山，现在外面是平原。”

“真好啊，你去了北京。”

“我猜你肯定忘记了我们的约定。”

“我没忘记。”

“那就是反悔了，发现我们的采访不值一做。”

“我一直在写毕业论文，废寝忘食的，刚刚写完就给你打电话了。真的很抱歉。”

“抱歉什么，我很高兴你没有消失。你的论文是关于什么的？”

“我不会告诉你的，你肯定会觉得特别枯燥。”

“你不说说怎么知道，没什么能让我感到枯燥。”

于是小象认认真真从头说起。起初我们都还有点紧张，她只想尽快说完，渐渐地却越说越远了。中间她偶尔会停下来，等等我，于是我发出一点声音，让她知道我始终在，无须担心。我握着手机蹑手蹑脚地从上铺爬下来，在过道找了一个靠窗的座位坐下，我一点都不觉得枯燥，反而入了神。中间我打断了她一次，是因为手机提示没电了，于是我拿着充电器来到车厢交接处的插座旁边，坐在地上，接缝处不断涌进来潮湿柔和的季风，我想火车已经离开了华北平原。她问我还在听吗，我说是的，我可以一直听下去。所以一直等到她讲完以后，我才告诉她：“火车已经离开华北平原了。”

“那明天我们约个时间见面好吗？我们可以开始采访。”她问我。

“明天是指醒来以后的明天吗？”我问她。

“是啊，醒来以后的明天。等你回到上海以后。”她确定地回答。

于是我们约定了见面的时间地点，照理应该道别，但我们都沉默着不想说再见。这样的时刻我应该说些什么呢，我心中有着千言万语，我可以说说美校后山的四季，吴淞码头靠岸的远洋船，还有黄鼠狼的头骨。我还可以问她，你知道吗，北京的公共厕所没有隔断，拉屎的时候正对着对面人的脸。我不记得前后的顺序，但是这些话我全部都说了，直到车厢里的人陆续从无边的梦中醒来。我站起身，窗外已经是黎明的农田和天际线的霞光。

“哎呀！”我惊呼。

“怎么了？”

“我本来想好要在火车过长江的时候告诉你的，现在已经过了。”我告诉小象。

火车到站以后我和群青告别，没有回家，却直接坐上了通往五角场方向的公交车。歌友会时代我曾去遍了那里所有的大学，没有想过几年后重返是要去见女孩。我在校门口给小象发了一条消息，然后凭记忆穿过操场，往学生活动中心的方向走。我猜想小象还在睡觉，但是她立刻回复了我。她也醒着，而且一点也没有感到意外似的，好像我们本来就说好要在学校见面一样。我却紧张起来，走进旁边的小卖部里想买些什么，口香糖或是可乐，结果只买了一小盒避孕套揣在口袋里。这不在我的计划之中，我和小象没有任何计划。

我原本还在担心是否记得小象的长相，但其实她刚刚进入我的视野范围，还只是一小片模糊晃动的光晕，我便认出她来。她的模样和冬天见面时不太一样，穿着不长不短的裙子，头发没有绑着，迎面走来像一把乌黑的小小火焰。步伐飞快，手指上挂着的一串钥匙响个不停，转瞬便来到我跟前。

我们逆流穿过去教学大楼上课的学生，来到学校后门，各自吃了一碗面条。一夜没睡，却都感觉不到疲惫。小象问我想去哪里，我没有什么想法。于是我们坐在排球场边看了好久排球队的训练，然后才穿过草地回到她的宿舍。又是一个晴朗的白天，干燥的青草轻轻擦过我的裤脚。

“当心脚下。”小象在草地上灵巧地跳跃。

“当心什么？”我跟上她的步伐。

“天热起来以后，草坪上就会有前一天晚上留下的避孕套。”小象回答。

天黑之前我和小象在她的宿舍里用完最后一枚避孕套才抱在一起沉沉睡去，再次醒来已经斗转星移。我们在一起待了两天，离开小象的时候，外面温度骤降，我再次穿过草坪，凌晨的露水降落在我的身上，我的心里怀着无限温柔和无限混乱。

三个月以后，我和群青考得了驾照。从老谢朋友那里买下一台几近报废期限的桑塔纳。车是从希尔顿酒店淘汰下来的，之前跑了八年的酒店出租，虽然和梦想拥有的吉普越野相去甚远，但开价只要一万块钱，是我们所能负担的上限。而且车被维护得很好，里外看起来都干净体面，后窗遮着干净的白色纱帘。引擎自然是老化了，动不动就温度过高，车里必须常备一箱水给水箱补给降温，但老谢允诺说开上两年没有问题。我们也觉得跑短途拉货足够用了，于是验车之后当即付了款。拥有车以后的第二天，我和群青便打算开车去杭州近郊的服装工厂碰碰运气，顺便在高速公路上拉拉车速，清理引擎积碳，算是为之后去北方跑长途练练手。

我们清晨出门去接小象。她早早等在路口，背着旅行袋和水壶。这将是采访的最后一站。我原本以为所谓采访不过是聊一下午的天，结果却从春天一直持续到夏天，小象跟随我和群青跑遍了上海的批发市场。她有种热忱到奋不顾身的劲头，甚至比我们更忘情地投入我们的生活中，以至于所有让我和群青感到疲惫和重复的事情，以她的视角被重新看待之后，又再次具有了意义。

群青向来对我找女孩的审美嗤之以鼻，却意外地和小象非常合得来，毫无防备地接纳了她。我觉得这一方面是因为小象有种能令人敞开心扉的天赋，而且完全没把群青心事重重的性格当回事。另外一方面是因为我和小象并没有能够发展成真正的恋爱关系。我对小象的感情强烈且真实，但在我想要付诸真正的行动之前，她告诉我，她的男友在法国念政治学。他们相处多年，感情坚固，互相支持，约定两年后在巴黎重聚。所以她每周末都去法语培训中心上课，打算去法国念书。我想象过和她恋爱，无数次的，但能想到的场景和事情却都非常有限。我没有受到过良好的情感教育，缺乏勇气，而且目光短浅。但不管怎么说，我和小象成了朋友，是值得信赖的朋友，也是伤心万分的朋友。

我和群青第一次真正开车上路都争先恐后要握方向盘，又都很紧张，两个人不断熄火和踩急刹车，在市区磨磨蹭蹭，等开上高速公路已经烈日当头。车里的冷气修不好了，不得不开着车窗，一旦提起速来，猛烈的风灌进来把群青的烟灰吹得到处都是，而且发动机的声音与公路的噪声震耳欲聋，只有把音乐的声音也开到最大与之抗衡。而小象兴致高昂，她大声跟着唱歌，朗读高速路牌上面奇怪的美丽的地名。

到了杭州以后，我们沿着钱塘江进了山，山里大片大片的茶树令人流连忘返，我们把车停在山腰处，顺着溪流的方向走，在茶林深处遇见一间小庙。庙里的气氛平静温和，有两棵挺拔的银杏，有香火，但没有人的踪迹。我们被一种少见的心情驱使，纷纷抽了签。小象抽的是大吉，我抽的是小吉，群青抽到凶。我想看群青的签上写的是什么，但他已经把那张纸扔进香炉里烧了，说这样菩萨才会帮他解决问题。小象的签上说的是宝塔和星辰，我的签上说的是迁徙的鸟。我们也没有看懂，模棱两可，但都把签留了下来。

我和群青第一晚便已经在网吧搜索了杭州所有制衣厂的地址，在地图上做好标记，规划了路线。第二天出发前群青叫我把现金都拿出来，不要全部放在包里。

“那放在哪里？”我问。

“都分散开来，袜子里、裤腰里都塞一点。”群青回答。

“有这个必要吗，又不是在穷乡恶土。”我虽然不服气，也还是照做了，两只袜筒各塞了一卷钱，其余的钱卷在信封里塞进裤腰，有种郑重闯天下的荒唐感。

接下来的两天，我们循着地图分片扫荡，去了十间工厂，却一无所获。于是第四天，我们抛弃了地图，过复兴大桥以后，沿着钱塘江一路往北，落日前在临海工业区里找到一间工厂，打听下来有一批日本订单的惠比寿牛仔裤正在加工五金配件。我和群青吸取了之前的教训，装模作样，冷静讲价。这批货的量很小，厂里的人显然没当回事，只想随意将我们打发，给出的要价却低得惊人。我们找机会掏出藏在袜筒和裤腰里的钱，赶在对方反悔之前把货拿下。

然而刚刚返回停车场，便有三四个人大声吆喝着从两个方向走对角线朝我们靠拢。我大脑空白一片，用眼角余光看到群青和小象都朝着车的方向冲刺，于是我也拔腿要跑，却被人从侧面猛踢膝盖和肋骨，滚到地上，下意识地紧紧蜷住身体，以缓冲肩膀和后背受到的重击。好不容易挣脱起身，看见一个人仰在地上，鼻梁歪了，他正茫然地伸手去扶。而群青抡着从后备厢里取出的千斤顶，仿佛青年哪吒。其余几个人见这阵势也颓了下来，垂着手，不再逼近。于是群青举着千斤顶和我一起缓缓后撤，掩护我拾起地上的货，跃进车里。接着群青放开手刹，踩下油门，从未有过地一气呵成，车子剧烈抖动着冲出厂区。

外面暮色降临，空气湿热，群青稳稳地握着方向盘，肩膀笔直，令人平静。小象靠在我身边，手指蜷在我的手心里，像一只休息的鸽子。我们的货都在，一件没少，我们的桑塔纳在关键时刻经受住了考验，自此以后也成为忠诚可靠的老友。我捏了捏小象的手指，想说一句话，但稍稍吸一口气，胸口痛到眼前发黑。

“停车。”我突然剧烈反胃到背脊都汗湿了。

“你别瞎动，要是肋骨断了扎进肺里就完了。”群青说着靠边停车。我原想反驳两句，但打开车门便立刻吐了，吐的时候太痛，只能吐一会儿，休息一会儿，靠在座位上小心翼翼地喘气，再继续吐。群青下车抽烟，见我吐得差不多了，便点了根烟，猛抽两口以后递给我说：“抽几口，会好受点，能镇痛。”我浅浅抽了一口，适应以后又抽了好几口，烟雾进入身体以后，不知是不是心理作用，痛感真的退去一点，至少又能开口说话了。

“刚刚那几个人是怎么回事？”我问。

“不像是厂里的，没准是当地黑社会。”群青说。

“黑社会来弄我们干吗，我们就拿了这么点货。黑社会那么小气啊。”我说。

“我觉得那几个人多半是搞错对象了。”小象说。

“那你说我们都心虚跑什么呢？”群青说。

“任何人碰到这种情况都会想要跑吧！”小象说。

“你在日本没少打架吧？看你刚刚那架势，不是我们美校的作派。”我问群青。

“装装样子，现在虎口还是麻的。”群青说。

“我至少为采访贡献了精彩的结尾。”我说。

“我觉得我们永远也不会知道这个结尾到底是怎么回事了。”小象回答。

“要是按照电影情节的发展，刚刚那个人被群青打死了，我们在这里抛下车告别，各自消失在荒野，永远不会再相见。”我说。

“你别胡扯，那个人不会死的。而且这里是杭州，也不是荒野。”群青说。

“别那么严肃，哪里都可以是荒野。”我说。

“那天你抽到的签到底说了什么？”小象问群青。

“你真的相信这种东西？”群青问。

“就是因为不相信所以才问你啊。”小象说。

“但我也没太看懂，就说了螳螂啊黄雀啊之类的。”群青说。

“螳螂捕蝉，黄雀在后吗？”小象问。

“原话不是这样，但差不多就是这个意思。”群青说。

“真够无聊的。”我说。

“是啊，真够无聊的。”小象说。

“你花了那么多时间在这个采访上到底值得吗？”群青问小象。

“当然值得，你们等着瞧。”小象说。

“这种虚无的事情，你怎么能那么确定，可真羡慕你。”群青说。

“再给我一根烟吧。”我问群青。

“我的烟快没了。”群青说。

“我还有薄荷糖你要吗？”小象问我。

“我们现在在哪里？”我问。

“不知道，但我们一直顺着钱塘江，再往前可能就是入海口。”群青说着拿出地图。我们凑在昏暗的顶灯底下琢磨许久，对照工厂的位置和行驶的方向判断，我们所处的位置在海宁观潮台的对岸，这时天已经彻底暗了下来，没有月亮，也没有潮水。

“我们要是在这里不走，说不定能看到巨浪。”我说。

“哪来的巨浪？”群青分给我一根烟。

“不知道，潮水是行星之间的引力造成的。”我在胡说八道，我觉得我的脑子摔坏了。

“操，油灯亮了。”群青说。我没搭理他，找出烟盒里最后一根烟。车门全部打开着，但是车一停下来就没有风了，密密麻麻的蜻蜓在低空盘旋，仿佛近处就将有一场风暴。而小象带着她的傻瓜相机跑出很远，闪光灯在黑暗里打出的光晕在我的视网膜上停留了很长时间。

这一趟回来，我断了两根肋骨，轻度脑震荡，有阵子往右侧翻身就会头晕。因为必须在家里静养，吃喝全部依靠父母照顾，持续了一年多的谎言终于说不下去了，意志力也已经瓦解，便干脆从香港公司遣散说起，直到在杭州工厂被打，全部都告诉了家里人，中间一度说得情绪激动，却不敢停下来，怕一旦停下来，那股劲头就消失不见。说完最后后背发凉，等着大闹一场，但好久都没动静，回过神来，发现我妈背转身去，正轻轻擦去眼泪。

弄成这样我特别难受，差点也要落泪。

之后老谢不听劝阻非要来探望我。酷暑天，抱着一只西瓜从地铁站走到我家，又爬了几层楼梯，一身臭汗站在我家狭小的客厅里，像退潮以后搁浅的海豹，满身泥沙。我父母本来就怀着对个体户的偏见，不太待见我那些所谓社会上的朋友，老谢横冲直撞的模样无疑印证了他们的疑虑，于是他们冷淡地打过招呼以后就回避了。老谢自己浑然不觉，放下西瓜以后，从包里掏出一套《战争与和平》说是给我解闷。之后他情绪激动，绕着沙发前言不搭后语地说了一堆，概括起来就一个意思，我和群青出名了。

“什么意思？怎么出名了？”我莫名其妙的。

“你们两个傻逼堂而皇之闯进外地黑工厂拿货，械斗之后抢了一批牛仔裤回来。”

“是不是群青跑你那里吹牛去了？械斗个屁，就是个乌龙罢了。”

“报纸上登了啊。专题大报道，厚厚一叠。”

“今天出刊了？那你给我带报纸了没？”

“哎，我把这正事给忘了！”

尽快把老谢打发走以后，我缠紧胸托去楼下溜达了一圈，第一间报刊亭说这期是创刊号，送赠品，已经卖脱销了，第二间报刊亭还剩五六份，我只买了一份，我为小象高兴，希望有更多人能买到剩下的。报纸出乎意料的厚，小象的文章是特刊头版，我站在路边迫不及待地翻到那一页，是一张占据了半个版的黑白照片，我们泊在观潮台对岸时小象跑出很远去拍的。画面里没有我和群青，只有车门全部敞开着的桑塔纳，以及我撑着车框，夹着烟的手。

天将暗未暗，我们的车像一台搁浅了的飞行器。周围的风景虽然被定格，却仍然给人瞬息万变的印象。这是整篇报道里唯一的照片，而文章本身竟然占据了接下来的整整六个版面，我明白了小象说等着瞧的意思，这几乎是抗洪救灾级别的报道了吧。

回到家里，我平静了一会儿才开始读这篇文章。读完以后又回过头去，把重要段落重读了一遍，反反复复读了好几遍。里面全部的事情都是我和群青经历过的，我们不断移动，在各种交通工具上，从浦西到浦东，从长江流域到华北平原，带着一点点的钱和可有可无的决心，游荡在批发市场铁皮大棚闷热的通道间。

文章的结尾，没有人消失在观潮台对岸的荒野，小象转而描述了之前一个普普通通的凌晨，我们从浦东江边的仓库出来，珍惜春天仅剩的几个夜晚，没有着急回家，反而往纵深处越走越远。周围的一切都是新的，刚刚浇灌的道路甚至还没来得及命名，我们有一搭没一搭地讨论大陆的尽头是什么，便来到了尽头。那里是一个通宵开工的地铁工地，冷光灯像好几枚巨大的人造月亮，不见人影，但是机器全力运转，一根根直径惊人的管道将那里的泥浆源源不断地输送到卡车上，再运送出去。我们无所事事，在吞吐的轰鸣声中看得如痴如醉。直到灯光熄灭，机器一部接一部地停止运行，天快要亮了，从公共绿地里跑出来一大群觅食的猫，轻轻穿过马路。

“这里为什么会有那么多的猫？我问他们。而群青摆摆手说，不是我养的。”

文章至此结束了，最后的署名是——消失的象——就好像我和群青以及作为第一人称叙述者的小象虽然没有消失在荒野，却依然在奇异的氛围中消失在了时代的这一边。我想起在采访持续的这三个月里面，很多个夜晚，我们三个人从地下城走出来，季风潮湿柔和，我们行走在延安路高架桥底下，如同行走在沉默的鱼腹下面。我极其想念小象，回过神来，拨了她的电话。

“你写得真好，你把我们写得像堂吉诃德一样浪漫。唉！”我说。

“那你为什么还在叹气？”小象说。

“因为在所有浪漫的事实中，你还是漏掉了关键性的一项。”

“不可能，你说说。”

“我们会开手动挡，持有货车驾照，是不是很浪漫，还有比这更浪漫的吗？”

“哈哈哈哈。”小象的声音始终确定，无论如何都不会消失。

一个月以后，我胸侧和背后的淤青已经消除，老谢帮我挑了一个良辰吉日返工。等我回到地下城才意识到老谢为什么说我和群青出名了，我不得不对着各种人，把事情的经过讲了一遍又一遍，渐渐地那段经历对我来说，便成了他人的冒险。正逢迪美地下城新一轮扩张，成为时髦大学生和年轻白领的乐园，周末总有记者来这里捕捉浪潮的走向。似乎想要赚钱，便总能找到捷径。这样天时地利人和，我们档口的现货第一次被彻底卖空了，我和群青因此决定把去山东跑货的计划提前。

我们不在档口的时候雇了老谢的远房表弟帮忙。表弟十九岁，蓬勃开朗，前一年高考失利，不想复读，也没有正式去混社会的决心。家里情况不错，于是打算送他出国读书。所以他上午学英语，下午来我们这里，周末晚上去酒吧跑堂，和客人练习英语口语。

出发前我们又和那位跑长途的司机师傅见了一面，带着香烟和白酒，算是感谢和告别。师傅爽快地给我们牵了几条服装厂的线，又兴致勃勃传授了一通在路上找小姐的经验，帮我们调整了离合器，最后以昂贵的价格卖给我们一台从广州带回来的新款导航仪。

第一次去山东正是秋天最好的时候，我们计划，从潍坊到胶州、即墨，最后至崂山和青岛返程。每到一个城市，我们都按照惯例先找网吧歇脚，吃泡面，搜索当地的服装厂和市场，标记在地图上并且规划好路线，为了省钱，轮流在招待所或者网吧或者录像厅过夜。因为吸取了之前的教训，进入厂区的时候我们都小心谨慎，避人耳目，对门卫通通谎称自己是来招工的。最终抵达青岛时，已经过去了十几天。除了导航仪不断导致的方向混乱外，其他一切顺利，约定的货都将在年底前陆续发往上海。返程前，我们去海边看了看，天冷了，海滩浴场一个人都没有，移动更衣间都锁起来了。秋天已经彻底结束。我们踩着湿滑泥泞的沙滩走出很远，死去的海藻被留在砾石里，海面起着湿冷的雾，往陆地移动，流动在植物和楼房之间。

回到上海以后我和群青晨昏颠倒，几乎每天凌晨都去地下城接货。我们和其他几十个人一起，各自等待晨雾中一辆辆来自四面八方的长途货车。天寒地冻的，我们都精神抖擞，如同置身战壕。

十二月底我和群青第二次去山东，走相反的路线，从淄博到济南再到泰安，最终在泰安耽搁了很多天。我们在当地一间小工厂觅到一批日本订单，户外冲锋衣，那个品牌当时还没有进入大陆市场，群青想要把整个厂的货全部买断。这个想法在我看来匪夷所思，我们的策略始终是小批量走货，保持更多选择的自由，也不至于被利益压垮。群青的突然冒进令我感到不安，彼此无法妥协。我认为群青利欲熏心，他认为我随波逐流。

第二天清晨群青便出门了。我醒来发现他的旅行袋不见了，手机关机，我去停车场一看，他把车开走了。操你妈，群青。我以为他已经一走了之，于是去附近的火车售票处查了一下当晚回上海的火车票，走到半路开始下雪，我冷静下来，回到招待所，意志力也随之消失殆尽。

然而接近傍晚的时候，群青推门进来。

"我去爬泰山了。"他放下旅行袋，拍去身上的雪子，仿佛远方来客。

"泰山？"这真是他妈的出人意料。

"一上山就开始下雪，我坚持了一段，没有要停的意思，见势不妙赶紧折返了。"

"还在下雪吗？"我起身来到窗边。

"好大啊。"群青回答。

"我一直在想拿货的事情。"

"你怎么想的，我觉得你要是实在不同意——"

"不是这样，可以都拿下来。但是想想去年这个时候……"

"我们像野狗一样从一个仓库到下一个仓库。"

"我就问你，你没担心过眼下的一切都会消失吗？"我问他。

"当然都会消失啊，不然呢，建成一座纪念碑吗？"群青头也不回地回答。

晚上我们勉强找到一间没有打烊的饭馆，喝了不少白酒，出来的时候已经是漫天暴雪，我从没见过这样的风景，被强烈震慑，想着纪念碑的事情，又一个人在无序混乱的大寂静中走了很久，才愿意回头。两天以后雪彻底停了，空气清澈寒冷，高速公路重新开放。我们清理了车身的积雪，用热水浇灌冻住的雨刷，离开泰安之前先去了那间工厂，一路沉默，交付了全款订金，拿下整个厂里的货，然后联系老谢，向他临时租用在虹口的仓库。

回程途中，高速公路的积雪已经被清理，堆在护栏两侧，冻成连绵的灰色冰原。一路上看到好几起事故，追尾的，侧翻的，掉了个头撞进护栏的，司机们缩着脖子站在外面的积雪里等待救援。我们像极地中的破冰船，筋疲力尽地龟速行驶，精神紧张到不敢打开收音机。直到驶出了积雪的区域，风景瞬间开阔，两旁是冬天的山和冻住的湖。我们的车虽然无法制冷，却能放出十足的暖气，群青突然精神起来，一脚油门踩到底，我们似乎在重力加速度中穿越到了虫洞的另外一侧，周围都是飞艇的残骸。

回到上海，圣诞节已经结束，于是我和小象说好一起跨年。市区的交通从下午起便瘫痪了，所有人都想在这一天终结旧的事物，我也一样。从一个地方缓慢地移动到下一个地方，经过高架、隧道和桥，电台里播放着冬季的热门金曲，主持人不断接听打进来的热线电话，互相高高兴兴地说着美好的愿望。马路上的年轻人都精心打扮过，穿着靴子，戴着贝雷帽，去和喜欢的人见面。我的心里也不免流动着极为温柔的物质。

到小象办公室的时候，她正挣扎着从行军床上爬起来，毯子还保留着半个人的形状，她嫌碍事地把头发全部绑在头顶，戴着眼镜，套头衫从领口到胸口都是脏的，像是已经在办公室里住了很久。我从没见过比小象和她的同事更疯狂更热爱工作的人，他们的办公室二十四小时都在运作，备着折叠躺椅、睡袋和各种生活必需品，如同夏令营地。

时间还早，小象让我稍等片刻，她要把手里的校对稿看完。她的二十一世纪浪潮项目还在继续，关于我和群青的采访文章让她在报社获得了年度奖励，也获得了更多支持和自主权，包括可以调用的摄影记者。这段时间她都在追踪一个本地乐队，我因此也跟着她看了好几场演出。乐队还在自我塑性和调整阶段，整体气质摇摆不定，既愤怒炽热，又柔软放浪。成员的数目也说不好，少的时候两个，多的时候五六个。主唱是体育学院的学生，国家一级运动员，不会乐器，但一心想做乐队，想成为帕蒂·史密斯那样的人，在台上的能量和嗓门都很大，跳起舞来像悬崖上的羚羊。小象毕业以后便和她一起合租了一间旧公房，在五角场附近的教师小区里，走路就能去排练房。大开间带阳台，窗边和门边各摆着一张床，中间用桌子和沙发隔开，装着极其吵闹的窗式空调。她俩都不收拾房间，衣服在椅子上堆成小山，地板缝里全是朋友们通宵畅谈留下的烟灰，锅碗瓢盆和唱片书籍一起摆得到处都是，硬币一旦掉在地上，就别想再找到。

但我和群青都挺爱去那里的，每次赚到钱了就从超市买一堆吃的过去找她们涮火锅。配菜都是群青弄的，要不是见他利利索索地切葱花和剁蒜泥，很难想起来他在日本待了好多年。乐队的其他成员也会带朋友过来，多的时候十几个人，都端着碗坐在地上，有的人还得合用一只碗或一双筷子。这样从头到尾吃上好几个小时，电闸跳两三次也影响不了大家的兴致。有一次散场以后，小象在电脑键盘底下找到五百块钱，我们分析下来这笔钱肯定是有人故意留下的，估计是发了笔横财，便想帮助一下这里贫穷的朋友们。

小象递给我一些过期的报纸，于是我坐在行军床上边看边等她，毯子像小动物的窝一样热烘烘的，床脚放着她的法语参考书，厚厚一叠，每本上面都是无数标签和折角。她已经完成了法语考试，我没有问她成绩，但不用说，她可以通过世界上任何一场严苛的考试。我把那些书整理好，挪到一边，胡思乱想着睡着了，被叫醒的时候是晚上九点，小象已经收拾好了东西。她穿着快要拖到地上的大衣，戴着绒线帽。走出门外，像很久没呼吸过新鲜空气的人那样，打了一个寒战。其实天气回暖了，我们开车穿过淮海路，马路上有种纸醉金迷的气氛，巨型的广告牌和霓虹灯全亮着，以至于我们关了车里的暖气，打开车窗。空气又潮湿又暖和，像是春天提前到来，小象把胳膊伸出窗外，来回摆动，轻抚着风，直到开进隧道。

“我在报社做实习生的时候，跟着我师傅做的第一个采访就在这里。”小象说。

“隧道里吗？”这里开始堵车，前面亮着无尽的尾灯。

“是啊，当时还只造到一半，正深入水下。我们戴着安全帽，跟工作人员去过水底的工地。工作人员讲解了盾构法的建造技术，但我没听进去，完全被这里深邃的气氛迷住了，感觉空气的密度和振幅都和外面不同。”

“哪里不同了？”我摇起车窗，外面都是废气。

“现在不行，现在感觉不到了，我也再没感觉到过。”

“到底是什么感觉？”

“那时觉得前方阻断的淤泥被渐渐清除之后，通往的不是江的对岸，而是其他地方。”

“其他什么样的地方？”

“你从来没有考虑过去其他地方吗？”小象问我。

“我不是刚从其他地方回来吗，还遇见了暴风雪。”我没有回答她的问题，更为专心地踩着离合和刹车，向前挪动。我们的头顶究竟是黄浦江的哪一段，我尽力想象其他的地方，想象四壁的混凝土和越来越浑浊的废气外面都是无尽的水和平静的浪。而我们的车已经缓缓沿坡道驶出了隧道，遗憾的是，外面虽然起着雾，楼群的分布一如既往，是我见过无数次的江的对岸。

我和小象去了浦东一间现场酒吧和乐队的朋友们见面，他们在那里做暖场演出。因为在路上堵了很久，到的时候他们已经演完了。那个地方是很早以前的防空洞改造的，一半沉在地下室，要走过一段楼梯和一段又长又曲折的走廊。里面空气浑浊，两面墙上贴满海报和照片，舞台跟前的方寸之地挤满了人，撞来撞去。我们在后台的休息室里找到其他人，他们正好叫了盒饭，于是我们坐下来一起吃了迎接新年的晚餐，互相祝愿新年快乐。

但我们都没能在那里坚持到零点，外面演到一半的时候，消防接到投诉，过来拉掉了电闸，于是所有人都挤在狭窄的楼梯里往外涌，几乎每个人的手里都捏着烟，确实快要烧起来了，但是井然有序，也没有人感到危险。好不容易走到外面，干净清澈的空气一下子涌进肺里，氧气饱和到头晕。门口围着很多人，都不甘心就此散去。在这种地方我总会想起歌友会的老朋友，但其实压根没有相像之处，全变了，过去那种压抑的气氛早就荡然无存，我也不知道那些在学生活动中心门口抽烟的青年后来都去了哪里，来到二十一世纪以后，他们成了什么样的人。总之我再也没有见过像他们那样郁郁寡欢又彬彬有礼的人了。

晚上主唱要去男友那里过夜，我便和小象一起回到她那里。房间里比外面更冷，我们下载了一部电影来看，但小象在办公室里住了两天，特别累，很快就睡着了。于是我把电脑调成静音，独自看完了下半部。窗外传来庆祝新年的焰火声，像来自远方的炮火。接近清晨的时候，我做了极度混乱的梦，在梦中无声地大哭，继而惊醒，伸手在真实的世界中摸索，小象仍然在我的拥抱中，我抚摸她的脸，却惊慌失措地摸到一手真正的泪水。

新年里我和群青都不打算休息，元旦第一天便去市场找老谢，看见批发大楼门口拉着警戒线，旋涡状的人群正在向外疏散。我以为又是群殴，见到老谢以后才知道，是有人爬到大楼顶上跳了下来。二楼东北帮的，我和群青也有点印象，平时穿得珠光宝气的，专卖韩国衣服，二楼连着好几个档口都是他的。去年开始不做外贸了，直接从韩国拿版过来找工厂做假货，胆子肥了，货都是用火车皮装的。结果有一批货被对手抢版先做了出来，导致他这里大批货物积压，资金链立刻断了，借了高利贷，垮掉的过程有如一场雪崩，没能撑过年底。

“我得去庙里拜拜菩萨，新年第一天怎么那么不吉利。”老谢说。

“你太迷信了啊。”群青说。

“你们完全捕捉不到风向，没听消息说襄阳路的市场要拆了吗？”老谢问我们。

“听说了，但没那么快吧。”我回答。

“事情都会有连锁反应，这里的台费已经翻了两倍不止。你们的档口签了多少年？”老谢又问。

“我们签到北京奥运会，还早着呢。谁知道到时候是什么情况。”我回答。

“是啊。讲不定我们半途就发财了。”群青说。

“你说赚到多少钱算是发财？”我问他。

“一百万？”群青说。老谢嗤之以鼻。

一百万究竟是多少，我和群青心中都没有概念，然而周围的事物正在不可避免地经历一场缓慢的持续的地壳运动，塌陷、挤压、崛起，我们身处其中，不可能察觉不到。租约到期的摊主撤走一批又一批，随即便填补进来新的，从未有过断档。我们眼睁睁地看着造假体系的建立和扩张，乌泱泱的假货带来乌泱泱的人流，每到周末，长途大客车拉来四面八方的旅行团。“以前这里不是这样的”——我和群青都试图向表弟描述地下城的光辉岁月，但其实没什么可说的，那根本称不上是光辉，只是更贫穷，更混乱和更诚实。倒是表弟在这里交到了不少朋友，打烊以后他和他的朋友们一起去滑冰或者去 KTV。他还确信自己见到了谢霆锋。

我和群青都不愿在地下城里待着，觉得那里乌烟瘴气，于是等北方的积雪融化得差不多的时候，又或长或短地，跑了好几趟山东。一方面为了拓展货源，寻找新的方向，免得在地下城同流合污。另外一方面的原因主要在我，我以最愚蠢的方法逃避与小象的告别。在外面待的时间最久的一回，我们在菏泽的一间小厂订下一批冬天的防寒风衣后，离开山东地界，前前后后总共游荡了将近三个星期。原本只想沿着黄河往西行驶一段，而水域逐渐开阔，大片大片的水鸟突然从栖息地起飞。我们下了国道，走地图上没有的小路，中间不时停车、撒尿、抽烟、望野。我没提回程的打算，群青便也不问，两肋插刀，一路奉陪。住招待所，找网吧，泡公共澡堂，不知不觉已经来到黄河转角。在那里的水库遇见一群游野泳的老人，送给我们一袋煮好的玉米，又指点我们去附近山里看瀑布。

进山之前，我和群青前后收到表弟发来的短信，两条短信一模一样，“老谢有事，速速回电”。但我们看到的时候手机已经没信号了。是座小山，荒蛮迷人，昆虫齐鸣，穿过几片荆棘以后已经能听见激流和岩石的碰撞声。但我们心神不定，惦记着老谢的情况，决定不再深入山脊的背阴处，转而朝平坦开阔的地方走，寻找手机信号，结果一路走到公路旁边才接通了表弟的电话，表弟在那头颠来倒去地告知，老谢被警察带走整整一个星期，档口也被查封，现在不让联络，具体情况还不清楚。

“什么叫具体情况还不清楚啊。”群青又拨了几次老谢的电话，当然不可能接通。

“别打了，现在就回去。”我打断他。

“你说老谢干什么了？”群青问我。

“他能干什么啊？”

“嫖娼还是吸毒之类的，都不像是他会干的。”

我们瞎琢磨了一阵，回到车上。按照地图和路标指示的方向开上高速公路，开始折返。因为怀着坚定的决心，一刻都没耽误。夜深以后的公路上都是跑长途的重型货车，像梦游的幽灵，彼此拉开很长的距离，远光灯的范围内都是寂静。我和群青在休息站买了几罐红牛，轮流开车，另外一个人也不敢睡着，大声放着最吵闹的音乐，大声交谈，尽量不打扰地穿梭在那些幽灵之间。

"你知道黄河的尽头在哪里吗？"群青问我。

"在哪里？珠穆朗玛的雪峰吗？"

"我也不知道，你就没想过这个问题吗？"

"没想过，我一点也不想去那里。你呢？"

"我想过啊，但我想的是，我们的终点无论如何也不会在那里。"

十几个小时以后，我们从内环转到延安路高架，清晨，下着雨，空空荡荡，展览中心尖顶那颗黯淡的红色五角星出现时，便预示着下一个岔道口我们即将返回的现实。

我们刚出菏泽没多久的时候，老谢便出事了，被扣在拘留所审着，一审审好多天，像个要犯似的。后来弄清楚事情原委，是有个浙江帮的小子背后插刀，那段时期全市批发市场都在打假整治，那小子趁此形势举报老谢走私。老谢稀里糊涂被人盯了一个月，两车渠道不明的货栽在警察手里。警察顺着老谢的线索，端掉了一整条运输链，牵连不少人。

老谢十五天以后被放了出来，但意志消沉，不愿见人，不接电话，也不回复任何短信。从表弟那里辗转传过来的消息说，家里托了很多关系找到一个被追债的人替他顶罪。到了老谢这里已经算是运输链的最末端，轻轻判了八年。说好的价格是一年十万，但对方家里有小孩和老人，于是老谢送去了全部积蓄，我们都不清楚那一共是多少钱。我和群青去批发市场找过他几次，他的档口始终贴着封条，不出一个月再去看，便易主了。浙江帮那个小子我们都认识，是一个面容苍白、尖嘴猴腮的青年，在防火楼梯抽烟时碰见，还聊过两句。应该也是一个棋子罢了。老谢出事以后，他在市场里也待不下去，突然间销声匿迹。

之后表弟的父母也不敢再让他晃在社会上，把他送进全日制的英语补习学校，着急送他出国。我和群青在这种形势下当然没有挽留，除了结算清楚他的工资之外，还额外给了他一个红包。之后如果他真的要出国，足够他买一张价格合适的往返机票去任何地方。这一年地下城有人一夜暴富，就有人一夜退场，金钱的味道不再是比喻和想象。我所认识的时代冲浪手都已经不知不觉地消失在了白色泡沫里，而我和群青没有被席卷而走，不是出于我们的头脑或者野心，只是因为尚存一些好运。

等到老谢终于露面，天已经凉了。这期间我和群青奔波于仓库、批发市场和地下城，一天都没休息过。所以老谢来找我们，我们决定无论如何要一醉方休。

我在延安路高架下面一路小跑，大老远便看到老谢站在涮肉店门口。寒流突袭，他穿着皮夹克，戴着帽子，面容严肃，像个保安。我想起来我从没见过他严肃的样子，但他严肃起来也一点都不威严，甚至有点可笑，还有点可怜。因为太久没有见过他，我们彼此都挺不好意思的。涮肉店门口摆着烧热的炭，火星一阵一阵地无序飞舞。老谢不知怎么的伸出手来，于是我们郑重地握了握手，他的手干燥有力。我这才看到他的脸上，我以为是灰尘，其实是文了一颗空心的小小泪珠——“操！真浪漫，牛逼啊老谢！”我说。

我们三个人都怀着没有明天的决心喝酒，喝得地上都是啤酒瓶和黄酒瓶，被炭火的热气熏得神志不清，频频举杯共饮，愿世间所有的卑鄙者，所有的白痴暴徒胆小鬼，所有的杂碎恶棍匪徒废物浑蛋无赖，愿他们万劫不复，愿他们自食其果，愿他们坠入深渊。

“我要去结婚了，祝福我吧。”老谢突然像要去赴死一样地告诉我们。

“别闹了。”我说。

“说真的，我要结婚了，我要离开这里，再也不会回来。”老谢说。

“你什么时候有对象了？”群青问。

“我们在 eBay 上认识的。我把我那些宝贝都卖了。”老谢说。

“都二十一世纪了你竟然还玩网恋。”群青说。

“你把那些衣服都卖了？”我问老谢。

“卖了。阁楼里面那些衣服全都卖了，但你放心，杂志和碟片我都为你留着，全部转移到你们在用的那个仓库里。仓库那边我预付过租金，现在还剩下几个月，到时候你们可以续租，要是不想再租了，我的东西卖了也好，留着也好，随意处置就行。”老谢说着说着真的严肃起来。

“发疯了，你不打算再回来了吗？”我问。

“我做这行十几年，没有回头路。既然想好要走，就不会再回来了。”老谢说。

“你要去哪里？”群青问。

“我对象在悉尼。”老谢说。

“你会说英语？”我问。

“操。”老谢说。

“无论如何你的东西我们都会给你留着的。”我说。

“不用了，我不会再碰那些东西了。我的前半生，都在幻觉中。”老谢缓缓说。

“谁不是呢，你能确定你的后半生就能摆脱幻觉吗？”我想到那些衣服心都要碎了。

“我本来想不辞而别的，再也不见任何一个老朋友，但我还是不够酷。”老谢说。

“我们能找到那个杭州小子。”群青说。

“都到这个地步了，找不找都不重要。”老谢说。

“你这个人啊，还说什么幻觉，你真是一个大傻逼你知道吗。”群青说。

“哈哈哈，行吧，我是一个大傻逼。”老谢说。然而他前一秒还在笑，后一秒便泪流满面。“那我们在世界上的其他地方再见吧！不见也行。”

“那好。”群青说。

“不见也行。”我说，说完便转身吐了。

恢复意识以后我已经身处医院的输液室，第二袋生理盐水快滴完了。我努力回想几个小时前的事情，老谢的眼泪，我们的交谈，最后我一屁股坐在树下，不愿再站起来，留下手掌的挫伤和额头的乌青，无论如何，记忆的一小片区域已经埋入泥沼，不会再现。然而输液室里暖气十足，护士不见踪影，群青和老谢却都没有离开，在旁边的长凳上睡得四仰八叉，轻轻打呼。我找不到手机，也不清楚时间过去多久，但我一点也不想叫醒他们。我仔细想着老谢和我们告别的话，那些话啊，我一个字都不会去相信。但我知道他要去解决自己的问题了，今天过后，我再也不会见到他。

老谢具体是哪天走的没有告诉我们，之后我和群青去整理仓库，把他留下的东西都封箱保存了起来。而去年从泰安厂里订回来的那批冲锋衣原封没动在仓库里放了将近一年，终于赶上应季的销售时间。由于数量庞大，群青顺势提出，我们可以趁此机会在淘宝上试水。我对网络销售向来提不起兴致，觉得不够老派，也不够古惑仔。但是群青两年前便已经注册好了账号，早已有了跃跃欲试的启用打算。

网店的事情上，我们尽力而为，却没有怀着任何期望，然而经历了缓慢的销量爬坡之后，竟然每天最少也能卖出去三十来件，巅峰时能达到一百件，远远超过在档口的零售。我们总结下来，一是出于季节需要，二是我们前前后后在美校和广告公司学会的东西用在页面设计上绰绰有余，三是我们赶上了网络销售的第一波红利。两个月以后，账上总共多出十万块，以前摸爬滚打得到的任何一笔收入都比不上。这个数字过于不真实，以至于我和群青都感到必须庆祝一下，才能克服强烈的虚无感。

然而我们从来没有庆祝过，我和群青的人生中似乎都从未出现过任何值得庆祝的事物。在过去的三年里更是已经习惯了最低能耗的日常生活，像是一场漫长的锻炼，在物质与精神上始终保持着相对贫穷的状态。我们不知道该如何庆祝，也不知道该去哪里庆祝。

星期五晚上我们叫上了小象和主唱，一起去了外滩江畔的楼顶酒吧。谁都去没过，是从购物指南杂志上找到的。因为要去好地方，每个人都穿上了自己喜欢的衣服。置身于陌生的昂贵的事物之中，来自地下城的风格格格不入，但我们自由自在的，并没有因为自己和其他人不一样而感到拘束。酒吧有宽阔的露台，正对江面，刮着料峭的春风，很冷，但是烧着一盏盏的煤气灯，大家都围坐在蓝色的火苗底下，脸被烧得又烫又红，喝了一轮又一轮的酒。这大半年来我狼奔豕突的，忙得跟狗一样，而小象申请好了法国的学校。我们因此很少再单独见面，两个人都克服着自己的脆弱，将情感的需求奋力限制在友情范畴之内。小象剪了很短的头发，像是在做非常具体的出征前的准备。我总能被她心里常存的坚定所打动，此刻变得更为强烈。

“我们打算春天去北京。”主唱说。

“又去演出吗？”我问她。

“这次不是演出，是搬去北京。这一年里去全国各地参加了好几次音乐节，认识了不少乐队的朋友，大家都想往北京跑，都说好了，也都鼓励我过去。北京的能量场真的特别厉害，每次从那里回到上海，都像是做了一场春秋大梦。”主唱说。

“那是下了很大的决心啊。”我说。

“都打算好了吗？”群青问。

“打算好了。有朋友在通县乡下租了一个大院子，还空了两间平房。我在那里住过，他们吃住排练都在一起。我打算先在那里住一段时间。”主唱说。

“你男朋友呢，和你一起去吗？”群青问她。

“分手了。你们没看出来我很痛苦吗？但我不能被这种东西打败了。”主唱说。

“到北京了再另找，鼓楼东大街上遍地都是玩乐队的男孩。”我说。

“小象也和我一起去啊，你没告诉他们吗？”主唱拍拍小象。

“我还没说，之前不是一直没能决定时间嘛。”小象说。

“去北京？”我的血液瞬间涌向大脑，手脚发麻。

“你去北京干吗，你也组乐队？”群青问小象。

“报社的师傅调到了北京的新闻杂志社，我决定跟他。我一直想当调查记者，北京的杂志辐射面更广一些，可能有更多伸展的空间。”

“你不去法国了？”我打断了她。

“不去了。”小象回答。

“不是都申请好学校了吗？”我不自觉地提高了声音。

“申请好了，但我决定放弃了。”小象尽量平静地回答，仿佛在安慰我，而我分不清自己是混乱还是难过。

“你们两个真太突然了，北京有那么大吸引力吗？”群青说。

“你们不也去过北京吗，那里有种公社的气氛，在这里永远也不会有。”主唱说。

“我理解。在这里永远也不会有。”我说。

后来对岸楼群的霓虹在一瞬间熄灭，但轮船仍然缓缓行驶于黑暗的江面。酒吧里的驻唱乐队已经开始收拾设备，主唱跑去和他们交谈了两句，接过麦克风朝着我们清唱起来——“天下没有不散的宴席，你的眼泪，欢笑，全都会失去”——大家这时候都已经喝多了，变得极其伤感，但我看着小象，她的眼睛闪闪发光。我才缓缓意识到，我的心脏所遭受的重击不是痛苦，而是极其难得的喜悦。我为小象感到高兴，她不再是年轻的女孩，她在自己的世界实践中成了年轻的女人。这让我羡慕极了。我们都为主唱拍手，露台上零零星星剩下的几位客人也都在拍手，不是热烈的掌声，但持续了很久很久。

酒吧打烊以后，我们穿过马路，来到清晨的防波堤，庞大的货轮从晨雾中驶来，每个人的身上都罩着薄薄一层水汽。我们像是身处无边无际的梦，轮流传递着剩下的最后一根烟，小象递给我，我珍惜地抽了一口，又递了下去，轮了两圈。星星在冷冷的光线里逐渐消失，出租车在我们身后排队等待着，而司机都站在外面抽烟，一点也不着急，任由我们继续待着，什么都不做，连烟都抽完了。

“抱歉我没有事先告诉你。”小象坐在我身边。

“别这么说，我没那么小气。”我安慰她。

“当时你从北京坐火车回来，在车上，我们打了一晚电话。”小象说。

“下车我就去见你了。这是我做过最浪漫的事了，以我的智商，只能做到那样了。”

“等我坐火车经过长江和华北平原的时候会告诉你。”

“可别忘了。”

“我的决定没错吧，真不知道啊。我以后说不定会后悔至极。”小象说。

我想说那你随时都能回来，但没有说出来，我并不希望她真的回来。当时我们身处的世界里连一件大事都还没有真正发生过，但我知道在之后漫长的时间里总会发生，到那时，小象只会步入世界震荡的深处，越去越远。要说我感到难过，那是因为我们即将告别，却并没有真的在一起。而此刻，对岸的天空笼罩着水雾和早春粉红色的光。小象坐在我身边，一如既往地清晰、确凿，尚未消失不见。

我们的庆祝才刚刚结束不久，外贸市场便发生第二次巨震，襄阳路市场确定了整体拆迁的时间并且发出公告，随之产生的连锁效应导致地下城档口租金再次急剧上涨，相比三年前翻了四倍不止。从襄阳路涌入一批实力雄厚的摊主接手了半边地下城，抹去了这里最后一些浪漫和无序的气象，行业内不正当竞争白热化，从此成为真正的角斗场。我们的档口处于激流中如一粒小小顽石，所幸我们还剩下两年合约，以及几条长期且稳定的货源。因此收到租约到期通知时，我和群青理所当然都认为是搞错了，完全没有放在心上。

直到台主本人找上门来，一看，根本不是当初和我们签合同的那个人。一番交涉以后才弄明白，三年前将档口签给我们的是二道贩子，如今租金水涨船高，而且随着地下城的版图不断扩张，我们的位置竟然在格局的迁移中渐渐占据了中心地带一隅，导致附近板块几个制假的帮派都在打着吞并的主意。台主是温州人，看似是客客气气和我们商量，实际已经和接盘的下家有了协议，完全没有给我们留下余地。

我们负隅顽抗了一阵，然而这期间卷帘门两次被撬，货物没有失窃，却遭损坏。管理员置若罔闻，二道贩子联络不上。我尚且怀有鱼死网破的傻逼决心，但第二次恶行发生之后，群青联络了台主，谈拢了价格。一周过后，台主约我们在附近银行见面，现取了十万块钱给我们，算是违约赔偿。事情的发展过分迅疾，令人来不及做出任何情绪上的反应。

从地下城撤走的当天，气象预报挂了热带风暴预警，外面飞沙走石的，地下城里却仍然挤满放暑假的学生。暴雨在午后降临，滞留的人只能等待风暴转弱或者过境，好几个档口放着粤语怀旧金曲，竟然涌现出些许昨日重现的伤感气氛。但排水系统很快就不堪重负，地底开始渗水上来，于是大家又从无所事事的状态中纷纷惊醒，恢复了各自为阵的面貌，从漫起来的大水中抢救货物。

然而没有任何东西值得我和群青去抢救，我们留在这里的大部分货物，连带着情感，本来就已经毁坏了。于是我们坐在浸水的纸箱上面，无动于衷，看着其他人众志成城，用防火沙袋徒劳地阻拦正从地底泛起的浪。而群青当着管理员的面，点了一根烟。

暴雨在傍晚终结，档口整片整片陷落，大家停下手里的动作，在水里发呆和叹息。外面的马路也被淹了，车困在漩涡里，没有交警，于是司机们自己下车疏散，有几个还穿着睡衣，流浪的狗湿漉漉的，都像从一场梦游中醒来。一年里白昼最长的日子已经过去，接下来，暮色将一天比一天提早降临。但是空气干净，流动着深邃的泥土清香，折断的大树横倒在地上，树叶和断枝堵塞了下水口。我和群青光着脚，蹚水走出地下城，原本想带走的东西一样都没有拿，至此与这里告别。我们在这里听过不少都市传说，自己却一样都没有遇见。没有见过窦唯，没有见过谢霆锋。我们也结交了一些朋友，却很遗憾，没能在他们消失前发展出任何坚固的友谊。

失去档口使得大部分事情暂时停摆，而我和群青终于得以度过一个暑假。于是群青三年里第一次回贵州看望父母，杳无音讯，直到八月底才返回上海。他已经还清了家里全部的欠款，因此心情轻松，而且在贵州的时候每天爬山，晒得漆黑，精神抖擞。

我们的心情都发生了变化，说不上是沮丧或者消极，但确实有种类似及时行乐的愿望。既不想返回地下城，也不愿入驻批发市场，于是除了保持网店运转之外，干脆打起游击战，每天都装着货物去市场里挨个兜售。要是好运，跑一个上午就全部清空了。而我们两个人仿佛游戏界面里的宝物小贩，行踪不定，无足轻重，不会影响任何一条叙事线的发展，却给他人带去惊喜，同时也收获劳动的喜悦。

年底平凡的一天，我们从仓库出来，去熟识的修车师傅那里给车做保养，顺便把脱落很久的保险杠复原回去，修车铺就在批发市场旁边，于是我们把车放在那里，顺道去市场里面看看行情。刚刚从地下层出来，便看到外面的人仿佛管道里的污水一般，从天桥的方向往市场里涌。我和群青本能闪开，知道又是一场群架。去年开始，每隔一段时间楼顶和天桥就有人往下跳，还有人跑到更远一点的河边。恶性械斗也或大或小地发生过好几场。楼里不相关的摊主都司空见惯，利落地拉起自己的卷帘门。

我和群青从未见识过规模如此庞大的斗殴，手持钢管的人乌泱泱往里涌，大部分不是市场里的，也分不清到底哪边是哪边，两方面的人进来以后一时都很茫然，盲目地示威。直到赶来的警车警笛齐鸣，仿佛突然吹响的开场哨，两边的人随之自然分出一道空地，对峙片刻以后分成两股洪流，从防火楼梯和电梯往二楼跑，一路打砸。我和群青跟随一小撮群众往外面走，而大楼两头出口都已经被警察封锁住了，不让进出。我们只好回头，找到安全的角落待着，等待风头过去。

“你看那个人。”群青压低声音捅我，我顺着他指的方向，看到消防通道入口站着一个穿着皮夹克的青年，面容苍白，尖嘴猴腮，从自己人的队伍中失散了，握着一把警用手电，倒退着环顾四周。

“操！没看错吧？”我确认了一遍。

“不会错，肯定是今天被他们那伙人叫回来充人数的。”群青说着已经跟了过去，我也紧随其后。我们各自从被捣毁的残骸里捡起一截角铁，握在手里又冷又锐利。

那个人步入消防通道以后，停住脚步，背对着我们，似乎也在彷徨。如果要动手，现在是最好的机会。但我肌肉紧绷，精神崩溃，心脏的噪声让大脑混乱涣散。直到眼睁睁地看着那个人，下了很大决心似的迈出步子往上走，打破了刚刚寂静的平衡。我在意识中已经伸出手去，他却突然大叫一声，往后踩空一步，继而像被子弹打中的大鸟，滚下半截楼梯坐在地上，发出蜂鸣般的呜咽。两个抡着三轮车铁把式的人自上而下，从他身上踩过，冲下楼去。留下那个人，额角到耳朵被抡开了，像一页翻开的书。

眼前的场景过分古怪和阴暗，我一步也不愿继续靠近。无论刚才在我心中燃烧着的是什么样的火焰，都已经彻底熄灭。我和群青远远扔开手中的角铁，发出哐当巨响，那个人竟然回头看我们，像是求助，又像是示好。

不出半个小时，整栋大楼已经哀鸿遍野，特警入场，拉网兜人。封锁打开以后，我们穿过废墟，和其他群众排队等待放行，出示和登记了身份证以后，得以离开大楼。外面飘着细小的雪子，刚刚清过场，四处都不见人影。我和群青走到修车摊，师傅问里面的情况，我们还处于惊愕中，什么都说不上来。师傅递了烟给我们，说我们的车不行了，随时都要报废，别再折腾了，补点润滑油，再凑合帮我们把保险杠复原回去，等过段时间彻底坏了再找他换辆别的——“吉普行吗？”他问我们。我们都不吭声，抽着烟，站在门口等他把车开出来。

“刚刚你有没有动过一丝那种念头？”我缓过来以后问群青。

“嗯。”他回答。

“我们没动手是对的，你说呢？”

“不知道。但我当时想好了，万一我俩真的动了手，不管是谁，都算在我头上。”

“算在你头上是什么意思？”

“作为感谢。”

“感谢什么？”我蒙了。

“我打算走了。他们不会再找到我的，不管出什么事，我都算是畏罪潜逃了。”

“你去哪里啊？”

“我托关系搞定了签证的事情。”

“不是说回不去日本了吗？”

“不回日本，我要去加拿大。彬彬家里人没有回来的希望了，事情已成定局。但是她考上了加拿大的学校，所以我打算先过去以后再想其他办法。无论如何，到了那里，我和她就都自由了。”

“你确定那是自由吗？”

“不确定，但我现在是这样想的。”群青回答。

批发大楼周围的路障还没有解除，缴械投降的伤者陆陆续续从里面出来，七倒八歪地排成一排，一直排到了大楼拐角，都松了口气似的，大口大口吐着烟。师傅把我们的车开了出来，保险杠用好几层封箱带给重新粘了回去，绑得结结实实。这车早已过了说好的两年期限，但它体体面面，和我们珍惜的每件东西一样，保持着尊严。师傅打开车门说：“你们听说里面的消息没？又打死一个人。据说几个核心成员当场抽的生死签去认的罪。我在这里十几年了，这种阵势前所未有，门口那些人处理到现在还没处理完。我告诉你们啊，我们今天在这里也算是见证一个时代的落幕了，自此往后，里面所有的人都要重新考虑接下来的打算。”这话说得挺牛逼的，我端端正正敬他一根烟。

我和群青也重新考虑了接下来的打算。我们中断了进货，计划在他离开之前将仓库里的存货清空。至于那以后，群青让我早做打算，但他不会再参与其中。我一如既往地接受和应允，心里却一片空白。回想起来，那一段时间里，我仿佛置身于一场被动的梦，而这场梦早在我意识到之前便已开始，起点在哪里，自然无法追溯。我并没有因此而感到困扰或者沮丧，相反，我精神百倍，每天在仓库和市场间摸打滚爬。直到告别的前一晚，我们在仓库里彻夜结算账务，做完的时候也差不多该出发去机场了。路上天慢慢亮起来，广播里通宵的音乐节目正要说再见，我想着这些年里，一起见证过四季的清晨，不由得有些激动。而群青歪在旁边睡着了，头枕着玻璃，在颠簸中发出轻轻的咚咚声。因为时间还早，我把车停在机场高架的岔道口，摇下车窗抽了一根烟。冷风灌进来，群青醒来打了一个寒战，茫然四顾，问我："到哪里了？"

"到机场了。"我告诉他。

"我梦见我们在高速上，出口全封了，我们经过一个又一个山洞。"

"这像是现实，不像是一个梦。"我说。

"嗯，这像是一场历险。"群青说。

将群青送走以后，我回到家里关起门来，大睡一场。醒来以后翻出老谢当年大老远跑来送给我的《战争与和平》，发现这套书竟然是他看过的，不仅看过，书页被翻得柔软，还留下不少折角和画线，想必是真的很喜欢才送给我，我不禁有些感动，随之再次感到羞愧和懊恼。我在家里不分晨昏地看书，忘乎所以地置身于书中多雨的旷野，与几支纵队一起行走在浓雾里。在老谢重重画下粗线的段落里，士兵们几乎都处于中场休息，他们刚刚结束了一场战役，吃饱了，还喝了酒，在篝火旁边烧得暖烘烘，虽然失去行动和精神的自由，却被有规则的东西限制和引导着，战场之外的世界荡然无存，反而感觉无忧无虑。对此，我感同身受。等我终于从书里缓过神来，已经过去了十来天，正好是战地医院里一个伤员能下床呼口新鲜空气的周期。

我从家里出来以后做的第一件事情，是去医院补好了门牙。然后我锁了仓库，并从银行里取出三年来的全部存款，交给我妈，作为交换，却不知道自己要交换的到底是什么。我妈看着我的牙，又看着我的钱，百感交集，又气急败坏，大哭一场。第二天钱原封不动地放回了我的抽屉里。我才意识到这真的是很大一笔钱，我不知为何赶上了一次浪潮，清醒过来的时候，却已经搁浅在了岸边。

之后我从邮箱里找出主唱发给我的一条音乐网站的招聘，职位要求写得很模糊，只强调对于二十世纪后半叶的流行音乐具有热情。我按地址写过去一封邮件，立刻得到回复，约好去面试。对方是一个知识分子打扮的青年，比我略略年长。他坐在会议桌的尽头，看起来却比我更羞怯和紧张。我为了缓和气氛，说了一些十年前歌友会的逸事。他不好意思地说，他当年也曾参加过不少活动，还因此在电台做了一年实习生。但千禧年还没到来的时候，他便出国念书了。如今刚刚回国，想要参与互联网文化的发展。他说这里的工资微薄，但我们会共同见证新事物的诞生。这样的话无法打动我，而且我负责的具体工作是条目输入，每天对着同样的表格页面输入唱片信息，如同流水线的工人。

无论如何这都不是我的打算，我对新事物的诞生毫无兴趣，我只是失去了无所事事的勇气，并且还在等待旧梦的彻底终结。于是我按时上班，专心致志，丝毫不感觉枯燥。在工作的第一个星期过后，我在网站试运营的内部论坛里看到魔岩三杰的演出消息，他们要在连云港的海边游乐场里举办一场迎接北京奥运会的义演。时间是七月最后一个周末的晚上。

三周以后的星期六，我按照巡厂的习惯，清晨从仓库出发，七点前便开上了高速公路。两边都是熟悉的夏日风景，距离我和群青上一次开在这条公路上，已经过去了整整一年。打开音响，还是伍佰，《夏夜晚风》，是一个演唱会的翻录版本，伍佰唱到一半说："我来过这里好多次，好干净哦。和我住的地方很像，我们那边也下雨，也一样炎热。"

我反正已经习惯了高速公路的酷暑，汗在椅背留下身体的形状，柏油路面的反光像一个又一个的水洼。中途遇见一段暴雨，我在漫长的水幕中同时开着远光灯和雾灯，于无穷无尽的寂静里突然钻出乌云，看到右侧山坡上连绵的白色风车，缓缓转动。

下了高速以后我去麦当劳里大吃了一顿，吹了空调，活动了身体，傍晚出发去往海边。顺着公路驶离市区，大海便在身侧，有时错觉自己正行驶于海面。太阳没有落山，月亮已经升起，同时散发着浅浅的温柔的光。一个小时以后我来到地图上指示的位置，却没有任何游乐场的迹象，远处的沙滩空空荡荡，突兀地立着几根被海风腐蚀的罗马柱。

我一度以为弄错了日期或者地点，但门票确认无误。于是我尽量朝着海岸线的方向行驶，直到被植物和堤坝阻拦，只能下车继续步行。没有舞台，没有白色的光柱，没有人。我在粗糙如砾石的沙滩上奋力往海边走，经过无人使用的沙滩排球网，天迅速暗下来，粉色的光消失殆尽以后，一座巨大的建筑物凭空矗立在我跟前，是沙滩上的金字塔，我叹息着抬头，尖顶旁边出现了一颗明亮的星星。

太牛逼了，这是我见过的第二座金字塔。美校的第二年暑假我和群青一起去西安，通宵硬座，下火车以后便直接从游客集散中心坐车去看兵马俑。上了一辆破破烂烂的小巴，只有我们两个人，一上车便睡着了，醒来时置身于荒漠，眼前是一个简陋庞大的铁皮棚，像废弃已久的竞技场。我们虽然心怀疑虑，但在高音喇叭的循环下，被下了迷药似的购买了昂贵的门票。里面竟然也分成一号、二号和三号坑，中间用小火车连接。小火车是免费的，直接跳上去就行。我们坐火车转了两圈，仿佛游览月球陨石坑的旅人。一号坑很大，厚厚的土里稀稀落落放着几个兵马俑，探照灯的强光把空里的灰尘照得一清二楚。二号坑和一号坑一模一样，尺寸稍小。三号坑是露天的，还在建造中，没有兵马俑，却矗立着一座金字塔，巨大、压抑。火车会从金字塔的内部穿过去，里面什么都没有，只有一段长长的干燥的黑暗和一些风的回声。

我用手机拍下了海边的金字塔，想用电子邮件给群青传送一张照片，但信号时断时续。于是我沿着沙滩一路往前走，将手机举过头顶，尽力收集来自虚空的回响。前面的沙滩上出现了一小堆一小堆聚拢在一起的人，搭着帐篷，烧着炭火，伴着音箱放的歌轻声合唱。我走到他们中间，像走入一段回忆，仿佛那些郁郁寡欢的年轻人自学生活动中心门口失散以后，便始终被困在这片沙滩上。

“朋友，你也是受害者吗？”有一个人大声问我。

“我吗？”我停下脚步环顾四周。那个人朝我走来，他穿着一件解放军空军夹克，看样子是那种或许能成为朋友的人。

“你也是来看演唱会的吗？”他问我。

“我可能弄错了，我没找到游乐场。”我回答。

“你没弄错，我们也一样，我们都是被骗的。没有演唱会，也没有游乐场，都是虚构的。这里只有大海。”他大声叹息。

“都是虚构的啊。”我却放下心来。

“你要加入我们吗？都是朋友，来都来了，我们在讨论怎么维权。”他指指身后。

“不了，我的朋友也在等我。”我指指前面，感谢了他，和他告别，继续沿着沙滩往前走。我不再怀着寻找任何事物的决心和愿望，反而感到轻松和自由。没有浪，海面漆黑宁静，与天空连接在一起，泛起薄薄的雾。我的手机突然亮了一下，提示我邮件发送了出去，黑暗中金字塔的照片，“咻”的一声，在某一个瞬间，便穿越了雾的防火墙。

（原载《钟山》2020 年第 3 期）

我们的娜塔莎

蒋韵

一、城市童话

安同志带着他的妻子娜塔莎来到这个北方城市落户的时候，是一九五八年。那一年，杜若刚满四岁，是幼儿园小班的学童。杜若的生活，照说，和他们没有丝毫的瓜葛。

杜若家，在城南，安同志和娜塔莎家，确切在哪里，地址不详。

安同志叫什么，他们都不知道。这个“他们”，指的是长大后的杜若和她的伙伴们，是这个城市里所有那些不安于小城生活的时尚青年。那时，人们把这样的青年称为：思想意识不健康。

安同志叫什么，一点不重要，重要的是他很勇敢和浪漫，在莫斯科或者列宁格勒学习的时候，爱上了一个叫娜塔莎的俄罗斯姑娘。这样的恋爱或者婚姻，在当时，据说有很多，但往往都在中国男生回国时宣告分手。安同志却没有松开他的手，他紧紧地拉着他的娜塔莎，坐了九天九夜火车，穿过俄罗斯广袤的土地、无边的白桦林，穿过秋色迷人的西伯利亚，把这个穿布拉吉、吃面包黄油酸黄瓜的姑娘，还有他们四岁的儿子和两岁的女儿，带回到了我们的土地上，带回到了大陆深处这个吃五谷杂粮的北方城市。

透过车窗，安同志指着蓝天之下两座并立高耸的古塔，说道：“亲爱的，我们到家了。”

那是这城市的标志，双塔。它们一千多岁了。安同志搂住了娜塔莎的肩膀，说：“你听到它说什么了吗？它说，好小子，你真有本事啊，带回一个这么美丽的好媳妇。”

这像是一个童话的结尾，“从此他们过上了幸福的生活”。而真实的生活才刚刚开始。

接下来，是一九六〇年，共和国历史上的饥馑之年来到了。

再接下来，就是安同志的祖国和娜塔莎的祖国交恶。后来，在一个叫珍宝岛的小岛上，两个国家终于刀兵相见。

那时，这个城市刚刚“复课闹革命”不久，那些自一九六六年之后，在“江湖上”浪荡了三年的小学毕业生们，一拥而入，走进了这城市各个中学的大门。教育革命了，也不需要考试，也不看成绩，只看你家庭住址，就近入学。杜若非常幸运，她的家，和这城市曾经最好的中学，华北地区重点学校，仅隔一条马路。一抬头，就能看到那学校晚自习时璀璨的灯光。母亲常对杜若说：“杜若，你将来一定要考到那里去啊，那是你的学校。”杜若说：“那杜仲呢？怎么就是我的学校，不是杜仲的？”母亲不说话了。

杜若家姐弟三人，她最大，老二是弟弟杜仲，最小的是妹妹叫杜茯苓。姐弟三人的名字，都是中草药。

三个孩子中，最聪明的，是杜若。母亲一直这样认为。

这下，聪明的杜若和不够聪明的杜仲，不费吹灰之力，都进了这所全省最好的中学。但母亲却高兴不起来。这个世道，不是读书的世道了。再好的学校又能怎样？果然，开学没有多久，杜若就被选进了学校的宣传队，跳舞唱歌去了。接下来，竟是全体停课，备战备荒，挖防空洞，防止苏修的进犯。

整个城市，进入战时状态，各家各户，每一扇玻璃上都用裁开的纸条贴了米字，怕的是苏修的飞机轰炸。甚至做好了战争疏散的准备。一旦局势吃紧，有很多人将会离开城市，疏散、撤离到安全的后方去。

报纸、广播，都是战争的论调。

全市举行了战备汇演，杜若的学校排演了一个类似活报剧又类似音乐剧的节目，名字叫《珍宝岛的胜利凯歌》。里面有歌有舞，有说有唱，有解放军，有老渔民，有女民兵，有反坦克火箭弹也有三八大盖和红缨枪，总之慷慨激昂、起伏跌宕，以破竹之势，一路披荆斩棘，杀进决赛圈直至获奖。另一边，挖战备防空洞的也不示弱，往昔的操场，如今沟壑纵横，像战壕像掩体。土方工程比预期提前完成，全校同学又马不停蹄去砖窑拉砖，去河边拉沙，烧石灰，不到半年，防空洞大功告成。别说，还真是漂亮。红砖碹顶，处处有巧思，俨然就是个地下王国。有许多人来参观，也同样获得了表彰。

不过，也付出了代价。那是在挖土方时，曾出过一次事故。有一天，一个男同学不知怎么失脚掉进了三米多深的壕沟底，受了重伤。有人说是他和人打架，推推搡搡，没站稳栽进去的。有人说他是遭人暗算，趁他不备被一把推下去的。奇怪的是现场居然没人看见发生了什么，人人似乎都有不在场证明，没人说得清楚真相。出事后，女同学们都为他难过，担心他是否会落下残疾。男生们则说，这就叫报应，为什么掉下去的偏偏是这个二毛子？谁让他们来侵略我们的？

这摔伤的同学，叫安向东。从前，他不叫这个名字，他叫安德烈。

是个中苏混血儿。高大、英俊，迷人。

摔伤后的安德烈再也没来过学校，他退学了。谁也不知道他去了哪里，只听说他的腿落下了残疾。一个美男子，有了残缺。那时学校采用军事化的管理，班级用军事术语“连、排”来命名。杜若和他不同排，不同连，没有过任何的交集。只有一次，某个黄昏，放学后，杜若有事耽搁了，出来时，昏暗的走廊上静悄悄，一个人迎面走来，杜若不禁停下了脚步，她以为自己产生了幻觉：这是什么？是从希腊神话中跑出来的男神吗？她错愕地闪过这念头。好美啊。她觉得呼吸不畅。第一次，她被美伤害。原来，“美”和帝国主义一样是霸道、不讲理、有侵略性的。

后来她知道了，这个美男子，叫安向东。

安向东或者安德烈出事后，杜若难过了许久。为一个陌生人难过，杜若自己也觉得匪夷所思。她不能想象看见一个瘸了腿的安向东从走廊里迎面走来，她觉得那是冒犯。对什么冒犯，对谁冒犯，她说不上来。多年之后，杜若似乎想明白了，那是对造物、对生命最神秘秩序的冒犯吧？一件如此完美的杰作毁了。

这个安向东，或者安德烈，是不是安同志和娜塔莎的儿子？

应该是吧？这城市，莫非还有隐藏的娜塔莎或者玛莎、柳芭不成？不过杜若也不能确定。谁又能确定呢？安同志和娜塔莎一直像传说一样活在这个城市，杜若从不知道有谁真正认识他们。反正杜若身边没有这样的人。杜若的父母身边也没有一个这样的人。

姜友好是北京人，在山西这个内陆省份当兵。复员后分到了省人民医院，做了一名眼科护士。

姜友好是个喧哗的漂亮女人。她走到哪里，哪里就不会有安静。她来到这个内陆城市没有几年，就有两个男生为了争夺她打架斗殴伤人进了局子，还有一个自杀未遂。还没等那个切腕的人养好伤口，姜友好女士就又有了新的恋情。周而复始。后来，毫无征兆地，就突然结了婚。用今天的话说，她是闪婚。她丈夫是现役军人，在海军服役。姜友好回北京探亲时，偶遇了也是回京探亲的年轻的海军军官，看到他的第一眼，姜友好就叹气了，在心里对自己说："友好啊，你玩够了，疯够了，可以歇歇了。"

他们的新婚之家，就安在姜友好工作的城市。她供职的医院在集体宿舍的筒子楼里分给了她一间屋子，足有十六七平方米，向阳，通风，四壁洁白。从前，姜友好的好客是出名的，朋友、朋友的朋友、朋友的朋友的朋友，最终都成了姜友好的座上客。有很多四处招摇说是她朋友的人，其实，她连对方的名字都记不住。婚后，她一反常态。安静了下来。从前，那么喜欢热闹，其实，是心里空虚孤单。现在，有了海军军官，她觉得自己有力量可以对付这个沉闷的城市和生活了。

她开始认识一些新的人，新的朋友。和从前的那些朋友渐渐断了联系。杜若就是这时候认识了她。杜若从铁路建设兵团回来，分配到了一家集体所有制的小工厂上班，被飞迸的铁屑伤了眼睛。她中学的同学带她去了省立医院的眼科，说："我认识那里的一个护士，她能想办法给你多开几天假条。"杜若就这样认识了姜友好。

杜若的同学叫夏莲。夏莲是列车员，跑北京。她常常会替姜友好从北京带东西回来。友好的家人把东西送到月台上，他们像地下工作者一样三下五除二完成交接。那些东西，几乎都是吃的，糕点、花生米、腊肉、炼好的猪板油、芝麻酱，有时干脆就是一大块冷冻的五花肉，或者一袋大米。这个城市，物资奇缺，供应的口粮以粗杂粮为主，肉、蛋、食油，则少得可怜，每人每月的份额以"两"为单位来计算。所以，像夏莲这样跑北京、郑州、上海的列车员，真是抢手啊。他们源源不绝往自己的城市输送着紧俏的物资，像曾经的"飞虎队"。

所以，姜友好怎么能驳夏莲的面子呢？她很痛快地帮了她们的忙。

真正让杜若和友好熟识起来，是因为后来的一件事。

有一天，杜若自己很冒失地跑去医院找友好了。那是一大早，医院还没上班，她挂了号，等在眼科门诊前。一看见姜友好，她就迎了上去。

"你好，你不记得我了吧？"她说，"我是夏莲的朋友。"

"我记得，"姜友好说，"有事吗？"

杜若脸红了。"真不好意思，能帮我开个病假条吗？"她说，"单位在搞会战，赶活儿，一律不准请事假，我是真没办法了。夏莲跑车，不在，我只好厚着脸皮来找你，能帮忙吗？我急需要两天的时间。”

“什么事？”

“一个朋友借给我一本书，只给我两天时间，那书是大部头，太厚了，我要是白天上班，晚上看，就是一分钟不睡觉也看不完，”杜若回答，“可是我太想看那本书了，想了很久，好不容易才借到手……”

“我知道了，”姜友好打断了她，“没问题，我可以帮你忙。”

杜若没想到，她答应得如此爽快。假条到手，她骑着自行车飞奔而去，都不记得自己是否说了谢谢。可她心里真是感谢啊。她听夏莲说过，这个姜友好，有个不一般的出身，父亲是京城的高官，二十年代的老布尔什维克。如今虽然“靠边站”，但，《红楼梦》讲话，瘦死的骆驼比马大。原以为她会很傲娇，没想到，竟如此地不搭架子。

到下个星期天，杜若在家掌厨，顺势做了一些蛋饺。她把蛋饺装到饭盒里，去找夏莲，说：“这个，你送给姜友好吧。你不是说她这个人就好吃吗？我家没什么稀罕东西，这蛋饺的肉馅里，我掺了点莲菜，味道还细致。”对自己的厨艺，杜若还是自信的。

又一个休息日，夏莲来找杜若，说：“姜友好请咱们去她家吃饭。”杜若还没回答，夏莲又说：“不过她请你来掌勺。”

这下，杜若自然没法推辞。

姜友好的家，明亮、清爽。白色亚麻补花床单，花朵也是白色的，同款的桌布、窗帘，遮盖住了公家分配的千人一面的家具。一色白亚麻中间，只有一只花瓶是猩红如血的。那是一只水晶花瓶，后来杜若知道，那花瓶是她父亲早年从捷克带回来的。

“我从来没有见过这么素净的婚房。”杜若深觉意外地这么说，心里其实还补了一句：“雪洞一般。”

“我也从来没有见过，因为一本书跑来找我开假条的。”姜友好这样回答。

杜若愣了一愣，脸红了。

“哎，是什么书？”姜友好笑着问，“那天没顾上问你是什么书你就跑了，弄得我心里直痒痒，痒到现在。我就想知道，到底是什么书值得你费那么大劲？”

杜若也笑了。“《罪与罚》。”她回答。

“哦——”姜友好长长地哦了一声。

她听说过这本书。也知道作者。但这个人写的书她一本也没看过。从前，她的那些朋友，也几乎没有一个人看过这个人的书。他们顶多看《娜娜》，看《俊友》，看《小酒家》，或者看《德伯家的苔丝》，这个人的书，他们不碰。她也不碰。

“你有点儿特别，”她说，“喜欢看布道的书。”

“你是不是觉得，我特别乏味？”杜若笑着问。

“不啊，”姜友好笑了，“我觉得你这人特有趣，为了看一本布道的书而撒谎，你不觉得有罪呀？还有，你身上有两点正是我最喜欢的。”

“哪两点？”杜若好奇地问。

“一，爱脸红；二，会做菜。”姜友好回答，“真是完美的朋友。”

她们都笑了。杜若想，这个人，也有趣。

夏莲说：“杜若，今天给友好露一手，她这里有好东西，你猜我昨天给她捎回来什么？一块牛肉！”

那一天，杜若用这块珍贵的牛肉，做了好几道菜：一道酱牛肉、一道咖喱土豆牛肉、一道经典的红烧牛肉。还炝炒了一道醋熘白菜，做了一个冬瓜火腿汤，焖了一小锅米饭。杜若对姜友好说：“酱牛肉我们不动了，留着，你自己吃方便。卤汤你明天可以用来下面条。”

姜友好笑着说：“不，汤我要留着，好好保存，留一百年，就是百年老汤。”

杜若笑了，知道姜友好这么说，是委婉地赞美她的厨艺。

那天，她们喝了酒，酒是竹叶青，本地的名酒。杜若把酒倒在了一只小瓷壶中，将小壶坐在了一只钢精盆里，里面蓄了热水，权当温酒器。杜若说：“天冷，酒要温了喝才好。”

姜友好说：“杜若，你好精致。”

杜若说：“这不是我说的，是薛宝钗说的。”

姜友好回答：“所以呀，你是活在书里。我们，是活在这个浊世上。”

杜若认真地望着姜友好，说：“正因为是浊世，才想逃进书里啊。”

窗外，下雪了。是这个冬天的第一场雪。三个人，围坐在一张折叠桌旁，喝着温过的竹叶青。外面的世界，渐渐白了，屋顶、马路、树，都被雪遮盖、包裹。听不到雪落的声音，可杜若知道，雪落在大地上是有声的。她有时会在落雪的夜晚一个人站在雪地中央，静静地，听雪落的声音。时间久了，那细微的、细碎的沙沙声会渐渐变得扎耳朵。这种时候，杜若会觉得世界在她心里醒了。

姜友好说："下雪真好，真适合这样吃吃喝喝啊。"

夏莲说："冬瓜汤要不要再热热？"

姜友好说："杜若，你的厨艺是跟谁学的？真厉害！你会做西餐不会？你知道红菜汤怎么做吗？"

杜若摇摇头，说："不知道。红菜汤我只听说过，在小说里看见过，可我不会做，"她笑了，"我没吃过西餐。"

姜友好说："真的？我有个朋友，做西餐很拿手，你没听说过她吗？她叫娜塔莎，是个苏联人。"

杜若一下子瞪大了眼睛："娜塔莎？当然听说过，"她回答，"这个城市，谁没听说过娜塔莎？可我一直不确定，娜塔莎是个真实的人还是个传说。"

"怎么会不是真实的人？"这下轮到姜友好吃惊了，"她已经在这个城市生活了十多年了呀！"

"你认识她？她是你的朋友？"

"对呀。"

原来真有娜塔莎这样一个人啊。杜若终于、终于遇到了一个认识她、还是她朋友的人。她忽然觉得一阵心跳。

"那，安向东是娜塔莎的儿子吗？你认识安向东不认识？"她问。

"你是说安德烈吧？"姜友好沉默一下，回答，"当然认识了，你认识安德烈？"

"我认识安向东，他是我同学，"杜若说，"我们初中时一个学校，算不上认识。"是的，算不上认识。没有说过一句话，可是，这么多年过去了，提起这个人，还是脸热心跳。

姜友好望着杜若，望了一会儿，说：“你又脸红了。”

杜若说：“不是，是你家暖气太热了。”

姜友好笑了：“好吧好吧，就算是我家暖气的问题。”这个过来人，什么没见过？她忽然问：“哎，你既然都认识安德烈，怎么会不相信有娜塔莎这样一个人？没有娜塔莎，哪来的安德烈或者安向东？”

杜若不知道该怎么回答。娜塔莎也好，安德烈也好，对于杜若来说，他们遥若星辰。杜若在这个世界，而他们在星空，都不是她生活里的人。

“你听说过安德烈的事吗？后来？”姜友好关切地问。

她摇摇头。

“安德烈失踪了。”姜友好轻轻说。

“失踪？”杜若完全没听明白她在说什么，“谁失踪了？”

“安德烈呀！”姜友好回答，“安德烈失踪好几年了。”

失踪？这听来简直就更像是……小说。杜若愣愣地望着姜友好。

姜友好说道：“是真的。安德烈残疾了，这你知道吧？他瘸了一条腿，这件事对他的打击特大，他是个特别自恋的人，我们有朋友说他就像希腊神话里面的那个水仙花少年……”

纳喀索斯，也叫塞纳西斯。杜若知道这故事。这个美少年纳喀索斯有一天在水中看见了自己的影子，可他不知道那是他自己，他太爱那个水中的少年了，终于有一天，他纵身投入水中向那个自己的影子求爱，溺水而亡，死后，化身为水仙花。

那天，杜若听姜友好讲了另一个水仙花少年的故事。

二、安德烈或者安向东

姜友好是先认识安德烈，后来才认识娜塔莎的。安德烈比姜友好小许多岁，认识他是在北京一个朋友的家里。那时她还在部队，回京探亲，去这朋友家玩儿，一进门撞上了安德烈。她倒吸一口气，惊住了，想，这是哪里？不是北京吗？怎么会跑出这么一个古怪的小妖？

可是，真好看啊。

那时安德烈也就十三四岁，个子已经很高了。从外形上看，他几乎就是母亲的翻版，唯一不同的，是他头发和眼睛的颜色。母亲的金发碧眼，在他这里，变成了某种奇妙的棕色，说不出的一种灵动和神秘。朋友介绍说："这是我表弟安德烈。"

姜友好失声叫起来："你怎么配有这样的表弟？"

"嗨嗨怎么说话呢？"朋友说。

这朋友五大三粗，外号"李逵"。

安德烈应该是从小就习惯了这样的眼光，他知道在别人眼里自己是个异类。他平静地望着姜友好，说道："我叫安向东。我是××××人。"他说的是那个北方省城。

"巧了，我就在那儿当兵。"姜友好说，"你家住哪儿？"

安德烈说了。

"不过，姐姐，我说了你也不能到我家去，你是军人，你不能去我们家。"

姜友好说："现在不能去，复员转业就可以了呀。"她望着那个美少年笑了，"安德烈，就冲着你，我也得复员。"

安德烈有点慌了："你是在开玩笑吧？"

姜友好哈哈大笑："我当然是在开玩笑。"

可是她真的复员了，还没有服役期满。当然不是因为安德烈。是她实在不适合军人的生活，她天性太自由放浪。起初，当兵是父亲的意志，而复员，则是她自己的主张。父亲没有拗过她，暗地里还是帮了忙，尽管他还未"解放"，但总还是有人脉。结果，姜友好虽然没能回到北京，但毕竟分配到了那个城市最好的医院里。很快的，在这个城市，她就拥有了自己生活的圈子，有了一群朋友。

是她把安德烈拉进了这个圈子里。

当然，这城市不算大，这圈子里，原本也有认识安德烈的人。就像滚雪球一样，你认识我，我认识他，渐渐地，大家就滚成了一团。

安德烈家里没有电话，她写信约他见面，他来了，看见穿便服的她，安德烈说："姐姐你真的复员了？"

姜友好回答："当然是真的，"她指指身后医院的大门，"要不你进去问问？"安德烈笑了。这是他们认识后，她第一次看见这个美少年的笑容。她觉得突然像是被阳光晃了眼睛。

"喂，你猜我下一步计划干什么？"她笑着问他。

"干什么？"

"等你长大，嫁给你，"她说，"让你娶我。"

她以为安德烈会大惊失色，会惊慌不已。可是没有。安德烈听了，认真地看着她，摇摇头："不行，姐姐，"他说，"我不会娶你的，你千万不要等我。"

姜友好哈哈哈大笑，推了他一把。"逗你玩呢！"她说。不过她马上感到了好奇："哎你为什么不娶我呀？我不算漂亮吗？拒绝我的人，你可是第一个呀！你是不是觉得自己特好看啊？"

安德烈笑了："我是好看啊。很多人想当我的女朋友。可我已经有女朋友了。"

"你才多大就有女朋友了？"姜友好板起了脸，"不能这么早谈恋爱知不知道？"

"你这么说话像我妈妈。"安德烈说。

姜友好笑了："你女朋友是谁啊？说给我听听？"

"不告诉你，"安德烈说，"但我可以告诉你的是，不管将来我女朋友是谁，我都不会娶。我不结婚。"

这下轮到姜友好吃惊了："为什么呀，安德烈？"

"我不说，"安德烈回答，"不想说。"过了一会儿他强调："叫我安向东，这是我的名字。"

这美少年，他不快乐。姜友好想。她其实有点懂得他不快乐的原因。那就让他快乐起来吧。

当天她就带他去了一个聚会，是在一个住在省府大院的朋友家。那天的来人中还真有认识安德烈的，果然是个女孩儿。他们说起学校的事，挖防空洞什么的，那女孩儿的妹妹和安德烈在同一所学校。

"我妹说，你们班男生欺负你，是吗？"女孩儿忽然这么问。

"没有。"安德烈从容地否认。

这个朋友的父母都不在家，刚刚去了"中办学习班"，那学习班在外地。家里没有家长，完全由着他们这些孩子折腾。那天他们煮了一大锅西红柿挂面，开了几个午餐肉罐头，炒了一大盘醋熘土豆丝，戳了两瓶白酒在桌上。大家又吃又喝又吵又闹，但安德烈始终是安静的，滴酒不沾。有人硬把酒杯塞给他，姜友好拦住了，说："他还是学生，不能喝酒。"

"靠，咱哪个不是当学生的时候就喝酒了？姜友好你敢说你不是？"

姜友好回答得斩钉截铁："他不一样。"

"他是不一样，"那人嘻嘻笑着回答，"哪个老毛子不喝酒？"

姜友好顺手把自己杯中的酒泼到了对方脸上。

"姑奶奶说不能喝就不能喝。"

回家的路上，安德烈对姜友好说："姐姐，其实你不用替我拦着我也不会喝，我答应过我妈妈，我妈说我外公就是一个酒精中毒的酒鬼，那是她的噩梦。我妈说她为什么嫁给我爸和他跑这么远来到这里，很大的一个原因就是，中国男人不像俄国男人那样酗酒，尤其是那些在苏联的留学生培训生什么的，他们有纪律管着，更是模范。我爸就是没有纪律管着也不喝，他不爱酒。"他停顿了一下，"我也不爱。"又停一下，"我不能爱。"

"安德烈——"

"我是安向东，"他打断了她，"我叫安向东，姐姐。"

姜友好的心里，真的涌起了怜惜。城市的夜晚，黑暗而荒凉，他们同骑一辆自行车，他带着她。她默默地从后面搂住了他的腰，把脸贴在了他完美到无懈可击的脊背上。那一刻，她真觉得自己有了一个弟弟，这个非亲非故的城市给了她一个混血的、身份难堪的弟弟。她会保护他，她想。安德烈，不，安向东，我会保护你。

可是他出事了。掉进了防空洞里。是被人推下去的。股骨粉碎性骨折。伤愈后，瘸了。

瘸了一条腿的安德烈，变了一个人。

起初，出事时，学校把他送进了附近的一家医院，做了手术，打了钢钉。那医院从前骨科很强大，但时逢乱世，一切都不正规，手术不成功。情急之下，姜友好帮他转到了自己供职的医院，重新做了第二次手术。

这仍然不算是一次完美的手术。

姜友好天天去病房看他。就是这时候她认识了娜塔莎，也认识了安德烈的妹妹安霞。安霞比安德烈小两岁，和安德烈截然相反的是，猛一看，就是一个肤色白皙的中国女孩儿，五官轮廓完全是父亲的轮廓，认真看，才能看出她眼睛的颜色是深棕色的，那种接近黑色的、本分的棕，让人踏实和安心。

没有见过安同志。安同志在“学习班”，不能自由行动。

安德烈的腿打了石膏，高高吊着，固定在病床上。他沉默，一天也说不了几句话。来探望他的，也都是女同学，姜友好想从她们中间找出那个“女朋友”，却一无所获：她看不出异常，他对她们一样地礼貌和漠然。没人的时候，姜友好忍不住八卦地问道：“哎，哪个是你女朋友？告诉我呗。”

“姐姐你还真信啊？”安德烈冷冷地回答。

那神情和语气，让姜友好感到怪异和陌生。

窗外，麻雀喳喳叫着。树叶开始飘落，秋凉了。安德烈望着窗外的天空，忽然问道：

“姐姐，我会不会变成一个瘸子？”

姜友好回答说：“想什么呢？你见过谁骨折了变瘸子的？现代医学治不了癌症还治不了骨折了？”

他嘴角轻蔑地翘翘。

“我有不好的预感，”过了一会儿他这么说，“要是我真瘸了，我宁愿死。”

姜友好一把捂住了他的嘴。

“安德烈你听好了，你要再敢说这些话，你要敢这么想，我——”她恶狠狠地瞪着他，“你信不信我现在就掐死你？”

他慢慢移开了她的手。

“听我讲个故事，”他说，“就是那年，去北京的时候，在一辆公共汽车上，我遇到一个女孩儿。那天车上人不多，我一上来，就看见了她，”他微微笑了，“没有人会看不见她，真美啊！我从来没见过这么美丽的姑娘，穿一件蓝印花布中式上衣，脑后梳一根独辫，神态就像仙女。以往，走到哪儿，我都是那个被注目的人，可是那天，她的一双黑眼睛就像蛊术一样把一车人的魂儿都吸进去了。这是我第一次遇到了一个比我美丽的人，一个让我呼吸不畅的人……车到了一个站上，停了。她站起来，朝车门走。一车的人这时都倒吸一口气。她摇摇摆摆走着，腿有严重的残疾，一看，就是小儿麻痹后遗症，瘸得非常厉害。她在一车人的注视下走完了那几步路，一切都毁灭了，真残忍哪，也真羞耻。我就站在车门那里，因为惊愕，我都忘了给她让路，我永远忘不了她对我说‘请让让’时那种羞惭的神情……姐姐，你愿意让我变成那样？”他望着姜友好说。

姜友好拼命摇头：“你怎么会那样？瞎说，你根本不会变成那样。”但姜友好知道自己是色厉内荏，因为，事情很可能“是那样”，他的状况，不乐观。可她仍然嘴硬：“就算瘸了也不会那样……”

“那是什么样？”他笑了，“你告诉我。”

“你当然还是你……”

“安德烈吗？”他犀利地看着她，“你总是忘了我是安向东，我一直努力做一个安向东，可是我永远做不成。假如有一天我回到我母亲的故乡，在那里，恐怕也没有人把我当成一个纯正的安德烈。我只是个二毛子，对吧？好在我这个二毛子还算好看，漂亮，那是我仅有的一点东西，假如我连这个也没有了，变成一个残疾，那你让我靠什么活？”

姜友好眼睛渐渐湿了，她握住了安德烈的一只手，把它贴在自己脸上：“我不知道，安德烈，”她轻轻说，“我从来不追问，我不思考这些，为什么要思考？为什么不尊重生活的神秘感非要破解它？你破解得了吗？傻孩子，你学学我，活得就容易了。”

半年后，八个月后，一年后，最后一次复查终结了，所有人终于放弃了幻想，承认了那个不好的结局。

股骨干严重受伤缺损，加上手术的失败，安德烈的一条腿无可挽回地变短了。比起小儿麻痹后遗症那一类残疾，他瘸得不能算厉害，可是，他不是别人，他是水仙花少年。

他把自己关到了房子里，不见人。

医院组织巡回医疗队，上山下乡。姜友好跟着医疗队去了南部的中条山。临行，她去了一趟他家。可是，他不见她。任凭她怎样敲他家的门，他也不开。只是说：“你走吧，姐姐。”声音平静而冷漠。

他母亲娜塔莎追出来，说：“友好，怎么办？他要毁了。”娜塔莎突然迸出了哭声，“他开始问我要酒喝了。”

她们站在拥挤狭窄的楼道里，对望着，没有谁来救她们。门里，是那个绝望和无辜的、正在放弃自己的孩子，她们束手无策。她们都没有办法还给那孩子完美，神没有应许她们。楼梯旁一小扇肮脏的玻璃窗外，是彩霞满天的黄昏，流金溢彩，美如梦境，一束光涌进来，网住了轻轻哭泣的娜塔莎。姜友好默默地上前，拥抱了一下她，转身离去，她不想让那个母亲看见自己眼里的泪水。

一年后，等到姜友好从南部乡下回城，再见到安德烈时，她几乎没有认出他来。那是朋友们为她接风的聚会，他来了。姜友好一抬眼，看到眼前站了个陌生人：又高，又臃肿，皮肤粗糙，眼睛浑浊，满脸的粉刺，红肿着，浓浓的、不洁的络腮胡须，满身的酒气。

姜友好惊得半天合不上嘴，许久，她小心翼翼问：“我该叫你什么？安德烈还是安向东？”

“随便，”他笑着回答，“哪有那么多事，爱叫啥叫啥。”

他用水杯喝酒，是那种玻璃水杯。满满一大杯白酒几口就光了。和人叫板时，咕嘟咕嘟一口闷，喝得凶猛而贪婪。他就这样无可救药地朝着那个酒鬼的宿命坠落。还没终席，人就像一摊烂泥一样瘫倒在了地上。

姜友好想把他拖起来，拽起来，朋友们就说：“别管他了，每次都是这样，”他们若无其事地说，“开始大家还送他回家，时间长了，就烦了。哎，这次又是谁叫他来的？谁吃饱撑的把他叫来了？”大家你看我，我看你，都摇头。

没人叫他来，没人找麻烦。可是这不大的城市，他们这些人相聚的地方也就这几处，他总能循着酒味儿而来，来了，就赶不走他。一个酒鬼的自尊心算什么呢？早就让人踩成一堆烂泥了。姜友好听他们你一言我一语描述，低头望着地上的那个人，慢慢问道：“不管他，就是说，就让他这么躺着？”

“对，就躺着呗。”

“那你们走了呢？你们都走了，他还一个人躺在那儿？躺在这脏地上？”

“那倒不会，这几个地方的服务员都认识他，他们有办法吧？大不了把他抬到门外躺着，风吹着酒醒得快。”

姜友好不说话了。她沉默一会儿，然后抬起胳膊指着大门，轻轻说道：“滚！”

他们没听清，问：“什么？”

“滚！”她大吼一声，“滚——”

“你疯了姜友好？”做东的主人，她父亲老部下的儿子，也喊起来，“为了这么一个二毛子，你六亲不认了？”

她随手抄起一只饭碗，朝地上狠狠一摔，碗碴飞迸。“我以后要是再和你们这群王八蛋交往，我就和这碗一样不得好死！滚！”

“疯子！花痴！你也不看看，他还是以前那个小白脸吗？就这死狗眉竖，你也稀罕？”

“啪”的一声，一只碗就飞到了他脸上，登时，那额头上就见红了。血顺着眉骨流下来，流到他眼睛里，虽说店堂里除了他们这桌没几个客人，却也引起一片尖叫、惊呼，乱成一团。姜友好跳到了凳子上，居高临下，指着他鼻子骂道：“操你妈满嘴喷粪！你瞎眼了敢欺负我弟弟！告诉你们，谁他妈以后敢欺负我弟，姑奶奶我活剥了他……”

那天的结局，是她的眼睛也变得一团乌青。父亲老部下的儿子一拳砸到了她的眼睛上。人们拉开了他。他也知道对一个女人动粗胜之不武。他们一群人裹挟着那受伤的人走了，去医院包扎。她就坐在那一堆狼藉之中，等着安德烈醒来。

天黑了。就快打烊了。店堂里一片寂静。外面，偶尔有汽车驶过的寂寞的声音。这城市的夜晚，有种比自然更深邃的荒芜。

一个服务员壮着胆子走到了姜友好身边。

“同志，我们快下班了。”服务员说，“你试试能不能叫醒他？”

就在这时，一个人进来了。姜友好看见那人，“哎呀”一声，得救似的叫起来：“安霞！是你呀，你怎么来了？”

安霞说：“我来找我哥。”

“你怎么知道你哥在这儿？”

“我不知道，”安霞安静地回答，“我一家一家找。这个时间，他还不回来，我妈就让我们出来找他。他常去的那几家，我一家一家找，总能找到。”她望着睡在地板上的哥哥，“找到了，就是这个样子……”

姜友好一阵鼻酸。

“嗨，你进来吧！”安霞冲着外面喊了一嗓子。一个大男孩儿应声而入，是个像运动员似的健壮的孩子。“这是我朋友。”安霞对姜友好说，“他会骑三轮车。”

那天，他们几人合伙把他抬到了三轮车上。安霞抱着她哥坐在车斗里，对姜友好说："我们走了，谢谢你。"

一辆借来的、载货的三轮车，两个孩子，经常，在这城市的夜晚，载着一个沉醉不醒的酒鬼，一个酒精中毒者，穿街过巷。男孩儿在前边骑，女孩儿则把那酒鬼抱在怀里坐在后边的车斗。有月亮或者没有月亮，下雨或者天晴，情愿或者不情愿，没有选择。那是她哥哥。她不幸的亲人。她抱着他就像一个小母亲。

一周后，安德烈来了，来找姜友好。那天是星期天，姜友好在家，她开门看到门外站着的安德烈时，并没有吃惊。她默默地闪身让他进来，她知道他会来。

这天的安德烈，看上去，清爽了一些，至少，衣服是洁净的。他望着坐在对面的姜友好，说的第一句话是："我七天没碰酒了。"

姜友好没说话。

"可我不知道我能坚持多久。"他说。

姜友好还是没说话，因为她也不知道。

"他们说，你为我打架了。"他看着姜友好那只淤青还没退净的眼睛，说道，"抱歉……"

姜友好摇摇头。"安德烈，你该说抱歉的人，不是我，"她回答，"你最该说抱歉的，是安霞。"她这么说的时候，鼻子突然酸了。

"我知道。"安德烈闷闷地说，"每次去找我的，去把我弄回来的，都是安霞。我爸不在，我妈不敢去找，她说，她一个苏联女人，满城跑，让别人看见，会给我添更多的麻烦。所以，也就只剩下我妹了……"

“安德烈，”姜友好说，“你不知道那有多让人难过……为了她，戒了吧。”

安德烈沉默不语。

隐隐地，听见了鸽哨的声音，细碎，悠扬。这城市最美的季节到了，秋天到了。天变高了，有了一种别的季节没有的空净澄明。

姜友好起身，泡了两杯绿茶，端了来，说：“喝茶吧，我们家乡的茶。”

他笑了笑，说：“不喝了，我就是来跟你道个歉，走了。”这一笑，隐约地，有了一点从前那个安德烈的影子，“不再打扰了。”

她没有挽留他，她真不知道该跟他说些什么，她仍然没有足够的准备来接受这样一个安德烈。他跛着腿，走到门前，那一跛一跛的姿态，让她心痛。他握住门把手，停了一停，回头说道：“这些日子，我一直在想，不知道我妈妈的家乡是个什么样子，”他又一笑，说，“那茶的颜色真漂亮，再见——”

他走了。

姜友好后来想，那天，自始至终，他没有叫她姐姐。

那是姜友好最后一次见他。

“他是去跟你告别。”杜若说。

“是，”姜友好回答，“可我当时没意识到。不久，他跟他妈妈说，想出去散散心，想去爬华山。他妈妈答应了，给了他钱。这一走，从此就没了音信。”

菜凉了，酒也凉了。少年的故事告一段落。杜若起身，热菜，温酒。她端着热好了的冬瓜汤回到桌前坐下，姜友好举起了酒杯说："添酒回灯重开宴。"

杜若举起杯来，回了一句："相逢何必曾相识？"

"杜若你这句不对，"夏莲也举起了杯子，"姜友好可不是天涯沦落人啊。"

杜若笑笑，望着姜友好，说："骨子里是。"

姜友好把杯中的酒一饮而尽，重新斟满了，郑重地举到了杜若脸前，"杜若，从今天起，不管你愿不愿意，我是交定你这个朋友了。"

杜若没有回答，只是把杯中的酒，一口饮干了。酒使她的眼睛里波光粼粼，"姜友好，我能像安德烈一样，叫你姐姐吗？"

"当然可以。"姜友好说。

"姐姐。"杜若叫了一声。突然热泪满盈。

许久，姜友好轻轻说："杜若，你喜欢安德烈吧？"

雪还在下。纷纷扬扬。天渐渐黑了。她们没去开灯。窗外别人屋顶上厚厚的积雪，闪着微光。杜若望向了窗外，说："冰天雪地，他会在哪儿？"

"不知道。"

"我喜欢安德烈，姐姐，"杜若说，"是那种遥远的喜欢。就像我喜欢星星，喜欢流云，喜欢江河，喜欢黄山的云雾和古希腊雕像，一句话，我喜欢美。我并不想拥有它们，只是远远地喜欢着，就很满足。但那是今天之前，今天之后，一切都不同了，从今往后，这世界上，多了一个让我牵挂和心疼的人，我心疼他，姐姐……"

姜友好懂。

她们就这样成了朋友。

几乎每个星期天，杜若都要来姜友好家，来了，就一起做好吃的。夏莲如果不跑车，也会过来凑热闹。姜友好家是杜若最好的舞台。夏莲从北京输送来的那些肉、蛋之类的食材，正好让杜若大显身手。一桌佳肴，常常让姜友好惊叹。

“杜若，你小小年纪，这厨艺是跟哪个大师学的？”

“赵佩兰大师，”杜若玩笑地回答，“在下的家母。”

“好羡慕啊！”姜友好说，“有个厨艺如此了得的妈妈，太幸福了。”

“是。”杜若说，“我妈热爱烹饪，而我爸又是个吃货，他的味蕾天生比别人丰富，他俩堪称珠联璧合。所以我妈就是炒一个白萝卜丝，也尽心尽意，比别人炒的好吃太多。就像现在，什么都缺，什么都没有，可我妈总会绞尽脑汁让每一顿饭都尽量可口，因为我爸的人生信条就是：吃饭无小事。”

“听你这么说，我都惭愧了，”姜友好说，“要不，也让我家人帮你家采买东西？让夏莲一块儿带回来？”

“那怎么可以？绝对不行！”杜若郑重地拒绝，“我爸的另一个信条就是：不给别人添麻烦。”

“那你就把我这里的东西带回去些，咱们分享。”

“更荒谬了。”杜若回答得斩钉截铁，“我爸还有个信条，就是：君子不吃嗟来之食。”

“你爸怎么有那么多信条？”姜友好笑了。

杜若也笑了。

“其实，我爸妈南方老家那边也有家人偶尔会接济我们，给我们寄些腊肉腊肠和梅干菜笋干之类，而且我们南方人，每人还多供应几斤大米，比起这城市的许多人，已经好太多了。”杜若说，“我妈常说，好日子谁都会过，能把匮乏的、困难的日子过得有尊严又有滋味，才是了不起。”

“你家的人简直都是哲学家，”夏莲笑着说，“简直太恐怖了！”

“你妈这话，我听另一个人也说过类似的。”姜友好若有所思地说。

“谁？”

“娜塔莎。”姜友好回答。

哦，安德烈的母亲。杜若想。那个传说中的女人。

下一个星期天，在姜友好家里，意外的事情发生了。杜若进门来，看见一个丰硕的、有些臃肿、远远谈不上美丽的异国女人，正端着一只碗，在搅拌着什么。姜友好说：“杜若，这是娜塔莎。”

走了这么远的路，从一九五八年，到现在，她们遇见了。

几年前，安同志去世了。死于脑出血。那时他还在学习班，不能回家。据说他早晨就剧烈头疼，中午没吃饭，下午就昏迷了。夜里，传呼电话找她，是他们单位的人，通知她去某某医院。她去了，看见他躺在急救室的床上，人已经不行了。

火化时，送行的除了殡仪馆的工作人员，只有娜塔莎和安霞。安同志的问题，还没有“定性”，为了避嫌，没人敢来吊唁。在火葬炉前，娜塔莎最后亲吻了安同志，没有哭。

之前，她曾不止一次对安同志说：“你要答应我，不能走到我前边，你要走我前边，我会恨你。”

安同志回答说："我答应你。"

她又说："你还要答应我，将来，我死了，你要送我回去。"

安同志说："我答应你。"

这样的一问一答，信誓旦旦。可实际上，他们都知道，那是多么的不靠谱和渺茫。他们躺在床上，他搂着她，心里一阵一阵苍凉。安同志知道，在遥远的她的故土，妻子也早已没有亲人了。她的父亲和哥哥，都死于卫国战争。母亲则是在战后不久病逝。安同志认识她时，她就已经是一个孤儿，也因此，安同志当初才非常自信和意气风发地对她说："跟我回中国，我会给你一个最幸福的家。"

显然，他食言了。他没能使她感到"最幸福"。他也没能做到，走到她后面，送她魂归故里。

她把安同志的骨灰盒抱回家，安放在他们的卧室里。她说："我知道你不舍得走，你在等安德烈回家。"夜深人静，有时，她会听到房间里传出轻轻的叹息声，她问道："是你吗？"听不到回答，她就在黑暗中坐起来，一支接一支吸烟。

她想念他们，安同志，还有，亲爱的，亲爱的安德烈。

安霞也去插队了。安霞插队的地方，不算太远，属于这城市的远郊区，家里，就只剩下了娜塔莎一个人。现在，她想念的人里，又多了一个。

几乎没什么人和她来往。她曾经在这个城市的图书馆上班，工作就是翻译一些外文资料，但多年前她就因为身体的原因办了"病退"，吃劳保。她得了肺结核。那时中苏交恶，报纸连发"九评"，发《某公三哭》，她病退得也正是时候。多年来，她蜗居家中，做主妇，从前的同事早已断了往来，邻居们也都是点头的交情，谁愿意和一个苏联女人扯上关系呢？曾经，有一个女教师，是中俄混血儿，她们有过几年的友谊，后来，一九六六年之后，这友谊就戛然而止。

在这城市，她举目无亲。

后来就认识了姜友好。

当然是因为安德烈。是她的安德烈，让她认识了这个热情、冲动、有古道热肠的姑娘。她猜，那是上帝对她这个流落异乡的母亲的怜悯。

这城中，只有这一个人，敢来敲开她寂寞的房门。和她谈安德烈。听她讲安德烈种种的故事。起初，她来，会问娜塔莎："有消息吗？"渐渐地，时间长了，就不再追问。不是不想，是不敢。她们彼此都顽强地、坚韧地相信着一件事，就是：她们的安德烈，娜塔莎的儿子和姜友好的弟弟，一定还活在这个世界上。她们嘴里不说但其实心里都在猜测着一个最大的可能，那就是，他越过了国境线，回到了他母亲的故国。

这种猜测，让她们有一种罪恶的、隐秘的安心。

她来，常常会带一些吃的，有时是一块牛肉，有时则是一盒咖啡。总之都是雪中送炭。娜塔莎会留她吃饭，给她做她喜欢的俄式菜肴，她也会把自己的事讲给娜塔莎听，她一次次热闹的恋情，那些呼啸的、死去活来的追求者，等等。终于，她安静了，安静地走心地爱上了一个人，把自己嫁出去了。

娜塔莎送了她一块琥珀吊坠和一条银链做结婚贺礼。那是她从故国带出来的不多的几件纪念物。她对姜友好说："友好，结婚后，你就别再来了。”

“为什么？”

“你丈夫是现役军人，为了他，你要避嫌。”娜塔莎郑重地回答。

姜友好愣住了，显然，她没想到这个。她认真思索了片刻，说：“娜塔莎，你早入了中国籍，早就是中国人了。我为什么不能和一个中国人做朋友啊？”

可是，话虽如此，姜友好自己也知道，娜塔莎的话，是有道理的。她不是真的不懂轻重利害。婚后，她不再去看娜塔莎，不再和她有任何联系。可她心里却有着愧疚，觉得自己和所有人一样，抛弃了娜塔莎。

那是对安德烈的背叛。

她永远记着那个孤独迷惘的少年，站在阳光下，叫她姐姐。仅此一声呼唤，就是一世的亲人。她甚至猜想，那最后一次见面，他其实是隐晦地、曲折地把娜塔莎托付给自己了。记得临出门时，他说的最后一句话，是他的妈妈，以及妈妈的故乡……

她和她的海军军官郑渡江说起过娜塔莎，也说起过她的愧疚。郑渡江是某部的作训参谋，他安慰妻子说：“友好，就先听娜塔莎的，等过两年我转业了，咱俩一块儿去看她。”

姜友好明白了。她不能给丈夫惹麻烦。

但是冥冥中一定有什么在帮忙，杜若来了。

婚后一年多来，姜友好第一次联系了娜塔莎，她给娜塔莎写了一封短信，说，一个朋友，特别想学做俄式菜肴，不知道娜塔莎能否在这个星期天来家里教授一下。她在信的末尾写道：“娜塔莎，这个小朋友，你一定会喜欢，因为我喜欢她，哦，对了，她是安德烈的同学。”

她知道，有了最后这句似乎是轻描淡写的话，娜塔莎一定会来。

姜友好说：“杜若，这就是娜塔莎。娜塔莎，这是杜若。”

杜若一时手足无措。

星辰似的娜塔莎，月光似的娜塔莎，不应该是这样一个肉身的人，一个气味浓烈的人，有着结实的下巴和硕大无朋的胸部，系着围裙，站在她面前，手里捧着一只碗。她觉得有一种压迫感，如山的肉身对她的压迫。她感到自己呼吸都变得急促。

“杜若，”只听姜友好叫她，说，“娜塔莎来，是来教你做西餐的。”

“哦——”杜若慌乱地回答，“谢谢您。”又补一句：“太谢谢您了——”

娜塔莎看看她，没有寒暄，说道：“来，洗手，我先教你做蛋黄酱。”

原来她正在搅拌蛋黄酱。那是做土豆沙拉必备的酱料。将新鲜鸡蛋磕进碗里，只取蛋黄，加一点花生油进去，用筷子不停地朝着一个方向搅拌，等到蛋黄和油充分融和，再继续添加食油，接着搅拌，再加油，再搅拌，如此循环往复，直到蛋黄变成如奶油般浓稠缠绵，蛋黄酱就算是大功告成。做法简单，但要有耐心，也要有一些技巧。

杜若接过了娜塔莎递过来的瓷碗，渐渐地，她的心静了。一切，有了真实感。置身于厨房、食材、炊具，这些日常的场景中，杜若如鱼得水。搅拌这点小技巧，她一点就通。但她觉得奇妙，蛋黄、油，如此简单，却能催化出另一种物质，犹如新生命。这让她心生喜悦。

“人真是聪明。”她忍不住这样说。

“这算什么？”姜友好笑道，“人都登上月球了，一个蛋黄酱还值得感叹？”

杜若回答：“那种聪明和我无关。太大了。我只能被小聪明、小收获感动。”她回头望着那个师父说：“娜塔莎，谢谢你。”

她脱口叫出了她的名字，也没有再说那个敬语：您。她真心地喜欢这样有收获的一天。

娜塔莎说：“今天教你土豆沙拉和红菜汤，你要是还想学别的，就到我那里去，我那里厨具齐全。”她望着她微微一笑，“当然，你要是不介意的话。”

杜若收敛了笑容。她想，这个苏联妇女，这个壮硕的俄罗斯母亲，这就是安德烈的妈妈啊。安德烈的妈妈在教她做菜，多么不可思议，简直有天方夜谭般的奇幻。她忽然觉得幸福来得太突然。“介意？”她回答，“我当然介意，我很荣幸。”

姜友好笑了。她知道事情成了。

那天的土豆沙拉和红菜汤，是杜若的西餐启蒙。正确地说，是不算纯粹的俄式西餐。娜塔莎的红菜汤，早已因为照顾安同志的口味，被不知不觉改造过了。就像几十年后遍布世界各地的宫保鸡丁、咕咾肉一样，早已不是原本的滋味。可杜若不知道，就是知道了，又有什么关系？她仍然会认为，这是世界上最好吃的红菜汤。

娜塔莎那天并没有留下吃饭，她执意要走。她说：“友好，饭我就不吃了，我家里还有事。”姜友好知道她家里没事，却也知道她是不想逗留太久，一是避嫌，二是，逗留越久，越难以割舍。特别是几杯酒入肠，怕是会更加伤感。姜友好笑笑，说：“行，你走吧娜塔莎，千里搭长棚，没有不散的宴席。”姜友好那天，特地，戴上了娜塔莎送她的琥珀项链，那是一块古老的波罗的海琥珀。娜塔莎伸手摸了摸那晶莹剔透的宝贝，说：“它真适合你。亲爱的。”

姜友好一下把她抱住了，红了眼圈。她紧紧搂着她，说：“对不起，对不起，对不起娜塔莎——”

许久，娜塔莎说道：“友好，你是我见过的，最善良的人。你已经为我们做了太多太多，又不是生离死别，我们总还会见面的不是吗？”

姜友好松开了手，说：“再见！”

娜塔莎努力地微笑，说：“再见！”

那一刻，杜若有些明白了，她们其实是在“生离”。

还明白了一件事，姜友好，是把娜塔莎托付给自己了。

三、杜若与娜塔莎

杜若是普通人家的孩子。

杜家一家五口人，住在父亲单位的宿舍公房里，是两间青砖灰瓦的平房。生活谈不上富足，也绝不算清苦。父母的薪水，不高，不丰裕，却也不很低，再加上母亲善于持家，所以，他们的日子，过得衣食无忧，在那个年代，几乎算得上是小康了。

杜若父亲供职的这家研究所，叫“中医研究所”。但杜若的父亲并不是中医，他毕业于南方的某个医学院，一毕业则被分配到了这个严寒干旱物产不丰的北方城市。那时，这家研究所刚刚成立，设立了附属医院，是新中国的新事物，提倡中西医结合，病理、化验、影像这些现代医学手段一样也不能缺，于是，杜若父亲就被分配到了这家新医院的放射科，做了影像学医生。

命运真是奇怪，杜医生不信中医，却将要在一个中医院里度过未来的岁月。他不吃中药，却几乎是在第一时间就喜欢上了晾晒在太阳下的那些草药的气味。他也很喜欢看人将草药在碾槽里碾碎的那种劳作，喜欢那些中草药的名字，淡竹叶，六月雪，茵陈，钩吻，念起来，意境悠远，像一个个曲牌、词牌，有诗意。总之，杜医生是有些文艺气质的，他以审美的态度看待着这个他将要贡献一生的地方。

孩子们出生后，他给他们起名，都是草药：杜若、杜仲、茯苓。

杜若妈说：“怕人家不知道你在哪里上班啊？你是有多喜欢这里？”

杜若母亲赵佩兰女士，是内科大夫，也是杜医生的同学。但赵大夫真正热爱的不是医生这个职业，她不热爱任何职业，她热爱家庭生活。她的理想，是做一个有知识的家庭主妇。

杜医生说：“你呀，当初该去读家政系。”

赵女士说：“那我还怎么嫁给你？”

杜医生说：“你本来就不该嫁给我，你应该嫁给一个大教授，住在清华园或者北大的什么园里，做太太。嫁给我，委屈你了。”

“下辈子吧。”赵女士宽宏大量地说，“这辈子就这么凑合吧。

也就这么几十年，一眨眼就过完了。”

赵女士善烹饪，厨艺一流。杜医生则天生味蕾丰富敏感，是美食家的坯子。两人也算高山流水的知音。赵女士是钟子期，杜医生则是伯牙，一个会做，一个会吃。而他们寄居的这个北方内陆城市，在许多时候，是贫瘠的，样样都缺，俗语说，巧妇难为无米之炊啊。可不是还有另一句话吗：沧海横流，方显英雄本色。说的就是赵女士了。

在艰难的日子里，赵女士绞尽脑汁，使他们家的餐桌，尽可能不显贫乏、粗陋。两毛钱的猪肉，也能变出花样，肥的切片，煸成金黄色，煸出油来，加酱油加糖，红烧小萝卜；瘦的切丝，炒蒜苗、炒青椒、炒芹菜或者炒榨菜。再烧一个冬瓜粉丝虾皮汤，或者西红柿土豆浓汤，就是一顿有荤有素、有菜有汤、色香味俱全的正餐。每月供应的猪肉，再少，也要将一部分肥膘炼一些猪油，存起来，没肉的时候，猪油就是救场的法宝：一碗素面，加小小一勺猪油进去，哦，天地变色，换了人间。

杜医生常常感慨：“一箪食一瓢饮，回也不改其乐。”

杜若就说：“备注，这一箪食一瓢饮，得是我妈加料的，否则，您也照样不堪其忧。”

杜医生就笑，说：“是我运气好啊。”他看着大女儿，说：“杜若，将来，谁娶到你，也是福分啊！我可不舍得让你像你妈一样，为一日三餐这样呕心沥血。你要跟那个浑小子说，你不会做饭。”

杜若夸张地叹口气，回答说：“爸，可我和我妈一样，就喜欢做饭啊。”

是，耳濡目染，杜若得到了母亲的家传，在这城中，有她这样厨艺的年轻人，怕是鲜见，而像她这样热爱烹饪的，就更是凤毛麟角了。

下一个星期日，杜若就去了娜塔莎家。

看上去，也是一栋普通的三层楼房，红砖到顶，陈旧的楼梯，一门两户。娜塔莎家在三层，从前，安同志还是这家设计院总工的时候，这一层中的两户被打通了，住了他们一家，十分宽敞。如今，打通的房间早已被封闭，另外一边，搬进了别人，割让出去了一半。可尽管如此，在这个城市，也算是优渥的居住环境了。

两间房屋，向阳，背阴的一面是厨房和卫生间以及一间没有窗户的小杂物间。那两间向阳的房间，一间大，一间略小。大的那间，用一排书柜隔断，一边做了客厅和餐厅，一边则是娜塔莎的卧房。客厅里，有一只深枣红色丝绒双人沙发，有波斯铜盘做桌面的小茶几，有铺着亚麻台布的餐桌，有胡桃木雕花的玻璃餐具柜。柜子里，陈列着一些漂亮的瓷盘，而柜子上，则摆放着家人的照片。一眼，杜若就看到了安德烈。

那是一张单人照。背景是天空。天空下，站着一个忧郁的少年。他穿着最平常的白衬衫，风吹乱了他的头发，微眯着眼睛，像是眺望。呼之欲出的美啊。杜若望着他，想，原来你是生活在这样的地方，可你，偏说自己是安向东。

忽然就感到了一阵刺痛。

“你们是同学？”身边响起了娜塔莎的声音。

“是。”杜若点点头，“不一个班，他不认识我。”杜若微微一笑，“可我认识他。”

“他好认，”娜塔莎说，“特殊。”

“他美。”杜若说。

娜塔莎愣了一愣。有些惊讶她的直率，还有她的措辞。她不说好看，不说漂亮，她说美。

“是，”娜塔莎说，“我也曾经为这个骄傲。”她伸手抚摸一下照片上那张无懈可击的脸庞，“可是也太容易被摧毁。”

“不，那要看怎么说，至少我记住的，就是这样的安向东，照片上的安向东，”杜若回答，她还是不习惯叫他安德烈，“永远的大卫，永远的纳喀索斯，永远的……美少年，不会变。”

她在安慰一个母亲。娜塔莎知道。善良的姑娘，她想。在沙漠般广漠的敌意和冷酷之中，这一点善意，就是绿洲。阳光洒满房间，从厨房里飘出了一股浓郁的香气，娜塔莎说：“哦，面包烤好了，跟我去看看。”

那是杜若第一次看到一只面包的诞生。从烤箱里取出，皮色油亮焦黄，热气腾腾，芳香四溢。她惊喜地问道：“这就是俄罗斯大列巴吗？”

“是。”娜塔莎回答，“本来想烤一只黑面包，怕你吃不惯。其实，配牛肉或者鱼，黑面包才更正宗。”

就这样开始了。杜若和娜塔莎之间的故事。厨房里的故事。那厨房很宽敞，远非杜若家的小厨房可比。有稀罕的电烤箱。灶台阔大，房间中央安放一张大方桌，既是操作台，也是主妇休憩喝茶的地方。墙角处，整齐地码放着一堆劈好的果木柴和蜂窝煤，这个城市，还没有煤气和天然气，家家户户烧煤做饭。墙壁上挂着几只黄铜的煎锅，擦得光亮如镜。那煎锅，真是古朴漂亮。

那天，娜塔莎教杜若做了炸猪排，以及，酸黄瓜的腌制方法。她留杜若吃饭。说，一个好大厨，要亲自检验自己的劳动成果呀。杜若也就没有客气。娜塔莎一边在餐桌前摆放刀叉餐具，一边说："这餐桌，好久不用了，家里的男人们不在后，我和安霞，就不在这餐桌上吃饭了。"

她们俩，正式地，一个桌头，一个桌尾，对席而坐。镶金边的白瓷盘，沉甸甸的银餐具。菜式却是简单的，酸黄瓜配小小一块炸猪排。盘子硕大，越显得猪排瘦小伶仃。新烤的面包在筐子里，切了片，放在餐桌正中央。没有奶酪奶油，却配了一小碟中国的豆腐乳。鲜红的腐乳，白瓷碟，鲜明如画，却有一种挣扎在里面似的。

"安德烈的爸爸，喜欢吃腐乳。他喜欢用新烤的面包配酱腐乳吃。"娜塔莎这么说，"时间长了，我也喜欢上了。"

娜塔莎凝视着碟子又说："安德烈也喜欢。"

原来是这样，杜若想。她伸手取来一块面包，无师自通，用手边的黄油刀切下一小块腐乳，涂抹在面包上，咬了一口，微酸的面包和咸香的腐乳，以及酥脆的面包皮，搭配起来，果然，是好吃的。

杜若笑了，说："我中有你，你中有我，妙。就像——"她想想，"友好的名字。"

娜塔莎也笑了，说："杜热，你真是个有趣的人。"她汉语很流利，不知为什么却总是发不好"若"这个音。"我天天吃，也想不出这样的形容。怪不得友好一定要让我们认识。其实原本我有顾虑，后来想，是友好的朋友，一定是和友好一样好的人，果然。"

"友好是女侠。"杜若认真地说，"江湖最后的侠客，我比不了。"

“快尝尝猪排，冷了，就不好吃了。”娜塔莎说，一边举起刀叉，向杜若示意，“来，看我怎么切。”

猪排裹了蛋液和面包糠，外焦里嫩，颜色金黄，咬下去，一声脆响之后，肉香四溢。只可惜，没有几口，盘子就光了。她们几乎同时从盘子上抬起头。

“太好吃了。”杜若说。

“太少了。”娜塔莎说。

都笑了。

“前些天，安霞回来一趟，给她买肉做了些吃的带走了，肉票就剩这些了。”娜塔莎抱歉地说，“好怀念能够大大方方慷慨宴客的时光……”

“娜塔莎，酒海肉山就不珍贵了，”杜若说，“这块炸猪排，我想我会记一辈子。”

“谢谢你，杜热。”娜塔莎深深地看着她，“谢谢你这么说。”

那天，从娜塔莎家出来，杜若就去找夏莲了。

“夏莲，你北京那边，有关系吧？”她问。

“有啊，干什么？”

“能帮我买点牛肉、猪肉，或者排骨吗？”杜若说。

“这事啊，”夏莲回答，“你找姜友好不就行了？你让她家人帮你买，到时候和她的东西一块儿交接，多省事。”

“不，不找友好，”杜若说，“这事别告诉友好。你能找到别人吗？”

“行吧，”夏莲说，“可是，你干吗这么神秘？”

“可能的话，能买点黄油就更好了。”杜若避而不答。

“黄油？”夏莲更加好奇，“你买黄油干什么？你发烧了？你怎么不买鱼子酱？”

“哦，你提醒我了。”杜若拍拍脑门，“要是有鱼子酱罐头，就买一盒。”

夏莲怀疑地打量着她，半晌说道：“不对，杜若，你坦白吧，到底怎么回事，你不说，休想让我为你服务。”

夏莲和杜若，住同院。她们从幼儿园起，就是同学。夏莲家和杜若家，一个住前排，一个住后排。夏莲的父亲，是药剂师，而她母亲，则在煎药房煎汤药。那些年，中学没复课时，夏莲常带杜若去煎药房那里玩，拣药渣里的莲子和大枣吃。

“我在学做西餐，我得自己备料。”杜若只好回答。

“天哪！和谁学？这你哪儿学得起？”夏莲叫起来，“哎我可告诉你杜若，到时候你可别让我垫钱，咱们亲姐妹明算账！”

杜若从口袋里，掏出几张十元的钞票，往桌子上“啪”一拍，说：“五十块，我预存你这儿，行了吧？”

夏莲惊得眼珠子都要掉出来了。杜若出徒不久，一级工，月薪三十出头，这破釜沉舟的架势，是不活了吗？

“你疯了？”夏莲说，“还是失恋了？这是受了多大的刺激？”

杜若笑了，说：“你不想让我成一个西餐大厨啊？等我学好了，你上我家来，你想吃啥我给你做啥。”

“我对西餐没兴趣。”夏莲回答，“不过我对教你西餐的人有兴趣。”夏莲笑了，头一歪，“坦白吧，是谁啊？在哪儿上班？比你大几岁？让我见见他，我就帮你买。”她猜想，许是杜若交男朋友了。

杜若一推她。“想哪儿去了？”她说，“与风花雪月无关。一个女师父，和我妈差不多大，行了吧？你要不想帮忙，直说！我去找别人。”

杜若的忙，夏莲不帮谁帮？于是，这一周，牛肉、排骨，下一周，猪肉、黄油，一样样地，陆续地，买到了。杜若自备食材上门，学做菜，自然是不想给娜塔莎增添负担。听姜友好说，多年来，娜塔莎一直领着劳保工资，只有四五十元钱，从前，有安同志，自然不是问题，如今，安同志走了，这钱养活她和安霞两人，远谈不上富足。杜若自备食材，娜塔莎因材施教，带牛肉来，就做罐焖牛肉、土豆烧牛肉，罗宋汤也就是红菜汤；带猪肉来，就做炸猪排、肉饼、肉冻……

但是这让娜塔莎深深地不安。她知道这些东西来之不易。几周后，她对杜若说：“杜热，你要再带这些东西来，我就不让你进门了。”她说得斩钉截铁。

杜若想了想，回答说：“那我们定君子之约，我不带东西来，你也不能准备，我还不算笨，咱们纸上谈兵，你讲，我用笔记录下来，怎么样？”

娜塔莎笑了，说：“好！”然后她说了一句中国的成语：“君子一言驷马难追。”

杜若准备了一个笔记本，红色的塑料皮，上面印着“备战备荒为人民”这样一行语录。里面，洁白的扉页上，杜若郑重地写下了题目：《娜塔莎菜谱》。写下这行字，杜若笑了，自己也觉得不很合适。想再换个本，找出来，一看，封面上印的是：要斗私批修。更不合适了。想想，算了，就用“备战备荒”吧。国家在敌对，人民在修好啊。杜若开玩笑想。笑了。

从此，娜塔莎口述，杜若记录。第一道菜式，就是：土豆沙拉。杜若在后面做了这样的备注："这是我认识娜塔莎的开始，她跟我说的第一句话是，来，我教你做蛋黄酱。在这之前，我以为，娜塔莎只是一个传说。蛋黄酱也就是美乃滋，不过我们的美乃滋是改良过的，因地制宜，用普通食油代替了橄榄油，里面，除了盐，不加任何香料。"

那些她们一起做过的菜，一样一样，杜若都详细记下了。没做过的，娜塔莎想起什么，就随口讲出来。常常，这些菜肴，都伴随着一个故事。或者，是在讲述一件旧事时，忽然想起一个菜品。她和安同志第一次约会，安同志点了一个什么菜啦，她怀安德烈时，特别想吃的一种甜品啦，诸如此类。现在，她们彼此都没有了负担，杜若说来就来，说去就去，来了，娜塔莎不过是一杯热红茶或者一杯咖啡款待。咖啡是速溶的，固体的一块，包着纸，叫"咖啡糖"。偶尔，她会做一些叫作"欧拉季益"的俄式松饼来做茶食。自然，这欧拉季益的烘焙方法，也被杜若原原本本记录了下来。

"我吃过的最好吃的欧拉季益，是我妈妈做的。"一次娜塔莎这样说，"我妈妈年轻时非常美丽，安德烈长得就像我妈妈，她在一家餐厅做服务员，认识了我父亲。我父亲那时在大学里做助教，年轻，英俊，朝气蓬勃，他们是一见钟情，如烈火干柴，还没结婚就有了我哥。"娜塔莎笑笑。说，一个老故事而已。无非是，婚后，并不幸福。先是父亲在大清洗中被小小地牵连，出了问题，被迫离开了莫斯科。几年后回来就变成了一个毫无廉耻的酒鬼，"就像，后来的安德烈。"娜塔莎迟疑一下，这么说。

“我父亲几乎没有一天是清醒的，永远醉醺醺回家，身上沾满呕吐的污渍，臭烘烘一头栽倒在地板上、沙发上、床上，有时彻夜不归，我妈妈就彻夜不眠……她心疼他。可我，我记不住我母亲嘴里那个英俊的、帅气的父亲，他离开莫斯科时，我才五岁，所以，我以这个酒鬼父亲为耻，我恨他，我甚至诅咒他死。果然，战争来了，他死了，德国飞机轰炸莫斯科，一颗炸弹落在了我们家住的那幢楼上，而在炸弹爆炸的瞬间，我父亲扑上来护住了我，把我压在了他的身子下面。他死了，我活着，他的血流了我一脸……上帝听到了我的诅咒。”娜塔莎无声地笑笑。

“后来，我妈妈告诉我，我父亲也最喜欢吃她做的欧拉季益，她说，你知道吗？你和爸爸一样，你们都喜欢咸味的欧拉季益，特别是牛肝口味的。”娜塔莎说。

那天回到家里，杜若在这道菜谱的后面，记下了娜塔莎的这一番话。她很感慨，想，活到娜塔莎那么大，活到父母那么大，活到更老，这一日三餐中，该有多少的故事？

四、丽人行

那已经是春天了。这个城市的春天，总是来得很晚，又短。清明过后，谷雨过后，才姗姗来迟。飘柳絮了，飘杨絮了，杨花落了一地，几乎一眨眼，就是夏天。这个季节，杜若喜欢在休息日骑自行车去城外挖野菜。河滩、野地、田地旁，绿意盎然，到处生长着新生的蒲公英、荠菜、苦苣、马齿苋等等。杜若最爱的当然是荠菜。她一早踏着露水出发，中午之前，就会有满满的收获。

这样，晚餐的餐桌上，就有新鲜的荠菜饺子吃了。

她约娜塔莎去郊外挖荠菜。

她骑车去和娜塔莎会合，意外的是，竟看见了姜友好。姜友好推着一辆红色的坤车，26 的大链盒“凤凰”，和娜塔莎并排站在路边。

“友好，你怎么也来了？”杜若十分惊讶，“你怎么知道的？谁告诉你的？”

“我听夏莲说的。”友好笑笑，“她说你要和你的师父去挖野菜，我忍不住跑来了。”

有一年没见了，友好看上去清减了许多。“你瘦了友好，”杜若望着她脱口说，“你没事吧？”

“我能有什么事？”姜友好豪迈地反问。

也是，姜友好能有什么事呢？杜若笑了，说：“太好了，三人行。”姜友好说：“丽人行。”

天气晴好，天空湛蓝。树叶是初生的新绿，鲜嫩得让人心软。她们三人骑行，姜友好的“红凤凰”十分招摇，比它更招摇的，是金发白肤的娜塔莎。三人三骑，被人看了一路。杜若多少有点不习惯，姜友好却全然不在意，大声笑道：“田汉先生塑造，三个摩登女性。说的就是我们呢！”那是被批判的毒草电影《丽人行》的题记。杜若心里咯噔一下，她觉得姜友好的举止有点夸张，这让她有些不安。好在城不大，朝西，过桥，再朝南，渐渐有了郊野的风景。她们来到一片野草滩，抬头就是烟蓝色的西山。支好自行车，杜若用手一指说：“这是我的宝地，这里的荠菜，又多又好。”

娜塔莎和姜友好，都不认识荠菜，杜若教她们辨识。果然，这里的荠菜一丛丛一片片，四处可见，鲜绿水灵，三个人分头寻找，没用太久，她们的大网兜就装满了。杜若说："够了，足够我们吃饺子了。歇歇吧。"

她们席地而坐，手被野菜的汁液染绿了。各自都带了军用水壶，也不顾卫生，拧开就喝，仰着脖子，咕嘟咕嘟喝得十分欢畅。草滩上，有些不知名的小野花开了，这里一片，那里一片，静静地，开得又寂寞又热闹。阳光照在她们脸上、身上，天地静谧得如同没有人类。

许久，姜友好说："真好。都不想回去了。"

"是啊。"娜塔莎说，"就像在梦里，不想醒来。"

"我爱田野。"杜若说，"来了，就不想走。"

"以前，安德烈还小的时候，夏天，我常常带他和安霞去采蘑菇。我知道一个地方，有松林，有榆树和槐树林，夏天，下过雨之后，树下到处都是新鲜的刚出生的松蘑、榆蘑。采回来，我给他们烧蘑菇汤，安德烈闻着蘑菇汤的香气，会说：真幸福啊——"娜塔莎望着烟蓝色的西山，这么说。

"那是什么地方？"姜友好神往地问，"我们也去好不好？"

飞来一只喜鹊，倏地落在了草地上，歪着头，冲着她们，喳喳喳激愤地叫着，对峙着，杜若笑了。"鸟听到我们的话了，这里是它们的天地，你看，它不满意了。"她这么说，"走吧，我想让你们尝到最新鲜的荠菜。"

这城中的习惯，休息日吃两顿饭，那天的正餐，是荠菜猪肉馅饺子。杜若原本计划包纯素馅的，但是姜友好说："荠菜猪肉才是在论的呀。”她执意骑车跑回家拎来一块猪肉，说是夏莲昨天才给她捎回来的，刚好派上用场。“有肉大家吃！”她说得兴高采烈。杜若想，友好这是怎么了？有点不太对劲，不避嫌了吗？想问她，又没问出口，是真心不舍得破坏这难得的欢乐。于是三个人，择菜、剁肉馅、和面、包饺子，干得热火朝天。拌饺子馅负责调味的，自然是杜若，剁肉时，她仔细地剔除了所有的筋络血管，剁好后，用生姜水打馅，使肉变得鲜嫩无腥。荠菜则切得细碎均匀。菜和肉的比例也恰到好处。调味料却极简单，除了肉馅需要少许酱油煨起，就是一点盐、一点白糖和一勺的熟食油锁水，其余的，葱、香油、味精、五香粉之类一概不用。这样，杜若说，才不干扰和毁损荠菜的清鲜。

果真，太好吃了。

娜塔莎说：“杜热，这是我这么多年吃的最好吃的饺子。”

姜友好说：“杜若，你真是个宝藏，认识你这么久了，居然还能给人带来惊喜。”

杜若笑而不答。

娜塔莎又说：“我要是早认识你就好了，安德烈的爸爸和安德烈都很喜欢吃饺子，可惜我的饺子总也做不好。”她盯着盘子里的饺子说：“现在我就是学会了，他们也吃不上了。”她笑笑，“我就不学了。”

“娜塔莎，不是还有安霞吗？”姜友好说。

“安霞不一样，安霞从不挑剔，我做的任何东西她都说好，真心赞美，我想，这大概是因为她刚懂事就遇到了三年困难时期吧？她知足。”娜塔莎回答。她大概也觉得这回答有点言不由衷，

“好吧，友好，别这样看我，我承认，上帝也知道，我爱安德烈可能更多一点……吃到他喜欢吃的东西，做他喜欢做的事情，我就有罪恶感：我的儿子不知道在哪里流浪、受难，我却在享受……”

“又来了娜塔莎，”姜友好打断了她，“你没有做错任何事，亲爱的，不对的是他。不过今天我不想说安德烈，就今天一次，原谅我……今天我只想说快乐的、高兴的事。你这里有酒吗？哦抱歉我忘了，你家里怎么会有酒？这么美味的饺子，焉能无酒？此刻有杯竹叶青就好了。”

杜若起身，说：“我去买。”娜塔莎叫住了她，说：“我有威士忌，我去拿。”

杜若和娜塔莎对视一眼，愣住了。

片刻，娜塔莎捧着一个托盘过来了，上面有酒瓶和三个酒杯。酒瓶是打开的，里面的酒只有大半瓶。

她一边倒酒一边说：“安德烈的爸爸走后，我一个人太寂寞，偶尔会喝一杯。”她笑笑，“不过你们放心，我不是安德烈，不是我父亲，我还有安霞。来——”她举起了杯子，问：“为什么干杯？”

杜若说：“为春天，为田野，为慈悲的荠菜，为我们爱的人。”

姜友好说：“还有，为自由，为无牵无挂。”她嫣然一笑，“为——为我重新变成一个自由的单身女人……”

什么？娜塔莎和杜若以为自己听错了。

“我离婚了。”姜友好笑着说。

杜若惊住了。

“为什么？”娜塔莎心慌意乱地问，“是因为我的缘故？”

“怎么会因为你？”姜友好回答，“当然不是。是因为我父亲，我父亲的问题至今没有结论，而我丈夫他遇到一个千载难逢的好机会，出使国外，做武官。这机会不是什么时候都能遇到……”

年轻的海军军官十分为难，也不能怪父母逼他，在锦绣前程和扯后腿的倒霉女人面前，有几人不势利？何况这二老原本就不喜欢那个名声不好的儿媳妇，不满意这门婚事，他父亲说，爱美人不爱江山，那得是皇帝，你哪有那个资格！海军军官痛苦不堪。姜友好出手了，说，不就离个婚吗？成全你！成全你们家！于是找了人托关系，很快办了离婚手续。临别时，姜友好对他说：“记住，不是你做了陈世美，是我先休了你的。你走你的阳关大道吧，我回江湖了。”

此刻，姜友好举着酒杯说：“我回江湖了，干！”

娜塔莎和杜若，谁都不举杯。

姜友好放下了酒杯：“怎么了？不欢迎我回来啊？”

许久，杜若说道：“姜友好，姐姐，你难过，伤心，就别撑着了，要朋友是做什么用的？”

姜友好哈哈笑了，“小杜若啊，你太清纯了，太幼稚太罗曼蒂克了，我早跟你说过，我是浊世里的人，遵从的是浊世里的规则，有什么可伤心的？”她举杯一饮而尽，“娜塔莎，姐姐，你来，你陪我喝一杯。”

娜塔莎举杯，一饮而尽，说：“友好，知道吗？我很想你，非常想。”

杜若眼圈红了，也举起来杯子，“你说的，田汉先生塑造，三个摩登女性，”她咕咚咽下一大口，呛得直咳嗽，“我们三人，丽人行，不分开。”

娜塔莎说：“二十年前，我还称得上是丽人，现在可不是了。现在是丽人的妈妈了！”

姜友好笑道：“谁说的？丽人永远都是丽人，外表不是了，骨子里也是。美人在骨不在皮。”

三个“丽人”都笑了。

姜友好说：“娜塔莎，你家里有照相机吧？来，我们拍张合影，留个纪念，题记就写：丽人行。”

果然有相机。“海鸥 135”。果然就照了。咔嚓一响，留下了这个春天温情的瞬间。胶卷是相机里几年前没拍完的，也不知是否过期，也不知能否成像。她们不能确定。就像她们不能确定明天会发生什么一样。

那天，姜友好没有回家，几杯威士忌竟然使她醉倒了。她吐了酒，头晕，娜塔莎安顿她在安霞的床上躺下了，说：“你歇会儿，醒醒酒。”她顷刻就睡着了，睡得很沉。现在，她没有什么可顾忌的了，她不再需要为了她的爱人她的丈夫忍痛和朋友疏远绝交。活了这么多年，她只做过这么一件违心的事，上天就惩罚了她。

半夜里，她忽然醒了。一盏床头小灯昏黄地亮着，许久，她才想起自己是置身何处。她爬起来，开门，穿过走廊，来到了娜塔莎的房间。也有一盏灯微微地亮着，但娜塔莎却和衣睡着了。她走过去，站在了娜塔莎的床前。娜塔莎睁开了眼睛，说：“醒了你？”她没有回答，蹲下来，把脸埋进了娜塔莎的臂弯里：“怎么办啊娜塔莎，我舍不得他……”说完，她无声地哭了。

当晚，杜若回到家里，发现夏莲在等她。她母亲说："你可回来了，夏莲等了你一晚上。"

她拉着夏莲进了里屋。

"你太不够意思了，"夏莲一进屋就喊，"说，你的师父，是不是娜塔莎？"

"你知道了？"杜若说，"姜友好告诉你的是吧？"

"你还好意思问？"夏莲很委屈，"杜若啊杜若，你居然瞒着我，欺骗我，害我还以为你有了男朋友！天天让我为你们服务，却不让我知道真相，你是不信任我还是有了新朋友就不要我这老朋友了？"

"不是的夏莲，是友好托付我的事，她没让我和别人讲，所以我还没敢告诉你……"

"姜友好更不够意思，"夏莲不容杜若分说，打断了她，"她认识我在先，认识你在后，结果她倒把你当朋友把我当她的交通员了，天天给她传递这传递那，有了好事，一点也想不起我来！"

杜若笑了："好事？夏莲，原来你觉得这是好事啊？友好可是因为顾忌她的丈夫——"杜若顿了一下，想，是前夫了，"因为那个现役军人海军军官，才不和娜塔莎来往了。你不怕别人说你和苏联人交往啊？"

"你怕不怕？"夏莲反问，"你不怕我怕什么？娜塔莎是克格勃吗？我一个列车员，你一个小集体工人，克格勃吃饱撑的找咱们啊？"

"不是啊，夏莲，"杜若说，"安德烈、安向东是克格勃吗？当然不是，可是你当初退学了，没看到那些人欺负他，孤立他，谁要是敢跟他来往，就骂他和苏修穿一条裤子，最后，还把他推到了防空洞底……就拿昨天说吧，我们骑车去郊外，一路上，路人看我们的眼光，千奇百怪。你不在乎？”

“不在乎，”夏莲回答，“我只在乎，你们拿不拿我当朋友。”

杜若觉得心里一热。

“娜塔莎说，等夏天到了，她带我们去树林里采蘑菇，她知道有个地方下了雨，蘑菇很多。到时候，我们一起去，浩浩荡荡的。”她笑了，“然后，我来负责，给你们做鲜蘑饺子或者蘑菇汤。那味道一定美极了！”

但是她们没有等到这一天。

先是夏莲，忍不住在饭桌上说起了采蘑菇的事。她妈说：“蘑菇可不能瞎采，小心中毒。你问你爸是不是？”

她爸是药剂师。

夏技师说：“可不是，年年都有人死于蘑菇中毒。”

夏莲说：“没事，我们有专家，娜塔莎年年都去采。”

夏技师“嗯？”了一声，竖起了耳朵。夏技师这人，历史上，有点小污点，本来就胆小怕事，如今，有了这污点的阴影，活得就更加谨小慎微，战战兢兢。“娜塔莎是谁？”他警惕地问道。

“就是我从前同学的妈妈，你们应该听说过吧？”夏莲回答，“那个中苏混血儿，安向东，娜塔莎就是他妈。”

夏技师差点被一口窝头噎住。“你，你怎么会和一个苏联女人搞到一起？你怎么会认识她？”他说，紧张得脸都绿了。

“紧张什么呀，”夏莲回答，“是杜若，杜若在和她学做西餐，她是杜若的师父。”

“杜若！”夏技师愤怒了，“我早就跟你说过，别总和杜若混在一起，她思想意识不健康，太复杂，和你不是一路人，他们家和我们家也不是一路人，看看看看，出事了吧？”

“出什么事了？”夏莲反问，“能出什么事？”

“和苏联人都混到一起去了，和头号敌人混到一起了，你还要出什么事？”夏技师声音像蝉鸣一样变得尖厉。

“什么叫混到一起？我又不认识娜塔莎，我还没见过她呢！”

“谢天谢地！”夏技师双手合十拜了拜，说，“你喊什么，你怕人听不见啊？告诉你夏莲，马上和杜若断绝来往，你听见没有？马上和她断绝一切关系！她爱惹什么祸是她的事，千万不要让她再来招惹咱们家，听懂没有？咱们这个家，能平平安安到今天，知道有多不容易吗？你让一家人过两天安生日子行不行啊？啊？”

他眼里几乎迸出泪光，夏莲忽然觉得不忍心。她只好说道：“知道了，我不理杜若就是了……”这句话一出口，她心痛了。

可是夏技师还是不放心，思来想去，第二天傍晚，他去了杜家。两家大人，几乎从无往来，夏技师登门，这让杜医生和赵女士感到非同寻常。果然，是棘手的事。夏技师窃窃低语和杜医生交涉了十分钟后离开了杜家。出门，正好和下班回家的杜若打了个照面。杜若叫了一声“夏叔叔”，他没理，径直而去。

杜若感到奇怪。

杜医生说：“杜若，你惹事了。”

“怎么了？”

“你知道夏技师来干什么？他来给我下最后通牒来了。”杜医生回答，语气平静，“他说，以后，不许你和夏莲往来，他要夏莲和你划清界限，他们家和我们家也要划清界限，假如，你执意不听的话，他会采取革命行动。”

“采取什么行动？”杜若很好奇。

“他会去革委会揭发我，罪名是，纵容你里通外国。还有，”杜医生顿了一下，“去公安局告发你。”

杜若倒吸一口冷气。

“他还算君子，明人不做暗事。”杜医生说。

“杜若，你在和一个苏联女人学做西餐？”杜若的母亲赵女士疑惑地问，“真的假的？夏技师胡说吧？”

“真的。”杜若回答，“他没胡说。她是我同学的妈妈，就是那个——小时候就听说的娜塔莎。”

“你？”赵女士愣了一愣，“你可真胆大包天啊——”

“杜若，”杜医生说，“刚才，夏莲爸爸有一句话说得不错，他说，他们一家能平平安安过到今天，不容易，咱们家又何尝不是？”他叹口气，“生逢乱世，多事之秋，杜若啊，别怪我们胆小怕事，未雨绸缪，就不要再去学做什么西餐了，这是多奢侈的事。”

父亲语气平静，但杜若还是听出了深深的悲凉。她心里一痛。

“也不要再去找夏莲了，”赵女士迟疑一下，歉疚地说，“就当你失忆了，不认识这个人了。我知道你们两个好，夏莲也是个好孩子……只是，她爸那个人，真要去告发你们，不是闹着玩的。”

这一晚杜家的餐桌上，气氛沉闷压抑。杜仲去乡下插队了，不在家。四口人，围着一张折叠桌，沉默不语地吃着简单的晚餐。杜若低头扒拉着碗里的饭粒，食不下咽，一双筷子伸了来，一块腊肠落进了她的碗里，她一抬头，是父亲。

杜若心里翻江倒海。

第二天早晨，杜若推车走出小区大门，就看见夏莲站在路边，她知道她在等她，但她没有理睬，刚要蹬车，夏莲过来挡住了她的去路。

“杜若。”夏莲喊。

杜若说：“夏莲，你别来找我了，你再来，你爸就会去告发我里通外国了。”

“对不起，杜若，”夏莲咬了下嘴唇，“我爸太过分了……”

“不，我不怨夏叔叔，”杜若平静地回答，“他是为了保护他的家人，我父亲也一样。他也不让我和娜塔莎来往了。”

“都怨我。”夏莲说。

“我想了一夜，”杜若说，“我们没有权利任性，没有资格任性，没有权利让我们的亲人，为我们担惊受怕，受我们牵累……夏莲，”她冲朋友笑笑，“就此别过，从今往后，我就不认识你了！”

说完，她蹬车而去。

夏莲望着她的背影，看她沐浴在新鲜的朝阳里，渐行渐远。她们差不多从有记忆起就相识，做了这么多年的朋友，如今，将成为路人。夏莲哭了。她在心里喊，亲爱的，亲爱的，亲爱的，再见了。

杜若心里，也在告别。

和还没来得及抄录的菜谱，和那些菜式后面的故事，和互为知音的那种默契与欢喜，和期待的采蘑菇、野游，和一诺千金的承诺，和不畏惧人言，和不掺杂任何杂质的友谊、情义，和对被欺凌者的悲悯，和坦荡、骄傲、崇尚自由、特立独行的那个自己，一一告别。

仅仅是一点小风浪，她就现了原形。杜若含着眼泪微笑。现在，她是一个她曾经鄙夷的那些人中的一个了。滚滚洪流中的一个了。怯弱、自私、猥琐、不敢承担、人云亦云。

再见了，她在心里说，那个昙花一现的美好的杜若。

再见了，美好的“丽人行”……

最后一次，夏莲去给姜友好送北京邮包。夏莲说：“姜友好，以后，我不能再来了。不能再给你带东西了。”

“怎么了？”姜友好奇怪地问，“不跑北京了？”

“杜若也不能来了。”夏莲说。

姜友好愣了一下，问道：“出什么事了？”

“能不问吗友好？”夏莲悲伤地笑笑，说，“友好，也许，我们本来就不该认识。抱歉。”

沉默许久，姜友好笑笑，说：“懂了。”

杜若也做了一件必须做的事情。她跑了许多家文具店，终于买来一本她还满意的笔记本。牛皮纸质的封面，很干净，很空旷。内页没有格子，纯净而洁白，有一种深沉悲哀的寂静，如同被积雪覆盖的俄罗斯大地。杜若在这个本子上，工工整整地，重新抄录了一份她的《娜塔莎菜谱》，连同那些说明和备注。在最后一页上，她写了这样一些话：

亲爱的娜塔莎：

抱歉我食言了。我没有勇气看着你的眼睛，面对面与你道别，更没有勇气说出那个道别的理由。那让我羞耻。这本菜谱，我重新抄录、整理了一份，里面，记载着我们曾经拥有过的一段珍贵时光，点点滴滴，都是我的回忆，以及，你的……

原谅我不能像姜友好那样无畏和勇敢。我说过，她是一个仗剑独行的侠客，而我，只是万千庸众中怯懦、卑琐的一员。别了，娜塔莎！珍重！珍重！珍重！这样说的时候，我心里在落雪……

她最后一次，来到了那幢红楼里，站在了三层那扇门前。她把装着笔记本的一只网兜，挂在了门把手上。她依恋地摸摸门把手，站了一会儿。终于，敲敲门，然后，掉头噔噔噔跑下了楼梯。

几天后，杜若收到了一封本埠来信。寄信人是姜友好，里面有一张照片和一封短信，只有几句话——

本来不想给你了，可还是没忍住。就算是临别纪念吧。不知道具体发生了什么，但还是大致可以猜到。照片拍得不错，你想留着，还是怕受牵连烧了撕了毁了，一切由你。

没有署名。

是那张合影。三个人，坐在地毯上，漂亮的波斯地毯。姜友好搂着娜塔莎，娜塔莎则搂着杜若。三个人都在朝着镜头笑，可看得出来，只有杜若一人的笑，是春天般的微笑，少女的微笑，明朗、明净、毫无提防和心事，不知道生活的厉害。

照片上，印着白色的题记，真的写的是：丽人行。

杜若低头，亲了亲照片，亲了亲照片上的自己。多么明媚啊，她怜悯地想。哭了。

一年后，姜友好的父亲复出，姜友好也被调回了北京。

这城中，娜塔莎再没有一个朋友了。安霞在乡下一直没能回来，娜塔莎也无可挽回地染上了酒瘾。有一天，醉酒后，诱发了急性胰腺炎，剧痛使她站不起来，她挣扎地爬着打开了房门，却昏倒在了家门口。邻居发现她的时候，人已经不行了。送到医院，没能抢救过来。

终年四十二岁。

她跟随安同志来到这城市时，是二十五岁。清新如一棵小白桦树，眼睛像天空般蔚蓝。

古老的双塔，悲悯地俯瞰着罪孽的城市。

五、我们的娜塔莎

许多年后，这个城里，有了一家俄罗斯餐厅，餐厅的名字有点拗口，叫作：我们的娜塔莎。

不少人提议，干脆就叫“娜塔莎”算了，简单明了上口。但是老板不同意。

老板说：“娜塔莎就是我们的。”

谁也不明白这话的意思。不明白就不明白吧。老板不解释。

菜肴是常见的俄罗斯菜式，没有花式噱头，但是品质无可比拟。鱼子酱和一些主要调味品都来自俄罗斯。主厨也是从俄罗斯聘请来的，但老板本人则兼副主厨。有几道菜，副主厨一定要亲自动手或者把关，一道是红菜汤，一道是咸味的欧拉季益，还有一道叫“丽人行”，这是所有菜品中的一个异类，不算传统也不算纯粹的俄式，发明者是老板本人。那是一道鲜菌菇汤，汤里煮有饺子。假如是春天，这饺子的馅料必定是荠菜主打。虽然，这道菜名不见经传，但是，味道极其鲜美，口感丰富，颇受顾客欢迎，几乎成为这家餐厅的代表作。

餐厅的装修，格调不俗，有俄罗斯乡村的风情。裸露的原木的梁架，石墙，烧果木的大壁炉，铁艺的风灯。迎门的主墙壁上，挂着一幅大大的照片。是一幅老照片，做了特殊的处理，看上去，颇有古典油画的效果。那是一张合影，三个女人，坐在一块波斯地毯上，望着镜头微笑。其中一人，是个丰满的异国女人。只不过，照片上的这三人，既不是明星、名士、名人，也不是首长官员，亦非摄影名家所摄，毫无出处，但，它挂在那里，却非常醒目，有一种岁月的惊心动魄和隐约的神秘感。

老板在等待能认出这张照片的人。

等待一个跛腿的男人。一个曾经的美少年。

等待一个叫姜友好的女人。

从上世纪九十年代开业，几十年过去了。餐馆从最初的火爆到后来的平淡甚至是萧条，老板依旧坚守着，她还在等。

杜若还在等。

或许，杜若并不等什么，并不等谁。她坚守着，只是让这个城市记住，曾经，有一个叫娜塔莎的女人，在这里活过，爱过，死过。

清新如白桦树的苏联姑娘。

二〇二〇年四月二十八日，草成于京郊如意小庐

（原载《收获》2020 年第 6 期）

我认识过一个比我善良的人

笛安

从前，有一个人，她比我善良。可是这又有什么奇怪的，比我善良的人很多。说恒河沙数那是夸张了，但是车载斗量应该是不错的。只是，这些比我善良的人，大隐隐于市——要遇到他们，也没有想象中那么容易。

我骨子里是个刻薄的人，所幸我知道这个。有时候，我不打算帮助别人，或者打算给别人行个方便，并不是因为我有没有同理心，只是因为，我怕麻烦。比如，我的房客已经拖欠了十个月的房租，我却依然若无其事，因为我不知道赶走一个活人要怎么操作，难道真的像电视剧里演的，趁他不在，把他的东西打包丢在楼下吗？——一个已经租住了这么些年的人，打包他的所有家当，工作量太大了。于是电视剧里的画面至今没有发生。不过我的房客，章志童，他是个要脸的人。在第十个月零一周的某个晚上，他给我发了一条语音信息："橘南姐，实在不好意思，我搬去朋友家借住一阵，押金你先留着，欠你的房租我一定会还的。"

他很体贴，没有直接打电话给我，这样就避免了双方的尴尬——他害怕我说“不行”而引起的等待的沉默，或者我因为害怕他为恳求我做出不得体的举动，而不得不说“那好吧”。于是我在半个小时后打了一行字给他：你当时交了两个月的押金，所以你还欠我八个月的房租总计是 ×× 元，没问题的话，你写个欠条给我。先拍张照发过来，然后快递到我家。

我知道即使拿着这张欠条，也没有什么用，可我总不能什么都不做吧。章志童当然不是那种业内有名字的编剧。他经常会遇到的情况是：辛苦工作了几个月，好不容易写好了一份大纲，然后这个戏不打算开机了，他已经写完完整的十集剧本，却只能拿到最初的那点定金。或者是：他耗费了一年的时间，算是跟着各位“老师”写完了一个戏，而播出的时候“编剧”那栏里没有他的名字，你会在“联合策划”之类的分类下面看见“章志童”三个字，他还不一定收得到尾款——过去的那十个月里，一定是连这样的工作机会也没了。

房屋中介只用了四十八小时，就替我找到了下一位房客。过去签合同的路上，我想到了章志童，也不知道那个朋友能收容他多久，也不知道这个朋友是否真的存在。其实他不是一个多事的房客，如果不是我近来很需要钱，我可以再等等他。三个月前，我的老板正式通知我们几个，接下来的半年里，他每月只能付给我们一半的薪水，想辞职的他会理解，愿意留下来挨过这段日子的——就挨着吧，谁还需要他的感谢呢。我没有跟徐丰说起过这件事，三个月来，照旧用我减半了的薪水负担家里原本归我负责的那些开销，不够的部分用我自己之前的存款来补。我甚至没告诉他章志童拖欠房租的事，跟自己的老公，为什么不能说呢——总之我就是没说，我没想刻意隐瞒，也一直没找到合适的说出来的时候。

租给章志童的那套小房子，在花家地。听起来跟名震江湖的美术学院处于同一个街区，但其实，我买下这里八年了，从不知道美术学院究竟在哪。小公寓一室一厅，不到六十平方米，在十五层上。八年前，我站在狭小的厨房里，远远地看到“宜家”的黄色字母，觉得这一带怎么这么荒凉——那时我还年轻，八年前这一带的房价也还没有后来那么夸张。我相信用不了多久，这里会变成一个像 CBD 一样有城市样子的地带；我还相信，这间不到六十平方米的小公寓不过是我繁花似锦的人生的第一步——月供还很艰难我知道，可是我在这么年轻的时候就拥有自己的第一个物业了，往后的日子只会有各种各样想象不了的好时光在等我，不会出什么岔子的。

八年过去了，当初相信的两件事情，都没有发生。

房产中介小哥姓梁，他站在章志童留下的书桌旁边：“孙姐，这就是咱们新的租户。”我其实特别讨厌他叫我“孙姐”，但是我一时也想不出该用什么称呼来取代这个。那女孩坐在小客厅的一角，可以打开变成床的沙发明明空着，她却坐在地板上，一只小小的箱子在她身旁。她穿着一件很普通的粗花呢外套，牛角扣子散着，我的第一感觉是这姑娘会不会在发烧，因为她脸上的红晕看起来很突兀。她是那种谈不上漂亮但也绝对不是难看的长相，留给人深刻印象的便是脸颊上的红晕以及开口说话时候的某些颠三倒四的造句方式——让我以为她在发烧的，也许是她讲话的习惯。小梁指指摊在桌上那两份见惯了的租房合同，招呼她过来签字，她像是没听见那样直直地看着我，然后一笑："房东姐姐，房租一定要年付不可吗？可不可以先付半年的？"

她笑起来的样子像只猫。可惜我不喜欢猫。

小梁有点窘迫了："您看，年付房租是说好的，您也没有跟我表示过不同意……您不知道，这位孙姐是吃了上一任租户的亏——那个人连着十个月都不交房租，您换位思考一下——"她又笑了，一只五官端正的杂毛花猫突然成了精："你真幽默，我哪好意思想象自己在北京做房东——怎么换位？"我就看着她，静静地看了两三秒钟，问她："你签还是不签？"她收起了笑容，站起身来，不作声地走到桌边——还算识相，不过，她怎么会这么瘦，我甚至怀疑她那条牛仔裤会不会是童装品牌，她拉开书桌前面唯一的那把椅子，坐下，研究着合同上面的条款，然后把我的身份证拿起来，慢慢地端详。见她已经侧过脸来仰视我了，我不由得稍稍后退几步——她想在仰角的视觉里把我的脸变得庞大臃肿，不能叫她得逞。她这一次的语气里是真的好奇："你是一九八 × 年的……真看不出来，房东姐姐你好美呢。"

为了少付两万多块钱，不惜昧着良心到这种程度，并且毫无障碍，这样的年轻人——我扫了一眼她的身份证——这个叫洪澄的年轻人不能小看。"没问题就在这儿签字，还有这儿……"小梁的脸红了，我知道他不知道该如何应付这莫名其妙的对话，于是我也配合着小梁，问："章志童的这些家具确定不要了是吗？"

门开了——刚刚我进来的时候没有把门带上——像是现世报一样，章志童出现在门口。十个多月困顿和窘迫的生活也并没有让他瘦下来，那件我见惯了的绛红色冲锋衣下面，依旧勾勒出那个略微悲凉的肚子。他身上带着一点户外深秋的清寒，那副黑色圆框眼镜的镜片蒙了一点雾气，他也不管，径直地望住了我："橘南姐，我现在有钱了！去年那个制片方终于给我结了一半稿费，你看……"他突然安静了下来，惶恐地看着两个陌生人，然后立刻明白发生了什么。我看到小梁放在桌面上的那只手暗暗地攥起了拳头，人们比较容易对一个失望的大块头心生警惕，也是没办法的事。章志童像过去那样懂事，一言不发地，把一沓簇新的现金放在桌上："十个月的房租。"他没有直视我的眼睛。大家安静了片刻，我真害怕那个洪澄此刻说出几句让他更尴尬的话，于是我抢着说："要不要数一下，我看着，这一沓……好像多了点？"他恍然大悟地抬起头，额头已经渗出一层细密的汗珠，章志童的额头格外宽阔，把他的眉毛眼睛都逼得挤在一起瑟瑟发抖："哦，我忘了，这里面本来还有我打算给你的下半年的房租……既然这样，就……"像是放弃了寻找合适的词，他开始颤抖着手指想从那一沓钱里拿走一部分，但是他不知道该不该一张一张地数，于是他只能试探性地拿起几张，放进衣兜里，再估算着下一次能不能多拿几张。他庞大的身躯弯了下来，为了避免尴尬，他的头快要磕到桌面上去了，冲锋衣的后背上有个巨大的"蜘蛛侠"，"蜘蛛侠"的身体跟着他隐隐地晃动着。

"用不用我帮你啊？"洪澄试探性地问。章志童充耳不闻，费力地一张张拈着钞票，洪澄果然笑了，一边笑，一边看了小梁一眼，嘲笑同盟就这么轻而易举地达成。小梁没有笑，但是却不得不看着洪澄年轻而生动的脸。若是换个场合，不是在这个空荡荡灰扑扑的小公寓里，而是在某个光线暧昧的酒吧——洪澄对这个男孩子的摆布就已经完成得七七八八了。内向的人总得接受生活的教育，无论男女。

“喂，这样好不好？”章志童似乎听出了我这句话是在对他说，立即抬起了头。我流畅地从那沓钱里数出来三个月的房租，放在他面前。然后我看着洪澄：“你不是只想付半年的吗？现在可以，你的房租减半了，原先一年的房租你只需要给我一半。但是前提是，你和他合租。”洪澄和章志童的眼神立即对撞到了一起，像是同时被吓坏了。“你考虑一下。”我看了一眼放在章志童眼前的那点钱，“你身上不能不留一点过日子，房租减半了，原来三个月的现在变成六个月的，半年以后，你再转给我另外六个月的。”

“凭什么他就可以只付半年的，我还是得年付？”洪澄嘟起了腮帮子，一看便知这个的确有媚态的小动作她早已烂熟。“因为他租我的房子好几年了，可是我不认识你。”我知道我的语气酷似一个令人生厌的教导主任，但是吧，管用，“——章志童，你把卧室让给女孩子，你睡客厅，反正你需要书桌工作。至于怎么轮流打扫，怎么摊水电费，你们俩自己商量。”

他们俩依然面面相觑，洪澄把腮帮子鼓得像是含了两只乒乓球。但是我知道，问题已经解决了。我把章志童迟来十个月的房租收进随身挎包里，心里盘算着如果徐丰今天不需要加班，就跟他去吃一顿我们都喜欢的寿喜锅。可以考虑告诉他这笔钱是奖金，好让他相信我们公司一如既往。果然，小梁如释重负地叹气：“你们真是碰到了好人。”当我走到电梯口的时候，洪澄和章志童一起出来与我挥别的样子，像是一对不那么般配，却有人愿意真心祝福的小夫妻。

这就是故事的开始，我，和那个比我善良的人。我知道，根据每个人对“故事”的经验，这个人要么是洪澄，要么是章志童，只有很少一部分人会以为是小梁——当然不是，我们后来谁也没再见过他了。别笑，这其实是一件非常残酷的事。在任何一个场景，一个事件，或者一个片段的画面里，我们大多数人，一望而知就是配角。但问题是，有的时候我们知道这个，有的时候未必。十一年前，当我第一次看见雪夜，她也就是像今天的洪澄那样坐在出版社那张老沙发的一角。说回眸一笑百媚生那是有点不要脸了，但你就是明明白白地听见了，在她开始微笑的时候，满室寂静了下来。寂静也是可以被听到的，有点像一种自然现象。她好奇地看着桌上一个牛皮纸的大信封，那上面的收件人是我，她的眼睛有一瞬间的迷离：“孙橘南——你的名字真比我的更像个作家。”那是我们所有人好运的开始——我成了雪夜的责任编辑，从文字校对，到销售方案，完整地跟完了她的第一本书。然后就在某个毫无准备的时候，知道自己做出来了一个畅销女作家。一个如她一般的人物，算不算是绝对的主角了呢，你猜。

雪夜的文字水准其实很烂，人物形象的塑造也是一塌糊涂——当然还是有“但是”，在她那个你读完了未必好意思讲给别人听的故事里，却有一种非常真实的激烈，和一种看似偶尔为之却恰到好处的冷漠。她的性格里确实有那种把激烈和冷漠巧妙地糅合在一起的能力，这会有效地传达给看她书的人一个信息：那些扁平的地方，那些糟糕的描述，那些不知所云的桥段，全都像是故意为之，她一边深爱着这个故事，一边又真心蔑视着这些人物。

她的作品能让你相信——真的可以写得又糟又动人的。当年那家出版社很多老编辑不愿意做她，就是因为不相信这回事。于是，运气就留给了当时刚刚工作两年的孙橘南。不，有一个人不动声色地赌对了，就是我当年的直接领导，我们那个选题小组的负责人，他就是我现在的老板。

雪夜的第一本单行本刚刚下厂的时候，他从那家老牌出版社办完了离职手续，不知从哪里扎来了一笔钱，开办了我们现在的文化传媒公司。当众人回过神来之后，才发现，他已经带走了雪夜，还有我。雪夜成了我们的第一个作者——她的第二本缔造销量神话的小说集，和第三本略显颓势但依旧表现很好的长篇小说都是我们做出来的，其中第三本卖给了一个如今已销声匿迹的网游公司。也就是在那几年，我存够了花家地小屋的首付。然后——就没有然后了，八年下来，我们看似不断地壮大，却再也没遇到一个像雪夜那样的作家。更要命的是，就连雪夜自己——第四本的滑铁卢之后，她想必也知道，运气既然来得莫名其妙，那它要走的时候，与其百般努力还不如含笑目送——于是这四五年她不肯再写一个字，宁愿去视频平台那些没人看的美妆节目当嘉宾，也拒绝再写新书。虽然老板咬牙切齿，但我内心深处却觉得，她也许不是一个天生的创作者，却能凭着直觉在命运面前不撒泼，也不抵赖，也是种功德。

当然，有时候也真的很想有个人能替我揍她，吊起来拷打的那种都可以。那天下午，我坐在她的客厅里，耐心地给她解释我帮她找到了一个我认为非常不错的机会。一个跟我关系很好的制片人说，他们想要做一个纯爱电视剧，我提出来能不能让雪夜根据她大概的想法和人物关系先写一个小说，这个小说的影视改编权可以用一个合理的价格卖回给他们公司——反正他们手上一时找不到原创能力过硬的编剧，而且，有了雪夜的名字，至少能保证她的一部分忠实老读者对这个戏的关注。对方正式同意了，我还在为这个计划兴奋不已的时候，雪夜轻松地拒绝了我。

“我对这种纯爱的故事已经没兴趣了。”她坐在我对面的地毯上，抱紧了膝盖，一脸无辜的神情。

“你感兴趣的那个题材不好卖，乖，这几年行情不好，先把这个写了，你自己想写的那个小说可以慢慢来。”

“你怎么知道不好卖？而且那些影视公司会从一开始就干涉故事的情节，这还有什么自由？”

我总不能说“你写得那么烂还要自由干什么”，因为从法理上讲她的确有这个权利，于是我只好换一个说辞：“是这样，你知道你现在想写的这一本麻烦在哪儿？读者想要的是，他面前的那个故事能告诉他：他是无辜的，他没有任何错，错的都是别人是社会是什么什么……你还不能直截了当地跟他讲，必须得巧妙设置一些困境让他自己得出这个荒谬的结论——可是你的这个故事满足不了读者的这个需求……”一边说，我一边在心里请求神明别拿我的话当真，对于真正有才华的人来说，上述那些完全不能成立。

“算了吧，橘南，”她轻松地冷笑，“你要是真的知道读者们想要什么，你们公司还能做成现在这个鸟样吗？”

谈话结束。

就是在这个傍晚，洪澄热烈地邀请我去跟她和章志童吃晚饭，在一腔怒火的驱使下，我立即回复她：好。

我顺便在路上买了瓶酒。

珍惜地把酒瓶抱在胸前，迈进小区的时候，正好赶上黄昏。童年时我就觉得，在天冷的时候，那种漫长下午的末尾，行走在户外的所有人，身上都带着一种“不想再活下去”的气息。小时候，黄昏总是让我如芒在背，我为我自己“还有一点想要活下去”而感到不好意思，我总是自我安慰，快了，很快就过去了，夜晚马上就会来，夜市、大排档、烧烤摊冒起来的带着肉味的青烟，二楼阳台上的炒菜声，临街小酒馆有人划拳……当这些声音降临，“尘世”与“坟场”之间便又重新泾渭分明。

然后我惊讶地察觉，已是初冬。我抱紧了怀里那瓶酒，在它温暖我之前，先温暖它。

“晚来天欲雪——”章志童坐在一个冒着白汽的砂锅后面，给他自己夹了一只鸡翅，他开始吟诗的时候通常是发自内心的惬意。“能能能。”洪澄挥挥手截断了“白居易”，“你都不知道给橘南姐盛个汤，有点眼色没有？”“拜托——”我做出求助的手势，“你能不能不要这么说话，你现在太像他老婆了。”章志童非常憨厚地一笑：“那怎么行，怎么行。”

“洪澄，”我认真地说，“我给你科普一个关于你室友的背景知识，他的意思是说，你配不上他。”

“我懂我懂，”喝了一点酒以后，洪澄的眼睛变成了浅浅的湖水，“我住进来的第二天，就听他讲过他女朋友的事儿了。”

“你真客气，那算什么女朋友。”我笑了。

“我总不好意思说，是打飞机时候的幻想对象吧——”洪澄清脆地说了出来，没听出有任何的不好意思。章志童的脸已经涨得通红，快要染红他面前的白色瓷碗了，于是我们三人用力地碰杯，反正暂时没有别的去处。

章志童的“女朋友”，是一个奇妙的存在。起初我完全不相信的，但是经过他多年来反复地提起与描述，我开始觉得也许不全是无稽之谈。章志童和我相识于七年前，那时候我一个人还月供实在有点吃力，就拜托朋友们帮我找个知根知底的人，把客厅租给他，能替我分担一部分。第一个房客就是章志童，第二个房客洪澄——是七年后，不久前的事情。七年前章志童就在这张宜家书桌上熬夜伏案写剧本——虽然他多半情况下写的都是大纲或分集大纲，我自然会应他邀请，试读他的各种作品或半成品——那个时候我就知道，章志童如果想在他的行业里出头，不是完全没可能，但估计会很艰难。他写的故事里，该有的都有，起承转合乍一看都挑不出来什么硬伤，可是也真没有什么令人印象深刻的地方。往往，像他这样的文字从业者，最看不起的就是雪夜那种人。在他们眼里，就是因为雪夜们这些欺世盗名的货色的存在，才阻碍了他们前进的道路。你无法让他们彻底明白事情并非完全如此。

那是章志童最让人讨厌的一段时间，刻薄，激愤，但是对任何事情的批判都不得要领。若不是因为他的房租的确让我的生活轻松了下来，我一定将他扫地出门——基本上，每隔七十二小时就要闪一次这个念头吧。我想那是一个夏夜，我站在窄小的厨房里思考究竟是切一半西瓜还是切四分之一，章志童突然非常激动地叫我：“橘南姐，橘南姐，你来看，快来——”我从没听过他如此特别的语调，就好像他在欣喜地宣布房子要塌了，不得已，我只好举着菜刀冲进客厅。电视屏幕上在播一个我至今说不上名字的武侠剧，章志童像个烟囱那样矗立在画面前面，顺着他微颤的手指，画面上正在播放一群人在树上翻着跟头顺便拼一拼剑法的画面，我不明所以，直到下一个画面，一个姑娘扭曲着一脸勉强算是焦急的神情，问反派：“师兄，你有没有受伤？”

“就是她。”章志童讪讪地看着我，“算是我的——女朋友吧。”

我一言不发，转身回去切西瓜。章志童不甘心地跟了进来：“我是说真的——好吧，不算是那种确定关系的女朋友，但是——她偶尔会到我这儿来，我们是中学六年的同学，自从来北京以后——有时候会见见——她有时候，留我过夜……”他的声音羞涩得像个小媳妇，“我也知道，这个事，反正就是她有空了就给我打个电话，她有男朋友了就通知我，我不会去打扰她，反正她都谈不长，反正她分手了会来找我……”

我默默地切完了一整个西瓜，出于对弱势群体的同情，打算请他一起吃。

那个武侠剧里的小师妹——我们姑且叫她郑小姐吧，对于章志童描述的郑小姐的故事，我一直都没有完全相信——我知道同班同学肯定是真的，偶尔留他过夜也不是没有可能——但是这个故事依旧有一些难以置信的部分。直到有一天，章志童不声不响消失了三个星期，回来的时候人居然开天辟地地瘦了一圈——郑小姐正在拍的一个玄幻戏，已经进组了才知道剧本根本无法如期完成——于是郑小姐紧急把章志童叫到横店去，三个星期，那个狗屎一样的电视剧终于有了狗屎一样的后十五集——章志童的名字第一次被打进“剧本统筹”那个分类里，第二年这个戏播出了以后，他强迫我和他一起收看，尤其是最后十五集。

在剧组里，章志童当然，必须，只能是郑小姐的一位临时救火的“老同学”，就像在片尾名单里，他只能是“剧本统筹”一样。

再后来我和徐丰要结婚了，我搬了出去，我和徐丰的住处在海淀，离他上班的地方近一点。那几年，拜“剧本统筹”的最后十五集所赐，章志童接工作的运气一直还可以——至少我打算搬走以后，直接把他的房租翻倍了，他也愉快地接受。收拾行李的那些天，我总是跟章志童说，这下好了，当郑小姐偶尔宣他进宫的时候，可以把地点定在花家地。他不置可否地笑，玩笑开得次数多了，我自己也有点当真。

当洪澄终于在此刻正式分享了这个秘密时，郑小姐已经从武侠剧里的女四号变成了偶尔也能在热搜上看到的女明星。所以，我能想象，当洪澄听说章志童的“女朋友”是郑小姐的时候，感受到的震撼远远胜过我当年。这些年里，据章志童说，他依然被紧急召唤去替郑小姐改过几次惨不忍睹的剧本，有一个是电视剧没拍，另一个剧是还没播出。还有一个是播出了并且播得还很不错的网剧，章志童那一次被分到的 title 是“策划”，那个戏的“策划”，总共有七八个人吧。

“章志童，你知道我觉得她哪里不地道吗——”洪澄已经醉意朦胧了，但是说话的逻辑却比平时清晰，“她已经是个大明星了——就算你是她的碎催，是她的奴隶，是她的杂役都好——她至少能给你争取一个‘编剧’的名头吧？这有什么难的……又不是让她承认她和你睡过。”

洪澄这个才搬来没几天的局外人，说出了我这几年来一直想说的话。

“你一个姑娘，”章志童放下了酒杯，“别张嘴闭嘴就是睡过呀打飞机呀这些粗话。”

“好，文明一点。”洪澄托着腮想了想，“那她现在还临幸你吗？”

“她的意思是问，你醒着的时候……”我加了一句。

章志童回答什么完全不重要了，反正已被淹没在洪澄一连串笑声里。她笑起来的声音很好听，像个八九岁的小男孩。章志童尴尬地一转身，一个小小的酱油碟子被他庞大的身躯带得飞了起来，再无力地落在地上。我冲进厨房去拿抹布，不期然地，闯进一片橙色的灯光里。

厨房的灯泡应该是已经换过了，这个光线前所未有地舒服，无论是煤气灶旁边的架子，还是窗台，还是冰箱旁边那张矮凳，都满满地填上了调味品、水果、成串的大蒜、盛满了泡菜的罐子和不知放着什么的粗陶瓶子。就连那个瓷砖已经裂了缝的洗手台，被这满满的家当簇拥着，都有了股娇羞气。洪澄在门边探了个头，我发自肺腑地对她笑了一下。

“章志童怎么会有这么好的运气，”我关上了水龙头，“能时不时被女明星临幸，家里还搬进来一个田螺姑娘。”

“不会啊，平时都是我做我自己的饭，我吃的时候他看着。”洪澄打开了冰箱——冰箱里当然也是一副井然有序的盛况，“这盘中午的泡菜炒饭可好吃了，你要不要尝尝，我可以在微波炉里热一下下。”

“你是哪儿人？”我问。

“小地方，不值得一提，说了好多人也没听过。”她不太愿意谈论自己，即便是在半醉的时候。

章志童已经伏在一堆剩菜之间睡着了，脸上有种幸福的神情。

二〇一九年的春节，章志童和洪澄两个人都没有回家。我嫉妒他们。因为去年春节，徐丰已经跟着我回父母家了；所以按照约定，今年我必须跟他回去。随着启程的日子渐渐逼近，我每天几乎是一睁开眼睛就想去花家地跟他们俩混在一起——那会让我产生一瞬间的错觉，我可以跟他们一样，哪儿都不用去。北京这个城市，一年到头，就是春节那几天最让人舍不得。整座城都空了——只要你不去庙会，如果那个关于“年兽”的传说是真的，那这头巨兽该是多么自由地奔跑在东三环或者三环辅路上，长驱直入，耳边掠过的风声遮盖了炸裂的鞭炮。

那晚我脸上敷了一张蜗牛面膜，靠在床上刷手机。徐丰坐在书桌前面，也刷手机。这样的安静其实挺好，我不在乎结婚五年来我们已经渐渐地没什么话题可说。朋友圈里，我爸和我婆婆几乎同时转了同一篇营销号的养生科普文，我给我爸留言“别信这些，都是胡说八道”，然后给我婆婆点了个“赞”——反正他们俩并没有加对方为好友。

“你看这个，”徐丰笑了，“有个社会新闻——一个医院的副院长，也是心脏外科专家，被他女儿举报了——因为他常年吃回扣，医院进的心脏支架好多质量都不合格……这都叫什么事儿，”他笑着摇了摇头，“这个王八蛋养出来一个可怕的女儿，也是报应。”

“我们公司状况不好，这几个月薪水都减半了，一半人辞了职。”我若无其事地说。

“实在不行你也别耗着了，该走就走，在家休息一阵子，我还养得起。”我听见他手指间的鼠标按键隐隐地响动。

“没事，工资减半，工作量减了一多半，正好休息。章志童的房租按时交着呢，没什么大问题。”

“明年我这边状况要是能好一点，咱们把花家地那里卖了吧——就能买个大点的——我是烦死咱们现在这个房东了，三天两头的，一点破事就要来敲门。据说她周一到周六，每天去不同的房客家里敲门。”

“咱们要是真的把房子换了，你妈就更得催着咱们生孩子。”

“说得也是，还是算了。不过好久没看见章志童了，他怎么样？还能接得到工作？”

众人都说行业惨淡，但章志童还真的接到了一个活儿——可能是因为他便宜吧，各家都在压缩预算，于是更容易地想到了他。他的工作内容是把一个原本长度为七十五集的剧本压缩成四十集，更妙的是，他现在有了个助手，就是洪澄。洪澄不工作，也几乎不出去玩，没有任何称得上社交的行为——因此，除去做饭，她这些日子以来就成了章志童的第一读者，以及，兴致来了她会照着章志童的剧本，一人分饰几角地演一遍，用力嘲笑写得过于尴尬或者荒诞的台词，章志童会默默地拿回去修改。洪澄好像突然发现了新玩具，热情异常，除了自愿帮忙试演，还主动提出建议，比如哪条情节线可以压缩乃至删除——当然，她的建议全部被制片人骂了回去。

“你不工作，靠什么生活？”有一次，章志童问她，彼时我正坐在地板上打开外卖比萨的纸盒。

“以前也存了点钱，从家里带出来了一点，花完了，就去死。”洪澄的语气像是在说，如果明天有太阳就去晒晒被子。

“你有没有想过试着学学写剧本？”章志童小心翼翼地问。

“等你名满天下了，如果我还活着，你招我到你这里来打下手吧。做你徒弟。前提是——我还活着哦。”

“你这么讨人嫌的人，才不会早死。”章志童悻悻地结束了对话，“喂，你过来，你把这场给我读一遍……”

“喂，要是节前他们不给你结算工钱，你怎么办？是不是得我来帮你买春节的新衣服？”

把这样的两个人丢在北京过年，我很放心。

令人欣喜的事情偶尔也会发生。徐丰他们公司春节假期内需要有技术人员值班，负责后台的维护，徐丰被安排在初五，所以我们初四就可以如释重负地上高铁。临出发前我迫不及待地打电话给洪澄，告诉她我老公初五会加班至凌晨，我们三人可以在花家地“破五”。

“好呀，吃饺子。”她笑嘻嘻的，“哎，我真的给章志童买了件过年的衣服。”

“速冻的就行，楼下超市应该开门。”

“这叫什么话！”洪澄像是在维护受损的自尊，“我会包，你不用管。”

那是我第一次看到洪澄出现在室外，她戴着一顶灰色的贝雷帽，裹着巨大的橙色围巾，在小区超市的门口极力地冲我挥手，脸上全是惊喜的笑意：“橘南姐，先别上去，咱们在这儿埋伏一会儿，看看等会儿从楼里出来的人是不是郑小姐。”

小超市里没有顾客，老板娘漠然地看着电视，电影频道在放一部喜剧片，可是老板娘完全不笑。我们站在一排货架后面，一人买了一罐加热过的雀巢咖啡，无所事事地盯着落地窗。

“章志童求我出去转两个小时再回去，还要我转告你晚两个小时再来——你不知道他都快给我跪下了。”洪澄瞬间就把脸上的表情调成一副可怜巴巴又有点迟钝的样子，惟妙惟肖。

我笑出了声音。

“你没看到有人进去吗？”

“章志童那个人鬼头鬼脑的，说人已经在咱们楼里了，非要我坐电梯下去以后，才放人进去——而且还亲手给我按了电梯——所以咱们在这儿等等，能看见咱们的楼里都有什么样的人出来……”洪澄皱了皱眉头，“女明星真的会自己一个人出门吗？我刚刚也没看到长得像保镖那样的人过来开道……”

“章志童肯定也给你看过那张照片吧？”我问。

“初中毕业集体照。”洪澄用力地点头，“可是那张照片上的姑娘——怎么说，说是十五岁时候的郑小姐我相信，可是你说她不是，我也相信……”

漫长的等候可以让一切目标都失去意义，十五分钟以后，我已经开始完全不在乎郑小姐会不会走出来；半个小时后我开始产生幻觉，觉得推开单元门走出来的那位大妈一定是郑小姐乔装打扮的，反正她是个演员。洪澄已经离开了落地窗，到货架的另一端去打开了冰柜的门，她悠然叹了口气：“没办法，都怪郑小姐，真的只能吃速冻饺子了，不过还好——我提前三天就做好了吃饺子用的那种醋。”

“还存在那种东西？”我大惊失色。

“我用醋把蒜瓣泡起来，有点像腌咸菜那样，泡几天，蒜的味道全都进去了，到咱们的饺子上桌的时候，可以剁一点姜末进去，再加上一点点辣椒油……”

除了食物的烹制方法，她从来没有提过她自己的生活，只有在像对牛弹琴一般给我们解释什么菜怎么做的时候，我才能从她不小心的措辞里听出一点她往日的痕迹——做关东煮的时候她提起过她的大学宿舍，煲汤的时候解释过她吃过的最美味的火腿来自实习的时候办公室里一个可爱的姐姐的家乡……诸如此类，我和章志童早已有了默契，不再追问细节，比如“你学的是什么专业”“你在哪儿实习”。——章志童是害怕她尴尬，而我则已经习惯了就当她是《聊斋》里来的。一阵寒风从我身体的侧面袭来，超市的门开了，老板娘不满地朝这边看了一眼，在埋怨来人破坏了好不容易积攒起来的一点热气。洪澄专注地盯着冰柜里那些色彩缤纷的袋子，无视那对走进来的中年男女。

“请问一下，这儿的物业——”男人的普通话比较标准，听不出来是哪里的口音，他身边那个女人的声音立即就把他的声音拦在了半路：“澄澄——这么巧？还正想着怎么找你住在哪个楼呢……”洪澄静静地关上冰柜的门，转身就跑，动作娴熟得就像她已经在脑子里演练过很多次，我呆呆地看着那个冰柜，柜门附近盘旋着隐隐约约的几缕白汽，中年夫妻来不及反应，愣了片刻才想起来追出去，那个女人一边奔跑，一边叫喊，导致声音有种奇怪的凄厉：“澄澄，澄澄，你等一下——”我没能从落地窗那里看到郑小姐，却能看到轻盈得像只小鹿的洪澄，那两个追赶她的人完全不是对手，只是快要跑到小区门口的时候，洪澄自己停下了，鲜艳的围巾滑了下来，胡乱搭在她身上，那两个人笨拙地靠近她，我无法知道她脸上究竟是什么表情。我看着他们三人上了小区门口的一辆出租车，洪澄没有抗拒。老板娘继续面无表情地看电影频道，好像每天都会有顾客这样仓皇地从她的冰柜旁边跑掉。我不知道该做什么，于是重新拿出来那几包洪澄选好的速冻饺子，过去付了账。

那是一个漫长的夜晚，我和章志童一起等着洪澄回来，而我们俩也没什么话说。我终究没能看到郑小姐从我们的楼里出来，章志童说，她应该是直接按电梯下了地下停车场——我和洪澄太笨了，果然不适合盯梢。

“那两人是什么人？”章志童一边煮饺子，一边问。已经快要九点，我们决定不顾礼数先吃完我们那份——洪澄也不是计较这些的人。

“我觉得是她家的人。”我靠在冰箱门上，不小心碰掉了冰箱贴。

“我一直都怀疑，她是从家里偷偷跑出来的。”章志童笑笑，“不过这个小孩的厨艺真好，比好多主妇都厉害太多……”

我认为他是在暗讽我，不过我不在乎。

“郑小姐今天来干吗？”我故意认真看着他的表情，“又是有剧本紧急要你救火，顺便临幸一下？”

他静静地把饺子捞了出来，摆满了几盘，我故意不过去帮他——因为此时装作我什么都没问过地帮忙摆桌，也太尴尬。章志童按照洪澄的配方把酱汁调好，终于抬起头招呼我：“趁热吃吧。

你要不要香菜？她是来找我改剧本的——不过实话和你说了吧，我的女朋友不是郑小姐。”

我也不好催他，只好看着他一连串吃了六七个饺子之后，再开始跟我讲来龙去脉。那个多年以来偶尔出现，常年奴役他的女孩确实是他的初中同学，那几个叫章志童去写的剧本也的确是真实存在的，只不过——女孩是郑小姐拍动作戏或者危险场景时的替身——俗称“武替”。仔细想想的确如此，章志童被叫去参与剧本的那几个戏，要么是古装仙侠，要么是民国谍战，还有一个是当代缉毒警——总之，都存在武打、格斗、爆炸这些场景，所以——这也解释了为何章志童总是不能正大光明地挂“编剧”的title，如果真是郑小姐推荐的“老同学”，怎么说也得给个面子——可是武替小姐只能凭靠自己多年来与制片人或者执行制片人相熟的关系，引荐一个物美价廉的熟人，能否顺利拿到这个工作，就全靠章志童自己。

“所以，你们俩在她介绍你去干活儿的时候睡两次，也是真的了。”我今天带来的“松竹梅”很甜，完全是照顾洪澄这种不懂酒的小女孩的口味——可是，这个小女孩在我眼前消失了。

他的眼睛四处搜寻着酒瓶，不看我。

“所以，原来不是她利用你，是你需要她。”

“也不能那么说，”他取下眼镜，额头上又是一层细密的汗粒，“她已经是郑小姐固定的武替了，她们长得确实还有点像——她是这么想的，如果剧本能有信得过的人来调一下，郑小姐的戏份出彩了，对她来说也是好事。你想啊，郑小姐越来越贵了，她的价钱也会跟着稍微涨一点的，我愿意为她做这些，没有关系——

你知道吗，今天她过来，是郑小姐本人要她来找我的——这是一个电影，郑小姐是女一号，郑小姐觉得一个纯粹的动作片里，她这个角色太花瓶了，所以才想找我，把这稿剧本润一遍，给她加两三场有点意思的戏就好……这是我第一次写电影……”

“你想跟她结婚吗？”

章志童看着我，我知道他被吓了一跳，然后他把眼镜戴回去，动作缓慢得像个老人：“她想嫁个更好的人，她也应该嫁个好点的人，我也这么看——不过她眼光其实挺高的，也没那么容易。”

“你这家伙，表面老实，其实蔫坏的。”我笑笑，“骗我这么多年，你是大明星的男宠——”

“没有！”他急了，“你还记不记得那时候我跟你说让你来看她，在树上飞来飞去挥剑的那个确实是她！你出来的时候镜头就给到郑小姐脸上了，你第一时间先入为主，我也就……没有纠正你。”

其实我知道他为什么将错就错地撒谎这么多年，因为如果那个对他招之即来、挥之即去，弃之如敝屣，想起来的时候才打个响指——如果那个女人是郑小姐本人的话，这个情节，听起来，或许就能合理一点，或者说，听起来会让他好过一点。这么想着我心里很难受，我对他伸了伸右手：“烟，也给我一支好了。”

“不好吧。”他为难的眼神特别像动画片里的小熊，“不是要备孕？”

“备你妹的孕。我养得起吗？”

于是他就乖乖地从烟盒里拿了一支给我。那支烟由他的手指传递到我的手指间，然后我就看不见它了，周遭突然一片漆黑，我只是凭借着手指间的触觉以为我还看得到那支烟在何处。章志童从桌子边上起身的时候带起来阵阵噪声："可能是这一层跳闸了。"他往门边走。我坐在彻底的黑暗中，按下了打火机。

这其实是我一直以来不敢说的梦想——我希望世界末日能如此干脆利落地降临，就像是停电那样，一片漆黑突如其来，不要给任何人向任何人告别的机会，要是能有运气，给我多出来两三分钟的时间，我就安静坐在那片永恒的黑暗中，珍惜地呼吸一口自由的空气。若有一支烟就更好了，抽一半，我就去死，绝对不讨价还价。

章志童回来了，我听见门口那张凳子又被碰出了巨响。"橘南姐？"他像是要确认我是不是已经融化在了黑暗里，"应该是楼上某家人，不知道用了什么电器——很快就能恢复了，跳闸。"然后他默默地坐回桌前，我们二人的眼睛已经逐渐适应黑暗了，他拿起手机的手电，另一只手倒满了两个酒杯。我们静静地碰了个杯，谁也没再和谁说一句话。

我隐约听见他又开始吃东西了，我靠在椅背上把眼睛闭上，此时的寂静让我感觉真好。"章志童？"我的声音很轻，"你有没有幻想过，要是认识你的人全体一起死掉就好了，你就自由了？"

他不回答。任何正常人都不会回答这种神经病的问题吧。因为这静默，我觉得室内的空气都开始清新了起来。几分钟后，灯亮了，冥冥中，像是有声音在提示我：十分钟的休息时间结束，现在你该回去好好活着。

眼皮上弥漫着一种橘子皮的颜色，我总算不情愿地睁开眼睛，章志童面前的那盘饺子已经空了，他死死地望着那个一片狼藉的调料碟子，脸上全是眼泪。

“我想过，”他用力地拿左手的手掌在脸上胡乱抹一把，“有段时间，我每天都想。”

“你想过什么呀？”一个突兀的、清亮的声音，犹犹豫豫地从门那里进来。洪澄慢慢地靠近我们，“门怎么半开着？”

章志童这个笨蛋刚刚忘记了把门带上，洪澄在空椅子上坐了下来，没脱外套，浑身寒气，看起来就像是刚刚跋山涉水。

“没什么，他喝多了。”我站起身，“我去给你再煮一包热的。”

“不用，这个就行。”她也不拿筷子，直接抓起盘子里一个冷透了的饺子，狼吞虎咽，“过完年，我可能就得搬家了，橘南姐。”

“咱俩的这个戏还没写完呢，你搬去哪儿？”章志童傻傻地问。

“是因为今天那两个人找到你了？”我问。

“那是我舅舅和我舅妈，他们坐明天一早的航班回去。”她舔了舔手指，又抓起另外一个，“你们俩——这几天，有没有看过一个新闻？有个医院的副院长，他拿了不该拿的钱，用的都是质量不合格的支架给病人——然后这个人被他女儿举报了？”她再舔舔手指，热烈地一笑，“那个女儿就是我。”

有一天晚上，我们认真地讨论过，在我们三个人里，谁是最善良的，或者说，谁比自己善良。

章志童把他宝贵的一票投给了我，因为他觉得在今天的北京没有第二个房东会忍耐他拖欠那么久的房租，洪澄啐了一口：“这票是因为钱，不算数。”但是洪澄又把自己的票投给了章志童，因为她觉得章志童对武替小姐的爱恋太惨了，惨到她已经不好意思再去羡慕武替小姐。最后轮到我了，他们俩一左一右，认真地盯着我，洪澄补了一句："请珍惜你手中神圣的权利。"我想了想，做了比较艰难的决定：因为章志童欺骗了我很多年，并且他的所作所为客观上已经影响了女明星郑小姐的名誉，所以他扣分很多，洪澄胜出。我们三个人难分胜负，各自得了一票，于是只好碰杯，一饮而尽的时候洪澄突然含了眼泪，当她哭起来，脸上没有半点委屈的神态，让人不知该如何对待她。她用力眨眨眼睛，说："除了你，已经没有人觉得我是好人了。"

那个刚过去没多久的春天，真是一言难尽。洪澄没有搬走，因为她的问题已经不再是需不需要躲着家人。二月末的时候，一篇字数很多的"深度报道"突然之间席卷了我的朋友圈，那个作者用一种将煽情遮掩得很巧妙的冷静笔法描述了那对新闻里的父女。在那篇文章里，他采访过很多人，除了洪澄本人——他倒是澄清了社会新闻里的各种谬误，比如——洪澄并没有主动去举报她爸爸，而是在公安局开始调查取证的时候——说出来了她看见听见并且知道的事情，其中包含着一些实质性的证据吧。如果你真的相信这篇文字里的一切，那个父亲是一个常规的在小城市获得一席之地的中国父亲，那个女儿是一个随处可见的叛逆且人生挫败的中国女儿（所谓挫败指的是高考失利，然后无法适应父母给安排的工作）——父亲和女儿之间缺乏必要的情感交流，他就差直说出来巨婴女儿需要做点什么来引起父亲的注意了，但是字里行间已经表达得很清晰。父亲的奋斗与折戟酷似《红与黑》里的于连，女儿的反叛与弑父酷似某位我没记住的日本作家笔下的谁谁，文章的最后结尾落在女儿的母亲身上。"我问她：如果女儿明天回家了，你能不能原谅她？她什么都没说，她在流泪。”——非常好，他没有捏造任何事实，只是，他已经不需要捏造了。

我急急地发信息给章志童，想让他阻止洪澄去看这篇东西，可是已经来不及了。随着这篇文章的迅速扩散，那个“举报父亲的女儿”成为微博的热门搜索词条——身后没有任何团队的运作，凭自己本事上了热搜，也算洪澄人生里的一个勋章。至此，就连特稿作者亲自出来写声明说“我从来没有说过这个女儿是去主动揭发父亲的”，完全无用。各家自媒体已经开始就这个“举报父亲的女儿”推送了各种角度的解读；粉丝将近千万的大号痛心疾首地质问今天的年轻人为何跟几十年前的那群疯狂的年轻人越来越像；为“女儿”辩护几句的人立即在社交媒体被打成众矢之的，然后咒骂“父亲”的人和咒骂“女儿”的人在任何帖子下面都能迅速撕咬起来，就像两群野狗；洪澄旧日的照片成绩单都被人肉了出来，万幸的是他们没有人肉出来花家地的地址……

我让洪澄当着章志童的面，把她的手机交给我，寄存三天。我们把花家地小屋的路由器拔了，章志童也兴高采烈地放下了剧本，除了外卖小哥，我们约好不给任何人开门。那个星期徐丰出差去杭州，我躲进花家地的防空洞里，无限自在。网线一拔，哪管外面洪水滔天。自从薪水减半之后，我们公司原有的将近三十个员工已经只剩下了七个——到九月，办公室租约到期，我们要么搬到一个小一点的地方，要么原地解散。我的意思是说，我无故缺席几天完全不是问题，反正我已经很久没有看到老板了。

我跟洪澄反反复复地保证，只要熬过这三天，最多一个星期，就能一切平静，因为那时候自然会有其他的热点供众人喧嚣，为了让她相信我，我拖着她出了一次门，我们到楼下那间小超市去采购，老板娘一如既往地没有表情地看综艺节目，对我们的出现无动于衷。只是对于洪澄来说，这样的无动于衷就是极为珍贵的馈赠。所以她一高兴，把冰箱里剩下的 RIO 全都买走了。每种颜色三瓶。

“姐姐，你有没有像章志童爱武替小姐那样，爱过什么人？”不知从何时起，洪澄对我的称呼从“橘南姐”“房东姐姐”，直接变成了“姐姐”。她抱紧了膝盖，蜷缩成一个球体，膝头那两块凸起的骨头，正好盛放她的下巴。

“她肯定没有，”章志童不知为何像是在跟谁生气，“她那么厉害，一看就是从小就一直有男生被她差遣得像狗一样的。”

“我有。”承认这个可真是有点叫人羞涩，但是我决定对洪澄说实话，“是我初恋。”

“我二十四岁了，”她把笑容埋在手肘里面，“我从来没爱过什么人，也从来没有跟谁谈过朋友，有时候我也想——谈恋爱是不是就像小时候去游乐场一样，是一件长大以后回忆起来也许没什么，可当时就是特别特别高兴的事儿。不过，像我这样，出卖爸爸的人——以后的日子没有特别特别高兴的机会，也是正常的吧？”

“这么说——你还是处女？”我恍然大悟地看着她。

“哎呀，很丢脸是吧？”她一边笑，一边脸红了。

“处女，大义灭亲，亲爹化为恶龙于是手刃他……太厉害了，这简直是‘冰与火之歌’。”章志童一条一条地数，滑稽地伸着三根手指头，“童贞女洪澄，请受在下一拜。”

“你怎么不去死啊！”洪澄顺手拿起一张坐垫冲着章志童的脑袋丢过去，我在一旁笑得肠子扭成了一团。他们俩喧闹的厮打持续了一会儿，突然安静了。我试着直起身子坐好，看到章志童头发很乱，神情茫然地在四周的地面上寻找着他的眼镜，洪澄像是一下子断了电，双手交叉着举过头顶，舒展地躺在地板上一动不动，感觉就像一只猫，在伸懒腰的时候突然被放倒了做成了标本。她用一种犹疑不定的语气，继续问我们：“那，你们俩有没有看见过，一个人在你眼前，从活着到死掉，全过程不超过一分钟，那种死法，你们见过没？”

章志童诚恳地摇头。

“我就见过。”她的眼神恍惚，像是野营的孩子在看星星，“那个人是我初中同学的婆婆，我小学里的老师，只不过没有教过我，我三年级的时候她教的是一年级，在我们那儿，好多人都能间接地搭上点关系。五六年前她找我爸做过手术，装了两个支架。她不知道那两个支架不好用。那天我们小学同学聚会，我那个初中同学送她过来，聚会的酒楼是我舅舅开的，那时候还是寒假里，没到正月十五，酒楼每天都很火爆——我就让我舅舅给她们专门预留了一个车位，怕她们找不到，我就到那个停车场去等。我同学倒车的技术很差，歪歪扭扭倒不进去，那个老师也不急，她把车窗放下来看着我，她说哎呀澄澄都多少年没见了你长这么大……然后她的眼睛就突然睁得好大，说不出话来，脸孔颜色也深了，一只手死死地抓着车窗好像是想让我去拖她出来。我那个同学，阵脚全乱了，哭着让我赶紧打120，然后她就忘记了拉手刹，她的车慢慢地滑，慢慢地撞在了一根柱子上，那个老师的手就从车窗上垂下来了，那个时候我脑子里只有一件事——她还没问我后来去哪儿读了大学呢，她一定想要问的。”

章志童的手机屏幕闪亮了起来，他把这通电话按掉了。那个人再打，他又按掉了。

“那个写稿子的人说得不对。”洪澄笑笑，“我不恨我爸爸，我跟他的关系不好不坏，很多人跟自己的爸爸都是那样的——我知道他爱我，我也从来不觉得我从小到大被人忽略，我本来就不喜欢别人特别关注我……我就是觉得，就是觉得一个人不应该像那样死在停车场里。她以为自己已经治好了，她根本没怀疑过，让她那样去死，是不对的。”

“我懂你想说什么。”我深呼吸了一下，“你想说无论怎么样，导致她这样去死的那个人都该付代价，即使那个人是你爸爸。”

她用力地点点头，然后像是困倦袭来了那样，闭上了眼睛。

那天晚上有月亮，我和洪澄坐在飘窗上面，盯着那轮四分之三的月亮看了好久。远处“IKEA”的灯光亮着，月亮把自己的身体慷慨地借了四分之一给他们，好让他们切割出来这几个字母，月亮满意地打量着这片夜晚中幽暗的大陆，很久很久以前，有人问过她：江畔何人初见月，江月何年初照人？这个声音传递得很慢，当月亮听到的时候，已经是几百年后了。月亮淡淡地笑一笑，自言自语：能不能别烦我？也是在那天晚上，我第一次教洪澄尝了龙舌兰的味道。她有些紧张地伸出舌尖，颤巍巍地舔了舔，随即一愣，完整喝下去第一口的时候，难以置信地笑了。

“你记得，”我告诉她，“等你有天真的谈恋爱的时候，你脸上的表情，就会跟现在一样。”

章志童终于打完了那个长长的电话，从厨房里走出来。飘窗已经没地方了，他顺势坐在那张用来睡觉的沙发上，捡起身边那瓶被洪澄喝掉了一半的RIO，紧紧地捏在手里端详着。然后他跟我们说："那个电影不拍了。就是郑小姐演女主角的那部。"

刚刚进入四月的时候，章志童死了。那个早晨我在半睡半醒间看见了窗帘缝隙透出的一缕阳光，我想今天的天气应该不错。然后徐丰推门冲进来，把手机塞给我："这个人已经给你打了六个电话，可是你静音了。"他语气里带着埋怨，我知道他是嫉妒我现在可以睡到十点再慢吞吞起床去办公室。那一端，洪澄的声音带着奇异的颤抖："姐姐，你快点来。警察来了，章志童在卫生间里，警察说他已经死了。"

非常简单明确的"自杀"的结论，章志童把自己吊死在了浴室里。一个阳光明亮的日子，我和洪澄一起坐上了高铁，去往一个我们都没去过的城市，是章志童的家乡，我们去参加他的葬礼。我也是因为章志童的死，才获得了一些新知识——比方说，北京是不允许任何人将遗体带出北京的，一个死在北京的人，必须就地火化。所以，章志童的这个家乡的葬礼，其实就是埋葬那个小盒子。

第二个新知识就是，葬礼也有司仪，而且葬礼司仪就像婚礼司仪一样，有一些套路的发言和串场词。我和洪澄都没哭，因为置身于四周此起彼伏的悲声中，我突然间就麻木了。章志童的爸爸——那个循规蹈矩的人事科长，在众人没有准备的情况下，突然走上去抢走了司仪的话筒，司仪瞠目结舌地看着他，他白发苍苍，穿了一身簇新的中山装，清了清嗓子："今天我非常感谢大家来给章志童送行，所有的殡仪馆的同志们，你们也都辛苦受累了。”他朝向司仪深深鞠了一躬，导致司仪更加尴尬，然后他继续：“下葬之前，我有几句话要说，我非常惭愧，我的儿子给你们诸位添了这么多的麻烦。他是个一事无成的人。对社会没有任何有益的贡献，对自己的小家庭甚至做不到承欢膝下给父母送终，需要我们白发人送黑发人，他没有勇气面对生活的困难和波折，才走出来这懦夫的最后一步。我作为父亲，深深地感到抱歉，是我教育的失败……”

“我操你妈！”洪澄像个饱满的弹簧那样轻盈地弹了出去，我只好追在她身后抱住她，她奋力地挣扎，嘴里喊出来的话我已经完全听不清楚，我只记得周围人都用一种打量瘟疫患者的眼光看着她，那个司仪更加不知所措，保安好像冲过来了。我的耳朵里像是灌进了水，有一种奇怪而遥远的，隐隐的浪涛声。我记得我那时候翻过章志童的朋友圈，他总给他爸爸的书法作品点赞。那是他爸爸退休之后最大的嗜好。他说过，他爸爸最喜欢写的是两句陈寅恪的诗：“一生负气成今日，四海无人对夕阳。”这两句新鲜的行草就像是幻觉那样在我脑子里闪过，配合着耳边的浪涛声。一生负气成今日，四海无人对夕阳——你是认真的吗？你也配。

我应该是没有把这句心理活动说出口吧，我也不确定了，但我知道我的脸上露出了非常诡异且真诚的微笑，于是保安把我和洪澄一起赶了出去。章志童的妈妈和姑妈悠长的号啕声给这场混乱结了尾，我和洪澄狼狈地跌撞着出了墓园的大门，一走到外面，洪澄就恢复成为一个神色正常的人，我的听觉也渐渐地回来了。

火车上我们没怎么聊天。洪澄靠着椅背假寐，在我途中从洗手间回来的时候，她和我说："姐姐，我爸的案子下个月开庭，检察院那边希望我上庭做证。"我说："嗯。"她接着说："我真的该搬家了，我不想让我家的人三天两头地找到我，也不想让他们麻烦你，我一个人待一段时间，我到底去不去出庭，我还没想好。那天我还想着，这个事情我得和章志童商量一下……可是我忘了。"

隔了一会儿，她又轻声细语地说："章志童那个家伙，最后留给我的信，就写了那么短的几行，可是给你写了那么多，不公平。"

章志童把几封遗书整整齐齐地放在客厅的书桌上。给他爸妈的那封只有一句"对不起"。给我的那封，写了满满两页纸，他的字很好看，他若能活得到退休，估计也会练习书法的。

橘南姐：

真是不好意思，不辞而别，给你添麻烦了。

有些话我只跟你一个人说。我不是一时冲动想要这么做的。早在我一直没法付房租给你的那十个月里，我就想做这件事了。我实在拿不出钱，我也没办法从拖欠我稿酬的制片方那里要到钱，最重要的是，我确实没有勇气再这样下去了，那个时候，我跟你说我去朋友家住，是谎话，我去了一个很破的小旅馆，我打算死在那里。

事情就是这么巧。我坐在那个又脏又臭的地下室里思考用什么办法去死痛苦最少的时候，有一个垃圾号码给我打电话，告诉我不需要任何抵押，就可以借到钱。我知道这后面都是陷阱，可是那个时候，看着我空了很久的账户真的一下冒出来几万块钱的时候，我感觉是有什么东西在鼓励我，要不要再努力尝试一下？不然就把欠橘南姐的房租还完再去死吧。然后我又去找到了过去带我工作过的一个编剧老师那里，跟他说能不能借我一点钱周转，我以后可以免费给他干活儿来还——就这样，一个本来打算去死的人，带着两笔借来的钱又回到了花家地，然后就遇见了洪澄，就有了咱们三个人那段非常愉快和开心的日子。

那个贷款公司当然是高利贷，但是，没有几天，我就接到了一个工作。跟洪澄合租的这大半年时间里，我的运气突然就好了起来，我一直能有刚刚够的钱来还贷款公司每个月的额度，我也替那位老师免费干了一些足够抵债的活儿，利息肯定是越滚越多的，我早就想好了，等到我还完我当初借的本金以后，我再去死，虽然他们是坏人，可是他们毕竟——算是救了我一命。

我不停地工作，洪澄也帮了我很多，这段日子可能是我成年以后过得最幸福的一段时间了。但是剧情居然还有反转——跟命运相比，我这个编剧真是输得心服口服。春节前，好像就是除夕的前一天，那家借给我钱的公司老板跑路了，好像有很多人去报了案，总之，我的债，到此结束。看到这个消息的时候我第一个念头居然是：我已经还完当初的本金了，我也还了不少利息，虽然还没达到他们的标准——那么，对于那些买了这家公司产品却损失惨重的人来说，我应该也不算是坏人，对吧？那么好像，留住我必须活在这个世界上的理由，又少了一条。

我把我最后的那个电影剧本也留给你，我觉得这是我写过的最好的作品。原本只是要求我帮忙加两三场戏，结果我不小心重写了一整个剧本。本来我还想好好润色一下，但是电影不拍了。武替小姐今后要怎么样才能活得更好，我也真的帮不了她什么了。更重要的是，这个电影不拍了，像是一个信号，在提醒我，生命里这段美好的福利时光差不多了。不要贪婪。谢谢上帝或者魔鬼，他老人家帮助我拥有了这么一段回光返照的日子，谢谢你和洪澄，当然我也得谢谢我哥——有他在，可能我爸妈那里会好过一点。

如果这是我自己写的剧本，我会让主人公在经历了和你和洪澄这段相依为命的生活之后，重新获得活下去的勇气。但是吧，世事难料，我从你们俩身上，获得的是此刻——因为忠于自己最初的选择，而带来的平静。

再见啦，你要幸福。

还有一件事，冰箱里的那瓶龙舌兰，还剩下一半，你把它拿走，洪澄这个熊孩子好像是对它上瘾了。

章志童

二〇一九年四月八日

但是他写给洪澄的那封，却是只有寥寥数语。

洪澄：

你现在深呼吸一下，数到十，再打开卫生间的门，然后报警。

以后千万别动不动就说你想去死的话了。你看到了，死是很可怕的。

请你相信，我永远都会支持你的，要勇敢一点，你一定会遇到更好的人和更有意思的事情。

不要和橘南姐学喝酒。

章志童

二〇一九年四月八日

回到北京的第三天，洪澄就搬走了。然后那个临时的号码也停了机。我再也没有她的消息。我想要把她在我这里的押金退给她，但是微信转账的时候，发现我已不再是她的好友。于是我把那笔钱通过银行转到了她写在合同上的那个账户，并没有被退回来，这让我稍稍放了心，她至少能安然无恙地活一阵子。

还有一件事我必须要去做，那个倒霉的，需要章志童从七十五集压缩到四十集的剧本，章志童和洪澄一起完成了它。我已经通过我所有的关系，知道了这个电视剧的制片方是谁。我会一直地，不停地，非常有耐心地替章志童讨债，然后把这笔钱转给洪澄，这一定也是章志童希望的。

初夏降临的时候，我们公司奇迹般地迎来了一点转机。七年前，我们把雪夜的一个短篇小说卖给了一个导演，在这个六月，电影公映了，获得了非常好的票房和口碑，制片方赚到了钱，男主角据说一定会获得某个电影奖项的提名，而我们的雪夜，也重新开始抢手。我们仅剩的七个员工，再加上老板，一共八个人，今年唯一的任务就是把雪夜小姐伺候开心了，能换来一些为我们赚钱的机会。雪夜最终同意了我去年跟她提出的那个计划，她已经跟对方的制片人一起开了几次会，要着手写那个以拿去卖钱为目的的小说。

导演邀请了雪夜参加自己的私人庆功party，我被雪夜拖着一起参加，对外的身份是雪夜的经纪人。导演住在顺义，天竺一带的某个别墅区。一栋说是托斯卡纳风格的三层小楼，我倒觉得，说是温泉度假村风格，也可以。但是那个小小的庭院被导演设计得很有味道。晚饭之后，人们三三两两地开始社交了，我就拿了一杯香槟，独自坐在了那个日式小灯笼的旁边，离人群略远。哦，对了，导演的夫人已经非常热心地科普过，这个严格地说只能叫起泡酒，因为并非来自香槟产区——管他的，其实我有一点眼馋那几个男人们分享的威士忌，好的威士忌喝下去，耳边真的听得见风的呼啸声。于是我想起章志童对洪澄的叮嘱：不要和橘南姐学喝酒。

来宾里也有郑小姐，因为是非常私密的场合，她的经纪人也没有紧盯着她。她此刻坐在离我很近的一把铁艺椅子上，对我一笑，遥遥举了举杯子，然后我们不约而同地拖动了身下沉重的椅子，坐得靠近了一点。

“雪夜的新书在写什么？”她问我。

“跟以前的也差不多。明天我把雪夜的全套书都寄到你工作室去。”

“好呀。”她笑了，轻巧如尘埃的飞虫慢慢地在我们身边的灯光那里聚拢，“导演的下一部电影正在跟我谈合作，不过我自己很希望有一天能演雪夜的作品——她的女主角都写得太可爱了。”

“我们求之不得。”我回答，“其实——我认识一个姑娘，她是您的武替。”

“武替？”她脸上的困惑倒不像是装的，“我拍的好多戏都有替身，她们来来往往的，我都记不得谁是谁。”

日式灯笼里的灯灭了，一片绝对的黑暗突然降临。我听见导演洪亮的嗓音从某处传来：“没事没事，诸位少安毋躁，一定是哪里跳闸了……”

日式灯笼突然闪烁了一下，映亮了郑小姐娇艳的侧脸，然后熄灭，然后重归黑暗。在黑暗中，我喝光了自己的杯子。好啦，章志童，我不问了行不行？反正郑小姐根本不记得她——我原本是想把你最后那个剧本拿给郑小姐本尊看看，算了算了，话题到此为止，我知道，你要面子的。

那晚我的睡眠很浅，天色微明的时候便睁开眼睛，身边的半张床铺已经空了，徐丰已经在浴室里开始盥洗。我能趁这短暂的几分钟躲到阳台上去抽一支烟。淋浴喷头的水声让我的意识表层逐渐模糊，我愣愣地凝视着指间那一缕烟雾，我问自己，洪澄究竟有没有回去出庭。真是太不像话了，就连章志童都知道用一片黑暗和突然闪烁的灯笼来给我报个平安，她一个活人，却能销声匿迹到这个程度。洪澄你这样真的好意思？

浴室里“嘭”的一声，随后徐丰隐隐地在叫我：“橘南，橘南——”我厌烦地深呼吸了一下，继续吸了口烟，然后水声停了。“橘南——橘南——”这一次他的声音里掺杂着痛苦。我慢慢地吸完最后两口，细心地把烟蒂掐灭丢进垃圾桶，然后转身走往浴室，直到推门的那一刻，才开始让自己的声音里带上惊慌："怎么啦？出什么事了？"他半坐在浴缸里，手捂着肋下，费力地吸气："没事，我摔了一跤，可能肋骨磕坏了，你别慌啊，扶我一下。"

医生拿着他的 X 光片告诉我们是肋骨骨裂的时候，我开始流眼泪，医生狐疑地看着我，可能是觉得这个家属的戏未免太多。走出诊室，我扶他坐下，我说我去药房拿药，眼泪持续不断地往外涌，我用力地拿手臂蹭了蹭脸颊。

"媳妇儿，你看你这是干什么……"徐丰的表情被疼痛撕扯得有点扭曲，我想他一说话可能会更疼，"别哭啊媳妇儿，没事的，大夫都说了没事儿，我正好休息两天不用卖命了，你看你这么傻——"他的语气虽然夹杂着因为疼痛导致的呼吸的混乱，可我听得出，充满了幸福与满足。

"对不起，我忘了把浴缸里那个垫子放回去，对不起。"哭泣的欲望像一头横冲直撞的小野兽，在我的身体里胡乱地奔跑着，想要找个出路。

"我媳妇儿是心疼我，我知道——"

对不起，我不爱你了。我的初恋，我的如意郎君。对不起，我永远不打算让你知道这个。

初秋的某日，雪夜打电话给我，她非常直接地说："把你花家地那个小房子卖给我，怎么样？"

"你还看得上那个小破屋子啊。"

"便宜啊，已经是凶宅了，我知道你连租都租不出去，已经空了快半年了吧？我跟你们那里的房产中介打听过，凶宅比正常的市价便宜三分之一还多。我不怕凶宅，那个章志童我以前也见过的，不是坏人。”

“我替他谢谢你。”我笑了。

“我漂了这么多年，乱花了好多钱，现在打算安定下来了，你不应该祝福我吗？而且，就算按凶宅的价钱卖给我，跟你当年比，也还是赚的。”

“那好吧，找个时间跟中介约一下，我也不大了解这些手续。”

“我会好好把它装修一下，找真正有名头的设计师，装修成那种能上杂志的蜗居——不过这么一折腾，我可真的没钱了。必须努力写作。”

“非常好，”我心情顿时愉悦了起来，“好像是尼采说过的吧，人一生最幸福的状态就是保持适度的贫困——我不确定是不是尼采说的，可是我觉得有道理。你只有没钱了，才能安心地写好作品。”

“别提尼采，跟海德格尔那种真正的大师相比，尼采最多算是个豆瓣写书评的。”

怎么回事？肤浅的雪夜小姐偶尔也有金句。

我愿意把那个小屋转手给她，因为万一某日，洪澄回来了，开门的是雪夜，她也不会觉得惶恐，她知道雪夜是谁，她也能轻易地通过雪夜找到我。

可能天道如此，有人命中注定要在决定去死的那一刻才不再卑微，有人命中注定要辱没门楣，还有人命中注定要假装依然爱着她的初恋，他们最终都要回到那个身边全是陌生人的城市。这城市需要祭品的时候，会毫不犹豫地从他们中随机抽取一人，可是，也真的是他们最后的容身之处。所以我相信，洪澄一定会回来的，她必须回来。

我希望雪夜住在那里，最终会进化成一个比我善良的人。

所有住过花家地小屋的人，都应该比我善良。

（原载《花城》2020 年第 1 期）

想往火里跳

走走

“我要当伞兵。”

“当伞兵？”

“对的。”

“为什么一定要当伞兵？”

“不知道。想往火里跳。”

“你想做什么？”

“想往火里跳。”

——纪录片《苏联八〇后成长记》

第一章　走吧

上篇

对我来说，二〇一八这一年所过的似乎是我人生中的第二种生活。这第二种生活出现在我面前时，看起来似乎并没有什么不同。日子是平板流畅地过下去的，而且变化的内容也并不特别：每个月去几次北京，在堵车与雾霾的背景前，我和一些影视公司的人、负责投资的人站到了一起。飞机、火车、高跟鞋、西装，容易产生一种职场化的情调，清晨的第一班飞机与夜晚的最后一班飞机也有一种间接的诗意。

所以我日常的一天是怎样的呢？

某个茶馆或咖啡馆。一个或几个男人或女人。都把声音压得低低的，而我是那个约好来谈事的。他们对我来说都是陌生的。那时候，只有一个模糊的念头，轻轻飘浮在面前饮料的热气上面——我会跟他们讲我代理的故事，他们会出钱买我代理的故事。

我经常会讲起一个发生在大学男生宿舍的故事。我的叙事是很朴素明白的。主人公发现他的学霸同学因为一次失恋沉迷进了游戏，他想帮助他摆脱出来。他想证明那个女孩并不值得。他是无意中发现一些古怪之处的，女孩因为接到国外名牌大学的录取通知书提出分手，但她却在出发的机场不知所终，从未抵达彼岸。同学的父母也已双双失踪多年。他打开同学的电脑，在 GTA 游戏里，一个漂亮的 NPC 用一种凄凉的眼神看着他，然后，开始疯狂地跑，违反程序设定地跑。他操控角色开车追上了她，她无路可走却仍在疯狂地跑。他慢慢看出她跑的路线。SOS。她想要逃跑，想从游戏世界回到现实世界。他想给她找出一扇门，但是他的背后，传来了他的学霸同学微笑的声音：还是被发现了呀。

在我的想象中，这个被邪恶男友囚禁在游戏世界的故事很有吸引力。一个发生在美丽校园的危险故事（两年过去了，我还是没能把它卖出去）。过去我曾经写过一个类似的故事。一个已婚的催眠大师想摆脱纠缠自己的婚外情人，为她做了一次催眠，唤醒的口令就是：醒不来。“她在稠雾中寻找一扇能让她离开的门。她打开一道又一道门，发现自己总在一道门后。在那些门的背后，没有任何东西。稠雾已经消逝，她将在这片空无里，过完她的一生。”

我极力推荐这个故事也许是因为我自己的恐惧。这一次，我对面的两个男人不知道是不是因为这种恐惧而沉默了。第三个男人早已提前离开。沉默笼罩着我们。我有一点恍惚，我可以源源不断地讲述故事，而自己究竟身在何处？我想遇到山鲁亚尔，他会购买我代理的一千零一个故事，把我从资金匮乏中解救出来。为什么我愿意离开我写作者的书桌，出来兜售故事呢？我已经写了很多，有些完成得相当困难。从上学的日子起，我就一直在写。为了成为一个作家，我有过一个漫长的准备时期。三十岁后我才发现，作家不是一种静止的状态，出过多少书，有过怎样的名声，都没法帮助一个写作者固定在作家的位置上，一直待在那里。那种特殊的焦虑就是我这个西西弗斯的石头，自重太大，总是把我从山顶一路带到山脚。推上去，掉下来，再推上去，再掉下来。

石头上附着所有我已经完成的东西，一起嘲弄着我。必须再一次去开始另一次写作，再一次开始上山下山那折磨人的过程。

我出来兜售故事之前，写作的意志已经崩溃。有几年时间，我一直想写几个知识分子。构思已经成熟，却因为史料庞杂极为劳人，比如我想用鬼故事的写法写写胡风，鬼魂是方孝孺的，他一再讲述自己的故事，想阻止胡风写下三十万言书。一开始，我被自己的构思弄得十分兴奋，我想像个历史学家那样，从各种类似的事件中抽象出某种原则。我的努力是白费的，虽然有整整一年时间我生活在我找来的那些文献之中。鬼魂们袖手旁观，不愿帮我重构自己的命运。

幸好，一场疾病让我顺理成章抛下这些，让我变成一个对自己没有负疚感的自由人。我把那些从"孔夫子"网上买来的旧书放到了我母亲家。我开始康复，接受了一份需要经常来往于北京和上海的代理人的工作。而后，我又从代理人变成了拥有一个小公司的小老板。这个曾经的写作者想通过一次一次出差成为一个商人。她没有任何金融知识，对将自己的小公司做成又有着很高的期望，在这样一种情况下她遇到了很多很多人。在他们眼里，她应该是天真而无知的。比如一个投资人就在他们第一次见面时，发现了她的紧张。他们面对面坐在星巴克里，他善意地提醒她错拿了他的杯子。一年过去，她只卖出三个故事，需要借钱才能让公司活下去。

二〇一八年十一月三日上午七点四十五分，我坐在十五分钟后要启动的列车里。一条微信消息跳了出来：林杨的春天很硬朗，风也是硬的。

眼下还是冬天，雾蒙蒙的天气格外使人犯困。我蜷缩在椅子里，座椅靠背收到最平，车厢里一股泡面气息，经过我的那些脚步都拖沓、迟疑。我想了想硬朗这个词，觉得这样的春天应该匹配一个金属色的玻璃穹顶。不需要花，没什么红的绿的发光的颜色。如此一来，姑娘们也没必要费心打扮。没什么好庆祝的。

就在这时，第二条微信消息跳了出来：林杨的春天是一种不动声色的季节，绷着，没有春天的痕迹。风还是硬的。晒太阳的狗和树洞里的熊，觉察到稍稍不同，但都以为只是冬天要歇一下。可能是节育的缘故，猫也不怎么叫春。总之春天，肉眼几乎看不见。然后突然，突然就初夏了。

这谁啊我想。我看了看我们的聊天记录，一片空白。我们都没打过招呼。

“熊有点跳了吧？毕竟不是日常可见，这就做作了。”

“要全篇都做作呢？”

“那你做做看。”想了想，我补了一句，“比如熊就是主角，或者这个城市是虚构的。”

“林杨不是虚构的。在林杨，你只需考虑两件事，怎么打发时间，以及，怎么离开。”

打发时间还不容易？吃饭、聊天、阅读、刷剧。打出这条消息后我发现，我被那人拉黑了。

我上网搜了搜，林杨是八月长安小说《你好，旧时光》中的男主角，“人称‘小太阳’，一直喜欢女主角余周周”。网上有人问：余淮林杨江辰同时追你，你选谁？网上还有人问：林杨同学为什么一直是年级第二？

确切地说，百度为我找到相关结果约二百一十三万个，没有一个是关于地名的。这让我想起读中学时常玩的一个游戏。上地理课时我们打开地图册，一个人报出一个地名，其他人必须尽快找到。前后左右四个人，眼睛从这里跳到那里。做这游戏我聚精会神，压根不去听老师在讲什么。对国家的轮廓、物产乃至洋流我没有什么兴趣，我只对找出某个地名感兴趣。眼下林杨这个地名就像当年的黑色小字，隐在半明半暗里。我下意识地坐直了。

然而杭州东站已经到了。站在漫长的打车队伍中，我渐渐忘记了林杨这个词。

每次出差路上，我都满怀期待。有段日子我穿高跟鞋，前进路上会发出清脆的嗒嗒声。受了几次挫折后我觉得这嗒嗒声似乎变成了啪啪声，一个劲地打脸。嗯，就是打耳光般告诉自己，你看你准备得如此充分，最后又能怎样呢。此后我明智地选择了球鞋。低调得让自己做好一无所得的心理准备，好几次人们告诉我，你看你真直接，你一上来得呵呵呵哈哈哈先和别人聊会儿天。废话就能让那些精明的投资人麻木迟钝？我想起健身教练上拳击课时的教导：出拳，飞快地出拳，迅速移动步子。没错，对创业者来说，每天都是在和无形的对手搏击。打开电脑，目光扫过在座的人，一边说话一边迅速地调试软件。我想象自己如老练的拳击手般敏捷，可我从来没学会虚晃一拳。

有次我和我的技术合伙人应邀去北京做路演。不大的会议室里挤满了人，他们看起来略微有些疑惑，似乎是被各自部门的领导临时喊来的。我希望自己热情，脸上挂满亲切的笑，但我被一些玩手机的手感染了，于是语速越来越快。

我和我的合伙人在那天收获了一些微笑、一些点头。可是最有话语权的那一个没笑，连假装都不。虽然礼貌地互相加了微信，六个月后我却发现，我想礼貌地致以谢意时，对方开启了好友验证，我还不是他好友。创业鸡汤文怎么说的？你得向前看才能熬过去。我的理解，向前看约等于麻木些，有时甚至需要局麻。

那天晚上，请我们去北京路演的投资人请我们吃了一顿韩国料理。“给你们讲讲我年轻时的荒唐事。有一年放假，我决定不吃不喝不起床。我真的睡着了，睡了很久很久，梦里我躺在深深的地下，足有几百米深，黑暗，梦里我是清醒的，这种清醒像一道光绕着我照着我。”他大声说着。确实有道光照着他，我看着桌面上那道阴影的颤动。那阴影还挺怪异。“梦里后来出现了很多很多人，他们从更深的地里浮起来，他们围绕在我周围，都把手举到脸上，遮住眼睛，他们说，我发出的光使他们昏眩。原来我真的发出了光。”他停了下来，眼睛朝我看。“你们想不想继续听下去？”他带来的朋友这时意见有了分歧，有几个起劲地撞起啤酒杯喝彩，有几个则朝他嚷着，说那些事有什么好听的。也许他们只是在渲染气氛。我轻轻摇了摇头。“不可能，真的吗？你真的不想听？”他露出怀疑的眼神。

“你肯定自己醒了，要不然你今天也不会这样坐在这里。”

他把眼睛睁大了，好一会儿，一副天真无邪的样子，突然他笑了起来，他的朋友们也朝我笑起来。他给自己倒了杯酒。“我爸后来打了我几耳光，我就醒过来了。”“你丫就是装睡。”他的朋友们兴致勃勃地帮腔。

有些什么慢慢浮出记忆。二十二岁时交往的前男友，几周前给我打过电话。我记得自己看了看手机上的时间，晚上八点三十分，我刚吃完晚饭。他介绍自己时声音紧张，有一种局促尴尬的意味，我一开始没有反应过来。他一向是个充满自信的人。他先是有些困惑地问，你的手机号码这么多年就没换过？这不是废话嘛。我说没换过。我等着他说话。听说你自己做老板了？刚开始，我回答。我感觉他在试探什么。

“也没什么别的事，”他打起精神，用一种爽朗的口气说道，“我想问你借点钱，不多，就十万。”他的声音有些嘶哑。

你怎么了？我问。别担心，他说，就是画一直卖不掉，孩子还小。他沉默了。

不借也没什么，就是你有闲钱的话……别为难，啊？不是什么大事。

我当时站在厨房的水斗前，热水还开着。我还在出神，那边已经挂了，我想一定是我反应太慢了，他等不及了。他要十万，而我没钱。我的钱都在公司账户上。我还记得自己看了看余额宝。这个前男友做过很多行为艺术，比如他做过一把巨大的扶手椅，这把空空的椅子放在巨大的展厅里，人们经过时都显得心烦意乱。我最后一次见他是在一座仓库里，他把自己的画作都搬去了那里，他拥抱了我，然后慢慢地走向那把扶手椅，坐进去，人就差不多被椅子吞没了。我避开了他的目光。他已经有一年没能开自己的画展了。我有一点想哭。他画过一幅三维透视的田野。地下是一排一排沉睡的孩子，地上是嘻嘻哈哈打打闹闹的老人，人群里的每个人都在放松地大笑。“我觉得自己是活在一个巨大的睡梦里，眼前的这个世界，只是直觉、本能，虚构出来的梦中之梦。”他看着我慢慢说着，脸上露出令人意外的，温柔的表情。可是很快，他的嘴角和眼角又都耷拉了下来。这副苦相，这副厌烦了一切的表情，就是我见他的最后一面。

“一个沉睡的人，该不该叫醒呢。”我喃喃道。我对面的投资人又笑了。“他们告诉我，你是文艺女青年，果然，”他顿了顿，“反正，咱们骨子里是一样的人，我懂你。”他等着我点头。

“听着，”他声音突然大起来，“我很看好你，也愿意投资你，给我四十，怎么样？五百万，投你子公司，给我百分之四十的股份。”

我想起了那个巨大的、四面透风的仓库，白天都需要开灯，否则就是一片黑暗。我想起了我那神情阴郁的前男友，他又瘦又矮，已经开始驼背。而坐我对面的这位，他白皙、矮小却结实，梳着整齐的分头，虽然发际线已经开始明显后移。

“对不起。”我说，“你要的太多了。”这话一出口，我就知道我把一切都弄砸了。

我去杭州是见我的第一个也是唯一一个投资人。他们全在会议室等着我。负责我这个项目的女投资经理把鞋跟踩得嗒嗒响。她一说“开始吧”，大家的脸就黑下来。“大环境太不乐观了，前几年人们对版权真是饥不择食，现在整个文娱行业融资都困难，据说是五年以来最艰难的一年，”财务总监和女投资经理互相交换着意味深长的表情，“至暗时刻。”

“是英国的至暗时刻，不是丘吉尔的至暗时刻。”

他们也许听懂了，立刻冲我摇摇头。“就连我们上市公司，也得凑合着过。”

“总之，你得学会如何应付所有这一切，你是创业者，你得习惯。”大老板把手指捏在一起，耸着肩，一副确实为难的样子。“有时候我真有这么一种感觉，这么说吧，你还年轻，前面的路太顺了，所以现在遇到问题，这是有积极意义的。”他换上一副沉思的表情，“事实上，很多熬过来的成功人士都会告诉你，挫折、没钱、濒临破产，让他们成为更好的老板。”

“你会后悔的。”我想起那天晚上，那位问我要百分之四十股份的投资人看着我这么说。“不过我们还是朋友。”创业者和投资人短暂的友谊总是从朋友圈互相点赞开始。那之后他还热情地转了一些和行业相关的文章给我。“我们是朋友呀。”知道我开始捉襟见肘后，他提了好几次，在电话里他爽朗地笑着，“要不你并进我们公司吧，就相当于你的团队是我们公司的一个部门。我给你两百万，你把之前的股东全清走，我再给你和技术团队统共留百分之三十的股份，你看怎么样？这可是我想了好久想出来的好办法啊。”他继续说着，“我还真是挺欣赏你的，女人，可千万别让自己过得紧巴巴的啊，你别看很多文章写创业者卖房卖车、砸锅卖铁，四处借贷维系创业，不值当的。失败的都是理想主义者，理想主义者最常犯的错误，就是无法客观评估自己的现状，无法正确衡量理想和现实的差距。”

我耐心听着，如果那次我没有拒绝他……可惜这世间只有因果没有如果。

既然我想起了这些琐碎的事，我就把他说的一字不差地告诉了我的第一个投资人。

“你想干什么？”我还没停下来喘口气他们就插话问道，“你想就这样贱卖了公司？”

“嗯，主要是……你们给了我五百万，比起血本无归，不是还有两百万嘛……”我语无伦次起来，“我觉得比啥都没有直接破产强吧。”

“你啊，你这样做，我们浙江地面所有投资人都不会再给你机会。”

不知道为什么，我竟然隐隐松了口气。

“你就算借钱，也得撑一段时间。口碑很重要。做人一定要有担当。”

方才的僵局就此被打破。如果说我来之前还隐约希望他们能追加投资，或者借笔款子让我周转，此刻这绕着弯子隐而不发的希望已经消退。不过，这些人中头衔最低的那位财务开口了。

“总的原则是不能以公司名义对外进行借款。”

“所以我才自己去问朋友借款。”

“不能借款。再次增资，不能低于我们投资时的投后估值。”

“所以我才自己去问朋友借款。”

“不能借款。”

“不可能按照这个，不可能按照高估值来投资啊。”

“您是公司的创始人，您都觉得不可能按这个估值来投资，那怎么去说服其他投资者投资呢？现在想要继续按目前的模式运作下去，唯一的办法就是对公司进行增资。”

卡夫卡的城堡，精疲力竭的 K。

我慢慢地说道：“我现在是要让公司活下去。活不下去，之前一年所做的就白费了。借款也是我拿房子抵押的事，我不会对外宣布借款。我借到钱，投进公司撑一年，撑不下去，是我丢了房子，和你们没有任何关系；撑下去了，有了融资，有足够多的收入了，公司再还我借款。连利息都是我自己承担。”

“那您是以什么名义把这笔钱给公司用呢，借给公司？从公司走账？”

“借款。个人账户转进公司账户。”

“我们现在的原则是不能以公司名义对外进行任何形式的借款。”

我的女投资经理焦虑地看着我们。我们重复着上面的对话，重复了多少次，我自己也记不得了。我的财务截图告诉我，账面余额只剩十三万。很快就是十号，我得发工资。我必须坚持些什么。之前网上流传着这样的说法：十号前发工资，大都是高大上的好公司；十至十五号发工资，是制度较为健全的公司；十五号后发工资，中小企业居多。我那时还得意了一番，并将这篇文章转发到了公司大群。

不过当然了，即便是这样，我也不能为自己的言语攻击开脱。（我的眼角余光一定是注意到了，大老板已经起身离开。）我开始指责坐在我斜对面的这位小财务，好像他代表了所有我将受的委屈。“你们根本不在乎我的小公司会发生什么，你们无所谓我是死是活，是吧？”

长久的沉默。我发烫的脑门慢慢冷下来。这样激动我自己都很吃惊。

我听到了他们每个人的呼吸声，财务总监、财务、女投资经理。

你为什么那么愤怒？一个声音在我身体里问我。不，我无声地回答，我只是不想死，难道你们看不出来？

他们要求先休会十五分钟。然后，还是那个小财务，拿出一份“股东借款承诺函”来让我签字。那张纸简而言之一句话：我的借款，他们没有任何还款义务。

送我去大门口坐车的路上，财务总监突然讲起了他养的一只老狗。“它已经十四岁了，前肢瘫痪，因为长时间卧床，前肢已经生疮流血了，每天只要没睡着就不停在哼哼，需要人时不时根据它的叫声判断它要干什么。我劝孩子放弃它，让它安乐死算了，孩子和他妈怎么都不愿意，其实明明是对它的解脱。终于熬到上个月才离世。执着的，想要成全的，从来都只有人。”我镇定地看着他，他觉得我也该给自己的公司实施安乐死？

“听我一句，解散所有人，你账上还有十三万，自己省着点花，也可以撑一年了。等经济景气了，再出来融资。”

这几句话他说得很轻柔，像是自言自语。他说得没错，可我做不到。做个光杆司令其实不简单，能跟所有人说再见，也挺了不得的。从很小的时候开始，我就不擅长如何跟好朋友说再见，我在纪念册上写下感人的句子，却从来没去过车站送别。我甚至也不去朋友家串门，毕业时连地址也不留，完全断绝收信的念想。

“你还年轻，公司只要不注销，就等于没歇业。”

我差点儿想问他，为什么他不偷偷带狗去安乐死。

空气里萦绕着各种可能性，能送我去高铁站的公共汽车来了又走了两班。我不懂他为什么想坚持说服我，他一边坚持又一边烦躁地看了几次手表。

我觉得自己还是得端着点儿可笑的坚韧的姿态，于是我说：“不了，我还是打算抵押房产。”

他轻轻地点了点脑袋。我把双手插进大衣口袋里，在他暗淡的眼神里，我看到了一年前的自己，兴奋，激动，那时我从不这样和人聊天，我们不聊丧气的事，也想不到有这样的事。他们眼里也有着同样的神采，盯着我，请我吃一碗他们食堂下的面，很信任我的样子，仿佛一切都能被我手到擒来。

装出来的笑容，从我脸皮上滑过去，溜走了。

车来了，我们都得到了解脱。他用极其严肃，几乎有点谴责的口吻说：“快走吧。”

下了车，我朝车站广场走去。广场上有人在扫地，还有人在浇花。我从他们身边走过时，他们突然抬起头，睁大眼睛紧紧盯着我看。这是被人偷了或抢了，陌生人会有的那种反应。于是我停下脚步，把双肩包卸下一边，转到前面看了看，拉链好好的。

“就是你？”扫地的和浇花的对视了一眼，又看了看我，再看回彼此。“都什么时候了，林杨还去不去？”

下篇

你看过契诃夫的小说《在路上》吗？小说写了一个早已破产的男人，一个类似毛姆笔下拉里的男人，研究过各种学问，尝试过各种信仰，四十二岁，老年近在眼前，却无家可归。你写的这个关于创业、关于等待、关于一切都会好起来的故事，很像那个结尾。

或者，你可以看看契诃夫另外一个短篇，《带小狗的女人》。有妇之夫和有夫之妇，本想一夜情来着，却演变成了真正的爱情，他们讨论了很久如何才能摆脱目前的处境。“似乎再过一会儿，答案就可以找到。到那时候，一种崭新的、美好的生活就要开始了。不过，两个人心里都明白：离着结束还很远很远，那最复杂、最艰难的道路现在才刚刚开始。”你的小说结尾有点像是这个。

一切都会好的。一切都会好起来的。一切都会慢慢好起来的。

但是不会好的，不是吗？不会好的。永远不要说：一切都会好的。一切都不会好的。

二〇一六年九月，你在虹桥火车站川流不息的人群里，见到了已经分别快十年的前男友。他最近的一次创业刚刚宣布失败。他开发了一个手机摄影作品分享 App，希望能聚集摄影达人、文艺青年和他们的朋友。但只考虑了 iPhone，失败是必然的。你告诉他，你很想做一个编剧能接活儿，还能让制片方、编剧互相打分的平台。

“那你一定得见见我的前技术合伙人！”

在他的讲述里，你想象出了一个有趣的宅男极客。他曾经在世界五百强公司工作了好几年，却从来没穿过西装。前端和后端的代码他都能码。休息的时候他随手就开发了一个话剧剧本写作软件。考过北影，因为政治分不够被刷了下来。痴迷科幻小说……想到你也许可以跟他一起创造出些什么，你更兴奋了。你马上买了去广州的第一班飞机票，十点多就出现在了他面前。他有各种各样的问题，你一一作答，最终赢得了他的信任。之后你们还找了间不错的咖啡馆，聊起科幻小说时他的话比之前多了几倍。你觉得他够理性，他觉得你不算太笨。你们从来都不是什么好朋友，但从那天开始，你们一直一起工作到了今天。和你前男友一样，他也是超过一米八的大高个儿，酷爱威士忌，有一张爱挖苦人的嘴。他挂过你几次电话，觉得你不可理喻。

“Idea 阶段解决的是方向的问题。需求分析阶段解决的是前面直觉揭示的问题，本质到底是什么，是不是真实的需求，是不是痛点，有多痛。大问题需要被分解成可以解决的更小的部分，或者可以解决的一些步骤，每一块都要明确，没有歧义。不仅要定义问题，还要定义评估解决方法效果的方法。最后才是行动方案的制定和执行。”

在他发过几次火，甚至给你写了一封严厉的辞职信后，你慢慢开始学着做一个能跟技术人员友好交流的产品经理。他缜密的逻辑思维让你觉得他挺迷人。这也让你在抵押房子得来的贷款就快用完时，还继续往里贴钱。为此你签了四本传记的合约。“我写一本，就能再养你的技术团队一个月。”你反过来安慰他。

你们几乎不聊任何私事。得知你生过肺癌后，他告诉你，他妈妈，一个妇产科医生，也得过癌症。“都过去好多年了，她现在还活得好好的。”很难想象一个极客的爸爸是个公务员。你纳闷，他有看科幻的爱好，他特立独行不结婚不要孩子的生活方式都受了谁的影响。少有的几次共同出差的旅途，排队等出租车的时光总是在猫不知道甜味蚂蚁从不睡觉但一天打两次八分钟的盹这样的冷知识中度过。不记得他哈哈大笑过。刚开始合作那会儿，他在豆瓣建了一个书的豆列，比如《用数据讲故事》《重来》，用了“强烈推荐”这样的词。《怎样解题》，给你的留言是：“一本我觉得全人类都应该读的书，但毕竟和工作没有直接关系，所以你自己斟酌吧。”你读了，但你从不给他反馈。你们不讨论。不再有书单了。通过团队协作工具 Tower，你观察到他和他的技术团队总是工作到非常晚。当他们还在一一报备又修复了哪项bug时，你躺在床上看电影。

投资人的钱还满满地在账上的时候，你宣布也要搞团建。“如果你强迫我黎明早起去爬山，还不允许我的人请假，我就辞职。”你知道他说到做到。不了了之。在机场约见的几次，你真实地找不着东南西北，他总是让你原地待着，他来找你。你总是笨手笨脚，偶尔骑一次自行车也会出车祸。见过你俩的投资人都对他青眼有加。他们明示暗示，离开你，他可以轻松找到年薪百万的工作。可以把团队带上。话都说到了这个份上。你生自己的气，气你没法把功能那么强大的软件顺利推销出去。他只是笑笑不响。为什么他还是愿意和你一起创业？

“答应你之前，我考虑了很久，好几个月。你至少有一个优点，执行力强。”他是在试图让你开心点？

你不知道，你们算不算朋友。如果你宣布公司破产了，他会怎么看你。“服务器在，那些软件就都在。一个月交一千块就行。”跟你说话，他永远就事论事。刚开始，你们还偶尔提起你的前男友。他认为在一意孤行和感性冲动方面你俩非常相像。知道你把房子抵押了，还借了几十万债，他问你为什么没有早点告诉他。“我是这么不讲义气的人吗？”他反问你。

所以你看，你的运气其实很好。除了没钱。你没有经历过被背叛、被架空、拆伙乃至反目成仇。没有内在的分崩离析。很长一个时期，他陪着你开开心心去探索，他把每个按你要求新开发出来的功能称为“你的玩具”。

善意。你从来不缺这样的幸福。知道你身边有人过世，朋友在追悼会结束后请你去了 Blue Note，给你买了 Pee Wee Ellis 最贵的演出票。你坐在第一排，观察年近八十岁的萨克斯名家如何用身体的摇摆演绎出自在的节奏。你观察他们彼此心灵交会的眼神，他们无言的亲密。又老又胖，流下鼻涕的黑人老头腰部却很灵活，扭起腰来乐感十足。要求台下跟着他一起吟唱时流露出带有一丝狡黠的微笑。萨克斯真是让人体会到遥阔的一种声音。一个接着一个的即兴 solo，丰富多彩的音阶琶音，变化莫测的节奏，衔接顺畅的转调，再配上乐手的表情。结束后你仍然意犹未尽。你们在二十四小时便利店里买了最便宜的威士忌，一直讨论到子夜时分。

“整个晚上，你没有开口跟我们一起唱过一次。我注意到，周围的人都唱出了声，你没有。”他得出的结论是，你永远不可能真正投入。你的另一个朋友也敏感地注意到了这点。“你从来不真正投入，所以你做出很投入的样子。”

那么这次创业，你真正投入了吗？

在一堆要做的 PPT、要读的专业书、要分享的演讲，还有那些见一次就让你自我怀疑一次的投资人会议中，你创业的第一年就这么过去了。

在这一年里，你做了六个不同类型的故事公号，发现了将近四百个年轻作者。口头上他们崇拜你，叫你走走老师。你比他们的平均年龄大了十岁。写作的经验也比他们丰富得多。二十四岁的时候，你就和贝塔斯曼签约出了第一部长篇。你跟创意写作专业的名校硕士生们讨论叙事学。你的简历看起来很不错。但你也给时尚杂志写性专栏。有好几位男性因为看了那个专栏成了你的朋友。“每次看你的专栏，我饭都会多吃一碗。”请你去 Blue Note 的那位这么说过。他们究竟会怎么想象你?

“有没有觉得我这种跨界很离奇?”你问他们。

“什么事情发生在你身上都不离奇啊，因为你没有停止过进入各种离奇的领域。”

你的母亲也和你的朋友一样。归根结底，除了接受你，还能怎样呢。自从你生过一次大病，她跟你的相处好了一些。应该说，她对你更加包容了。抵押房子，没有车子，没有孩子，没有钱，她都不再冷嘲热讽。她只希望你健康地活下去。你之前写的书，她从来不愿示人，因为里面有很多性描写。这次这本，你预计她会喜欢。你已经过了写完一部自己满意的小说就想出一次轨的年纪。你对性爱的好奇，突然就冷却了。你不再发掘危险的情热。这和你总是遭受打击也有一定关系。创业之前，你身边的朋友离不开作家、画家、音乐人、诗人，你们之间很容易有点什么。都很敏感，都会注意到那些不易觉察空气却为之一变的信号。看展览时站在你身后的位置。过马路时站在你手边车来的方向的位置。总有那么几次，你们的手碰触到了一起。创业以来，你同样认识了不少男人，他们几乎只有一种身份：投资人。没有机会让你旁征博引、妙语如珠。因为不断重复着相似的内容，你自己也有些厌倦，需要用咖啡强打起精神。除了一个有想象力的盈利模式，没有什么再能吸引到他们。而你偏偏拿不出来。他们总是坐在你对面。他们一脸严肃，客气地机械地重复着“明白”“明白”。

有时他们也会毫不掩饰地看看表，打断你的畅所欲言。你同样比他们的平均年龄大。大七岁或是八岁。在千篇一律的日光灯管下，你感受到了这巨大的年龄差，你们之间从来就不平等。加个微信吧，他们把手机递过来。没有人再找你聊过天。结束后他们顶多送你到电梯口。更多的时候，他们只是为你推开玻璃门。他们在那边，你在这边。

所以，当有一个投资人表现出了对你公司的兴趣，你是不是内心一阵惊喜呢？你几乎对他言听计从了。你是跟你的技术合伙人一块儿见的他。他首先提出，希望你用自己的专业素养，为他的公司开发出一份未来网络文学发展趋势的报告。你为此准备了三个月。你看了很多专业评论。为了了解那些网络文学，你扫了近千万字，夜里眼睛疼得都闭不上。你逼着你的技术合伙人跟你一起琢磨，你写完一万多字的报告那天，他给你看了他开发的软件雏形。它可以提取出全文高频词，主要人物、地点、场景，还能在提取出描写人物的形容词基础上画出人物关系图谱。

可你没谈拢投资条件。那是创业以来，你离钱最近的一次。不会再有下一次了。你是不是整个弄错方向了呢？如果只是筛选影视版权，签进来卖出去，你可以严格控制你的员工成本，你究竟有没有浪费第一个投资人给你的几百万呢？

你做出了选择。软件的完善比你想象的要持久，简直是旷日持久。你用光了投资人的最后一分钱。“拿下第一个客户，我就要飞去广州和你喝掉一瓶威士忌。”你对你的技术合伙人说。“你想多了吧。”他真是说得太对了。第一个客户二十个月后才出现。

过去在文学圈，你听说过一些潜规则的事。比如一场饭局，一次敬酒，一双手放到另一个人的膝盖上或是腰上而那个人没有推开它。没有尴尬的对视，彼此心照不宣。那么通常意味着发表、出版，以及一篇有来头的评论，或者一篇有分量的序言。

想要拿下投资人或是客户，什么才是最好的战术？

对此你一无所知。你只明确一点，绝大部分投资人与创业者，连友情都无从谈起。

为了部分挽救自信，你开始着手写这部小说。你已经两年没有动笔了，为此你有点不安。处理开头的那几天你睡不着，你不希望自己像个怨妇一样开场，你想找到那种满不在乎的调调。然而最终，你写下的每一个字，都将把你钉在一座名为“失败者之歌”的十字架上。

第二章　林杨的一月

上篇

“我是来带你去你的林杨的。”

“每个人的林杨都不一样吗？”

浇花的脸上浮出一丝浅浅的笑意。“当然，别向别人打听林杨，林杨对每个人都不一样。”

车站旁有一间豪华的酒店，大堂里有几株高大的盆栽。浇花的陪我坐电梯来到顶层，我们沿着铺有金色地毯的走廊向前走，一直走到最里面一扇毫不起眼的门前。门上有一块小小的牌子，镌刻着五个字：走走的林杨。

门自己打开了。门后是一架旋转铁梯。我站在楼梯洞口往上看，光线昏暗。我开始爬，楼梯陡峭，爬了好久才爬到头，有一条狭窄的走道，走道上两两相对，一字排开六个房间。每个房间都没有门。第一个房间里有一张床。第二个房间里有一张书桌。第三个房间里有一个衣橱。第四个房间墙上装了一架电话机。第五个房间是卫生间。第六个房间里有一把椅子。看完这些，我已经觉得百无聊赖，返回到楼梯口，发现楼梯已经不见了。原先的楼梯口，这回变成了整整齐齐的一片雾灰的水门汀。

我想走到窗户边上看看外面，这才发现，六个房间，哪间都没窗户。如果刚才没跟人来这里，回上海的高铁应该已经穿城而过了吧。眼下我只能在这六个房间里踱起步来。要是有盏灯就好了，我想。最好是从天花板悬挂下来的吊灯，欧式的，花枝形的。这么想着，吊灯就在眼前出现了，出现在走道的正上方。我在第一个房间里的那张床上坐下，弹簧发出嘎吱嘎吱的声音，心里想着，下一个得要些什么。

我想要五百万。这一次，再有五百万，我准能撑上两年。这一次，空气里没有任何动静。

那就要一两新鲜出炉的小杨生煎吧。一只白餐盘出现在了第二个房间里的书桌上。一碗白米饭，一碟酱菜，一杯水，一双筷子。

"林杨的春天很硬朗，风也是硬的。"我突然想起了那条短信。这么说来那人是在一个有户外空间的林杨，而我却在这么小的六个房间里。

"林杨不是虚构的。在林杨，你首先需要考虑一件事，怎么打发时间。”我拿出手机，没有信号。那就来些书吧。“如果我坐牢，你们要给我送《四库全书》。”我曾经那么虚张声势地和朋友说来着，到了这会儿，我不得不承认，我肯定只想要能打发时间的侦探小说、爱情小说。我平时看的那些大部头，那些哲学书根本不合我的胃口，它们只在我家里的书架上蔚为壮观，实际每翻几页就会忍不住放下。毫无疑问，我要了东野圭吾的全部小说。静止的空气再次让我失望了。

怎么打发时间。以及，需要打发掉多久时间。

打坐？这是我皈依以来一直想做又没能好好做的事。生活中的诱惑毕竟太多了。而眼下，不会再有什么事能让我分心了。打坐所需要的时间和安静，我全都有了。我盘腿坐在床上，调整气息出入，想着不要想任何事情，却想起了之前在上师所在的甘孜石渠的日子。石渠是四川海拔最高的县，平均海拔四千二百五十米，比拉萨还要高六百多米，但我却没有一点儿高原反应。夏天的石渠美不胜收，草原上繁花盛开，草叶随风摇摆，上师和他的弟子们都会找个舒适的地方坐着，消磨时光。在草地上，在树下，在花旁。他们在那儿待上一个又一个下午，有时也在那里辩经。唇枪舌剑，击掌跺脚。

“师父，我这‘百字明’要念到什么时候才算完？”转完一遍佛珠后我问上这么一句。上师听了，却只是露出神秘的微笑。上师身材胖大，双颊总是泛着红晕，因为脸圆眼圆，看起来表情总是仁慈的。“继续转。”他回答。或许他送我的这串佛珠里头果真隐藏着什么，只有通过捻动每颗细小的珠子，才能真正把握住一切善逝的智慧。

如果那时，我真的念满十万遍“百字明”，我会避开今天这场濒临破产的劫难吗？从林杨出去，我就得开始四处借款了。开场白也许总是一样的：“我能不能问你借些……钱？”这句话不能一口气完全说出口，得在“钱”这个字前面稍微停顿一下。这个停顿，等同于鼓足勇气。

我突然想到要照一下镜子。没有镜子。我只能打开手机上的相机，对准自己看了看。自从手机上有摄像头以来，我还是头一次借助它这么仔细地打量自己。这种打量对信心于事无补，我发现自己脸色黯淡，晒斑有增无减，眼角的皱纹每一道都在告诉我，我的青春已经属于上一个、已经彻底逝去的时代。

这个世界的确，每一天，都在朝着衰老朝着死亡，转个不停。

不过真正体会到这一点，是在我离开林杨以后。那时我用账户上仅剩的一点钱中的五千五百元，购买了 FA 为期六十天的融资中介服务。有天下午，我按 FA 安排，来到外滩边一幢写字楼。开会前半小时，我先是收到了这样一条短信：“【某某集团】欢迎您于 2019-03-01 14：00 到访某某集团，您的 ID 号是 948956，请抵达前台时出示……”然后在前台，我又体验了迄今为止最严格的安保措施，在几架铮亮得无可挑剔的电梯前犹豫了几分钟后，才算准时抵达办公室门口。然后嗒嗒的高跟鞋声把我从下午的昏然中唤醒，我把电脑合上，看见面前站着一位身材娇小却有着完美比例的美腿女神。

“你是作家？我第一次见到这样的创业者。”她回应着我的凝视，眼神中透着些许好奇。在我熟稔的介绍之后，她抛出了一系列专业术语。商业模式盈利模式经营模式核心竞争力壁垒……

不新鲜，我兵来将挡水来土掩。但她打开了手机上的计算器。按下几个数字后她开了口。“你挣不到钱，你现在这个模式挣不到钱，几年后你也挣不到钱。”我相信我的脸上一定露出一丝窘态。“不，不能这样算……”她侧过头去，看了一眼远处的高楼大厦，然后抬了一下双手，开始滔滔不绝。她真的非常漂亮，那种最显著的美一定和青春有关。她应该是九五后？我看着她灵巧的手在我面前摆来摆去，有点发呆。她这样伶俐的人儿，还会在一个黑本子上记录和我的见面过程。她会写下些什么呢？她连我的真名都不知道。但她径直宣布了一个小小希望的破灭：不跟进了。

送我到电梯口，她正要转身进办公室，又突然停了下来。“我会读读你写的东西。”我有没有表现出感激？感激地冲她笑笑？

那天下午，让我能回到办公室，继续镇静地面对一群翘首以盼等着我带去好消息的同事的，是两杯超重泥煤风味的拉弗格。我得承认，我被那姑娘的聪明漂亮，以及闪闪夺目的青春击垮了。

第一杯拉弗格下去，我想我得考虑一下，如何才能实现融资成功这个目标。第二杯拉弗格喝完，我想我得鼓起勇气，让我的小公司活下去。

究竟是什么能让一个创业者在情绪大起大落之余始终保持坚定意志？这个问题我在林杨就开始想，但没想明白。

自从我在林杨用手机上的相机照了一回镜子，我就乐此不疲，也因此发现了鬓角边的一些白头发。我当即决定，一离开林杨，就要去我熟悉的“法剪”，剪一个短到耳根的发型。这能让我看起来瞬间年轻几岁。（遇到女投资经理的事实证明：看上去比自己之前年轻一些、精神一些，在真正的青春靓丽面前，于事无补，不堪一击。）

在林杨，一开始的那段时间，我一直在竭力避免自己惊慌、烦躁、不安。我仔细观察房间水泥墙面的色差。我踱步时会下意识地后脚尖对准前脚跟。我用数数儿的方式开始计算，我还得待上多久才能出去。如果我就此失踪，谁会最先惊慌呢？

这个问题我后来花了很长时间才想明白。肯定不是投资人，应该也不是我那些年轻的九五后同事们。他们顶多抱着八卦的态度讨论一下我会去哪里。至于拿不到的一个月的工资，大抵他们也只会对着上了年纪的老财务发发火。

我丈夫和我母亲应该会惊慌。我母亲应该会犹豫很久才拨打我丈夫的手机。他是个法国人，我们在一起的十三年间，他们见过的次数屈指可数。报警？我母亲骨子里是个浪漫的老女人，她会觉得我一定是爱上了另一个人，要是我的失踪和爱情没关系，她会大失所望的。但我只是一个人，在一个密闭的空间，想着自己要是失败了会怎样。终日无所事事对我这样靠工作逃避很多事的人来说，简直是片刻不得安宁。那种无聊的感觉到了后来变成了倦怠，有那么几个下午，被咄咄逼人的投资人劈头盖脸五雷轰顶的我走出写字楼时，就有这种浑身提不起劲深陷泥泞无法自拔的苍凉感。之所以定义它是一种苍凉感，是因为身心都有一种认命的安宁，并非不可忍受却又无力回天的那种安宁。

我不知道我在林杨已经住了多久，我只知道自己不会被饿着，对几个房间的犄角旮旯也了然于胸。有天我醒来，突然感觉到四周的墙壁在不断往外扩张，不消一会儿，四堵墙外加一块天花板就远到了十几米开外。第一次，我有了辽阔之感。除了与以往截然不同的辽阔，这里没有其他风景可言。我躺着的床应该是张标准双人床，眼下一参照，成了特别小号的儿童床。我从床上坐起来，情不自禁坐成了盘腿的打坐姿势。有一个声音清晰地在心里回响：你看，你需要留在这儿。

一旦盘起腿来，一旦视野真正开阔，相信我，有种神奇的力量会生起。你会想低头，想垂目，想极其系统地想明白一件事儿。哪件事儿呢？

要是公司失败了会怎样？不怎样，走一个破产清算的程序。要是我失败了会怎样？不怎样，找个工作，重新上班。要是我把房产抵押贷款，公司仍然失败了会怎样？不怎样，把房子卖了，还清贷款就行。那么我为什么难以释怀？

按照马斯洛的说法，应该把那些所谓的成功人士定义为自我实现者。我是因为自我得不到实现而沮丧吗？人活着，必需的那些东西到底是什么呢？是不是因为，拿投资人的钱，本身就意味着存在于他人的审判、计算和意志之下？当然，拿不到投资人的钱本身也能算作一种失败，可非得烧别人的钱不可吗？难道就因为现在的商业模式说服不了那几个脑袋，我就认为自己一事无成？

我想到了小说中那把精彩的万能钥匙：成功的创业都是相似的，不成功的创业各有各的不成功。

那么投资人呢？那些名片上印着投资经理，看起来努力精明能干却显然初出茅庐的年轻人，他们怎么定义自己的成功？据说能够退出并赚到钱的投资人连百分之五都不到，可他们在我面前个个像是成竹在胸。我把他们分为两类：把 iPad 外接上键盘当笔记本电脑用的；用笔记本和笔的。他们谨慎地转动我们工作间的把手，有礼貌地朝我点头弯腰，但他们从不感谢为他们倒上茶水的人，连快速点点头的都很少。他们敲打键盘或者奋笔疾书，然后，他们从我眼前消失。回到他们自己的办公室以后，接下来，又会发生些什么呢？

这不太好想象。在我忐忑不安等着我这个项目上会，猜测它是不是能过立项会的时候，他们都干了些什么呢？鉴于到目前为止，还没有传来成功的好消息，我猜测他们谈起它时会一致摇头、叹气。明确在微信里拒绝我的少之又少。第一次电话访谈之后，没有一个人再和我打过电话。我猜他们不习惯产生歉疚感，他们不希望自己在拒绝一个人时声音里流露出犹豫，哪怕只是一点点犹豫。他们索性不再打电话。他们连微信也不再回复。他们集体沉默，消声。

那么，还未失败的投资人和还未成功的创业者之间，可能有友谊存在吗？

友谊也许有，也许没有。爱情，它发生过一次。我不认为那个为我心动的人真的是为我心动。在投资圈里他寂寂无名，虽然他所在的公司可以排进前十。他是个被压抑了很久的公司第二把手，一连失踪几天也没有助理询问他的踪影。但只要他在办公室，不管那会的规格多大多小，他都会应召入席。他单独约我在咖啡馆见面时我就知道，那笔融资，又黄了。这就好比两个一起挨了揍的小孩，除了相互搀扶着从地上爬起来并成为朋友，没有别的更好选择。夏天过去，我俩就睡到了一起。第一次是在一间快捷酒店，我对自己公司出差住宿标准定的是一晚三百，我得以身作则。他坚持要来看我时我倒没有半点羞愧，马云不是说过“创业者要有吃苦二十年的心理准备”嘛。我们沿着肮脏的灰色机织地毯朝房间走去，对其简陋他只是看在眼里，并没流露出太多惊讶。走到写字台前时，他却停了下来，朝桌上看了一眼。“没带书？”“没，我怕重。”我肯定地回答。他有些惊讶。后来我才知道，每次出差，他的背包里总有一本论写作的书，有时是村上春树的，有时是海明威的，每本都没读完，对作者的观点倒记得洋洋洒洒。我拿起水壶装水烧开时想起了一个女作家笔下的海岛行纪，那个讲述出轨的故事里同样有一个酒店的热水壶在咝咝作响。不知道我在洗杯子时他是不是带着同情打量过这小小的十几平方米空间。因为下一次，他坚持带我去了郊区的温泉酒店。

那是十一月的一天，为了避开我热情的朋友们，我们换了两家酒吧，总算才接上头。他已经喝得有些多，代驾在路边等着我们。我们看着他把折叠自行车放进后备厢。车在黑夜里奔驰，直到酒店门口。在巨大的门厅里，我们被告知，住宿的房间离大堂还有几百米。我们悻悻地从大堂推门出来，重新上车去找那遥远的房间。我们经过花园、凉亭，甚至儿童乐园，就是找不到那栋据说有着朱红色大门的建筑。代驾之前已经离开，他带着微微的酒意不耐烦地寻找着，只要感觉到他朝我这边看，我就会抬起头，给他递上一个温暖的微笑。就是作家笔下会写成温婉、体贴的那种微笑。

和他在一起的时候，鉴于他把我当成一个作家来看待，我总显得与平时格外不同。有时我会从作家角度跟他讲讲自己笔下的人物，以及怎么修改自己的小说。第二天中午，开车送我回城的路上，他突然没头没脑地问我，作家都怎样构思自己的小说？

很多人都问过我这个问题，在各种图书活动上。但我回答他的方式和之前的都不一样。

我若有所思地盯着车窗外飞掠而过的白杨树。

你知道吗，属于一男一女的幸福时光是很短的。它们只属于过去。它们和耐心、理解、微笑、好脾气一样，总是属于过去。比如昨晚，我说着把目光从光秃秃的树枝那儿转移到他脸上，昨晚我昏昏欲睡，我的朋友已经为我订了一间不错的四星酒店房间，原本今早我要做一个采访，这些都因为你想要给我一个惊喜而泡汤了。你在黑夜里来回找路。恋爱时可以容忍成浪漫。可到了婚姻里，它可能就是最后一根稻草。坐在副驾驶位的妻子会在后视镜里看到自己厌倦的表情。

千真万确。他说。

对一部中短篇来说，一个写作者光写一些美丽的文字已经远远不够了，时时刻刻都得想一些有灰度的细节，应该大量使用第一人称调侃自己。最重要的是，必须看起来有些恶毒。

他露出困惑和迷茫的表情，几秒钟后，他探头问我：我开了座椅加热，你屁股会不会太热了？

世事就是如此容易预料，属于我们这一男一女的幸福时光果然很短，三个月后，在他家乡的城市，他告诉我，他爱上了别人。于是我忘了那个冬日午前自己的笃定，在陌生的城市陌生的酒店里独自哭了一小会儿，一夜醒来，窗外下了大大的雪。

在上海很难见到如此大的雪。在这种不同寻常的天气面前，一个小情小爱的人必定会有一番大彻大悟。比如一切已经发生的都只是命运安排的一个过程，接下来将要发生的，命运有其充分的理由。我掏出手机想拍下这漫天大雪发给他看看。但就连像素都觉得这事不堪一提，试了几张都拍不出高逼格雪景照，我也只能把手机重新揣回兜里。

思绪到了这里，就必须喝上一杯了。念之所及，桌上出现了一杯啤酒。我拿起杯子喝了一口，我得敬敬谁呢？敬那些接见过我的投资人，还是跟了我十几个月的团队？为已经几个月没有领到孝敬款的我母亲，还是为周末都难得见上我一面的我丈夫？我突然想起去杭州的前一晚，我和一个比我早一年创业的朋友见了一面。那晚我下了班，沿着淮海路往环贸 iapm 方向走。离公交车站隔着几十米远，我忽然感觉到有人在看我，我停下脚步，朝四周打量了一番，这时，有人在马路对面叫出了我的名字。

我们走进商场，暖气扑打在外套上，室外洁净清新的凉意被钝化，朋友脱下大衣，里面是简单的毛衣仔裤，既看不出创业成功的痕迹，也看不出创业失败的影子。所以一在餐厅坐下，我就毫无客套地单刀直入：听说你刚拿到新一笔融资？他摇摇头：我离钱最近的日子是在两年前。很好啊，我说。是啊，还活着，还在生命线上挣扎。这时，服务员出现了。他接过菜单，一边翻看着，一边说，你知道吴晓波说过这样一段话吗？中国每天有一万家企业登记注册，一年三百六十五万家，这三百六十五万家企业中，百分之九十七在十八个月里面死掉。他朝我抬起头微笑。“你现在有十八个月了吗？”“有。”“那么，”他说，“你应该为你自豪，你是那少数的百分之三。”

他给自己点了一份南瓜汤。我看着他有条不紊地喝，从中间白色旋涡状的奶油纹路开始，他用勺子一层一层，逐层享受着他的这碗汤。“那么，你有没有把投资人的钱装进自己口袋里呢？”“当然不会。”我没好意思说，我正打算到处借钱，让公司能继续运转下去。他严肃地点了点头。“你知道吗？不说五成这么多，有接近四成的创业者先富了自己。”“有那么多？”“是。”他把眼睛一翻，“我说的都是事实。”

酒杯还在我的手上。是的，我这才想起来，我还是身在林杨。杯子在手里转了几转，算了，还是敬敬我自己吧。

因为这一年多，我从自己身上发现了出人意料的一面。那是一种十分纯粹、发自内心、执着到了偏执地步的东西。

“那你准备好了吗？”

房间里回响起一个中性的声音。

我当然还没准备好。我差点喊出声来。这一点，连傻瓜都看得出吧。等你准备好再开始？没人会等你。我把盘着的两条腿打开，慢慢下了地，走到了房间正中央。

如果没准备好，就假装准备好吧。

过了几分钟，楼梯出现了。

下篇

你究竟在林杨失踪了多少天，谁也说不上来。

听到你摸钥匙的声音，你的丈夫给你开了门。他没有拥抱你。他一个人在前面走，一直走到沙发那里，坐下，看着你。

你跟他说了林杨的一切。他完全不相信你说的。跟你的母亲，你什么都能说。跟他可不行。你甚至可以跟你的母亲探讨出轨那些，她是个明白人。“你有本事出轨，就别让他知道。除非你不打算过下去了。”或者，“我还当什么事呢，不就那点事嘛。”她这辈子只有过一个身体意义上的男人，可她比你通透得多。你们是两个极端，但再遥远的殊途也会同归。

你最终只能说，你想一个人静静。

“你知道吗，我考虑了所有的可能性。我甚至想过，要不要去派出所报警。我认为这些天，你跟别人在一起。”

“你觉得公司现在这样，我会有心情跟别人在一起？”

“这么说，公司要是好起来了，你就有心情跟别人在一起了？”

“什么时候你开始变得小心眼了？”

面对他的怀疑，你想，总能找到解决办法的。你会哄好他的。

“你一直在骗我，对不对？”

从你们认识那一天开始，你就在骗他。他问你有过几个男朋友，你回答三个。那是你第一次骗他。你的女朋友们发现你可以很狡猾：一生二，二生三，三生万物。

“你是个坏女人。”

“坏女人？为什么？”

“你出卖了我们之间的隐私。你从我们认识开始写起，当中穿插了好几个其他男人。”

出卖。他没说错。很多作家都有类似的名言：所有作家都是恶魔，作家通常出卖别人。写作是一种具有进攻性的甚至充满敌意的行为……是一种实施隐秘暴力的策略。

他告诉你，他新来的实习生——一个法籍华裔女孩，买了你过去的小说，好几本，她把那些描述出轨的段落一一画了出来，还翻译给他听。

“小说结尾，我的女主人公杀死了她的男人。你还好好地坐在我面前，不是吗？小说本来就是虚构的。”

你在他身边坐下，拿起他的一只手紧紧握着，面带微笑。

“你的实习生是不是爱上你了？她只是希望我们吵架，仅此而已。”

危机解除了。但自从你创业，你们的关系还是发生了变化。在一起的时间越来越少，即使在一起，你也总是隐在电脑后。每天晚上八点回到家，你还会打一些工作电话。

“我们越来越像室友。”他说。

他要求你晚餐尽量回家吃，周末最好别出差。你拒绝不掉的一些饭局，就催他们傍晚五点半开席，你坐到八点走。总吃两顿晚餐让你开始发胖。有些夜里，他凑过来吻你，可你眼睛还看着手机。你的作者、你的同事都知道，任何时候他们找你，你都在线。

“我不想，我还有工作。”或者，“我没心情。”

这方面，他从不强求你。他只是用力转过身去。过去，你不在床上看手机。你在床上看电影。他会趁你专心致志时吻你，跟你捣乱。你推开他时他会吻得更用力。

“我要跟这部电影竞争，看谁更有吸引力。”

他不再试图抓住你。你的不耐烦一次次伤害了他。

“你需要一条狗，招之即来，挥之即去。”

中秋和国庆，长假将至。你们再次分离。你们早就计划好了这次回乡之旅。他想待上五周，甚至更久。要陪伴父母，还要拜访一些之前在中国交下的法国朋友。往返机票就要八千多。除了机票，还要买礼物，请人吃饭。在法国生活也很贵。就算住在他父母家，日常开销还是要AA。关于这次旅行的讨论最终演变成了“你什么时候才能真正放手”的讨论。每个月你都对他说：“下个月，要是工资发不出，下个月一切就结束了。”可是总有下个月。

抵押房屋所得的贷款其实还有一些，足够你支付机票，但是那样一来，留给公司的钱就会变少。你得活下去，带着所有人，在一艘将沉未沉的船上，还得活上一个月。有了一个月，就有了至少三十天的可能性。

“你把每一分钱都投进了你的公司，你从来没有考虑过我们俩的生活。”

你母亲顶多跟你说：“别上征信黑名单就行。”

你和他之间，令人难以忍受的沉默越来越多。

曾经，你慷慨地给过他很多承诺。不管他去哪里，你都可以跟着，你只需要一台电脑，每天花几小时处理完工作邮件就行。那时你给自己开的工资是税后两万，不多不少，旅游的目的地可以随便他挑。

可后来你出差坐飞机坐高铁，就跟坐出租车似的频繁。同样的四十几页PPT，你将讲上五遍、十遍、二十遍……你谈论NLP自然语言处理，语料库的分类，自动分析面部表情的软件，对AI写作是不是会取代作家发表意见。你给人留下专业的印象，你穿着得体，每到一处，他们给你掌声。老师们会用上“精彩”这个词，同学们则用“震惊”来形容。不会有人想到，你看似拥有所有可能，实际就快身无分文。不得不表扬你一句，你的心理承受能力还不错，穿着高跟鞋就上了钢丝绳，不到最后一天，你的嘴上不会认输。

跟出版社谈版权合作，跟高校谈软件购买，你已经习惯了碰壁。

你的导师给你介绍了他的前同事，她让你去了她在另一所高校的办公室。你想拿出电脑演示，她阻止了你。非常抱歉，她说，我对人工智能这些完全不好奇。你坚持也没用。你说来都来了，就几分钟。讨好也没用。既然她不打算接待你，为什么又让你跑一趟？这影响了你一整天的心情。

从春天到夏天，你度过了最糟糕的三个月。窗外阳光明媚，你却无法享受。你总想躺下，起床去上班变得艰难。十点，十一点，十二点，你进办公室的时间越来越晚。你不敢听音乐，任何音乐都能让你听出悲伤来。你睡觉。你拒绝所有的饭局，你跟每个人都说自己很忙。你待在拉上两层窗帘的房间里，昏暗包裹着你。你不知道自己是不是抑郁了。你对世界的看法并没有变得更消极，你只是不想进入每一天。

你很想再去一次林杨。但除非它找上你，否则你去不了。

你的丈夫想改变这一切。你们从未讨论过抑郁这个词，他认为你只是在担忧，还有一点焦虑。他计划了一次海岛的旅行，所有费用他来承担。大概他觉得海岛的太阳能让你变回本来的样子，你曾经是他口中的“向日葵”“小太阳”，整天活力四射，照得他头晕目眩。这一次，他没有寻求你的帮助。他在一个住宿预订App上搜索了一圈，最后选定了一家，它的照片看起来格外吸引人，有大大的花园，还有游泳池，价格只比三星酒店高一点点，还含了税费及其他费用。难以置信。他立刻下单，支付了全部房费。

你们去的日子错开了所有节假日，不会有大量游客妨碍到你们。白天黑夜的任何时候，你们都可以坐渡船去海对面的市区。你们可以在岛上错综复杂的小路上闲逛，可以在游完泳后毫无顾忌地吃海鲜。他还带上了全套摄影器材，他喜欢给你拍照。

下了码头他才发现，导航显示，酒店还有相当长一段步行距离。你们拖着行李箱，在烈日下缓步前行。将近三十分钟才抵达。办手续时你们才知道，你们住的便宜房间在酒店的副楼，没有泳池，想要游泳需要另外交钱。按照指示路线，你们穿过美丽的花园。花园背后，才是你们要去的地方。一楼。房间不算宽敞，两只行李箱一打开，就没多少地方了。靠近地面的墙面上分布着一些霉点。阳台上摆着两把椅子，朝着花园，除此之外，没有别的任何优点。

出发之前，你已经假装对这次旅行迫不及待了，看到这样的房间，你不想假装高兴。你已经努力咽下所有抱怨的话。他为什么没有想到，可以把这次旅行的所有开支送给你呢？有一个月为了筹措工资，你从借呗上借了十万，微信上借了三万三，“360 借条”上又是九千三，接下来的每个月，光是还款账单就压得你透不过气。你已经把自己的工资砍到了一万多，付完各种账单之后，就几乎不剩什么钱了。你怎么会走到今天这一步的？

你在酒店房间里拖拖拉拉。你缓慢地起床，缓慢地化妆，缓慢地换衣服，他受不了就总是催你。你说你很累然后你就不再说话。你也不想在潮乎乎的被子底下做爱。如此陷入恶性循环。后来几天老天开始帮你。总是下午，天空变得昏暗，风里有了凉意，紧接着就是一场大雨。你的丈夫愤怒地看看天，看看床上的你。他一定是在想，肯定有什么弄错了。

你们有了更多时间相处。他开始一瓶接着一瓶地喝红酒。你皱起眉头，让他少喝点。他却借着酒劲反复问你在林杨的那几天。一开始晚上问，后来白天也问。他说，直觉告诉他，你遇到了一个男人。“是不是他能在生意上帮到你？”他反复试探。“出轨没什么大不了的，”他说，“只要你还爱我。你爱我吗？”他一次一次恳求你说出来。你打开所有银行 App 给他看，给他看个人账户上加起来可怜的四位数。你已经几乎身无分文，可他对此却还一无所知。你的嘴角扯出一丝苦笑，说你整天只想着钱的事。它差点把你压垮，你说你用睡眠麻痹自己。你平时不喝酒，没有更有效的办法了。他一把把抓着自己的胡子。打着卷的胡子，白色的部分越来越多。这唤起了你心底前所未有的温柔。这个男人选择留在异国他乡，跟你在一起，已经有十三年了。你是在自己的国家，周围是你的朋友、你的母亲，他呢，他有什么？在他想要和你出去散散步，买束鲜花回来时，你头也没抬，说你没时间出去。你在家的形象远不如你在外面的形象。一年四季，你穿着运动衣运动裤，很舒服，但也没腰线。你用黑皮筋把头发扎起。不想长时间佩戴隐形眼镜造成角膜缺氧，你一到家就换上眼镜。你一遍遍改着拿不出手的计划书，皱着眉头，一副厌倦的神情。有时他会开玩笑说：“我嫉妒上班时见到你的那些人。”有一次他在本子上写你的名字，他反复写那个“田”字，他说“你看，你用四堵高墙把你自己封闭起来，监狱里面你还隔成了四个小单间”，他在“田”的四个方框里分别写下“工作”“钱”“工作”“钱”，“没有你自己，也没有我”。

你的眼睛有些湿润了。你有一整个世界想去征服，可他只有你。你总是以为，只有挣到足够多的钱，才能过上自己期望的生活。可你们也许谁都等不到那一天。

对你而言，真实的生活似乎是从这两年开始的。过去，你不用每天上班，等他下班后，你们就出去喝一杯。你跟他讲一天里看来的故事。你为你们的夜晚已经选好了一部电影。你们手拉手回到家，晚饭前，你和他各自看一会儿书，音乐在你们的身边流淌。如今你们几乎不再出去。你们吵得越来越频繁。他讨厌你摆出一副居高临下的表情跟他说，他不懂，因为他只做过老师和签证官这两种工作，他从没在大公司上过班。于是他针锋相对：你不是一直觉得自己很聪明？那怎么到现在都不见你成功呢？你知道他说这些只是为了气你，但你还是被气得脸色通红。当你又拿到一笔几千元的讲座费，忍不住买件新 T 恤或者新衬衫时他会生气："你不是说你已经没钱了吗？"有时影视公司从北京赶来找你开会，你晚上十一点才到家，却想不起来跟他通个电话告诉他一声。"你就不知道什么是共同生活。"渐渐地，他也开始跟朋友们出去，同样不告诉你。但你们还算相爱。因为那个深更半夜才回家的人，从来不会弄出很大动静，总是轻手轻脚，怕把房间里的另一个人吵醒。但往往，那个人没在睡，还在等着。

有时你也会带上他去见你的朋友，他听不太懂你们说的，你常常忘记替他翻译。他坐着，不再看你们，而是低头看手机。你也不再注意他。你试图感受过他的孤独吗？你意识到，因为你的缘故，你们已经浪费了很多时间。

你用温柔的声音跟他道歉，告诉他，你想对他好。

他抱住你，说他相信你，你会找到解决办法的。

好了，笼罩的乌云散去，太阳出来了。

你们去海边散步，在那里你们庆祝了你的生日。他送了你一对珍珠耳饰。你已经四十一了，你的朋友们几乎全都安顿下来了。

他们有的要了第二个孩子，有的在国外买了房，有的从杂志社辞了职，去大学教书。所有人都有一份稳定的工作，除了你。你是他们当中唯一一个，积累了那么多经验却持续走在下坡路上的。他们还客气地羡慕你，说你不用过平庸的生活，不用过每天被闹钟叫醒的日子，不用从早到晚被困在一间小小的办公室里。你其实已经不再雄心勃勃。刚拿到融资时，你什么都想做，你喜欢用“穷尽”这个词。你会说，你想穷尽所有类型电影的桥段，你想穷尽新中国成立后所有的学术著作，将它们压缩成导读版，建立一个全部由书本知识构建起来的搜索引擎。

回到酒店，走进洗手间，关上门，你不用再打起精神给谁看了。你卸了妆，突然发现，因为消沉，自己已经有了一种老女人的神色。你敢打赌，你已经比你那不问世事的母亲还要苍老。你打了个冷战，你怕自己再也走不出这个困境。你很想大哭一场，可他就在门后。曾经，你是受人尊敬、大有前途的作家，如今，你提心吊胆每个还款日的来临。有一瞬间，你有一种冲动，想把他送你的耳环在闲鱼上卖掉。

你，一个老女人，开始往五十岁上走了。

第三章　无法说再见

上篇

坐在酒店大堂的沙发上，我留心着进门来的每一个男人。很多人手上都拎着一只电脑包，显然是来出差的。他们的脸上没有表情，头发全都梳得整整齐齐，看起来早就丧失了职业热情。他走进来的时候同样很普通，我没法违心地说他很醒目，事实上，直到他快走到我面前，我才认出他来。我们分手时，我还不到二十四岁。如今，我也不敢说自己的背影还残存一份活泼和轻盈。

从分手那年起，我就再没见过他。当时他还是一个年轻的杂志记者，光阴荏苒，如果不是认出了他黝黑的脸上挂着的谦虚淳朴的笑容（那是他以前面对采访对象想让对方不设防的招牌笑容），我可能都认不出他来。

很高兴见到你。

我也是。

两个人沉默了片刻，然后他脸上的笑容开始松弛下来。他知道我是来向他借钱的。所以他看着我的表情从客气渐渐变成了好奇。

“你现在……自己出来干了？”

“是的。但是干得不好。”

他困惑地点了点头，却没说什么。

“所以，你是真的被共享单车搞死了？”我贸然问道，“我还记得，你是真的爱骑自行车。”

他笑了笑。“我骑着自行车游历了五大洲。所以我觉得这座城市需要一辆自行车。”他晃了晃手中的车钥匙，“来看你我也是骑车。”

我有无数的问题想问他。他的至暗时刻是怎么熬过去的？他那些售价昂贵的手工自行车都去了哪儿？他现在在做些什么？

短暂的沉默。他转开了目光。“你还没到最绝望的时候。你还有朋友可以找，有钱可以借。”

“所以，你会借给我钱了？”

他点点头。“来，跟我讲讲你在干什么。”

我从背包里掏出笔记本电脑，迅速连接热点上网，点击软件页面。

我讲完后，他朝我看了一会儿，从口袋中掏出了一只不锈钢便携小扁酒壶，慢慢拧开盖子，呷了一口，看似意犹未尽地舔了舔嘴唇，咧嘴笑了。“你问我怎么熬过的至暗时刻？就靠它了。最颓废的时候我每天都在喝酒，每天回到家就站在阳台上喝酒、抽烟，总觉得心里有座大山压着，经常醒得很早。过年时发不起年终奖，我跟所有同事道了歉，年会散了后我自己找个地方要了两瓶酒，喝多了，哭了一会儿回家。”说这话时他上半身往前倾，双臂撑在膝盖那儿，脑袋埋在手心里。

“你知道，我一直追求品质，我的车，质量特别好，我觉得是生活方式的消费升级。但它们被共享单车被摩拜被 ofo 迅速冲垮了。摧枯拉朽那种。”

他的头发还算浓密，我想伸出手去，但我只是谨慎地朝四下望了望，我不想他的悲伤惊动任何人。

他终于挺直了身子。“创业以来，你有没有觉得，在某个地方，在某个遥远、无常的地方，有一群神在玩着掷硬币的游戏？我们就是他们手中的硬币，被他们抛起，其中一面会落地，会写着输或赢。你和我，我们还没倒，我们在旋转。”

他停住不说了，好像在斟酌着什么不该出口的话。“你后悔过吗？”

四十一岁，银行里没有任何存款，没有孩子，房子抵押了，可以说一无所有，如果可以删掉，可以叫停一切，Ctrl+Z，撤销这几年，重新开始，把这几年重新过一遍，我当然愿意。

“不过，既然没法重来，那也只能继续下去。”

“你这么做是为了什么呢？借的钱都是要还的，为什么不及时止损？”

我思考了足足三十秒钟。

“不为什么，为我自己，为了不让自己悲伤。我也不知道。我就是没法跟团队说再见。”

我的脑海中闪过这样一幅画面：大学毕业后，我攒钱买下了宜家的一架大床，八年后我结婚，没法带进新家，我坐在床边，想想就流泪。我丈夫在床头柜上放了一杯泡着玫瑰花蕾的热水，他坐在摇椅上一边看着杂志，一边偷偷打量我。摇椅的嘎吱声尖细，那声音简直让我要发疯。

“难道你只是害怕裁员？”他笑起来，“你的软件离 TOC 还早呢，你早晚得经历我经历过的。”

“只要做过一次，至多两次，你的心就不会再柔软了。”他又补了一句。

“然后呢？”

“然后，你会像上了瘾一样，观察你的每个员工，审视他们做的所有工作，判断谁可以被替代。你不会再天真、幼稚地希望你的小公司是个大家庭，你不会再对任何同事推心置腹。一开始，你会犹豫，斟酌不同的语气，换上不同的说辞，试探。约出去当面谈，或者写封言辞恳切的邮件。可是那些都没用。给你个忠告：直言相告就行。微信上几行字就可以，甚至一句话。”

“可是写些什么呢？怎么写？”

“那种东西，”他温柔地说，“那种让人心狠的东西，我也还在学习。那段日子，我就一直听音乐、抽烟。也有的时候站在阳台上发呆，老想对自己冷笑，又笑不出来。”

“听音乐能治愈吗？”

“我这把年纪了不需要别人来治愈，关键是内心要强悍。创业者都是铁石心肠。”

我们又陷入了沉默。

几天后我就经历了这些。一个周六的下午，下着雨，隔着窗玻璃，雨声发出轻柔的响声，这雨声太像人的倾诉了，一个失败者，絮絮叨叨的倾诉。我终于要做出这个巨大的、灾难性的举动，我别无选择。拿起手机，建了一个“同舟共济”群，十一人，我先发了一张公司账户信息的截图，上面清晰地显示出了账面余额。

平均年龄九五后的小朋友们纷纷发来各种“啊——啊——”瑟瑟发抖的表情包，然后是各种“加油”的表情包。

在我等待他们和我私聊是否接受减薪标准的时候，我突然想知道，一年前，他们对我的第一印象是怎样的。从那之后又过去了九个月，此时此刻，我仍然很想知道。我还想知道，他们依然能看出我从前作家的样子吗？两年，我所经历的失败在我身上留下了什么印记没有？我曾一次次回放这两年，以一个历史学家的眼光，但我找不出任何一个重要的日子。没有这样一天，没有这样一个转折点，甚至都没有一个决定性的因素。所有日子都是苗头、征兆和铺垫，一路缓慢下滑，转眼就是下一个坎。

有好儿个月，每天早上醒来，我都有一种自己正在犯错的挫败感。不过也许，换个写作者的视角，这些错误对我都是好的？但我就是没法起床。我只想在被子下面，把自己蜷缩起来。我丈夫每天早上八点四十五分出门，他会小心地拉好两道帘子。很快，屋子里沉寂下来。灰蒙蒙暗淡的屋子，帘子静止不动。仿佛是遗忘的尽头。而我不介意被所有人遗忘。

有个周末，我从前一天夜里十点一直睡到第二天下午七点，起来吃点喝点倒头又睡，一直睡到周日下午，这种时刻昏昏欲睡的状态把他吓坏了。你怎么了？你是不是有抑郁倾向？我没法告诉他，被子让一天和缓地进入下一天，也许能有新的转机呢，那四个字怎么说的？渐入佳境。渐入，就是一种努力延伸，试图触摸希望。我开始把手机调成静音，反扣在桌上。这就像是我在翻牌，有了那么一丁点的主动权。失望转化为绝望，原来是一个渐渐向下颓落、半死不活的过程。

那段日子我头疼得厉害，医生建议用西比灵来预防偏头痛。“每晚两粒。如在治疗中出现抑郁或其他严重的不良反应，应及时停药。”我丈夫的话提醒了我，我找出药品说明书，确实：长期用药时偶见抑郁症。于是，我把一切推给了西比灵。

还没开始借钱的那段日子，不是这样的。那时我经常出差。第一班和最后一班飞机，上海与北京两地往返。最多的时候一天安排六拨人见面，从东三环到南二环，所有时间都花在交通工具上了。一日三餐都是省掉的，顶多午餐时在星巴克咽下一个三明治。他们看我演示软件，解释烦琐的算法问题。一遍一遍重复这些演示不会拖垮我，反而让我兴奋。

那些日子，我干劲十足。干劲与声音有关。西装、风衣的窸窣声，高跟鞋的嗒嗒声，凌晨时钥匙在锁孔附近摸索的一两次金属声，在客厅里高分贝的讲话声。所有的声音听起来都年轻而有激情。有几次我改了航班，晚上十点多就到了家，习惯性打开卧室的灯光，听见丈夫的抱怨，他一边用胳膊挡住眼睛，一边嘟哝：你一回来，屋子就不安静了。他躺在黑暗里看着电影。像清晨四五点离家时一样，我俯下身去，在他额头上轻轻印下一个亲吻。电影继续播放，没有暂停。

对丈夫，我越来越歉疚。我记得回家时要拥抱他，要把吻落在他的额头上脸颊上嘴唇上。我提醒自己要问问他工作上怎么样，有没有遇到什么烦心事儿。周末我要留在家里，跟他出去吃饭，然后去电影院看电影。我应该经常说谢谢，经常说对不起。可我不在家。

人类的全部不幸就是他们不能安静地待在他们的房间里，这话是帕斯卡尔说的。最初让我离开房间、离开写字台的原因，是因为有家互联网公司找到了我。这家公司开发了一个名叫“行距”的原创文学作品在线投稿平台。我和对方老板在咖啡馆坐了一下午，直到黄昏。他用他那偏女性化的声音柔和地对我反复强调，一群资深写手的入驻将如何有助于文学青年的成长。他一边说着话，一边把手摆来摆去，仿佛想要把一个看不见的、不愿被他掌控的东西圈进自己的手心里。我同意了。送他去街边打车时我才发现，他站在我面前，羸瘦，气色焦黄，佝偻着自己的肩膀。那时我就应该预感到：他的公司，气数将尽。他给我未来的团队分期支付五十万元的合作费。日后我才知道，支付最后一笔钱时，他的公司账上，只剩下了一个月的现金流。

我从复旦大学创意写作专业找来了一群学生当见习编辑，这些学生，构成了未来两年后我无法说出再见的“同舟共济”群。

合作协议签署后，那位老板不时从北京来到上海，每一次，他都要求我签下更多知名作者。那时我还不知道，他已经捉襟见肘，需要这些授权协议为自己的融资增加砝码。要不是因为自己后来也做了老板，我恐怕永远不会原谅他。在他宣布破产前一个月，我刚签下了第二百位作者。在我们第一次见面的咖啡馆，他说：你瞧，事情就是这样的，我想靠你签的这些合同翻身，但我失败了。

“那些作者该怎么办呢？我的团队该怎么办呢？”

“现在说这些，还有什么意义呢？”他一边说一边抬起头，皱纹密布的脸上挤出一个难看的笑，一瞬就消失了。咖啡早已喝完，服务员给我们一人倒了一杯水，他喝了一口。“你要是还有时间，我给你讲个故事。”

“不过其实也没什么可讲的。我本来有一笔谈好的融资，一千五百万，协议已经签了，五百万过桥资金都发放了，我就想着做点什么。我觉得你在上海建的团队不错，比我在北京招募的团队强，那个团队 COO 在管，我就把他们全炒了。炒之前，我试探过几次投资人，她只说，我的公司我做主。那个 COO 是个基督徒，办离职手续的那天他一言不发地站在我对面，批判地看着我，好像在说，你怎么可以这样，上帝会给你应得的审判。很快投资人以团队变更为理由解除了协议。那笔过桥资金已经被我用来偿还之前的债务了。我这次来上海，就是卖掉我父母住的房子。”

说完这些，他说想请我帮个小忙。他很抱歉给我讲了这个故事。但他觉得我有足够的能力独当一面。“如果你愿意，来当我的合伙人吧。你的团队很棒，我相信我们能一起说服别的什么投资人。”说完他讨好地笑了笑。

在他的授意下，我确实见了一些投资人。等我说完我们打算合伙的事，他们就不耐烦地打断了。“坦白地讲，你找了艘要沉的船。最佳方案是你跟他撇清关系，带上你那些名家的合同，我们会帮你想办法的。”

“你这么做毫无意义。我们昏了头，才会去补一个窟窿。他已经融过一次资，九百万，一年多就烧完了，你这么一个知名作家，怎么会卷在这里面了？”

“你认识的那些作家，他们才是金库，他们的版权才值得一谈。但是要为此接手一个估值已经虚高的公司……”

“恕我直言，你应该自己干。”

和这些投资人的见面，让我渐渐拼凑出了他的公司噩运的些许模糊轮廓。他的摸底工作做得不够细致。那位愿意给他一千五百万的投资人，和他的 COO，是一个教会里长达十年的教友。

我决定自己带上团队单干。

我的失眠症不知不觉好了。早上一醒来我就进入了工作状态。一切都得从头学起。我收藏了很多投资人会看的公号。那些我从前在财经小说上看来的词，股权、债务、财务杠杆、资本支出、集中度、组织、董事会、预算，如今成了我的日常用语。一切都是复杂的，但令人兴奋。一个年近四十的女人找到了新的学习方向。每天都有那么多东西要学。日后我开始对风水感兴趣，用在线排盘排出了自己的八字，赫然两个“学堂”。《三命通会》谓：“学堂者，如人读书之在学堂。”“学堂主学业功名之事。凡学堂星入命的人，一般都比较聪明，可以考取功名，文才初中，登科及第，功名显达。”如果我早早知道一切已在命中，我会好好学的。

但那时候，我想着怎么让别人来帮我。

那段日子我写得最多的是 BP。BP 是创业者找 VC 的敲门砖。一个投资人平均每天收到一百份 BP，只有其中的五六份会受到重视。据说投资人阅读每份 BP 的平均时间为三分四十四秒，我要在不超过二十页的 PPT 里说明我是谁、我要做什么、我的产品或服务到底有什么价值、我会怎么做、怎么证明自己的执行能力和成功的把握。最重要的是，我怎么赚钱。一个作家却写不来这个。我找了很多 BP 来研究，最终得出结论：我必须找人请教。

我想起我见过的一个投资人，他似乎对我表露过好感。“即使我公司不投你，我也看好你。我会帮你。”要不要问他呢？他似乎一直期待着什么。从一开始他就反复强调，我是个作家，我做不来财务预测是正常的。有一次他把我比作张爱玲笔下的白玫瑰，尽管我和他不过只有几次咖啡的交情。他说过一些自己的故事。北京名牌大学毕业，自己创过业，做的是皮鞋的生意，做了投资人后私底下帮过一些小公司，因为借笔钱给朋友的钢铁厂，朋友到期没有归还，已经打了两年的官司。我在噩梦发生之前，没太留意他说的那些。日后，他和我的官司同样整整持续了两年，尽管我一再胜诉，他仍持续上诉。我花了几十万律师费，最终了结了这个麻烦。

在一个在商言商的世界，白玫瑰这样的语词，就是个圈套。

你是我的白玫瑰。我从这句话里抓到的信息只能证明两件事：我太天真，或者自以为是。我先动了利用人的心思。隐患就此埋下。

也是因为这起股权纠纷官司，一开始，好几家银行拒绝了我的房产抵押贷款申请。我必须借到钱。我连一些来路不明的贷款公司都打了电话，不管是什么利率都愿意借，我的律师知道后及时出手帮了我。他出面替我担了保。我获得了银行年化利率百分之四点八的低息贷款。

那次我顺利地借到了五十万。拿出打印好的借条让我签字时他说："你得明白，你所有的失败，我是不会同情你的。"

我笑了。"那是我的事儿。"

他也笑了。"我知道你扛得过去，只是要记住，你也四十了，人生背债，仅此一次。"

我站起来送他时他轻轻搂住了我。往日的那点依稀尚存、遗忘已久的温暖又回来了。我们彼此道别，我因为公司又能撑过几个月，身体里注入了一种新的轻盈感，甚至想在他的怀里待得更久一些。

推门前他告诉我，《至暗时刻》上映后，他第一时间跑去看了这部电影，他说他特别喜欢丘吉尔的那句话：没有最终的成功，也没有致命的失败，最可贵的是前进的勇气。"你看那时你甩了我，我找到了比你更好的。"

十几年前的那个夏天，我们还在广州。他遭遇了什么，我又对他做了什么。有几秒钟时间，我完全僵住了。在我们重逢的这一个小时里，他竟然不提醒我，甚至连一个字都不说，而我也居然会忘掉，我如何甩开他的跟踪，走进另一个男人的房间。

那个“同舟共济”群建立后的九个月内，我和其中的八个人说了再见。我们彼此都曾互相承诺过，要撑到最后，不离不弃。他们看着我时，眼神总是那么温顺。有一个对我说：“走，没看到你过上好日子，我是不会离开你的。”还有一个在我提出解除劳动合同时问我：“那我没有什么能帮得上忙的地方吗？”没有异性对我说过比这更深情的话了。

我们从月租一万四、独门独户带小院的老洋房一楼搬去月租六千的老式里弄公房。大家都搬去新办公室的那天下午，我一个人留在老办公室里磨磨蹭蹭。那些庭院桌椅依然摆在我亲自种下的竹子前，竹子的颜色比刚种下那会儿黄了很多，缺少绿意。冰箱里还有半瓶红酒，我们过去常常在院子里一起午饭，每人喝上小半杯。我在椅子上坐下，觉得沮丧。宣布搬家的那天是周五，大家一下安静下来，很快按部就班地运转起来。订购打包纸箱胶带纸的，联系电信安排网络移机的，预约“货拉拉”的，拆宜家大沙发的，没人看我。就在这片井然有序里我清醒地意识到，我就像是温水，煮着这些已经完全信任我的青蛙。

这不是一个过家家游戏。

日光渐渐逝去，一日又将过去。我似乎就等待着日子一天一天过去。我曾经去寺庙里算过，那里的和尚告诉我：逆多顺将至，失久得必来。雨天不要赶路，晴日自有通途。在我加了他微信、给他转去两百块钱后，他告诉我：我得熬到农历七月以后。也就是说，从那时起，再等三个月就好了。日子过起来很快，冥冥中自有定数。所以你看，命理师只是用他者的身份告诉你：你干得了，你只是现在干不了，你得等。这是件好事。有明确的时间让你去等，你也许就不会绝望。

再坐一会儿，夜幕就将降临，四处邻居家的灯光将渐次亮起。这种法租界的上海老街区，在傍晚格外热闹。犬吠一阵一阵，此起彼落。或者谁家打开了电视，也没有清晰的句子，只是分辨出男声女声，在那里若隐若现。有女人在问，你们今晚吃啥啦？另一个声音答道，没啥，随便弄弄，随便吃吃。而这无人的空荡荡的九十平方米的屋子，将像死一般。我也已经做了一切力所能及的事，从今开始我将等待。等待八月到来。

下篇

据说，一个 CEO 的成熟是从“砍人”开始的。可对你而言，事情没有开始变好。你把人员压缩了一半，公司还是没啥变化。你的朋友拖你去看了一个年轻艺术家的最新作品。他在一种特制纸上随意作画，然后在纸的夹层中注水，随着时光流逝，水汽蒸发，画的轮廓开始氤氲、模糊，几年后，它将变成一张发皱的白纸。这组作品令你如此感叹，你想到了婚姻、成就、生死……种种，诗意背后的隐喻。你打算买下一幅。柜台前人头攒动。有人刚买到手就找来尖利的牙签，将水就地放掉。“五千元买一幅永久作品，肯定保值。”你被这种坦率的务实扫了兴。

可你没有时间沉浸在对诗意的解读中。工作室所在的小区在法租界的核心地段，有最美洋房小区的称号。你丝毫没有出去走上几圈的兴致。每一所学校你都做了相应的 PPT，根据要求，你把自己包装成多种身份。两年时间里，你为将近四十名年轻作者出了书，所以可以说你是出版人；你组织团队开发了类型电影叙事轴，还配上了桥段词典；从小说到剧本，再到文本分析软件、创意写作平台，你在做 PPT 时才发现，你的公司涉猎广泛，任何一个投资人都会有不聚焦的印象。

你也参加了几次创新创业大赛。优胜者的奖金高达五十万元，获奖比例为百分之二十。你花了大量时间准备演讲材料，你巧妙地写下各种激动人心的句子，在截止日期前最后一刻才提交所有材料。你等着他们通知你去参赛。团队里的每个人都相信你能拿奖。毕竟，你从小学三年级开始就参加各种演讲比赛，从来没有掉出过前三名。

比赛那天你仔细挑选衣服，穿上你最贵的一套黑西装，一件象牙白的真丝衬衫。你敲门进去，围绕着拼起来的长桌，六个男人、两个女人向你点点头。没有人对你微笑。你想起进来之前有人告诉过你，这八个人中还有财务官，而你唯一不利的地方就是你的软件还没盈利，它还没有客户。在这一点上，你的财务报表不可能作假。一开始的视频播放也有点卡壳，这浪费了你的时间。但你尽自己所能。你要做的就是成为百分之二十中的一个。毫无疑问，你是优秀的。你有丰富的演讲经验。你滔滔不绝。你表现得自信有礼貌。你甚至练习过手势和表情。

日子一天天过去，等待成绩揭晓是残酷的。获奖名单分两次公布，第一次，你在上百家企业中没有找到你的小公司。同事安慰你，一个月后，还有第二批名单呢。光是上海，原来就有那么多家创业企业。你在心里默默祈祷。五十万，足够团队支撑三个月，还绰绰有余呢。最后一刻前，群里什么消息也没有。你把手机放在电脑边上，不时看上一眼，生怕错过最先公布的那一刻。他们的材料应该没有你的丰富。除了 PPT，你还准备了视频、音频。演讲的时候，你一点不紧张、不害怕，他们呢，肯定讲得无聊得要死。你记得自己演讲完，一个工作人员追了出来，找你加了微信。他说，你的演讲实在太精彩了。事后他给你的微信留了言，他说那之后其他人的演讲，他一个都听不下去了。他还说，如果你需要人，他愿意来为你工作。你为此高兴了好几天，觉得势在必得。

名单揭晓，你看了好几遍。你不相信。

如果那些评委是聪明的，是专业的（他们肯定是的），那他们怎么可能没有选择你的公司呢？你介绍的文本精华提取软件目前在世界上是唯一的，你们没有抄袭任何人，你们有着可贵的原创精神。是谁否定了你呢？发生了什么？

连续三次失败带来的羞辱感是巨大的。你的朋友试图让你重新振作，他讲述了自己的故事。他从亚马逊中国、苹果公司辞职后，很长一段时间没能找到新的工作。他第一次发现，自己这样一个只在名企工作的人生赢家、精英一员，也会有失业的那一天。他投出了很多份简历。但很长一段时间，他没有收到任何一家的面试消息。“现在的 HR 都很懒，就连一个拒绝的电话都不肯给。”一个星期过去了，接着一个月过去了。他开始失眠。烟也抽得越来越凶。有天晚上，他拿上滑板，踩着它在大街上随意游荡。在树下飞驰的感觉真的很好。

他滑到了一个五星酒店门前的开阔地。突发奇想，他打算在地上躺下。他的头靠近一个花坛，隐隐传来尿臊味。这是他第一次在冷硬的地面上躺下，看着正上方。夜空在他眼前展开，视角中没有任何地面物体，巨大的不确定性如此清晰。他躺了很久，先是感到了自己的渺小，后来，他感觉自己已经处在深深的夜空之中，与之融为一体，再没有上下之分。“那感觉，真的很奇妙。那之后，我修改了简历，脚踏实地。”他进了世界排名第一的玩具公司。

他确实鼓励到了你。在你只能一个月一个月数着苟延残喘，根本看不到更远的未来的时候，你没有资格自暴自弃自怨自艾。

写这部小说的时候，你曾经设想过，在它用第二人称说话的第二声部，你要让你的主人公去死。她可以从开煤气、吞服安眠药、割腕、上吊、跳楼这几种自杀方式中选择一种。你的朋友们（他们也是你的第一批读者）极力反对。“死太容易了，人都害怕承受痛苦，你应该让她像西西弗斯一样，面临永无止境的失败。”

是的，诸神也这么认为。“没有更可怕的处罚赛过从事徒劳无功和毫无希望的工作。”不像你开发的情节分析曲线，高峰接着低谷，你是在绵延的低谷中跋涉。看你的简历就知道，你曾经过过更好的人生……

等等，什么是更好的？难道你会错误地认为，“水和阳光，海湾的曲线，闪烁的海洋和微笑的大地”，那让西西弗斯一看到就赖着不走不想回冥府去的，不是那更好的存在？加缪说得好：“如果西西弗斯下山有时会感到悲伤，他也能感到快乐。”

“挣扎着上山的努力已足以充实人们的心灵。人们必须想象西西弗斯是快乐的。”

区别只是，是否接受那推石头的命运，是否以主动积极的态度去推石头。

你的朋友拉你进了一个高校教师群。好几百人。什么宜春学院惠州学院新余学院玉林师范学院吕梁学院……你花了一个晚上的时间一一发送验证申请，等待他们通过。两天后，三分之一的老师成了你的微信好友。你编辑好宣传内容，加上软件页面、已发表的核心期刊论文扫描图片、用户手册，整整十九条信息，勾选后，小心选择逐条转发。重复这个步骤又花去了好几小时。有几次，你错误地点中了合并转发，赶紧撤回。不管那所学校在哪里，一本二本还是三本，你一视同仁。你的自我介绍客气得都有点卑躬屈膝了，你要说服这些在中文系工作的老师们，你推荐的软件，能帮助他们完成论文的KPI。有的老师坦然告诉你，自己没有什么话语权，中文系本身也无足轻重。百分之一的人会把你拉黑。你的同事们看着你一次次发送同样的内容。“还是陌生人，你一次就发这么多，会不会吓到他们？”

你不管。你要让他们知道，你这里有个宝贝。

任何人，任何地方，只要想进一步了解你的软件，你都会飞奔而去。你不再买机票，你甚至不再买高铁票，你选择那些今日发明日至，二十四小时以内到达的硬卧火车票，不会超过三百元，你可以在火车上工作。你有的是时间。幸好夏天过去了。

你认为自己已经符合创业者的一切要求。一天晚上，你在一个诗人朋友家吃饭。她喊来了一个朋友，你们互相加了微信，你发现他的自我介绍是周易文化研究会会长。他看了看你的头像：一张黑白照片。一匹低着头的马。不远处站着一个长发低垂，盖住所有脸颊的白裙女子。“你是不是不太顺？感到有些事情失控，心情不好，很想有变化？”他问你。

你挑了挑眉毛。“你怎么看出来的？”

“你的头像灰暗。人和马分离。人没有牵住马，更没有骑在马上，说明没有掌控权，不顺。头发挡住视线，别人看不见脸，自己也看不见未来。”

他建议你可以选棵树做头像。“头像会影响运气。”

你找了几张颇具艺术性的树的照片，被他一一否定。

“这是森林，树不能多，否则谁是你？没有体现出自己。”

“云太多，云属水，你属马，是火命，水克火。”

“不够生机盎然，生气不够。”

他给你选了一棵树。确实枝繁叶茂。只是天蓝得过分了。你更换后没几分钟，你的朋友们开启了群嘲模式。“怎么，做起微商了？”“你的账号被盗了？”那个穿衣喜欢低饱和度的灰调子，头像总是选择模糊、清冷的你，不见了。

“你不觉得你有点虚伪吗？你现在不再是艺术家的身份了，你就是个商人，可你内心从未承认过这一点。你觉得他们是有高下之分的。”他直率地表明了对你的看法。可说是当头一棒。

蓝天白云下一棵没心没肺的树，对诗意最好的破坏与解构。挣扎了几天后，你终于接受了你的新头像、新封面。只有那句签名不变：生死事大，无常迅速。好吧，这是最后一根稻草了，压不垮你。

你只是需要时间，去克服这些自尊心上的小挫折。

重要的是你。你会因此失去对一部好小说的判断吗？你会在听 Tom Waits 时感受不到任何东西吗？你，真正的你，在你真正的生活里。

顶着这棵树，你再一次联系所有你能联系上的老师们，征询他们的软件使用反馈意见。一轮又一轮。

刚创业的时候，你在团队内部工作群里说完什么，总是随手打上一个微笑的表情。你认为这代表了你的和蔼可亲。终于有一天，年轻的同事忍不住给你转了一个帖子："微笑"这个表情，你敢用吗？"从面部肌肉分析图来看，这个微笑表情中，眼轮匝肌（靠近上眼角的肌肉）没有动作，是一种抑制微笑的标志，从而显得不那么友好，甚至可能含有敌意。"你脸红了，赶紧补救。从此，你只用另一个龇牙咧嘴的笑。你希望手机屏幕另一端的陌生人，感受到你真诚的热情。

渐渐地，你摸索出某种规律。你可以跟老师们开玩笑，让他们对你有好感。但对能为三万块以下的采购费直接签单的系主任们，你的表达必须平和、谨慎，不能让他们吃惊。他们几乎不搞数字人文的专业研究，你不能绕在软件里出不来，你也不能让聊天冷场，你得不露声色地寻找下一个话题。

你已经准备好了去任何地方，接受任何拒绝。你没有很高的期待，拿下一家是一家。你不再想着穷尽全国三千所高校，你已经没有野心。更准确地说，你已经没多少力气了。你明白了人生有两种筋疲力尽。只有一种具备可重生性。写作带来的筋疲力尽就属于这种，它能拯救你，能将你拖离现场，拖到安全线以外的距离，去安全地凝视自己。

第四章　这样才是对的

上篇

寻找融资第三个月的时候，一位女朋友出手帮助了我，充当了我的投资人。她喜欢我的一本小说。那本小说让一个有性瘾的文学评论家经历了种种文艺女青年，试图探讨那些对精神有影响的因素，尽管非常隐晦，还是能将性与自由联系起来。她在我面前出现的时候激动，上气不接下气，那条大圆摆裙让她看起来像个早早发育成熟的女学生。这个在新疆长大的姑娘有种难以抑制的热情。她在我对面坐下。“长话短说，是这样的，我决定让我老板来投你，五百万，只要你十二点五的股份，这样你估值能到四千万，不错了。”

事情进展得出乎意料的顺利。从起草协议书到落实合同条款、打钱、工商变更，一切都在两个月内完成了。然后是找办公地，一个下午看了四套房子后，我迅速定下了一个 LOFT 户型的小院。整个团队搬了进去。一切像在梦里似的。那段日子，每天睁开眼睛，内心都充满了幸福感。假如那时我能看到一年后的未来，我就会知道，眼下的这份幸福感来得未免太早了点。因为从那时开始，不用一年，十个月，我就会开始焦头烂额。

那时还很意气风发的我把这些告诉之前合作的那位倒霉的老板，他看起来意志消沉，像个阴影般坐在我对面，闷闷不乐地看着我，“你对我的公司甩手不管了？”我摇摇头，“我没有义务。”“那么，把你签进我公司的这几百份合同，再赎回你那儿吧？”

我一下子对他充满了厌恶。那一刻我看到了十几岁时的他：体弱、多病，一个沉闷的、平庸的孩子，却想操控别人。他只读到中专毕业，日后的简历上却写满了上海交通大学 EMBA 学位的介绍。

“我和我的团队，有半年的工资你都没给，是我垫付的。将近三十万吧。”

“那是不太好。不过，我现在都这样了，你还和我说这个？”

“赎出那些合同，你希望多少钱？”

他说：“两百万。”

他故意把声音压得低沉，好显得自己很平静，我却从中听出了一丝犹豫。

最终我把价格压到了十五万。

定下转让价后我们在咖啡馆继续坐了一会儿，十分钟？或者更久。他愁苦中隐含着谦卑，还有一丝愤怒的表情，压在我心上。但是，为什么是我？归根结底，他是自作自受，我跟他日后也不会再相遇，他的苦难，与我何干？

“我告诉父母我得把他们住了十几年的老房子卖了，我父亲过去是报社的总编辑，我只学了印刷。这几年他的身体也不太好。我还没想好，让他们去住哪儿。上周我就到上海了，找朋友借钱。有一个告诉我，他刚在市中心，原来的法租界，买了一套三居室。他说，兄弟，这回我帮不了你。我说不要紧。五百万，利滚利，已经快到六百万了。我只能这样对你。”

我不明白你想说什么。

没什么。谢谢你。

谢我什么?

谢你什么?谢谢你还是给了我十五万。我知道,公章在你手上,那些合同,你都已经提前终止,并且转移进了你新公司。你可以不给我一分钱,但你还是给了我十五万。

那你往后会怎么样呢?我问。

不知道。等等看吧。你可别像我啊。

他像是在同情我。我粗声、冷淡地和他说了再见。

两年后我告诉我的朋友,我已经完全理解了他。换作是我,也会瞒住自己的员工,直到船沉的最后一刻。

签署完投资协议后,我突发奇想,让律师顺便看了看之前签署的那份股权代持协议。把我称为他的白玫瑰的投资人,有天拿了两份协议让我签字。“今天下午,我就会给你的账户转入十万,给我百分之十股份,我会做你的特别顾问,我会为你找来各种各样的投资。”我打算仔细看看,他笑了。“这就是一份常规合同,我从网上下了个模板,没什么好看的。不管怎么说,我肯定为你好。”我签了字。

律师告诉我,协议里有几处对我不利。最严重的一处是,他可以在融资成功后,随时要求按股比变现。八五后、还有些结巴的年轻律师,以一种专业的热情主导了一切。退还十万元。为了防止对方再次汇入,该银行卡销户。起诉要求撤销股权转让协议。过程持续一年零十个月。专攻股权纠纷的律师跟我说了很多故事,里面充满了欲望和贪婪。他时而当矛,时而当盾,从未对此感到厌倦。一审胜诉时是冬天，我们去了一间白酒鸡尾酒吧，在汾酒里放点金巴利、桂花酒、蔓越莓汁、苦精，喝起来一点儿也不觉得烧喉咙。我们一人喝了几杯。他不像那种会喝醉酒或者会失控的人。不如说正相反，总是一切尽在掌握。他从福建来，已经搞定了一个九〇后的上海小姑娘。“检察院的，我们打算明年结婚，”他说，“请人看了，说是会旺我。”

我开始全身心投入工作。为了更快筛选出适合影视改编的网络文学，开发了情节提取软件。二〇一八年六月，上海电影节，光线传媒 CEO 王长田在论坛上发言：“我基本上可以肯定的是，在未来的一两年时间里说不定有几千家影视公司要倒闭。”八月，女明星偷税被曝光，几乎所有影视公司的股价都开始大幅下跌，有些市值直接缩水三分之二。影视行业进入漫长的冷冻期，而这只是开始，最冷的时候还没有到来。两年间，这个行业的很多人经历了融资借款、抵押贷款、清仓股票、赎回投资基金、耗尽个人存款等一系列自毁程序，很快成为负债累累的穷人。

那段时间，我几乎靠看坏消息安慰自己。

我不愿意见 FA 给我安排的投资人，但又不得不见。从北方到南方，把电脑和洗漱用品装在一只朴素的双肩包里，飞机渐渐变成了高铁。影视公司的文策们不再请我吃饭。过去，光是为了听听作家们的八卦，他们就对我热情有加。饭局消失了。公司的收入微乎其微。在夜晚的火车上，坐在窗边的座位，裹进外套里蜷成一团，眼皮因为疲倦而合上，精神却清醒而冷漠。这一趟，又白费了。

偶尔我会感到恐惧，或者说是一种隐隐的忧惧，担心自己需要重新去找工作，被拒绝。把自己扔进一群九五后里？也许永远也找不到工作，没钱活下去。

终于有一个投资公司，让我进入了第三轮面试。这将是最后一次见面，由大老板决定，投，还是不投。我叫上了 CTO 一起。那天我状态不错。我们早早地到了约定地点，等着，紧绷着，我能感觉到心脏一跳一跳的，我把头发高高扎起，那样在我向决策的老板阐述 BP 的时候，就会有一种头悬梁似的尖锐，清醒。希望。就是这么一点希望，就能唤醒体内所有沉睡的能量，它们像灯泡里的钨丝一样被接通，放出白炽的光，让我通体发亮。

“你的公司很有价值，你的 CTO 很有价值。问题在于你之前那轮，估值过高了。对我来说，我得出更多的钱，却拿到少得多的股份，这不合理。”

“您有什么方案吗？”

秘书端来了盛在纸杯里的速溶咖啡。

“启动公司破产清算。让你的 CTO 把软件技术带走，做个新的公司，一样给你股份。这样就是从零开始。我们投那家公司。我可以投五百万，占百分之二十股份。你考虑一下。”

“我不能这么做……”

“为什么不呢？你应该聪明点。”他冲我眨眨眼。

“如果您是我之前那位投资人，您会希望有一天，我这么对您吗？”

这个和我几乎同龄的男人，盯着我看了好一会儿，仿佛想要看穿我。

“你今年几岁？”

我几岁？我是个看起来比实际年龄年轻的女人。我的个子适中，因为没有生育，还没有小肚子，我穿着小白鞋而不是高跟鞋，我的脚步轻盈有力，裙子在我小腿周围轻轻地旋转。

“我一九七八的。”

“你看，这就是我从来不投给七〇后、八〇后的原因。我只投给九〇后。你们已经老得狠不下心了。”

“我们如今研发的软件，能在几秒钟内按章节提取出内容重点，未来我还希望它能自动概括生成思维导图，它会是提高学习效率和系统性的工具……”

他打断了我的话。“那不是我想要的。谢谢你们。”他说着站起身来，“感谢你们这么远跑一趟。顺便一提，你的CTO是把好剑，可得看他握在谁的手里。在你手上，有些可惜了。”

他仍然盯着我看，没有丝毫尴尬。不应抱任何期望。也不会有人试图了解你的梦想。投资人从来不会被创业者打败。人为刀俎我为鱼肉，他们都是厉害角色。事实上，我见过的投资人，绝大部分也是精力旺盛的。如果是写小说，我会写，他们的眼中偶尔闪过邪恶的光芒，事实上，我分辨不出来，他们就那样随意地说出种种伤人的话，似乎那是隶属于工作的一部分快感。

我在当天深夜回到上海。第二天上午在办公室开了一个简短的会议，告诉大家可以预见的困难。也许，我做这一切都是错的。如果只是从事版权交易，而不是去开发什么评估软件提取软件，原先的那笔钱，我们还能撑得更久。我说着，环顾着大家。这时，我看到了一棵树，一棵已经死去很久的幸福树。它就在我的座椅右边，打印机的右边。

办公室刚租下来不久，我就请来了看风水的大师。他拿着红色的罗盘，坚定地在房子四堵墙前盯视了一番，然后，为我展示了一个布置方案。我属马，天上火命，办公桌椅应该坐西朝东；在我背后的西墙上应该挂一个白色的圆钟；大门开在右边，所以明财位在左斜对角线四十五度的位置，财位适宜放大叶植物聚财，所以要放上一棵幸福树。那棵幸福树经过精心的挑选。它一度繁茂，很快顶到了 LOFT 的阁楼底部。于是我将它平移了几米，一直移到西南窗下。没有人注意过，它是怎么衰败下去的。保洁阿姨每天早上来一次，清理了它的大部分落叶。后来，就只剩下几根枝杈了。它的死，是不是验证了几个月以来，我所做的所有努力都毫无意义？没有了发财树就没有未来？

我和另一个同事一起，把这棵死去的大型盆栽拖进了院子。它矗在那里，被顶棚柔化过的光线照着它，圆柱形的树干死灰死灰的，没有一点绿色，像是一个故意的诅咒。你现在打算怎么办？我同事问我。马上买棵新的，放回老地方。她伸出手，似乎想拍拍我肩膀，但又缩了回去。我在淘宝上迅速下单，觉得这几百块花得很值得。我仍然不认为它会挽救我的小公司，但我还是试图寻找一个安慰。我到底相信什么？我不知道。

每天早晨离开家门之前，我都对着穿衣镜凝视良久，鼓励自己坚持下去。但我还是感觉自己被封进了一个圆圆的玻璃球里。球在别人手里。他们随意摇动，雪花般的彩色纸片就会纷纷扬扬，欢呼雀跃，像我时高时低的心情。然而玻璃球中间的小房子仍然静止。我就是那座小房子。

有一家 FA 仿佛对我已经失去兴趣，当我提议他们再给我介绍些投资机构时，他们联系了我的财务，把一万元服务费退回了我的公司账户。我晚上回到家和我丈夫喋喋不休（我已经尽量省去细节），他说，能不能别再谈你的工作了，我们的生活呢？

我们的生活。我曾经的构想是，等我们老了，我们就出去旅行，开一辆房车，去任何遥不可及的远方。他对着山脉、湖泊、森林拍照，我跟人聊天，写作。也许再要一只狗。我们总在路上，我们不会再分开。

那为什么现在不可以这样呢？我已经等了你很久很久。我丈夫转过身去，戴上了耳机。

大概就是从那天起，我决定要写这个小说。我写下的第一部分是这样的：

> 2017 年 11 月 14 日—2019 年 10 月 10 日
>
> 我的创业史。我从一个不知疲倦、直来直去的女人，变成了一个整天只想睡觉，通过睡觉逃避一切的女人。我越来越喜欢我的床。躺上去我就能什么都不想。我不用再看手机。在我的睡眠里，没有人，没有好消息，也没有坏消息。我不想再醒来。我让自己成为灯光完全熄灭的黑暗空间。

也许我只是想找回点力气。

为了能找回点力气，我还试着让自己信仰过耶稣。房子抵押来的一百五十万快用光时，我七十多岁的干爸被查出肺癌晚期。肿瘤大小在五厘米，还是在两个肺叶的中间。医生说已失去手术治疗机会，身体情况也不能耐受化疗。他被送回自己家等死。两个月后他开始疼痛，七月底被送进了医院。急诊抢救病房住不进，待在楼道里也不是办法。最后托人找了家民办医院住进去，吊点消炎药打点止疼针，缓解一下痛苦。

我平均每周去看他一次。一开始他还清醒，听到门口有动静，就转过靠在枕头上的头，看见是我，会露出微笑。我握住他消瘦的手，问他感觉怎么样。他总说很好。但他的声音有气无力，没有精神。后来他逐渐认不出我。他总是合上眼睡着，睡得却很不安稳。右手握成拳头，翻来覆去地挥舞着。我的手伸过去，他的手指会紧紧抓住我的。他整个人都发青，但也许只是日光灯的缘故。他曾是我十几年的太极拳师父，还教过我形意六合拳。我轻轻握住他的拳头，把它安置在他身体一侧。有时他睁开眼睛，看向天花板，嘴里喃喃自语。我的干妈告诉我，他在说：他现在有许多光。去看他的人，他把光给他们；不去看他的人，他把诅咒给他们。有时他流泪，可他自己不知道。在睡中，他快死了。

我的干妈绝望无助，多年来她信仰耶稣，但他不信。“我告诉耶稣，他是祂的，我把他的身体他的灵魂都交给祂。我祈求祂给他一晚的平安，我祈求祂给这病房一晚的平安。”有一天我干爸突然清醒过来，他对着天花板大喊：“耶稣啊我最怕你，我相信你是唯一的真神。”那之后他开始好转，喝粥喝汤，吃水果，还能吃下一整只白煮蛋。我的干妈细细向我描述这些。她是个工人，从来没翻开过《圣经》，只是跟着朋友每周日去一次教堂。她告诉我，什么话都可以跟耶稣说，只要在结束的时候加上“阿门”或者“哈利路亚”。望着一天比一天好起来的我干爸，我觉得她的话也许不无道理。

走出病房后我立即上网搜索祷告词，我在那段话中详细嵌入了我想要的：我想让我的小公司活下去，我希望耶稣能帮我找到投资人，我要挣到足够多的钱，从此再也不用工作……在回家的出租车上我反复念了很多遍，多到已经让我感到安慰，仿佛好运次日就要降临。事情并没有向着最好的可能发展。两周后，我干爸陷入了昏迷，他回光返照了一小段日子，最终还是快要死了。一口一口向外吐出的气。我第一次明白，什么是“只有出的气，没有进的气”。清晨六点三十分，一切都结束了。人都会孑然一身，不声不响地消失。这样的时刻，一定会在某一天，降临到我头上。

我还可能有耶稣赐予的未来吗？

我仍然每周健身两次。几年前我被查出肺癌时，刚从九〇后教练手上买了一万元的私教课，才上了一星期。出院一个月后我去找了他。简单的原地跳起我都无法呼吸。他带我做循环训练，教我打拳击，五分钟一组。大口喘气，能感觉到空气嗞嗞地进入我残缺的肺，想象它膨胀。创业最艰难的时候，他借给我十万块，没有借条，也没要利息。私教课继续上，但他没再让我签字。每周一、四的晚上，他会微信约定我第二天早上八点半准时到健身房。最糟糕的那几个月，其他日子我把自己锁在卧室里，但逢到那两天，我还是挣扎着起来。有几次，过了八点半，他在微信上一个劲地催我。好的，我说，我马上过来。我放下手机，穿上运动衣去见他。他不知道，练完一个小时回到家，我走进卧室，脱去衣服，上床，继续睡觉。但这种持续锻炼的状态就像有人一直在敲门，使劲按门铃，按个不停。我最终还是自己起来了，不再需要他催促。其他日子也是如此。虽然要花很长时间才能准备好出门。终于有一次，他让我在垫子上躺下做卷腹时，我像往常一样仰面朝天，把双臂放在两侧，肩膀和后脑勺贴着硬邦邦的地板，突然泪水就流了出来。感觉自己被打倒。要不哭很难。我躺着哭，坐起来哭，哭到自己害怕，怕自己再也无法昂首挺胸，振作起来。这么一怕，我如释重负，就像一个密闭的房间突然打开了一扇窗，清风扑面而来，我整个人放松下来。“呼吸。用你的腹部呼吸。尽量不要用嘴。”我照他说的做了。最终我从地上爬起来的时候，感到自己和以前有些不一样了，轻松了一些。两年里，那是我唯一一次大哭。

下次再去上课时，他给我听了好几段微信语音。他通过朋友介绍，找了个小有名气的占星师，花了六百块钱为我看了星盘。

……从今年下半年到明年，看起来蛮不错。但很多事情需要时间逐步稳定下来。有压力，很努力。明年下半年，月亮会过大木星，月亮就是财星，木星会放大，所以她会挣得很多……

看起来前途一片光明，但眼下我还是得紧缩开支。尽管有了新的幸福树，我们还是从那座小院里搬了出来。一万四的月租金有些过于昂贵了。有一次我要去作协办事，快车司机没按我说的路线开，而是跟了内置导航走，结果猝不及防，车子经过了我原来租的小院，这不在我的计划里。透过车窗我凝视着它，没法无动于衷地把目光转开。其实它离新办公室不算远，骑车只要十五分钟，但我一直没再来过。每回去作协，我都绕道而行。重新来到这儿，是偶然还是必然呢？我提前下了车，走到院门边，轻轻推开。以前我们常坐着开会、吃午饭的那些庭院木椅仍在原地。屋子里有人，可那不再与我有关。只过去了两个月，但感觉久远得多。

现在想来，那时我和我的同事们，真像是在玩过家家。账上躺着五百万，我们随随便便花钱，把屋子里的一切布置得和谐舒适：可以躺下一个人的长沙发，摆得下茶几的坐榻，白色的吧台桌椅，漂亮的果盘茶杯，各种茶叶，胶囊咖啡机，吃不完的零食饮料下午茶。保洁阿姨每天早上来，把一切收拾得清清爽爽。墙上还挂了几幅朋友送来的字画。书架上全是最新出版的小说。我对这一切曾如此在意，为的是让这地方看起来像个想象中的创业公司。那时我根本不知道需要做成本费用测算。就一年，我们花光了钱。

我们搬去的另一个街区，也在法租界。一九四七年建造的公寓式花园里弄。搬家搞得我们狼狈不堪。本打算沿墙摆开的宜家长沙发进不了屋。先把沙发底布拆开，把扶手跟坐框之间的连接螺杆拧开，再从底部拧开螺丝，拔出靠背上面一截。在屋里再次安装花了几倍的时间。除了我，所有人蹲着身子围着沙发。剩下的反复尝试不值一提。每次我朝他们探过身去，他们中就有一个微笑着举起手里的十字螺丝刀朝我挥一挥。会慢慢好起来的。他们说。

这句话的出处来自那位会看风水，会推全命的大师。几乎在每个小视频里，他都会对不同的人说：你阴历某月，你下半年，你明年年初……会慢慢好起来的。我靠着墙壁看着我的同事们。也许因为有他们，真的会慢慢好起来。如果只有我一个，这张长沙发就会像是一列脱了轨的列车，朝我直冲过来，把我撞飞。

橘黄色的沙发在灯光的映照之下散发着柔和的光。这间一室户的屋子很实在，四四方方，所有人都围绕中央的四张桌子办公。地上铺着地板。六千元一个月的屋子坐南朝北，虽然没有阳光，屋外茂密的绿化还算让人愉悦。有无花果树，也有桂花树，还有白玉兰树。立在阴影中的我们的小办公室。因为照明不够充足，放在书架顶上的绿叶植物一盆接一盆枯萎。幸福树被塞进靠窗的角落里，因为就在空调下面，它的叶子又开始泛黄、掉落。再没有作家朋友来拜访。

浦西最繁华的两条马路，淮海路、南京路离这儿都不远，但我很久没有逛过街了。连书店也很少去。好像除了上班下班，再无其他。已经很久没有给自己买新衣服了。八月，秋天的新衣服已经上架。女友约我。这时买夏天的裙子最合算了，还能穿几个月。一条新裙子，与我投进公司的几百万相比，并不为过吧。但我没理由犒劳自己。

最后，终于，农历七月来了。然后是农历八月。我确实慢慢好起来了。不再渴睡，不再需要意志去振作。虽然暂时还没得到什么合作项目。每天早晨十点到办公室，换上拖鞋，坐到电脑前开始打字。过一个小时去外面的厨房倒杯水喝。然后在门口走一走，又回到我的办公桌前。大部分时候，屋子里充满了幽暗而完全的沉寂。键盘嗒嗒，没人说话。我们开发的两款软件已经被整合进了一个网站，界面漂亮，茫然的日子过去了就像夏天会结束。九月，大学重新开学。而我在一所所学校里穿行，介绍。在我面前坐着的至少都是硕士生，我一口气讲完，然后喝下整整一杯水。演示的效果很好，尤其是有“数字人文中心”的学校，大家都表示很高兴能有机会试用。帮助学生写论文的想法非常实在，让老师们看到了新成果的可能性。整个演示过程中，我对那几个能拍板签字的老师尤其尊敬，对着他们微笑了一次又一次。我开始留长发，这样我就能在等待他们决策的过程中玩一玩头发。我把它们拢起来，或者把它们捋到一侧肩头。我又开始穿起有跟的鞋子、到膝盖的裙子。嘴唇上还涂起了口红。一回到家我就换上舒服的运动衫，卸掉脸上的妆。我丈夫站在卫生间门口，静静地看着我。有时他会抛下这样一句：你白天见的那些人都比我幸运。或者是：为什么我只能看到你这个样子？有了第一张订单。成功为时尚早。时光的来去既快又慢。每一天都是煎熬。我等着天凉下来。那样，我就撑过了第二年。

下篇

十年之后，再回过头来看这些，关乎命运的某些时刻，会不会更清晰？你想离开。离开这些事，离开这群人，去和你丈夫生活在法国乡村会怎样？从巴黎开车到他家只要两小时，一路经过田野、树木。那里有新鲜的空气，对你的肺好，他已经提过好几次。他父母的小房子比你们在上海租的公寓房舒适得多。他们住在底楼，你们住在二楼，房间不大，采光很好，窗户朝着湖水，看得到蔚蓝的天空和湖里的野鸭。

或者你苦读一番，继续之前中断的博士生涯。你那时错误地选择了古代哲学，几年过去博士论文依旧没有头绪。换个学科，比如数字人文文学研究方法论，你可能就手到擒来了。你显然欠缺搞定销售合同的能力，和电脑面对面的生活方式可能更适合你。只要不上班打卡就行。如果命中注定你不可能发财，为何不安安稳稳把日子过下去？你跟朋友聊到夜里，他告诉你问题所在：你活在别人的凝视之中。

比如你的母亲。你们用的两台苹果手机共用一个 ID。所以你都不需要开口，她通过每天工作上的截图就知道你都干了些什么。过去你每天跟她打电话聊天，每个月固定给她好几千块钱。这两年她是怎么熬下来的呢？她越来越容易生病，可你不在。再过两年，妈妈。你中气十足心里却没底。她已经没有机会再碰到什么人对她好了，除了你。当她把拒绝造肉手术这个消息告诉你时，你简直要呼吸不上来。“就是在肚子上打个洞插导尿管，不行了就再打一个洞。这样一个手术要两万块。”

“医生怎么说？”

“说是会得膀胱癌，久炎必癌。我问医生，得了癌后治得好吗？她说放心，能治好。我说，那就等得了再说。她说那你出院吧。”

她哥哥的儿子女儿，她哥哥的孙女外孙女，读书都不如你。“复旦可不是随便什么学校。”她拿他们跟你比。他们没进过重点中学，进的都是民办大学。你在电话里打断她，他们现在有的在税务局，有的在银行，都混得不错。“可你文章写得好，只是靠写作生活太难。”在医院里陪护你的时候，她还和你的钟点工阿姨结下了梁子。“我告诉她，你希望和我一块儿住。她说，那好像不太现实……”她为这句话生了一年多气。

从林杨回来后，有一次你在电话里对她感慨：“我的女朋友，离个婚就能有几千万，为什么我挣钱就这么难？”她冷静地告诉你：“经济不景气，谁挣钱都难。”她反问你：“我以为你已经放下了？”

工作之余，你开始着手写这本小说。你的两个好朋友不约而同地劝说你：“你已经年纪不小了，这个阶段不写，恐怕就写不出来了。”你接受了这个提议。你也终于想起来，为什么自己曾经选择写作。在朋友们的帮助下，你重新找回了自己道路的方向。刚刚制定好写作计划，就有人来向你约稿。一想到自己可以重新成为作家，你长出了一口气。眼下还有一个明显的好处：所有文学杂志的稿费都得到了大幅提升。千字千元。即使不得不从头再来，你还是可以通过写作生活下去。一个月写一个一两万字的短篇对你来说不是什么难事。你可以重新在家等你的丈夫下班，看所有你想看的书，你会重新找回你的那些作家朋友们。

从九月到十月，连着的中秋、国庆小长假，让很多你要见的人离开了他们的办公室。不是回了老家，就是去了国外。没有 PPT 要改，没有会要开，没有客户要见。你可以专注地写这本书。至少在这段时间里，你可以重新获得一种掌控权。你重新布置了书房，把写字桌搬到了窗边。你只需要新建一个空白文档，并为它命名。

你焦躁地发现，你一个字都写不出来。这么说不太准确，有些过于夸张了。最糟糕的情况，你还是能在枯坐一整天后，打下那么几行字。但在第二天重新读过几遍后，你又只能满怀歉意地把它们统统删去。你的写作生涯是要画上句号了吗？你唯一远离创业梦魇、重新拥有自由生活的可能性就要被打碎了吗？

无力感再次紧紧抓住了你。

你的丈夫回了法国。你一个人在家。你辞退了钟点工阿姨。你几乎离不开床。任何时候，只要往床上一躺，你就能很快睡着。再次醒来，往往已经是几个小时以后。只有床让你觉得安全。你不再设定闹钟。因为就算设了，你还是会删除它，继续睡觉。你一天只吃一顿午饭。就算你起来，坐在了电脑前，你也只是一粒接一粒地嗑着瓜子，看着这个打开的、几乎空白的文档。而睡觉本身、时间流逝本身，又带给你巨大的内疚感。在这种内疚感的折磨下，你索性拉上了窗帘。一层不够，那就两层。

你基本不出门。一切都可以靠外卖。你不联系你的朋友，谁也不想见。朋友请你见见他新交的女友，你拒绝了。有一位甚至到了你家附近，邀请你一起去做个按摩放松放松，你还是说不。你把手机设置成了静音模式，这样就不会第一时间被铃声惊扰到。可你的母亲不屈不挠，你不接电话，她就一直打，隔几分钟打一个。你午睡醒来，接起了一个。她很惊讶。“你还在睡觉吗？你昨晚几点睡的？”你顺水推舟：“我从昨晚一直写到今天早上……”她不再对你啰唆什么，迅速挂了电话。

渐渐地，再也没人来主动约你了。这种关在家里的日子像是你对自己无能的保护。但有些日子，你还是得出门。那些曾经善意帮助过你的老师，你得在节假日分头请他们吃饭。你洗澡、护肤、换衣服、化妆。每个动作都很累人，你慢吞吞，凭着惯性做这些事。一两个小时。都在蚕食你宝贵的时间。为了避免冷场，你主动向他们提问，就像一个好学生。整整两三个小时，你拼命睁大眼睛盯着他或她看，假装全神贯注，掩饰你想打哈欠的冲动。

长假期间，你的干妈打电话让你去她家住几天。当时你答应了，挂完电话你就后悔了。约定动身的那天早上，你编了个头疼想吐的理由发送过去。你都没勇气在电话里对她撒谎。发完消息你就反扣了手机。几个小时后你再拿起来看， 发现对方只回答了一个字：好。你惊讶她竟然一点也没坚持。

你本以为，在经历了那么多内心折磨之后，你已经储存了大量宝贵的素材，只需要挑选一下，字斟句酌，就能出来一部不错的小说。可你就是写不出来。你第一次反思了这件事。十几年前，你只用不到一百万元就买下了市中心一间三十五平方米的老公房，现在它的售价翻了三倍。每个月租客的租金就足以还掉你抵押贷款的利息。为什么不感谢自己的好运气呢？你什么都没做，只是在一个还算合适的时间选择了一个可以升值的地段。如果没有这次的投资，支撑你去赌一把的勇气又从何而来呢？而这个城市有大把一无所有的年轻人，他们仍然快活地活着，并不为明天担心。

这整个故事，是不是太小题大做了？你想到了你的年轻同事们，减薪之后，你只付给他们一个月六七千块的薪水，他们中的绝大部分在这个城市没有家，他们和别人合租一套房子，共用一个卫生间。为了省钱，午饭常常自己在家做好了带来。你想过他们没有？他们也需要钱。你并不是沉船上唯一的乘客。在你周围，生活在继续。在你找出各种借口不去办公室的时候，他们仍然准时十点出现在电脑前，忙忙碌碌，把那间小工作室整理得干干净净，垃圾从不过夜。好几次，你拜访完客户，身心俱疲，一回到工作室，你整个人就轻松了。你可以随便躺的沙发，你的书，你的电脑，你的办公桌，你的团队，你的事业。你在自己的地盘上。你不是一个人。你用不着伪装出好心情。你知道，打开冰箱门，会有牛奶、水果、零食等着你。不是你买的。他们应该是喜欢你的，而你对不起他们。你一直知道。

你母亲曾经告诉过你，她读初中时就立下了当作家的梦想。那时她在市八女中念书，周六下午的校会上，校长表扬了高中部的一个女生。一个小儿麻痹症患者，走路时迈不开步子，像夹着东西似的，而且，膝盖还弯曲着。她把自己的经历写成文章，孱弱的躯体如何坚韧地抗争，发表在了报纸上。不久，报纸被贴进了学校表彰宣传栏。你母亲没有记住她文章里的任何一句话。她记住了那篇文章不菲的稿费。“两块多。那时一个月的人均生活费是六块。”领养了你之后，她梦想这个女儿能成为挣钱的作家（她认为稿费多少跟是否伟大无关）。她逼你背词典。小时候你常常为了一点小事就情绪低落，别的大人认为这是玻璃心，得治。她却暗自窃喜：艺术家不都是极度敏感的吗？她带你看所有她知道的展览，从菊花展到诗画展。她带你听戏曲。她给你讲她想象出来的九重天妖魔鬼怪。

你小学时常常因为扁桃体发炎而在家卧床休息。她会为你买来肉松、咸蛋、山楂片、果丹皮。她总有办法弄来你没看过的连环画。她就躺在你旁边，她看她的书，你看你的书。你们有一搭没一搭地说说话。直到你睡去她才会离开。夜里她和你一起睡在阁楼上。在你和她丈夫之间，她永远选择你。你小学五年级时，他们分开了。

你让她失望了。

你既不能容忍自己什么也不做，又确确实实什么都不想做。有时候你会刷刷朋友圈，看到这个那个又出了新书，你对自己的才华不再那么确定了。你焦虑。

在你打电话告诉她你的困境后，她竟然建议你，也许你该去试试坐坐牢？“你需要体力劳动。身体不吃苦，思想就会吃苦。”你们还探讨了身体和思想，究竟哪个会更痛苦。你同意了她的说法。你打开窗子透气，花了几小时把屋子收拾得一尘不染，还洗了个澡。你平静地打开“电脑管家”体检，清理掉里面的垃圾文件。想起她对你说的，“囚犯也有权利散散步”，你拎上垃圾出了门。

这些天，断断续续，你在很多张便签纸上写下了你的灵感，它们东一张西一张散放在写字桌上。你收集起它们，把它们扔进了干垃圾桶。你走在街上，华灯初上，凉风徐来，你确实好多了。

既然开始了，就只能往下写。没别的办法。

你不应该畏惧空白。

第五章　单行线，都没法掉头

上篇

写作时有个好处，那就是回忆将被完全打开。

囡囡！阿囡！曹娅男！那是我母亲在喊我，直到今天，我也能如此清晰地听见她的声音。她总在喊我。我只好从肇家浜路的林荫道中跑出来，我跑过那里的石头小路，跑到大马路上，跑过纺织厂的后门，就能看到邻居家的屋子了。她就站在三岔口的路边，戴着自己做的袖套，手里拿着一只锅或者一只盆，在等着我回家。回家了我就不能再挣钱。我用她给我做的沙包、鸡毛毽子、铁环挣钱。想玩的孩子，需要每人交给我一分钱。每天都能挣到钱。十分钱可以买一卷山楂卷、一根果丹皮，或者一根盐水棒冰。

我母亲只知道我偶尔会这么干，她警惕地翻我的书包、我的口袋，有时一套新收藏的水印贴纸或者火花暴露了一切。我那时总在思考挣钱的方法。她也是。她去华亭路服装市场领加工活。那是她独力抚养我的第二年。缝花边，锁纽眼，钉纽扣，缲边。

夏天她踩缝纫机时我就温柔地帮她扇扇子。妈妈你歇一会儿吧。她头也不抬。我母亲很能干，会裁剪，会做衣服，会熨烫。她把来料加工的活儿叠得整整齐齐，堆放在熨衣板上。她给我做的七彩百褶裙有完美的褶子。我就穿着她给我做的裙子去家附近的几家食品商店转悠。我用三分钱五分钱买来稍有残损的断棒冰，再把它们七分钱八分钱卖出去。我在攒钱，打算买一套《红楼梦》的连环画。那个日子就这样突如其来，从天而降。

那是个有大太阳的日子，太阳照得马路发白。我不知道这将是一个特别的日子，没有一点儿征兆。我用我的方式兜售断棒冰，把黄色的一分一分纸币压进语文课本里。我穿过林荫道，向我住的小房子走去。门虚掩着，我把书包藏在身后。缝纫机上堆着的布料似乎原封未动，跟我早晨出门时一样。我母亲安静地坐在饭桌旁，看着我。出了什么事。或者，将有事发生。我想上楼，我母亲拦住了我。她慢慢站起身，用力拽过我书包。我站在那儿不动。呼吸开始加快。吸进，呼出。吸进，呼出。有点喘不过气。她发现了书里的钱。她抬起头，一种意外的茫然表情从她脸上掠过。那表情里有困惑，困惑变成愤怒。那表情我过去从未在我母亲身上见过。

“别的小孩家长来告状，我才知道，小小年纪，你就知道投机倒把了。”她直愣愣地盯着我看。“你不是我女儿。你就是他们的种。我再怎么教你，你还是他们的种。”

那个夏天，栀子花依旧绽放，花香从窗子里飘进来。我母亲告诉我她隐瞒多年的事。我站在那里，僵住了。我是孤儿吗？我不是。我的亲生父母还好好活着，他们只是不要我了。我是与众不同的。班里没人像我这样吧，我想，那很有意思，我得告诉他们。那年我十岁。当时我还没意识到，我亲生父母的命运会影响我一生，无论我走到哪里都摆脱不了，都怀揣着他们注定失败的命运。它无处不在。

我去过那处乡下。我跟我母亲一起坐的长途车。她说是我们的远房亲戚。我想回忆一些细节，却只记得，我把额头贴在车窗上，车开动后玻璃就一直微微地震动，嗙嗙嗙嗙，嗙嗙嗙嗙，震得我大脑空白一片。

我母亲连哭带骂，我一声未吭。我就这么站着。我听到我母亲大喊："不许再做这种小买卖！这辈子你都不要去做生意！"然后她安静下来，忧虑地看着我。"不要碰这些。"她重复道。她打开门，在外面水斗那儿洗了把脸。我跟在她身后来到门外。阳光比上午更炫目，更白晃晃。我站了一会儿，又回到屋里。再没别处可去。我母亲重新在缝纫机前坐下，我就坐在她身旁做作业，一切都很正常，她一行行地踩着线，每结束一行就停顿一下，把布料换一个方向。

很多很多个日子我就和她这么在屋子里，我从来不问。关于我的亲生父母，我知道什么呢？几乎什么都不知道。

时光流逝，我变了，我自己能感觉到。我不再想着钱的事。在学校里拿了珠心算第一名这件事，我也没告诉我母亲。那时她做衣服做成了那一片第一个万元户，白天夜里，她都驼着背坐在缝纫机前。回家时看到她我就感到心安。每年我过生日的那一天，我会站在阁楼上朝外看，我家的阁楼在小路交汇的中心，通向四个方向，哪个方向有陌生人来，我都能轻易地从窗口看见他们。

我母亲告诉我，纸上写着的我生日那天，就是他们遗弃我的日子。如果他们出现，我会躲在窗帘背后。我不会下楼。

他们在夏天出现。暑假，我坐在丝瓜架下看书。他们一出现我就知道，他们为我而来。一共来了三个人。我的亲生父亲母亲，我的亲弟弟。我本可以拿起书回家去，或者往大路上走，往别处去，但我没动。我母亲走了出来。他们叫她大表姑。他们继续假装是我们的远房亲戚。我母亲站在我们中间，笑得有些尴尬。他们递给她好几袋东西。最大的一袋装着苹果。第二大的装着麦乳精，最小的一袋里面是巧克力和大白兔奶糖。每一袋都装得鼓鼓囊囊。我母亲接过去，把它们放在饭桌上。怎么了？我母亲问。没什么，送货顺道经过上海。我亲生父亲说。他转过身去，指了指身后的一辆蓝色卡车，你要不要跟我们回去玩几天？我看向我母亲。你的暑假作业做得完吗？她问我。我点点头。你想去吗？她又问。我看着他们仨，他们站在丝瓜架前，他们等着。他们知道我是他们的亲生女儿，但不知道我母亲已经告诉我这一点。我看了看那辆卡车，有一扇车门开着。来的时候，他们一家三口坐在驾驶室。我弟弟已经不耐烦，他蹲下来对着地上的蚂蚁吐口水。我要坐驾驶室，我说。我以为会有一个人坐到后面车厢里去，但我亲生母亲抱起了我亲弟弟，坐得下，她说，他坐我腿上。我上了车。我坐在中间。我母亲走到车子一侧，递给我一瓶风油精。要是路上晕车，就倒点儿擦在太阳穴上。走吧，大表姑你进去吧。我亲生父亲说。我母亲看起来局促不安。妈你进去吧。我说。那你要记得回来。她替我们关上右边车门，我亲生父亲上了车，发动引擎。

清朝光绪年间的《江苏全省舆图》上有这样的记载：盐城县

东北有“南洋”。我父母所在的南洋岸镇，就在今天盐城市东北二十五里。要坐5路公共汽车才能到盐城市。在镇上，我父母家的房子第二大，他们前面那座更大的房子是南洋国土所所长家的。这两座房子整齐地排列在镇中心一条马路的同一侧，商店、学校都在那边上。

住进那幢大房子后，我格外想念我上海的小房子。大房子周围没有树，没有花，看起来灰扑扑的。小房子周围全是树，全是花。我母亲在门前的空地上种了无花果树、栀子树。还有很多花，太阳花、凤仙花、地雷花、人参花……我一个人在门前玩的时候，陪伴我的就是这些树这些花。木生火，这小小的花园点旺了我这个天生火命的人。

你怎么那么矮、那么瘦？我的亲生母亲让我喊她表舅妈。她带我去浴室，给我拿来新衣服，她在我面前蹲下身子问我：你妈妈会打你吗？我不想回答她的问题。后来她换了问题：你冷不冷？你热不热？你饿不饿？她会自己小声嘟哝：你可不能生病，或者，你可不能感冒。

我的亲生父亲似乎害怕单独和我相处，更多时候，他在楼下车间，和工人们在一起。有时他对他们大喊大叫。我的大姐姐在盐城市的缫丝厂工作，周末的时候她带来市里买来的漂亮裙子，再卖给镇上她的好朋友们。多年以后她在市里的汽车站边上开了一家饭店，据说一个月的净利润有三十几万。我的二姐姐认为自己是诗人，她有一本小小的工作手册，用蓝色的钢笔抄写了她喜欢的诗歌。

比我年长的这三个女性，她们都患有偏头痛的毛病，我看到过我的亲生母亲用毛巾扎紧脑袋，在床上躺着。我的大姐姐经常往嘴里倒去痛粉。我的二姐姐病恹恹地撑着头坐着。去痛粉带着一股酸酸的气味，它在我周围弥漫开来。十四岁后，我也开始经常头痛。

我的小弟弟比我小四岁，他和我形影不离，我们在镇上闲逛，无所事事。发现我有讲故事的天赋后，我弟弟招来了一批比他更小的孩子，他们每天下午来听我讲半小时的“九重天”，我弟弟负责搜刮他们口袋里的纸币，我们一人一半。我坐在沙发上，他们坐在地板上，只要我讲到妖怪被活活打死，又上了一重天，他们便会拍手，当然，他们大概没人看过《西游记》。

回到上海后，我母亲问过我几次。

“怎么样，在那里过得？”

“很好。”

几次之后她有些生气。“很好？很好是什么意思？他们带你去哪儿吃了玩了？”

把我送回上海之前，我的大姐姐带我去镇上的商店选购新裙子。精心打扮后出现在我母亲面前的我，穿着白裙子，头发用白色的缎带紧紧地扎起，再加上一双白凉鞋。“他们是希望我死掉吗？”我母亲气愤地说。

在我濒临失败的此时此刻，我回想起那个明亮的暑假。我弟弟问我二姐借了一辆前面没有横档的女式自行车。在家旁边的中学操场上，他和二姐夫教会我骑自行车。他站在边上大呼小叫，二姐夫把着车尾跟着我绕圈。我缓缓地骑着，歪歪扭扭。到头来，我攒下的几十块说书费成了学费进了我弟弟口袋，我两手空空回到上海。

基因的强大，这才是我要说的重点。但他有我没有的东西。

这个每一分钱都想挣到的小男孩，二十年后不声不响地出现在我母亲家的客厅里，他大胆地直视我母亲，建议她把房子卖掉，二十万交给他，跟他住乡下去，他为她养老送终。剩下的钱，他和我一人一半平分。她是你女儿，她是我姐姐，我就是你儿子。

那是我最后一次看到他。

整整三年，我的母亲没再理我。她不相信我不知道这个计划。

我的学习成绩一直都不错，高考填志愿，我也谨慎地避开了经济学、金融学、国际贸易学、统计学专业。一直到我三十九岁，我做什么都顺心顺意，顺风顺水。然而，四十岁前，有什么推着我，开始了新的生活。

办完房产抵押贷款手续后，我才从我母亲的抱怨里拼凑出了他们的故事。我真正的父母亲。我亲生父亲是个高中生，做过大队会计。我亲生母亲是个农民。他们在遥远的农村，把一担担薄荷草放进大锅里水煮，冷凝，几小时后蒸馏液上层就可以收集到薄荷油。一担是一百斤，一百五十担薄荷草能出一斤油。他们把这油卖得比黄金还贵，跟蛇毒一个价。他们因为投机倒把罪被关进了监狱。我母亲领养了他们的第三个女儿。

一九九六年的夏天，要出门去考场前，我母亲突然喊："等一等。"她爬上阁楼，又爬下来，手里多了一个玻璃小瓶，瓶子里是金黄色的液体。她倒了几滴在一块手绢上，把它折好递给我。

坐在考场里，一年之中最热的七月，简直热得难以忍受。天空明亮得令人困倦。我把手绢展开，盖在脑袋上，陡然地一凉。我亲生父母的脸，我想不起来了，但我对每道题都那么有把握。最终，我考上了复旦。我是否应该感谢他们?

他们后来又做过废旧塑料回收，开过塑料粒子加工场。他们变得很有钱。他有了情人，情人偷走了他的公章，还偷走了他的一本空白支票本，他的财运于是到此为止。再后来，粒子加工场连续出了两桩事故，一个工人没了胳膊，另一个没了命。他们赔了几十万。

我亲生母亲后来患上胃癌，胃被切掉四分之三后活了两年，最终在一月的一天凌晨去世。我知道这件事，因为在她去世前一天晚上，我的小弟弟找到了我。他在我手机里大声喊，让我赶到南京总医院去。我开了免提，让它远离我。我不想跟他们在一起。他给我打电话时已经是晚上九点多。我吃完一个苹果后上床睡觉。我没告诉他，我自己出院也才两周。等我再起床时，我亲生母亲已经不在了。睡觉，起床。再睡觉，再起床。我没有安葬她，也没有悼念过她。我只是潜入了水里，把他们和我隔绝开来。我期待弗洛伊德告诉我，这种逃避，要如何解释才好?我一次都没梦到过她。

“他们就是爱折腾，你也一样。”

我有点生气，但又不是真生气。应该说，我有点茫然。

“我会好好干的，”我对她说，“我和他们不一样。”

到头来，我把自己的小房子抵押了出去。他们好像是我命运的一部分，一直和我待在一起。延续的失败。为什么不能像大部分商业电影一样，有个皆大欢喜的结局呢?直到今天，他们仍会以某种形式，藏在我头脑的某个角落里，在某些情况下陡然浮现，比如我去求人办银行抵押贷款，我去借钱时。但我其实不了解他们。他们在我生命中留下的是我母亲担心的经商上的坏运气。

至于我母亲，她病病歪歪地过了这么些年，七十岁就开始挂起了尿袋。即使每天都喝两千毫升以上的水，还是出现了尿路感染，常常发烧。我的小弟弟打过主意的这套房子，是在我们俩名下。就在南站边上，有两个小房间和一个大客厅。经过一番布置，看起来要比实际的八十平方大一些。书架上摆满了我看过的书，大多是些小说。阳台的窗边放着一张大大的扶手椅，窗台上摆放着许多绿植，它们伸出的绿色藤蔓，缠在了窗框上。第二任养父去世后，我陪她在这套房子里住过几天。她希望我像小时候一样睡在她身旁，可我不想。我待在另一个小房间里看书，就在她隔壁。夜里她去上厕所时会在我门前站一会儿。她没有转动过把手。但我会放下手里的书，侧耳倾听她的安静。一两分钟后，脚步声会再次响起。

这几年，我母亲越来越瘦，她穿我读书时代的旧衣裤，过着独居的生活。早餐喝一碗粥，午餐吃蒸煮过的玉米、南瓜或者芋头，晚餐吃些炒蔬菜，几乎不放什么调味料。我从来不吃她做的东西。每个房间的每个窗户都开了二指宽，她害怕煤气泄漏。她不用空调，夏天气温超过三十五摄氏度，她会开一会儿电扇。夏天时去看她，人就会在窗外的蝉鸣声中一点一点黏糊起来，真是难耐。

我们之间有一项协议。只要她还活着，任何情况下，我都不能卖掉这套房子。如果我没了住的地方，她欢迎我一个人搬回去。我知道她担心我，担心我人过四十却还两手空空，住在租来的小房子里。她一直希望能和我一起住。住在底楼，最好还有一个郁郁葱葱的花园。我一个月回去看她一次。她站在窗边，看着我在路边等车。我看着窗后轮廓模糊的她，心事重重但并不说什么。她不跟我讲任何大道理，她说，我唯一的心愿就是你身体健康。她说，只要你还能写，你就饿不死。她还说，做你想做的事吧，只要别把自己弄进牢里。

到底什么才算是我想做的事情呢？

九月，我丈夫回了法国，他的父亲得了肝腹水，母亲预约了老花眼手术。他将在那里待上五周。我辞退了钟点工，不想被任何人打扰。中秋节、国庆节，假期中有好几天，我不和任何人说任何话。我打算写完这部小说。

很快，母亲就会老到生活不能自理了，到了那时，如果我还没摆脱现在的处境，我该怎么应对呢？

这个问题，不知不觉，开始困扰起我了。

下篇

你再次和你的朋友们见面，其中一位，你认识他时他才十八岁，拿了一项全国写作比赛的总冠军。你们已经一年没见了。在这一年里，你在努力维持你的小公司。他在皖南的一座山里，为自己的写作建造一所小房子。你看过他朋友圈里的一些照片，他爱上的应该是门前的小山，山上遍地是树，那些长得奇形怪状、叫不出名字的树。他说那是他父母的老家，一到那儿，他就强烈地感到了一种亲切感。他曾在上海、北京生活过很多年，但他知道，他的地方，就在那儿。内心深处，他渴望一种山里的寂静。那座山满足了他的要求。不出名，所以没什么游客前去打扰。地形舒缓，便于他午后的散步。树丛间有各种声音，夏天的时候格外动听。

你告诉他这一年你所有的精神困境，他告诉你，他也曾经历过那种窒息的感觉。自然而然，你们聊到了物质方面的问题。和你正相反，一年前，他接了几个拍摄广告片的活儿，迅速有了几十万。但他一描述给你听，你就明白了。

首先是身体出了状况。感觉特别疲惫。这可能和之前工作的时候太拼命有关。他睡了一星期，情况没有好转。觉得焦躁，觉得烦闷。那就喝一杯吧？一杯接着一杯，第二天又开始头痛。那段日子，他第一次想弄明白，自己是什么样的人，想成为什么样的人。他想做能体现自身价值的事。但他不想麻烦别人，不想从别人那里知道答案。他给自己筑起了高墙，内心世界完全对外封闭。他想在一个不会再变化的空间里丈量出自己。他封闭的一天是这样度过的：日日夜夜都待在租金近一万的漂亮大房子里，和一只猫待在一起。看书，听音乐，坐在那儿写点什么，看几部电影，或者在阳台上站一会儿，望一下小区中心的喷泉。小区有两条小路，他会抽一根烟，数一数下面来来往往走过的人。也有为数不多的几个夜晚，他关灯出门，在小区里绕上几圈。这时候，他总会站定，转过身去，抬头望向自己住的那一层，黑暗里，它几乎是隐灭的，只有灰蒙蒙一块轮廓。

作为一个外省青年，他一直都很勤奋，但那几个月，他没写出什么东西来。他不知道自己的感觉去了哪儿，他担心自己其实压根就不会写。上一次写完一篇完整的小说是什么时候呢？他担心自己没法再进步，没法再完成一部好作品。对于写作，他是很虔诚的。以往你和他见面，他总是手里拿着一本书，一边看一边等着你。

“那段日子，说起来，就是很多东西不见了。”想讲话的热情消失了，想研究什么东西的念头消失了，甚至好好吃顿饭的想法都消失了。活力似乎被什么东西抽走了。做事要有目标。这是他一贯以来的想法。然而，目标消失了。

他每天都会挣扎着写一点，有时早上能写一些，不多，几百字，有时则是晚上。一天中的其他时候，他都会想着写，似乎除了这本书外，就没别的事儿可以吸引到他了。身体拖累了他。他去体检过，没什么大毛病。医生确实提醒他要注意心脏，似乎有些心梗的早期症状，但也没到什么严重的地步。事实上，他的心脏并没有隐隐绞痛的感觉，也并不觉得会喘不过气来。诸如肩膀僵硬，晚上睡不好，双腿沉重，一想到时间在流逝就焦躁不安，才是他每天都能体会到的明确症状。那些症状，没有相对应的疾病名称。

“那时候让你焦躁不安的是什么呢？”你问他。

“记忆中那些让我有情绪的事在消退。”

对着一个空白文档，他会突然忘了最早父母带他来上海时住过的简陋棚屋，屋顶究竟是什么颜色。母亲真的在浴缸上架了张门板就当床了吗？那浴缸又是从哪儿来的呢？

“我在上海一直待到初中，之后跟着他们又回到老家。我对老家有莫名的厌恶。我想追寻这些厌恶的根源，但追着追着，发现什么也想不起来了。比如拿着那时的全家福，却想不起来爸爸在家里是什么样的。归根结底，他一直在别人家里打麻将。”

过去的一年，有件比较重要的事，他当时也没告诉你。他的父亲得了肝内结石，却因为害怕，一直拖着不肯去医院。他从上海赶回老家，就是为了能说服他。父亲比他前一年春节见到的时候要老，固执的父亲偏偏很好动，忍着持续性的胀痛和间歇性的高烧，在外面走来走去，他简直抓不住他，没法跟他好好说说话。

父亲坚持要带他去离家最近的旅游景点转转。那是一座建在山坡上的大庙，苏维埃政府的遗址。他们骑着两辆自行车去那里，要骑上半小时。父亲在前，他落在后面，心不在焉。遗址新建了一个大会堂，成了当地的红色旅游景点。

父亲坚持要在大门口给他拍照。他不喜欢被拍，尤其在这样一个地方。刚从外面拉来一车人，人群熙熙攘攘。他喜欢自己躲在相机后面。父亲举起手机拍下他，一口气拍了很多张，拍得他都有点不耐烦了。父亲一张张滑给他看。照片上的他闭紧嘴巴，没什么表情，眼神与其说是冷漠，不如说是困惑，总之看上去都不像他本人。

“这证明了你不忘初心，”父亲说道，“说不定哪天，它能派上用场。”

他写过一篇名叫“消失”的小说，错误地留了老家地址，退稿信寄去了那儿。他回家时父亲拿给他，信封已经被拆开了。他记得编辑的意见里有这么几句话：调子太灰暗了……作家要站在生活之上，不能自然主义地去表现生活本身。作家应当把读者往光明的方向引导。

这已经不是他第一次听到“调子灰暗”的批评了。

他在老家待到第七天，终于成功地把父亲送进了医院。那之后的一切按部就班。他尽己所能地照顾他，对他好。把床摇起，或者放下。帮他擦身。有时候，还会握住他不用输液的那只手。陪夜的那几天他发现了两件事：第一件事，在病房里，绝对不可能用到万籁俱寂这个词。第二件事，他以为自己不属于任何人，但其实，他属于他父母。这个认识让他感到有点不舒服。真伤脑筋啊，他想。出院那天，他站在病床前收拾东西，母亲去办出院小结了。父亲突然把手搭在了他的肩膀上，把他按到椅子上坐了下来。“慢慢来，”父亲说，“我们有的是时间。”

“那个时候，心里那个封闭的空间被彻底劈开了一条缝。”

他带着心上的这道亮光跑去了欧洲。在欧洲的一条大街上，戴着耳机听着音乐的他突然发现，自己迷失了。他可以去再远一点的地方，或者风景更好的地方，但是那天下午，他意识到沿着马路前行，前方的道路不会有尽头，而他要去的，应该是内心深处的一个地方。他在原地站了一会儿，站了多久呢？肯定足够久，久到他下定决心，回自己的老家，就在那儿，盖一座房子。一座天蓝色的大房子。

他上网搜索图片，仔细看那些房子的外形，房间的布局。在他画下第一张图纸的时候，他感受到了久违的自由。建造的一切都算顺利。一个想写好东西的人需要安静的环境，需要实实在在的生活，需要安定，需要可以把控的自信。不能今天睡在这个酒店明天睡在那个酒店。房子是属于他的。猫也是。父母都健在。邻居们已经习惯了他的回归。他感觉力量在增长，有什么东西重新回到了身体里。

他重新开始写作。每天都待在自己的书桌前，眼看着 WORD

最下方字数后的数字越来越大。有时自己做饭，有时去父母家吃。他已经跟他们达成了一致意见：他写作时别去打扰他。他希望与世隔绝。他强调了两遍这个词。去山上散步，阅读，画出自己觉得重要的段落并拍照存档。扫地，用吸尘器再清洁一遍，拖地。把衣服扔进洗衣机，几十分钟后再把它们挂起来。把床仔细铺好，平整的床让人没有随意躺下弄皱的心思。一度紧绷着神经。但再没有什么事能妨碍到他了。

“你会一直在那儿住下去吗？”你问他。

“有时我也害怕寂寞，所以我选择了去北京读个硕士。”

九月开学之前，他仔细打扫了房子里的每一个角落。不过他知道，几周后，等他回来过国庆长假，角落里还是会积起灰。

“但它终究是我的房子，是我造的房子，是我决定了，它要建成什么样。”

第六章　一切都是最好的安排

上篇

二〇一四年十二月二十九日，星期一，早上六点左右，病房的灯就亮了。我静静平躺在床上。新的一天已经来临。再过四个小时，护工就要推着平板车来接我了。不过我完全没把这当回事。一周前，同事告诉我，华东医院通知我得自己去一趟，领回体检报告，他不能代领。我去了。医生看起来和蔼可亲。“它还很小，才五毫米，不过，”他仔细观察了很久我的肺部CT片，“你家族中，有癌症病史吗？”

“我是被领养的，我不知道……”

“这样啊，”他点点头，再次拿起片子，“你抽烟吗？”

“不抽。”

“你这样的情况最好做个微创，周三就住进来吧。手术后才能确诊是恶性还是良性。目前看来，腺癌的可能性比较大。”

乘电梯下楼的时候，我开始盘算需要告诉哪些人。我丈夫，我母亲，我干爸妈，我教练，还有我单位。其他人我都电话说了说，唯独我母亲，我回了趟家。自从发生过我弟弟来要房子那件事后，她就不怎么理我了。我到家的时候她在洗碗，开着收音机。她刚吃完午饭。我告诉她我吃过了。你怎么想起今天回来了？你不用上班吗？母亲开口了。今天不用去单位。我说。她重新戴上放在水斗边的黄色橡胶手套，我站在她背后，靠着厨房门。收音机里在放一部老相声，《五官争功》。“哎哟，真是大水冲了龙王庙，一家人不认一家人啦！”我伸手过去关掉收音机，告诉她周三我就要住进医院的事。她转过身来，举起一只戴着黄色手套的手，指了指我，但没说出话来。过了一会儿，她转过身去。

“我把你抱回家时你才三岁，很小，很小的小不点。我问你，你饿吗？你想吃点什么呢？你摇头。可等我把苹果片和酸奶放在你面前，你吃得很起劲。我专门找了医生朋友给你做了一次体检，她告诉我，你身体棒棒的。除了矮一点，什么事也不会有。”她拔起塞子，水开始汩汩地流走。“那时你完全依赖我，我走到哪儿，你跟到哪儿，像只小狗。走累了，你张开手臂拦住我，要我抱你，我就把你头颈一夹，拖着走。”

她说得没错，虽然我并不想回到童年，但我喜欢她跟着收音机唱歌，夏天用水泼我，放假时给我戴上纸糊的面具吓唬路过的小朋友，骗我吃下用糯米做的糨糊。

“我午睡时，你就坐在床边的小椅子上，默默地坐着，一声不响。我醒来发现你盯着墙上的小火表看，你在看什么呀我问你。你顿时把眼睛睁得大大的。你说你在看黑板。黑板！我那时就决定，要让你接受最好的教育。”

她看着水斗，开始脱手套。她用右手的食指和拇指捏着左手手套的边缘，我站在原地看着她。她试了几次都没成功。我走过去，替她脱了下来。

“我会去医院陪你的，”我母亲说，“你会没事的，我还等着哪天你来照顾我呢。”

在术前等候室，我一个人平躺在床上，身上盖着厚厚的棉被，想起了她脸上浮现出的那种神情。似乎可以无视死神的，那样一种神情。

然而身体，根本是无法操控的吧。从我们出生开始，身体就完全脱离了掌控。它朝着终点一路长大，这背后蕴含的死亡气息，人要到什么时候，才能明白地感知到这一点呢。

几个小时后我被送回病房。我母亲抓住我没打吊针的那只手轻轻地抚摸，她的手掌冰凉。

出院的那天我独自一人去了医生办公室。

“听说你是作家？一个月后你就能重新工作了。”医生一边说，一边露出鼓励的微笑。“半年后你就可以爬山。三年内不能要孩子。”

“三年之后可以，是吗？”

我想和医生四目相对，他却垂下了眼睑。“怀孕是否会导致癌症复发，目前医学界没有定论。基本上，怀孕这一事实并不是导致癌症复发的原因。但是怀孕的过程有可能让复发的时间提前。怀孕期间产生的大量雌激素可能刺激到已经存在的癌细胞，并使其进一步扩散。所以你要了解，怀孕可能带来风险。没有最恰当和周全的选择。”

我点了点头。我没有把这些告诉我母亲和我丈夫。

二〇一五年一月五号，我出了院。

五天后的夜里，我贴住我丈夫的身体。需要侧着身子才能从床上撑起上半身，我脱去睡裤，却没有脱去睡衣，下面是缠得紧紧的绷带。他的手指滑过我的脸庞，怀疑地看着我。我点了点头。我们靠得更近了。我在他上面，闭上眼睛。动作缓慢而温柔，之后开始狂野，加速。被切除的左肺上叶。我听到了自己困难的喘息声。一阵风驰电掣之后，我发现自己还好端端的。我在他耳边轻轻告诉他：我活过来了。

一个月后，我开始筹划去鼓浪屿的旅行。我丈夫很高兴。他之前被自己的想象吓到了，以为我会接受化疗，头发全部掉光。他把餐桌朝里推了推，在厨房就向我伸出手，邀请我跳一支华尔兹。他把我拉进他怀里，把我紧紧地压在他胸口，“你吓死我了，我差点以为，我会失去你。”他爱跳舞爱唱歌，这两样我一点儿也不喜欢。但这一次，我竭尽所能，把一支舞完整地跳完。我们在一起十年了，他的兴趣因为我，迁就成了看书、听爵士乐。

我们在下午到达鼓浪屿，酒店就在海边。在海边散步时我告诉他，我想要有点儿变化了。

“没错，像这次一样，我们以后多出去旅行。我们好久没这么放松了吧？”

但这不是我想要的变化。

他抓住我的手，问我是否有要孩子的打算，我摇了摇头。

“那我们可以养条狗，养只猫也行。”

“确实，你说得很对。”我说这话的时候，停下来看了看远方的船。

全麻前，麻醉师给我扣上面罩，然后让我深呼吸，那时我就想，如果我能再次醒来，我不要再在原地待着了。

“我一直是个胆子很小的人，从来不敢玩类似‘信任后倒’这样的游戏。你还记得吗？几年前，我在准备哲学博士考试的时候，和你讨论过荣格做过的一个梦。在荣格的梦里，他梦见自己在一栋老房子的顶层，房子里家具陈设气派，墙上挂着精美的油画。他惊叹这竟然是自己的房子，不由得想：‘还真不赖！’但随后他就想起，他对下面一层是什么样子还一无所知，于是他就下楼去看。”

“那时我和你说，我是绝对不可能走出那一步的。我宁愿一辈子就待在顶层。但是现在，我会想鼓起勇气，看看那下面究竟还有些什么。”

“我记得荣格最后发现了两个人类的头骨，而且还碎了？”他沉默了片刻，“你想说什么？”

我不知道我想说什么。我的身上已经产生了某些变化，但我不知道那会是什么。

“那你准备好了吗？”

我点点头。

我太自以为是了。

此时此刻我想起了这些事。我多么渴望，回到当初的自己。踏上一切从零开始的旅途，失去。这都只是我一个人的责任。我是自愿的，可他不是。他陪着我面对这一切。每次我做噩梦尖叫起来，他都会把我叫醒。但是，他的脸上已经开始慢慢浮现出，受伤害的表情。我已经伤害了他。在我没有事先告诉他就把房子抵押给银行的时候，在我因为没有钱而一次次拒绝他的假期旅行提议的时候。如果我肯收手，他或许会安慰我。

“为什么你就是不肯收手？”对于他的这个问题我不知该如何作答。

在我认识的人中，确实有一位朋友，因为赌球，失去了所有的房产。还有一位同样写作的朋友，创业时朋友们给他凑了几百万，他开了个线下剧场，一年不到就垮了。为了东山再起，他开始磨炼自己的德扑技巧。德扑是投资圈最流行的休闲游戏，第一个获得 WSOP 冠军金手链的中国选手杜悦就是常春藤资本的合伙人。比尔·盖茨、巴菲特、柳传志、马云、李开复，都是德扑爱好者。一年后他成了职业选手。他能熬过几个小时的对局，也能只用零点二秒的时间算出自己获胜的概率，但是还有一个词 Bad Beat 等着他。大概率能获胜的情况下也可能遭遇小概率事件导致失败。用几个小时将手中的筹码翻上十倍，因为 Bad Beat 就会在三分钟内输光全部。

如果那时有人拦住我，不让我创业，我会怎样呢?

“你要做什么？”那个人会对着我大吼。

“做我想做的事！”

“你疯了吗，放弃眼前安稳的一切？”

“我要试一次，然后成为一个虚弱的人。不要阻止我。”我会大声喊回去。

“你会倾家荡产，一无所有。你的丈夫也会因为你忽视他而离开你。”

“我必须试一次。这是我这辈子，能折腾的最后机会。”

“你想得太容易了。”

“如果我现在不做，我就永远不会做了。”

是的，是时候告诉大家，我心里的想法了。

这两年，好几次刷朋友圈，刷到的是创业者自杀的消息。WePhone 创始人兼开发者苏享茂、法兰游戏的创始人甘来、金盾股份董事长周建灿……他们都选择了纵身一跃。

我想象过他们最后的画面。午夜即将到来，他们来到楼顶上。之前，已经喝下了不少酒。他们在楼顶上走来走去，步子有一点东倒西歪。楼顶的风刮得有些猛，让人觉得楼房在轻微地晃动。他们走到护栏边，停下脚步，站稳身子，看向远方。远方是繁荣的城市，灯光连成一片，向外延展，无穷无尽。曾经属于他们，又不再属于他们。眼前或许会闪过一两个女人的身影，或许不会。最终，他们爬上栏杆。接下来要做的其实很简单，只要一只脚的脚尖往下探去。整个过程，只需要几秒钟的时间。然后，他们会在朋友圈短暂地出现几天，从此被世人遗忘。无论他们曾经做过什么。

朋友问我，最艰难的时候，你会不会也想跳下去？我笑着告诉她：所以我总是租一楼的房子。“跳下去，飞在空中并不危险，假如你喜欢，可以从摩天大楼上跳下来，那不危险。着陆才是问题所在。”我在书里看到过这样的句子。

所以，对你们身边的创业者好一点儿，不要总是问他们，你还好吗？公司不做了？那里面多的是拆下肋骨当火把，踯躅前行的人。

一个周末的午后，我约出了那位和我合作过的倒霉的老板。

他比之前更瘦了，身上穿的是件之前看到过的旧外套。不再骄傲和居高临下。这不是两年的时光流逝所造成的。尤其是他的微笑。过去的他脸上常常挂着讽刺的微笑，现在却随和了许多。

“你看起来还不错……”过了片刻，他终于说道。他是听说了什么吗？

“并没有。”我微笑着回答。

“不行也别勉强。募资难，融资就难。你做影视版权，偏偏遇上资本退潮、政策趋紧，我听说，三分之一的公司已经基本退出影视行业了？”

“是啊，过去有多辉煌，今天就有多残酷。周围再也没有可以轻易给钱的人了。”

“眼见他起高楼，眼见他宴宾客，眼见他楼塌了。”

“寒冬嘛。而且谁也不知道它会持续多久。裁员，暂停了一些业务。把原来面向影视公司的版权评估软件改成面向高校文科院系的文本分析工具。还是得自己咬牙坚持，能活下去就好。”

我们的脸上都挂着微笑，那微笑里饱含着理解、同情甚至默契。

他告诉我，第一次在咖啡馆见到我时，他便知道，我是那类很难驾驭的员工。“除非你能崇拜我，可我没有什么值得你崇拜的。”他说那时的我看起来很骄傲。那种骄傲并非毫无来由，二十五岁时，我在一本全国顶尖刊物上发表了长篇小说，是截至当时最为年轻的长篇作者。我被邀请去一些学校开讲座，和一些成名作家对话，他们称呼我为走走老师。正是在这些社会活动中，我学会了咄咄逼人，以疑问句反问句开始对话的方式。台上，我盯着和我对话的作家看，试图找出某种不真诚的破绽。台下，读者、好奇的文艺青年，举起手机对准我们。

“人生最大的不幸，就是无法认识自己。也许自己什么都不是。”我举起手里的酒杯和他碰杯。

“为你成熟了干一杯。”他说。

再接下来，我需要去不断求人。在微信上措辞良久，我却发不出手。因为一种莫名其妙的羞耻感，我需要在周末的午后饱睡一下午，才有勇气群发出那些消息。在接下来的一年里，每次我都会发现，自己又被几个老朋友拉黑了。

“那为拉黑干一杯。”他举起酒杯。

搬去月租六千的公房后，我在自己的办公桌底下放了一双拖鞋。我还是会穿上高跟鞋，穿上好衣服，背上好包包出去见人。但一回去，我就舒舒服服换上拖鞋。我不再迟到，在微信里将恳求帮忙和诚挚感谢的语气拿捏得恰如其分，而且总是跟上一个没心没肺咧嘴大笑的表情。我不再关心“我们从何处来？我们是谁？我们向何处去？”这样的问题，我只关心，活着，活下去。

偶尔，害怕坏消息接踵而至时，我还是会把手机反扣在桌上。

“讲讲你的故事吧？”

“我比你大七岁，我还能有什么故事？”他叹了口气答道。

“你还是找到了工作，对吧？”

“有钱的时候，我投资了一个很小的科技公众号，公司宣告破产后，他们接受了我，给了我一份工资。”

“有这结局很不错了。”

“对，是很不错。”

但我什么投资也没有。

“你有坚持和自信。”

为了这句赞美，我们喝干了杯子里最后的一点红酒。

两年。我的冒险生活至今快两年了。

自从看了南怀瑾的《易经杂说》，我迷上了书里写到的卜卦的方法，尤其是宋朝邵康节用三个铜钱卜卦的方法。

“现在不容易找到外圆内方的铜钱，借用现代的硬币也可以，横竖都是一正一反两面，任意将一面作为阳面，一面作为阴面，将三个钱乱摇一阵后丢下来，如果说其中两个钱是阴面，一个钱是阳面，便以阳面为主，记录一个‘、’的记号，代表这是阳爻。如果卜出的钱是两个阳面一个阴面，就是阴爻，记录一个‘··’的记号。如果三个钱全是阳面，做的记号是一个圈‘○’，这就叫作动爻，要变阴的，阳极则阴生。如果三个钱全是阴面，做的记号是‘×’，这是要由阴变阳的动爻。这样连续做六次，完成六爻。装卦的顺序是由下向上依次排列，第一次所卜得的为初爻，第二次为第二爻，依次上去最后到上爻。”

找出三枚一元硬币，“中国人民银行”一面为阳面，菊花一面为阴面。藏在手心里上下摇，放开，看它们如何亮闪闪地转圈，啪地落在桌子上。

六次。

会是怎样的一卦呢？

一位女性创业者来问卦。由于她与我身处不同省市，不方便来，于是便由我代卜。

代卜，对方必须先要把所问之事对我叙述一遍，再由我点三支香，在坛前对祖师爷鬼谷子先师郑重祷告，阐明缘由，然后再掷六次铜板，摇出所要之卦。

今天是二〇一九年九月十九日，农历己亥年癸酉月己未日，旬空子丑。问卦者是一名女性创业者，她的问题是：我的公司还做得下去吗？我的公司有没有可能被别人收购呢？

此卦得到：山水蒙化火天大有。首先，山水蒙是初始之蒙，人藏烟草，万物始生，也代表对一些事物看不清楚，可见这位创业者眼前的局势不甚明朗，如同有雾气笼罩，她向我求教卜卦，心中本身就有疑虑，最怕的就是前途未知，好在山水蒙化出的火天大有卦，爻象形成了一个连环生。

卦象是子孙爻福神持世，这点很好，六个爻象里面动三个爻象，初爻、三爻、四爻都动，也就是腾蛇、青龙、玄武都动，因为动爻而得到了火天大有这个卦，整体局势尚可。

由此可见，这位创业者的个人能力是非常强的，虽然公司目前情况不稳定，但凭她的努力完全可以渡过难关，值得坚持。但是，近年求财财气一般。

按照流年，明年是庚子年，随后是辛丑年，壬寅年，癸卯年，这种流年财不旺，运程一般。此外，这位创业者询问自己的公司是否会被收购，卦中，凡是涉及法律文书、合同契约等内容的为“父母爻”，而收购对象应是客户同行，故代表“同一类人”的“兄弟爻”也在视看范围内。

我又看了一遍客户的卦象，告诉她，收购的可能性很低。为什么收购不太可能呢？首先此卦以应爻为指对方，为父母爻，化出的是子水落空，也就是说，你虽然想着把公司脱手，但买方（投资人）并不会接手。

再看卦象，爻中有动，代表还有得商量，但世爻与应爻之间是合中带克，但对方力量不强，因为应爻对方尽管回头生但是化空，而且投日辰之墓库，收购不会成功。

卦中子孙爻持世，且化出酉为财，这点非常好，现在又是癸酉的月份，值月当旺，应该说目前这位客户的财运还是可以的，下半年比上半年旺。

正如卦象所示，我认为还是由她自己咬牙坚持最靠谱。一方面这位创业者能力很强，另一方面，世爻临青龙。青龙为喜悦之事，再说是化出酉为财。现在客户是戌土，按卦论，在立冬之前，会有意料之外的好消息出现。

最后，我告诉这位创业者，凡事都有两面性，公司被收购未必是一件利她的事，凭借她最后的坚持，完全可以撑下去，把公司越做越好的。

——摘自某六爻卦师的日记

在付出这么多时间和心血后，还需要持续付出，那真需要超人的毅力才行。

不过说真的，我必须告诉你们一点好消息。

这两年，我见过的风水师命理师卦师不比投资人少，我决定开一个风水算命公司。我签下他们，服务对象是那些像我一样爱折腾又没折腾好的人。天下本无事，一动便有吉凶悔吝的后果，人也总有内心突然感到一阵无力的时候。

我又开始见朋友。我们一边喝咖啡，一边吃甜品、聊天。甜品配咖啡，让人感到安心、安全。无论男人女人，听到我的新业务，看起来兴致都很高。他们会问我许多问题，我向他们讲述那些风水师的工作，我的见闻。通常，那些顺利改变命运的故事，更让人期待。

“什么是命？命好比车，有人生下来就是法拉利，有人生下来只是普通车。什么是运？运好比路，有人是法拉利上山路，车好，路坎坷；有人是普通车走高速，车一般，路顺。想要人生更顺利，不如选好自己的路……”

他们听得频频点头。

有一天，我的一位编辑朋友找我吃饭。“说到卜卦这些，”她说，“你那时写小说，以卦为标题，是出于什么构思？”

而我竟然完全忘记了。二十五岁时，我就写过这样一个长篇。用了火山旅、天雷无妄、天泽履等许多卦的卦象，串联起一个悲伤的有始无终的爱情故事。

“那本书只是章节标题上用了卦做包装，内容里还没有涉及卦。下一个长篇是准备内容也写卦吗？”

确实有作家说过：如果你的人物不是芸芸众生中的一个，那故事就一无是处。

我不知道会写什么。我只知道：一切都是最好的安排。一切都会好起来的。从现在起。

下篇

你又要离开家几天，一路出差，出差的最后一站又会是在杭州。这是给过你机会的城市。不卖关子了，长话短说，你又看到了一扇门上镌刻着五个字：走走的林杨。下面还有一行小字：我们必然会相遇。

你心里想，不要，不要好奇。这一次，你不会轻而易举，简简单单就推门进去。你迈开步朝相反方向走。但它不肯消失，它就浮现在你眼前，成为你视野的一部分，似乎和你之间签下了不可动摇的协议：在你真正明白创业这个游戏的玩法后，你就得再次上我这儿来，为这个旅程画上句号。

你不想一睁开眼，就盯着它看。

你推门进去，屋子里空空荡荡，只有一张一人多高的大桌子，旁边甚至还放着梯子。你爬上去，发现桌子上只有一长卷纸，上面的字是用电脑打出来的。一个个人名。还有日期、你们相遇的城市名称。你轻声念出。每一个名字，都代表着一次会议，一起工作的一段日子。一年零几个月，或是一直到现在。你一边念，一边想起了他们每个人的长相，他们看着你的表情。

他们一个接着一个出现。你突然开始哭。“别哭啦，继续念，念完它。”有人在底下喊。

好了，他们都在这儿了，所有见证你这两年的人。他们中的很多人爱着你，在你虚弱的时候照顾你，在你渴望回家时等待你，在你的生命中，他们曾经是或仍然是，对你至关重要的人。而你相信，你也在他们的生活中，起到了一定的作用。

你站直身子，看着他们。他们站在地上，移开了梯子，就围着桌子。一圈一圈又一圈。你就在中央，高高地站着，像是站在自己的旋涡中心。这次你的林杨有了玻璃窗，还是落地的。阳光照进来，散发着动人的光芒。有人打开了窗，风进来，你们每个人的头发都开始随风飞舞。你的同事，你的朋友，你的丈夫，你的母亲。你对他们表示了感谢，不知道是什么魔法把他们统统运来了此处。他们对着你大喊，还喊着你的名字。你感到不好意思，你低下头，假装不看他们。他们继续大喊，继续喊着你的名字。你终于听清了他们在喊什么。

向后倒，一二三。向后倒，一二三。

你想起那个长谈的夜晚。你的朋友对你说，希望你别那么自律，自由一点，欢乐一点，哪怕无目的，没意义。“不仅仅是为了某种逃避。”

此刻，他就在下面。“向后倒吧。那是你必然会发生的动作，我一直能感觉到你对这个动作的呼唤。”

你从来没有尝试过。从来不能。在大脑里就划清了界限。“我也希望我能。”你又开始哭。

“我懂那种希望。真的不容易的。我和你的关系，你和任何人的关系，都是你在给予，预先地给予，但你从不要求，不索取。

这是你奇怪的地方，是我对你建立某种感情的地方。但它也是你恐惧，与并不真正信任人的地方。你不信任任何人。”

你搬出了弗洛伊德。大概真的是因为你被放弃过，所以不想抓住任何东西。或者说，你觉得自己抓不住。那还不如不抓。

“认定自己抓不住，因为这更安全。一种方法，一种策略。我不是在批评你，只是会觉得，很可惜。因为会很孤独啊。”

你点了点头。你突然想起，小时候，你在观看国庆庆祝游行的队伍里走失。你的周围都是比你大的哥哥姐姐，他们都穿着白衬衫蓝裤子。大人们来来往往，你哭着不知该往哪里去。你听到母亲喊你的声音，她向你奔来，之后她牵起你的手，紧紧地抓着。长大后，你也曾在香港迪士尼乐园和你的丈夫走散。还是他先找到的你，对你说，他永远都不会丢下你一个人走掉。此时你想起这些似乎是想为自己打气。

时间在流逝，而林杨的一切都自有其规则。你知道，你不向后倒，你们谁都不能离开这里。没有人和你说过，没有纸上这么写，可你就是知道。那为什么你会害怕向后倒？

因为你害怕，你已经失去所有人。你是如此害怕被人抛弃。与此相比，失去一套房子算得了什么？停止创业又算得了什么？也许你现在只是需要一个结束的 trigger。

你知道，应该把这样的想法抛到脑后。转过身去，背对他们，站得笔直，伸展开双臂。你能克服自己曾经的恐惧吗？如何说服身体听从大脑的指令？如何让大脑听从心的指令？

你安静地站在那儿。在此之前，你已经站了很久很久。他们抬头看着你，又低下头去。又再次抬起头。他们不再叫喊了。你松了一口气。

没什么大不了的。面对还是背对，都是一个人。你感觉身体既沉重得让你迈不开步，又轻得特别跃跃欲试。

你解开了紧紧绑住头发的黑色皮筋。

（原载《人民文学》2020 年第 4 期）

四时自成岁

王啸峰

春分

刚在会议室坐定，主持人还没说几句话，手机微信电话就来了。周伟本想不接，一看是孙兰打来的——平时孙兰总是发微信信息多，打微信电话少——于是硬着头皮起身，快步走出会议室，按下接听按钮。

“心妍昏倒了！你赶紧来！”

“啊？”

“啊什么啊，快点，一院急诊室。”

瞬间，周伟从发根到后背一阵发凉，冒出一大片汗。他边跑边把西服脱下，在手里旋紧，从六楼沿扶梯冲下，随手在大门口拦下一辆同事往外开的车。他坐上车，车开出去一段路，他才发现右手麻了。他抖开西服，赶快发微信给另一位副总：“家里有急事，请假去医院。”副总立刻回信问：“怎么回事？”他把目光从手机上移开，窗外人行道上一大排紫玉兰开得正好。

从元旦开始，他就战战兢兢地迎接春节。各种本命年凶险的传闻和实例使他相信这一年不好过。越是害怕，越是出事。他和孙兰同年。除夕那天一早，他俩就到金店买本命年“路路通”，还要求店员用红绳编织手链。走出店门的时候，他俩伸出手，阳光下，一对“路路通”金黄闪亮，红手链喜庆应景。吃年夜饭时，一家四口兴奋地把玻璃杯碰到一起。可周伟的杯子碎了，他的心当即沉了下去。这时他的母亲于敏小心接过儿子手里的碎杯子，念叨着：“岁岁平安，好兆头、好彩头啊！”他爽朗地笑了起来，但心里还是压了块石头。没想到春节过后没几天，上级就来考察他。半个月后，他被任命为集团副总。坐在新办公室里，他望见窗外高大香樟树上的积雪正在消融，似乎听到时间的脚步声，竟然与他的心跳如此合拍。随手，他在台历上写下一句：忽如一夜春风来。

“周总！一院急诊室到了。”

周伟跳下车，回身道了声谢，直奔进去。

“周心妍，她、她在哪里？”

服务台护士还在一页一页翻记录。孙兰的声音传过来：“这里！”

远远望见孙兰的时候，她正在挥手，手腕处的“路路通”比新烫的卷发更显眼。可惜，他已经失去“路路通”了。任副总后，周伟有次去总裁办公室汇报工作，面对面坐了一会儿，他发现总裁的目光多次扫过他手腕。他忽然领悟，悄悄地把衬衣袖口往外拉，盖住“路路通”。回办公室，他把幸运链解下来，装进裤兜。回家拿出来戴，到单位放兜里。一段时间下来就习惯了。一天下午，他去参加一项开工仪式，坐在主席台上不能玩手机，就把手伸进裤兜想摸摸“路路通”。据说这宝贝越摸越灵光。没了！每个兜摸了个遍，“路路通”不见了。他心急火燎，又不能跳下主席台，因为还有致辞、摸球仪式。单位、家里全找遍，该问的人全问遍，早上从容装进裤兜的“路路通”就此不见。孙兰把自己的脱给他，他坚决不要。嘴上说没关系，可一些事情却真的起了变化。周心妍的“一模成绩”随即给了他重重一棒。

那天下班回家，推开房门的瞬间，静得让周伟觉得不真实。母亲于敏坐在沙发上翻阅财经杂志。妻子孙兰正摆放碗筷。女儿周心妍卷起试卷，低头坐到餐椅上。大家静静地吃饭。电视新闻正在播报黄河凌汛的消息。以往，于敏最关注气象，那次她头也不抬。周心妍认真吃着红烧鲫鱼，一根根鱼刺被吐出，整齐地排在餐巾纸上，像一行行眼泪。

“‘一模成绩’出了？”周伟拿起遥控器把电视机关了。餐桌上的吊灯更亮了。

孙兰把手机推过来，手机文档里有一组数字。

“位比百分之六十六？数字倒很好听啊！”周伟不轻易动怒，此时却按捺不住。

没人接话。周心妍扎头发的皮筋松了，一缕头发拖到餐桌上。不一会儿，头发被眼泪濡湿，与鱼刺搅在一起。从中考状元到被三分之二的学生赶超，不到三年时间。周心妍就像一个长跑选手，接二连三被其他选手超越。班主任在“家校通”上发成绩，周伟都不敢看。难得有一两次好成绩，没等他下班，孙兰就会打电话告诉他。因此，此刻的沉默，预示着周心妍成绩可能又创下新低。

周心妍的病床在急诊室最里面。快速走动的过程中，周伟的脚几次碰到其他病床的硬床腿，痛得很，却还要说对不起。

周心妍半躺着。眼睛紧闭，脸色苍白，左右手都挂着药水。周伟俯下身摸摸女儿的额头，冰凉。

“我陪她到窗口验血，针刚扎进去，她就软软地瘫下来。吓得我脚也软了。”孙兰不停地用餐巾纸擦汗。

“她以前没有晕针的情况啊。”

“都是要命的高考体检！”孙兰恨恨地说。

周心妍谷丙转氨酶偏高，学校要求复检。孙兰查资料、问朋友，认定过度疲劳所致。这次复检前几天，逼着周心妍早睡早起、清淡饮食。

“不会是以前的问题吧？”周伟心里总是有个结。

周心妍小学三年级时，周末周伟带她去游乐园玩，她在海盗船上兴奋地尖叫，手舞足蹈。突然歪倒在周伟身上。全身检查下来，诊断为先天性贫血，剧烈运动、经受强刺激，导致晕厥。周伟为女儿争取到体育课免修、义务劳动不参加。周心妍夏天从不穿短袖，冬天第一个穿棉袄。保温杯里一直灌满温开水。有一次，周伟去学校送女儿忘带的保温杯，看见周心妍独自坐在教室里，头扭向操场。同学们正开心地玩游戏，你追我打。一张她刚画完的素描，飘落在地。周伟捡起来。画的是满地落英，黛玉正在葬花。他拍拍女儿肩膀。她接过纸，撕得粉碎。

“你要么不管，要么瞎管。”孙兰食指坚定地指向周伟，“什么是她的优势？文科！语文、英语、历史等，可你偏要她学理科！那次中考为什么她能脱颖而出？文科考题难理科容易。而你总是让她背负沉重包袱，走上与数理化尖子生竞争的道路。她的艰难你从不了解！”

周伟其实再三征求过周心妍意见。虽然自己有主观意愿，但是主意还是女儿自己拿的。她选择学理科的最大因素，是看到了孙兰的窘迫和无奈。一个出版社的文字编辑，不仅要编书，还要编期刊，稿子校不完，还得带回家看。周末参加这个活动、那个研讨会。即便周伟所在公司陷入经营困境，孙兰的收入也只有周伟的三分之一，尽管她是著名出版社的期刊的责编。

“我要赚钱，要赚更多的钱！”周心妍说这句话的时候，周伟觉得心里产生一股旋风，不断往上盘旋上升。女儿的坚定，让他想起城市上空的鹰，它们比人有更宽的视野、更锐利的眼光。这使他既高兴又失落。

“孙老师，这是刚才的化验单。”一位年轻的女医生过来，把单子交给孙兰，“孩子肝功能指标正常了。”

周伟的心稍稍安定了。女医生是文学爱好者，这几天孙兰一直与她保持密切联系。孙兰忙着点头感谢，卷曲的头发抖动着，像一朵朵盛开的鲜花。

“辛苦您了。那她刚才晕倒是什么原因呢？”周伟以一个工程设计师的精细追问。女医生的额头特别亮，让周伟有了她声音是从额头发出的错觉。

“要查清楚，得住院检查、观察。现在判断不了。”

“我不想住院！”周心妍的声音很轻，却很清晰。周伟转眼看时，女儿已经直起身子。孙兰赶忙在她后背垫高枕头。

女医生上前用听诊器仔细听了周心妍前胸后背，笑着说：“现在看来没什么问题。孙老师，女儿长得真像您啊！”

孙兰一愣，岔开话题：“等这些药水挂完，我们就可以带她出院？”

“我去看刚才做的脑部 CT 和心超结果。我还在门诊，结果我拍照发您微信。没事的，请放心。”

周伟看孙兰陪女医生走出病房，忍不住转头轻声对女儿说：“你也该叫声妈妈了，不要老是阿姨、阿姨的。她心里不好受。”

周心妍别过头。

周伟叹了口气。前妻离开他已经十多年了。孙兰跟他结婚也十年了。为了悉心带好周心妍，他们没有再要孩子。

门口一个穿校服的高大男孩往里探头探脑。周伟拍拍周心妍。高大男孩对周心妍挥挥手，犹豫一会儿，走到病床前。双手撑住床架，盯着周心妍看，不说一句话。

周伟皱皱眉，对女儿说：“我去买点水，你和同学聊吧。”

病房门口，他碰到孙兰，说：“走走，我们外面去。”

“你干吗？孩子还在病床上呢。”

周伟对身后努努嘴。孙兰看见了，也就随着周伟往外走。医院花园长廊上的紫藤花开了，一串串倒挂下来，像一条条紫色瀑布。两人选了一张花园椅坐下。

“你说孩子成绩滑坡，会不会与这事有关？”

“班主任有没有跟你说起过？”

“她只跟我说，现在这种事情很普遍，关键是要引导好。”

“我一点心理准备都没有。现在她什么事都不跟我说。”

孙兰叹口气说：“我也不能多说，不然反而麻烦。”

周伟知道孙兰一直小心翼翼地维系着与周心妍的关系。周心妍的任何事，孙兰都包了，可还是走不进孩子心里。而他自己只是润滑剂，在家中三个女人之间滑来滑去。他每天寻找着三角形合适的中心点，尽可能不偏向任何一边。

“孩子特别要强，‘一模成绩’公布后，她急了，毕竟眼前高考压倒一切。我们要相信她会处理好各种关系。”

“她话不多，眼睛却暴露出很多。归根结底，对我不信任。”

“哎！哎！你又来这一套。孩子对你是亲的。这点我保证。”

“算了算了，我心里清楚。我对得起她，更对得起自己的良心。你不是忙吗？你走吧，等会儿药水挂完，我带她回家。”

“我请假了，今天我来陪她吧。”

一阵春风吹来，蔷薇花香幽幽飘来。孙兰静静地看着微风中轻轻摇曳的花儿，说：“多长时间我俩没有这样一起坐着聊天了？”

周伟抬起头，从紫藤叶蔓中望见澄碧天空，说：“今天真适合郊游啊！”

孙兰收到微信，说：“医生发图片来了。哦，全都正常。我们收拾一下回家吧。”

周心妍犟着不肯回家。

高大男孩主动说：“叔叔、阿姨，我陪她回学校，你们放心吧。”

周伟瞪了他一眼，胃里泛起一股酸水。本来想顺着女儿软下来，忽地心坚硬起来：“不行！她这样的情况，最需要休息。”

“我保证她好好的！”男孩还不依不饶地争取。

孙兰退到两个男人后面，开始慢慢地收拾东西。

“你是谁？你能保证什么？你怎么知道她晕倒的？”周伟把

西装扔在病床上，声音大得整个病房的人都往这里张望。

“我！我告诉他的。我跟他走。”周心妍双脚跨下病床，扫着找鞋。孙兰忙把白色板鞋移过去。

“你走！走了就不要回来。”周伟全身肌肉痉挛，脸上一阵酸麻。

“好了好了！你真是，孩子还在恢复。回学校也好，跟上复习进程。哎！同学，心妍就拜托你啦。走走！我开车，一起去学校。”孙兰右手挽了提包、无纺布袋，左手搀了周心妍，缓缓走出病房。

高大男孩连忙帮孙兰拿包和袋子，孙兰对他笑笑，说了声“谢谢”。周伟气得愣在那里，直到三个人拐弯看不见，才拖了沉重脚步跟上去。

车上，周伟回了几个电话和微信。头靠在座椅上，闭上双眼。

三年前，省中和市中领导先后到家争夺中考状元周心妍。省中校长甚至还调阅了周心妍的满分作文《四时自成岁》，赞叹道：“这么小的年纪，就有如此胸怀和境界！”市中校长对周心妍入学提供奖学金、直升常春藤高校的机会。周伟和孙兰商量下来，去了实惠的市中。周心妍与孙兰唯一一次面对面争吵，就发生在高一上半学期。

整个高一前两个月，周心妍都忙于演讲和改组文学社。期中考试成绩出来，靠吃老本，周心妍才勉强挤进全年级前三十名。周伟只是嘴上批评批评，心里还没引起重视。他还对孙兰一直念叨女儿学习退步的事情有点不适，说：“不就偶尔一次成绩不好吗？”这样的态度悄悄引导着周心妍的情绪。

周六临近中午，周心妍还没有起床。周伟躺在沙发上玩手机。于敏戴着老花镜把一张证券报翻来覆去看，还在红色小本上记着、画着。孙兰大清早开始买菜、打扫卫生、烧饭，忙得大汗出完出小汗。周伟突然听到周心妍的房门被啪的一下重重推开。孙兰的嗓门很大。

“都什么时候了，还不起来？这样赖床，成绩会好起来吗？”

周伟放下手机。

于敏摘掉老花镜。

孙兰在拖地，发出很响的“咯吱”“咯吱”声。

“砰——”周心妍把卫生间的门摔得震天响。

孙兰手中的拖把停住了。她站直了身子，直接用手擦脸上、脖颈里的汗。周伟从孙兰手里接过拖把，“咯吱”“咯吱”地拖起来。他觉得一切都会好起来的。随着地板泛出光亮，他听到了窗外清脆的鸟叫声。

“你干什么？”孙兰看见周心妍背了书包往外走。

“你管不着！”周心妍的声音又尖又细。

周伟觉得有根针扎在他心上。

“我不该管吗？你问问你爸，如果你们都同意，我从今天起一句话都不说！”孙兰扯下围裙。

于敏把周心妍拦在门口，双手按住她肩膀，眼睛与周心妍一起紧紧盯着孙兰。

周伟站到三个人中间，强行把脑子里胡乱蹦跳的情绪遏制住，尽量用缓和的语气说：“你，好好吃饭，时间不早了，吃好了复习功课。你，好好歇歇，午饭我来做，房间我来打扫。”

“你总是这样，要么什么话不说，要么出来捣糨糊。你认真回答我：我该不该管她？”

“该！”周伟说话的时候，转头看了一眼母亲和女儿。于敏缓缓地把手从孙女肩上松开。

“我不要你管！我不要你们管！”周心妍抓住机会，夺门而出。

孙兰连说三声“好”，一脚踢开拖把，拎包就走。

天渐渐暗下来。周伟和于敏坐在餐桌前已经好久了。

于敏开了口：“我去找心妍。你去把孙兰带回家吧。”

透过后视镜，周伟看到两个孩子并肩坐着，头转向各自车窗，没有任何交流。孙兰开车时，也不时瞄一眼后面情况。周伟有点闷，降下一点窗玻璃，立刻被孙兰喝止。

市中就像一个大鱼塘，孙兰刚把车停下，两个孩子就像鱼一般游走了。剩下两个中年男女尴尬地被拦在校门口。

“我们还是去找一下陈老师吧。”

周伟目光刚从女儿背影收回，立刻撞上门卫和他手中的警棍。

“上课时间，老师一律不会客。”门卫黑金刚般威武。

周伟急着说：“我女儿突然病倒了，刚把她从医院接出来，我们就想跟老师打个招呼。”

“你打电话，发短信、微信，还有‘家校通’留言、私聊，打招呼方法多着呢。”“黑金刚”转身往室内走。

孙兰拉住周伟，笑着迎上去：“师傅啊！我们不找老师，找校长，魏校长，可以吧？”

“黑金刚”停住脚步，警惕地问：“你跟魏校长什么关系？”

“大学同学。你报我名字，孙兰，要去他办公室。”

“黑金刚”拨了内线，报了名字。不一会儿，回电来了。“黑金刚”指点了校长办公室的方位。孙兰说声“谢谢”，周伟跟在她的后面进了校门。

“这个魏校长是谁？”

孙兰扑哧笑了。“魏校长业余时间写现代诗，一直投给我们杂志，可是一首都没发出来。他对编辑的感情，又爱又恨又怕。”

“怎么还有怕？”

“他用的是笔名，在一些小刊物上刊登过诗歌。他最怕同事知道那些蹩脚诗是他写的。”

周伟觉得诗人内心都是疯狂的。这个观点在魏校长身上得到证实。随即他发现孙兰并没有走向门卫指的方向。

“你笨啊。找魏校长只是一个借口。我们还是去陈老师那里重要。平时魏来约我，我根本不睬他的。今天让他吃个空心汤团也正常。”孙兰步子很快，周伟调整步伐跟上了她。

陈老师在上课。周伟他们坐在空荡荡的物理教研室，铁锤、玻璃罐、滑轮等教具把周伟带回中学时代。他喜欢象牙塔生活，至于怎么会走到今天做企业高管这一步，他觉得不真实，或许是个梦，有一天醒来，他仍然是一名教书育人的老师。

“哎！你身上带了什么没有？”

周伟一愣：“什么？”

孙兰压低声音说：“可以送送的东西。”

“我心急慌忙从会场跑出来，哪有什么东西啊？”

“算了算了。我这里有点书券，虽然知道老师现在也不看书，但是书券可以买电子产品，充充数吧。”孙兰在包里挖啊挖，终于捏出几张粉红色皱巴巴的纸片。

下课铃响不久，一位年轻短发女老师匆匆走进来，身后跟着一胖一瘦两个男孩。

“陈老师好！”

“啊！心妍妈妈啊！孩子的事情我知道了，请稍等一会儿。”

陈老师叫过一个瘦小男孩，从抽屉里拿出几张纸，说：“你回去跟父母一起，好好填写这几张表格，把你高中阶段所有获得物理竞赛的情况和成绩都填好，明天交给我。一定要认真填！今年是有竞赛加分的最后一年了。”

孙兰悄悄地对周伟说：“这就是全年级第一名那位。”

周伟伸长脖子，咽下口水，他恨不得把表格夺过来，写上周心妍的名字。让他生气的是，那个瘦小男孩老大不情愿地、懒洋洋地拿过表格，随手插在裤兜里，晃晃悠悠走出教室。他真想走上前，啪地连打这小子三下头皮。

“你，明天让父母来一次，我的意思，按照你‘一模成绩’，还是不要参加高考了，准备复读。这对学校和你自己都有好处。”接着，陈老师对一个胖男孩说。周伟知道，胖孩子如果高考成绩太差，会影响学校录取率，老师的绩效也会受影响。只是陈老师也太直接了点，他作为家长听了都难以接受。胖男孩垂头丧气地迈出物理教研室，周伟想上去拍拍他、搂搂他。

陈老师摊开成绩册。周伟看到她垂下的短发间，有几根银丝，他想起了父亲。父亲在白炽灯下阅卷、批作业时，平时油光锃亮的头发总会挂下一缕，夹杂着几根白发。

“心妍成绩的确不太理想。”陈老师把签字笔倒过来横着画了一条虚线，“不过，这只是演练而已。心妍还有很大提升空间。”她点了几门课。周伟觉得她语速快，有点不由分说的味道，就保持沉默。

孙兰话接得很快：“您觉得孩子是不是因为另外的事情影响了成绩？”

陈老师接得更快：“你是说和陈宇航的关系？”她仰头带着疑惑看着两个家长。周伟觉得脸上有点火辣辣，转头看孙兰，她似乎很镇定。

“您认为正常吗？”孙兰的话很硬。

“心妍今天早上晕倒，我认为这才是最大的问题。至于男孩女孩之间的关系，现在不是去堵、去封杀的时机。陈宇航的成绩与心妍的可以互补，引导得好，就像八卦图那样，可以发挥出巨大威力。”

如果父亲在世，听到年轻老师说出这样的话，必定暴跳如雷或者当场晕厥。周伟心里还压着一块沉重的石头。父亲追悼会上，时任校长在致悼词的时候有一句评价，周伟一直铭记在心，“刚直不阿，疾恶如仇”。然而，校长临别的时候，给周伟递上的那句话，也同样难忘：“老校长最值得尊敬，可现在都在变，都变了！”

还没有走出校门，魏校长的电话就来了。周伟在边上都能听到听筒里传来的尖尖的声音：“孙老师，我在办公室等您呢。”

孙兰一脸不耐烦：“单位忽然有急事，我已经在回去的路上了。”

“哎呀！您平时真是请都请不来。学校有什么事情要帮忙，请尽管吩咐。”

“那个陈……算了算了，没事，您忙您的吧。”

“对了对了，回单位抽空看一下邮箱，我昨晚给您发了一组诗，是我深夜望着星空感悟到的，拜托拜托！”

“好的，我知道了。”孙兰挂掉电话，又对周伟说：“还宇宙真理呢。手下老师都管教不力。那个小姑娘陈什么，像什么样子。啊！忘了送书券。给，你去！”看周伟扭扭捏捏的样子，孙兰把粉色纸重重拍在他手心，一字一顿地说：“为了孩子！”

周伟再次走进物理教研室的时候，差点撞上陈老师。男女之间对话不会剑拔弩张，客气了几句。周伟等老师们都赶去教室，迅速把书券塞进陈老师手上的备课本里。

“哎！你这是干什么？”

“学习资料券。好了，我走了。”周伟像个砸坏玻璃窗的小男孩，红着脸飞快转身疾走。

可是，陈老师竟然追了上来。周伟脑袋嗡地大了。转身连摆几次手，飞快地跑了起来。春风吹在他脸上，他得意地回忆起来，自己十公里跑步的成绩每次都在一小时之内。于是他摆开长跑的架势，不一会儿就冲到了校门口。“黑金刚”愕然地望着他。他跑出校门，像跑过终点线般轻松。

“今天、今天下课我来接……接她。”周伟喘着气说。孙兰大笑起来。

到了放学时间，昏暗路灯下，门卫室外的氖气灯格外白亮，照得铁栅栏门泛起冷光。周伟穿了件藏青色短风衣，手上拿了件临出门时于敏塞给他的女儿的毛衣，混在校门口家长群里。三三两两扎成堆的家长们都在说高考。他这只耳朵进，那只耳朵出。

夜风使他冷静。陈老师说的话也不错呢。当前最紧要的是女儿的身体。

铁栅栏门开了一小半。学生们呼啦啦地走出来。果然，周心妍身边贴得最近的就是陈宇航。周心妍看到父亲，愣了一下，转头跟同学们说再见。陈宇航跑过来主动打招呼。周伟礼貌地点点头。

周心妍不肯穿毛衣。周伟接过女儿自行车，把毛衣搭在龙头上。父女俩散步回家。

“我不想参加高考了。”

“什么？”周伟以为听觉出了问题。

“照我现在的成绩，恐怕进偏远省份的‘211’都成问题。我要发挥语言好的优势，考托福，到美国上好学校。”

“你疯了？准备了快三年，临门一脚你退却了！”

“我不是退却，我是在合理规划自己的目标。”周心妍声音不大，却重磅锤击着周伟。

“高考了再说吧，现在不尴不尬的。”周伟实在不知道说什么，脑子里浮现出那个八卦图，还互补？见鬼去吧。

“今天早上醒来的时候，我眼前突然出现一幅图画，美得无法形容。当时我很害怕，以为自己去了天堂。我心中自然而然地涌出诗句来赞美，那个场景预示着我不能再这样下去，一定有另一条崭新的路在等待着我。在医院里醒来，我更加相信那幅图画并不是无缘无故出现的。”

“陈宇航知道吗？”周伟问出这句话的时候，自己也吓了一跳。

“我告诉他了。他非但支持我，还说跟我一起考托福。”

“你们真是胡闹！”周伟把自行车拎起，又重重地顿下去，毛衣掉在地上。

“我主意已定。你会为我骄傲的！”周心妍俯身捡起毛衣，轻轻拍打。

周伟叹了口气。一仰头，一轮春天的圆月高高挂在天边。

夏至

周心妍走出“学而优”培训机构大门，心情沮丧。托福考试成绩出来了，她只考了九十九分。她回头望望这幢全玻璃幕墙的椭圆形写字楼，正面挂满了横七竖八的培训机构牌子。一瞬间，她突然很想母亲。大洋彼岸的母亲，此刻应该刚从梦中醒来，但她怎么都想不到，大女儿正为语言犯愁。从周心妍咿呀学语，母亲就用双语教她。参加亲朋好友聚会，周心妍用标准美语吐出单词和短语，引来众星捧月。我怎么就突然学不好了呢？经过街心花园，浓郁的栀子花香气熏得周心妍更加难受。微信高中同学群里热火朝天，几乎每秒钟都有信息刷新。

“我查到了，五百九十分。”

“祝贺！”

“献花！”

“鼓掌！”

……

有一阵，周心妍出现了幻觉，认为那个最高分属于自己。为此，她还咧嘴笑了几声。广场舞大妈扭头看她，她完全暴露在那些肆无忌惮的目光下。怎么天还没暗？她快步走着，就像当初逃离母亲时的场景。

母亲在她身后叫着她小名“心心”。她执拗地跑下楼。她要找一个没人的地方躲起来。母亲还喊她“Amy”，声音在楼道里回荡。她板起脸，脚蹬楼梯声很重，沉闷的声音盖不住母亲的呼喊声。奔出楼房，背靠在高大香樟树上。隔了好一阵子，她听到关门声、汽车发动声和驶离声。四周黑了下来。父亲和奶奶喊她的声音，由远到近，再由近到远。奇怪的是，母亲的声音一直在，就像一团云笼罩着她、一根丝线牵连着她。

这些年，母亲的声音仍然像那个夜晚般清晰尖厉。想着想着，周心妍步子快了起来，要不是穿了连衣裙，她就跑起来了。内心的焦虑和痛苦集聚到一定程度，她会狂奔一段路，在上气不接下气的时候，心情倒会平静下来。

陈宇航发来微信，告诉她高考多少分，按照去年录取的成绩，省内“211”应该没问题。她手指灵巧地将他的微信秒删。

天还不黑！我不要让人看到我的狼狈样！周心妍恨恨地抬起头，天边显出诡谲的火烧云。那种通红的烧到心底的痛，让她想起一个人。孙兰。

最近孙兰悄然的变化，周心妍相信父亲和奶奶都不太会注意。有一次，奶奶在收拾碗筷时嘀咕了一下：“你吃得太少了。”

她岂止是吃少了，原本掩到哪件衣服就穿，现在要踌躇半天，还在卫生间一进去就是一刻钟以上。精心化淡妆、喷淡淡香水、穿白色高跟鞋。风风火火的一个人，变得精致优雅了。

“我有很多重要会议开。”

周心妍觉得这完全是遮掩。这个女人正陷入恋爱。她为自己这个发现鼓起掌来。

今天早上，孙兰的又一个秘密被她发现。用了新手机之后，孙兰还在用旧手机。躲进卫生间的那一刻钟，新手机被孙兰随意丢在餐桌上。旧手机静着音，一直被她捏在手里，使唤不停。

等自己托福成绩超过一百一十分，我要跟踪孙兰几天，深挖她的行踪。周心妍恨恨地想。夏天的风吹起她的长发，似乎带来一个问题：你为什么这么恨她？为什么呢？

周心妍拐进一条小弄堂，一户人家门口几株蓝雪花开得正旺。蓝色是孙兰喜欢的颜色。也是她曾经喜欢的颜色。孙兰父母在院子里种了几株百子莲。孙兰把她带过去，老老少少坐在沙发上，隔窗看着蓝色的花，笑着、喝着、吃着。周心妍心里一堵，瞬间就不喜欢蓝色了。刚开始的时候，周心妍对来到这个小院子没有多想什么，孙兰的亲戚对她像自己人一样。父亲则早就融入那个大家庭。有个幻觉在她脑海里形成，我天生就与这些人是亲人，除了不怎么说话，我在行动上已完全依附上去。渐渐地，她觉得这家老人对她格外客气，小孩对他特别谦让。以至于她做什么都缩手缩脚起来。一天玩累了，她倒在客房沙发上睡着了。醒来时，这家人都在客厅里聊天。不知谁起了个头，一个尖锐话题刺进她幼小的心。

“你还年轻，跟周伟还是得要一个。”

“那孩子好是好，毕竟不是你的。”

“以后怎么办？都没个小辈为你养老。”

“趁年轻，抓紧。”

“你这样太吃亏了。”

从此，周心妍没有再踏进过那个小院。周伟硬拉她过去时，她就躲在奶奶身后，奶奶把胸一挺，周伟也就低下了头。孙兰有点蒙，可还是猜到了些什么。

但是，这是最根本的原因吗？

周心妍走出弄堂，马路对面就是住宅区。终于，星星点点的灯火爬上了楼房。橘黄色点缀的每间房间看上去都温馨和美。从某天起，她总觉得温馨灯火背后的阴影才真实可靠。她家的阴影在她梦里化成一个人形，张牙舞爪地向她扑过来，她被吓醒，梦境最后一张图深深刻在她视网膜上。孙兰的任何举动，她都觉得另有目的。

孙兰与陌生男人在一起的场面，周心妍撞到过几次。印象格外深的是，去年端午节前一天那回。周心妍放学回到小区门口，看见一个中年胡子男正与孙兰站着说话。她索性躲到对面的商店，买了几个串，斜靠着窗口静静观察。孙兰仰头、捋头发、做手势、低头微笑、双手交叉胸前，而胡子男却总是双手插在裤兜，说话也不多，时不时点头。那是孙兰主动啊！周心妍心里暗暗下了结论。他俩分开后，她又盯了会儿胡子男，果然有料，胡子男开了一辆黑色保时捷。与孙兰接触的男作者一般经济拮据，开高级跑车的不多，难怪这人成为孙兰眼中的亮点。

今天清晨突然很热。周心妍被几条线牵着，夜里醒了好几次，天一发白她就坐了起来，靠在枕头上呆呆望着闹钟行走的指针。有点闷，她站起来，打开窗户，一股不知名的腥味扑进房间。托福成绩和高考成绩同日公布，她有种不好的预感。周伟出现在客厅的时候，面孔似铁板，不吭一声。孙兰虽然在厨房忙碌，却也没有一句话。昨晚周心妍在背单词，隔墙周伟和孙兰争执的声音传来。

“我不同意你援藏。”

“我又不是不回来，就三个月时间。集团总部点名，我不能推啊。”

“业务上我不懂。可这个家需要你。”

“你在，比我强多了。”

“这可不一样。我跟她们隔了一层。”

“难道一定要血亲才能融合吗？你对她们的付出，她们内心清楚得很。”

“这还是不一样。对她们无原则、无条件、无理由，只有你。说到底，我是一个外人。”

“援藏是任务，必须完成。”

“那你就等着后院起火吧！”

周心妍一边听，一边在心里画出一张素描：一辆黑色跑车，双门往上翻起，就像她故意竖起的两条眉毛。

盛好粥、烤好面包、煎好鸡蛋，孙兰去了卫生间。周心妍注意到旧手机在孙兰手里。她问了周伟援藏的事情，周伟说必须去。于敏晨练结束，听说儿子援藏的消息，一脸不快。过了一会儿，周伟、孙兰默默走出门。于敏起身慢慢收拾桌子，她洗碗的时候，周心妍去培训学校。周心妍关心的那些事情，没一件被他们提起。“危机四伏的家庭就是这样：表面和善模范。”周心妍重重地甩门，想把晦气甩掉。

一天下来，非但没有甩掉，晦气更加重了。楼房里的温馨灯火带给周心妍短暂平静。她迟疑了一会儿，然后转头继续沿马路往前走。那些小点突出路面的盲道，黄色是给正常人看的。她走在上面，有点硌脚，走多了，竟觉得麻麻的舒服。作为一个文字编辑，孙兰特别会安排细节。周心妍差点就在这样的舒适中失去自我。一次生日，面上的庆祝结束后，周心妍回到房间，发现床头多了一个抱枕，抱枕下面是一本粉红色带锁的日记本。她把抱枕揽在怀里，抱枕发光变成星空模样，星星在遥远的地方闪耀着粉蓝光芒。把日记本放在抱枕上，扉页上端正楷书抄录了她喜欢的《蒂凡尼的早餐》的作者卡波蒂的一句话："梦是心灵的思想，是我们的秘密真情。"那行字浮在星光抱枕上，周心妍的眼眶湿润了。

曾经有一段日子，她幻想母亲会突然出现，来不及做出任何反应，母亲就使劲拉着她的手往外走，乘上汽车、列车、飞机，到达一个完全陌生的地方。那里的天格外蓝，空气特别新鲜，人都是陌生的，但是非常和善，都伸出双手欢迎她的到来。这样的幻想破灭后，她"制造"每晚梦境，作为一项功课。临睡前，她集中精力幻想自己漂流到类似鲁滨孙岛的无人区，无人注视、无人打扰，她与天空、大海、森林为友，把所有心事都卸到沙滩上，唯一要做的，就是享受安宁。周心妍锁上日记本，关掉发光开关。感觉有点冷，从脚底往上蹿的冷。她对孙兰的特殊礼物的安排感到意外和感动，又对孙兰看透她内心觉得恐惧。

继母和母亲之间，隔着一道无法迈过去的坎。

经过热闹的商业街，周心妍没有心情回过头看一眼店招和橱窗。这条街，她曾和陈宇航一起逛过很多遍。周伟还木木然的时候，孙兰就敏锐地察觉到她和陈宇航的关系。不知什么时候，周心妍的书架上多出来几本书，《伊豆的舞女》《傲慢与偏见》《边城》《初恋》。她没有去动那几本书，每次做完作业，目光扫过那些书脊上的字，一阵暖意浮上心头。

陈宇航读小学就和她一个班，住处也相隔不远。整个小学和初中，他俩搭话次数不会超过十次。高一时，周心妍接手文学社，周日纳新拉票活动时，高高瘦瘦的陈宇航晃到文学社展台前。

“我要加入文学社。”他说话慢吞吞的。

“你还是去那边吧。”周心妍指了一圈物理兴趣组，他的强项在那里。

“我有作品！”他拿出一本写满诗句的练习册。

周心妍漫不经心地快速翻看，突然发现当中夹着一张粉色卡片，一个少女头像的素描看上去很熟悉。她愣了一下，头像发梢的右下方，有一行英文小字：To my lover ZXY。一瞬间，周围静无声息。一阵浓郁的花香袭来，她觉得身体变得很轻，随时能够飘荡起舞。不知为何，她机械地把手一伸，把本子快速退还。嘈杂的声音又回来了，她听到自己僵硬的声音：“你写的诗，不符合我们文学社要求。”他收起本子，轻轻放进书包，转身离开的时候，留下一句话：“我不会放弃的。”

她不知道纳新会怎么收的场，也不知道报名结果如何，只感觉自己脚一直点不到地，周边的色彩暗淡下去，眼前只有那张少女素描头像和他离去的背影。到床上，钻到被窝里，她闭上眼睛，那行英文字在放大、变粗。英文单词牵起手，分散、组合，旋转着、跳跃着。最后，那些单词合成一个高瘦男孩样子，他正从远处快速地朝她跑过来，却一直到不了她跟前。

她说不清为什么拒绝他入会。如果没有这张素描，或许她会接受。然而，事情来得太突然，她没有准备，下意识地拒绝，使自己陷入心乱如麻的境地。随之而来的是期盼。

文学社名著鉴赏、作品分享、作家辅导等活动，他除了不是会员，从不缺席。他总是默默地在某一个角落，静静地听着、记着。她只当他不存在，却用余光扫描着他。

周心妍吃饭慢了，说话轻了，时常呆呆地望窗外风景。她不敢翻阅孙兰专门放置在书架上的那几本书。那些少女们的悲喜爱情故事，只会加重自己的感情负担。

事情其实并没有特别的转折点。陈宇航来的次数多了，大家就接纳了他。他朗诵自己的诗歌、散文，大家为他鼓掌。欢笑中，他和她的目光终于正面相撞。先是放学一起骑车回家，然后是上学同进校门。后来在咖啡店，两人坐下来，从正午坐到天黑，周心妍只觉得过了几分钟。猝不及防的，她为他献出了初吻。

那天晚上，她翻开了《伊豆的舞女》。读到最后，“我”与熏子别离，她捂住被子痛哭起来。她后悔细读了悲情故事，对自己与陈宇航的情感产生了怀疑和恐惧。那一夜，她控制不住自己，把那几本书全翻了个遍。

她与陈宇航的断裂，就像她预感的一样，经不起现实的打压。一阵急促的敲门声。于敏开了门。一个中年妇女冲了进来。尖厉的声音比身体先到。

“谁是周心妍的父母？”

周心妍还没反应过来，就见孙兰呼地从餐桌边站起，问：“你是谁？”

“你是周心妍母亲？你是怎么教育她的？你们怎么能够毁掉我儿子的前程？”

周心妍想站起来，却被孙兰一把按住。

“有话好好说，不要信口胡说。”

胖女人喘着粗气说：“我是陈宇航妈妈。你女儿不高考是她自己的事情，为什么拖我儿子下水？”

周心妍血往头上一冲，很多话涌到喉咙口，却什么都说不出来。

孙兰冷笑几声。“奇怪了。你儿子也成年了吧？自己做什么决定，难道还要受人指使吗？”

胖女人声音更尖了。“他今天没到学校，去报了托福班。傍晚跟我们摊牌，要和你女儿一起去美国读书。现在都什么时候了？他‘一模考试’成绩又这么优秀，你们怎能连累他呢？”

周心妍抓住于敏伸过来的手，才发现自己全身凉透。

“你说话要讲道理。我还请你管好儿子，不要纠缠我女儿呢！”

周心妍望了一眼孙兰，那头卷发因为激动，不停地颤抖。平时她讨厌孙兰烫大波浪，此时觉得大波浪气势逼人，比起胖女人稀松的黄头发，气势压人。

胖女人突然一屁股坐到餐椅上。一股气泄掉了。抬头望着站得笔挺的孙兰，语气语调大变：“哎！我就求求你们，放过我儿子吧。”

周心妍与孙兰交换了一下眼神，她把信任全都交了出去。

“我女儿的态度很明确。不是我们要他如何如何，而是他自己决定的。我劝你还是要从根本上解决问题。道路摆在他面前，如何选择，最终是他自己的事情。”

周心妍脑海里忽然出现《边城》中的最后一句话："这个人也许明天回来，也许永远都不回来了。"她的感觉一直敏锐、精准，她与陈宇航之间的那根麻绳，正一股股地在断裂。她悄悄瞄了一眼手机，几十条微信，都发自陈宇航。她把手机反盖在餐桌上，不想翻转。

于敏把门打开，一阵风刮进来。胖女人愣了一下，缓缓起身，走到门口，突然又冲周心妍说了句："我求求你了，孩子！"

周心妍把头扭向孙兰，孙兰贴过来，抱住她。

胖女人刚离开，周心妍甩开孙兰双手，扑进卧室，无声的啜泣把床震动得吱嘎作响。她听到父亲回家的声音；听到三个亲人轻声细语；听到一个人走到她卧室门口待了好长时间，最终离开。她的哭泣谁都止不住。远远的，莫扎特《安魂曲》旋律响起，男女声合唱时，周心妍开始侧耳静听，女高音独唱像一条清澈溪流，溪流在森林里蜿蜒流淌，直达天堂。周心妍仰头盯着天花板，一道裂痕挣扎着在雪白的顶面上爬行，顽固地抵达壁纸。她心里也裂开了一条缝，她不知道什么时候能够愈合。她闭上眼睛。"我可以安息了！"

商业街走到一半，周心妍突然想回家，这样的冲动使她转身后加快了脚步，汗湿润了她的背，脸上也变得湿漉漉的，她不知道是眼泪还是汗水。气喘吁吁中，她发现自己竟然离家那么远。

她开门进屋，发现只有孙兰斜靠在沙发上看手机。见她进来，孙兰丢了手机，从厨房里端出饭菜。她没有一点食欲，摆摆手进了卫生间。水流进洁白瓷盆，淤积起来，水面升高。满头是汗，她干脆把头埋进水中。睁开双眼，刺痛的感觉袭来。周围的声音模糊了，水里的光夸张又变形。她喜欢这样的世界，单纯没有干扰。隐约听到敲门声，由轻到重、由慢到快，夹杂着孙兰呼喊声。她才把头拉出水面。晕眩中，卫生间的一切变得格外明亮，所有物品都蒙上一层光，她用手触摸，远近、深浅都把握不住了。好不容易打开门，被一双手扶住。

她倒在沙发上，孙兰给她端来一杯水。很长一段时间，她都觉得房间里到处是飞翔的金色萤火虫。她试着伸手去抓，举了半天，手只微微离开膝盖。孙兰紧张地为她拿来复方丹参滴丸、硝酸甘油、速效救心丸和阿司匹林等。周心妍朝她摆摆手，今天没到服药的地步。

孙兰打开蓝牙音响，翻了手机里的音乐菜单，开始播放周心妍喜欢的爵士钢琴乐。听到熟悉的乐曲流淌出来，周心妍撑起身子，望了一下窗外，可惜天已经黑透。新宿薄暮，该有金黄云彩挂在天边，参差建筑物反射微光。她喜欢黄昏景色，自己却还没到黄昏啊！楼下广场舞乐曲声震天响，她知道奶奶正在享受黄昏的乐趣，自己还早呢。

“吃点吧！”孙兰试探性地询问。

周心妍摇摇头。想了想，把刚才孙兰端给她的那杯水喝了。

“时间不早了，你爸怎么还不回来？”孙兰走到窗前望了望下面，关窗开空调。房间里只有爵士钢琴三重奏的乐曲回荡。

“我十二岁的时候窒息过。”孙兰冷不丁地说了句话，周心妍把头扭向她。

“小时候，我有严重的哮喘。到了冬天，就要发作。”

周心妍往边上让让，空出地方让孙兰坐下说。

“发作的时候，不能平躺。靠在枕头上也睡不踏实，经常做被捂住口鼻、潜入水下、高空缺氧的噩梦。有个小伙伴家搬了新楼房，要转学。她把心爱的小白兔送给我作为纪念。我把它抱在怀里玩了很长时间。临睡前觉得呼吸有点困难，妈妈给我用药，往呼吸道里喷激素。开始的时候，我还能睡着。半夜突然惊醒，觉得喉咙里鼓起一个怪物似的，呼吸不畅，越来越堵。我想喊，却已经无力。我拼命扯、拉喉咙，但是没用，空气被阻挡住了。”

周心妍下意识捏了捏咽喉，回想刚才水中差点窒息的情形。

“我难受极了，脑袋好像存满了一吨水，马上就要爆炸。就在一瞬间，任何痛苦都没了。眼前出现一条隧道，隧道尽头有五彩光亮。身子变得很轻，快速在隧道里飞行。出了隧道，是一大片奇异色彩和形状的花的海洋。当时我不懂，现在回想起来，之所以怎么也描绘不出那样复杂的美，那是因为我接触到的是多维世界的花草。对于生活在三维世界里的人，永远想象不到多维世界的奇妙。更为奇妙的是，我什么心事都没了。家里的、学校里的、同学伙伴间的不如意、不愉快，甚至愤怒、怨恨等等，全都跑了。心里只剩下开心和平静。这时，远处有人在向我挥手，我仔细看，那是已经去世的爷爷、奶奶、外公和外婆。他们是那么的慈祥和蔼，比在人间更有生机和活力。我撒开腿，快速跑向他们。然而，他们似乎在商量什么。随后齐声对我大喊：‘快回去！快往回走！快快快！’我是个听话的孩子，转身便跑，一边跑，一边回头看他们。突然脚底一塌，我掉进了一个黑洞，往下掉的时候，身体逐渐加重，各种痛和不适接踵而来。等我醒来，发现已经躺在急救室里，爸爸妈妈正焦急地围在我边上。”

周心妍双手紧握着空杯子，手心出汗，脚底冰凉。“那你，你怎么被救过来的？”

“后来听我妈妈说，她当时做了一个梦。外婆严厉地批评她，她觉得很委屈，哇地放声大哭，一哭，从梦里醒来。她就转到我房间看看我，发现我几乎已经没有了呼吸。她喷激素、做人工呼吸，爸爸打电话叫救护车。医生说如果晚来十分钟就没救了。”

周心妍伸出手，搭在孙兰肩上。

“心妍，你知道吗？现实世界就是个骗局。我去过那里，虽然没有深入，但是我想如果有一天在这个世界我走到尽头，我会充满喜悦地去往那里的！”

周心妍感觉到孙兰的身体是温暖的、柔软的。刹那间，她领悟了。孙兰已经知道她的不如意的成绩和内心的情感纠结。她体会到从未有过的感动。

正播放的《北京的日光》明快的旋律中带有明显的民乐元素，周心妍心里照进了日光。

门一响，周伟推门进来。周心妍明白父亲眼中的迷惑，她与孙兰从没靠得那么近。“一切都在改变，凡事到了看似最坏的时候，就是转机来的时候。”周伟说过这样的话。周心妍看到父亲，心里面跳出来这句话。

周伟坐在沙发上，从提包里拿出一份资料，在空中扬了扬。“你们学校有个合作项目，你还差几天毕业，还有资格享受这个去加拿大交换的项目。”

孙兰跳了起来。“你怎么不早说！怎么现在才得到这个消息？”

“本来这个项目是照顾他们学校教职员工的，在加拿大读一年高中，然后参加那里的升学考试。今年有个孩子要去之前，突然病倒了，多出个名额。”

“那可是太巧了！不过，心妍，你怎么想的？”

周心妍已经晕头转向，水中朦胧的、夸张的感觉重新回来。此刻，她只能仰头对着父亲使劲点头。选择留学，本来就是为自己保留一份尊严！让高考分数见鬼去吧！

“这里有几张表要填，中英文要分开写。这是加拿大学校的网测地址，这个是面试地点，这个账号是付学费的……哦，当然，这要我来，我来！”

“你说了这么多，时间呢？什么时候上网答题，什么时候接受加拿大学校面试？”

“我忘说了吗？明天完成网上答题，顺利的话，一周内就收到面试通知。”

周心妍跳了起来。她感觉自己腾空了很久，三小时前走出培训学校时带的那些怨气和愤懑，都被甩掉了。自己像一颗卫星，抛弃了三级推进火箭，正渐渐进入轨道。她要以更自由的方式、更自我的表达来飞翔。

周心妍冲向刚刚锻炼回来的于敏，喊道：“奶奶，我要去加拿大读书了！”

于敏一愣，目光慢慢扫过儿子、儿媳妇的脸，开心地抱住孙女，说：“好啊！好啊！过些日子，奶奶去看你！哎！我说周伟，那里冷，给心妍多买点衣服，厚衣服啊！”

“妈，还有个事情呢。”周伟顿了顿。

于敏放开孙女，用随身带的小棉毛巾擦了擦汗。

“短期援藏的名单批下来了。我就去三个月。”

周心妍看到奶奶身体微微晃了晃，赶紧上去扶住。于敏的脸色一下子白了起来，摆摆手，朝自己朝北的小房间走去。关门的时候，外面的人几乎听不见锁的声音。

秋分

桌上的文稿堆成山，孙兰没空看。她匆忙准备着即将开的一个选题会。一个陌生号码打到手机上，她没接。过了一分钟，同样号码又打来。连续三次，她才接听。

“孙兰吗？我这里是湖西派出所，于敏是你什么人？”

“她怎么啦？她是我婆婆啊！”孙兰听到对方严肃的声音，着急起来。

“你最好马上过来一趟。”

“到底什么事情啊？”孙兰扔了会议材料，站起身。

电话那头传来嘈杂声，对方说了声来了就知道，电话挂断了。

出门的时候，孙兰把披肩顺手围上。外面没太阳，天开始转凉。

十几个老头老太把派出所大厅挤得满满当当。孙兰找了半天没有找到于敏。几个警察忙着做工作让老头老太们安静。她插空问了一个女警。女警显然不知道于敏这个名字，用手指指里面：“找我们蒋指导员！”

于敏坐在玻璃隔断里的一间小办公室，对面的警察看到孙兰伸手打了个招呼：“是孙兰吧？刚才是我打的电话。”

孙兰急着问于敏："妈！你这是怎么啦？出了什么事情？"

于敏扭过头，一字一顿地说："我报案！"

"报案？"

"对！可他们想敷衍我们。骗子跑了，他们还不肯采取措施！"于敏一脸愤懑。

孙兰把披肩取下，搭在棕色手提包上。周伟援藏。周心妍上月飞去了多伦多。她和于敏硬碰硬地生活了一个多月。一些浅礁暗滩逐渐浮现出来。她使劲撑着小船，脑子里一根弦绷得紧紧的，总算让时光正常流淌，家里岁月静好。一个周末，她跑回娘家去吃顿午饭。面对父母精心准备的她喜爱的菜，却一口都吃不下。跑进卫生间，大哭一场。哭完后，胃口陡增，稀里哗啦把菜吃个精光。临走时，她罕见地抱了抱他们。弄得两个老人莫名其妙，更不知所措。对父母可以任性，对婆婆就是一种责任。她体会到周心妍的某些心态。

"他们这些老人，平时省吃俭用，把钱存进银行也就太平了。你婆婆非得玩出花样来。"蒋指导员点上一根烟，抬头望了孙兰一眼，"P2P你知道吗？"

孙兰最近在手机上经常看到"P2P爆雷""P2P公司倒闭""P2P老板欠巨款潜逃"等新闻，心里一惊。忙追着于敏问："你做P2P了？"

还没等老太回答，蒋指导员吐出一口烟。"她还是牵头组织者。外面那些老人的钱都驮在她身上。"

孙兰脑子嗡的一声，身子一晃，差点摔倒。"都是以你的名义入的？"

“当初他们公司说了，一个人投资到一定量，利息翻倍的。我这都是征得他们同意的。喏，这些都是他们的承诺书。”于敏把一沓纸拿在手上晃晃。

“那家公司倒闭了，老板跑路了。她来这里报警，其他老人来这里堵她，让她还钱！”蒋指导员双手一摊。

小小房间里烟气腾腾，孙兰忍不住干咳几声。大学毕业后她被分配到一家报社当副刊编辑，一大间办公室，主任坐在最里面。写稿的时候，他一根接一根抽烟，几乎所有男编辑都学主任的样。主任把手写稿件让孙兰打印时，孙兰总闻到一股臭臭的气味，敏感、脆弱的呼吸道不时做出干咳的反应。呼吸道激素喷剂一直随身携带，可她宁愿自己痛苦，也不让领导难堪，拼命忍着。回到家一定要用药皂洗三遍，办公室的怪味才渐渐被压下去。遇到周伟，是在一次朋友聚会上。周伟凑近她说话的时候，有一股清新的气息。她知道这个男人不抽烟。第一次见于敏，是在西餐厅。周伟点了全套的菜，可她只吃了不到一半。于敏几乎没吃。每次抬头，她都碰得上于敏锐利的小眼睛里射出的冷光。她低下头，想：“我做错了什么？说错了什么？穿错了什么？”三个问题一直在她心头盘旋。

有一段时间，她甚至有了放弃周伟的想法。“凭什么？周伟是个二婚！还带过来一个小孩。”婚后，她嘲讽自己是一块培根，被两片面包夹得喘不过气来。周伟连忙说：“那我是一个嫩嫩的煎蛋，全身心铺在你身上。”她扑哧一声笑了。周伟有一种憨憨的机敏。

周伟说好去援藏三个月，可前几天打回电话，工程在高原建设难度大，时间延长了，至少再需要半个月。孙兰不是那种一有事情就大呼小叫的人。尽管她已经几次摸出手机，调出周伟的号码想拨过去，她忍住了。咳嗽却没忍住。蒋指导员移开了一扇窗，同时又点了一根烟。

“你坐在这里干什么？犯罪分子正在潜逃，你也不去追捕？”于敏的脸铁青，语速极快。

“他投案自首了！”蒋指导员回答于敏。

孙兰迅速瞄了一眼于敏。今天于敏显得格外苍老。头发蓬松，眼窝深陷，两腮垂下肉来。平时她喜欢穿鲜艳的服装，今天一身黑，瘦小的身子被裹在一张黑布里，不吉祥的装束。于敏是财经学会退委会广场舞领队。这几年这支老太舞蹈队在市里得了奖，还到省城参加表演。有次孙兰从广场经过，老太们正在休息。于敏训斥动作不到位的队员：“这个动作你练了有三星期了吧？还是不到位！下周我们就要参加市里比赛，你如果做不好，我宁可少一个人。”队员们没人敢说话。那个被训的胖老太，居然当众流出了眼泪。这么一想，孙兰在嘲讽自己的比喻前又加了定语：压扁、榨干的培根。

于敏没退休时，并不是领导。但这个主办会计，单位主要领导都敬她三分。孙兰听周伟说，某个领导出了经济问题，检察院办案带走了一批人，其他人或多或少都出了点问题。于敏也被喊进去。一周后，办案人员客客气气把她送回单位。私底下他们说，敬佩于敏坚韧的性格、清晰的思维、干练的作风。

业务领军人物，或许就会产生带头的念头吗？身上背了这么多人，她还以为年轻，能够叱咤风云？

“总金额有多少？”

“你自己看吧。”蒋指导员把刚才每个老人的笔录的数字相加，写了一个大大的数字在纸上。

“五百万！”孙兰惊叫起来。

于敏没任何反应。

“妈！你，你怎么能够信这个呢？”

“我信什么？一年多了，他公司一直很正常，给大家的利息准时又守约。”

“他们就是利用不断吸引新投资来兑现利息，而你们又把利息滚进去，等于帮助他们周转、循环资金。”蒋指导员用烟头点着于敏。

“别废话，我比你懂。他人呢？什么时候还钱？”

“他欠了巨额债务，根本无法偿还，为了保命，才选择投案。”

“他不是有房产什么的吗？拍卖了就能还我们的钱。”

蒋指导员冷笑几声。“他在半年前，把名下所有不动产全部转到妻子名下，然后离了婚。投案的时候，他什么都没有。”

孙兰想起嫁给周伟时，就提出另买一套房子，周伟不同意，说母亲守寡多年，离开他不放心。孙兰并不是对钱计较的人。事业单位退休的于敏，每月退休金接近一万，可她仅拿出一千块的菜金。虽说于敏经常买这买那给周心妍，但这毕竟算不了什么。天地良心，孙兰从没有动过于敏一分钱的脑筋，只是有时会对周伟抱怨，当初随便买一套房子就好了，现在价格翻两倍都不止。周伟只是笑笑。现在倒好，投资瞎了，弄不好还会闹出官司来。外面的那帮老头老太的钱都是一分一厘从养老金里抠出来的。想着想着，孙兰猛烈咳嗽起来。

刚才碰到的那个女警推门进来。“蒋指导，外面那些老人怎么办啊？”

“点个数，先买水买盒饭给他们。精神受了刺激，身体再出问题，我们可担待不起。”

“老是在这里也不是事啊，现在街上看热闹的人多了起来。”

“你去做做工作，让他们先去大会议室坐着，情绪稳定下来后，我去劝劝。”

孙兰隔着玻璃墙看着乱哄哄走动的那些模糊影子，想起了自己的父亲。多年前的一个早晨，一上班，对面办公桌的女编辑悄悄递给她一张纸，上面只有三排六位数字。她奇怪地问她什么意思。“股票代码！”女编辑与孙兰处得不错，外卖奶茶送来必有孙兰的份。午间休息，相约逛商场是常态。女编辑压低声音：“近期买进，两个月后翻倍没问题。”孙兰笑笑，埋头进稿件堆里。那个周末回父母家。周伟照例陪老丈人喝两杯。老头买了大闸蟹款待女婿。孙兰开玩笑说父亲是不是中了奖。母亲说老头最近股票不错，烧包了。“你父亲就是这样，股票亏的时候，不说一句话。赚了一点，全世界都知道了。”老头果然兴致来了，席间K线图、市盈率、IPO等术语不停往外蹦。孙兰突然想起那三个代码，可惜数字记不全。周一一早，她去开了个股票账户，瞒着周伟把自己卡上的钱打进去，各买了那三个股票一千股。女编辑看她经常瞄一眼手机，凑上来笑嘻嘻地鼓励她：“买了就好。”不到两个月，一千股就翻了倍。孙兰又缠着同事要新代码。可惜这次的几个，买了就一直跌，那个阶段，孙兰的眼睛都绿了。“跌透了，可以抄底了！”女编辑指导她。她犹豫地将信息告诉父亲，老头当下判断：可以进！并且自己也买了。可惜大盘一路下滑，坠向深渊。父女俩的股票市值被腰斩再转了弯。老头再没有买过大闸蟹，吃饭的时候，也再没谈论股市风云。近一个月，大盘红盘居多，孙兰深套的股票渐渐在抬头。老头悄悄对女儿说：“不管怎样，就算为孙辈准备吧，到那时，我就不信抬不起头！”

孙兰转头看看于敏，老太虽然头还昂着，但恐怕心里的孤傲要被击垮。她掏出手机，走到马路上。天上居然飘起了雨丝。披肩没有带出来，她只好躲到一家便利店挑出的店招下。风吹来，脖子凉飕飕的。她拨通了一个电话。

“喂，是我。”

“嗯，有事吗？”

“现在 P2P 公司破产后，资金赎回概率大不大？”

“几乎不可能。你买了他们的产品？”

“差不多吧。”

“多少金额？”

“五百万。”

“非常困难。”

“半年前老板意识到资金链会断，他把资产转移到妻子名下，然后离婚。这样是不是可以追讨那部分资产？”

“这我也不太懂，我可以安排人查查。你现在怎么样？”

“我能怎样？最近烦心事太多。这件事你可得放在心上啊。”

“我知道了。有个会还在等着我呢。挂了啊。”

他们是大学同学。理科同学聚会，常捧出个亿万富翁来。文科同学聚会，常掌声欢迎哪位领导出席，还与校长并肩走进教室。他就是这个班的骄傲。孙兰有时不敢与他眼睛对视。他的目光里有种野性的东西，她既渴望又害怕。周伟的眼神是温和平淡的，时间长了，孙兰觉得自己也变得和他一样了，从前的气质、棱角都圆得令她气馁。借着酒劲，两人紧紧贴在一起，他狂野的气息令她迷醉。她任他疯狂，仿佛在唱一首高八度的歌曲，一直在往上，强劲地飙升。对面的女编辑又偷偷问她，最近吃了什么补品，显得脸色这么红润？她脸有点烫，又埋进纸堆里。

有一个阶段，她和他像吸鸦片的人，隔两天不从对方身上吸走点什么就烦躁不安。有一天，孙兰从宾馆窗户朝外看，一只硕大的乌鸦，“呱呱呱”大叫着飞过，声音孤独、凄凉。突然，一阵无法控制的战栗袭来，她觉得自己正乘坐在一条漏水的独木舟上，而不远处，就是大瀑布的边缘。她深呼吸，转头对他轻声说：“结束吧。”

这是孙兰说出那句话后第一次给他打电话。他在电话那头显得平静从容，似乎料到这样的电话终会打来。孙兰知道，从蒋指导员的态度看，如果不从上面施加点压力，那些老头老太的钱肯定全都泡汤。

风大了起来，细雨打在脸上，孙兰冷静下来。她不想马上回派出所，沿着连成片的广告店招往前走。红色、黄色、蓝色的雨披下，一个个骑车人急急忙忙，站在斑马线上的一位老人等了很长时间都不敢过马路。孙兰跑上前，示意车辆缓行，搀扶老人过了马路。等她再穿过马路，回过头来看老人，他还在笑着对她挥手。

她曾经和周伟讨论过两人老了之后，会变成什么样。周伟第一反应，“不能像我妈那样”。

孙兰追问原因。

“我曾大半年没有跟我妈说过一句话。当时我爸去世不久，我才工作。我妈快到退休年龄。相比生活上的事情来，她更担心失去工作。整天在我耳边唠叨单位的事，还什么都看不惯，这个错，那个错，反正大家全有问题。我实在忍不住顶了她一句，难道就你一个最正确？她竟然说，没有她的正确，我就长不到这么大。于是，我就闭嘴了。我数了一下，一百九十一天。开始时，她不以为然。走路身子笔直，都是甩门走出去的。过了一个月，她给我买方便面、饼干等的同时，开始试探性地搭话。她在家干活，轻手轻脚起来。半年后，她经常长时间站在窗户边看广场上跳舞的老人，面色灰暗，身体很瘦。最后，我在写字台上发现一张便条。

小伟：

当初我怎么也没有想到会闹到这个地步。暴力、恫吓、喧嚣，不会把我打倒。可沉默、寂静、空洞，逼得我要疯掉了。一次口角，竟然产生这么大的影响，有点不可思议。可是仔细想想，这就是个爆发点。你对我的不满，积累到多么可怕的程度啊！我当时的处境你也知道，不让我干事情，我宁可去死。说到底，我也活不了几年了。你是我唯一的亲人，一切由你决定。

孙兰拂去发际的雨丝时，想到周伟提起的便条。有时，沉默是最有力的武器。

重新进到小房间，孙兰发现只有于敏一个人坐着了。

“蒋指导员呢？”

“他去大会议室了。”

难怪大厅里没有老人了。孙兰把披肩戴上，坐在于敏身旁。

“你为什么要挑这个头呢？”

“他们信任我。”

“信任你，你也要有把握啊。”

“我很有把握的。选择投资的时候，我考察了他的公司，调取了他的相关信用征信。”

“这种人就是设圈套，套你们这些不懂行的人。”

“你这话可就错了。这是经济大背景下产生的悲剧。处在这样的浪潮中，谁都不能独善其身。”

“你还替骗子说话。”

“现在想来，他的变化也是从今年开始的，我疏忽了。以往，他都答应年息五点，最多六点三。年初，他来找我，说今年公司拓展了电商业务，老客户追加投资，可以给到十点以上。他如果说投了基金、股票，我是不会相信的。但是电商是个新兴产业，你、小伟、心妍，哪个不在网上购物，连我现在出门都不带钱包，都用电子支付。我征求大家意见，他们都听我决策。这点上，我的确对不起大家，是我判断失误。奇高回报的背后肯定有原因，我没有深入研究。”

“现在怎么办呢？”

“蒋指导员在做大家工作，在这里报案后，再去法院起诉。”

于敏说完，站起身。孙兰紧张地跟着立起身。

“你去哪儿？”

“我去跟大家说明情况。”

“他们让你赔钱怎么办？”

于敏把脸拉下来，深深的眼袋泛着铁青的光。她的话短促，不容反驳。

“解释不通，那就我来赔付给他们！”

孙兰迅速估了一下家里房产的价值，心不由得一颤。那些钱化成稿酬，再折算成字数，她抬起头，一页页纸堆起来能够触到天上的飞机了。她的头很晕，口很渴，可说出来的话，令自己都感到意外。

“我们一起去！没什么大不了的。”

于敏盯着儿媳妇足足看了十秒钟，伸手把披肩给孙兰披上。

“天凉了，脖子当心着凉。”

两人的皮鞋在派出所走廊里发出清脆声响，走到一半，孙兰轻轻把手挽住于敏胳膊。于敏没有转头，将另一只手捂在孙兰手上。

孙兰心头一热。这么多年来，天天相遇的身体，竟然没有过接触？她认真搜索那些暖心场景。她每天伏案，颈椎不好，特别到换季，容易发炎。即使她犯病卧床，于敏给她端水送药，也没有这样紧紧握着手。

她们这样不紧不慢地走着，走过警察办公室，走进大会议室。七嘴八舌顿时变得鸦雀无声。蒋指导员站起身，疑惑地盯着于敏看。

孙兰感觉于敏轻拍了两下她的手。于敏的身体与她分开。

“事情到了这个地步，我非常对不起大家！我真诚地向大家道歉。”

沉默了几秒钟。一个尖厉的声音喊道："我们不要道歉，我们要血汗钱！"几个杂音一哄而起："赔钱！赔钱！""不给说法，我们不走！""我借钱投资，你这是把我往死里逼啊！"

孙兰此时才意识到事情的严重性，刚才自己怎么了？又不是在小说里，怎么不劝阻婆婆呢？眼看于敏要做傻事，她急忙上前几步，用力拉拉于敏的手。她惊诧地感觉到这手与刚才紧握着的完全不同。刚才柔软、温暖，现在干硬、冰凉。于敏用冰冷的眼神拒绝了孙兰。

蒋指导员手里夹着烟，不停地挥舞，让大家冷静。孙兰看到一缕缕青色的烟飘来飘去，像极了自己童年梦里的世界，在那里，什么都是未知，吸引着她去探索。长大后，她一直不明白为什么自己独独迷恋那样的梦境，直到她看到一位作者写的小说才突然明了。那位作者从小生活在熔岩地貌的地区。小伙伴们时常结伴到大溶洞里玩耍。溶洞很容易迷路，他们就带了长长的麻绳系在腰间，像一串烤肉，他们手拿火把进行探险。有一次，集体迷了路，在溶洞里度过了整整十天，才被人救出。那个作者根据真实经历写的小说，唤醒了孙兰的记忆。当年她对这篇小说惊叹不已，心里只恨自己生活在城市，放眼望去都是钢筋水泥、青砖白墙丛林。哪怕就去一次也好！于是，那些梦接踵而至。自己原来就应该去冒险的！当下，她也喜欢看野外生存、徒步穿越无人区、帆船横渡太平洋等节目。遗憾的是，她只是做梦而已，从少女做到中年妇女，她似乎还没有真正冒过一次险。

孙兰感觉自己脸红心跳，手心捏出了一把汗。突然，耳朵里嗡地一响，听力失去了！她只看见于敏双手撑在会议桌前，身子前倾，盯住前方一幅“人民警察为人民”的书法作品，严肃地说着、说着。墙上的钟，仿佛忘了时间，极缓摆动、短暂停摆。

打开窗户，桂花香阵阵飘来。孙兰的耳朵还是不舒服，像游泳进水一样，反复吞咽口水，才稍稍缓解一点。远方天际暗淡下来，雨后的风带着凉意，渗进孙兰心里。周伟就是这样，没有决断，回家时间还确定不了。下午的电话，是孙兰等于敏进房间休息后，走出小区打的。

“她说自己有办法，不会动我们房子脑筋。”

“她有什么办法？当初我爸去世的时候，除了书，没有留下什么值钱的东西。”

“坚持要还人家的钱，她固执得很。”

“最终还是法院说了算。”

“你真是！她主动提出还钱，人家哪会起诉？在我坚持下，她现在起诉那家公司了。”

“你辛苦了。”

在心情复杂纠结的时候，孙兰就随手放轻音乐，她在写稿、看稿的时候，特别喜欢听曼托瓦尼、詹姆斯·拉斯特、保罗·莫利亚三大轻音乐团的音乐。刚连上蓝牙，《阿根廷，请别为我哭泣》的乐曲就流淌出来。麦当娜扮演的贝隆夫人形象浮现在她脑海。女人在危急关头，比男人更坚强。

一条新微信。“上午的事情，已请有关部门关注。”

孙兰迟疑一会儿。当初，他的手机号、微信号等，都差点被她删除。这有点像戒酒，严重点像戒毒。道理相通，眼前不能出现引诱物。可脑子里的痕迹能够清除吗？

谢谢！这两个字，她用的是表情，选了不调皮的图案。隔一分钟，微信又来。

“类似事件现在发生得很多。里面有不少讲究，寻求最好的解决方案，要和你面谈。”

孙兰心跳突然加速一阵，又缓下来。快的时候，要跳出喉咙口，慢的时候，听得见血液在血管里汩汩流动的声音。这次，她没有用表情。

“明白！”

这两个字是她第一反应，也是半辈子文字生涯的专业判断。

于敏开门出来，窗户在她身后，孙兰看不清她的脸。她走到餐桌前，缓缓坐下，用手理一下头发，从兜里掏出一沓纸。

孙兰照于敏指示，把音乐关了，坐到她身边。

于敏戴上老花镜，一边说，一边在小纸条上记录着。

“我这辈子没做过什么大事，也没有积攒多少财富。下午我回来后，仔细整理了那些存单和债券，虽然数额不大，但总是钱啊。”

孙兰面对这些单子，不知说什么才好。她倒了一杯茶给于敏，被于敏移开。

“我把这些单子编了号。每张单子的密码我都写在小纸条上了，你一一对应起来就可以了。”

“行！还债的时候，我帮你取出来。”

于敏笑了笑，孙兰觉得她只是脸部肌肉动了动。

“你们也不宽裕，这些都是给你们的。”

孙兰心里咯噔一下。

“不用不用，你留着吧。周伟也不会答应的。”

“周伟缺乏决断能力，这是遗传他父亲的性格。你们日子过得还算不错，你的宽容和大度起了很大作用。他们父女俩都应该感恩。上周，心妍给我发了微信，说很想家，还说想你，可她不好意思对你说。我理解这种情感，除了血亲，能够达到心妍和你这样的，真是难得。我最近经常失眠，睡不着的时候，我的一生就像放电影般地展现在眼前。按理说，我经历了这么多磨难、坎坷，性格应该变得和世俗的世界流向一致，可我就是做不到。财经学校百年大庆，我们回校聚会，同学们说我还是十八岁的我。我觉得挺好。即便失败，我也是我。”

孙兰被于敏说得云里雾里的，当夜幕悄悄降临时，她突然一哆嗦，手上洗的那只碗掉在水槽里，发出清脆的响声。

她快速走出大门，发了一条微信。“我们明天见个面！急！！！”

随后拨通了周伟的电话：“喂！不好了！”

冬至

“啊！外面飘起雪花了。”于敏把头贴到窗上，低声自语。电动公交车里很热，于敏不时用戴绒线手套的手擦去窗上的水汽。

“今年冷得早呢。”一个戴棉鸭舌帽的老头弯腰注视于敏擦出的窗玻璃上的风景感慨道。

于敏转头看了一眼，没有搭话。她穿了件大红对襟丝绵袄，在冬天车厢里暖暖的。每次到了关口，她都情不自禁穿红衣服。红色给她带来好运，她希望今天也是如此。

“市人民医院站到了，请下车的乘客做好准备，从后门下车。”

站起身的时候，于敏左眼皮跳得厉害。她背着“左跳财，右跳灾”的口诀下车，走出一段路，老觉得口诀背反了，心里的包袱就沉了起来。只要平安无事就好，经过秋天的那番折腾，钱财的重量倒是在她心里轻了很多。

一点半还差五分钟，护士站没人。于敏松开围巾，脱下手套，围着护士站踱步。今年是周伟、孙兰的本命年，怎么弄得像自己本命年似的？于敏掐指算自己的事情，件件都不如意。如果自己为周伟挡了灾祸，那也罢了。关键是周伟上月刚从西藏回来，就被查出心脏有问题。他也不太平。

护士在一点三十五分才坐到位置上。前面排着几个老头老太，叽里呱啦地说话，于敏往后退了几步，等那些噪声散去，她才向那个圆脸蛋护士问询。

“您的名字？”

“于敏，干钩于，每文敏。”

“请稍等。”圆脸护士低头查记录，突然抬起头，告诉于敏，“您的片子和医生诊断单都被人拿走了。”

“什么？你们怎么可以随便给人呢？”

“不是我们这里给的，人家直接从放射科取走的。我这里的编号上有备注。”

“什么时候拿走的啊？”

“今天上午。”

于敏谢了一声，往医院门口走。她心里已经猜到谁拿了诊断书。她有种不祥的预感。一定是周伟上午就拿到了诊断书，如果检查没事，他肯定会打电话告诉她一声的。她有点走不动，顺势在门口塑料排椅上坐下来，掏出手机。没有未接来电，没有新短信、微信。

形形色色的人从她眼前匆匆走过，她迟疑半天，给周伟打了电话。

“是你拿了报告单？”

“……是的，我正想打电话告诉你。”

于敏心里一顿，儿子说谎水平差了点，处处是漏洞。

“你不要瞒我，直说吧，我能承受。”

“你在医院啊？我马上过去，你等着我。或者你走过两条街，在凤凰路和龙翔路交叉口的‘禅茶茶馆’碰头？”

于敏把手套和围巾塞进无纺布包里，昂首走进雪天的时候，还是感到热。雪花飘在红衣服上，慢慢积了起来。

于敏看见周伟从门口走进来，她向他举手示意。

周伟上下拍打一番，脱下黑色羊绒大衣，解开暗红灰格子羊毛围巾，喝了一口热茶。

“外面真冷。”

“节气到了，自然冷了。”

“可这么早下雪，也挺特别的。”

“报告上怎么说？”

“没事，你放心。”

“说实话！”于敏的脸沉下来。从小周伟就怕妈妈板脸。

“有点小问题，不过我已经联系上海大医院专家，请他们再做诊断。”

“你知道我并不是那种放不开的人。国外医院，都提倡患者应该有对病情的知情权。”于敏看见周伟额头渗出细细汗珠，知道儿子处在思想斗争激烈时刻，也不催他，给他重新添满一杯老白茶。

窗外的雪花大了起来，在风的鼓动下，斜斜地扑向地面。周伟出生那天，于敏还在单位做报表，预产期在十天后，她被主任拉过来帮忙。吃过午饭，小雨变成了雨夹雪。她上厕所的时候，感觉腹部痛了起来。可她还是一声不吭地坚持做账。痛的频率快了，她呼吸急促，头上冒出细汗，单位里的老大姐们见情况不对，连忙组织人两头行动：一头护送于敏去医院，一头派人去学校给于敏丈夫报信。于敏扶着一位大姐的肩膀，坐在另一位大姐推着的自行车的书包架上。雨夹雪变成了鹅毛大雪，黄昏的街道又烂又滑，两位大姐呼出热气，像蒸汽火车在行进。于敏剧痛之下，一瞬间没了知觉。眼前滑过的灯光、车辆人群嘈杂的声音、小弄口小馆子飘出的饭菜香等等，都幻化成有形的雪花，有水滴状、有棉花状，还有玻璃球状，散在在四周，飘荡、盘旋着。于敏想伸手去摘，却使唤不动双手。她奋力呼叫，那些东西霎时化成碎片，四散射出，紧接着黑幕降落。等她醒来，已经躺在病床上。医生严肃地告诉她，胎位不正，要剖宫产。刚赶来的丈夫和几位大姐安慰她，没有危险，一点都不危险。她一直没有问两位大姐，当初她昏过去的时候，是怎样的状况？有没有叫出声，有没有从自行车上摔下来？有没有做出奇怪的动作？她想着下次单位老同事聚会，要详细问问。可自己还有下一次吗？想到这里，于敏锐利的眼光重新扫向周伟。

周伟从西装内袋里取出一份医院报告单，递到于敏手上。

于敏戴上老花镜，一字一句认真读完，心里反倒踏实了。再坏也就这样了。

“肺部问题，目前治疗手段很多，你不要太着急。”周伟说。

周伟应该已经仔细咨询过医生了，这点于敏对儿子还是了解的。不逾矩、细致严谨的性格是好，却也影响了他往更高层次发展。

原定三个月的短期援藏工作，后来整整延了两个月。周伟父亲曾经工作的学校当初对口援教日喀则的一所中学，他仅去了三天就因为严重高原反应被送回来。提起西藏，于敏神经质般地恐惧。周伟刚去没几天，于敏就催他回来。“气压低，多吸氧”“少动、多休息”“每天测血氧含量”“向领导打报告，早点回来”……类似的微信她一条接一条地发。可周伟强调既然来了就要干好工作。于是，于敏的微信变成对周伟工作的劝导。“该管的一定要管好”“不该管的不要瞎管”“不能以这里的标准要求那边，更不能样样工作、每个工程都看不惯”……然而，周伟还是每天戴着安全帽到工地规划新工程，指挥在建工程。总部看到周伟肯做敢说、认真踏实，巴不得他一直在西藏工地盯着。

于敏出了“P2P 爆雷”这样重大的事件，周伟也只是打了几个电话回来安慰。电话里总是吵吵闹闹，信号断断续续的。关于这件事他没有责怪她。他从来不敢。唯一坚持的是，让她听孙兰的话。

于敏的目光从老花镜上方探出，仿佛要抓住儿子身后的影子。她的病情，孙兰肯定知道了吧？会的，儿子第一个电话必定打给孙兰。当初她反对周伟和孙兰的婚事，倒也不是嫌孙兰不好。一个男人刚离婚不久就结婚太随意，结果很可能陷入墨菲定律。她同时认定孙兰不会对周心妍好，周心妍也会排斥孙兰。第一次见孙兰的前晚，于敏的母亲走进她梦里，一身旗袍，一把檀香扇，头发卷成大波浪，端庄娟秀的母亲微笑不语。母亲出身大户人家，诗书礼仪都受过严格训练，至今她还珍藏着母亲抄写的小楷手卷《观世音菩萨普品门》，还有一些母亲即兴创作的诗词，她时常拿出泛黄的宣纸观看，闭上眼也能背诵几句。可母亲除了这些，并没有给于敏留下其他什么。母亲一生清苦，多灾多病。于敏不愿走母亲的老路。见到孙兰的第一眼，她就在心里暗中叫苦。孙兰活脱脱是一个自己母亲的样子。西餐厅里，她几乎没吃什么食物，脑子里不停地念着母亲手卷里的经文："妙音观世音，梵音海潮音，胜彼世间音，是故须常念。"事实证明，孙兰又忙又苦，赚不到钱不说，还照顾不了家庭。直到今年秋天，经历了几乎让她一辈子名誉扫地的"P2P 爆雷"事件后，她才对孙兰有了新认识，甚至认为周伟幸亏有了这样的老婆，才走到了今天的位置。

如今，这个家居然都听孙兰的话，于敏想到这点，轻轻地摇了摇头。

"妈，你没事吧？"周伟比较容易紧张。

"我没事。"话一出口，秋天的场景仿佛重演。于敏的确下了以死了断的决心。她不愿周伟、孙兰为她背负沉重包袱。五百万元！她一辈子清廉节俭，除去集资款项，连十万元都拿不出。她把零碎的存单、债券交给孙兰。她要交托的事情也就这些了。遗憾的是，周伟、周心妍恐怕再难见面。事情往往这样，到了最艰难的时刻，以为过不去了，曙光却一丝一丝地出现。法院根据犯罪嫌疑人有意转移资产的行为，认定半年前离婚判给前妻的资产，应视作可追讨债务。于敏领头的那些老头老太的欠款，被排在前列。不到两个月，犯罪嫌疑人前妻的房产、古玩、字画等被拍卖。

老头老太们拿到了欠款，欢天喜地地来谢于敏。于敏心里咯噔几下，嘴里苦苦的。想当初，孙兰让她不要冲动，她还瞧不起孙兰，想着一个文字编辑，整天在乏味的文字堆里爬着滚着，身上只有一股酸酸的气息。文学，面对现实生活的各类挤压，什么都算不上！可孙兰说给她一周时间。后来她明白了，也相信孙兰的话了。但是接着好几次，周心妍向于敏暗示，孙兰行为有点怪异。手机微信、信息之类的于敏不是太了解，但是孙兰打电话确实有些不正常。有个阶段，孙兰常常出了单元门才拿出手机通话，晚间一个人散步，绕小区几圈下来，电话还没有挂。她不是闺密之间的大声通报情况那种，而是低声，不时抿嘴笑几声。发现这个情况后，再想起老头老太们的感谢声，声声刺在于敏心上。不过转头回家，她还是郑重地向孙兰道了谢。

看着周伟额头一条条正在加深的纹路，于敏把想说的话咽了下去。毕竟他俩的日子还要过下去。

“下午你不去上班啊？”

周伟拍拍诊断报告，认真地说：“赶快制定治疗方案，这是我当前最大的事情。下午我约了上海来的专家。”

“说实话，我怕死，不仅怕死，还怕痛。对痛的恐惧，超过对死亡的恐惧。当初我想自我了断的时候，一直在盘算怎么死最没有痛苦。你要尽孝心和义务，我也有几点要求。活到这个份上，如果能够继续轻松快乐地过下去，那是最好不过的。遇到这样的大病，能够治疗最好，治不了也不要勉强。你外婆从小教育我做人要有尊严，我一辈子谨记在心，自认为没有违背母亲训导。你不能让我坏了规矩，弄得人不像人，鬼不像鬼。”于敏口气严厉。

周伟眼泪差点掉下来，不住地摇头。“妈，你快别这么说了，搞得生离死别似的。现在说太早了……”

于敏打断他的话。“现在说最好，省得我意识不清、意志不坚定的时候，你再替我做主。”

大雪在下午积了起来。于敏想起了更寒冷地区的孙女。

“心妍那边更冷吧？”

“那天视频的时候，你不是也看到了？校园里一片白色的世界。”

“她开心就好。不要把我生病的事情告诉她，不要影响她学习。”

“我知道了。”

她又想起孙兰。

“对了，今天孙兰去上海开会穿多点了吧？”

“那个会，她是主持人，把大衣、呢裙子都拿出来了，一看天气预报，换了羽绒衫、牛仔裤。”

周伟抬腕看手表。

“你走吧，我也回家。”于敏站起身。

“时间还没到，我先送你回去，再去和专家碰面。外面雪大。”

于敏刚踏上人行道，就感觉周伟的手托住了她胳膊。多长时间没有和儿子一起走路了？她记不清。非要到内外交困的时候，才想起身边的人。到停车场要走一段路，于敏放慢脚步，呼出的热气触碰到雪花，雪花翻滚着飘向另一个方向。

周伟从小就是个乖孩子。之所以取这样简单的名字，于敏告诉已经懂事的他，这个“伟”字，对于他们家，并不简单。既寄托着他们对周伟的希望，更因为各种爱汇集到一起，产生伟大的力量，才有了他。每次骑自行车载着周伟路过医院，她总要说："这就是你出生的地方，那天下大雪，你不肯出来。幸亏医生和护士们、妈妈单位的阿姨们帮忙。"周伟盯着医院看，若有所思、表情严肃。

于敏又想提起这个话题，怕周伟反感，就默默往前走。不料周伟开了口。

"生我的那天，雪不比今天小吧？"

"再落下去，就赶上那天了。可你从不到雪地里玩，只是望着雪景发呆。"

"在我心里，雪天是神圣的日子。雪代表着爱，我不敢去破坏。"

"你从骨子里就是个完美主义者。孙兰比你灵活多了。"三四句话，又提到了孙兰，于敏在风雪中战栗。她横下心，不让这块心病带到棺材里，哪怕现在可能是最不合时宜的时候。她如鲠在喉。

"孙兰最近活动很多啊！"于敏加大嗓音。

一阵风吹来，周伟也大声问她："你说孙兰什么？"

"你要多掌握她的动向。"于敏觉得这句话已经很直白了。

"她都跟我说的！我都知道。"周伟眯起眼睛，似乎有雪花飘进去了。于敏心里叹口气，转念一想，或许是另外一种情况呢？周伟有自己的处理方式。反正提醒过了，于敏松了口气。她松开儿子的手。

"你抓紧去医院吧。我自己回去。"

"可这么大的雪！"

"你就让我多看看这雪吧，看一眼少一眼了。"

白色沃尔沃开过于敏身边缓了下来。周伟从车窗里探出头来，刚想说话，被于敏严厉的手势制止。

于敏看车子拐过弯，突然胸闷起来。这感觉就像一把大锤砸在她肺部。她怎么也没有想到自己的肺部会出问题。平时家里没人抽烟，烧菜做饭大多是孙兰弄。她把病因归结到“气”上。这些年，孙兰无形中掌控了家里的大局，她越来越变得像个寄居者。开始她还私底下跟周伟说说，后来看到儿子为难的神情也就算了。她跟周心妍的统一战线，原本很坚固。不知不觉中，孙女不再给她汇报“新发现”“新动态”了。她认为是周心妍学习忙的原因。有一天，她在马路上撞见孙兰和周心妍手挽手，一边走路，一边吸着奶茶。她不再向周伟抱怨什么，心里一块石头落了地，却又感到空落落的。接着发生的“财经危机”，颠覆了她过往对那些亲密老同事、老同学、老朋友的看法。不说精神上依赖，至少在理财投资上，完全以她为中心。公园、茶室、广场等聚集地，他们像偶像一样追捧她。她觉得自己的专业没有荒废，她仍然靠着自己的才能管理着团队。然而，背叛说来就来。平时跟她最紧的几个，听到坏消息，第一批赶过来揪住她。那时候起，她就时常觉得胸闷。近阶段的梦里，那些故去的亲人，陆续出现。疼爱她的母亲，竟然开口说话了，说的虽然是一些无关紧要的话，但是她黎明从梦里醒来却再也睡不着。故去的亲人在梦里与你对话，表明你们之间有了某种关联，也就是说，通道已经打开，你很快会到那个世界去。

于敏呼吸沉重，眼前的雪花变了色。周伟小的时候，家里没有暖气，他总是赖床。于敏要赶着上班，老训斥他。

“妈妈，我告诉你一个秘密。”周伟乖巧中透着机灵。

于敏板着脸不睬他，自行车在寒风里瑟瑟前行。书包架上的周伟不停地踢动双脚，嘴里嘟嘟囔囔。

“我看见了另外的世界。”

于敏高声呵斥儿子：“不许乱动，不要胡说！”

周伟童声更加尖锐：“今天早上我又看见了！躺在床上，我用力捂住眼睛，很长很长时间。突然，红黄蓝白各种颜色在眼前流动。把手松开，睁开眼，我看到的却不是平时的房间和家具。那是布满星星的夜空，一条细细窄窄铺满黄叶的道路弯曲向上。我踏上那条小路，拐过几个弯，满天星星都对我眨眼。如果你不拼命喊我起床，我现在肯定到星星上了！”

于敏一阵难过。雪花变彩色了！像春天花园里盛开的百花。她在花丛里走，花儿朝她转过笑脸。现实世界的背后隐藏着更为丰富的内涵。周伟自从那次被于敏毫不留情地停车、怒骂、打屁股后，再也没有说过稀奇的话，兴趣也转了向。于敏难受极了，周伟爱幻想爱冒险的天性被她活生生扼杀了。她在马路上迷失了方向，线条都变成弧形，建筑、汽车、树木的外形朦胧中带着光，光晕在流动，现实世界刹那间隐藏了起来。于敏看到了白雪世界下的第二世界。她也像儿子在若干年前一样，探出双手，迈开双脚，彩色雪花就是满天星辰，她努力向星辰闪耀的地方前进，眼里含着泪。

“当心车！”

于敏被一只手从马路当中拉回来。一个小姑娘让她坐到一家串串店前的长凳上。于敏谢了小姑娘，坐定喘息。很长时间，她都不能抬头。头晕、心慌，还有心痛。手机响了好几遍，她都不想接。店里的伙计听得烦了，走过来提醒她。她勉强拿起响个不停的电话。

“妈！你在哪儿啊？”

“路上。”

“家里没人，手机不接，快急死我了。”

“我没事。”

“是的！你没事！你没事了！我在医院和上海专家在一起，他仔细看了片子、检验报告，认为这里的医生诊断有误。你要马上过来一趟，再检查几个项目。如果正常，那就真没事了！”

“什么？”于敏忽地站起身来，一身雪花被抖落在地。眼前的世界横平竖直，清晰冰冷。

她想打车，根本没有空车。她索性走过去。开始有点滑，几次差点跌倒。后来加快了步伐，最后竟小跑起来，路居然不滑了。胸闷、气急等不适也突然消失了。冷冷的风灌进她的鼻腔、呼吸道、肺叶，她感觉身体正在新生，似乎听见了肌体修复的沙沙声。

终于，于敏跑不动了。她解开丝绵袄，脱掉手套和围巾。迎着风雪前进，刚才的一股热情、一种期盼，渐渐冷却下来。前些天，她又把母亲的书法册页拿出来欣赏。她喜欢“莫听穿林打叶声，何妨吟啸且徐行”的通达，更喜欢“四时更变化，岁暮一何速；晨风怀苦心，蟋蟀伤局促”的感时伤怀。生与死，对于敏来说，并不是最重要的问题。迟早，她会跟亲人在另一个世界团聚。

汗水已经变得冰冷。她摸了一下湿漉漉的脸。那天，经过工作了一辈子的单位门口，一群青年说笑着走出来。他们朝气蓬勃、活力四射。他们不认识她。她与他们擦肩而过，就像一张黑白照片被翻转，彩色照片唰的一下就覆盖上去了。她很想进单位对那些被她批评过、骂过的同事道个歉，细一想，那些对象也早就退休。

现在，于敏人生中一些最重要的词语先后闪现。她紧紧咬着那些词，一遍遍说着。难怪佛经要念出声来，反复念，也就在心里形成了自觉。

对周伟，她原谅他的谨小慎微。以周伟的才能，按理还可以在事业上更进一步。可谨慎、本分是最大的安全，也是周伟从事的设计工作的内在需要。他曾经跟她说，好几个大学同学都辞职转行了，原因就是他们对设计的工程投运后的结果非常悲观。“他们没我小心。”这是周伟经常放在嘴上，安慰她的话。新闻里，她看到那些垮塌的桥梁、建筑、公路，常在心里安慰自己：“周伟不会这样设计和施工。”转眼，遇到熟人，她又开始说儿子在大公司担任要职，自己老了全靠儿子。别人说你真福气的时候，她才隐隐觉得心里不踏实。

于敏想要儿子原谅她的严苛。她努力回想，几乎没找到在周伟面前笑的镜头。周伟和孙兰结婚宴会结束，她听到女方亲戚叽叽喳喳评述：“新郎的妈妈怎么不开心啊？”“要知道我们是黄花闺女嫁给她二婚儿子！”“她面部神经瘫了！鉴定完毕！”……

雪小了，于敏又摸摸脸，试着牵动面部神经，冻僵的面孔，居然真的没什么反应。难道我真的不会笑了？她不禁撇了撇嘴。

对孙兰，她理解她的孤独与尴尬。她与孙兰，就像两面对着的墙，不可能合二为一，不然就会失去家庭空间；不能倒下任何一面，不然家会坍塌。她把母亲的照片与孙兰的仔细比对，虽说一眼看上去是完全不同的两个人，但是目光上挑、微微皱眉、轻咬嘴唇等细节，却几乎完全一致。孙兰读书时，把五指散开插进翻开的书页里，和母亲的阅读习惯一样。这些细节，于敏一直在脑中闪现。“亲人不一定要有血缘关系！”这个禁锢一旦解除，仿佛打开了通往新世界的一扇大门。

于敏希望孙兰理解她的苦处。并不是每个人都像她那样历经生活的折磨，一些无所事事的人，活得很潇洒。但是，她不是他们。苦难造就她坚毅个性，也带来呆板无趣。

对周心妍，她的爱纯洁得像玻璃种翡翠那样透明、清澈。想起心妍，她心中就泛起甜蜜的浪花。她希望心妍懂得珍惜每个人的爱。

于敏走走停停，周伟又来了好几个电话。她都回答快了，而其实她越走越慢。有段时间，她想随便搭一辆公交车，一直坐到终点站。孙兰说过托尔斯泰的出走，八十二岁高龄的托尔斯泰给妻子留了张便条：“我要像我这个年龄上的老人所习惯的那样去做，从尘世的生活中逃出来，在孤独和寂寞中度过自己的晚年。”她不想回家，不想去医院，她想陪伴伟大的托尔斯泰，在寒风凛冽的俄罗斯旷野里行走、行走。

可她疲倦了，胸闷、心慌、眼花等现象又出现。她在心底暗自嘲笑上海医生。她就是一个患病的老年妇女，是上海医生误诊了。说到底，即便上海医生医术高明，她又能好到哪里去呢？

于敏一抬头，市一院的红色招牌似乎在眼前晃着，一男一女跌跌撞撞而来。她揉揉眼睛，脚一软，坐倒在雪地。

“妈！”

“妈妈！”

于敏睁开眼，周伟穿着大衣，手里拿着一沓化验单；孙兰米色长羽绒衫下摆拖进污水里，深蓝牛仔裤和黑色长筒靴也沾到了污泥。

于敏用足全身力气，堆起笑容，对着孙兰挤出一句话：“你赶回来干吗？我没事。”

雪停了，空气中散发着一股煤烟味。

于敏累了，舒服地闭上了眼睛。

（原载《青年文学》2020 年第 3 期）

象人

王苏辛

有些人消失了，或者正因其消失，才以近乎无限的方式影响着我们。

——湖边静寺

一

上班第一年，庄霖就在为齐斯汉物色墓地。

林城有三块公墓。第一块在西郊，主要埋葬着在新中国成立前的战役中牺牲的士兵，其中一部分还是朝鲜籍。第二块位于城区内海拔最低的盐碱地，古代就有，似乎是秦，也可能是汉。上世纪初，这块荒山瘠地被林城当地富商郑氏用作宗族墓园，传言一些早已化为灰土的祖宗遗骸被掘坟扬灰，在当时引起很不好的影响，然逢乱世，不了了之。后由政府收回，逐渐成为林城最大的公墓，称九螺港公墓。第三块是府山墓园，边上有河，墓园三公里外，还有梯田和果树，人气也是旺得很。

齐斯汉最喜欢的正是府山墓园，但这里半寸难求，更何况齐斯汉想要的是双穴墓，专留一个穴位空着，埋葬他失踪妻子的两束细发。按照新的丧葬管理和公墓管理制度，失踪人不管失踪多少年，也不管是否完成死亡申报，亲属都不能为其购买墓地。齐斯汉年纪越大，越为此感到不安，对着庄霖再抱怨一遍妻子身后居然连个墓也没有，庄霖则会像过去那样重复说庄承俊并没有过世。只是这种话说多了，庄霖也困惑母亲究竟还在不在人世。

在她眼里，庄承俊尽管是个眼神飘忽不定的女人，却比周围许多人热衷按照时间表安排生活。她考中专时名列全县第三，进入县政府工作后，却毫无升迁愿望。每日完成公文书写任务，只热衷清扫单位大院。她人际关系简单，不参加同学会和同事聚会，也没有朋友，下班就回家。她不化妆，却尤为注重穿着。她把家里收拾得相当洁净，不允许庄霖和齐斯汉吃饭发出声音，书却到处乱放，常常同一本书买两三次。她训练庄霖阅读世界名著，熟练使用电磁炉、电饭煲、半自动洗衣机。庄霖总觉得，如果她再长大些，母亲可能还会教她如何换煤气。庄承俊总是表情淡淡的，或者说面无表情，除了训斥庄霖时，才显得激烈而有神采。

她常常在黄昏时拖着行李箱离开家，许是找不到可以去的地方、可以依赖的朋友，过不一会儿又会回来。也正因此，庄霖和齐斯汉似乎都习惯了庄承俊突然离开，也相信她很快便会回来。只是那次离家，她没带走任何东西，除了身上的衣服和钱包，她只是剪掉了家里每一张照片里自己的身影，连侧面都没有放过。从来不化妆的庄承俊还在洗手台前留下已经用了一半的口红，还有一束粗黑的，带着体温的黑发。庄霖感觉到一阵新鲜的空旷。除了那些夹在原有像框中的镂空照片在周围风的浮动下抖动着边角，电视机播放着的节目也显得声音大了许多——那是一组千禧婴儿的跟踪报道，据传要从二〇〇〇年跟踪拍摄一批婴儿直到他们十四岁。庄承俊日常爱看的几本书，其中一本还摊开着，书签就夹在她看到的那一页。冰箱里也塞得满满当当，足够父女二人一个月不买菜肉。高压锅里的排骨已经差不多炖好，电饭煲里的米饭也已经熟了，餐桌上的碗筷也摆得好好的。庄霖一面觉得这只是往日“演习”中的升级，一面又觉得有一丝被抛弃的苦涩。可当时她并没有沉浸在这种巨大的失落中，而是大声朗读安徒生的《沼泽王的女儿》。

直到七点过后，齐斯汉才回来。他先检查了家里的边边角角，觉得庄承俊很快会回来，随后陷入焦躁。他一直在钟表下坐到了夜里十二点，才恍惚感觉到庄承俊已离开的事实，把锅里凉透的米饭吃了个干净。

那一年庄霖年纪还小，习惯于被安排好的生活，并且依赖母亲。但庄承俊不见了，她也只过了两个月就接受了新的家庭格局，只是一到晚上，又觉得家里少了些什么。除了不再有人阻止自己拿手电筒看小说书，还有一些情绪压在心里。她觉得恍惚和茫然，起夜上洗手间时，她常常仰望窗外似有若无的月亮。这样的夜晚累积出的，是在白天渐渐乖巧的庄霖。这个庄霖甚少大声说话，课间也在写作业。

齐斯汉则在庄承俊离家后变得更加沉默，又或只是过往那些年积攒的沉默能量终于集体爆发——他整理旧书的技术空前提高，总能从大家不知道的抽屉夹层中找出过期报纸或打印纸，重新包上，再用一手好字流利地写上书名和作者名。面对缺页的旧书也不露怯，想方设法弄到缺失的文字内容，再按照印刷体大小，誊写在厚度相似的干净草稿纸上，仔细粘在书册中，乍看过去，和之前无异。渐渐，图书馆的旧书都归到齐斯汉这里整理了，他对自己的工作也越来越高要求。有时，为找到一本旧书缺失的内容，他常要翻阅更多书，早早摸遍了图书馆里的书。即使学校引进了书籍查询机器，很多学生还是更喜欢找齐斯汉。

只是齐斯汉虽喜欢这份工作，却不爱阅读。那些缺失的内容，对他而言更像一次新的技术挑战，只是在熟练记忆的过程中，似有若无地沾染上一些不同于周围人的气息——庄霖觉得他正在慢慢变得像庄承俊。他变得极度安静，在外沉迷工作，在家沉迷阅读诗歌和观看特吕弗和侯麦的电影。庄霖甚至觉得家庭氛围比母亲在时还要更和谐。直到大学毕业后，齐斯汉叫嚷着要买墓地。

墓地该怎么买，庄霖一头雾水。先不说已经不允许生者为自己购买墓地，即便是子女为在世父母购买，也要层层审批，每个地区都有不同的指标。即使在指标内，也需要摇号。庄霖从上班第一年便时刻关注三所墓园哪一个能最先排上号，一度想在九螺港公墓排号，它离庄承俊曾承包的林地不太远。有人说，那原本就是郑家的地，那里埋着的，很可能是郑氏先祖。还有人说，郑家得罪了当时的朝廷，一路被追杀，那儿埋着的，也有当时官兵的尸骸。

前些年房价大跌，墓地价格逐年上涨。年轻人普遍没有生育愿望，社会老龄化比前些年更严重，许多人想尽办法提前预订墓地，确保自己和家人死后有所依托。庄霖原本并不信这一套东西，但庄承俊离家多年，齐斯汉一直没有再婚，甚至连“绯闻”也难觅，这让庄霖渐渐对齐斯汉有了一种奇特的歉疚感。

庄霖高考成绩不佳，勉强被调剂到西南地区一所生源一直较少的二本院校的新闻专业。念书时便打定主意一定要回林城，“父亲在，不远游”。可林城难以找到专业对口工作，她只得又去某新一线城市待了几年。只是在她职业起步的时代，各地新闻媒体纷纷倒闭，取而代之的是真假参半的自媒体平台，运营个一到两年也往往要倒闭。她在一个新闻类微信公众号打了半年工后，那家平台也开始因无可刊新闻只得制造各式假新闻勉强维持流量。庄霖不得不从一个新闻记者变成网络段子手，终于决定放弃做记者的愿望，投身门槛相对较低的服务业和娱乐业。只是这些行业内部的竞争更加血腥，庄霖本就入行晚，也不懂得处理各式关系和资源大户，只得做杂工，从小助理到宣发团队中的器材师，再到微信公众号的编辑人员。只可惜尽管辛苦，却因频繁换行业，积累的小小经验只能迅速被清零。偶尔，还会成为公司一些事故中的顶包者，领导只给一笔微薄遣散费，去朝阳区法院起诉也无人管。前些年房租抬高，租房只能整租，庄霖的收入无力承担房租，一度在温饱线边缘挣扎，最终只能又回到林城，和几个中学同学一起合伙做销售。

当时，齐斯汉刚从图书馆退休，一度被返聘，后来新书品种逐年变少，一些出版社开始不断出再版书，市面上的再版新书逐渐换掉旧书，书籍查询系统也不断升级，齐斯汉觉得自己的本事没什么用处，就找了个在旧书摊给人裱书的营生；再后来连旧书摊也没那么多旧书了，齐斯汉就自己支起书摊，给爱书人裱书。

只是林城哪有这么多这样的人呢，网络付费阅读早已不是新鲜事，文化人想发表观点，也要通过一定渠道，普通人更要付费才能浏览文字信息。纸质书出版逐年下降，旧书更多沦为收藏品不再是阅读品，网络阅读流量也在下降。齐斯汉觉得自己的职业越来越边缘，甚至觉得自己变成了无用的人。每当觉得无处可去，他就再次想起庄承俊多年前承包过的那片林地。

庄霖小时候，一到庄承俊失踪日，齐斯汉都会带她去林地。久而久之，那天渐成全家的“团聚”日。纸质日历退出生活后，齐斯汉习惯了智能手机，因为不会设置日期提醒，慢慢又忘记了这一天。庄霖回到林城后，每年都要提醒齐斯汉，但近几年，她也不再提醒了。林权改革后，那块林地成了公益种植园，种植品种也被严格控制。但齐斯汉还是能认出，位于堤坝附近的那块地是庄承俊曾承包过的。

荒地种植过程中，曾挖出累累白骨，庄承俊吓得不轻，但没多久，她又支一个蓝色帐篷，住到挖出白骨的地方，说看着那些人心里静。有一回他去找她，她背着蓝色帐篷走在堤坝下，面无表情地看着他朝她跑来，没有后退也没有迎上前。那时候他已经觉得他们不是一个世界的人，可正因此，他仿佛更剧烈地被庄承俊吸引。

堤坝边缘的荒草已经很高了，齐斯汉俯身想拔除几棵，手心老茧被刮掉一层，大把荒草依然在泥土里，只一簇长得最紧密的，从泥土中挣脱。他突然一阵紧张，想要把那束草重新埋进土里，但草歪歪斜斜，怎么都不肯好好在齐斯汉给它准备好的坑里待着。他焦虑起来，不自觉又摸出手机冲庄霖发一条语音：“墓地的事，问好了吗？”

在堤坝周围呼呼的风声中，齐斯汉听见她说：“电视台来电话说，有我妈的消息。”

二

庄承俊失踪后，寻人启事曾在林城电视台滚动播放，但始终没有线索，齐斯汉慢慢放弃了寻找。她失踪后的第六年，庄霖中考，语文作文考题是《我最亲爱的人》，这原本是一个不会出现跑题状况的命题作文，庄霖却用宇宙、月亮、窗户、夜晚等等她一个人静思时感受到的诸多元素，写成了一篇虽有母亲存在，却大量篇幅未涉及母亲的散文。成绩下来后语文没有及格，查分结果显示作文只有九分。庄霖把自己关在房间里不吃不喝三天，甚至一改日常听话模样开始对父亲歇斯底里，并拒绝齐斯汉缴了高价借读费拿到的市重点中学录取通知书，决心只去读县高中。从盛夏到初秋，父女俩都过得压抑，庄霖瞒着齐斯汉接受了一位男同学的 QQ 示爱，齐斯汉则产生再婚念头，还去婚姻介绍所提交了个人资料。知会庄霖时，她没有任何异议，双眼也依旧没什么光彩，只是站起身拨动了一下手指，朝半空中比画了一下道：“再婚，那不得给我妈申报死亡？”

那年冬至，父女俩徘徊在法院附近，迟迟没有进去。回家的路上大雪纷飞，庄霖没有注意到周围已白，直到脚下咯吱咯吱的声音传来。她和齐斯汉一人撑着一把黑伞，一前一后走着，握着伞柄的手双双保持着同一姿势。到小区门口时，庄霖一不留神直接撞了上去。齐斯汉则打开小区门禁后突然撑开雨伞，白花花的雪块和手心汗结成的冰碴一条条往下掉，他盯着地面良久，直到庄霖开门的声音已经从楼上传来，才三步并作两步用，钻进房门学庄承俊给女儿煮了葱花荷包蛋。

庄霖记得那滋味。七八个生鸡蛋打进沸水里，葱花和盐调成的汤汁淋上去，偶尔也滴几滴香油，闻起来香，吃起来又总少了味道。长大后庄霖知道那缺乏的味道是用心不够，庄承俊只在不高兴时做快速餐食，齐斯汉也是。火候欠点，调料分配也欠点，有时油太多，有时盐太多。当齐斯汉把葱花荷包蛋端上桌，庄霖一边吸着汤一边想到母亲，两碗荷包蛋的味道和样子都不太一样，唯有火候不够和调料分配的问题十分一致。只是她没有说，而是快速吃完就去洗碗，且不用齐斯汉劝说便打开书本复习——她知道自己没有理由悲伤了。第一次这么做时她内心尚有一丝酸楚，接下来每一次这么做她都倍感踏实，直到这种与日俱增的踏实感渐渐归于平静，变得自然。

“是一个年轻记者说的……林城论坛上，有人回复了电视台的人前些年发的帖子……二〇〇〇年，有人看见我妈在火车站……在林城火车站上了一趟往成都的车。”

庄霖一口气说完，因为语速过快，中间总是吞字，一些细节和必要信息被省略了，但齐斯汉却觉得听得又清楚又通顺，仿佛那些缺失的信息自动被他补全了，且每一处都在应有的位置。

和庄承俊有关的那条帖子，是林城电视台八年前发布的一条寻人启事回顾帖，专门回顾了电视台播出的寻人启事中，至今仍无线索的十几桩失踪事件，并再次向林城市民征集失踪人的线索。

当年一度不少人回复。

“二〇〇〇年初，澳门回归不到一个月，林城火车站播放过一条寻人启事，里面讲述的女性特征，和庄承俊女士非常一致。”庄霖一边念着，一边在电话那头道，“是提供线索的郑先生，也就是回帖人。在他说的那个时间，他就在广播站，亲眼见过我妈。”

“为什么现在才说？”

“他在成都一个展览上看到我妈的照片，想起了那一天。也许，我们需要去趟成都。”

“我不去。”齐斯汉有些生气，但很快又顿了顿道，“还是先确认下信息是否属实，那个姓郑的，他有什么要求？是林城的吗？我们先跟他见见。”

挂掉电话的一刻，庄霖看见齐斯汉打开了位置共享，代表他位置的小箭头正往地铁站的方向移动，仿佛一瞬间，她再次回到外祖母生前居住的家。

外祖母坐在堂屋中央，对着墙壁上外祖父的照片述说着前尘往事，几个阿姨围着她，庄承俊插不进去，只得不发一语。那是庄家分遗产的重要日子，庄霖本该和齐斯汉一样不出现，却被庄承俊早早抱到成人世界的现场。她在各路亲戚的腿之间穿梭，茫然又紧张，而每一个表兄弟姐妹，她都觉得跟他们没话说。晚上七八点终于顶不住，庄霖大喝一声跑了出去。孰料外祖母家外面的人墙比屋内更厚实，几个姨父翘首望着窗户。庄霖穿过他们，像离开一群怪物一样疯狂往前跑，直到跑到马路中央，突然又被抱起。庄承俊手里捏着一张纸，眼里渗出泪，生气地对她道：“你往哪儿跑，不要跑，老人面前不要跑。”

庄霖一边想着，一边着急地往前走，一会儿又像对焦虑的自己不满那般故意放慢脚步。新季的雨水从天而降，她条件反射地拿出备用雨伞，撑开的那一刻她狂奔着来到地铁站，在一串串互相打架的雨伞尖头中，她看到属于齐斯汉的那把红伞朝自己顶过来。他们要乘坐下一班直达市中心的地铁，在那位郑先生提到的香山旅馆一楼见他。与此同时，庄霖刚下载的林城论坛 App 跳出一条新的站内消息提醒，是那位郑先生回复的——

“那一年在广播站，是我和令堂一起策划了那次寻人广播。”

庄霖伞上滴落下来的雨水糊住了手机屏幕，她下意识停下了回帖的手。地铁里的人尤其多，又或是雨具让人群显得密集，庄霖和齐斯汉一开始走错了路，只得逆行穿过一面面人墙。庄霖想起幼时的夏天，庄承俊也常常走错路，她把她扛在脖子上，她在母亲高大的身躯上看地面，觉得又惊险又刺激。而一旁的父亲比往常更显瘦小。那时的林城还是林县，没有地铁和高新开发区，黄昏的柏油马路上，许多人都在散步，迎面走来的人，很可能跟自己有着千丝万缕的联系。庄霖就这样看着自己的老师、同学、同学父母、亲戚、齐斯汉和庄承俊熟识的人，一一跟自己一家打招呼。最后她差点趴在庄承俊身上睡熟了，直到班上一个男生看见了他们。

“你怎么不骑你爸身上，那你爸不就跟你妈一样高了？”说完，他窃笑着跑开。等庄霖反应过来，她的身体已被齐斯汉接过去，只是她没有被按在齐斯汉脖子上，也没有被他抱在怀里。齐斯汉轻轻把她放在地上，跟她说走路的时候要小心脚下的蛐蛐。庄霖一路捏着母亲的衣角，但又常常捏不住。庄承俊走得快，很快便把他们父女俩甩在了身后。齐斯汉一边拉着庄霖紧赶着步子，一边继续说着最近林城的形势。无非是哪个书记被免职了，哪个在省城混得不错的同学升成副局级干部了。庄承俊不时应一声，其他时间则继续神游千里之外。

散步结束进家门，庄承俊连回复也省略了，她安静地准备着晚饭，又或清洗餐碟和打扫卫生。她总是不用拖把，而是拿抹布一点点蹭擦着地板；直到每个细节都干净明亮，才随意打开一个电视频道，在电视机制造的人声中伸展上身和双腿，找一个角落做三十分钟瑜伽，等到齐斯汉休息了，便打开自己的那些书。

庄霖曾看见，有一本《到灯塔去》，一直放在庄承俊的坐垫下。只是她的看书状态有些特殊，时而飞快翻过，时而盯着其中一页，仿佛只是借由书本，置放无休无止的神游之旅。有一次，为了测试庄承俊是不是真的在看书，庄霖甚至撕掉了《到灯塔去》的其中一页，但庄承俊并没有生气，甚至对着庄霖朗诵起那被撕掉一页里的几句话——

> 他说的是事实，永远是事实。他不会弄虚作假；他从不歪曲事实；他也从来不会把一句刺耳的话说得婉转一点，去敷衍讨好任何人，更不用说他的孩子们，他们是他的亲骨肉，必须从小就认识到人生是艰辛的，事实是不会让步的，要走向那传说中的世界，在那儿，我们最光辉的希望也会熄灭，我们脆弱的孤舟淹没在茫茫黑暗之中……一个人所需要的最重要的品质，是勇气、真实、毅力。

庄承俊的声音很轻，只某些词句落得很重。她修习过播音主持专业的课程，常常在庄霖背诗词时纠正她重音应该落在哪里。但她的朗诵尽管准确，却因为过于标准，显得有些虚假。庄霖把书夺过来，发现庄承俊朗读的字眼根本不在前后两页上。

“你能背出来？”

“看的时候直接看一段，不要盯着一句话盯着一个个字，时间久了，你也能背出来。”庄承俊一边说着，一边笑起来，露出脸颊两侧正在渐渐长成皱纹的两条酒窝。

三

香山旅馆地处僻街，早已经没什么生意，只是店面一直坚挺。吧台上方的墙壁处贴着“咖啡自取”的告示，庄霖坐下时还感觉到四下左右几个虎视眈眈的眼神。

“现在还要靠免费咖啡招揽生意吗？”她道。

“这可不是招揽，是给房子做广告。”齐斯汉指着上面，“现在谁还住这样的旅馆，都是为了卖铺面。凡开过店铺，价格就更高。可谁不知道呢，林城早就没什么生意可做了。”

“不错，我就是奉命来看楼的。”

身后的声音中气很足，像个端正稳重的中年男人说的，但尾音又有些轻飘。庄霖闭上眼，暗自思忖道，八成三十五岁。扭头睁眼看时，男人已经伸出半截手道：“你好，我是郑然。”

从九螺港公墓的前身郑氏宗族墓园发生过挫骨扬灰事件后，林城便没有郑姓人了。虽然这些年外地人涌入，但郑姓依旧寥寥。

庄霖回顾了一下少年时代，唯一的郑氏同学，还是在外省读大学时结交的。只是郑然的发音很像本地人，不禁又让庄霖困惑。

“我随我妈姓。”他看着庄霖，“她不是林城人，不过我是在林城跟我奶长大的，奶奶去世了，我就改姓了。庄小姐也是吧。林城随母姓的不太多。”

“这些年也不少了。我也是我妈走后才改的。”庄霖看了一眼齐斯汉，他已看向玻璃窗外。关于自己的名字，庄霖本是抗拒的。林城这样的小地方，随母姓是一件怪事，还会被老师误解为单亲重组家庭子女。只是齐斯汉坚持，庄霖至今还记得那天的派出所尤其炎热，她像一桩物件被齐斯汉拿在手里。那天阳光比今天还要刺眼，齐斯汉则盯着一半脸埋在阳光下的庄霖道：“多像啊。”

“难道我们不像吗？”她道，“我和你，难道不比和她更像吗？”只是说话间，她觉得自己比父亲更激动。

外面的阳光照进来，庄霖重新眯起眼：“不说别的了，我们就想知道寻人广播的事……您为什么现在突然找我们？又怎么确定是二〇〇〇年？”

“老实说，我看到庄小姐发布的购墓信息没忍住在网上搜索了她。您明白的……很多人购墓只是投资，但现在不允许墓地投资了……至于寻人广播……那确实是我当年不懂事时干的一件傻事，也因为是傻事，我记到现在……直到现在，我也感激庄承俊女士跟我一起完成了那件傻事。”郑然说着，不自觉晃动了一下右胳膊上的银灰色金属链。庄霖看见，链条下一条不深不浅的瘢痕，时而露出来，时而又被遮住。她突然想起最后一次和庄承俊坐着吃饭，她要求自己必须吃下菠菜和韭菜，并拒绝加入庄霖喜欢的蘸料，认为这是一种懒惰——“对自己能够做到的那部分选择不做，就是懒惰。”她道。

“那你为什么老往外跑不好好待家里？待家里很难吗？”庄霖下意识反唇相讥。

当时，庄承俊常结束一天的工作和家务后，背着帐篷往林地走。她对齐斯汉说：“这是我能承担的全部责任。”

上世纪末的林城，很多人爱开摩托车，齐斯汉也买了一辆，有那么几天，常带着庄承俊母女兜风。有一次，他们轧过一片浅浅的水塘，庄承俊笑起来，眼睛眯成两条长长的缝，在黄昏的风中突然把脖子上绑着的红色丝巾取下，双手撑开，脚踩摩托脚蹬站起来。而齐斯汉像受此感召，也“噌”的一下站起来，摩托车摔倒在路旁，庄霖的左脸和左侧手臂均刮出一道长长的血迹。那之后不久，庄承俊便离开了这个家。

领取高中录取通知书那天，齐斯汉接庄霖放学，在傍晚大街上的夕阳下低声问她“要不要玩数影子”，庄霖觉得错愕，齐斯汉却自然地数了起来。数到二百一十二个的时候，他们终于回到了家。齐斯汉说今天的影子不够长也不够多，有一天他和庄承俊一起回家，路过了五百多条影子。

回到林城后，庄霖要求齐斯汉把家里母亲的旧物丢掉或卖到二手交易市场，被他拒绝。他甚至留着八十年代末每一张刊载过庄承俊诗歌的《林县晚报》。他们通过那些诗认识，虽然齐斯汉对那些文字没什么感觉，只是用报纸装裱旧书过程中，被上面庄承俊的照片吸引。庄承俊高挑的身材和独特丹凤眼、立体的鼻梁、略有些方的脸庞，即使隔着黑白油墨，也依然显出极高辨识度。

只是当庄霖要求齐斯汉把那些物件清理掉时，他竟一时忘记了庄承俊的长相，而是想起她写过的一句诗——“我从目的地往后抵达你”。

“……那时我参加学校的演讲比赛，没有进入决赛，心情很差，想做些什么显示自己。我在《故事会》上看到篇文章，说有一个人，听说一九九九年十二月三十一日是世界末日，相信了，还做了一连串疯狂举动……他问同学们借钱，筹到两千多元，还抢劫了一家高速公路边缘的小卖部，可是小卖部里除了货物只有四十五元零钱……最后他到了上海，去了外滩，准备等待世界末日的钟声……结果，什么都没发生。之后又发生了一连串的故事，最后男孩知道，真正的世界末日是二〇一二年，他决定向所有人通知这个消息。我相信了那个故事，觉得自己有义务告诉周围的人，十二年后，我们将迎来世界末日。”

“……我想告诉所有人这个消息，但我不能在学校广播站说。一来说了肯定也没人信，还会被同学嘲笑，但如果我在人更多的地方，说不定就有人信——当时我就这么想。林城人最多的地方除了中心商场就是火车站，商场我去过，绕了三四层也没找到广播站在哪，我又不敢问保安，怕说了他们就把我交给警察，或者根本也不当回事任凭我继续假装在商场找妈妈。我觉得最适合的地方就是车站。我跟车站广播站的人说，我想找我妈妈，向他们描述了我妈的大概长相，反正就是一般三十几岁女性应该有的样子，我觉得满大街都是这样的妈妈。只要我撒泼，他们一定会妥协。果不其然，广播站果然开始播报了，说有一名三十五岁的女性离家出走，而她的孩子正在寻找她。”

“然后我见到了一个女人。她先是在广播站周围徘徊，接着才走进去。当时我已经把那间办公室都搞乱了，办公室里除了我只有一个插着耳机听着曲儿玩俄罗斯方块的女青年……那女人先是看见了我，再看了眼整间办公室……她看见我并不是她的孩子，马上要走。我赶紧喊住她，撒泼，使劲拉住她。”郑然道，“我说我家里父母真的离开了我，埋在我不知道的地方，我的爷爷奶奶一直在寻找他们，我也决定长大后要寻找他们……现在，我有一个很大的计划，她有配合的必要。结果呢，她居然真的相信了，她真的按照我说的，去和广播站的人周旋，而我，则在那个间隙，向所有车站的人公布‘十二年后将迎来世界末日’的消息。”

“你想说那女人是我妈？”

“不可能是别人。那样状态的女士，印象不会更深刻了。”郑然迎面看向庄霖，“而且她当时问我，告诉了大家这个消息又能怎样。我说，这样大家就可以做想做的事啊。她说，大家现在就在做想做的事啊。我又问，你想做什么。她说想去成都。对了，你们现在还需要买墓地吗？”

庄霖冷淡地看着他：“你从进门开始就在编，说吧，你为什么找上门。”

“我说的是真的……不过，我不是来给老板看房子的，我是来看地的，这块地方要用来建新墓园了。”

“还有呢？”

郑然笑笑：“庄老师跟我是在车站碰见的，但不是二〇〇〇年，是二〇〇八年。她拖着一个粉红色的蛇皮口袋，袋子磨破了，里面的衣服露出来，我帮她把袋子打了个结，还用最后的钱给她打了车。最后我们一起租了一间老小区内的隔断房，我住她隔壁，她爱说梦话，经常被骂。”

“庄老师？”

“她那时给小学生教语文。是附近民工学校的小学生，学生入学前都不识字，需要补习。我后来知道，那不是个正经小学，算是非京籍打工者子女的‘托儿所’，只是孩子们比幼儿园孩子大了许多，就称之为‘小学’了。学生户口都在外地，还有一部分黑户口。校址半年换个地方，庄老师也就半年换个地方住，搬到我隔壁之前，她已经换过三四个住址了，她不收钱，但我见过有人带生馄饨给她。”

“……她靠那个生活……”

“也不全是，她还卖黄牛票，在国家大剧院门口，我没见过，是房东说的。我和她的房东是同一个人。那个人说，她卖黄牛票，但比别的黄牛卖得便宜，被同行排挤。”

“成都是怎么回事？”

“确实是她跟我说的，想去成都。我们在水房聊的。至于为什么是成都，我没问……”

“没有摄影展？”

“有摄影展。我是说很可能已经有了摄影展。那时候她就经常拍照片。她还喜欢在院子里拿粉笔画中国地图，如果没有人打断她，她能画满整个院子。”

“你为什么找我们？”

“我是来还东西的。”郑然随手从双肩包中抽出一个透明文件夹，“庄老师让我转交给你们。那会儿，我们都觉得她不太正常，说的话不能当真，不过她指点过我。东西我一直留着，想着如果有机会来林城，就来找找你们。现在房价都在跌，我这次就是来给公司看地的，我们准备在林城找地，建新的墓园，这块地政府已经批了使用权，可香山旅馆房东不肯搬迁，我们要跟他交涉。”

庄霖把匣子接过来，外面的雨已经停了，阳光透过玻璃门打在他们身上，每个人都变成了阴阳脸。文件夹内，有一小本因为年代久远所以显得有些窄小的书册，还有两束和此刻阳光相似质地的泛黄发丝。书的名字，是《到灯塔去》。而发丝，像是孩童的，却又在阳光下泛出一丝枯黄感，并且有的发丝细有的发丝粗。庄霖心里咯噔一下，不禁想起十五岁时，她曾在从小就订阅的文摘杂志上交的那位笔友。笔友的电话印在一篇刊载着席慕蓉诗歌的页码右下角，是一串有些古怪的电话号码，中间四位和庄霖的生日日期一模一样。地址则显示在贵州，一个遥远的地方。符合她内心渴望离开林城的冲动。她先给那条电话号码发了短信，再之后她们开始写信。女孩子的情谊，浓烈时可以非常浓烈，浅淡时就完全变成陌生人。高考后她不再给那位笔友写信，只齐斯汉一次突然告诉她，有一封打印信寄到了家中，说是她的笔友。庄霖在回信中倾诉了自己高考失利，决定去离家很远的城市念书，并从在洗手台前剪掉的一把头发中，挑出一束寄给了贵州笔友。那之后很久她都没有收到她的回信，只开学前收到一笔五千元的支付宝转账，转账信息写着稿费。可庄霖从未写过什么文章，何来稿费？她莫名觉得一定和那位笔友有关，只是电话拨过去，那居然已经是个空号。

她决心永远不告诉齐斯汉关于头发的事。

四

“八年前，我还在做房产中介。有一天庄老师给我一张传单，说我可以试试。我看见是招墓地销售的，很生气。庄老师捡起来还给我，说可以试试，说不定比做房产中介靠谱。我当时处于职业迷茫期，那家公司薪资比我当时的工资高一点，我就拉着两个哥们儿去公司看，发现不是骗子，领导也像明事理的，五险一金还能正常交，我决定试试。总觉得卖不出阳间的房，跑去卖阴间的房说不定有戏呵呵。谁知道没两年，房价下跌，墓地投资变成紧俏行当，我们也不必再往老人堆里扎。当时我们跟很多理财机构有合作，他们还推荐顾客来我们这里买墓地投资，有年轻点的，也有老人。当然那也是很早之前的事了，早就不许了……庄老师介绍我来现在的公司后，我也没见过她。我不知道她是不是跟着那所民工小学去其他区了，又或者根本已经离开北京去了成都，也可能去了其他地方吧。”郑然打开手机上的 App，“不过，我一个搞收藏的客户前阵子发在朋友圈几张图，是成都一个摄影展的照片，我觉得照片风格跟庄老师当年拍的有些像，但我不确定。”

他们看过去，在热咖啡制造的雾气中，二人的镜片都模糊了一半。庄霖先是左右滑动，继而上下滑动，一共四五张照片，父女俩端详了十几分钟。照片颇像庄霖大学时选修的中外艺术史上的一些图，构图有点接近立体主义，强烈的色彩对比又有些野兽派的意味，但如果说这是作者刻意为之，倒不如说是曝光过度，或因某种技术不够纯熟显出的奇异粗糙感，让照片有了不同于他们看到的世界的样子。除此之外，这些照片信息混乱，彼此之间没有内在关联，很难断定都是一个人拍的。里面一张最为写实的，拍的是一个旧书摊商贩和一个盗版 CD 商贩，二人互相抽着对方的烟，一个嘴角微微上扬，撩起袖子，露出胳膊上一半刺青，另一个抖了抖帽檐上的鸟粪，表情被阴影遮住，只能看出四分之一侧脸。两个人都还年轻，无法判断是三十几岁，还是十几二十几岁。他们像是一边抽烟一边谈论什么，又像其中一人为了抽烟而故意谈论什么。照片的右下方还有胶卷时代常见的日期标识，以及其中一人穿着某一年李宁运动鞋登上纽约时装周的限量款（也许是仿冒的）。同时，不知是年代缘故还是翻拍的原因，照片有些泛黄。

“当时看见照片我就想起庄老师，主要也就认识她一个爱拍照的。她过去就喜欢拍路边的人，还把小区保洁阿姨带到家里一起做瑜伽，有人劝她去瑜伽馆应聘，肯定比当语文老师赚钱多了。”郑然道，“可我问那个顾客‘摄影师是谁’，他告诉我的，是这个。”

詹臣军。庄霖一边端详着郑然递过来的名片，一边念出声，念着念着，竟也觉得就是“庄承俊”了。

“你们别看这名字像个男的，我问了，是个女摄影师。但除了她的经纪人，没人见过她。”

庄霖凝视着名片，因为表情过于严肃，很像在生气。她心里有些不想追查下去，但又总觉得什么东西在吸引着她，她突然对去成都有些期待。

“名片上没地址。”庄霖道。

“地址我不好问，只知道她的经纪人开了个馆子，就在成都的春熙路，店名叫‘真粥道’。”

“你去吗？”庄霖斜眼看了看齐斯汉，“我买票，我们明天就走。”

“我就不去了。墓地的事，你找小郑了解了解。”

他侧身穿过了旅馆门前的磁吸门帘。外面的阳光似因被雨水洗过一遍，比堤坝上更刺眼。他觉得，仿佛从听到庄承俊的消息，再到香山旅馆内的交谈，都从流动的时间中被剪掉了。整齐划一的黑色招牌店铺，倒闭封店的沙县小吃，改良过的新疆减肥料理，因土壤黏性不够养不活的路边月季花正在被工人换成假花；齐斯汉觉得眼前的一切都很不真实。口袋里的手机震动起来，他看了一眼，又是一串陌生号码。在骚扰电话超过正常电话几十倍的情况下，人们很少再接打电话而是改用语音通话。前几年，林城作为第一座跟随一线城市脚步全城免费上网的普通城市，引起不少争议。虽说这年头网费已经十分便宜，但全城免费上网还是一个新的举措。有过分激动的网络评论员撰文称，“寂寂无名的小城市林城，却要跟随一线城市脚步，相关领导人这是要在中原腹地建个‘二都’”，一时间转发过百，害得几个市政府机关不得不发联合声明。只是这件事让林城许多国有连锁店铺纷纷关门——机关人员不敢去用餐怕说公款消费，普通百姓又觉得店铺商品及服务太贵。一批随时转移地方的流动摊点倒在林城火了起来。还有的流动摊点，早上六点在东边卖早点，九点转移到南边卖五金皮件，十二点又在某羊肉馆子外卖一小时的炊饼，晚上十二点之后又出现在市中心闹市区的夜市中兜售泰国香水和越南精酿啤酒。想到这件事，齐斯汉觉得庄承俊一边教语文，一边卖黄牛票，又拍拍照片参加展览，得空还在小区水泥地上画地图，都是正常的。

倒是他自己，退休前的唯一工作就是装裱旧书，导致现在和过去友人的联系往往就是——老齐，给我找找一九六一年的“毛选”。这么想着，齐斯汉笑起来，差点忘了等红绿灯。

网络上詹臣军的名字只出现在一些群展中，简介只有一句话“视觉艺术家，生于上世纪六十年代中期，二〇〇八年开始视觉艺术创作，迄今公开展出摄影作品两百余张，获得过第九十届黄河艺术展银奖，入围第二十届拉古纳国际艺术奖终评，出版有摄影作品集《追随》，与版画家严昭明合著有艺术对话集《存在与在》”——乍看，该有的信息都有了，只是性别、籍贯，以及个人照片，不论哪条资讯内，都是空白。詹臣军刚刚参与过的展览开幕式上，策展人在社交网络晒出的艺术家照片中，也没有她的留影。庄霖划动着搜索键，点开《追随》与《存在与在》的书影，发现作者简介栏同样没有詹的照片。公布出来的新书分享会照片中，也只能看到严昭明，以及詹的经纪人，江湖称“斗地主”的一个常年戴帽子的中年男人，除了一篇同行给他写过的印象记，个人信息比詹还要模糊。传说他酷爱请客吃饭，并且是个声控，明里暗里交往过不少女配音员。斗的本职工作在艺术基金会，扶持过不少江湖艺术家，发掘了包括詹在内的七八个中青年艺术家，为他们申请世界各地的创作资助，但据说他从中抽成过多，还有人跟他打过官司。只是，当庄霖下载了《追随》的全彩付费电子版，扫过一张张摄影图片，突然觉得詹并不是自己要找的人。摄影书上的作品风格偏冷色调与写实，更像经过艺术处理的新闻图片，远没有郑然给他们看的那几张照片色彩饱和度高、人物背景生动。并且，那几张图根本没有出现在詹这本几年前出版的书中，如果那几张图是新作，不收录书中是正常的，但如果是新作，那些照片的技术问题又如何解释。

庄霖内心涌动着一种努力过后的徒劳感。这种感觉在过去那些年常常出现，但此番涌现却让她尤为难过。她想起高中时在操场深处的黑板上给初恋男友写下的告白在某一堂早读课被男友本人捅到老师那里的窘境，想起某位网恋对象因为不愿意把她介绍给自己的朋友让她在麦当劳等自己的那个凌晨三点的海岛……还有她曾经工作过的城市，市中心精装一居室的房租早已过万，她只得住到八环外的郊区，来回上下班要六个小时，遇到堵车，更是要凌晨四点就爬起来。郊外小区的人口成分和广大农村差不多，也多居住各式各样的老年人。每隔一段时间都有出殡的哀乐在附近响起，一响响半宿，没人敢举报。庄霖旁敲侧击希望搬到当时的男友家中，始终得不到明确回答。分手后才知道，男友家中一直居住着他的前妻和五岁的儿子。她依赖着本性中的迟钝来让自己暂忘这一切（就像她总是因为迟钝识人不明）。可一旦生活再次出现错位，出现新的故障，出现新的徒劳感，这些阴影就像水蛭一样吸附过来。她想把往日那些恋爱对象都叫出来，让他们说说，他们眼中的她到底是什么样，她想对比一下，那和她自己眼中的她到底有什么区别，或者，他们各自眼中的她在不同时候都呈现出什么样的状态；也许这种偏差感是存在于每个人身上的，所以詹会突然拍出看起来技术不成熟但意识更为前卫的照片。庄霖绞尽脑汁想找出几个名词来解释下这一现象，却突然发现她对艺术史课的印象，只剩下一种模糊的感情，需要用到的时候，她找不出任何理论支撑。

回到林城的几年，她已经重新适应了这座县城般的城市。她在电子城销售部工作，几年内建立了自己的熟人关系网，在几个重要客户群体中不断洗脑式营销，把一两个专注华东华南地区的国产电子品牌引入林城，很快积累了一笔收入，贷款在齐斯汉附近买了新房。只是，生活中更少可以交往的男性。她在各种约会软件上认识的那些人，听说她生活在林城这样的小地方，也不敢出现在她的朋友聚会中，生怕牵扯不清。庄霖也尝试去异地挽回感情，但那最终只是延续了她和某些男人之间的性关系。甚至有人在她面前飞扬跋扈，直指她对他的爱并不如她展现出的那般浓烈。

“你只是像爱很多人那样爱我，你并不知道我是什么样的人，又需要什么，你只是跟着一股劲儿……不过，你除了自己又关心谁呢。”

男人说完，就把庄霖晾在他们第一次上床的旅馆。在某种因为被抛弃产生的酸涩心情中，庄霖大哭一场，接着，又像什么都没有发生过那样，回到林城。

那些男人似乎也看准她这一点，避免与她建立长期的情感关系。他们让自己处在可以选择的位置，仿佛只要愿意，庄霖内心的脆弱随时给他们机会。毕竟，他们喜欢她在感情中展现出的盲目热情。这种热情与她工作中锻炼出的干练形成反差，让他们心动。最终，庄霖的每一段感情，往往只剩下原本看起来最不稳固的床第之谊。她的婚事，从刚毕业时每半年固定被齐斯汉问询一次，变成不再被提起之事。母亲的消息，让她和齐斯汉的关系重新变得亲密，尽管这种亲密是有所保留的。

庄霖觉得家里重新变得空旷许多，甚至觉得那些母亲留下的旧物再次集体发出了回声，她在密集的旧物记忆组成的盒子房间内生活，时常从梦中惊醒。这几年，她已经不会为生活和感情而沮丧，可这则突如其来的消息，好像把她身体内部对各种事物的情感一下子挑拨出来。只是有生以来第一次，她没有对不够具体之事感觉到茫然，没有对前路展现困惑，甚至也无须再回避什么。尽管她面前的一切信息都有待考证，有待开垦，一如母亲多年前承包的荒地。

庄霖重新翻出郑然发来的几张照片，一遍遍滑动屏幕，看着看着，仿佛进入了照片中的情境。那个执摄影机的人，开始缓缓露出他们的头颅。庄霖在脑中描摹着可能的形象，可越描摹她就越觉得刚开始清晰的形象再次模糊，直到郑然的信息跳出来——

“九螺港公墓有一块中型墓格要转卖，价格适中。”

五

墓地转卖本是不允许的，但这些年买墓地要摇号，一些过早买了墓地作为投资的人看到转卖墓地的巨大空间，和陵园协商好退还，再由陵园出面再次销售，双方分成，也能赚一笔。只是这两年墓地价格涨得比前几年更甚，很多人担心这就跟房价疯涨时期一样，过不了两年就要贬值，一些在政策不紧张时期囤积墓地作为投资的，纷纷想方设法转卖手中的地。以至个别墓地，在抛售过程中意外贬值，只因为有一些地理位置接近，面积差不多，甚至风水也差不多的墓地也在抛售。郑然介绍的这块墓地便是如此。

“这不就跟房价狂跌时差不多吗？”庄霖拉开了车门。

“先乱的都是自己人。”

“我突然想，如果詹真是我妈……她怎么活过这些年的。”

“庄老师要想瞒，就还是有办法。她只是离家出走，不是外逃。”

“我准备明天去成都找斗先生了。”

“那你更要看看这块地。”郑然道，“如果他真的跟庄老师有联系，他不会见你。如果你有墓地要转，价格又很低，就算他不信，也肯定想看看。有钱人规矩多，还个个不一样，你得写个拜帖……比如为什么要见他，先要寄到他府上。如果没有回应，也不要直接打电话，去他会去的地方，比如那个餐馆。或者他可能出现的聚会上，总之，你不能直接去找他。”

“为什么帮我？”庄霖道，“你不是来找我看墓地的？”

郑然不置可否：“好的墓地资源都被老客户抢走了，轮到你的，肯定不怎么样，但这块地便宜。你真有块地，就算斗先生查你，也查不出你的错。”

车开了很久，路过许多墓前插着绿树的墓地，才看到一排立着无字碑的墓。

“这是战争年代的无名尸，以前碑上也是有字的，‘反校园暴力战牺牲烈士’‘第二次东部地区男女平权战牺牲韩国烈士’什么的。但有一回，不知道是朝鲜还是新加坡来的一个妇女过来寻亲，说自己的先祖埋在这里，要掘墓查验。当然是不行的，可也闹出不少风波。这些战役本就相互交叉，也有一些人确实来自邻国，甚至连到底是敌军还是我军，某些时候都拎不清。最后只得换成了无字碑。还别说，现在很多学校扫墓，专门来无字碑前进行爱国主义教育。”郑然道，“前几年河北地震那会儿，墓园也裂了口子，这片无字碑也遭了殃，可谁知道呢，裂开的口子里，这些墓地里其实都空空如也呀。”

“里面没有尸骨？”

“就算有，过了这么久肯定也没什么成形的了，可总会有痕迹。但里面什么也没有，就好像这里面什么都没有埋过。”郑然道，“后来这几块地就想办法卖掉了，也只能悄悄地卖，谁都不知道为什么里面是空的……但真的价格比较低了，十一万一个。”

“那确实低。”

“这段时间我们清查发现，没名字的墓，很多里面都没埋人。”郑然看着远处，“我怀疑，从一开始，这些墓就是给外人看的。”

“什么意思？”

“不用来埋人却不得不造个墓，古代有，近代也有，林城前些年也有。”

“郑家人？”

“哈哈谁知道呢。你可以想想，怎么跟斗先生形容这块地。”

庄霖看过去，它在一排无字墓的尽头，但因为位置有所偏移，也可以归为后面一排的墓。坐底厚实，朝东打开，敞开的墓格内部，淡蓝色的水泥在阳光下露出波光粼粼的样子。庄霖虽不懂怎么看墓地格局，但心里觉得这块地敞亮。

“最大的好处是，本来就是公墓，从没被交易过，‘前史’清白，没有那么多复杂手续，使用年限长，包括骨灰存放的使用费也是比较低的。当然了，双穴墓是不可能的。”郑然道，“虽然这样说不太好……如果齐先生不想要，你也可以考虑考虑。”

庄霖拍了几张墓地照片，连带去成都的票也一并截图下来发给了齐斯汉，但他没有回。订餐 App 上，能预订的真粥道餐位已经到了三天以后。和庄霖想象中不一样，斗先生只是老板，并不负责具体经营，具体经营的是一位姓石的中年女性，她有时还会亲自做菜给 VIP 客户吃，在食客晒出的用餐照片中，偶尔还能看到她的身影，往往只露出四分之一侧脸。在网络上，石女士的信息也比斗先生多，她还有一个别称叫“湾湾”，尽管相关搜索词条中，很多人都搜索过湾湾，却没有任何一条直接关于“湾湾”的实际信息。石女士也涉足收藏行业，只是过于玩味当代艺术，藏品质量跟斗先生比也略逊一筹。不过，能见到石的机会比斗先生多，庄霖一下飞机，就前往石女士在某五星级酒店的堆糖蛋糕体验课堂。

预约名字是齐斯汉，这是她有意为之。场馆内先出现的是一个蛋糕师傅，告诉大家石女士需要晚到三十分钟。酒店是被隔音玻璃窗围起来的一块大方盒子，庄霖沿着墙根走了一圈，突然感觉到短暂的耳鸣，直到服务生喊她，才知道石女士已经来了。她看起来比照片更瘦，细细的脖子上挂着一条爱马仕全钻项链，松松垮垮，让她显出几分沧桑。提问环节，庄霖故意说出詹臣军的名字，提出自己想用堆糖蛋糕的方式做艺术的思路，引发现场一阵窃笑。想必是出于修养和现场氛围，石女士赞赏了庄霖的想法，并希望结束后她可以留下来。庄霖心里觉得不可能这么顺利。课程结束后，石女士的助手塞给她一张名片，她看到姓名一栏写着“湾湾”，名字旁还有一个括号，写着“石丽、斗十一”，地址则是真粥道的。

晚六点的成都，天还亮着，但路已经堵起来。二十年前新建的快速公交和地铁，如今早已陈旧不已，不少道路都被封住维修。庄霖看着它们，想象着母亲走在这些路上的样子。可她脑子里的她，还是年轻时的状态。她觉得母亲的长相是不显老的，可又总觉得一些东西正在变化。仿佛从未存在的那截时间正以新的方式填充进庄霖的生命。给斗先生的邮件发出时，庄霖为自己捏了把汗，但想到郑然曾信口雌黄对自己说起母亲的往事，她又坦然起来。

下了车，石丽和助手在前面带路，时而侧身跟庄霖交流一句。庄霖继续按照给斗先生邮件中写的那样讲述着自己和詹的交集。

“她当然不记得我了。但有一张照片我记得很清，就挂在我爸家里。我爸说是很多年前一个朋友拍的……后来我一个卖墓地的朋友说起，我才知道那个‘朋友’就是詹老师。照片背景和我小时候的林城很像，后来我一度怀疑，那背景并不是摄像，是用细密画笔处理过的，是詹老师按照脑子里林城的印象画出来的。”

“那个背景确实是画出来的。但背景前面的人也是画出来的。你能看出来吗？”石丽笑笑，“我是说，詹先生，哦，我们平时都叫她先生，詹先生的照片，一大半都是画出来，再根据画出来的样子翻拍的。这世界上真有那么多可以拍的细节吗？有的只是无尽的想象力。”

掀开真粥道的门帘，这里的人并没有那么多，和订餐 App 上的“盛况”很不一样。服务员懒洋洋的。只是当石丽一出现，服务员们很快精神抖擞起来。

石丽摆摆手：“把斗十一叫出来。”

出现在眼前的是一个光头中年男人，小眼睛，鼻梁很高，身体有些发福。斗十一把外褂脱下，庄霖也把大衣取下挂在衣钩上。下面的人看见三人落座，很有眼色地扭头就走。斗十一把其中一人喊下，那人很快给他们倒了茶水，又拿了份文件给斗十一，他匆匆翻过，很快又合上，放在庄霖面前。

“你已经查过了。”庄霖有些尴尬。

“打听詹臣军的，我都会查一查，算是习惯吧。就这几年没什么人问，毕竟‘詹臣军’作品越来越少了。”

“我……”庄霖突然有些结巴，“是郑然，我一个朋友，他跟我说到您的。也是他把詹臣军的作品给我看……我从他那里听了一些事，自己也觉得好奇……我只是想知道詹臣军是谁……因为我觉得她很像我……很像我妈妈。”

“不光你想知道，我们也想知道。”石丽道，“这么多年……虽然确实有那么一个女人出现过，可我觉得真的詹臣军，也许我们都不认识。”

“你母亲三十年前离家出走。”斗十一道，“加上你现在的年龄，按照她二十岁生你，也是一个快六十岁的人了。这确实和‘詹臣军’的资料很接近。”

“您和詹臣军是怎么联络的呢？”

“差不多二十年前吧，有人往我住的地方投递过作品。当时给我寄作品的太多了。圈内像我这样的人，差不多都接收过这样的东西……过度曝光的照片，泼墨式的油画，或也不知道是什么材料做成的各种各样的东西。‘詹臣军’这个名字当时就混在那批作品里，这个人一开始也尝试过很多创作方式，我收到过一幅用印章完成的肖像，一个小的金属装置，更多的就是照片。后来是二〇〇八年，我筹划一个青年作品奖，年龄限制在四十岁以下，这个詹臣军刚好卡在线上，我们打算给她一个‘青年选择奖’，因为她的作品，在美术学院学生票选榜上位置很高，质量也确实还可以。但是很奇怪，一说要领奖，这个人就消失了。再后来我手下根据她寄过来的收件地址去找过，是一座废楼。我一直以为是圈内的谁在耍我，但也找不出这个人。再后来我和石丽开了真粥道，这个詹臣军就差人来找过我，一开始是个男人，说是詹的朋友，再后来有一个女人，也说是詹的朋友，最后来过一个年轻的小哥，说是前面那个女人的学生，可能就是你说的郑然，他把詹臣军的胶卷转交给我。那批照片把我震撼了，我决定一定要找到她。”

“我现在想想，还不如找不到……”石丽斜眼看了看他。

“后来我就找人在那座废弃楼附近租了房子，每隔一段时间去看看。我心里觉得詹臣军不会骗我。我走遍了大楼里的每一个房间，在一个混着松节油和屎尿味的房间里看见了一个中年女人。老实说，长得有点吓人。”斗十一皱皱眉，“她脸是方的，鼻子好像是被人打了，眼睛周围也是青紫色的，还全身水肿。我和一起去的同事把她送进医院，住了一段时间她才恢复过来。她跟我说她连续七天没合过眼，她姓齐，叫齐霖。詹臣军是她男朋友的名字。”

“这个齐霖，当时连身份证都没有，不过我们也没问。”石丽道，“我们把她安置在餐馆附近，给她租了房子，她也承诺每年交给我们一千张作品，不管是摄影还是其他的什么。可没承想，她拿了一笔订金就跑了。”

“那之后我还是陆续收到她的作品，有照片，也有别的，地址就换来换去的了，但每一次都留下银行账号。只要收到东西，我们就会往那个账号里打钱。再之后我要策划摄影家群展，希望她能出现一下。她也确实出现了，只是这次，变化非常大。”斗十一道，“她穿得很时髦，但也不是那种真的时髦，大概就算把几个流行的款式凑在自己身上搭一下……她跟我们说自己要结婚了，以后应该不会拍照了。当时跟她一起来的还有一个男人，就是之前代她来见我的那个男人，也是她曾经口中的‘男朋友’，人倒没怎么，就是表情有点凶。”

“再后来就很奇怪了。”石丽道，“我们再也没收到照片，只是还是按照最初的口头约定，给她打生活费。倒是那个男人来过一次，说齐霖在我们这里。这怎么可能呢。但也巧了，第二天齐霖真的来了，她说自己有一个很大的创作计划，希望我们两个也能参与。只是这回我们都没怎么信，果然第二天，我和老斗刚睡醒，她就已经不见了。”

斗十一和石丽言语拼接得十分自然，庄霖虽然觉得每一句都不像真的，却也不能说整件事一定是假的。只是庄霖困惑——郑然一开始就参与到了庄承俊的计划中，那郑然告诉她的，又有多少是真，多少是假。她想去问问郑然，可又觉得找不到不信任他而去信任斗与石的理由。直到一条新的展览信息从“湾湾”的公众号发到她的手机上——

“著名摄影家詹臣军‘红黄蓝三色时代摄影创作展’本月七日成都蓝顶美术馆举行”

依旧是那个简介，依旧没有照片。庄霖越看越紧张，她冲到真粥道，但并没有找到斗十一和石丽，除了餐馆变得非常热闹，用餐的人很多，店门外还排着很多人。她点了很多吃的，大部分都只尝了一口，一直坐到新的夜晚降临，一个疑似斗十一助手的人把她叫住，示意她一起去看看詹臣军曾经的一些作品。

“也许能提供一些思路。”他道。

庄霖全程没有说话，直到车真的停在一座废弃大楼前。等在那里的是斗十一和石丽的助手。

“展览是怎么回事？”庄霖质问道，但很快口气又缓和下来，“不是没有新作品了吗？”

“确实没有我们说的那个詹臣军的作品了。”斗十一道，“但我们没说‘詹臣军’这个名字没有作品。”

“枪手？”

“我不做这种事。但‘詹臣军’现在是一个共用的名字。很多人，如果他愿意，都可以先用‘詹臣军’这个名字试试。我们也不强求，他随时可以用回自己的名字。‘詹臣军’依旧不会出现，但这个名字的胶卷会一直存在。”斗十一站在大楼的阴影下，“我有时候希望这个人再次出现，但有时候又不希望……这些年吧，很多作品已经不是她的了，而且这些不是她的作品的作品，正在渐渐变得比她之前的作品还要重要……谁还关心她之前的那些作品呢。不过也许从一开始，她自己的那些照片就不是她一个人拍的。”

庄霖有些恍惚。她和斗十一沿着废弃大楼走了一圈，接着又来到斗十一口中发现“齐霖”的那个房间。房间断水断电，散落着一些印着日期的十几二十年前的照片。庄霖拿着手电筒一张张翻过去，直到一张照片中，出现了齐斯汉的身影，拍摄时间则显示为二〇〇二年。那是庄承俊离家出走的第二年，庄霖刚刚小学毕业。她记得，领取初中录取通知书那天之后，齐斯汉把她送到了一位女同事的家。那些年，齐斯汉和岳父母以及自己父母之间的关系很僵，连带双方的亲戚也不再走动，庄霖的童年记忆中，除了自己家的情况，更多就是那个齐斯汉女同事家的情况。和齐斯汉一样，她也酷爱旧书，只是比齐斯汉更爱读书一些。她喜欢读侦探小说，常常翻出一本老旧的手抄侦探小说给庄霖看，告诉她，这是她男朋友抄的。

“抄书的时候，很多信息会被抄写的人过滤掉，一些细节甚至也会发生改变。有时候，越仔细抄吧，越容易抄错一些细节。但也因为抄的时候特别认真，最后虽然抄错了，但自己还觉得抄的是对的。”那名女同事一边说着，一边翻阅了那本手抄侦探小说。庄霖当时看见了，在书的某一页，有一张齐斯汉的照片——他站在一栋拆掉了一层的楼前，双手抱臂，嘴角模仿着周润发咬着不知道是棒棒糖还是牙签的一个东西。这个影像从她眼前一闪而过，却被当时的她又迅速忘掉。现在想起来，庄霖突然一阵慌。如果齐斯汉找到过庄承俊，又没有把她带回来，在那个过程中他们又发生过什么，可齐斯汉这张照片，看起来并不焦虑，甚至还有一些得意。

“齐霖交往过的那个男人还能找到吗？”

“当然。那个人就是严昭明啊。”斗十一道，“后来我们才知道，他才不叫什么‘詹臣军’，甚至连他，都不知道齐霖用这个名字拍照……那个人，现在已经恨死齐霖了。齐在他们领证前逃走了，她好像不知道从哪拿到了假的身份证，还用那张证登记去了北京——难以想象，那是二〇一二年的北京。严说，那不是她第一次出走。那之后的事情我不知道了，也许你可以去找严，不过我怕他见了你，跟我现在一样失望。因为你好像对齐霖一无所知，哦，对你母亲一无所知。”

“我突然不确定这是不是我母亲了。”

“有什么是真的能确定的呢。”斗十一笑了笑，“你能确定是你要找她就行。”

六

手边的《存在与在》已经被庄霖翻得四角毛毛的。严昭明似乎读过一些科普书籍，也对自己的作品有着蓬勃的信心。詹臣军始终在讲摄影的事情，并谈到，为了拍摄一组照片，她把某座城市的地图背熟，还画了一张地图卷成轴背在身上。她把需要描绘的城市印在脑子里，再进行拆分，却又发现，她的拆分，常常又触及“城市应当如何建立”的问题。因为她对一座城市的印象，和这座城市本身的面貌，是有区别的。她不能无视这种区别，且必须将区别也包裹进去，如此才能达到真正的真实。

乍看之下，这是完全不应产生对话的两个人。正文前面是一千五百字的编者序言，讲述了詹臣军和严昭明的交集。他们曾是很好的搭档。严是长途运输车司机，詹是一名小学教师。他们在一次短途旅行中结识，度过了干柴烈火的七个日夜，又差点成为夫妻。这次对话虽然展现的是他们的分歧，却也能看出一部分他们互相的影响，只是就庄霖看到的，这影响已经微乎其微。她突然觉得，没必要见严昭明了——那必然也是一次失败的见面，她将看到事物的反面，而那是她不愿看到的。更重要的，她担心自己的成都之行很快要终结，尽管关于母亲的种种消息让她忐忑非常，她还是希望把一切查清楚。她打算把近期的消息告诉郑然和齐斯汉，只是她还没有说，郑然就发来了九螺港公墓的挖掘小视频。

三四台挖掘机，掀起所有无名墓，一阵浓烟中，整个墓场竟显出空茫感。

“刚收到指令，无名墓都要填平。”视频背景音内，是郑然的声音，“不过墓里差不多都是空的，不知道他们要填什么。”

“看来墓买不了了。”庄霖敲出一行字，又配上一个“调皮”的表情。

“这一次，我是彻底和祖上失联了。”郑然回复完，发了一个抓后脑勺的表情符号。庄霖觉得困惑，拨出语音通话，接着又拨打郑然的电话，他都没有接。而齐斯汉的朋友圈，赫然亮出了新的结婚证。

庄霖突然气不打一处来，在酒店沙发上坐了三十分钟左右，才觉得心情稍微缓和。她想去质问齐斯汉，可毕竟自己也有所隐藏，竟觉得无从问起。她点开手机相册，看着齐斯汉新的照片，里面那位新婚妻子露出了正脸——不是她记忆中那名女同事。她又打开搜索引擎，在搜索记录中，看到齐斯汉登录过的网址，是一家在线缅怀亲人的网站。近些年，墓地的高昂价格让很多人望而却步，加上提倡环保，很多人都选择不买墓地，也不立碑。类似这样的在线缅怀网站出来了很多。庄霖一页页翻过去，差不多庄承俊创作的为数不多的诗歌都在上面了，还有一些照片也在上面，只是仅更新到二〇〇二年。私人生活相册中只有她幼时一家三口的合影，其中一张被打了马赛克的，是和庄霖看见过的站在废弃大楼前的齐斯汉那张很接近，只是上面的人显然是一个形似母亲的人。说是形似，是因为她已经和庄霖记忆中的很不同了。这些时日跟自己谈论过母亲的人——郑然、斗十一、石丽……还有一些因为不那么重要没有被庄霖记录下来的人……他们跟她说的都是疑似母亲的人，可真的看到疑似母亲的影像，她竟毫不迟疑就确认了那就是母亲。

她站在三台挖掘机前，细长脖子处扎着一条红色丝巾，穿着水波纹蓝色大衣。眼袋有些明显，酒窝彻底长成了皱纹，烫着大波浪，额前的头发白了一簇，一条腿在前一条腿在后，鞋子是黑色厚底马丁靴。照片的配文写着"爱妻于二〇〇二年秋成都"——庄霖突然感觉一阵温热，再多一些类似的信息她就可以流下眼泪，可她阻止了自己。

缅怀主页上，齐斯汉给庄承俊记录的死亡时间，也是二〇〇二年。庄霖当然不相信庄承俊已亡故，但这个时间点确实引起她的好奇。如果齐斯汉真的在那一年见过庄承俊，那他们又为何再次分手，齐斯汉又为何建立这样一个主页记录所谓"庄承俊的生平"。除非建立缅怀主页的根本就不是他，而是庄承俊自己。庄霖感到脊背发凉。

外面刚下过雨，大街上路障比前几天还要多，司机说全城修路，下水道也出现了状况。庄霖想起幼时林城大街上没有修红绿灯，也常常陷入混乱不堪的拥堵。她和父母被堵在人群中的某个旋涡，如果中间谁被挤出去，另外两个也无一能幸免。就在齐斯汉和庄霖自己都焦躁至极之时，庄承俊一把抱起庄霖，示意齐斯汉抱着她的后背。前些年地震新闻迭出，某张被广为流传的照片中，就有一个母亲，死时也保持着举起孩子的姿势，在电视上摄像机朦胧的镜头中，那位母亲就像一座灰色雕塑，庄霖突然觉得这个场景万分熟悉。尽管司机骂骂咧咧地开着车缓慢前行，她却陷入回忆中再次感到心潮澎湃，她觉得母亲不会不想见自己。

走进展馆，庄霖一度没有看到作品在哪里。仔细观察下，才发现作品沿着墙根，一点点朝天花板连接处和地板连接处攀爬。原本应该挂作品的墙壁却空空如也。从前台领取的展览手册中，记录着为期三十天的展览中，每一天作品的摆放方式。庄霖匆匆翻过，直到手册最后一页的工作人员栏，居然印有郑然的名字。庄霖有些蒙，却又觉得也算自然。如果郑然真的是母亲的学生，是詹臣军的学生，是齐霖的学生，那他完全有理由出现。在这种复杂心绪的指引下，庄霖逛遍了场馆内所有作品，试图找出真正的詹臣军存在的痕迹。她想起记忆中的母亲，却发现这个形象被这些天的信息包围，渐渐被冲淡了，而当她试图把印象重新聚拢，首先出现的却是那件穿着水波纹大衣的母亲。

庄霖走进黑漆漆的休息室，面前是一段循环播放的詹臣军声音采访。采访似乎是十几年前录的，听起来不是非常清晰，庄霖尝试辨认录音中的声音，却发现跟记忆中母亲的声音差别很大。或者，这声音经过重新剪辑，早就难以辨认。更大的可能则是，她听任何不是母亲的声音都觉得像母亲，而真的母亲的声音就在耳前，她却迟疑了。庄霖走出休息室，站在展馆一层的中央。进来看展的人已经多了一些，可她却觉得他们并不存在，又或只是像一个个小点站立在她的周围，就像童年时的夜晚，她手握烟花，在一小点一小点掉落的光亮中，觉得周围从无人变得热闹。空旷的家中，因为这种假想的热闹变得再次人挨人。就像逢年过节，时常有人来家里问母亲的情况。她喜欢那些亲戚或悲伤或平静的问候语，她也不介意发生什么，只是希望有人声把家里塞满。这样的生活带来的是，她没有太多心思去想起更多细节。那些过滤掉的信息，在被她自觉过滤的那一刻，就从她的生活中逐渐隐藏了。她自己也因为这种隐藏，觉得它们不存在了。可这些信息近些时日渐渐浮现，尽管她并没能重新拼出一个全新的母亲。又或者，这些她求证的人，本身也并不比记忆中的她自己更了解母亲。庄霖想着，拨通了齐斯汉的电话，却听到一声久远的“对方不在服务区”。

七

齐斯汉是清晨六点起床的。起初是门外的洒水车播放毛阿敏的《思念》把他吵醒，接着是一声很久没有出现过的叫卖声把他的起床气也喊散了。前几年开始，林城相对好做的生意只剩下餐饮业。新一届市政府领导班子为了整顿市容，把许多菜市场挪到郊区，买菜要走很远的路，很多人都不愿意亲自买菜。送菜上门的话，菜价太贵，很多人选择在外面吃。政府就修了一些连锁餐饮店，统一售价，只在饭点开业，且为了保证生意，不允许沿街叫卖。齐斯汉每天推开门都能看到一叠传单，上面往往是一些新开的餐馆信息，又或某个流动早餐摊点的行动路线图。久而久之，齐斯汉也习惯了这种宣传模式，如果没有时间去郊区买菜，也会根据一些样子不错的传单，寻出一条适合他的美食之路。可是那天的叫卖声很不同，更像无意间发出的，好像它的主人在走神中惯性喊了一嗓子。齐斯汉推开门，没有看见有人在卖早点，怀疑自己是梦中听到的。但很快，他感觉有人朝窗户丢了小石子，他再往外看，只看到一个模糊的孩子背影。齐斯汉清醒了过来，在窗前坐了很久，直到面前墙壁上去年的日历突然坠落，才反应过来，也许庄承俊的失踪日将到了。

他决定走路去车站。退休后，他很少再这么早起出门走，此刻，只觉得大街上人烟稀少，再看看手机，已经七点过了。因为早餐吃得不多，他觉得浑身充满力量，仿佛回到年轻时。火车站的人比大街上更少，十分钟不到就轮到了齐斯汉。这些年大家都习惯网上买票，真的去车站买票的人却越来越少，加上这是淡季，去外地，尤其是相对偏远的西南地区，票十分好买。齐斯汉没有选动车，而是选择了行程较远的火车卧铺。他虽然不喜欢旅游，也不喜欢其他文娱活动，却很喜欢看车窗外的风景。这样久久地坐着，齐斯汉觉得自己想起了很多事。火车行进一段，就上了山，钻过长长隧道时，常常没有信号。庄霖这几日很少来电话，他也没有问。和一起打牌的女牌友领证结婚后，对方却反而不太愿意见他了，只周六日来和齐斯汉住在一起。不过这种有距离的相处，却又让他觉得安心——他突然意识到，自己已经不太适应家庭生活了。

随着火车一次次进入隧道，齐斯汉也一次次感到耳鸣。他突然有些享受这种短暂的宁静。仿佛一次次进入隧道，也是一次次进入某种预先不知道的山坡，他在这种感觉中，突然对自己以往接续得过于流利的生活产生质疑，尽管这种质疑不会影响他今后的生活，他更不会改变，可这种察觉，依然让他的内心仿佛裂了一条缝。庄承俊在时，他也有过这种感觉，可那时候一旦他靠近庄承俊就仿佛远离了自己，可现在，他不能说这种靠近和远离是相斥的，又或者这才是正常的，它们始终都在他的生活中。

手机屏幕时而亮起，时而响动。是庄霖发来消息，但一直到下车，齐斯汉才朝庄霖发出自己的位置。

他们约在火车站旁边的馆子。父女二人坐定，分别要了一碗牛肉面。齐斯汉用筷子把面卷起，咬一口面，吸溜一口汤汁。庄霖则从头至尾只喝了三口汤，面条更是一根根全部夹起，不从中间咬断。待到一碗面吃干净，他们才反应过来自己的吃法曾经是对方的，只好面对面笑起来。

“我去见过我妈以前的朋友了。”庄霖道，“不过谁知道呢，那可能也不是我妈。”

“我的网站记录上有你的登录 IP，你已经看过网站了。”齐斯汉夹起糖蒜道。

“那是你建的？我还以为是我妈自己建的……”

“是你妈自己建的。不过，是我维护的。”齐斯汉道，“她第一回出去的时候跟我说，就当她死了。我当时很着急，差不多把全县翻遍了。第二回她走，我就没那么着急了，我寻思她还会回来，然后再平静一段时间，起码过几年再走吧。可谁知道她没几个月又走了，就是你知道的那次了。”

“她为什么一定要走？”庄霖道，“如果那些人说的是真的，她在外面的生活也不好过，总不至于我们不如别人理解她。”

“她知道啊，可她一直以来是想老实点生活的。她如果不这么想，就不会一次次回来，又一次次走了。她是想平静下来，想着把自己想要的东西折腾干净了，就能消停了，然后回来跟我一道生活。可现在你看……我放弃了，这也没什么不好的。这么久了，她恐怕已经想清楚了自己要的生活。”齐斯汉说得很快，仿佛只有这样才能心安理得。只是很快，他又为自己这样的想法感到害臊。他知道庄承俊对他来说没有那么重要了，可不管是他口中的“放弃”，还是心中裂开的那条缝，又未必是庄承俊对他依然重要的标志，是他不愿意不提起她，他知道他也为她给自己带来的那一点影响感到得意，尽管这影响中有多少是模仿，有多少是真实，他并不明晰。

庄霖张张嘴，想谈起齐斯汉新婚的那位女性，却最终没有说出口，只是向服务员要了两瓶啤酒，并对他谈起这几天的见闻。

“我其实好奇呢。这几个人，说得都前言不搭后语，真真假假难认……不过这也正常的，谁能说得没问题……真没问题，那才成了问题……”庄霖道，“可是你说的有问题吗？”

齐斯汉只低着头：“你觉得呢？”

他们很快喝光了面前的啤酒，两个人一道从餐馆出来，再走到马路上。成都的天阴阴的，仿佛迎面走来的人，身上都带着一股潮气。庄霖觉得他们无处可去，只得去和母亲，和那个疑似母亲的人相关的地方去。

和上次所见不一样，这次展馆内的照片位置已经挪了一遍。齐斯汉看得索然无味，再次提起那栋大楼。

“二〇〇二年我去找过她，那次是找到了。”他道，“估计跟你听到的差不多吧，她那时候有很多计划，要拍照片，要当老师，还想去救济灾民。真的太神经病了。我们大吵一架，我回了林城，之后我想找她，就难上加难了……不过，这都什么破照片啊……”

“据说这个詹臣军就是我妈，她好像还有了假身份叫‘齐霖’。”

齐斯汉似乎没有听到庄霖后面的一句话，而是沿着照片一路看一路评道：“这不可能是你妈拍的。虽然你妈吧，也喜欢东一榔头西一棒槌，哪儿哪儿都坚持不了太久，可这些照片，都太热闹了，感觉比你妈还不专心，非要把外面大街上的所有东西都搬进来。不过呀，也难说过个几十年，等这些照片旧了，说不定还能显出几分好来。”

“怎么讲？”

“就跟补旧书一样，那些旧书，有几本是真的好书？不过因为旧了，就显得好了一点，因为大部分人说的话，本来就只有几句有用。要是每句话都有用，听话的人还不得累死。”齐斯汉道，“出去吧，去他们跟你说的那个你妈住过的地方瞅瞅。”

“要拆掉的那栋楼？”

“随便什么吧。”

他们先去了真粥道齐霖曾住过的那间屋。现在已经被改成了杂物间。服务员都认识了庄霖，引她进去，说已经收拾出了几本齐霖用过的笔记本，一本病历。病历的登记名字，已经被颜料糊住了，齐斯汉不知道是不是故意的，想抠开颜料，却直接把那层纸都抠破了。好在其他信息，能看出这份病历确实跟庄承俊各项信息很吻合。病历显示，庄承俊在成都经历过两次小手术，一次皮外伤，一次急性胃炎。庄霖判断，皮外伤中，有一次也许就是斗十一提到的那次，可庄霖其实不愿意相信斗十一告诉她的那些。

更何况，这些资料本身都是斗十一提供的，这么完全的资料，仿佛就像为了准备给谁看。也许这也是庄承俊安排好的，庄霖想着，为自己的猜测吓了一跳。笔记本上面多是齐霖间隙中的画作，也有个别语义不明的词语充塞其中。只一张夹在其中的纸片引起她的注意。上面抄着一首诗——

……

我冷眼向过去稍稍回顾，

只见它曲折灌溉的悲喜

都消失在一片亘古的荒漠。

这才知道我全部的努力

不过完成了普通的生活。

——穆旦《冥想》

庄霖脑中浮现起庄承俊背诵《到灯塔去》段落的样子，可她不管怎么努力，也回忆不起那段话本身，而只是想起最后几个词，几束尾音——“勇气、真实、毅力”。

“你说，我妈现在在怎么生活？”

“赚钱吧。折腾了半辈子，她不会不知道起码要有存款的道理吧，这么吃了上顿没下顿，我不信她习惯得了。那可是一个要定期做瑜伽的人啊……”齐斯汉说完，又突然警惕道：“还有谁知道你妈的事？”

“严昭明。”庄霖道，“你觉得还要见见吗？据说是这个齐霖的前男友，不过，他如果真和齐霖，也就是之前那个詹臣军有联系，那这次展览，他要么坚决不会出现，要么就一定会出现。不管出现还是不出现，只要他们认识他却刻意不出现或者一定出现，他就已经脱不了干系了。”

八

严是个自傲的人，平时不愿意参加圈内聚会，好在他没什么名气，要到他本人的联系方式并不难。庄霖谎称自己是他的粉丝，希望能采访他，他很快就回复了，并约在家门前的棋牌室。棋牌室里热闹非常，在这里说多么私密的话，别人也都视而不见。

和斗十一的叙述不同，真实的严昭明看起来非常斯文，但是语速特别快，他似乎根本不在意庄霖是否听懂了自己的话，只是不停说自己正在进行的作品，直到齐斯汉打断他，并说自己是齐霖的前夫，他才仔细端详起齐斯汉。

“哦。她倒有过一个丈夫。”严昭明道，“是临时丈夫。大概十几年前，他们还打了一架。齐霖骨折了，我把她接到我那里去。”

“你们当时不是恋人关系吗？”庄霖问道，“斗十一说的。”

“我们怎么会是呢？”严昭明点了支烟，“这是策划出来的。我跟斗十一说好，把我和齐霖，塑造成‘詹臣军’。”

“詹臣军？”

“你不知道吗？这是个符号，我负责让‘詹臣军’出错，齐霖负责让他牛逼。”

“最近的这些作品……”

“那都是傻逼弄的。”严昭明道，“齐霖早就找不到人了，人间蒸发……但‘詹臣军’刚有点小名气，不能让它沉没了……不过齐霖确实帮过我，说起来我也帮过她，只是我不敢认……她刚开始来成都，什么也没有，我也差不多是。我去餐馆打工，她在附近小学打工。我当时喜欢去她工作的学校溜达，有一回就看见她用树枝在教学生识字。是用树枝在地上画图，然后教学生识字。我当时还觉得这老师真不错。结果她看见我在看她，就让我拿树枝画。可是我画着画着，就越画越不清楚了，因为齐霖要阐释的词语，太复杂了。”

“那天晚上之后，她经常喊我过去。不过变成了她在画，我在讲。再后来我们就经常搭伙做点事情，当时日子挺无聊的，因为这些事，还觉得生活多了点滋味……只是好景不长。齐霖不想做个艺术家，不光因为赚不到钱……她其实对钱没太大兴趣，虽然她看起来挺小资的。她对一切都表现出兴趣，意思也就是说都没兴趣——我很明白她这一点。我全程沉默，让她自己选择。最后她选择去做生意。不过，她早就没什么感觉继续搞艺术了，她完了，只会跟我说些没来由的大道理，像个老修女……”

“哪一年做生意了？”齐斯汉打断道，“什么生意？”

“就几年前啊。她从我家里逃出去……据说去了深圳，也可能是东莞……据说她搞活动策划，跟政府的人一道做宣传，搞什么文科普及教育……谁知道呢。我也习惯了。我早就没见过她了。对了，你们要去深圳吗？我倒可以介绍个朋友，不过，我估摸情况跟你们在成都看见的一样。齐霖要是消失，就从整个生活圈消失，你们就算找她认识的人，他们也肯定不知道。”

“一个人怎么可能说消失就消失呢？”庄霖道，“没有朋友去找她吗？”

“她有什么朋友？她那样的能有什么朋友？”严昭明把烟屁股踩在脚下道，“只是你们就算去深圳跑一趟，又什么也不知道，到底是吃亏了。”

“我不怕吃亏。”庄霖道，“但您说了实话吗？”

“啊哈？”

“难道打齐霖的不是你？”

“我不打女人。”严昭明道，“不过齐霖不算什么女人，那是个婊子。”

庄霖拦住齐斯汉道：“说说吧。”

“我们认识的时候，我对她印象非常好。她好像对很多人有天然的吸引力，这不是说她长得漂亮，她长得不怎么样，但和别的女人不太一样。身上有一股奇气，你越想认识吧，她又越躲着你。老实说，那是我见第一面就想睡的女人。可她对我爱搭不理，我没办法，就只能尝试各种方法引起她注意。比如跟她参加同一个比赛，甚至给她办了假身份证——我当时知道她需要那个。可是吧，我做了那么多事，她一直是不置可否。我们睡了，也算是在一起了吧，可她好像对此浑然不觉。我是说，她不觉得跟我睡了有什么，也不觉得跟我生活在一起有什么，她不会觉得我是她的男朋友，不会想着一些事要跟我商量。她好像无所谓，但她的无所谓，不是以无所谓的方式来表现的。我们待在一起的时候，她很关心我，但我不在她身边，她也不觉得有什么……她老是跑，一次跑，我就抓回来，第二次跑，我还抓回来。我是打过她，可这女人难道不该打吗？后来我懒得抓了，她却在外面被打了……也是活该吧。

她要躲在一个废楼里，废楼里不是流浪汉就是神经病……成都的废楼就那些，我不可能找不到她……我以为，她被打了，会老实很多。后来她回到我身边，一直跟我说不要去做这个，不要去做那个，有点贤惠的样子，我觉得我们真像在过日子似的。可是呢，她又跑了，还拿着我给她办的假身份证。”

“我后来想，她可能觉得我不是什么好人，或者她又跟了其他男人，反正她跟谁睡我都不惊讶。她之前干什么的我都不知道，她又那么随便，好像跟谁都可以。我是真觉得啊，她跟猫狗都能谈恋爱……前提是，只要这个人喜欢她，她都能奉承上去，还有一套我完全听不懂的说辞，她以为那套说辞就能堵住我的嘴！她走了之后我活得更好了，没人跟我说应该做什么，我开始赌石，算是终于赚到了钱。”严昭明看着齐斯汉，“怎么，生气了？你其实心里也觉得她是婊子吧？只是不便说，好歹她给你生了孩子嘛……”

“我要去那个楼里看看。”齐斯汉半坐在沙发上，身体姿势接近一种过去学校中的体罚——蹲马步。庄霖知道他在极力克制，想拉着他离开棋牌室，齐斯汉却先行一步跑开了。

庄霖重新坐到严昭明的对面，在他伴着哮喘喘息的声音中道：“你也不愿意承认吧。如果没有齐霖，根本不会有人知道你。”

“我知道啊。”严昭明道，“可谁的作品重要呢？画画、拍照，还是其他什么……什么都改变不了这个时代……只是，我们，也都是世俗中人。无能为力时只会辱骂别人，厌弃自己。”

“我们做自己的事……就是改变这个时代吧。”庄霖说着，又觉得自己的话过于冠冕堂皇，有些尴尬。

“我们是世俗中人……齐霖也是，她早就知道了。我也知道。可知道了又能如何。让我去搞实业吗？让我完全不做跟艺术相关的吗？我做不到的。不过齐霖可以。或者说，她觉得自己可以吧。”严昭明说完，为庄霖打开了房门。

外面烟尘滚滚，两三辆推土机行驶在一片昏黄中。父女俩躲进一间烟酒贩卖店，等外面干净些，才看见推土机后面两排民居上写满“拆”字。有的笔触看起来新一些，有的笔触旧一些。还有的黏成一片，分不出谁先谁后。庄霖的手机上再次亮起郑然的信息，他说墓园的无名墓有了新的去处，它们将被重新归置，放在一块新的公墓，再次供人瞻仰。

“不是说墓里都是空的吗？”庄霖回复道。

“祖宗们也知道那里都是空的，但即使是空的，还是给他们造了墓。他们起码要知道死了多少人。”郑然道，“这个数量，是他们唯一缅怀的方式。”

“这就有用吗？心安吗？”

“当然不会啊。但把一件不合理的事努力还原得合理，本身就是让我们自己心安的方式。”郑然道，“你有没有想过，令尊为什么突然就领了结婚证，他是想跟你妈妈埋在一起，可你妈妈肯定是不愿意的……”

“他为了让这种不愿意变得合理，所以去跟别人领证？”

“真实的事情除了当事人谁能完全知道呢……但你要知道结婚不会是突然的，买墓地也不一定就是突然的……他想引起注意，同时把你母亲炸出来……”

“不，他不是。”庄霖敲下一行字，“他是真的要结婚。因为他本来就不需要再给我妈留地方了，他对此是深思熟虑的……我妈是打定主意不想出现……她有她的原因，但不管是什么原因，她首先不想影响我们……她未必就知道自己想做什么，但肯定知道自己不想做什么……不过，我们谁又那么了解自己，那么了解别人，我们不过是知道眼前的事实，就像我妈也许知道了什么，才又一次远离我和我爸……”

“你还会继续查下去吗？”半晌，郑然敲出这行字。

“只要她不想出现，查和不查有什么区别？”庄霖还想再补充几句话，但突然不想再继续说下去。她想起刚上小学时，每一次都是庄承俊或者齐斯汉把她送到学校，直到有一天，看见路边背着双肩包独自玩树枝的小朋友，她突然对自己独自上学产生了兴趣，仿佛那条路上将出现各种好玩的细节。第二天她就独自上学了，可真实的独自上学路竟然充满艰辛。具体的艰辛她已经淡忘了，只记得那次上学，她根本没有心思去玩树枝，去观察喜鹊和小猫小狗。她似乎全部的心力都用在走那条路上。她还想起上学前庄承俊跟她说过的——如果不知道上学的路怎么走，就数数路上有多少拆字，数到两百个的时候，差不多就到了。还有一些细节，她正在慢慢想起，或者，也并非想起，而是知道它们的重要性，且不为这种新的重要感到羞耻。今天，她在严昭明的挑衅面前表情淡定——她知道所有信息都在庄承俊掌握之中，也知道即使是真的，那也和她记忆中的庄承俊并不冲突。她继续浏览在线缅怀网站，却看见齐斯汉删除了自己以往上传的所有照片所有留言，而献了一束新的花，还有一句新留言——

我从目的地往后抵达你，今天、明天、后天。

庄霖想回复一句，却觉得有刻意在屏幕另一端的母亲面前表演的成分。她轻轻删了要发出的一句话。瞬间的沮丧中，她以为对自己重要的东西很多都烟消云散了，只是她常不自觉地留在原地，误以为自己还是几年前，十几年前的自己。又或者，自己真正了解的那些事，依然都是过去发生的，她对它们亲近，只是因为对此刻发生的事情缺乏判断，她只是在跟着一股力量走，而这股力量究竟是什么，她并不十分清楚。

站立在烟尘中的推土机，也可能还有很多，但庄霖注意到的只有那三辆，可她用余光瞥见的其实还有一支更巨大的队伍。这三辆推土机将印刻在她往后的记忆中，正如那一支巨大的推土机队伍将永远停留在她的记忆深处不被她提起。她会延续过往的做法，自觉过滤掉一些记忆中的信息，对外人说，是三辆推土机把这座城市所有的废弃大楼，所有已经爆破过的建筑，所有需要变得平整的土地，推得干净。可她依然也该知道那更大的一支队伍始终都在，即使她忘却了，又或者因为它们不具备戏剧性，不具备表现力，被她忘记了。可她今天突然发现，那支队伍将始终在那里——想等待迟钝的她提起它们，又像在嘲讽她的无知。多年来在她身上显现出的努力奋斗的品质，此刻渐渐褪去它们的皮囊。庄霖突然知道，自己一直以来留给别人的印象是什么——肯定不是她自欺欺人认为的那样坚决、勇敢。她的犹豫和懦弱，在她自己面前展露无遗，而她更不能责怪那些因为她袒露出的这些不“体面”的自我，看轻她或者懒惰地用她表现出的印象来“理解”她的人。庄霖感觉到巨大的沮丧压过来，却又觉得一阵轻松和踏实。她的失落感让她心中的怒气都消失了，让她又一次显现出稳重的一面——那途经的一切就是她的命运，她突然毫无埋怨之意。

她脑中再次浮现起母亲的脸，这一次她想起的不是幼年时的母亲，不是被她努力拼接的，别人口中或伤痕累累或漏洞百出的母亲，更不是那张看起来和母亲一模一样的女人的脸。她看见的是一个更年轻的背影，从她此刻站立的位置，渐渐往前走。那个背影应该穿着一件灰色运动装，可能是短发，也可能扎起高高的马尾。那个背影走过的地方应该有风吹过，不是含着许多黄沙的风，也不是海边沙滩上潮湿的风。那应该是非常清爽，有些干燥的风。她一开始慢慢地走，接着将变成慢跑。她未必比很多人跑得久，跑得快，可她跑的那条路上，始终只有她自己。没有人干扰她，并且她将不会觉得孤独。

（原载《青年作家》2020 年第 4 期）

图书在版编目（CIP）数据

情与境：何人不起故园思 / 青年文学杂志社编 . --北京 : 中国青年出版社 , 2022.1
ISBN 978-7-5153-6454-4

Ⅰ . ①情… Ⅱ . ①青… Ⅲ . ①中篇小说 - 小说集 - 中国 - 当代②短篇小说 - 小说集 - 中国 - 当代 Ⅳ . ① I247.7

中国版本图书馆 CIP 数据核字（2021）第 254948 号

书　　名：情与境：何人不起故园思
编　　者：青年文学杂志社

策　　划：皮钧　李师东
责任编辑：张菁
助理编辑：赵志明
书籍设计：尚书堂
出版发行：中国青年出版社
社　　址：北京市东城区东四十二条 21 号
网　　址：www.cyp.com.cn
编辑中心：010-57350357
营销中心：010-57350370
经　　销：新华书店
印　　刷：山东新华印务有限公司
规　　格：880×1230mm　1/32
印　　张：16.375
字　　数：370 千
版　　次：2022 年 3 月北京第 1 版
印　　次：2022 年 3 月山东第 1 次印刷
印　　数：1-5000 册
定　　价：68.00 元